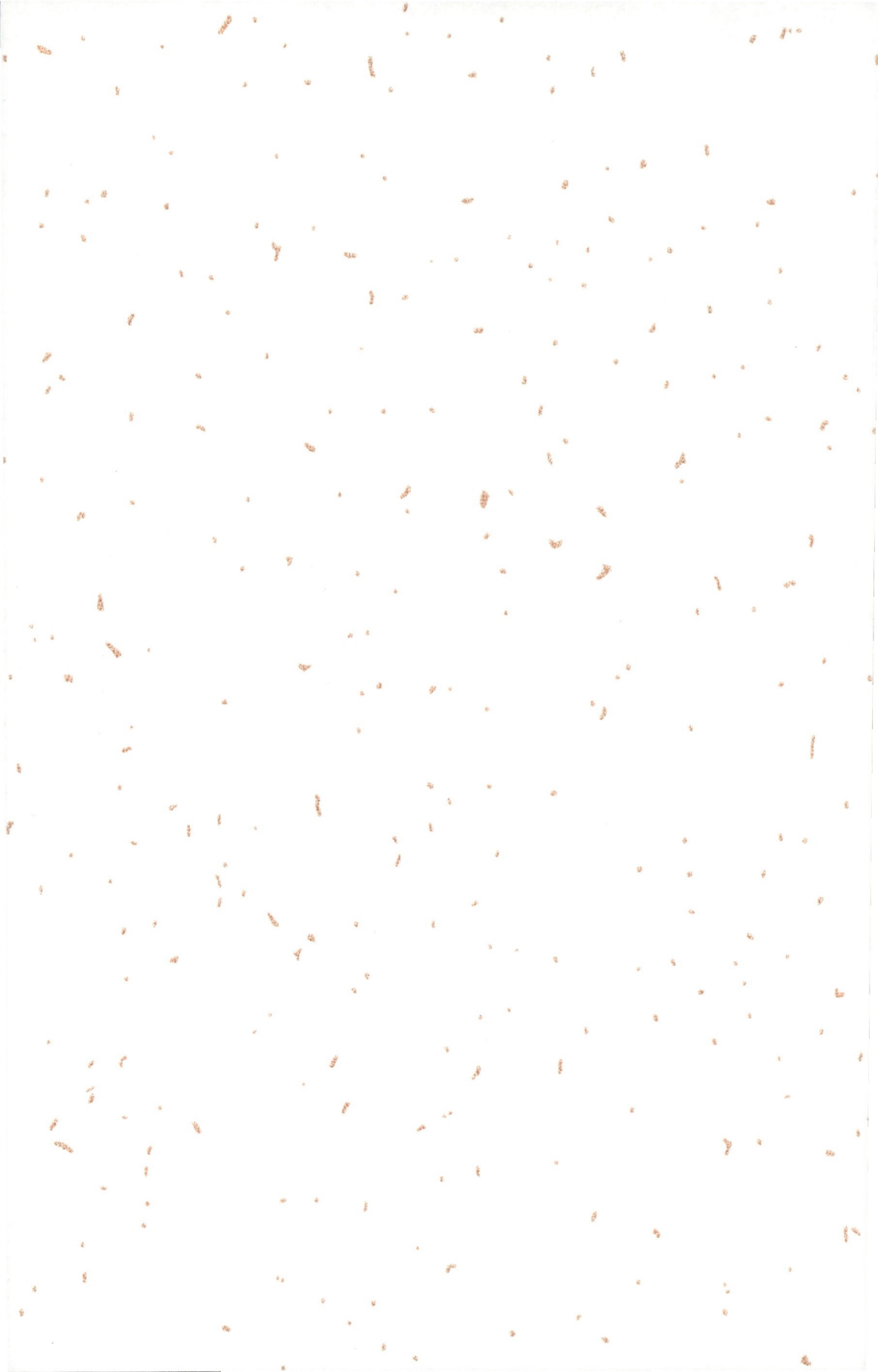

跨度小说文库
Kuadu Fiction Series

江苏省残疾人联合会扶持作品

黄桥风雷

朱智勇 著

中国文史出版社

谨以此书

献礼伟大的中国共产党
献礼伟大的中国人民解放军
献礼伟大的中华人民共和国

谨以此书

献礼神圣的苏中大地母亲
献礼伟大的黄桥老区人民

目 录

壹 火烧震东市

1. 债欠仇怨明天见

> 震东市,落灯节,
> 黄府高灯不打蔫;
> 震东市,落灯节,
> 穷人面条盼一年。
> 震东市,落灯节,
> 谢了菩萨敬祖先;
> 震东市,落灯节,
> 债欠仇怨明天见……

清澈而哀伤的童声回荡在民国十二年(1923年)落灯节的那个黄昏,回荡在民国江苏省泰兴县震东市余蔡庄北岗。

乌云笼罩,沙尘如烟。

麦地起伏绵延,如澹澹墨海;草屋低矮破败,如惶惶孤舟。

草屋前,是谁独立风中,悲声与泪水齐飞?

是他,余一苇,一个年仅七八岁的男娃。

你瞧他,个头一米二左右,穿肥大棉袄,脑壳四周剃得光溜,天灵盖却蓄一精瘦长辫。那辫生动地飘垂在后肩,三股淡黄发绺韵致地编织着,辫梢头绳似蜻蜓红翅翩翩飞舞。

民谣唱罢,他拭去眼泪,缓缓转过身去。

他的眼前,三间草屋怎堪朔风劲吹,严重向一侧欹斜,屋顶所苫麦秸秆不时被朔风大把大把地扯去。柴门大敞,屋内正梁下设一供桌,供桌两端各一支烛火随风摇曳。供桌中间三块灵牌肃立,每一灵牌前均设一黄陶香炉,香炉内各一炷檀香袅袅。自然,在今天这特殊的日子里,先祖亡灵总要被子孙后代虔敬地照拂。

这里得补充交代一下震东市地理位置及其名字的由来。震东市地处民国江苏省泰兴县东南,其名称始于民国元年(1912 年),行用时间也不过十余年。斯时,民国泰兴县政府为推行县属各辖区自治,将原本的四个辖区改设为十一个市,以横巷集镇(北距泰兴县东部重镇黄桥市仅七公里)为中心的一百零八庄被划设为"震东市",治所设在横巷。

震东市对于斯时的泰兴县无疑是一处"辉煌"的存在,这可以从当时广为流传的一句俗语听出来:"泰兴一城,不如黄桥一镇;黄桥一镇,不如横巷一村。"而震东市在泰兴县之所以能独领风骚,正是由于横巷有八大黄姓豪强,时人称"横巷八大家"……

然而,时人又云,震东市这块土地貌似丰饶,其实贫瘠得很啊,君不见,"牡丹花儿"开得再艳,也只寥寥数株;君不见,旱地"狗尾巴草"和水滨"芦苇"的生长何等野蛮霸气啊……

余一苇,就是震东市余蔡庄上光荣承继先祖贫苦而又倔强"基因"的一株本色"芦苇"。

余蔡庄,地处震东市治所东北三公里处,方圆不足一公里。斯时,尽管村中许多地块已被垦种,但大地仍基本葆有高沙土平原的原初地貌:坡岗起伏,沟壑纵横。远远近近,横卧着几十座低矮破败的草屋,杂乱无序。这时节,各家草屋前后,冬麦顽强生长,稀稀拉拉;乔木却早已落叶,瑟瑟战栗于啸叫朔风中……

男娃进门,去东厢盛了一碗光面端出来。那些手擀面条色泽暗黄(显然原料中掺杂了过量的黄面),营养不良似的,却根根粗壮,豪放地挤满了一海碗。

一敬祖父亡灵——

供桌前,男娃踮起脚尖,双手将面碗奉到祖父灵前,摆好筷子,倒上一杯高粱烧,然后跪伏在供桌前的麦秸秆拜垫上,磕头,磕头,磕头,道:"爷爷慢用。"

二敬祖母亡灵——

男娃再端来一碗光面,双手奉到祖母灵位前,也道一声"奶奶慢用",然后磕头,磕头,磕头……

三敬母亲亡灵——

男娃又端来一碗光面,供到最左侧的灵位前,连连磕头,哭道:"妈妈,孩儿想你!"

这时,屋外远远传来一个青年男子的悲音:"爹,娘,老婆,对不住了,'高灯圆子落灯面','今年吃过望明年'……说句狠心话,你们当真走得好,一了百了,至少不再似我们这些活着的人无谓做这砧板肉!都是那该死的'八大家'不给我们穷苦人活路!你们看看,苇子现在长老高了,也更懂事了!苇子,磕头,再磕再磕……"

屋内,苇子连连磕头,三碗光面热气袅袅,先祖饱飨;屋外,苇子爸爸,那个叫余良忠的青年男子,跪伏在门前田埂边巨树阴影里,渺小得似一只豚鼠。浓酽墨色恣意流淌,余良忠遥对门楣,连连磕头,再直腰垂肩,双手合十,泪眼向天,连呼"上天保佑祖宗保佑,上天保佑祖宗保佑……"

半晌,余良忠远远问道:"苇子,桌子收妥了吗?"

"爸,收妥了。"

"那我就进来了。"

余良忠进了屋,不太明亮的烛光摇曳着,映在他黑红的脸上。

余良忠,年龄才三十出头,精瘦,国字脸,穿淡蓝土布旧短袄,襟前缀数块陈旧大补丁,但周身干干净净。然而,烛光耀进他双眸那两泓忧郁的深潭,却不能激发一丝热力。

儿子瞅着爸爸,无限愁绪堆上眉眼。

余良忠拖来一张长条凳,放到供桌南首靠西墙摆放的八仙桌旁,道:"儿子,你坐,爸爸给你盛面去。"

儿子一把拖住爸爸,道:"爸,我来。"

余良忠坐下了,愁眉紧锁。

儿子去了东厢,几声锅勺响,很快端来一碗面,道:"爸,您请。"

"儿子,你先,我待会儿吃刚才祭祖的面条就可以了……"

余良忠静静看着儿子狼吞虎咽,微微笑了笑,眼眸里瞬间满蕴起温情。

儿子吃完了,爸爸起身,又去东厢房给儿子盛来一碗,笑道:"'半大子,饭缸子',真不假!"

儿子又风卷残云,然后从凳子上出溜到地上,连拍肚皮,道:"爸,你也吃吧,我饱了。"

余良忠自去东厢房端来一碗面,那碗面条早已坨成一大团。

余良忠左手托碗,右手横握筷子,埋头把大脸钻进海碗里,吭哧吭哧地吃,很快就让那海碗见了底儿,然后起身,默不作声收碗筷,往东厢去,把它们往东厢南头那口大铁锅里一搁,发出一声闷响。大铁锅里仍热气蒸腾,灶膛内尚有余火。

锅台北侧贴墙放置的,正是一口大水缸,而水缸北侧即是猪圈。猪圈里面洁净光亮,不积猪屎尿,而食槽里黄亮澄澄的,尚残留些许胡萝卜。现在,猪都酣然入梦了,一共四只,个个肉嘟嘟的,周身鲜亮。它们堆堆叠叠,自由随意,各呈"窈窕之姿",一副幸福安康模样。那时代,泰兴穷苦人家饲养的猪真是有福了,往往能和主人共享同一"福居",还得享上好膳食……

余良忠瞥一眼猪们,叹一口气,从那口大水缸里舀了一大瓢水哗哗倒进铁锅,麻利地将碗筷锅勺洗涮干净……

余良忠回到正屋,苇子仍旧端坐,正对着三块灵牌发愣。

听到父亲回来,苇子问:"爸,孩儿不明白,今天你为何让我来祭祖呢?"

余良忠望望双亲和亡妻灵牌,背过身去,道:"苇子啊,往后这祭祖的事情得完全交给你了,爸真没资格了……"

"怎么了?"

"今年财神节,我在震东市集场上遇到玉先生,——他可是十里八乡有名的大学问家,我小时候从他读了二年学塾,也算十分有幸。可惜你祖父去世早,我当年不得不早早辍了学,从此给地主老爷们当牛做马,一晃就是二十余年……如今我是完全信服了玉先生当年的教诲——'万般皆下品,唯有读书高'啊……现今你又到就师就读年纪,我本来想等这圈猪出栏了,换得了银钱,把这老屋修缮修缮,给你添置两身新衣,再把你送到玉先生学塾里去的……可是,如今这形势下,一切愿景都成梦幻泡影了……那天玉先生当街拦住了我,他说我、说我头上没了毫光,乌云盖顶!他让我回想回想,自己有没有做过什么'不洁之事'……

"我就想啊想啊,记忆里,我可真没做过什么'不洁之事'啊,我就直说应该没做过吧……玉先生却斩钉截铁:'余良忠,你的面相告诉我,你一定做过,赖也赖不掉,你再想想!'

"我搜索枯肠,可还是想不起。玉先生这时就明言了,你去年下半年煽动一百零八庄百姓拒交震东市'猪子捐',又带头火烧黄氏宗族丁桥河小学,以下忤上,此诚乃大逆不道啊!

"我当即说,玉先生,这猪子捐我们穷苦人实在付不起啊……

"玉先生却说,拒交猪子捐于你而言还只是'小不洁',你再想想再想想!

"后来,还是玉先生揭了我的底。他说我千不该万不该在你妈生你难产血崩时冲进暗房(产房),沾染了孬糟(污秽)。他说我、说我从那之后就是'不洁之人'了,生时,进不得祠堂,祭不得祖宗,连家祖阁下也不能经过,否则就犯了十恶不赦之罪;死了,也没资格埋进祖陵,只得做个孤魂野鬼……

"我回想起来了,生你那天,二爷爷和我请遍了周边几个村子的接生婆,但她们恰好通通被'八大家'中某一'家'请去了。不得已,你妈只好由你二奶奶一人接生了。在暗房外,我终于听得你啼哭,二奶奶送出的话更让我激动万分,'忠儿忠儿,是带把儿的!这娃子将来一定不简单啊,他右脚掌上有红色龙爪胎记呢!'我欢喜得原地乱转。可是,不一会儿二奶奶却在里边喊:'忠儿忠儿,娃他妈怕不行了……'

"我就要往里冲,二爷爷却死死拖住我,连声说'使不得使不得',但我还是一把撒开他,推开门,直冲进去……

"这么多年了,你二爷爷一直不肯给我句坦承话,他这是在包庇我啊!可是列祖列宗在上,他们能看不到吗!——谢谢玉先生,是他一下子点醒了我这'梦中鬼'!

"财神节当天玉先生对我说:'余良忠我奉劝你,猪子捐你就赶紧认捐了吧,就当是赎你罪恶,否则鱼死而网不破……老朽偶尔听说,黄辟尘老爷正在重金纳降,明里暗里,你们的队伍里已有不少人倒戈了,而这形势于你们这些无知莽汉就更为凶险了。余良忠,你曾是我的学生,我怎忍见你陷阿鼻地狱……'

"苇子啊,你看这圈里的四只壮猪,以前是全家的希望,如今却成'灾星'了。'八大家'年前颁布的猪子捐章程规定:'农家凡卖出一只小猪,要交两角钱捐,买进的也要交一角;猪子养大卖出时,卖家再交两角钱,买家再出一角。'也就是说,一只猪买进到卖出,我们这些可怜的农户统共需捐六角钱,这可是实打实的一石大麦的价格啊。四六二十四,这一圈猪统共要缴两块四给那八大家了,相当于四石大麦啊,我们穷苦人还有活路吗!'震东市,落灯节,债欠仇怨明天见',这是千古铁定的规矩!苇子,现在你得听好了,八大家的猪子捐一定要抗掉,余道人爷爷已经串联了周围一百零八庄,今晚我们明里唱戏,暗里议事! 舍得一身剐,敢把皇帝拉下马! 我反正是家族的祸害了,为一百零八庄穷苦人舍身请命,死得其所! 往后祭祖的事情就全靠你了,有不懂的,就去请教你二爷爷……"

苇子的目光投向猪圈,这时猪们全醒了,个个支起前肢,拢起耳朵,神情凝重,却默不作声……

静寂。静寂。可怕的静寂。

苇子走向东厢,从灶膛前捞起一竿芦竹。那芦竹几有一米五长吧,粗粗壮壮的,早晒干了,黄亮黄亮的,梢尖还顶着一缨枯干的白色芦花,仍旧蓬蓬松松的。

苇子要拿它去和猪们闹闹。往常,迎风一晃,那些冬日的芦花就会像夏日的蚊虫一样满屋子纷飞。然后,圈里的猪们总瞪圆了眼睛,瞅着那些曼舞的"蚊虫",一脸懵懂……

这次,余良忠却赶忙阻止他道:"苇子,别闹,马上看戏去。"

2. 高台唱戏密谋反

是晚,余蔡庄打谷场。

月亮姗姗来迟,但甫一登场,即将清辉遍洒,耀亮了薄雾之下起伏绵延的高沙土平原,耀亮了遍地繁霜,耀亮了远远近近低矮欹斜的草屋。有那么一阵,朔风止息了,各种天籁之音收声了,气温反常地怡人。

戏台朝南,巍峨堂皇。戏台两侧,松明火把整齐列队,光焰熊熊。

台上北侧,一古朴案台贴墙放置。案台前一旦角妆容初成,面若娇花,剑眉斜飞,眼神锐利,自有一番风流态度。

苇子远远看见她,心里说,这戏台,这姐姐,好美。

这时,台下早已人声鼎沸。

十里八乡的穷娃子们,大多脸上皮肤皲裂,衣衫褴褛,浑身脏兮兮的,嬉闹着往前趋。

余良忠拉着儿子挤到最前排,放下杌凳,让儿子安坐,又叮嘱儿子不要乱跑,也不要和任何人打闹,散场后还在原地等……

安顿好儿子,余良忠把双手拢进袖口,左瞄瞄右瞄瞄,振作精神,往男将(方言,男人)们猬集的地方去了,那地儿距戏台约有四十米远。那些男将亦大多头发蓬乱,脸色青白,衣衫破烂,双手拢在袖口内,个个神色凝重,而眼神机警。

　　台上还没鸣锣，台下孩童的乱斗已经如火如荼，木棍、竹鞭、土块齐上，悲声、喜声交叠。唯苇子静坐不动，不时转头找爸爸。他的爸爸挤进那人丛里去了，而一圈又一圈的男将们踊跃围上去，围上去，围上去，人群像自带了强劲动力的巨大磨盘在转，然而它的转动似乎又总被什么外界力量胡乱扰动着，或顺时针，或逆时针……

　　原来，有几个人好生奇怪。他们黑布蒙面，上衣破旧，而裤子和鞋子却是崭新的。这几人每每急欲挤进人丛里，但每次人丛都会像沙丁鱼群躲避来袭的鲨鱼一般，机警敏捷地散开，再往他处簇拥成团……

　　蒙面人们愠怒了，目露凶光。显然，无论怎么努力，他们始终都在圈外。更可恼的是，这冲不散的"沙丁鱼群"显然有一核心，那人穿黑长袄，戴黑风帽，面容和善，眼神坚毅，正和周围人低低地议论着什么，而蒙面人们由于对重点监控对象的谈论内容只字未能掌控，愈加惶急……

　　开锣了，妇女儿童再次蜂拥上前，占据有利位置。这时，男将们却自行疏散开来，一反常态，随便站个位置，个个一脸凝重……

　　那晚上演的正是京剧《打渔杀家》。

　　第一场开演了——

　　　　甲(李俊)、乙(倪荣)二人同上。

　　　　甲(念)拳打南山豹，

　　　　乙(念)足踢北海蛟。

　　　　甲　俺，混江龙李俊。

　　　　乙　咱，卷毛虎倪荣。

　　　　甲　贤弟请了——

　　　　乙　大哥请了——

　　　　李俊　今日闲暇无事，你我弟兄去到江边游玩一番，意下
　　　　　　　如何？

　　　　倪荣　请啊！

　　　　李俊　(唱西皮摇板)
　　　　　　　忆昔当年威名大，

　　　　倪荣　(接唱)弟兄武艺果不差，

　　　　李俊　(接唱)蟒袍玉带不需挂，

倪荣　（接唱）流落江湖访豪家。

李俊、倪荣同下……

　　一苇完全陶醉在了京剧中，眼眸灼灼，脸庞酡红……
　　剧情按照惯常的节奏往前：李俊、倪荣江边访得萧恩，第二日三人畅饮舟中，这时乡宦丁自燮遣丁郎催讨鱼税，却遭李、倪痛斥，丁府翌日即派武术教师爷亲率家丁前往锁拿萧恩等人，于是正邪双方爆发了冲突：

大教师　徒弟们，打呀！
萧　恩　（唱西皮倒板）
　　　　听一言气得我七窍冒火！
萧恩打四徒弟，大教师接拳架住。
大教师　听一言气得你七窍冒火，教师爷我要打你个八处
　　　　生烟。
萧　恩　（打大教师，接唱摇板）
　　　　不由得年迈人咬碎牙窝，
　　　　江湖上叫萧恩不才是我。
萧恩打四徒弟，大教师接拳架住。
大教师　江湖上叫萧恩不才是你，教师爷我也不是没名少姓
　　　　的。我叫左铜锤。
萧　恩　（打大教师，接唱）
　　　　大战场小战场见过许多，
　　　　我好比出山虎独自一个。
萧恩打四徒弟，大教师接拳架住。
大教师　你好比出山虎独自一个；教师爷我好比那打猎的，
　　　　专打你这个出山虎！
萧　恩　（打大教师，接唱）
　　　　何惧你看家犬一群一窝。
　　　　你本是奴下奴敢来欺我！（打大教师嘴巴，台上那
　　　　一声"啪"，又响又脆）

　　台下满堂彩："打得好打得好！"

8

这时，台下一蒙面人粗暴地拨开人丛跃上戏台，破袄一脱一甩，亮出一身黑色短打，再从裤兜里动作夸张地掏出一顶折成六角形的尖顶滑缎瓜皮小帽，往头上一戴，瞪圆了凶恶眼，又从腰带中抽出一根三尺五寸长的旱烟杆，当空一扬，冷哼一声。人群中应声蹦出五六个彪形大汉，个个放声吆喝"我来也！"纷纷腾身扑上戏台，再把破围裙、破棉袄一脱一甩，也俱是一身黑色短打，个个恶狠狠，凶煞煞，仿佛饿虎就要扑来食人肉。

台下，娃子哭叫，大人骚动。

台上那几个家伙顿时得意了，一对眼神，同时扯下蒙面，原来他们正是本地地保余圣章，以及他预先埋伏在人群中的打手。

这时，寒风啸叫，光焰动荡。

余圣章两手往腰里一叉，大肚皮一挺，尖声高叫：

"佯为唱戏，阴谋造反！胆大包天，即刻停锣！"

"萧恩"摘下髯口，正是黄桥京戏班主李侉子，上前两步，戏腔唱道："地保大人，这可真是天大天大的冤枉啊！我们正经唱戏，只为养家糊口，何曾谋反？！"

余圣章道："哟，我道是谁呢，还真是黄桥李大侉子！姓李的，不管你多侉，我们震东市都治得了你，我奉劝你还是别掺和我们震东市事务为妙！年前这帮穷鬼火烧丁桥河小学，县官老爷正在调查取证，不日必定将凶徒一网打尽。现在凶徒惶恐，以唱戏为幌子，私下串联，意图起事。而你李侉子不识事体，为虎作伥，同罪同罚，当死！"

李侉子戏腔："地保大人啊，谋反这口帽子太大太重了啊！——各位父老乡亲，你们评评理，咱李侉子专心唱戏，养家糊口，'谋反'这帽子只怕我这小小脑袋戴不动啊戴不动，哦哈哈……"

台下同喊："与你无关！"

"呀呀呀，这就是了！地保大人啊，你循你的国法，你自去管束你的人，我不碍你；我是戏班子，我得依我的行规，戏既开场，就得唱罢，所以请你这就下去！"

"狗腿子，滚下去滚下去！"不少土疙瘩扔上台去。

余圣章恼怒，一把抽出插在腰里的小插子，刃口雪亮，步步逼向李侉子，狂言："即刻止锣，否则格杀勿论！伙计们，抄家伙！"

六个狗奴才齐声吆喝，把插在各自腰里的小插子一齐抽了出来，顿时寒光闪闪。台下亦有打手远远地放声助威。

李侉子剑眉倒竖，退后几步，暗里运功，双手握拳，正要发作，千钧一发之际，台下人群里挺出一五十多岁的老农来，这人正是刚刚那"磨盘"的核心。

你看他，脸上沟壑纵横，须髯皆白，大义凛然，疾走几步，拧身飞上戏台，大喝一声：

"领头反对猪子捐的是我余学先，与李班主无关！"

"地保大人"的匕首立刻逼向余学先。

余学先一脸轻蔑，一把扯开棉袄襟口，亮出瘦骨嶙峋的胸膛直逼过来，道："尔敢！"

"地保大人"连连后退。

这时，台下打手见状，接连跃上戏台。匪徒仗着人多势众，步步进逼，集体向余学先发难。

台下，余良忠、余辉昌、余振福等青年交换了眼色，也接连跃上戏台。

与戏台近在咫尺的余一苇永远记得，当时正是爸爸余良忠一把扯开余学先，以他自己的血肉之躯迎向匪徒们的利刃。斯时，朔风啸叫，光焰动荡，而余良忠巍峨如山，金刚怒目，头发逆风后掠，仿佛黑色火焰猎猎。

"地保大人"和打手们登时蔫了。

"地保大人"转向李侉子，威吓道："李侉子，你给我听好了，即刻止锣，否则告到县里，拆你黄桥戏院！"

"你这小杂种，也敢在爷前撒野！"余学先目眦俱裂，抢上一步，劈手就给了"地保大人"一记响亮的耳光，"啪——！"

全场肃静。肃静。令人无比快慰的肃静。

贴近余学先的打手抢上一步，欲对余学先不利，余良忠箭步上前，劈手将他的小插子打落，再飞起一脚，那厮落叶一般飘落到台下尘埃里，哀哀叫唤。

其他打手见状也罔顾"地保大人"安危了，纷纷跳下戏台，夺路而逃。

"地保大人"顿时面如土色，手中小插子咣当坠落，兀地跪地，自打耳光，连连告饶："小的不是，小的不是，小的不是，请爷爷饶恕！"

余辉昌抡起碗大的铁拳，上前就砸。那拳快到"地保大人"面门时，余学先却急急伸手挡住，道："姑且饶他狗命！余圣章，你这走狗赶快去禀报黄群尘吧，就说我们一百零八庄铁了一条心，拒交猪子捐……"

"地保大人"跳下戏台，狼狈逃去。黑暗里，朔风远远送来他的狂叫：

"余道人(学先)、李侉子、余良忠、余辉昌……你们都不得好死！黄辟尘老爷说了,谁抗'猪子捐'就要谁的命!"

"反不了'猪子捐',穷人贱命活不了;反不了'猪子捐',我余道人也不在这世上过!"余学先朗声说道,"各位父老乡亲,横竖一死,不如效仿萧恩父女以命相抗,遇神杀神,纵得一死,也在人间传个英名! 快快拿鸡来!"

台下众人飞速递上一只活鸡、一把剪刀、一摞海碗,以及一坛高粱烧。

余辉昌麻利地将酒碗整齐排放在戏桌上,一一倒上酒。

余学先左手抓鸡两翅,右手执剪刀,咔嚓一声剪掉鸡头,再弃了剪刀,倒拎鸡爪,鸡脖鲜血汩汩。余学先伸右手去掬,先抹自己满脸,再将余血象征性地沥在各酒碗内。

血尽,余学先扔了鸡,端碗在手,面向台下黑压压的人群跪下。

台上众人同样动作。

李侉子也欲去端碗,余学先急用眼神制止。

余学先再瞅台上、台下,问道:"玉先生呢?"

台下有人远远回道:"玉先生说了,天晚了,眼神不好,但心里仍是明的,期望大家只做对的事……"

台上、台下众人跪下,对天立誓:"皇天在上,一百零八庄一条心,反对'猪子捐',宁死不要命! 如有二心,天打雷劈,断子绝孙!"

"要活大家一起活,要死大家一起死!"

"反不掉'猪子捐',一百零八庄不罢休!"

"大家齐齐心,阎王殿上去拼命!"

……

众人一饮而尽,咣咣咣……酒碗碎了一台。

回家路上,余良忠对儿子说:"落灯了,这年节就过完了,'债欠仇怨明天见'。一百零八庄一条心,'猪子捐'一定能抗掉!"

这时,月影无觅,雾失前路,火把照不出几步外,二人周遭乳雾团团猩红,恍若处身坚厚茧壳内……

3. 八大家镇压暴动

戏台上的松明火把撤掉了,喧嚣的人声散去了,余蔡庄又沉入了浩瀚墨海底部……

11

是夜三更天,突然,夜的宁静被打破,犬吠四起。接着,余良忠住宅南边远远传来凶徒的斥骂声,妇孺呼天抢地的哭喊声。

余良忠醒了,披衣,从木门缝里往外看去——

他朦朦胧胧地看到,南边余学先家方向一支火把队伍逶迤西去。虽看不清人影,但从话语声判断,一定是八大家豢养的警察以及保安队员捕获了一干人等,用绳索捆了,串着,押往震东市治所。

是八大家抢先动手了!

朔气凛冽,余良忠不由得打了一个寒战。

余良忠回头望望儿子,屋内黑黝黝的。

儿子应该也醒了,此刻却平静得出奇。

余良忠咬牙切齿地说道:"天亮了一定要他们好看!"

那晚,余良忠再也没睡,一锅接一锅不停地抽旱烟。每次他刺地划亮火柴,火光都照亮了他那张因为愤怒而变形的脸。

余一苇靠北窗躺着,一动不动。窗户是用麦秸秆封闭的,这时,朔风乍起,窗户怪啸。余一苇再也睡不着,一直大瞪着眼睛,双眸燃着炽烈的火。他仇恨夜的黑,他热切盼望红日升起,好把屋外黑沉沉的夜的羽翼及夜的肉身早早燎烧殆尽……

鸡叫头遍了,余学先家方向突然一阵锣响,登时四下都喤喤喤地应和起来。这一波接一波紧锣声,连绵无绝地震荡在高沙土平原上空,给黑夜过了强电似的,天空被迫重新营业。

是预先约定的起事信号!

余良忠麻利地穿好衣服,儿子也跟着起床。

余良忠打起火把,儿子紧随着他。二人开了门,也没关门,就急急赶往余学先家。

这是一年里最冷的月份,繁霜遍地,给大地盖上了厚厚一层"羊毛毯"。可是,这"羊毛毯"并不柔和,你一踩上去,它就咯吱咯吱作响,痛感十足。

余学先家只数分钟就到了,也是三间低矮破败的草屋。

屋前平旷,是块麦田,繁霜遍地。无数松明火把齐汇,燃成一片猩红的海洋。红焰在繁霜上纵情"燎烧",繁霜之上露头的冬麦苗也被灌注了鲜红的血浆似的,陡然化身为斗志昂扬满地蠕动的赤红色动物体,其上血雾蒸腾。

一百零八庄的农民集合了,个个昂首挺胸,手执铁叉、锄头、木棍等物,表情刚毅,血脉偾张,却默不作声,相互只是点头问候……

余一苇静静伫立麦田之上,这当儿脚下繁霜已被踩实,再不闻它的痛苦哭叫,然而周遭那片猩红的血雾令他晕眩。恍恍惚惚中,他隐隐约约听到了歌吟,非你非我非他,真切乃是大地母亲的歌吟。那歌吟起初听起来似奶昔一般绵柔甜馨,仿佛母爱漫漶。俄而,大地母亲的歌吟渐渐起了悲音,苇子的泪水顿时莫名汹涌了。在晶莹泪光中,幻景出现了:大地母亲发脾气了,大地之心在怦怦擂响,广袤的大地极速液化,汹涌,浊浪排空,天地之间完全充斥着大地母亲洪大的律吕……惜哉,这幻景似乎除他余一苇之外,再无人能够感受到……

余学先从里屋出来,还戴那顶黑色小风帽,手挥一根二尺五寸长的青竹鞭,把破围裙的下摆反撩起来,塞到腰间,高呼:"如若'猪子捐'反不了,穷人贱命活不了! 昨晚翁知事这狗官来到了震东市,吃了八大家的狗屎盆,晚上就纵狗行凶,抓了我们不少无辜的人,其中有余登甫、余辉发和余家宝等七个人,我的同先妈也被抓了。所幸,昨晚我护送李侉子戏班回黄桥……冤有头债有主,八大家、翁知事,我们一百零八庄佃户与你们不共戴天! ——走啊,要人去!"

众人响应:

"要人去!"

"要人去!"

"要人去!"

……

这千万人的声音,似天河决堤,似雷霆万钧,似怒海潮涌……

人们出离愤怒了,无数松明火把恣意燎烧,血雾氤氲,这条壮观的火龙向震东市治所进发,斗志昂扬。他们周边的暗夜,渐渐消融成一块猩红鲜亮的凝胶,而无数鲜活的"蠕虫"在内中姿态夸张地蠕动着,蠕动着,蠕动着……

爸爸冲锋陷阵走在队伍最前面,一苇紧随着他。一苇虽然年纪小,需花大气力才赶得上,但总不肯落下……

愤怒与强行军似乎缩短了时空,没多时,人群已经把"横巷八大家"的老巢——横巷集镇团团围住。那时天刚刚放亮,浓稠乳雾加紧逃散……

横巷集镇位于泰兴县东南,黄桥市正南方约七公里处,南与太平庄,东与吴家岱,北与西洋庄相邻,西濒季黄河。《泰兴县地名录》这样记述:"横巷,旧以人们相对而居,形成西巷、东巷、庙巷三巷,故得名。"其成庄的确切年代虽无从考证,但据《黄氏家乘》记载,横巷黄氏始祖黄安是明代来此定居;另据《丁氏族谱》记载,横巷丁氏始祖丁怀魁、丁怀冠明代自姑苏始迁于此。由此推测,横巷建村之历史可谓久远矣。横巷天生不甘平庸,渐渐兴盛成长江北岸一小型集镇。

斯时的横巷集镇东西占地两公里,南北占地一公里,中间一条东西向的小湖港贯穿,将集镇分为南北两片院落群。这湖港虽不壮观,却被拾掇得不凡。君不见,它终年碧波荡漾,两岸建有石质码头,大船可直接靠泊。而河岸早已园林化了,花木扶疏,曲径通幽。横巷集镇这地形黄家人向来得意得很:"横巷福地,诚乃吾黄氏聚宝盆也。"

此刻,在一百零八庄农民眼前,连绵的院落群越发清晰地呈现了,而河南、河北两座瘟神越发显赫,原来它们正是两座高大炮楼,枪眼乌洞洞的,威风凛凛,遥相呼应,提醒人们:这里是震东市,这里是八大家的地盘!

河北一排正是庄的主体。从西巷口向东,主要有黄邦之和黄辟尘住宅。河北的炮楼即位于黄辟尘住宅东南角上。二人府第之间是黄六房、黄国香两家。黄辟尘家往东依次是陈筱波家、黄氏宗祠、黄仲熊家,再往东是几户寻常百姓。东巷口向东,渐次有横巷土地庙、横巷小学,以及几户寻常百姓。巷西也有黄氏人家穿插其间,至西边有黄老四房,住房亦高大轩敞。直至港边大桥,又住了黄炳宣、炳鉴、炳托三兄弟,皆是震东市数得上的人物,住房亦较寻常百姓出色。论辈分他们是黄辟尘的孙辈,黄邦之的侄辈。

河南,一条大马路从南面穿庄而过,那是老姜八(姜堰—八圩)公路。晨雾中,河南的炮楼更显高峻威武,它是黄懿修家的。它本是一座更楼,于民国初年黄懿修向泰兴县政府申报百万家财后,获得批准拆建而成,有上下四层,是用钢筋水泥砖头建筑的,相当坚固。炮楼下,他家的小洋房富丽堂皇,后花园内亭台楼阁,曲水流觞。河南一共六户人家,黄懿修家位于西首第二家,他的西边是黄家球家,向东则依次为黄季雅、黄朴庵、黄宝传、黄友生等人府邸。这河南六家,加上河北的黄辟尘、黄邦之,皆为豪强地主,时人合称其为"横巷八大家"。

河南六家家家门面宽阔,门楼巍峨,石兽镇宅,南墙雪白。各家门前皆有偌大晒场,晒场南均植有两排风景树。家家庭院深深,花墙高峻,后花园内除种植各种名贵观赏树种,还栽有各种果树,如银杏、桃、李、杏、枇杷等,四季飘香。

这八大家聚族而居，"同心同德"。他们的富有，且撇开其所开设的银行、典当行不谈，单拥有的土地就达到了数十万亩，他们家族引以为傲的是，"到泰兴城办事不用走别人家的地"，而首富黄懿修收租更到泰兴西乡永安洲（现属泰州高港区）一带……

晨曦中，"八大家"家家朱漆大门紧闭，深宅大院静默，恍若还在梦中。

众人目光越过花墙垛洞，可以看到各家院落里的奢华图景：雕梁画栋，假山翠竹，清泉飞瀑……

黄辟尘府花园内，黄辟尘、黄宝传、翁知事等人正在水滨凉亭中用早膳，仆佣穿梭侍候。

那早餐何其丰盛啊，有大煮干丝、水晶肴肉、五香牛肉、三丁包子、烧饼、油条、鸡浇面……

围墙外，人群咆哮：

"还我儿子！"

"还我爸爸！"

"还我丈夫！"

"黄辟尘，吃人不吐骨头的东西，快快出来受死！"

"翁燕翼，狗官，快快出来受死！"

……

翁知事肥头大耳，不慌不忙搁下碗筷，拿湿毛巾拭过肥厚嘴唇，鼠目滴溜溜直转，冷笑道："黄翁，如何处置啊？"

黄辟尘把下唇一咬，转头冲外面喊道："放枪！"

远处喊："放枪准备。"

任你花园外喊杀声震天，花园内却毫无回应。农民们以为八大家怯阵了，就又一阵喊：

"杀啊！"

人潮直往围墙扑去。

然而，待众人运动到距围墙两丈远的地方，炮楼上啪的一声枪响，一颗红色信号弹尖啸着升空，接着炮楼枪洞里，围墙垛洞里，各式枪械丧心病狂地喷泻着恶毒的弹雨。

余学先前面一个暴动农民中弹倒地，胸口塌陷，鲜血汩汩。

余学先扔掉青竹鞭，上前一把抱起他的上身，老泪纵横，喝道："拼命啊，老少爷们儿！"

"拼命啊拼命啊……"大伙儿猛冲上前。

"啪啪",又有两个农民应声倒地。

"嗒嗒嗒……"炮楼里的机枪叫得更欢。

霎时间,小湖港南北处处响枪。

就在一苇的眼前,弹如飞蝗,一畦地儿的"麦秸秆"瞬间被子弹拦腰打折。

空中血雾弥散,地上血流成河。

大地在枪声中战栗,硝烟滚滚,天昏地暗。

余良忠闷头直往前冲,像一头出离愤怒的牤牛,无畏生死,迅若雷霆。儿子紧跟在余良忠身后。

敌人的各式枪械尽情撒欢,伤者的呻吟与哀号完全被敌人那威风凛凛的枪声彻底覆盖住了。

这时,余一苇最为担心的事儿终于发生了:一颗子弹从爸爸余良忠的前胸射进,后背射出。

冲锋着的余良忠头颅猛地往下一苇,腰一哈,然后整个身子失了分量似的往后上方飘起,飘起,飘起,再沙袋一样软塌塌地掉落在地,他的血肉溅了身后的苇子一脸一身。

余良忠躺地,仰面朝天,大口大口地喘息,前胸创口鲜血喷涌,还咕嘟咕嘟冒泡。

望着天空中的滚滚硝烟,余良忠的眼瞳渐渐散大,光焰渐渐熄灭,他拼尽最后的气力,说道:"玉先生说得真没错,'鱼死而网不破',这就是我们穷苦人的命!——苇子,爸爸不要你为我报仇,爸爸也不期望你成为一条骁龙,爸爸祈愿你能像龙河边的芦苇那样就好,旱涝不死,刀砍火烧不灭……爸爸阳寿尽了,爸爸对不住你,你快投你俩舅舅去!苇子,千万、千万……不要……把我、葬、到、祖陵,我、我……真、没、资格……"

余一苇连连推搡爸爸,声泪俱下:"爸爸!爸爸……"

……

河南河北的枪声终于消停了。

黄辟尘府邸高高的炮楼顶上,渐渐升起了两张嗜血的嘴脸,正是翁知事和黄辟尘。

二人举杯互敬,相互阿谀。

"翁知事果然雷厉,干!"

"能为黄议员效力,卑职不胜荣幸,干!"

余学先放下战友遗体,用袖口抹去满面泪水,趋前骂道:"狗官,不得好死!"

翁知事怫然变色:"彪下还不速速把那老东西拿下,要活的;其余的,一个活口不留!"

言罢,翁县长拂袖而下,黄辟尘同下。

泰兴县警队和震东市保安队的恶狗们即刻打开了围墙上的侧门,一窝蜂地冲出花园,遇到活人上去就是一刺刀,死尸也都补上一刀。

余一苇眼含悲泪,随着暴动的农民溃退。

这时,余学先逆行上前,叉开双臂,迎面挡住追击的敌人,道:"老子正是余学先,领头造反的是我,放他们走!"

"拿的就是你,跟我们见老爷去!"领头的匪徒迎面一拳,余学先鼻孔瞬间飙血,倒地,众匪徒一拥而上,拳打脚踢。

躺地的余学先喊道:"弟兄们,快回去,保存有生力量! 要报仇,就找余大化商量吧!"

……

4. 农民火烧震东市

爸爸余良忠倒地,余一苇徒唤奈何。更悲哀的是,爸爸余良忠和那些被屠杀的农民的遗体再也没能回到亲人身边,匪徒们究竟是如何处理那些遗体的,永远不得而知了……

那日,一苇随着黑压压的人群溃退,奔向与余蔡庄紧邻的徐家庄。

当人们哭天抢地地在徐家庄余大化门前跪下时,余大化出来了,须发花白,一脸坚毅,穿土布紧身短袄。

余大化原名徐天花,虽年逾六旬,但身体依旧硬朗。至于徐天花的身世至今仍是个谜。传说当年他才十一二岁,虎头虎脑,孤身一人突然驾临徐家庄,自选福地,自行搭棚建屋。人问其姓名籍贯,他只是摇头。人们同情他,有乡贤就帮他起名"徐天花",美赞他的到来能给徐家庄带来好运。徐天花渐渐长大,家中一贫如洗,却拒绝到地主家做牛做马,痛恨世道不平,即效仿古时侠客,仗剑江湖……

就这样,徐天花年纪轻轻,很快在江湖上立威。但是,一众弟兄觉得

"徐天花"这名字太别扭,就替他改了名,把"徐"字去掉双人旁,"天"字去掉一横,"花"字去掉草头,遂成"余大化"。

为何要如是更名呢?原来徐天花口头禅即是"吾乃大而化之之人也"。这"大而化之"一词出自《孟子·尽心下》,原文为"大而化之之谓圣",意思是光大并能使天下人感化叫作圣。而我泰兴方言里"大而化之"一词常用来形容这一类人:表面来看,行事不拘小节,我行我素;而骨子里,急公好义,万死不辞。毋庸置疑,"大而化之"一词用来形容徐天花也委实最确切不过了,纵观余大化的一生,倒有半生是因为锄强扶弱而在牢狱中度过的。花甲之年,他金盆洗手,长住徐家庄,颐养天年……

远远地,一苇看到,余大化上前——扶起前排众人,一脸悲愤,一拍胸脯,说道:"父老乡亲们,大家请起! 有我余大化在,一定替你们讨还公道!"

他一边安排家人做饭,一边把各庄代表请进屋内议事。

那天,人们在余大化门前啃的是煮红薯,喝的是白开水。

饭后,人们各归其家。一苇也赶紧归家,把爸爸的死讯告诉二爷爷去……

是晚二更天时分,一阵紧锣响,一百零八庄群众拿着各式"武器",钉耙、锄头、斧头、铁锹、菜刀等,从四面八方再次向震东市扑去。这次各支队伍均不打火把,并禁绝言谈,唯闻繁霜在脚下咯吱咯吱作响。

一苇一脸坚毅刚强,拿了一根毛竹杠,走在余蔡庄队伍最前面。一苇幻觉,千万人的脚掌踩在大地上,大地澎湃起伏,恍如一面巨型战鼓正被万千鼓槌劲爆擂响……

很快,人们把八大家聚居地再次围得水泄不通。

黄辟尘府。

"啪啪啪……"警察和保安队连开排枪,可是外面黑黢黢的,只闻震天喊杀声,却不见人影。

待枪声消停了,余大化把手中青竹鞭一挥,大喝一声:"跟我来!"

言罢,余大化一个箭步蹿到花园墙角下。紧跟着,余辉昌等人也蹿上去了。众人纷纷喊杀,各个一扬手,速速将各自手中砖头、石块等隔墙砸进园子里去。只听得里面乒乒乓乓一阵响,墙后待命的匪徒们哇哇惨叫……

万千的声音如惊雷炸响:

"血债血偿!"

"血债血偿!"

"血债血偿!"

······

望见这边声势浩大,两座炮楼里的,以及各府垛墙后的敌人匆匆放了几枪后,皆赶紧弃营逃跑了。

"上攻城槌!"余大化命令。

十几个身强力壮的青年,嗨号嗨号地抬来了一根自制的攻城槌,往前猛进。

众人两边捧着攻城槌直朝墙上反复撞去,嗨号嗨号嗨号······

只听得哗啦啦一阵响,围墙登时被捅开了个大窟窿。

众人从窟窿内往里一瞧,不觉怒火中烧。原来尽管夜已深沉,但黄辟尘府内依旧灯火辉煌,堪比仙宫:红烛高烧,烛身镂画;横匾鎏金,雍容华贵;柱子朱红,楹联风雅;卷帘葱绿,清新素雅;器皿白亮,洁净如新;曲径斜道,别有洞天······

余辉昌高叫一声:"还愣着干吗?我们的血早被八大家吸光了,还不赶紧烧了它们!"

这句话顿时把大家提醒了,每人燃起一把火,像流星射向花园各处。

顷刻间,黄辟尘府内火舌燎天。

这时,老天爷怡畅地顺应了民意,呼呼地送来一阵狂风,风助火势,火仗风威。

在木材器皿的炸裂声中,夹杂着黄家人的惨叫。

余大化道:"冤有头债有主,速速找到八大家的主子们报仇!"

人们急急奔命。

这时,"哗啷啷啷啷······"各处屋顶纷纷坍塌,墙体纷纷仆地。火光照亮遍地宝物,黄的金,白的银,弯的元宝,圆的洋钱,璀璨的珠宝······

原来这些宝物竟然都被砌在墙里!

余大化喊道:"莫管这些,先逮了黄辟尘和翁燕翼!"

主屋暂未过火,人们团团围定。

余大化喊道:

"黄辟尘、翁燕翼,还不快快出来受死!"

"黄辟尘、翁燕翼,还不快快出来受死!"

"黄辟尘、翁燕翼,还不快快出来受死!"

19

……

里面不应。

余大化怒道："烧!"

众人纷纷往雕梁画栋投上火把,那屋子瞬时燃成了壮丽的"火焰山",还噼噼啪啪炸响。

一苇站在"火焰山"的最前面,热浪灼人,但是他毫不在乎。是杀父之仇让他罔顾自身安危,他要亲见黄辟尘、翁燕翼等人尸体!

轰隆一声,主屋彻底倾圮了,那堆火青蓝青蓝,呼隆一声凶猛爆燃。幸好余大化手疾眼快,一把把一苇拽到身后……

这时,从火堆里跳出一个"火人"来,连滚带蹿地冲出去,扑通一声跳进主屋前的池塘,登时水里冒起一阵白烟。

农民们跟着赶了过去,提着那家伙的耳朵把他拉上了岸。

那鬼东西现在犹如烤猪,浑身唯眼白尚白,惨不忍睹,跪伏地上连连磕头:"饶了小地保狗命! 饶了小地保狗命!"

农民们一看是余圣章,不是翁知事或黄辟尘,无比失望,无比恼恨,一阵锄头扁担,登时把这狗腿子打成一团肉酱……

天亮了,大家拨开火堆去找寻尸体,哪知寻来寻去,既不见黄家主事人尸体,也寻不到翁知事尸体。

余大化望着黄辟尘府的一地焦土,神色凝重:"大家都赶紧撤退吧,敌人马上就要反扑! 能远走高飞的,就都远走高飞吧,只恨我余大化谋事不周……"

一苇拉拽余爷爷衣角,道:"余爷爷,我不走,我不走,我要为我爸余良忠报仇……"

余大化半蹲下来,双手捧着苇子脸庞,老泪纵横,道:"孩子,听爷爷话,你也赶紧逃了吧! 如今八大家的豪宅都成了一堆堆的废墟,八大家一定不会善罢甘休的,他们一定会把起事家庭赶尽杀绝的! 往后你务必掩藏好自己身份,好好儿活下去,将来为爸爸报仇,为一百零八庄死难者报仇!"

"余爷爷,你也逃吧!"

"不,'吾乃大而化之之人也',我怎能走,我一走,一百零八庄就要血流成河了。天一亮我就向敌人自首去……"

后来,人们才知道,黄辟尘为了对付前一晚一百零八庄的暴动农民,早早把信佛的老母亲和妻子哄去了黄桥市。黄辟尘本以为拿住了余学先就

20

从此高枕无忧,孰料翌日夜间又冒出了余大化起事。由于这次八大家备战不充分,见农民势众,他们早早押上余学先从黄辟尘府侧门仓皇逃窜,登船西去。而翁知事由于体态臃肿,行走不便,黄辟尘"机智",早早让他躲进一辆拉粪的独轮车粪桶内,并用秽物给他"化"了"装"。这车由一健壮家丁推着,惶惶逃命。而黄府后门值守的暴动农民对这吱吱呀呀歪歪扭扭慌慌张张奇奇怪怪的粪车居然没有截停搜查……

贰 黄桥风雷动

1. 育婴堂捣蛋鬼

第二天,晨曦初露,一苇和二爷爷就出现在了黄桥市东大街育婴堂门前。

店铺低矮,夹街相对。街巷逼仄,东西绵延。石块铺路,坑洼不平。墙砖灰褐,斑驳陈旧。青苔漫墙,如同铜绿。这一切都在提示你,这里是苏中千年古镇黄桥。

育婴堂坐南朝北,房舍共四进,两侧还有厢房,门头悬挂隶体金字的"育婴堂"匾额。

《泰兴县志》载,黄桥育婴堂始建于清道光二十八年(1848 年),当时共有房二十四间,经费来源为岁征地租谷十六石六斗,房租一百五十五千四百文。民国时期,育婴堂继承旧堂房舍,经费来源主要为各方善款,外加黄桥市政府少量拨款……

此时,育婴堂大门还关得铁桶一般,二爷爷逡巡良久,不敢上前拍门。

一苇看到,育婴堂大门东侧墙上开设了一扇一米见方的窗口,内置一长大抽屉,直通内室。窗口上方横垂一薄木板,随风微微飘摆。

一苇觉得有趣,就要去拉抽屉,二爷爷赶紧制止:"这是置婴处,别闹!"

一苇只得作罢,这时发现抽屉旁边垂有一条鲜亮的红绳,又要去扯,二爷爷再次赶紧制止:"不要动它,那是人家丢放弃婴时通报育婴堂的铃铛。"

育婴堂东边隔着两米宽的巷口,即是粥局。伙计们早早忙开了,蒸子里热气蒸腾,筒炉里饼香四溢。

一大群流浪汉早已团团围住了粥局,男女老少皆有,但他们似乎都不着急。

22

一苇饿了,连拽二爷爷衣角,直吞口水,道:"二爷爷,我饿!"

二爷爷苦着脸,转过去,对一伙计说道:"小哥,行行好,赏点稀粥给娃喝……"

"好咧,不过老爷子您可要稍等一下哦,女菩萨马上就到!"那伙计抬眼看二爷爷,这人生得好奇怪:小头,平脸,长颈,驼背,罗圈腿,走起路来,脖子一抻一抻的,显出老努力的样子。

这时,一流浪儿喊道:"老乌龟老乌龟老乌龟……"

流浪汉们跟着哄闹起来:"老乌龟老乌龟老乌龟……"

伙计笑了笑,道:"老人家,您别介意。"

二爷爷也不恼,抚一下一苇脑袋,道:"昨夜你大舅托人带信,要我今天一早就把你送来育婴堂,可是到了这儿也没个人接应……"

一苇道:"二爷爷,我饿……"

二爷爷一摊手,一撇嘴,还想要说些什么,脑袋却突然往后一仰,身子往前一个趔趄,幸好稳住了。

流浪汉们又嚷开了:"老乌龟还不倒,在地上爬几步才名副其实呢……"

二爷爷不搭理他们,伸手拍额,气喘吁吁。

这时,流浪汉们喧嚷起来:"'女菩萨'来了!"

只见一个比一苇年龄稍长的小姑娘,挽着一衣着华丽的少妇,款款走过来了。二人皆穿齐腰襦裙,少妇素雅和善,女孩清丽娉婷。

少妇道:"大家别急,都有份。海英,赶紧帮忙哦!"

"好咪!"海英答道。

粥锅前,伙计递长勺给海英,海英麻利地接过来,左手顺手拿了一只海碗,躬身就打了一碗粥。

"谢谢!"第一个接碗的是个老头,他的服装属于纯粹的"污衣派",山羊胡子在风中狂舞,三角眼中投射出蛇目一样阴鸷的寒光。

少妇那边也开了工。

人们各端了粥碗吃起来。

二爷爷也凑上去,接了一碗先递给了一苇。

一苇也不管粥烫,喝得一头汗,很快喝光了它,又把碗递给了二爷爷。二爷爷接了他的碗,又蹭到粥锅前,道:"'女菩萨',再赏一碗吧!"

"女菩萨"道:"你新来的?"

二爷爷道:"我送孙子到育婴堂的,他爹妈都死了……"

山羊胡子厉声打断他:"老乌龟,你可听好了,这边的规矩,凡乞食的得先到爷这儿来拜码头,而且每人每餐限讨一碗……"

"大爷,我们祖孙俩只是今天暂时讨口饭吃……"

"不——可——以! 不上规矩,怎成方圆? 你不入我帮会,就绝无资格在此乞食,给爷滚远一点!"

众流浪汉嚷嚷:

"对,滚远一点!"

"滚远一点!"

"滚远一点!"

……

"女菩萨"道:"都别闹了! 老人家,今日我请你和你孙子吃,你们吃多少也不打紧!"

山羊胡子干瞪眼。

小姑娘打了一碗粥,端给一苇,道:"这份给你,吃吧。"

一苇也没说声谢谢,很快解决了它,突然又搁了碗,捂住腹部,一脸痛苦。

"女菩萨"又打了一碗粥递给二爷爷,道:"老人家,赶紧吃吧。"

二爷爷看过一苇,含着泪把头埋进海碗里……

吃完,二爷爷道:"谢谢二位'女菩萨'!"

"弟兄们,又来两个抢饭吃的啦,往后我们可得好生招呼他们!"流浪汉中一红眼睛嚷嚷。

"明白明白,哈哈哈……"

一苇对着这些凶神恶煞一点也不害怕,他的眼瞳大而黑,忽闪忽闪地把他们的丑恶表演完整摄录下来……

是的,经历过震东市的枪林弹雨,一苇的内心再无畏惧!

这时,那伙计冲二爷爷身后说道:"王老爹,这边有个娃要投你们育婴堂。"

一苇转头,看见身后屹立着一膘肥体阔的老汉,黑脸虬髯,眼神威严,而一只眼窝却是空的,渗着血水。

王老爹道:"育婴堂都快断炊了,有钱就来,没钱甭来……"

"老王头,你看老乌龟都这样子了,哪能蹦出一个子儿来!"一流浪汉

24

讪笑。

二爷爷上前,道:"爷啊,这娃是李牧师的外甥,钱款由他来付……"

"两个李牧师,你说的究竟是哪一个?"

"两个都是。"

"三天不来钱,我立马把这小东西撵街上!"老王头转头厉声对一苇说道,"小东西,进了我育婴堂的门,你就是我的人!不听话,就挨收拾,明白吗?哈哈……"

一苇迎着老王头的独眼,非但不怯,还像一只斗志昂扬的小老虎冲他龇牙瞪眼。

老王头笑道:"人小脾气坏,看我老王头往后怎么收拾你!走,进去!——你老人家就甭进了!"

一苇好想和二爷爷再说说话,可是老王头粗暴地拎着他的后领,大步流星地把他往育婴堂里拖拽。

这时,一苇听到小姑娘在说:"妈,你看王爷爷……"

"女菩萨"却道:"王爷爷是个大好人!"

"苇子,听话,二爷爷会来看你的!"这是二爷爷对苇子说的最后一句话。

二爷爷怆然目送着苇子进了育婴堂大门,看不见了,再也看不见了,长叹一口气,背转身,步履艰难地往镇外走去。他的脖子抻老长了,再也缩不回去似的,两肘架着,双手划水似的,驼背伛偻,步履蹒跚。

流浪娃们跟上去:"哦哦哦,老乌龟走了老乌龟走了……"

……

那天之后,二爷爷就彻底从苇子的世界里消失了。往后余生,苇子多方查找二爷爷下落也一无所知……

那个早晨,天空湛蓝,太阳朗照,育婴堂内安静祥和。

穿过门堂,老王头先把一苇领进了东厢房,室内供奉着一尊观世音菩萨塑金像,香烟袅袅。

老王头上前虔诚跪拜,道:"大慈大悲观世音菩萨,请保佑我育婴堂,请保佑这可怜的孩子吧!——孩子,还不施礼!"

一苇赶紧上前跪拜。

然后,老王头领他进了一间宿舍,一共四张床,其中三张床上被褥齐整,另有空床一张。

老王头指着那张空床道:"往后这床你睡。"

老王头在一苇床头桌上搁下一只瓷杯和一把牙刷,又反身拿来一条牙膏,往牙刷上挤了豆粒大的白色膏体。

老王头道:"漱口去。"

一苇茫然。

老王头道:"真是乡下孩子,没见识,我教你……"

……

洗漱完毕,苇子随着老王头到了餐厅。

有四个娃子已经候着了,三男一女。

那几个娃子虽然衣服都不大合身,有的还打了补丁,但都很洁净。他们看老王头眼神都怯怯的。

桌上已经为每人准备好了一碗白粥、一块饼、一碟酱菜。

"比在家里强多了!"苇子心里赞道。

吃吃吃,毫不费力,苇子又一碗白粥下肚,外加一块饼。

老王头也端了碗,却不吃,道:"育婴堂规矩,吃饭就是吃饭,不许打闹,不许讲话,不许浪费……"

其他几个孩子只顾闷头吃,苇子却冲老王头龇个花脸,再一顿海吃……

待孩子们都吃完了,老王头道:"现在,我们育婴堂内一共有五个孩子,这是孙成——大个子,这是宝珠——小丫头片子,这是张社稷——胖墩,这是李国栋——大眼睛,这是'苇子'……娃子们,育婴堂现在是你们共有的家,你们当亲如兄弟姐妹,凡事相帮,不得相害。另外,我特别强调,世道混乱,若无大人伴同,谁也不许擅离育婴堂!"

大个子笑道:"王爷爷,这'尾子'二字是不是'猪尾子'的'尾子'啊?大家瞧瞧,他头上的这条'猪尾子'还挺俊的呢……"

娃子们爆笑。

"'猪尾子'就'猪尾子',名字贱,好养!"老王头一瞪眼,扭头冲灶台喊道,"刘姨刘姨,往后你每天早上帮尾子打理辫子……"

灶台远远传来刘姨的回话:"好咧。"

……

每天吃过早餐,孩子们往往无所事事,晴天尚可去院子里自由活动,院子里有花有鸟,还有各种昆虫;雨雪天气,则只好待在宿舍里,从后窗无趣地眼瞅着街上的车水马龙。

这班娃子厌透了老王头,都怪他束缚了他们的自由……

一晃半年过去了,盛夏来临。

这日午休时间到了,可屋子里热得像蒸笼,孩子们怎么也睡不着。

这时,育婴堂外头一位大娘清亮的叫卖声特别撩人:

> 酸梅汤,酸梅汤,
> 一天不喝心发慌;
> 酸梅汤,酸梅汤,
> 喝了秒变神仙郎……

孩子们的馋虫登时被勾起了,可是老王头躺在一张毛竹躺椅上,严密封堵住育婴堂大门,袒胸露乳,汗如雨下,仍鼾声如雷。

大个子故意说道:"这大热的天,能喝上一口酸梅汤一定快活似神仙,我跟摊主严妈妈熟得很,出去讨一杯,多爽……"

众人远远望着老王头哀叹。

大个子却两眼一骨碌,道:"尾子,你一定还没喝过酸梅汤吧,今天老大我成全你。现在,你就喊'肚子痛',在地上乱打滚,骗老王头从门口过来,我们就能帮你如愿了……"

一苇道:"那我自己不还是出不去……"

"我们带给你啊,管够,你好好演戏就成!"

"妈啊,肚子痛,肚子痛……"立马,尾子的"惨叫声"淹没了院内蝉唱。

其他娃子"慌里慌张"嚷开了:"不好了不好了,尾子吃坏肚子了,谁来看看啊……"

老王头鼾声住了,愣怔几秒,然后尾子听到他沉重的脚步声和粗重的喘息声越逼越近。

"哪里痛哪里痛?"老王头粗糙的右手搭上尾子额头,左手摸向了尾子捧着的腹部。

尾子"痛苦"哭诉:"就这里疼得厉害……"

可是,老王头多茧的手掌一触摸到尾子腹部皮肉,尾子就止不住咯咯傻笑起来……

老王头一瞪眼,厉声喝道:"大个子,大眼睛……"

可是无人应答。

"小东西,胆敢捉弄我老王头了!起来,背过去!"

尾子不敢正视老王头独眼,只得爬起来,站地上,背过身去。

老王头从后面一把扯下尾子裤子,又一把把他掖住,啪啪啪,甩开蒲扇大的巴掌一顿胖揍。尾子的屁股上登时烙上了无数手指印。

尾子连喊:"疼疼疼,王爷爷,我下次再不敢了……"

不一会儿工夫,大个子们畏畏缩缩踅进了育婴堂。

老王头此时正坐在门房八仙桌前,恬然地抽着水烟,吧嗒吧嗒吧嗒,对他们视若不见。

待他们全进了里屋,老王头这才搁下水烟筒,从从容容关了大门,杀气腾腾地过来了,给每人一顿胖揍。除片子外,男生都是光屁股打。

所幸的是,藏在大个子腹部的那杯酸梅汤无恙……

那晚,尾子躺在床上,尽管屁股上火烧火燎,但是酸梅汤的抚慰还是让他暂时忘记了痛。

胖墩觍着脸靠过来了,道:"尾子,酸梅汤还有吗?"

大个子拍他脑袋,骂道:"就数你最馋,哪还有啊! ——永难忘,严妈妈菩萨心肠……"

胖墩道:"老大,明天还让尾子装病,我们乘乱再去讨一杯,哈哈哈……"

尾子道:"我再不装病了,屁股好疼!"

"尾子,黄桥街上可热闹啦,找机会我带你去逛逛……"

这"热闹"尾子只能暂时辜负了,他不恨老王头束缚了他的自由,他爱上了育婴堂,决心在这儿好好儿生活。可是余蔡庄、二爷爷、爸爸……总不时牵动他深深的怀念,苇子突然鼻子一酸,涕泪涟涟……

大个子道:"怎么了,尾子?"

尾子道:"屁股疼。"

大个子道:"真没出息。"

这天晚上十点,耀黄电灯公司准时拉闸了,房间内顿时漆黑一团。

胖墩道:"老大,我睡不着。"

大个子道:"我也是,我在想我妈。我爸是码头工人,抬酒瓮上船时吃了杠,腰断了,死了。可丁西顿老爷不依不饶,非要我家赔他一只大缸和一缸酒不可。大缸不值钱,而那缸酒却是天价,我家可真赔不起!我妈只好改嫁,用彩礼钱赔他……也不知她现在过得怎么样……"

大眼睛道:"我都不知我打哪来的……"

大个子道:"尾子,你呢?"

尾子道:"我在想我爸,我忘不了我爸倒在地上,胸膛被子弹贯穿,鲜血流了一地,我要报仇,报仇,报仇……"

"谁杀了你爸,我们帮你报仇!"

"说了你们也不认识……"

"我说,尾子,你这身板太单薄了,像篾片一样,你要从这里出去,拜镇上的武林高手学点真功夫。听说黄桥镇有好几个武术大师呢,有……"

"我会从这里出去的,我要报仇,我要杀得'八大家'鸡犬不留!"

"'八大家'?!上次震东市暴动,死了不少农民,八大家的房子也被烧了,金银珠宝都被抢了……不过,秋后算账来了,余学先刚刚在县城被敌人杀害了,余大化等人也被捕进狱中,要杀要剐的,还不是黄老爷和翁老爷说了算……"

"你怎么知道?"

"白天老王头和做饭阿姨聊天时,我听到的……"

尾子哭起来:"学先爷爷大化爷爷,学先爷爷大化爷爷……"

"光哭有什么用,你要报仇,就得行动起来……我听说黄桥中学那沓有牛皋当年的藏兵洞,牛皋,牛大将军,大宋的牛大将军,就是跟随岳飞岳元帅抗击金兵的牛皋牛大将军。据说,他在黄桥屯过兵,为了给金兵突然袭击,他的大队人马全埋伏在那个洞里。有一次,他们突然出击,在南灞桥把金兵打得稀里哗啦……没准儿,现在那洞里还能寻出不少兵器来,有可能还能寻到金银财宝……"

"兵器,财宝?!我只要兵器就好!"

"现在月黑风高的,正好行动……听,老王头又在梦乡了……"

"要不要叫上片子?"

"姑娘家碍事,免了。爬围墙,走!"

向东翻出天井,就是巷道,往北稍走几步,就是东西大街。现在,东西大街黑灯瞎火的,店家都上好了闸子门,通往各处古巷的圈门也都关得紧严,整条大街就游荡着他们四个孩子。

"向西走。"大个子道。

西行四百米,折向北,四个娃子迎着运粮河东岸疾行。

借着星月光辉可以见到,两岸垂柳依依,河上座座拱桥横跨。运粮河两岸深深浅浅的古巷口这当儿均已上好了圈门,正是这无数圈门将黄桥镇区隔成了无数独立而安全的城堡。

这黄桥的圈门啊,贯注了黄桥人卓越的智慧和不屈的意志,委实是黄桥一景!

原来黄桥地处大江之北,黄海之西,"北分淮委,南接江潮",是苏中、苏北地区通往苏南的重要门户,也是由海向陆交通的重要节点。自五六千年前成陆,黄桥一直奋发图强,逐渐兴盛为这一地区规模最大的集镇,更成为兵家必争之地。古镇身处五县(泰兴、靖江、如皋、海安、姜堰)中心,一马平川,无险可据,历史上又无高大城墙卫护,为了对付北方铁骑和海上倭寇,黄桥先民因地制宜,在各条街巷两头隘口均建上一道坚固的门闸,这就是圈门。

圈门两侧往往与民房紧紧相连,门洞多为拱形,每晚十点由值更人准时将两扇厚实的木门(往往用铁皮蒙面)或闩或锁,整条街巷即刻进入封闭状态。这样,一座座圈门自然成为黄桥的"门神"。门上建顶,砖木结构,两边削尖,既保护了门,还能防范贼寇攀门而入,其下更可供行人避雨,门内门外皆可。圈门一般由值更人员早晨六时准点开启。自然,也有少部分圈门纯属装点景致,不设门禁。

大个子走在最前面,唱起了《圈门谣》,吐字清晰,感情饱满:

> 镇有圈门十三重,白沙昂首立当中;
> 船行南北赏江潮,带绕长堤贯西东。
> 西圈门外望仙女,东圈门内伏青龙;
> 北圈门中关帝守,南圈门下站佣工。
> 客商往来人喧嚷,富贫兴衰不相同;
> 岁岁年年送穷神,迎来盼去一场空。

尾子紧随其后,不禁万分佩服,待其唱罢,问道:"哥啊,你怎会唱这首歌?"

"哈哈哈,你到北街三圣庙前蒋梦得鼓书摊前待上几日,你就成留声机

30

了……"

"'蒋梦得'？！'鼓书'？！"这两个词瞬间把尾子暗沉沉的心空照彻了……

此刻，在码头的石质堤岸上，横七竖八地躺卧着数十个码头工人。他们大多仅着大髋裤，睡相粗鲁，鼾声如雷。远远近近地，几处草垛（熏蚊用的）闷燃着，白烟滚滚。

河湾里泊着无数条运粮大船，都用帆布遮盖着，吃水线很深。

再往前走八百米，路东即是一片松树林，此刻树木满是魑魅魍魉的形状。树林的北边隐约有一座巍峨的楼影，那是黄桥中学工字楼，此刻早已熄灭了灯火。

有夜枭在叫。

忽然，孩子们惊见树丛里有火光闪烁，还传来人声。

大家止住声，悄悄贴过去。

"老大，小弟今天尽力了……"

"就收了这点月贡，你还敢回来！老子怎么向上头交差！——二毛子，掌嘴！"

拨开草丛，尾子看见那个自称小弟的乞丐跪着哭告，一个凶神恶煞的光臂男人杵在他面前，左手执火把，右手对他左右开弓，啪啪……

几步开外，那个大哥一直背对着小弟他们。尾子从身形判断，他正是山羊胡，尾子和二爷爷初来黄桥时，在粥局门前就是他极不友好。

"明天，你就是去死，也要给我弄几文来，否则提头来见！"山羊胡一拂袖猫身进了藏兵洞。二毛子赶紧举着火把随之进去。

小弟哭丧的脸淹没在黑暗中……

第二天大早，四个男孩是被老王头一一从被窝里揪出来扔地上的，照例又被老王头一一抹掉了裤头，这次抽的是一顿藤条，真疼啊！原来一大早老王头就发现了育婴堂东围墙上新鲜的脚印……

那天之后，其他孩子再不敢擅自开溜了，不管大个子怎么怂恿。

大个子开始鄙视其他孩子了，每晚他在床上辗转反侧，木床吱吱呀呀响个不停。明摆着，大个子心中有事。

尾子心里说："大个子，你也该好好珍惜这儿的生活啊，有吃有住的……"

……

1924 年中秋节转眼就到了。

那个黄昏，月亮的胖脸亲切慈爱地耀在树梢，又大又圆，还氤氲着令人迷醉的酡红，如油画一样。

老王头在门房值班，端坐在木椅上，瞅着廊下移动的月影，一动不动，若有所思。这时严妈妈进门了，只见她衣着素净，眉眼堆笑，左右各托一个大白瓷盆。左瓷盆里是码放得像金字塔一样的月饼，右瓷盆里则是一块黄亮澄澄的涨烧饼。

老王头赶紧站起，道："严妈妈中秋快乐！"

"同乐同乐，这是我给老爷子您和育婴堂孩子的一点心意，敬请收下。"

老王头登时热泪盈眶，道："每年都吃你的白大，我们育婴堂却无以为报！——孩子们，还不出来谢谢严妈妈！"

孩子们闻声全出来了，排成一排，向严妈妈鞠躬致谢："谢谢严妈妈！"

"免谢免谢，只要你们不嫌弃我这糟老婆子，我就是你们永远的妈！"严妈妈脸上顿时笑开了花，道，"尾子，你这双眼睛多精神，比星星还亮眼！"

尾子脸一红，道："严妈妈过奖了！"

护工刘姨给每个孩子发两块月饼，还是豆沙馅儿的呢。

孩子们好生欢喜，抓起就啃，严妈妈慈爱地看着他们……

是夜，天井里，月华如水，丹桂飘香。

老王头坐在小餐桌旁，月饼就高粱烧。他的眉头始终紧拧着，屡屡端起酒碗，痛苦不堪地呷上一口，正应了那句古话"世上喝酒人最苦"。

刘姨道："王老爹，少喝点，晚上园长要回来的……"

"还回来个啥哩?！一出去就是大半年，还认不认老子咪?！世道这么乱，整天价儿不归家，哪有好事！"

刘姨道："儿孙自有儿孙福，吉人天相，王园长一定不会有事的……"

"笃笃笃……"有人敲门。

刘姨去开门，外面那人一身臭气熏得她连连后退。

"行行好，行行好，给点吃的……"

"诶诶诶，你这叫花子别往里挤啊，我去拿给你不就成了吗！——尾子尾子，拿两只月饼来。"

"好咪。"尾子赶紧把月饼送到门口。

是山羊胡，此刻，他正伸长脖子往里窥视。

尾子把月饼递他手上。

刘姨道："你还不走?!"

"这就走。——老王头,王园长在家吗?"

老王头只管自个儿喝酒,毫不搭理他。

刘姨道："不在不在! 你也来收节贡是吧,我们这些下人可没钱垫……"

"去年中秋节你们育婴堂就没给,今年又想美事了,我的丐帮弟兄可不答应,嘿嘿嘿……"

"就不给,你敢怎么着?!"是老王头在里间低喝。

"老王头,别扳住自家门框发狠,咱们走着瞧!"山羊胡愤愤然转过身,走出几步,又回头恶狠狠地往木门上啐了一口。

"这些狗娘养的,真吃了熊心豹子胆了!"老王头猛喝一大口酒,独眼里怒火熊熊。

刘姨道："老爷子,你性气还是放憨厚点,这些人渣可开罪不起啊,待会儿青龙帮的人和警察局的人也要来收节贡的……"

"他们真当育婴堂是块肥肉了,娘的! 我马上睡觉去,刘姨,你去把大门关了,赶紧地,谁敲也不开! ——你们这几个娃子可都要瞅好了,你们王园长掌管育婴堂容易吗? 管你们吃,管你们住,自是应该,可是各路豺狼虎豹都大张着口……"

刘姨道："黑白两道都得罪不起的,要不从娃子们的伙食费里先抠点吧……"

"不可。"

那晚,育婴堂的大门被无数次拍响、踢响,可就是没人去开……

墙角草丛里的蟋蟀们弹琴弹得厌倦了的时候,五个娃仍旧全身心地守护着院落中庭八仙桌上敬供月神的那块肥厚的涨烧饼。晚饭时,老王头说过,如果今晚这块涨烧饼被人摸了秋,你们五个人就三天喝光粥……此刻,老王头正躺在庭院正中的藤椅上,打着呼噜。

是夜,月亮一脸富足的神色,饱享着人间的祭供。

可是空中那轮皎皎圆月啊,令尘世多少离人伤怀! 五个娃瞅着如水的月光,谁也不说话,一个个低声啜泣,不一会儿有四个娃冲进屋内号啕大哭:

"我要爸爸!"

"我要妈妈!"

"爸爸,你在哪里?"

"妈妈,我想你!"

……

尾子没进屋,他得看着涨烧饼。他努力让自己平静,可他的泪水还是决了堤。爸爸在世时,这当儿爸爸一定牵了他的手:"莘子,我们摸秋去吧。"

尾子掩嘴哭泣:"爸爸,爸爸……"

后来,尾子睡着了,就躺在涨烧饼旁边……

第二天早餐时,刘姨开心地告诉娃子们:"娃子们,园长昨晚回来了,还给你们买礼物了,每人一个拨浪鼓。这就给。"

递给尾子拨浪鼓,刘姨说:"尾子,你大舅也来看你了,可是你睡得太沉了,怎么也喊不醒!"

大个子道:"刘姨刘姨,尾子本来就不是条整只的猪,他只是一条猪尾巴。猪会醒,可尾巴从不醒,哈哈……"

大伙儿都笑起来,个个把拨浪鼓摇得咚咚响。

尾子道:"刘姨,昨晚的涨烧饼有没有被人摸了去?"

"没有,没有啦,我这就把涨烧饼端给你们。"

"好唻。"

老王头过来了,抚一下尾子脑袋,没言语……

2. 启蒙老师沈毅

1925 年正月十一。育婴堂。

晚餐后,老王头就聚拢育婴堂的娃子们训话:"伢儿们啊,我育婴堂章程你们都该知晓的,'婴儿长成,六岁就师就读;不能读者,十岁为觅生计,量给衣被。女至十三岁,即为择配,叫夫家领养,量给奁具。其残废者,十岁外补入养济院额……'如今,你们均已到就师就读年龄,我老王头酌量着,从明天起就送你们读书去。先生很好,学校也不错,是私立中和小学……"

"好唻好唻!"伢儿们把手掌都拍红了……

第二天一早,老王头果把五个娃子送进了学校。校址在西门桥东路北的耶稣堂里,一共五间教室。

34

学堂里只一位先生,瘦瘦高高的,头戴黑呢帽子,身穿家织粗布缝制的淡蓝色长大褂子,一尘不染。先生的双眸里总燃着炽烈的火,笑容可掬地接待着每一位家长,安顿着每一个孩子,大的十三四岁,小的七八岁。

先生看到老王头,格外亲切地招呼:"王老爹,你辛苦了,我替育婴堂的孩子们谢谢你!"

老王头笑道:"应该的。"

先生又对育婴堂的孩子们说:"孩子们啊,你们可要珍惜这来之不易的学习机会,好好学习,将来用自己的才华回报育婴堂,回报社会!"

老王头冲孩子们一瞪眼:"还不赶紧谢谢老师!"

孩子们齐喊:"谢谢老师。"

先生给孩子们发的书叫《新国语》,第一课教的是"人、手、足、刀、尺"。当先生在黑板上写字的时候,尾子的眼睛精确地捕捉他的一笔一画,手指在空中比画着。

先生回眸,看到尾子这般投入,不禁欣慰地笑了……

每天上午下午都上课,但每节课的时间都不长。课间休息时间足够,孩子们从各间教室出来,自由畅快地嬉闹。

沈先生这时候总是站在廊檐下,远远地看护着孩子们,笑眯眯的……

由于先生还是耶稣堂的牧师,每逢做礼拜的时候,孩子们就要停课。

课余,先生分批带各年级孩子到位于朱家巷的耶稣东教堂玩。

那天,轮到育婴堂孩子所在的班级去东教堂了,正逢东教堂"做会"(做礼拜)。一位洋教士正给跪着的人们布道,一见孩子们来了,那个洋教士很兴奋,连忙迎上来,叽里呱啦地和先生说话。先生也用外语和他交流,二人相谈甚欢。

孩子们在先生的带领下东看看,西摸摸,什么都觉得新鲜好玩。那位洋教士还给孩子们发了糖果。糖纸花花绿绿,据说是外国的舶来品……

又一天,沈先生特意让一个叫戴瑞敖的高年级学生散学后带领着育婴堂的孩子们,去沈先生租住的地方做客。

孩子们抵达珠巷沈先生住处的时候,沈先生还没归家,一个年轻清秀,衣着简朴的女子正在厨房净菜。

戴瑞敖上前叫道:"妈。"

"我儿真乖。——大家坐。"

育婴堂的孩子们齐声喊:"阿姨好。"

阿姨始终微笑着,给大家拿来瓜子和各式糖果,道:"我儿啊,你先陪大家玩会儿,晚饭马上就好。"

没一会儿,沈先生回来了。

阿姨笑盈盈地迎过去,小脚巍巍的。

阿姨接了沈先生的竹制箱包,替他摘了黑呢帽子,脱了他那件淡蓝色的长大褂子。

沈先生笑吟吟地说道:"芳梅,你辛苦了!"

阿姨含羞:"沈先生,您见外了! 菜已烧好,你赶紧带孩子们入席吧! 你要不要来杯酒?"

"好啊,来一满杯! 大家坐,开饭了!"

六个孩子加上沈先生,坐了满满一小圆桌。

阿姨端上了红烧肉烧百叶卷儿,又给孩子们每人盛了一海碗面条。

"大家随便吃! 你们这些育婴堂的孩子更要放开吃,因为育婴堂里要吃红烧肉可难了!"沈先生道,"芳梅,你还是抓一把生花生给我,那才下酒。"

"好咪。"

那一晚,红烧肉烧百叶卷儿全让六个孩子"承包"了,沈先生则一直笑吟吟地看着他们,生花生就酒。而戴瑞敖的妈妈则一直把碗端在手上站着吃,吃的是菜面。两个大人都没尝一块肉……

回育婴堂的路上,片子道:"大家看出来没有,沈先生和戴瑞敖的妈妈好上了……"

大个子道:"他们都是好人,真般配!"

尾子道:"那么我们一起为沈先生和阿姨祈福吧……"

原来早在1922年,沈先生从泰州初来黄桥警察所当巡士,租住在珠巷封家;芳梅则住在与珠巷相通的铁匠巷,相隔仅十几步。两人经常在珠巷东头的开水炉前碰到,相互帮接热水,闲聊家常。

第二年春夏之交,那个叫沈鸿钧的巡士突然不见了。有一天,芳梅在街头听到了关于他的议论,不禁万分佩服。原来,黄桥警察局局长嫌沈鸿钧在黄桥公干碍他事儿了,就把他"发配"到距黄桥十多公里的分界警察所当差。而沈先生在分界庙会上,发现分界警察所所长周凯公然组织黄、赌、毒活动,苦劝无果,遂发函向泰兴县县长举报。数天后周凯等人被革职查办,而沈先生周末返回黄桥途中被不明身份人士打成重伤,后来大家都传伤愈后沈先生去广东经商了。邻居大妈们个个盛赞这小伙子了不起……

1924年初，黄桥王家巷开办了家私立小学，名曰"中和小学"，办学的是位"沈先生"，名叫沈毅，口碑甚好。芳梅听闻，也把她的孩子戴瑞敖送去就读。和老师见面后，芳梅愣住了，原来这位沈先生正是"失踪"大半年的沈鸿钧！

不知从何时起，沈先生帮芳梅冲开水，搬重物，教孩子；芳梅帮沈先生拆洗、缝补衣被……

但是，旧式女子"贞节牌坊"的传统理念束缚了芳梅，她怯越雷池，多次拒绝沈先生的求婚。沈先生仍无怨无悔，一往情深地待她，并将瑞敖视为己出，终于融化了芳梅内心坚冰。

婚后，沈先生常常风尘仆仆奔走乡间。识字不多的芳梅虽不明白个中缘由，但她认定沈先生对自己好，对自己孩子好，对左邻右舍好，对中和小学孩子好，自己嫁的绝对是个好人……

私立中和小学的孩子们到沈先生家游玩时，先生和师娘总是拿出好吃的，热情款待他们，还将教堂印的小画纸给他们玩，那上面印着圣经故事。先生总是不厌其烦地一一给孩子们讲解，其中拯救者大卫的故事，更是被屡屡提起：牧羊少年大卫在城邦面临生死存亡之际，主动请缨，迎战入侵的巨人。他不着盔甲，只拿了一根"棍子"（其实是弩机）以及几块光滑的石子。他迎击先前无往不胜的巨人，用尽全力把石子射向他，巨人扑通一声倒地而亡。原来大卫的石子正好击中他的前额，而那里恰是他的"气门"。城邦终于得救了……先生借此说明"智慧胜于勇力"和"有志不在年高"的道理，鼓励孩子们从小好好读书，长大成人成才……

一天，沈先生和往常一样夹了课本进了教室，眼窝里却泪光莹莹。

沈先生道："同学们，去年的今天，黄桥西街有个犯人游街示众，是个老头，两锁骨穿了铁丝，前面一兵丁拽着，后边一兵丁驱着，拿几厘米宽的毛竹片抽打他，不停地抽打他。那毛竹片前段钉满了密密麻麻的锈铁钉，钉头一律朝外，根根两寸长。但那倔老头一声不吭，目光坚定地往前挪着步子，地上洒满了他淋漓的鲜血……地主老财扬扬得意，穷苦人噤若寒蝉。同学们，你们知道他是谁吗……

"他就是反抗'猪子捐'，火烧震东市的农民领袖余大化，后来他被投入通州监狱，现在还在服刑；而另一农民领袖余学先则被敌人枪决了，也是在去年的今天，在县城监狱……当年正是'一百零八庄一条心，宁死也要和大

37

地主去拼命',才迫使'八大家'强征'猪子捐'的事儿不了了之……

"同学们,我们记住英雄的同时,更要记住敌人,第一个需记住的是'猪子捐'的始作俑者——黄宝传。他的父亲黄森荣虽为地主,却慈悲为怀,克勤克俭,谦恭和蔼;可是黄宝传完全辱没了家风,吃喝嫖赌抽,一样不落,残暴毒辣,唯利是图。他一度掌管震东市税收,中饱私囊自不必说,但他鸦片瘾大,经济上入不敷出,他就想出了假借壮大震东市自卫团队武装的名目,收取'猪子捐'的主意。这一主意得到了黄辟尘、黄朴庵、黄邦之等人同意并施行,最终激起了震东市一百零八庄农民的反抗,火烧震东市。在这场农民暴动中,八大家中损失最大的自然是首富黄懿修和首恶黄宝传两家。黄宝传房子被烧后无处安身,只好住进了黄家祠堂,其夫人也因精神上受刺激过甚,于次年去世……"

先生继续说道:"泰兴大地是一块雄奇的土地,她成陆时间不长,正值青春芳华,热情似火,充满了丰富的想象力和无穷的创造力。一条矫健的龙河腾跃于高沙土平原之上,标示着我泰兴民众深受上苍眷顾,又涵养了我泰兴民众桀骜不驯、一飞冲天的精神气概。她又似一条大动脉,贯通泰兴东西诸多乡镇。所以呢,她天然是我们泰兴人的图腾,我们泰兴人的母亲河!天佑吾县,地处江苏中轴,龙河通江达海,沃野百里,物产丰饶,置县于南唐升元元年(937年),取'泰兴'为县名,寓意'国泰民安,百业兴旺'。民国建立,我泰兴民众也曾欢喜激动过一阵子,冀望从此国泰民安,但是事实是大地主侵田日甚,我泰兴广大失地劳动者只得租田种或去地主家蹲工,劳碌终年,却食不果腹,衣不蔽体!今天,我要说,一个让少数人作威作福,而绝大多数人没有活路的国家必须被推翻……

"敌人只是一时貌似强大,广大的民众蕴蓄着无穷的智慧与力量,人民必胜!"

他举起一支尺把长的芦粟,展示给大家,再啪地一折,那芦粟应声断成两截。他再抓起一束芦粟,作势来折,却怎么也折不断。

"穷人团结起来力量大!"沈先生的双眸燃起炽烈的火焰,歌声铿锵嘹亮:

> 起来,饥寒交迫的奴隶,
> 起来,全世界受苦的人!
> 满腔的热血已经沸腾,

要为真理而斗争！
旧世界打个落花流水，
奴隶们起来起来！
不要说我们一无所有，
我们要做天下的主人！
这是最后的斗争,团结起来到明天，
英特纳雄耐尔就一定要实现。
这是最后的斗争,团结起来到明天，
英特纳雄耐尔就一定要实现！
从来就没有什么救世主，
也不靠神仙皇帝。
要创造人类的幸福，
全靠我们自己！
我们要夺回劳动果实，
让思想冲破牢笼。
快把那炉火烧得通红，
趁热打铁才能成功！
这是最后的斗争,团结起来到明天，
英特纳雄耐尔就一定要实现。
这是最后的斗争,团结起来到明天，
英特纳雄耐尔就一定要实现！
是谁创造了人类世界？
是我们劳动群众。
一切归劳动者所有，
哪能容得寄生虫……

　　头两个月,先生上课还算正常,可后来他下乡频率更高了,有时连续几天放假。先生外出时,总是提着那只竹篾编织的拎包,精神奕奕的。

　　有一天下午,统共才上了个把小时课,先生就看了看表,嘱托一老校工看护学生们自习,然后自己拎起箱包外出了。学校大门口,东耶稣堂的那个洋教士正好堵住了他。洋教士板着脸,大瞪着眼睛,反复翻查他的拎包。

可里面除了两本圣经书籍、几支毛笔以外，并无什么不该有的物件。只见那洋教士一脸狐疑神色……

又几天过去，这日早上，育婴堂的孩子们还像往常一样往学校去，却在路上遇到了不少折返的同学，他们说："中和小学大门昨晚被贴上封条了，沈先生也突然消失了，听说警察正在通缉他……"

"可是，怎么看沈先生也不像个坏人……"

……

这日晚上十点，耀黄发电厂拉闸了，黄桥镇又到入睡时间。

各处圈门吱吱呀呀渐次关闭，远远近近传来巡更梆声："天干物燥，小心火烛……"

尾子正要入睡，忽然听得笃笃笃的敲门声。

"谁?"老王头低喝。

"李向高。"

"来了。"

一会儿，老王头领了一人到了尾子眼前，烛光耀亮了那人清癯瘦削而白皙刚毅的脸。

老王头道："小东西，这是你大舅，还不快叫人!"

"大舅好。"尾子揉揉眼睛，努力把大舅看清。

"好外甥，在这边可好?"

"好着呢……"尾子扭头瞅老王头。

大舅笑了："王伯，一定是你把他管得紧，哈哈……"

"不管紧他们，个个岂不要上房揭瓦，嘿嘿……"

"管得好管得好。"大舅道，"苇子，大舅和二舅最近要挪窝儿了，等安顿好了，我们就来接你……"

老王头大惊："要挪窝儿? 去哪儿? 墨云也去吗?"

"她和沈先生先去了，都是革命工作的需要……"

"远不远?"

"不远，就在黄桥东乡。鉴于黄桥镇区反动势力还很强大，沈先生决定到更偏僻、群众基础更好的东乡去，具体地点你们不久就会知道的……"

老王头喃喃说道："王墨云啊王墨云，你好好儿在黄桥当个园长岂不美哉?"

"王伯，区区一个育婴堂园长能造福几人?! 现在，育婴堂光这几个娃子都难养活了！我们努力的方向，是要让全中国的穷苦人都过上幸福的生活！当下，我们最迫切要做的就是，推翻近代以来压在中国人民身上的两座大山——帝国主义和封建主义……"

"大李，你一定要把墨云照顾好……"

"放心吧，王伯，为了革命你也牺牲太多了……"

尾子听不懂大舅说的话，但他从大舅灼灼的眼神里，感受到了他坚定的信念。

"王伯，现在警察局已在大肆搜捕我们共产党人了，所以近期我们都不宜在黄桥抛头露面。你自己也务必小心，那些疯狗随时可能会对你和育婴堂不利……"

"我不怕，我照顾这些孤儿还有错?!"

"我担心余一苇！黄桥市和震东市的豪强地主对一百零八庄起事家庭恨不得斩草除根，至今已有不少起事家庭被他们彻底从世间抹去了，连黄桥镇上鼎鼎大名的李侉子本尊也下落不明久矣……从明天起，余一苇改姓黄，'黄桥'的'黄'，籍贯为镇北三里庄！——苇子，你明白吗?"

"……"

1926年4月的一天下午，一辆驴车停在了育婴堂门口。

车上，坐一车把式，一随车脚夫，还有数口鼓鼓囊囊的麻袋。

车把式四十来岁，黑瘦黑瘦的，眼眸却灿若亮星，甫一下车就嚷嚷："王老爹王老爹，我们送粮来了!"

老王头道："客气了客气了，无功不受禄啊，你们是……"

"我们是刁家网的，我叫刁子义，育婴堂缺粮，我们就送来了……"

"荒年成，你们哪来的粮食?"

"借的。"

"借的?!"

"你闺女他们向大户借的粮，哈哈哈……"

"向谁借的?"

"向恶霸地主刁智甫及其诸弟，不过这次他们免收利息!"

"真的?"

"这还有假！这次大灾荒，我们东乡的农民没饿死，还不是仗着沈先生和你闺女他们！——王老爹，这粮放哪儿?"

"就先卸我值班房吧。"

车把式和随车脚夫麻利地往下卸粮,同声在唱:

种田的兄弟们,好痛苦!

无衣无食无住所,白白辛苦。

终年地拼命做,只为他人造财富。

所为的哪一般,你想想看!

所为的哪一般,你想想看!

种田的兄弟们,快快起来。

受地主的剥削,实在难挨!

要命的空白据,不问死活逼租债。

大家要救性命,团结起来!

大家要救性命,团结起来!

大个子拍手道:"这歌曲真带劲,比李大侉子的京戏唱得好!"

"哈哈,娃子们好见识!自从共产党的沈毅书记来到了咱刁家网,咱们穷人从此翻了身,这首歌就是沈书记亲自填词谱写的,名曰《醒农歌》!——尾子,是你吧,你俩舅要你在育婴堂听话,他们不久会让人来接你去刁家网,正在给你物色先生。"

大个子道:"物色先生?!尾子惨了,又要读书了,'人、手、足、刀、尺……',哈哈哈……尾子,你怕不怕?"

尾子道:"不怕!"

"为什么?"

"前年在震东市墙上贴的告示什么的,穷苦人压根儿就没几个人看得懂,所以我们得读书,得多读书……"

车把式道:"尾子,你一定要记住,家仇要报,阶级仇更要报,所以一定要多识字,将来方能报仇雪恨!"

"嗯。"

"王老爹,我们先回了。"

二人登车,车把式一甩响鞭,喝一声"驾——!"

那驴咴咴高叫几声,精神抖擞往东奔去,车上二人放声高唱《醒农歌》。

街上行人急急避让,斥骂:"哪儿来的俩疯子?"

……

在育婴堂，尾子的长辫近来成为大家谈论的焦点。

尾子是独子，按泰兴旧俗，打小儿蓄发留辫，待到十岁生日时由亲舅舅来剃辫。尾子的生日却又不是个普通日子，正是每年中秋节那一天。

来育婴堂两年了，从没人关心尾子生日。每次生日临近，尾子总想起爸爸在世时，每每给他梳理发辫的时候总不忘对他说："苇子啊苇子，到你十岁生日那天，你俩舅一定会来给你剪辫子的，还要给你封大大的红包，俗话说得好，'舅舅家有头牛，外甥要派个头'……"

"好咪好咪……"幼年的苇子总是高兴得飞起……

今年的中秋节对育婴堂来说，似乎和往年一样波澜不惊。

这日黄昏，刘姨又早早把严妈妈送来的涨烧饼和月饼放天井里敬菩萨，然后命那几个娃儿死盯着，以防被人摸了秋……

电灯在天井里耀出了一方璀璨的天地，其他娃子们在跳格子，玩得正起劲，而尾子却一反常态枯坐着……

十点，耀黄公司又拉闸了，老王头早已安排孩子们上床，疲累的孩子们酣然入梦。唯尾子对窗侧卧，枕席上一汪晶亮的液体……

天井里积水空明，水中藻荇交横。

忽然，笃笃笃，门外有人轻轻敲门，接着室内传来老王头趿拉着木拖子北去的声音，然后随着一声轻微的"吱呀"，门开了，一青年女子低低叫道："爸！"

跟着还有一青年男子低声问候："王伯好。"

老王头开心答道："好好好，都快进来吧！"

王园长道："大李，你快去看外甥，赶紧把他的辫子剪了……"

男声："好咪。"

老王头低声喊："尾子，你大舅来了。"

是大舅来看我了！尾子跳将起来，光着脚就迎了出去。

"大舅好。"昏暗中，尾子站住了，一高大魁梧的身形迎面而来。

"好外甥，这是大舅给你买的两套新衣服。看你长这么快，衣服买得宽大，你放心，保管三年都好穿。——王园长，你帮我找把剪刀，我要给外甥剪辫子，哈哈哈……"李向高笑得很开怀。

王园长道："这就来！"

老王头反身吱呀一声合上门扉，再闩上。

王园长左手端烛台,右手托剪刀盒,笑吟吟地过来了。她那瓜子脸被烛光晕染得绯红,近视镜里跃动着红灿灿的烛焰。

"王园长好。"

"宝宝好,在这儿都还好吧?园长我要向你们道歉,本来园长我应该时时刻刻陪护你们的,可是革命工作不容我守在家里。哪天天底下的穷苦孩子都有饭吃,都有地儿住,都有学上,我和你大舅就都回来了!现在,宝宝坐好啦!"

大舅上前,左手轻轻拎起尾子发辫,右手执剪刀,向天祷告:"姐姐、姐夫,九泉之下你们就安心吧,我们定会把苇子拉扯成人,还要供他读书……"

接着,大舅低头说起"鸽子"(顺口溜,多为吉祥话)来:

> 小剪刀,七寸长,
> 磨得光又亮。
> 天上金鸡叫,
> 地下啼凤凰。
> 今天黄道日,
> 剃的状元郎。

大舅又对苇子道:"苇子,生日快乐,快快长大,革命需要你!"

只听咔嚓一声,尾子蓄了十年的发辫,今日终于完成了它的神圣使命。大李将发辫双手托给王园长,王园长将它整理平顺,用青丝线和红绸布将它精心扮靓,然后收入一精致的红布囊中。

王园长将布囊递给了大李,道:"大李,你先保存好,等尾子成家了,再送还给他妻子……"

王园长将尾子的发型用剪刀精心修整了一番,笑道:"外甥不离舅家门,这头型、脸型多像啊!"

王园长又掏口袋,送上一张红封,也道:"尾子,生日快乐,快快长大,革命需要你!"

尾子执意不受,王园长只好递给老王头:"爸,你代他保管吧。"

"好。"

……

44

那一晚,王园长和大舅并没有留宿育婴堂,老王头轻轻开了门,尾子把他们送出了育婴堂。二人踩着满街的月华悄然东去,肩并着肩,手挽着手……

3. 反动势力合流

1928年5月1日,早晨,黄桥镇区满大街惶乱的国民党军警,荷枪实弹地乱窜乱吠。

各家商号闷子门紧闭。

黄桥东大街,一位年近五旬的富态绅士,眼神威严冷峻,手拄龙头柘木文明棍自东向西沿街巡察,步履劲健。黄桥市市长、警察局局长等人伴同。

绅士道:"李市长,这次共党是志在必得,来势汹汹啊,阁下务必小心!"

"黄翁安心,本来黄桥市的警察力量就很富余,再加上黄翁您从震东市带来的二百保安队员,现在黄桥市可谓固若金汤!"

"听说,这起事的头儿沈毅也曾在黄桥警局公干过……"

警察局局长道:"是他的一个亲戚推荐的。那年看他貌似忠良,字又写得好,面试当场我就录了他。相处久了,我方知这小子和穷鬼们心连着心啊。我时常教诲他,想让他迷途知返,可这小子还真是'朽木不可雕也',那年这小子居然敢越级到县长大人那边诬告我等,我终于忍无可忍,命人把他打得死去活来,逼他走人……现在,只恨当年卑职过于仁慈,没了结他的小命……"

"听说这小子后来还托身耶稣堂干过事……"

"是的。"

"陈局长,你对耶稣堂的牧师们究竟了解多少呢?"

"神神怪怪的,糊弄老百姓还可以,但在我面前还不得不统统现形……"

"陈局长,现在看来是你自己现形了,一副蠢相!你可知道,沈毅在广东就已秘密加入了中共,还参加了彭湃领导的海陆丰武装起义,传说他革命意志坚决,组织领导能力亦不是等闲的……后来,他甫一重返黄桥,耶稣堂就赤化了!而你负责一方治安,先前可曾关注到他,可曾关注到耶稣堂的赤化?——什么叫'赤化',你懂吗?难道非要等到黄桥市完全'赤化',你才警醒?!"

"议员大人请给彪下将功赎罪的机会,卑职一定把耶稣堂的神棍一网打尽……"

"一网打尽?! 我提醒你,耶稣堂里我也布了眼线,别大水冲了龙王庙……等这次暴乱平息,估计会有不少难民涌入黄桥,老佛爷慈悲,择日要来黄桥施粥,你们务必保她周全!"

"一定一定!"

"总之,一句话,这次你二人务必固守黄桥,我将亲自带队下乡剿灭暴民!"

这时,沿街的商户见是黄辟尘,立马围趋过来。

有二人上前,相貌酷似,皆身材魁梧,鹞眼鹰鼻,穿杭绸大衫,却形容枯槁。其年长者阿谀:"黄翁在,黄桥市在;黄翁在,震东市在。黄翁诚乃国之干城,佩服佩服!"

"原来是'吃白大'和'无事拱'两位仁兄,过奖了,黄某也只是恪尽本职。三民主义照耀中国,岂容妖风惑乱?! 列位放心,我黄某定当不吝己力,为党国死而后已……"

"好好好,待黄翁凯旋,我们一定为您设宴庆功!"

"好。"黄辟尘转身对一贴身侍卫道,"速速集合人马,何氏宗祠前待我训示。"

"遵命。"

……

5月2日晨,黄桥镇区。露水浓重,乳雾笼罩。国民党军警三步一岗,五步一哨。

粥局门前,照例一早就围满了流浪汉。

警察局陈局长一早就带了大队人马杀奔育婴堂而来。

"开门开门!"一巡士上前拍门。

吱呀一声门开了,老王头门神一般镇守育婴堂大门。

陈局长踱着方步上前,唾出一口浓痰,清清嗓子,说道:"'善有善报,恶有恶报',经我方查实,育婴堂园长王墨云为共党首脑之一,策划、参与了'五一'暴动,昨日已被黄大议员和县长大人带队击杀。现,我等奉命查封育婴堂,尔等速速闪开!"

"王墨云是共党首脑,你抓她去啊,我又不是! 况且育婴堂内唯有尚待

46

抚育的孤儿,园长不在,我即是他们的监护人,你要我闪哪里去?!"

"老王头,别敬酒不吃吃罚酒,据报暴动首日正是你女儿王墨云在余道人墓前主持祭奠余道人仪式,浩浩荡荡四千人众,鸣枪放炮的,'威风'得很哪!他们还把玉先生砍头祭了旗,然后分头向县城和黄桥进军……可惜可惜,如今这些乌合之众早成了我党我军的点心。不过,黄大议员一想起玉先生的死就余怒难消,因为玉先生正是他幼年同窗,情同手足,当年之所以能成功镇压震东市暴动,又多亏玉先生暗中报信……现在,黄大议员严令,务要把育婴堂这匪窝彻底端了……弟兄们,上!"

"尔敢!"老王头抄了门杠在手。尾子和大个子等人都躲在了老王头身后,片子哭得凶。

"老王头,是你自己找死!——伙计们抄家伙!"陈局长下令。

一阵枪栓响,无数乌洞洞的枪口咬定了老王头。

"往这儿打,狗娘养的!"老王头一把扯开衣襟,把胸脯拍得震天响,再一把拽过尾子,道:"黄桥市的老少爷们儿,你们评评理,我们育婴堂究竟犯了什么大罪,这些娃子究竟能犯什么大罪……"

老王头暗掐尾子手臂一把。

尾子会意,号哭起来,身后几个娃子也跟着号哭起来。

老王头道:"娃子们,是王爷爷没本事,不能护你们周全,咱们还是从此散了吧……"

尾子突然像豹子一样蹿出去,抱住最前面的巡士腿肚就咬。

"哎哟——!"巡士抡起枪托就要砸。

"住手!"人群中传来一声断喝,有人急急拨开人群上前。

那人一袭长衫,人到中年,却依旧丰神俊逸。

巡士们认识他,自觉闪开一条道。

那人冲陈局长一拱手,道:"陈局长,高抬贵手吧!育婴堂的娃子可不能没有家,她王墨云的事也委实与娃子们无干!"

"哟,原来是黄中卓甫校董,黄桥何氏族长,失敬失敬!东乡暴民动乱,对我黄桥虎视眈眈,幸得议员大人和县长老爷同心协力,方才扑灭凶焰。如若共党如愿进占我黄桥镇,卓甫兄的校产一定也难保啊……"

"时局不稳,卓甫也忧心忡忡。大事咱管不了,但这育婴堂暂时还真不能关门,哪怕只剩一个娃,谁忍心让这些孤儿再次流落街头……"那人一手搂起一苇,护在身后。

"那你教教我究竟该咋办……"

"冤有头债有主,你还是去找王墨云吧。"

"王墨云?嘿嘿嘿,她应该早死于乱枪之下了!——弟兄们给我砸,先把育婴堂的门匾给我砸烂!"

一巡士抡起大锤冲到匾下。卓甫校董断喝:"尔敢!"

那巡士的大锤登时僵在了半空中。

局长大人脸上挂不住了,额上直冒汗,摘帽来扇。

这时,丐帮帮主山羊胡挤入人丛,身上腥秽扑鼻,人们纷纷掩鼻避之。

山羊胡也不说话,走到匾下,从那巡士手里取过大锤,仰首一抡,"哐"的一声,门匾碎裂,木石乱飞。

山羊胡手拈胡须,阴阳怪气笑道:"老王头,尔能奈我何!"

陈局长和众巡士哈哈大笑。

卓甫校董怒道:"陈局长,尔等纵容丐帮胡作非为,将来必定自食其果!"

陈局长正要言语,这时一巡士喘着粗气赶到:"报、报告局长,运粮码头,箩脚工人(搬运工人)又罢工了,丁西顿老爷请你这就过去……"

"娘的,净添乱,老子要他们狗命!——全体都有,即刻赶去运粮码头!"

……

王园长和大舅、二舅他们再也没能回到育婴堂,不久更大的悲痛又降临了。6 月 28 日,警局陈局长带着巡士四下张贴布告,粥局、育婴堂外墙上也都张贴了告示:共党首领沈毅在泰州被枪决,并附有一张沈毅被杀害后倒地的照片。

陈局长一脸狞笑,似乎是他亲打了胜仗凯旋。一众乡绅喜洋洋跟随,"吃白大"和"无事拱"二老更是喜不自禁。

"无事拱"恭维:"这下太平了,陈局功高至伟!"

"诸位言重了,我们这次能转危为安,正是由于县公安局局长陆文凤亲领吾县警队,一线浴血;又幸得泰县保安队火速驰援,二县人马合力同心,正所谓'天网恢恢,疏而不漏'!"

"哈哈哈……"

陈局长一行又在育婴堂前停住了。

陈局长喝道:"老王头,今天我要告诉你一个'好'消息,你的好女儿,你的准女婿,这下在阴曹地府不会寂寞了,如今他们的头儿沈鸿钧也下去了。随便这些'红鬼'在地府里怎么闹腾,我是凡人,终于管不着他们了,哈哈哈……"

众马屁精亦"哈哈哈……"

老王头怒起,抄起门杠奔陈局长而去。

陈局长惊惶起来,一边掏枪,一边惊嚷:"快拦住他!"

可是,冲锋着的老王头举杠的手突然僵住了,杠子掉落,老王头一头栽倒在地。

陈局长喝令警察们收起枪械,自己"潇潇洒洒"收了手枪,登上偏三轮,鸣笛数声,扬长而去。众乡绅随后。

布庄老板韩尔昌上前把老王头平放地上,捏虎口,掐人中,做心肺复苏。

街坊邻居亦纷纷围趋过来帮忙。

半晌,老王头醒转,一滴浊泪吧嗒一声溅落。

众人宽慰老王头,纷纷说道:

"老王头,王墨云是个好孩子,大家说是不是?"

"墨云真是好孩子,吉人天相,她一定不会有事的!"

"是的,她一定不会有事的!"

……

老王头含泪说道:"多谢各位了。墨云从不做丢人的事儿,要不是我老迈无能,我一定亲去寻她了,是人是鬼都要把她寻回来!——尾子,你将来一定要帮我把他们都寻回来!"

"园长他们一定不会有事的,不会的不会的!"尾子哭告。

"倒杯水给老王头,再送他上床休息。应该是中风了,估计手要废了……"韩尔昌安排妥当,急急走了。

有人赞叹:"还真看不出,这韩尔昌还颇通医术!"

……

黄桥市政府拟将育婴堂彻底关停,可是碍于何卓甫等黄桥乡贤的坚决反对。于是,黄桥市在他处另建育婴堂一处,并发布告禁绝任何官方和民间资助流入原育婴堂,要让它自生自灭。

这一时期,原育婴堂的存续完全仰仗何卓甫等乡贤了。

何卓甫先生每月上、中、下旬，总要抽上半天工夫，携带民间资助以及他个人资助，亲往育婴堂。

老王头收下他的布囊，总是热泪盈眶，哽咽着说不出话来。

每次来，何卓甫先生总将五个孩子拢在一起，讲一些黄桥的掌故给他们听。何老给孩子们讲得最多的当是季三鞑子的传说……

季三是泰兴民间智者形象。据考证，季三故事自宋朝起就已在泰兴及周边地区流传。一说，季三籍贯黑松林，即如今之黄桥镇。称其为"鞑子"，是指他说话大舌头，似外族人言我国语。

话说这大舌头贵为当朝驸马爷，民间用四字概括他的性格——"仁、能、狠、绝"："仁、能"是指其为民谋利方面，"狠、绝"则是指其对付贪官污吏和为非作歹者方面。

第一次来，何老师给孩子们讲了《是树不完税》的故事……

    某朝，苛捐杂税多如牛毛，就连田间杂树也得纳税。为了替泰兴百姓免税，季三驸马爷心生一计。

    那日，他带了泰兴特产糖柿子饼（待泰兴土柿在树上自然熟成，并久经霜打，才将其采摘，经晒制、捶压而成，无须加糖腌制而无比香甜）进殿献给皇上。

    皇上吃了啧啧称赞，问道："爱卿，此为何物啊？"

    季三答道："这是鄙人家乡泰兴的土特产柿饼，常食能延年益寿，并祝陛下事事如意！"

    皇上龙颜大悦："如此佳品，多多益善。"

    季三立即"着"了"急"："陛下啊，泰兴柿树一直要完税，老百姓实在种不起啊！"

    皇帝笑道："这又有何难？！现着你拟旨，泰兴柿树不完税……"

    季三赶紧跪谢："谢主隆恩！——皇上有旨，泰兴'是'树不完税。"

    季三当殿起草诏书，内侍用过玉玺。季三持诏出殿，即刻快马加鞭，星夜兼程，亲临泰兴传旨："奉天承运，皇帝诏曰，泰兴是树不完税……"

    从此，泰兴百姓种树概不纳税，无不对季三感恩戴德。

> 皇帝知悉此事,也无意责怪季三,还夸季三不忘本,机智……

何老师讲毕,拈须笑道:"娃,听了这则故事,你们作何感想啊?"

一苇起立,答道:"何老师,身为泰兴人,我们长大后务要为家乡人民造福,而现阶段我们首先得识字明理……"

何老师道:"好,孺子可教也。——大家听明白了没有啊,不能识字明理的人就是盲人一个啊,你们在育婴堂也得自己找点书读读,遇到不识的字圈画下来,下次我来时可以问我……"

众娃齐道:"谢谢何老师!"

第二次来,何老师给孩子们讲了《季三毽子智斩皇子》的故事……

> 话说当朝有一皇子不学无术,胡作非为,为害百姓,却无人敢言。季三决心为民除害。
>
> 那阵儿,帝国逆匪猖獗,他们举红毛为号,要改天换地。皇上为此寝食难安。而该皇子仍不以国事为重,整天带着一帮跟班踢毽子。某日,季三毽子瞅着他们那上下翻飞的毽子,突然计上心头……
>
> 翌日,季三上朝:"启奏万岁,天子脚下,有人手持红毛,脚踢国号……"
>
> 皇上盛怒:"给我统统拿下,斩立决!"
>
> 可怜,那个坏事做尽的皇子被斩……
>
> 皇帝佬儿痛失爱子,从此对季三恨之入骨,却又无可奈何。原来,那日季三确实是据实禀报:皇子踢的毽子,正是使用一撮橙红色鸡毛插入鹅毛管中,缝在两枚铜钱叠合的基座上制成的,而那铜钱上显然铸有国号……

何老师道:"娃子们啊,季三得罪了皇帝,自然没得好果子吃! 但他这样做,究竟值不值得呢?"

娃娃们齐喊:"值,很值!"

"对,为民请命,将生死置之度外,此诚乃我大黄桥精神之优良传承!"

第三次来,何老先生给孩子们讲了《季三鞑子发配黑松林》的故事……

俗话说"季三鞑子上朝,地动山摇",你瞧他,上朝时故意衣衫不整,还常常歪戴帽子。如帽檐朝左,必弹劾一个文臣;帽檐朝右,必参告一个武将。皇上与众奸臣厌极。

终于,那天,皇上"有幸"捞着了"充分"的理由,意将季三发配边疆。

季三跪求:"陛下,臣今流放,宁出潼关三千里,不去延令(泰兴旧称)黑松林(黄桥旧称),斯处蚊大如雀,啮人即毙……"

皇上盛怒:"岂有此理!尔忤逆犯上,死有余辜,发配黑松林,正是罪有应得!"

季三赶紧补上一句:"谢陛下隆恩,但微臣还有一事相求,公主诚乃金枝玉叶,黑松林恐……"

皇上亦久对公主怀愤,喝道:"夫唱妇随,天经地义,现着你夫妇二人一起发配黑松林!"

季三赶紧"谢主隆恩",于是如愿领着他的公主夫人,回归家乡……

何老师问道:"娃子们,季三离了繁华京城,归我泰兴黑松林,内心当是喜,是悲呢?"

胖墩说道:"是悲。"

"为何啊?"

"因为没了京城的山珍海味……"

众娃笑骂:"死胖墩,就关心吃!"

何老师却笑道:"我觉得季三携家带眷,归我泰兴黑松林,虽为流放,实为荣归。从根本上讲,我泰兴人至为爱家、恋家,不管在外如何风光,总得为家乡发展贡献绵力,在家乡人心中立下丰碑。年岁大了,叶落归根才妥当……"

第四次来,何老师给孩子们讲的是《季三鞑子智修庆云寺》的故事……

话说季三携妻儿荣归故里,置了田产庭院,一家人好不自在快活。

一日，季母在游园时却对儿子及儿媳感叹道："常听儿媳讲京城如何繁华，皇宫如何壮丽，惜哉老身岁月无多，又没双翅膀，最终不能亲见……"

季三是个大孝子，第二天就在泰兴城西郊择风水宝地大兴土木，仿金銮殿样式数月内就建成了一座大宅子。

老太太一连几天于中游逛，一家人其乐融融。

不久，季三的仇家之一，扬州太守闻听此事，立刻与京中奸臣联名上奏：季三逾制，私建宫室，有不臣之心。

钦差奉诏出京，星夜兼程，前往泰兴查证。

京中相好赶紧快马密告季三。

接报后，季三却不慌不忙，命工匠连夜在大宅里塑造佛像，建好之后又将它们"做旧"，铲油漆，撒灰尘，布蛛网……季三又火速请来了住持、僧众，并亲自题名"庆云禅寺"。从此，泰兴城西郊晨钟暮鼓，梵音萦绕……

钦差信佛，又心向季三，在庆云寺小住数日，回京复命："季三虔诚礼佛，造福桑梓。"可怜那帮举报季三的家伙，反因诬告被下狱治罪……

何老师赞道："季三，诚乃圣人也！"

尾子却紧蹙眉头。

何老师道："余一苇同学，你有何想法啊？"

"何老师，我在想，建造寺院虽好，但是莫若兴办学塾，免费供给，这样穷苦的孩子就都有福了……"

何老师叹息道："沈毅办学之后，黄桥市对各级新增学校的申办政审极严，乃至现在完全冻结了。我时常感伤于梁任公所言，'造成今日之老大中国者，则中国老朽之冤业也'；同时，亦更怀想梁任公所言，'制出将来之少年中国者，则中国少年之责任也'……可是，目下中国少年读书尚且大难，敢问他们之出路何在，国家民族之出路又何在，呜呼哀哉，呜呼哀哉，呜呼哀哉……"

……

转眼又两年过去了,黄桥东乡的共党非但未被铲除,还星火燎原了,在泰兴、如皋交界的地方组建了红军,已经和敌人交火多次了。黄桥镇和泰兴城国民党的反动统治风雨飘摇。

白天,黄桥镇的反动势力耀武扬威,穷凶极恶,时常有共党分子被陈局长他们押着游街,西郊拘押所也经常传来行刑的枪声。可是,入夜呢,黄桥镇像着了魔,诸如"打倒军阀,打倒土豪""中国共产党万岁"此类的标语,总张贴得比比皆是,甚至连圈门内亦如此。

那段时间,育婴堂的孩子也都加入了张贴红色标语的行列。

每次夜暗,韩尔昌将标语裹在布卷内,神不知鬼不觉地送进育婴堂。

是尾子"发明"了大白天张贴标语的方法:在育婴堂内,撩起衣襟,将标语有字的一面贴身,稍加固定,而将无字的一面刷上糨糊,再放下长大衣襟,然后进入各条古巷,大大方方迎巡城的匪兵而行。待到与他们擦肩而过,拉开一二十步距离后,趁他们不防,撩起衣襟往墙上一靠即离开,而那标语即如一方烈焰熊熊"燃烧"在墙上……

匪兵们以为神助,更加惊惶……

黄桥镇的民国历史告诉我们,若不是黄辟尘这个双手沾满人民鲜血的家伙,一再从中作梗,黄桥镇和泰兴城的革命面貌早就焕然一新了……

这一时期,黄辟尘自家豢养了五百人的保安队,更亲自担任四县(泰兴、泰县、如皋、海安)民团总头目,总领一千多号人。秣马厉兵且不论,黄辟尘更是做了几件决定黄桥短期局势的坏事……

这日黄昏,一辆黑色甲壳虫开到了文华斋楼下。

黄辟尘自右前门下车,亲自打开左后门。他恭迎的,正是国民党江苏省保安队大队长杨蔚。

杨蔚着一身挺括制服,却一脸疲乏焦虑。

"杨队长,请上楼,这边清静。"

二人登楼。

楼上,黄桥大地主丁西顿已率一众乡绅恭迎。

杨蔚拱手入座,道:"承蒙各位错爱,谢了!"

黄辟尘道:"开席。"

"好咧。"厨房应了,又喊,"走菜喽——!"

两侍女即刻穿梭走菜,先上八凉菜,四荤四素。

黄辟尘介绍道:"这四荤分别为老汁猪头肉、五香兔儿头、卤香猪蹄、炸酱大雀,都是复胜园的招牌菜。杨队请用。"

"复胜园的卤菜果然名不虚传,只是杨某入驻贵镇以来,戎马倥偬,疲于奔命,食不甘味……"

黄辟尘道:"杨队,今日你我难得这片刻闲暇,就好好品尝我黄桥卤菜吧!想我黄桥卤菜可谓源远流长,黄桥先人自定居黄桥以来,即善为之。千百年来,在我黄桥人心目中,黄桥卤菜诚乃'抗敌功臣'……"

"'抗敌功臣'?"

"遥想南宋年间金兵南犯,岳飞麾下名将牛皋屯兵敝地,屡建奇功。里人为犒劳牛皋将士,经常献上卤菜,一则它口味佳绝,二则它保存时间持久,三则它抗饿,于是牛皋将军将其当作必备军粮,里人也设法供给之……此即我黄桥卤菜'抗敌功臣'称号之由来……"

"妙妙妙,果然味美!"

"今日我黄桥卤菜能犒劳黄桥剿共将士,再立新功,幸甚至哉!"

"哎,只怪杨某不才,难平共党作乱。杨某已数次致电省上,恳请准予引咎辞职,以让贤能……"

"杨队,您不必自责,只怪共党裹挟民众太多,一时势大。但在我看来,他们无非一群乌合之众,一击即可损他手足,二击即可损他主脑,三击当可将他连根拔除!现蒋委员长用兵如神,区区如泰红军成不了气候。杨队,且假时日……"

"黄议员处变不惊,砥柱中流,杨某自叹弗如,敬您!"

"现在共党咬牙切齿,欲报老叶庄(泰兴城东北十余公里处的一处村落)折翼之仇,甚至喊出了'先打黄桥后攻城,不拿下老叶庄不算人'这样的口号,看来近期欲对黄桥下手。——杨队和诸位将官,你们是黄桥的过客,打败了,你们自可以一走了之,可我们这些土生土长的黄桥人,还有置业黄桥的外乡人,又能往哪里去?!在座的,我大黄桥的列位仁兄,自当是大黄桥的担当,我们在,黄桥在!干了这杯黄桥高粱烧,誓与黄桥共存亡!"

"干,誓与黄桥共存亡!"

"干,誓与黄桥共存亡!"

"干,誓与黄桥共存亡!"

……

所有人皆举杯一饮而尽。

黄辟尘道:"想我黄桥复胜园能把卤菜烧至极致,无他,唯用心用力耳。

无非用心讨好食客,无非用力干好本职。其先辈研究出汁汤烧腊,老汁传用至今已五十余年。据说,复胜园光每日制作卤汁,就要耗费数个时辰了……'治大国如烹小鲜','运筹帷幄之中,决胜千里之外',大敌当前,我们自当做足战前功课,何愁不胜! ——拿地图!"

黄府管家赶紧将地图展于隔壁桌上,众人围趋过去。

黄辟尘指点地图,说道:"共党欲攻入我黄桥镇区,无非从四门入手,所以,我决定在四门各用钢筋水泥建筑碉堡一座,多备机枪,一夫当关万夫莫开。另外,兵出奇谋,正奇结合,必让共党铩羽……"

"高见高见,有黄翁担当,杨某宽心了! 敬列位,哈哈哈……"

……

这帮匪徒计议妥当后,一行人又去白玉兰浴室洗了澡,黄辟尘还弄了个雏子让杨蔚"破瓜"(破处)。

那晚,耀黄电厂破例彻夜供电……

4. 黄桥暴动失败

8月3日。

晨风起,沙尘扬。

黄桥镇区各条街巷,国民党军警荷枪实弹戒严。

各家商铺纷纷闭门歇业,街道上长衫客们恓恓惶惶,而短衣帮满怀热望。

育婴堂甫一开门,韩尔昌急急入内,又随手将门合上。

"王老,近来可好?"

"还行,只是如今成废人一个了,还没感谢你那天搭救,后来又一直送医送药的……"

"见外了见外了,天下穷苦人本是一家。把你这里的小鬼都叫出来吧,我要教他们点保命常识……"

"好咧! 尾子、大个子、大眼睛、胖墩、片子,你们都过来。"

五个娃子很快聚齐了,韩尔昌道:"娃子们啊,黄桥市一直不太平,恐怕难避战火。听到枪炮响,你们可别乱跑,赶紧回屋,拿棉被,得多拿几条棉被,把它们淋透了盖八仙桌上,人再钻桌肚子。这样能挡流弹,切记切记!"

"谢谢韩老板!"

56

"王老,你也多多保重!"

韩尔昌说完急急离开了,老王头一脸凝重,喊道:"刘姨刘姨,速速把棉被都拿来。大个子赶紧打水去!"

……

上半夜,黄桥镇区和往常一样"安静祥和",耀黄电灯公司依旧十点拉闸,远远近近传来梆声:"天干物燥,小心火烛……"

老王头睡不着,踱到天井里。

那天夜色漆黑如墨……

零点时分,黄桥四门方向突然同时传来了激烈的枪炮声、喊杀声。镇区上空,猩红的流弹啾儿啾儿地乱窜乱叫。

孩子们都醒了,片子和胖墩在哭。

老王头喝道:"还不快钻桌肚子!"

听得出,北门的国民党守军正沿运粮河两岸向南溃逃,哭爹叫娘的;而追击他们的队伍威武雄壮,喊杀声震天,迅速逼近了镇中心永安桥(俗名大石桥)。西门的枪声也很稠密,而南门和东门枪声渐渐稀落。

当红军西路军进击到永安桥时,前进部队突然被河对岸屋顶上的两挺机枪挡住了去路,身后又被敌军猛攻。原来,奉命进攻东门和南门的红军特务团团长李吉庚及其侄儿李治平,在战斗的关键时刻公开率队投敌。敌人从东门经过柳家庄,再绕道关北闾家庄,兵分两路迂回到红军攻击北门的主力部队后面。而在西大街,敌人见红军部队相对人少枪少,仅用机枪封锁去路,其主力全部扑向北门……

老王头在枪炮声中听到了沉重的打门声。他悄悄把门打开了一条缝,借着爆炸的火光,他看清了,正是韩尔昌匍匐在育婴堂门槛下,身后拖着一道黑黑粗粗的血迹。韩尔昌拼尽最后力气,说道:"老王头,红军特务连连长李吉庚叛变了,你一定、一定要……"未等言迄,身后涌上来一股匪军,密集的弹雨瞬间将他打成了筛子……

那晚,红军腹背受敌,伤亡惨重。张世杰师长落水,险些牺牲。黄桥镇区的红军内应十数人也悉数牺牲……

天亮了。

黄桥镇区。

国民党匪军三步一岗,五步一哨。

匪军强征的独轮车吱吱呀呀悲鸣,将无数胸前别着"共产军""共产赤卫军"等红布标记的起义者尸体清理出城。

黄辟尘、杨蔚带着一队亲随,沿街视察。二人得意扬扬,谈笑风生。

粥局,二人用餐。

老王头示意尾子贴近打探。

尾子走近,众匪兵据枪拦住。

黄辟尘却很和蔼,说道:"来来来,告诉黄爷爷你是谁家娃子?"

"育婴堂。"

"哦,可怜可怜,你家是哪的?"

"三里。"

"叫什么?"

"黄尾子。"

"咱们五百年前可是一家啊,听本家一句话,往后啊,这老育婴堂你可不能久待啊,小心着了'红魔'。若不是何卓甫之流碍事,我早就彻底封禁它了!你还是早早投新育婴堂吧,长在三民主义旗帜下才有光明前途啊!——伙计,快给这娃子盛粥,再弄几个煎蛋……"

杨蔚道:"黄翁这次居功至伟,我一定上报省上,为你邀功!"

"过奖了过奖了,桑梓之地父母之邦,鞠躬尽瘁死而后已,才不枉圣贤教诲!"

"李氏叔侄这次弃暗投明,让共党损兵折将,我要请示上峰,为他俩申请嘉奖,并委以重任……"

"杨队,此言差矣。李吉庚本是条毒蛇,你却让他登堂入室,终有一天会折损了我们自身。你可派人传令给他,晋升他为上校军衔,并恩赏些金条,但仍遣他带队剿灭共军,让他'鞠躬尽瘁,死而后已',哈哈哈……"

叁 刁网枸杞青

1. 王书记牺牲

"'要找共产党,就到刁家网',听说'八三'暴动前,红军在刁家网召开了誓师大会,刁家网又成了铁打的红色堡垒! 我料想,尽管红军一时落败,但到目前为止,国民党匪兵的黑手应该暂时还没伸到那边去,刁家网那边一定还存在着成建制的共产党组织。尾子,现在我们必须派一个人,把李吉庚叔侄叛变这条重要情报传递到刁家网,可育婴堂乃至偌大黄桥镇唯有你才是最合适的人选。到那里,你一定要顺便查访一下你俩舅舅和王墨云下落……"

"王爷爷你放心,我保证完成任务!"

"王爷爷也不知道你会遇到怎样的危险,但是任何处境下,你千万不要莽撞,一定要向对的人报告敌情,否则会有生命危险! 还有,你去了刁家网之后就暂时不要回来了,兵荒马乱的,一则来回跑不安全,二则这次大难之后育婴堂一定开不久了……到刁家网,你提沈先生、王墨云和你俩舅舅的名字,那里的村民一定会安顿好你的! 还有,尾子,你到了那边,最好能请先生教你识字,听说那边塾师很多,而且都力挺革命……"

"王爷爷,你也保重,我会努力的!"

"刘姨刘姨,取一个大洋给尾子,他要出去一次,记我的账!"

……

尾子出镇去,却没带任何行李。

黄桥镇东门,一座碉楼巍然耸立,控遏要津。碉楼顶部,国民党江苏省保安队两哨兵荷枪肃立,紧盯远方;碉楼下,两排全副武装的士兵,分立东门左右。一年轻军官躺在碉楼脚下的一挂偏三轮车斗里,白手套,黑墨镜,悠闲得很。

几个被俘的红军战士，浑身血污，被反缚双手悬吊在碉楼北侧高高的木架上示众。现在，他们一动不动，了无生命迹象。

尾子突然有主意了，冲那军官喊道："喂，就你，过来！"

军官坐直了身子，把墨镜往下一压，一脸蒙。

"就你，快过来！"尾子豪迈地冲他招招手。

军官更蒙了，但他还是跳下了车，悻悻地过来了。

"在下黄尾子，刚刚领了四县团总黄辟尘黄大老爷的军令，要前出侦察敌情，敬请派车随行！"

"一个小娃子能搞什么情报，黄大老爷也真是的……"

"别狗眼看人低。黄老爷说了，小娃子才不显眼，共党一点也不提防，"尾子说道，"刚刚黄老爷还请我吃粥，现在他巡城去了，你可以找他当面核实……"

"不必了。——毛小宝，送他走。"

尾子跳上偏三轮，毛小宝双手一扭钥匙，一蹬启动装置，偏三轮咆哮起来。

毛小宝道："坐稳了，长官。"

尾子笑坏了。

"长官哪里去？"

"刁家网。"

"报告长官，刁家网是共党老巢，卑职不敢去！"

"你在村子外远远把我放下来，我一个人进去就好，老子这是奉命深入虎穴，懂吗？"

"遵命。"

偏三轮风驰电掣，夏风拂面。可是尾子毫无拉风的快慰，反而无声泪流，因为一路映入他眼帘的正是：

逶迤的小道，凋敝的村庄，缉拿共党的兵丁，无辜乡民的哭号，无数燃烧的村舍……

二十华里的乡村小道，偏三轮一会儿就跑完了。

毛小宝刹住机车，道："长官，目的地到了，请下车。"

"兄弟，辛苦了，等我完成任务一定向黄大老爷为你请功！"尾子下车。

"谢长官栽培，卑职告辞。"话音未落，车子一个惊惶的甩头，溜得比兔子还快。

尾子瞅了瞅前路,决定沿着大道走。

近了,近了,刁家网就在眼前了。

苍黄的天底下,横着一座微微起伏的坡岗,坡岗上下千沟万壑。泰兴东乡的高沙土啊,由于缺乏黏性,水一冲往往就会大搬家,表面良土流失,而其下瘠薄的青沙祖露。它们遇水则泻,遇风则扬,于是给大地母亲留下了无数青色的创痕,不利耕种。坡岗的平旷处,低矮残破的草屋横卧着,杂乱无序。可是,此时,村庄里依旧红旗插遍,猎猎飘扬。

尾子知道,现在的刁家网其实是虚弱的,因为她失血过多了!

远远地,尾子看到村口有几个拿着红缨枪的娃子在放哨。

尾子大步向前……

"站住!"几杆红缨枪枪头齐刷刷逼上尾子咽喉。

"我来找人的……"

"找谁?"为首的居然是个和尾子年龄相仿的女娃,国字脸,微胖,翘马尾,杏眼圆睁,一脸杀气与霸气。可尾子毫不惧她,反觉得她脸上的雀斑生得挺有趣:两腮雀斑尚不明显,可鼻梁上呢……

不待一苇笑出声,女娃手中的那杆红缨枪枪头逼得更紧了。

"我找我俩舅,李向高、李向贵……"

"我们村没有姓李的,请回!"

"他们俩都是牧师,都戴眼镜,都瘦瘦高高的,一般穿中山装……"

"找谁也不让进!"那女娃斩钉截铁。

"我还要找王墨云,她本是黄桥育婴堂园长,我大舅未过门的媳妇,嘿嘿……"

"国民党马上就要来此清剿了,刁家网不欢迎外客,请回!"

"我要见你们头儿……"

这时,从路旁草垛后面悠悠然转出一个人来,正是先前给育婴堂送粮来的车把式老刁。老刁还是黑瘦黑瘦的,而双目锃亮。

老刁道:"香荷,让他进来吧,他是育婴堂的娃子,我认识。"

"刁伯伯,我舅他们呢?"

"娃,他们都是好样的……"

"王园长呢?"

"也在、在战斗……"

"刁伯伯,我要见你们头儿,我有重要情报汇报……"

"随我来。"

……

一片平旷的广场之北,即是刁氏宗祠,青砖黛瓦,轩敞高峻,共三间。

大门居中,西侧挂着"醒农合作社"的牌子,东侧则挂着"中共江浙区泰兴独立支部"的牌子,原来刁网村党支部在"八三"暴动前,将当年沈毅领导革命风潮时的指挥部场景原样恢复了,如泰红军并于此前举行了声势浩大的誓师大会……

进了门,西侧各类生活日用品及农具一应俱全,醒农合作社的老大妈们端坐着,目中含悲而又一脸倔强。东侧摆放着一张旧八仙桌,数张长条凳,一个穿中山装的中年汉子正伏案用钢笔在纸上写着什么。

老刁上前,道:"支书同志,二李的外甥找来了……"

支书抬起头,打量尾子,道:"是这娃子吧,能摸到这边也真不容易啊!怎么来的,吃饭了没?"

尾子道:"坐敌人的偏三轮过来的,不饿。"

"敌人怎么乐意送你过来?"

"我假托黄辟尘的命令……"

"真机灵!"

"我要见王墨云园长……"

"小同志,现在我要郑重告诉你,你俩舅舅和王园长都是我们学习的榜样,永远是……"

"他们真的都死了吗?"

"是牺牲了,两年前的'五一'暴动期间,他们就都牺牲了,为了共产主义事业而牺牲,他们的死重于泰山!"

尾子的眼泪瞬间奔涌,但他一抹眼泪,说道:"这次黄桥起义失败,是因为革命队伍中有人叛变了……"

"谁?"

"李吉庚叔侄。"

"特务连连长李吉庚吗?!"

"是的。黄桥暴动那晚,内应韩尔昌牺牲前把这情况告诉了王墨云的爹,我又听黄辟尘亲口说的……"

支书道:"老刁,你先把这孩子安顿下来,李吉庚叛变兹事体大,还有待上级核实,现阶段务必保密,现在我就来起草报告……"

……

夜幕降临。

老刁低矮的草屋里,一灯如豆。

东厢,香荷妈炒菜,香荷上菜。很快,堂屋内八仙桌上菜齐了,一碗红烧鸡肉,一碟花生米,一份韭菜炒鸡蛋,一份清炒豇豆。

尾子发现香荷始终板着脸,眼眸里熠熠跃动着冷峻的光焰,可办事专注又利索得很。

尾子坐着,闻着鸡肉香,直咽馋液。

老刁闷声抽着旱烟……

一阵狗吠之后,支书进了屋,脱了外套挂椅背上。

老刁、支书朝南坐,尾子朝东,香荷朝西。

"大家吃,不必等我的。"支书夹了一只鸡腿给尾子,又夹了一只鸡腿给香荷。

"老刁,喝!"支书夹一粒花生米,呷一口酒。

"支书,喝!"

"我让通讯员去向泰兴县委王玉文书记汇报了,事态很严重啊。"支书猛干一杯酒,"娃子,吃!"

尾子也不客气,一块接一块地吃鸡肉,香荷也跟上,二人比赛似的。

支书和老刁望着两个娃笑了,各又呷了一口酒。

"支书同志,我看你近期也得避一避了,敌人马上就要过来清剿了……"

"不慌不慌,我估计敌人要等把黄桥周边先清剿妥当,才能腾出手来……"

香荷妈擀面,切面,烧水,煮面,忙得不亦乐乎。

东厢,灶台北侧是一口大水缸,其北侧即是猪圈,五只大肥猪在里面闹腾,它们的尖嘴把空荡荡的石质食槽拱得咯咯响,它们应该也饿坏了吧。

香荷妈不时骂上几声,可还是止不住。

支书道:"等这批猪出了栏也该把房子翻一下了……"

老刁道:"是啊,一到夏天这草苫坯就没法住人了……"

支书问尾子:"娃子,你识字吗?"

"只认识一本书的字,沈毅老师教的……"

"是在王家巷中和小学读的吧?"

"是的。"

"娃子,育婴堂你回不去了,这次,反动派很快会把它彻底查禁了……"

"王爷爷,还有大个子、大眼睛、片子、胖墩,你们怎么办……"尾子哭了。

老刁道:"天无绝人之路,老王头也不是等闲人。听王墨云园长说过,他是北洋水师出身,打过倭寇……以后,你就安心住我家吧!"

支书道:"老刁,你瞧这娃子眉清目秀,天庭饱满,挺讨喜,你不妨收作养子,将来呢让他和香荷结为……"

尾子道:"行不更名坐不改姓,我叫余一苇,我才不要做别人家的儿子,我爸叫余良忠,他是反抗'猪子捐'的烈士!"

"好好好,以后你就管二老叫'大伯''大妈',这总可以了吧? 老刁,这娃是株好苗,有其父和其舅风采……"

"大伯好,大妈好!"

"宝宝真乖,吃,多吃点!"大妈从厨房小跑出来,手上端了一碗热腾腾的菜面先给了尾子,满面含笑。

老刁和支书两人各又干了一杯,老刁脸上亦露出喜色。

支书道:"娃子,以后香荷和你怎么相处呢?"

"她是妹妹呗。"

支书笑道:"对对对,妹妹、妹妹……"

"哥哥。"香荷喊人了,眼眸里全是真诚。

"妹妹好,以后可要听哥的话啦,不许对哥凶!"

"好,哥哥,但是你不能做错事!"

支书道:"老刁啊,这娃子先放你这儿养着,他是烈士的后代,你一定要确保他的健康与安全,并要将他抚养成才……"

"支书,我一定尽力,干!"

"明天一早,我们就要转移了,老刁你还得就地坚持。"支书从怀中掏出一沓红纸,说道,"老刁你得赶紧把刁氏宗祠门上的'中共江浙区泰兴独立支部'的牌子、'醒农合作社'的牌子以及宗祠内红十四军的相关物件全部埋藏好,将来革命胜利了,这些就都是无比珍贵的革命文物了! 醒农合作社里的库存商品,你也得赶紧无偿分发给周边有需要的贫苦农民,绝不能便宜了那些匪徒! ——这是我们刁网农会新编的《农民唱》原稿,你也要把它保存好……"

老刁郑重地接过来,这时他看到一苇眼瞳灼灼。

老刁把它递给一苇,道:"尾子,你也识字的,你给大家读读看……"

一苇喜滋滋地接过去,铺开,读起来:"《农民唱》,正月里来是新春,穷人过年心头……"

支书笑道:"这字读'恨',阶级仇恨的'恨'字。"

一苇继续读到"地主追",又卡壳了。

支书道:"地主追逼缴租债,春荒日子又来临。"

支书抚一下一苇脑袋,继续说道:"娃儿,地主阶级不让我们穷苦人读书,但我们穷苦人一定不能让他们的如意算盘达成!我们非但要识字,还要用马列主义思想武装头脑。我们失去的终将是锁链,我们必将赢得整个世界!——刁家网这爿,年轻的塾师都出去闹革命了,都牺牲过好几茬了,唯有太公由于年事已高,只能待在家里。遇到不懂的字,你可以去向他请教……"

……

接下来的几天里,刁家网陷入了白色恐怖。敌人挨家挨户搜捕参加革命工作的人,一共捕去了二百多人。无数的茅草屋被敌人点燃,村庄上空浓烟滚滚。妇孺的哀哭传遍乡野……

这日大早,晨雾尚浓,刁智甫就带着他的几十个全副武装的手下杀到了老刁门前。

刁智甫喝道:"刁老鬼,还不快快给我滚出来!"

屋内,老刁对妻子说道:"香荷她妈,是祸躲不过,我且去会会他们。不管发生什么事,你都得把俩娃护好。对敌人你就说,尾子是我外甥,现父母双亡,只得投奔我处……"

香荷妈顿时泪如泉涌,但她一咬嘴唇,点点头。

刁老鬼披上衣服,从从容容开了门,一拱手,笑道:"原来是本家大老爷啊,有失远迎,敬请见谅!"

"刁老鬼啊刁老鬼,一笔写不出两个'刁'字,我的奶奶还是你的嫡亲姨奶奶呢,咱们'本是同根生,相煎何太急'?!两年前的'五一'暴动,你们烧我房子分我钱财,我不恼,可你们居然取了何裕仁性命!你们要知道,何裕仁生是我的人,死是我的鬼!事后,他的老婆天天向我要人,倒像是我杀了他!正是因为你们办醒农合作社,你们社里的东西品种齐全,而且不以赚

65

钱为目的,严重影响了何裕仁杂货店的生意,他哪甘心！那天他偶然发现沈毅他们扯了那么多的红布,就知道他们要起事儿了,于是他就赶紧向我举报了……而你那段时间终日紧随共党,麻秆腿儿跑得可欢快了……两年前沈毅之流伏法,何裕仁之死大仇得报,我刁智甫又得胜归来,这是天道啊！看在故去的姨奶奶的面上,那年我才没向你讨还血债！然而你内心对共产党的幻想始终不灭,今年甫见如泰红军起事,你又跟后面胡作非为。那天,你率一帮穷鬼再次直扑我府邸,幸亏我消息灵通,腿脚利索……然而,历史惊人地相似,这次共产党还不是又吃了大瘪子！天网恢恢,疏而不漏,今儿我倒要看看你这'红鬼'往哪里跑！"

"生是刁家网的人,死是刁家网的鬼,我刁子义决不跑路！"

"甚好甚好,现在你就乖乖儿跟我走吧！"

香荷妈冲出去,理直气壮:"刁大老爷,你知道的,我们家老刁从来是个本分人,他确实跟在共党队伍后面活动了几天,我们也不赖,但那还不是为了几文银子的脚费！可他一没动刀,二没动枪,你要报仇也不能报他头上啊！"

香荷和尾子也出来了。

香荷虎着脸,尾子眼窝里喷泻着仇恨的火焰。

刁智甫惊心,道:"这男娃眼生,是谁家的？ 我怀疑他就是'红小鬼'一个！ 来人来人,速速给我拿下他！"

刁老鬼道:"他是我亲姐家的,逃荒来了……"

"甭废话！ 来人,把二人一并拿了！"

"是。"左右一拥而上,用铁链脚镣先将刁老鬼拿住,又来拿尾子。

"慢着。"这时,围观的人群中缓缓走出一穿灰褐长衫的苍髯老者,仙风道骨,竹杖笃笃,他徐徐说道,"智甫啊智甫,听不听老朽一句劝……"

"哟,是太公啊,请讲。"

"得饶人处且饶人,如泰红军兵败,现在你'刁大老爷'又'得胜还朝'了,安然无恙的,这是你'刁大老爷'的'福分'！生活照旧,大家还都是你的佃户。若你真的把大家赶尽杀绝了,谁来为你种地缴租……"

"太公高见,我也一贯心慈手软,只记匪首大恶,从犯一概宽宥……"

"这就好,圣人云'恻隐之心,仁之端也'。至于刁子义,你打小儿就熟识他的,他痴长几十年,凡事就爱凑个热闹,但他那点能耐也出不了什么'鬼'。还有这黄口小儿,又能兴什么风作什么浪……"

"这个……"

老先生又走到刁老鬼面前厉声"训斥"道："刁子义，断头铡在此，还不识事！今日，你且听老朽一句劝，你若真心悔过的话，就拿出点诚意来……"

刁老鬼还是一脸倔强。

"太公啊，你看看，这老鬼当真是不见棺材不掉泪！"刁智甫又转身对刁子义道，"刁老鬼啊刁老鬼，这次我可要和你顶真；否则，往后我刁智甫何以服众……"

香荷妈道："刁大老爷，只要你肯放了刁老鬼，你要我们赔付多少银钱，我们都认！"

"你赔得起吗？"

香荷妈道："我家圈里有猪，好出栏了，共五头，你爱抓几头都成！"

刁智甫两眼珠一滴溜，道："刁老鬼，你当真甘愿赔偿吗？我刁智甫从不勉强人，哈哈哈……"

太公道："智甫，这件事就让老朽我做个主吧，让子义暂赔你四头猪。还有，刁氏宗祠你可不能动它片瓦……"

"都听太公的，哈哈哈……"刁智甫顿时笑歪了嘴，道，"伙计们，快快把刁老鬼放了，速速抓猪去！"

匪徒们即刻给刁老鬼去了铁链脚镣，再一窝蜂地涌向里屋。

刁老鬼就地半蹲下来，耷拉着眼皮，腰背却比松柏挺直，徐徐从腰带下抽出长杆旱烟枪，装上黄亮烟丝，点上火，吸一口吐一口，再吸再吐，频率越来越快，而眼神里满是轻蔑与不屑……

那伙匪徒进了屋，圈内猪儿一阵噪号，随后四只大肥猪被缚了四肢，倒提了出来，惨叫连连，被扔上四辆独轮车，吱吱呀呀渐渐去远了。

"礼貌"地告别了太公，刁智甫率队得意扬扬地走了，也不知他们又要去祸害哪一家了……

刁老鬼冲太公说道："多谢太公搭救，快快进来喝杯茶水吧。"

进了屋，圈内仅存的那只猪还在乱窜噪号。

香荷妈敬上一杯茶水，道："太公，请用茶。往后这日子实在没法过了，养的五只猪本来打算卖了翻下房子的，呜呜呜……"

"先保住子义性命吧，等刁智甫他们把捕去的人审结了，刁家网又要血流成河了……除非，王书记他们能够杀回来……"

67

"王书记他们一定会杀回来的,为咱贫苦人报仇!"

"形势不容乐观啊,敌人日夜增兵,步步为营,王书记他们快无回旋之地了……子义,你最近可要安分些,难免被捕去的人会把你供出来,所以你还要主动向刁智甫示好……"

"怎么示好?"

"隔几日,你把圈里仅剩的那只猪宰了,亲自给刁智甫送去,免得那贼惦记,顺便打探一下他们下一步的动作。如果情势于你不利,你则赶紧开溜!记住,猪肉要整片,内脏要全副。特别提醒你,刁智甫向来最爱猪内脏煲汤,但猪头万万不要送去,刁智甫最忌讳,还是留着给俩娃打牙祭吧。还有,你千万不要让香荷妈送去,刁智甫可是色中饿鬼……"

"多谢太公指教!"

"走了,这俩娃也该读书了。"

太爷拄着竹杖逶迤西去,须髯飘飘,风中送来他的苍凉行吟:"枸杞不死,枸杞不死,枸杞不死……"

隔几日,依太公所言,刁老鬼把圈里仅剩的那只猪宰了,主动往刁智甫的堡垒里送去了全部猪肉和全副内脏,只留下了猪头……

回来的时候,刁老鬼一路踉跄,失魂落魄,双眸完全熄灭了光焰。

香荷妈把老刁安顿在床上,急切问道:"老刁,又出什么事了?"

老刁浑身直打摆子,悲泪纵横,许久才道:"王玉文书记他昨日也牺牲了!"

香荷妈号啕大哭:"两年前沈书记走了,如今王书记也走了,我们穷苦人真没靠山了啊……"

尾子道:"大伯,大妈,我们一定要为他们报仇!"

老刁悲泪纵横,扑腾过去,搂住二人肩膀,号啕大哭。

原来老刁去送猪肉时,刁智甫的妹婿戴祥甫正带了手下,在刁府门前大肆燃放鞭炮,噼啪,噼啪,噼啪……

此刻,刁智甫站在堡垒顶上,戴黑礼帽,穿士绅服,拄龙头杖,一副踌躇满志、睥睨天下的神情。

戴祥甫对刁子义道:"刁老鬼,算你转身快,现在连王玉文也被'吧嗒'了,还是被自己人——原红军特务连连长李吉庚亲手崩掉的……李吉庚这小子打小儿就不是什么好鸟,被红军收编后,仍恶习不改。黄桥'八三'暴动前,共产党上级要求王玉文清除内部不纯分子,王玉文枪毙了李吉庚的

68

一个强奸民妇的亲信，也算是给李吉庚一个警告。李吉庚表面支持，可心里恨彻了啊……黄辟尘老爷侦悉此情，即遣人对其诱降……'八三'暴动那晚，李吉庚如约撤出黄桥东门、南门阵地，还带领我军绕到红军身后……红军兵败后，坚持游击的王玉文还一直不肯相信李吉庚变节，他还要和李吉庚当面对质，真是天真！这下好了，李吉庚人多势众，又下了先手……哈哈哈，苏中共产党真的气数尽了！"

……

"李吉庚、李治平，你们都不得好死！"刁老鬼咬牙切齿，目眦俱裂，道，"娃子们，共产党一定会回来的，他不会撇下我们穷苦人不管的！'枸杞不死，共产不灭'！"

"'枸杞不死，共产不灭'，侄儿不懂。"

"好孩子，你们随我来。"

刁老鬼带了一把劈竹刀，领着俩娃往北去了。

很快，他们抵达村中一破败的庭院。院门不存，蜘蛛网当道。

房舍彻底倾圮，一地断壁残垣，显然还大面积过过火。

刁老鬼折来一根长树枝拂开重重蛛网，蛛网上数只硕大的黑蜘蛛仓皇逃散。

院落内，茂草莽苍，高过人头。

刁老鬼披荆斩棘，无惧蛇虫，毅然大步向前。俩娃跟上。

到了院落中心，刁老鬼跪下了，悲泪涟涟，以手拔草。

俩娃也跪下了。

"就是这株枸杞，我们一定要让它活下去！"

可是，俩娃眼里只见杂草，不见枸杞。

刁老鬼拔草的速度加快了，尾子和香荷赶紧帮忙……

现在青褐色的土地上，那株看似普通，而又绝不平凡的枸杞树终于完美现身了。你瞧她，虽然高不过八十厘米，枝孱叶弱，却落落大方，意志坚定，主枝集成烟花束，蓬勃向上爆开。每一主枝都变魔法似的生发出无数柔嫩的绿藤条。绿藤条上结对而生的绿叶，与密密匝匝的素色小花以及红色浆果连成绝美的串儿。

刁老鬼再次跪下，以额触枸杞树，以额触泥土，正色道："尾子，香荷，你们知道吗，这株枸杞正是沈毅书记1925年亲手栽植的。那天，他带着这户人家的户主杨茂斋以及熊良甫、张秀峰三人，在这儿宣誓加入中国共产党，我在院门口把风。他们四人先是对着党旗举拳宣誓,然后沈书记亲手将这株枸杞栽入土坑。四人沥血入碗,沈先生用四人鲜血写成十六字,'枸杞不死,共产不灭;如有异心,神人共歼',宣告成立苏中地区第一个共产党小组,并将血书掩埋于枸杞树下。四人再次对枸杞树起誓,'心不变,万年青,决心为共产主义而奋斗……'这一切,我都瞅得真真切切的。虽然对照中共党员的标准,我还差得很远,但是我和共产党永远同一立场。尾子,香荷,今后我们就把守护这株枸杞树的重任承担下来,沈书记、王书记的在天之灵一定会护佑我们的!"

二娃随刁老鬼举拳起誓:

"枸杞不死,共产不灭;如有异心,神人共歼!"

"心不变,万年青,决心为共产主义而奋斗……"

"好好好,都是好孩子!以后,你俩要勤奋学习,多识字,将来既要能和敌人武斗,更要善于文斗。这是上次支书让我保存的《农民唱》,我现在就带你俩去太公家,请他教教你俩,你俩可得好好识字啊!晚上我焅个猪头,正好凑个拜师宴……"

"好咪!"

……

2. 1931 年大水

江北并不出产梅子,可几乎每年春夏之交,江北大地总莫名其妙地被那叫"梅子雨"的雨宰制了。那雨若下得适时适量,尤利粮食灌浆、果蔬成熟,即是江北人的洪福;那雨若乱了时节,又没了节制,则成了江北人的大灾祸。

靠天吃饭的年代里,那梅子雨难得有几次是顺遂了人们心愿的,而1931 年那个梅雨季,上天至为不仁,纵令天河决堤,迁延数月……

从地形上看,刁家网这旮土地本是泰兴县的制高点,可是于 1931 年的洪水而言,这里亦不过是泥丸之地。

那段时日,天空不再是"天空",它俨然是一座体量无限的天庭水库。可是这天庭水库厌弃了自身使命似的,自行将库底毁弃,放任洪水滔天。

刁家网那一直矗立的,仿佛一座小山丘似的岗尖,首当其冲,一尺尺地被洪水冲散,削低,然后渐渐没入滚滚洪流之中。

70

黄浊的泥水咆哮着,像受惊的牤牛群从高处向低处奔泻,草屋与它们一触即溃,许多草屋仅剩寥寥梁柱残存……

　　刁老鬼的家还是"家"吗?四壁无存,水深过膝,唯其顶尚有残存。

　　刁老鬼一家人终日全泡在水中,连着多少天没吃一口热饭了。

　　香荷妈号啕大哭,香荷一直抹泪,尾子也悲泪涟涟。

　　老刁穿着大髋裤,光着膀子,站在水中,眼神空洞,衔着旱烟杆,却无烟丝与火,泥塑木雕一般。

　　忽然,老刁觉得大腿痒丝丝的,抬腿一看,原来是一条吸足了血的肥硕绿蚂蟥,正挂在他左膝上方一拃距离的地方。

　　老刁的脸登时气得变了形,双手连拍大腿。

　　那蚂蟥头部受了挤压,愠怒地退出来,邪恶的脑袋尖细如锥,左右寻敌,斗志昂扬。

　　老刁闪电般捞起它,再合掌一拍,随着啪的一声脆响,那蚂蟥蜷缩成一团肥硕肉球。

　　老刁摊开手掌,喊香荷妈:"抓把盐来。"

　　可香荷妈小气得很,揭了八仙桌上瓦罐盖儿,才捏了几粒粗盐,蹚水过来,麻利地往蚂蟥体躯上一撒。

　　尾子和香荷也赶紧蹚水围趋过去。

　　只见那蚂蟥受了盐,身子急剧打摆了,腹部遽然爆开,鲜血哧哧溅射,躯体则越溶越小,越溶越小,最终只剩一小摊血水……

　　终于,香荷饿哭了。

　　苇子也瞅着白茫茫的雨幕一脸茫然:啥时候才能有口热饭吃啊?

　　老刁恼了,一踢脚下漂着的锅盆,喝道:"哭什么哭,老子不也没吃!"

　　香荷抽噎。

　　香荷妈说:"老刁,你得想想办法啊……"

　　"有啥办法?!"

　　"我看还是厚着脸皮去向刁智甫借点债吧,买点粮食先度过这梅雨季……"

　　"你敢借吗?利息足月二分,五个月对丁(翻一番),打空白据!到期还不了,刁智甫随便在空白据上写,写啥拿啥……到时候他要香荷了,你舍得给他吗?我村的刁春宝、肖文德等人不就是因为借了他的高利贷而倾家荡产,家破人亡的……"

71

香荷妈的眼眸遽然暗淡下去,喃喃说道:"那就一点法子也没了,那就一点法子也没了……"

"大伯,大妈,我这里还有一个洋元呢,是育婴堂老王头给的,你们先拿去用吧……"

香荷妈喜出望外,口中却道:"使不得使不得,大人哪能用娃子傍身的钱呢?"

……

那段时日,雨下得没完没了,天地几乎完全连通了。据说,那年刁家网北岗水深一米多,而泰兴其他低洼地区水深更达丈余……

当西厢房顶彻底被风雨捲去,老刁一家都"住"到了原屋前河岸边尚且挺立着的几株老榆树上……

两个孩子只要有力气就往水里闹去,老刁和香荷妈也由着他俩,反正玩水的招式老刁全教了。

水里漂来什么瓜啊果的,两个孩子就赶紧把它们捞起来,而他们更热衷于捕鱼、摸虾、捉青蛙……

由于雨季迁延,水域宽广,青蛙们日夜笙歌,热烈拥抱它们的爱情,然后怀胎产子,子又生子,子又生孙,于是青蛙对于刁家网人可谓得来全不费工夫,可是苦于无柴,无火,大多时候只好生吃了……

可是,在黄桥东北乡,捕捉青蛙也有隐忧,人们生怕误抓了那种俗名叫作"牛昂"的雨蛙。

青蛙们的呱呱叫唤,似乎合乎音律,又带着吉庆,令人愉悦;而雨蛙们"牛昂牛昂"的聒噪,恐怖的同声同调,仿佛来自地狱的诅咒,还没日没夜,瘆人得很……

这些雨蛙体色较一般青蛙浅淡多了,有些甚至呈鲜亮的嫩黄色,而它们的块头却较一般青蛙袖珍多了。它们的眼睛小小的,眼神毒毒的,吻更宽,身子更扁,能极轻盈地漂在水面上,或栖身草叶上,轻功大师一般。当它们聒噪时,它们的下颚会鼓胀起白色的气囊,那气囊几有野鸡蛋大小,体积远远大于它的躯体。雨季里,它们通宵达旦召开盛大"演唱会",而这于当地苦难中的人类而言,却是"诅咒会"……

老刁告诫两个孩子:"捉青蛙可以,'牛昂'万万不能触碰,有剧毒!"

青蛙吃得多了,尾子特想逮只"牛昂"尝尝味儿……

这天,爸妈不在家。

尾子怂恿香荷:"何仙姑,我去逮一只'牛昂'给你尝尝,好不?"

"不许去不许去,你不听话的话,我就去喊我爸!"

"好心没好报,不理你!"

浑浊的水面上,牛昂叫得更欢了,声浪一阵高过一阵,似乎在故意挑逗尾子。

尾子不理香荷,瞄准水塘中间水草上栖着的一群牛昂就一头扎下水去了……

香荷在岸上喊:"臭尾子不许捉牛昂!"

水波激荡,牛昂在唱——

水面渐平,牛昂在唱——

水面平静,牛昂在唱——

……

香荷哭喊:

"臭尾子,快上来!"

"臭尾子,快上来!"

"臭尾子,快上来!"

……

可水面上臭尾子还是没出现。

香荷撒腿冲上高坡,崩溃:"臭尾子不见了!"

老刁正从外面拾了条破渔网回来,立马扔了,直冲过来:"尾子怎么了,尾子怎么了……"

香荷指给他看:"尾子往那里去的。"

绿沉沉的水草,像无数肥硕长蛇,在浑浊的泥水中体态婀娜地艳舞。

老刁扑通一声扑进水中,飞速游向水中央,然后深潜下去,奋力拨开层层袭来的"水蛇"。

终于,他摸着了尾子。尾子正困在水草丛里,身子虬曲,一动不动。

老刁一把拽住尾子手臂,猛抬头,猛耸身,猛蹬底,往上冲断水草家族的万千"触手",两人一下冒出水面,然后,他托着尾子下巴往岸边游去。

香荷哭泣:"我要哥哥,我要哥哥……"

登岸,老刁先把尾子鼻孔里的水草清理掉,再扒开尾子嘴巴,抠出了几根长条的水草。

然后,老刁倒拎尾子双腿,把尾子倒趴在他弓起的右膝上,伸右手重拍尾子后背,啪,啪,啪……

尾子突然浑身一个激灵,哇哇连声吐出了一口口黄水,大口大口喘气,叫道:"爸爸……"

是时,天空高远,一碧如洗。这短暂的晴好天气在整个梅雨季也没出现几次。

香荷妈也赶到了,隔着十几步距离,她惊见尾子右脚掌上的朱红胎记,它在艳阳的照耀下亮霍霍的,那不正是飞扬的龙爪吗?!

香荷妈抬头望望天,喃喃自语道:"尾子这娃真不是等闲人啊,他可是真龙降世啊!"

……

那个梅雨季,有一种鸟走进了一苇心里,方言里它叫"苦哇鸟"。

夜深,电闪雷鸣,大雨倾盆。尾子躺倒在河沿大榆树的枝杈上,其上是老刁用凉席给他搭的棚顶,虽淋不着大雨,但蚊叮虫咬,怎么也睡不着。

呱呱呱呱,是青蛙在叫;牛昂牛昂,是雨蛙在唱;苦哇苦哇,则是苦哇鸟在哭……

还在余蔡庄的时候,一苇在雨季就常听到这种鸟的叫声,可是那时的他对它们毫不在意。

在刁家网那段至为苦难的岁月里,尾子突然对苦哇鸟生发浓厚的感情。香荷妈说,这苦哇鸟是命运苦厄之人投胎而来的,虽经轮回,但怨气无法化解,所以终日苦哇苦哇地啼哭……

尾子在想,如今大地汪洋一片,这苦哇鸟是不是家也被洪水淹了,食不果腹、妻离子散了? 明天我一定要近距离看看这些苦哇鸟究竟长啥样……

第二天一早,水塘上空乳雾浓稠,东南角的水蒿丛里,传来了苦哇鸟的哀啼:"苦哇苦哇苦哇……"

一苇从树上下来,悄悄蹚水靠过去。可是离苦哇鸟尚有十多步远的时候,那鸟苦哇苦哇地高叫两声,惶惶踏水西去了。它的细长腿儿踏水力道强劲,频率极高,上了电动马达似的,在水面上激起一路活泼泼的涡纹。它的身躯也渐如水翼船那样腾空,还不停加速,不停加速。可惜乳雾朦胧,一苇看不清它的生相。稍后,它又在河塘西南角的芦苇丛里叫开了,苦哇苦哇……

一苇责怪自己的唐突,他觉得他不该去搅扰了苦哇鸟的生活。

他望向河北坍圮的房舍,想想自己的命运,蓦地,他也闭了眼,张开嘴:

"苦哇苦哇……"

西边一只苦哇鸟与他遥相应和。

一苇不禁酸泪涟涟。

也不知叫了多久,当他再次睁开眼时,雾气已经消散许多,身下水面白茫茫的,水滨一只苦哇鸟正向他这边看过来。

他终于看清它了:它的体型比野鸽略大些,上体暗灰,两颊、喉部以及胸腹均为白色,虹膜淡红,嘴吻黄绿,上嘴基部橙红色,脚杆颀长,黄褐色。此刻,它正微侧脑袋,将他悄悄凝望,温情脉脉,仿佛亲人一般。

尾子也瞅它入了神,傻傻地躬身问候它。它却苦哇一声惊叫,急急踩踏着一路水花,闪电般躲进了水蒿丛里……

尾子道:"这只苦哇鸟一定太孤苦了……"

这时,远远传来香荷的呼喊:"尾子哥,你在哪里?"

"我在这儿,在看苦哇鸟。"

"妈妈说,这世间就数苦哇鸟最苦了,你可别伤害它!"

"我不会伤害它的,我一定要好好保护它们!"

香荷说道:"你快回来,这些苦哇鸟都归刁智甫管!"

一苇没懂,于是蹚水往刁香荷那边去了。

香荷伫立水中,凄凄瞅着无边无际的洪水。

一苇道:"你快告诉我,这鸟和刁智甫究竟有什么干系?"

香荷道:"你真不知道? 每年夏天,刁智甫都要命人猎杀苦哇鸟,这鸟脂肪少,却很滋补,刁智甫用它养胃、强身,以求长命百岁……"

"可是,这鸟那么机警,怎么才能捕得?"

"你太傻了,往年都是那个叫米得小的猎户来帮他打……"

"怎么打?"

"模仿苦哇鸟的叫声,诱惑它们赶来,等它们全家老小聚齐了,用霰弹枪,一打一窝……我亲见过几次的!"

"我一定要保护这些苦哇鸟……"

"这鸟是可怜,可是我们穷苦人比这鸟更可怜,谁来管……"

那雨没日没夜在下,水蒿越长越膏腴,芦苇越长越莽苍,它们的叶面闪耀着明媚的亮绿。

尾子和香荷一家整天忙于从水里打捞食物,尾子也一时把那苦哇鸟忽略了,尽管那苦哇鸟日日在身边啼哭……

盛夏的一个早晨,河畔。

尾子从身下那株老榆树枝杈上睁开眼,水雾迷蒙,空气闷热,可是周遭反常地静寂。他不闻苦哇鸟叫声,突然心中甚为牵挂,就跳下树杈,蹚水去了河塘东南角的水蒿处。

那天,他有幸看到了苦哇鸟家族无比温馨的一幕:两只亲鸟正带着六只幼鸟,在水滨觅食、嬉戏。那些幼鸟通体纯黑,活泼灵动。它们一家看起来其乐融融。

一莘突然想起了自己的爸妈,口里不觉蹦出"苦哇苦哇"的哀啼。

那两只亲鸟愣怔一下,"苦哇苦哇"惊叫两声,踩踏着一路水花向西边芦苇荡惶惶逃去。那些幼鸟自动连成一串,紧紧跟随双亲,动作整齐划一,转向自如,啪啪啪,一路水花溅射,转瞬之间,它们全部突入芦苇丛再也不见……

上午九时,老天暗沉,雨仍下个不停。

这时,一猎人出现在河塘南岸。他,四十多岁,瘦削身材,衣衫褴褛,破旧竹斗笠遮颜,一杆长枪倒挂在肩。

香荷妈远远骂道:"米得小,想你二十几岁的时候,单枪匹马地,把周边数十公里范围内的害狼全杀光了,那时的你何其义勇,多么受人尊敬!可现在的你居然专对这可怜见儿的苦哇鸟下手,注定是要断子绝孙的!"

米得小苦着脸道:"大嫂,我也不愿来这儿的,可是附近的水鸡子(苦哇鸟)几乎都被我打完了,只这河塘才闻其声……现在,刁智甫老爷说了,一只水鸡子抵一天工,无论死活无论大小……"

"反正,我家附近的水鸡子你一只也别打,我和刁老鬼把它们当自家娃子养……你该知道,这些苦哇鸟都是穷苦人转的世,你也是穷苦人,咋下得去手呢?"

这时,苦哇鸟的悲歌又开始了,苦哇苦哇……

米得小背枪的肩膀耸了耸,道:"不打就不打吧。"

香荷妈道:"这才像话!"

米得小蹚水回去了,步履跟跄。

"尾子、荷子,你们这几天可得盯紧些,米得小这坏东西一定不死心,还会来的……"

"我们知道。"俩娃异口同声。

第二天早上,尾子还卧在树杈上,就听得河南苦哇鸟欢叫,还远远地有了应和。

听,它们的应和多么地热烈,仿佛失散了数十年的亲人相见。

尾子疑惑着坐起,从树杈上望去,竟然是那米得小又来了。此刻,他正着一身浅淡衣服埋伏在草丛里,屁股朝天,大枪在手,模仿苦哇鸟叫着,叫声还真动听。

苦哇鸟危险!

尾子从树上一跃而下,扑通一声跳入河塘里,往米得小埋伏的地方扑腾过去。

所有的"苦哇鸟"都噤声了。

米得小站起来把长枪上肩,背正了,哀哀求告:"好娃子,你就让叔叔打几只苦哇鸟吧!发洪水了,家中房子倒了,炊断了,妈又病重了,可是我没得一个子儿为她请郎中……"

那一刻,尾子感同身受。如果说,这苦哇鸟是水世界的至苦之鸟,那么刁家网这些贫苦的人就是岸上的苦哇鸟。不同的是,苦哇鸟可以日日夜夜哀啼,吐尽悲苦,而岸上的苦哇鸟们只得把无尽悲苦往自己心里深深埋藏……

尾子登上高坡,回望北岗,空无一人,爸妈以及香荷此时应该都出去"觅食"了。

尾子怆然背过身去,道:"你去打吧,就这一次!"

米得小幽幽道一声"谢谢",往前走几步,回过头来:"娃,你叫啥?"

"尾子。"

"我教你打枪,如何?"

"谢谢,刁老鬼说了,'手中有枪,杀心自起'……"

"'手中有枪,杀心自起''手中有枪,杀心自起''手中有枪,杀心自起'……可是我有得选择吗?!"

"有得选择的,你完全可以'放下刀枪,立地成佛',这也是刁老鬼说的。"

"'放下刀枪,立地成佛'?!可我注定成不了佛,为了我的老母亲能活下去,我必须杀生!枪是什么?枪是我们男人伸长的手臂!——尾子,世道这么乱,我帮你弄把枪玩玩吧……"

"我不听我不听,反正我早发过誓,我永不碰枪!"

"哈哈哈,我们家世代都是猎户,小时候我也厌枪,听到枪响我就头晕,爸爸打来的猎物我从不吃,似乎总闻到浓浓的火药味儿。可是长大了,枪却成了我的伴侣,我还成了神枪手。可是我的射击本领,父母并未授我,也没有师傅授我,那么究竟是谁授我呢? 我明白了,是他——老天爷,老天爷他老人家其实待我不薄啊……"米得小诡谲地回头冲尾子笑了笑,闷头猫腰往西边芦苇荡靠过去,他那乌洞洞的枪口大口大口嗅闻着猎物的气味。

"米得小,这次以后你万万不可再来,我妈会和你拼命……"

米得小稍停脚步,又继续猫腰往前去。

一会儿,西边芦苇荡里再次响起了"苦哇苦哇"的"欢叫声",不一会儿,真假苦哇鸟再次热烈地应和起来。

尾子独立水中,泪雨滂沱。

砰——! 枪声终于响了。

这枪声不啻是惊雷,天谷回响。

尾子踩踏着一路水花狂奔过去,哭喊:"鸟妈妈、鸟爸爸、鸟弟弟、鸟妹妹们,请宽恕我吧!"

拨开芦苇丛,尾子却看到了这样一幕:水中高地上,水蒿平铺,米得小仰面朝天躺其上,已经吞枪自杀了。他的后脑勺爆开,鲜血弥散如画,而他的双眸却是明亮的、清澈的、温情的,倒映着蓝的天、白的云、绿的苇……

在尾子心窝里,米得小从此永驻,他是个永远值得同情和缅怀的人!

是尾子捡起他的大枪,并把它放在他的胸前。这枪,是他此生最大的勋章。

很快,米得小的遗体被村民们搬走了。

那一汪水泊暂时复归了旧模样:雨水滂沱,青蛙聒噪,牛昂高歌,芦苇安闲……

然而,米得小的死完全不曾扰动这世界丁点,亦未曾阻止刁智甫对苦哇鸟的偏嗜……

下午,尾子远远看到河南一伙扛枪的壮汉过来了,一色儿崭新崭新的汉阳造步枪。

为首的正是刁智甫的妹婿戴祥甫。

香荷妈搂着香荷,刁老鬼搂着尾子,伫立北岸高坡,默默泪流。

那伙人拨开芦苇荡,在草丛里野蛮搜索,不停放枪……

枪啊枪,米得小用枪升华了自己的生命,而戴祥甫之流用枪让自己在地狱里再堕一层!

每一声枪响均刺痛着尾子神经,更将尾子带回了震东市的那个血腥的清晨:敌人的各式枪械无情收割着暴动农民的生命,其中一个就是他的生父余良忠,空中血肉横飞,地上血流成河……

"爸爸,我也要一杆枪!"

刁老鬼赶紧捺住他肩膀,道:"别乱说!"

那天往后,刁家网在当年再没响起苦哇鸟的悲啼……

四个月后,老天爷终于收起了他所有的坏情绪,把如火炎阳和蔚蓝天空还归。

其实,大雨滂沱也罢,晴空历历也罢,于老天爷来说,兴许一切皆是无厘头。

滔天洪水慢慢退去,大地慢慢露出了脸。

由于经历了国民党反动派的数次血腥屠杀,加上这次天灾,刁家网从一个人烟阜盛的村落复归为人烟稀少的蛮荒之地。

苟活的人们先是设法从各自倒塌的家中找寻些堪用的物品。

刁老鬼一家人忙活了几天,把能二次使用的梁柱椽子什么的拆卸下来。

香荷妈道:"老刁,你还是厚着脸皮去找一下刁智甫吧,不然全家真没得安身之处了……"

老刁叹口气,问道:"你身边还有几角钱?"

"只剩一角钱了。"

"拿来吧,先得给他的管账先生一点'孝敬'……"

香荷妈含泪掏出了那张角票……

几天后,老刁雇了几个木瓦工,平地基,砌砖墙,放立柱……

建房过程之艰辛,略去不叙,刁老鬼一家四口均瘦成了皮包骨……

丹桂飘香时节。

土坯墙围合,门窗到位。

那日晴空万里,惠风和畅。

申时,上梁大吉。

尾子眼里,上梁仪式是多么的喜庆和有趣,那些木匠和瓦匠不但个个手上活计了得,还都是伟大的说唱艺术家。

木匠大师傅、瓦匠大师傅各登东西山墙上,一脸严肃专注,静候良辰。良辰已到,小鞭与红炮喜庆开场。

西山墙上,木匠大师傅开始"说鸽子":

紫金炉中一把香,端端正正插中央。

香烟缭绕冲霄汉,传报主家建华堂。

中柱架得高又正,八方神仙来帮忙。

金梁架得粗又壮,主家财福万年长。

接着,地面的木匠小师傅们把正梁恭恭敬敬请到堂屋正中,用两张大凳架起,严防有人跨越。正梁两端各标一条红纸,上书"姜太公在此百无禁忌"。然后,老刁将糕、粽、圆子等供品摆放到正梁前面的供桌下,桌上则摆放榆木火盆、万年青、斧头以及两条活鲫鱼。

老刁领着一家人对着正梁虔敬磕头。接着,老刁将红纸"福"字郑重递给地面的木瓦匠小师傅。然后,木匠小师傅上前,用糯糊粘上下边,瓦匠小师傅再粘左右边,再共同贴在正梁正中。

西山墙上瓦匠大师傅"说鸽子":

红纸福字真漂亮,状元提笔写中央。

一点起笔蟠桃样,笔墨饱足富贵相。

田字写得肥又壮,顺顺利利砌华堂。

田字写得四角方,买田买到江边上。

我把福字贴起来,子孙万代财运旺。

木匠大师傅接着说:"恭喜老板贺喜老板。"

刁老鬼答谢"托老师傅的福",将一壶高粱烧递给木匠大师傅。木匠大师傅接过酒壶,边点酒浇梁,边"说鸽子":

主家赐我一壶酒,我替主家来浇梁。

酒浇木龙头,仙家齐聚齐。

酒浇木龙眼,家有珍珠伞。

酒浇木龙角,住上蓬莱阁。

酒浇木龙口,笑洒神仙水。

酒浇木龙腰,子孙穿蟒袍。

酒浇木龙尾,世代出诸侯。

浇来又浇去,全家添喜气。

浇去又转弯,财宝堆成山。

木匠大师傅说完将酒壶递还刁老鬼,刁老鬼再转交给瓦匠大师傅。

瓦匠大师傅边"说鸽子"边点酒浇梁:

我为主家做瓦工,接过酒壶握手中。

此酒不是凡人酿,杜康亲制玉琼浆。

一敬天,二敬地,

三敬姜太公,四敬四季进财,

五敬五子登科,六敬禄福双全,

七敬七子团圆,八敬八仙过海,

九敬九室欢居,十敬十分财气,

千言万语只一句,天地人神同贺喜。

见木瓦匠"鸽子"说得顺溜,说得喜庆,刁老鬼满面喜色,向二人递上红封。

两位大师傅笑纳了,木匠大师傅站立东山墙,瓦匠大师傅站立西山墙,喜乐写脸上,似乎眼前一片锦绣前程。这时,地面的匠师们已用拴了红绸的粗麻绳系好正梁两端头,上面两位匠师一起发力,"嗨号嗨号",慢慢把正梁水平往上"涨"。二人愈发神采飞扬,边拉边同声"说鸽子":

正梁升在半空中,摇摇摆摆化金龙。

我问金龙哪里去,登上紫微成大功。

两条金龙蟠玉柱,两只凤凰舞当空。

一片祥云请玉皇,保举主家成富翁。

将正梁安放到位,暂缓投榫合缝,木匠大师傅开口了:

81

日出东方喜洋洋,宝地上面建华堂。
前面砌的状元府,后面造的宰相堂。
东面筑的金银库,西面建的积谷仓。
风水宝地凤凰落,诸侯出在你府上。

刁老鬼喜笑颜开,再次给二人递上红封。

木瓦匠大师傅通过提梁的布条将红封提到正梁上面,各自收好,二人愈发得意。

瓦匠大师傅接着说:

红的绫,绿的绸,前檐拉到后檐头。
多子多福又多寿,大富大贵度春秋。
同喜同福邻里好,糕粽馒头式样多,
风调雨顺家道旺,子孙荣华度千秋。

刁老鬼继续送红封答谢,木瓦匠大师傅笑纳。

经过这一段接宝喧闹之后,木瓦匠大师傅将正梁两头公棒分别对准柱头母榫,用斧头钉紧投榫。

完毕,木匠大师傅扔斧头落地,再"说鸽子":

"泰斧落地口朝上,买田买到江边上。恭喜老板贺喜老板!"

紧接着,香荷妈将准备好的糕粽馒头和喜糖装满两斗,由木瓦匠大师傅分别从正梁两端用青布提上去,朝前来贺喜观看的乡邻宾朋扔发。争抢到手者,将"宝"带回家中,共沾喜气。至此,上梁仪式结束,木瓦匠赶紧铺椽盖瓦……

刁老鬼带着一苇和香荷,将盆中两条鲫鱼送至门前河道放生。那两条鱼甫一入水,就响亮地拍了水花,倏忽不见。老刁更喜。

中午露天吃上梁酒,六碗八盆,推杯换盏,来宾吃饱喝足,谈笑风生……

下午散客了,刁老鬼与香荷妈将刁智甫家的管账先生送出好远。

庄头,刁老鬼恭恭敬敬递上一鼓囊囊黄纸包,道:"黄桥得胜牌烟丝,请大先生笑纳。"

管账先生接过来,掂了掂,声音太监般尖细:"刁老鬼啊刁老鬼,今儿您客气了！不过丑话说在前头，你可要按时还债，不然空白据可要说话的啦……"

三人说话间，刁老鬼家方向传来朗朗童声，字正腔圆，抑扬顿挫：

> 正梁升在半空中，摇摇摆摆化金龙。
> 我问金龙哪里去，登上紫微成大功。
> 两条金龙蟠玉柱，两只凤凰舞当空。
> 一片祥云请玉皇，保举主家成富翁……

管账先生驻了足，缄了口，侧耳倾听好一会儿，说道："刁老鬼啊，该是你家那男娃在'说鸽子'吧，这小子挺有慧根的，只怕我刁家网这兔子不拉稀的地儿拴不住他啊……"

3. 丰年欢乐多

1932年。中秋。

半蹲在去年洪水漫过，今年却被日头晒得白亮的河沿上，刁爸爸直挺腰杆，眼望着河滨的丰产地，眉宇舒展，悠然点着一锅旱烟。

去年肆虐的洪水，带来了丰富的淤泥质土。刁爸爸把远离水塘的无主高岗种上了高粱，把河塘之上的无主岸坡全种上了山芋和芋头。

现在，高粱秸秆庄严列阵，穗儿压弯了秸秆，引来了成群的雀鸟。香荷芋叶已经萎蔫了，瑟缩成一团团枯黄的卷儿，而叶柄依旧挺拔硬朗，膏腴绯红，它们身下的田垄则像是鼓胀了奶水的大乳房。山芋垄儿四角方，藤蔓短小葱绿，而其下山芋块茎绽露，粗硕硕，黄澄澄……这一切正印证了古语所言"甲年灾，乙年丰"。

田垄上，香荷妈一钉耙扒下去，再使劲向上一提，一个香荷芋大家庭就全被请出了地面。

香荷手操叶柄，轻轻磕去香荷芋身泥土，眼前即呈现这样一幅盛景：母芋、子芋身心相连，母亲坐中，七八子簇拥，和乐融融。母芋滚圆肥硕，子芋或滴溜圆儿，或曲线窈窕。母芋及子芋表皮均呈深褐色，鳞片毛环生，节密，棕色。偶尔被磕碰损伤的部位露出乳白或绯红肉质，空气中登时弥散清冽的独特香味。而一苇呢，则负责分拣母芋和子芋，两手一撅，脆响。一苇的脸上全是汗,伸手一抹,又添一道泥巴印迹。

香荷骂起来:"臭尾子,瞧你这邋遢样,真是丑八怪!"

尾子笑道:"你管不着我,哪有妹妹管哥哥的!"

妈妈站直了,远远冲爸爸笑道:"这俩娃真是的!"

爸爸也笑了,保持着那蹲姿,在田埂上磕去旱烟,又装上一锅,歪着嘴,眯缝起眼睛在吸,在吐,一个个蓝色的烟圈得意地打着旋儿飞速消散在风中……

那晚,高沙土平原上空水汽氤氲,月亮又大又圆,还带着令人迷醉的酡红。

爸爸把八仙桌从屋内搬出来,再去水缸里舀了水,反复净了手,然后回屋,左手托一只饕餮纹饰的黄陶香炉,右手拿两支红烛和两盏锡烛台。

妈妈和俩孩子从屋内抻长脖子在看。

爸爸喊:"尾子过来!"

"好咪。"尾子喜滋滋地趋过去。

香荷不爽,嘟起了小嘴。

爸爸说:"小男子汉,你来点火。"

尾子划着了火柴,爸爸先双手将檀香举过头顶,向高天扬了扬,再把檀香接上火,口中念念有词,对月跪下,以额触地。

尾子也赶紧跪拜。

爸爸起身,将檀香插入香炉中,青烟袅袅,香气袭人。

尾子又划着了火柴,爸爸将两支红烛接上火,然后将红烛递给尾子,尾子上前将它们分置香炉左右烛台。

这时,香荷和妈妈上供品了,妈妈敬的是涨烧饼和月饼,香荷供的是香荷芋、山芋。

摆好后,二人亦跪下虔诚致礼。

明月当空,凉风习习,秋虫声声。

这时,刁智甫家方向传来连绵密集的爆竹声,空气里弥漫着火药的味道。

爸爸的脸色登时阴沉下来。

妈妈说:"前几年共产党在的时候,没见刁智甫这么得意!"

一苇一拽香荷道:"我们到他家摸秋去。"

香荷道:"好。"

妈妈却道:"不许去,他们家有大狗!"

可是俩娃不睬,很快融入了浓浓夜色中。

爸爸道:"你就放心吧,尾子自有办法。"

刁智甫两兄弟的旧居,"八三"暴动期间被焚烧殆尽,这次两兄弟新建的住宅比以前规模更宏大,四角还建有钢筋水泥碉楼。往常每天时刻都有荷枪实弹的家丁在碉楼上值守,今天这时候,碉楼上却空无一人,这些匪徒应该都下楼聚餐了吧。

刁家一共是三进,正门紧闭。尾子从门缝里看去,院子里张灯结彩。地上积满了爆竹的残骸,大红包装纸格外抢眼。堂屋内酒肉飘香,人影幢幢,劝酒猜拳爆笑声不绝于耳。

庭院正中的供桌上,供品是那么丰富,还有一堆黄亮澄澄的东西惹眼得很,无疑那是金元宝!

"乖乖隆的咚,真是有钱!"尾子惊叹。

香荷也看到了,低声骂道:"还不是榨取我们穷苦人的血汗钱,呸!"

二人往前院东首侧门那边去。

侧门推不动。

尾子看到靠墙植有一株银杏树,干有碗口粗,枝叶葳蕤,硕果累累。

尾子一跃而上,猴子一般敏捷。

登上高处,一苇方才看清了全部的供品。供品的核心正是一块涨烧饼和一碟月饼。那涨烧饼真是巨无霸,呈飞碟形,黄亮澄澄,几有四五斤重,比妈妈做的涨烧饼几乎大了两倍。而那些月饼只只玲珑精致,还覆着一层薄而透亮的白纸片,朦朦胧胧的,特诱惑。至于其他供品如柿子、苹果等,一苇却不感兴趣了。

再看院内的东南角和西南角各拴着一条大狗,而它俩此刻似乎也吃得餍足了,抻长了脖子,耷拉着眼皮,懒懒地趴着了。

尾子下了树,从围墙外一直往后院方向跑。后院应该是下人居住的地方。

尾子奋力攀上后院东墙头,后院空无一人,东墙上也设有一侧门。那门却没从里面上锁,只是用木栓闩着。可喜的是,屋舍廊檐下还晾着不少花花绿绿的衣服,有一套碎花长袖秋裙格外惹眼。一苇笑了,目测那裙尺寸正合己身。

他纵身跃下,落地后顺势一滚,直接去廊檐下取了那套秋裙,唰唰套上。这时,他又瞥见靠墙的地方有一只竹篮,装满了香气馥郁的桂花串儿。

尾子上前取了一串,结成玲珑的花环,往头上一戴。

没有镜子,没有观众,但尾子自信这身装束应该能糊弄过关吧。于是,"她"再俯身抓了一大把桂花,先去把侧门开了,然后大大方方向众人聚餐的场所走去。

香荷从侧门外看到尾子如此变装,不禁万分佩服。

尾子裙裾飘飘,从容自若进了门,遇见食客们,"她"只是俏皮一笑,打一个千,然后"袅娜"往前。食客们见是一"女娃"走过,个个亦不以为意。

刁家几兄弟其时恰好不在这屋,即使他们在场,没准儿也会误以为"她"是哪个客人带来的"女娃"。

尾子走到前院中的供桌前,双手合十,跪下,以额触地,然后站起,将盛有涨烧饼的大盆挪开,放上桂花串儿,再把月饼盆放到大盆上,然后端起它们,笑盈盈反身。

正屋内,一醉汉拦住去路,那人正是刁家卫队副队长苍狗。

苍狗道:"女娃,谁家的?"

尾子也不说话,"玉指"一指后院,拿一块月饼往他嘴里"娇俏"地一塞,继续往后走。

苍狗蒙了,连忙取出口中月饼,还要问些什么,众人道:"苍狗,你酒多了。这不正是刁二爷家的女娃吗?这身衣服我认识。"

苍狗只好坐下,还嘴硬:"没喝多没喝多,兴许是哪位客人的千金吧。——再斟再斟……"

尾子捧着那些饼直接出了侧门,他让香荷和他分开跑,他则赶紧脱了长裙,用它将涨烧饼和月饼一并裹起,飞跑起来,从田间直冲他家……

是夜,散席后,刁智甫见敬神的涨烧饼和月饼被偷,而金元宝一只没丢,只是笑了笑:"一定是哪个穷娃子所为,他也真是蠢到家了,连金银也不识,哈哈哈……"

这当儿,刁老鬼一家正在黑暗中,饱享着"胜利的果实"。刁智甫家的涨烧饼用的是精面,又用的是酒酵,酵香味自然比香荷妈妈做的要馥郁,内里之口感则更蓬松软弹;外壳呢,油色更重,芝麻更密,口感也更酥脆。至于那些小月饼嘛,自然果仁的最为好吃,可就是太小只了,还不够塞牙缝……

妈妈说:"尾子,你怎么不把他家敬神的金元宝'摸'回来?"

86

"妈妈,不能'摸'啊!如果那些宝贝真被'摸'了,左邻右舍的穷人一个也逃不脱嫌疑,岂不要闹出人命来!"

刁爸爸说:"这些恶霸地主吸的都是我们穷苦人的血,什么时候共产党再打回来就好了!"

刁妈妈叹口气,说道:"大家早点睡吧,明天要去黄桥卖土产。哎,辛辛苦苦忙一熟,还不够还刁家的高利贷利息!——哦,我记起来了,今天是尾子生日。尾子,妈妈祝你生日快乐!——老刁啊,明天到黄桥,你这做爸的总得补请尾子吃顿大餐吧……"

黄桥?!这个词好像春天里的一粒种子,起初完全不经见,然而它神奇着呢,一沐春风就生发两片叶子,加之尾子心园的春风啊,瞬间吹得浩荡了,瞬间吹得激越了,又幸得春阳呵护,春雨滋润,几乎是瞬间,"黄桥"这个词在尾子心里葳蕤成一片绿炫炫的草原,正是在她温润的怀抱里绽放着千年古镇的锦绣繁华。蓦地,尾子隐约听得这壮锦之上,有青年女性温情的呼喊:"尾子,你快回来……"是黄桥母亲在呼唤我吗?是她的呼喊声飞越了无边绿世界专为传送到我耳中吗?

黄桥母亲啊,你就是这无边绿世界上的瑰宝,你的风情是多么地奇异而美好:四水绕城,运粮河贯穿南北,十桥飞架,古巷互通,晨钟暮鼓,人群熙攘……

尾子还清晰记得黄桥母亲那独特的"体香":珠巷和南坝桥码头的猪尿臊味,三十家酒坊的酒曲香味,四十家油坊的油香味,六十家烧饼铺的饼香味,还有粥局白粥与粞子粥竞放的甜香味儿与焦香味儿……

今天恰恰又是尾子生日,尾子似乎从迷糊的梦境里突然醒转:黄桥母亲,无论如何,我一定要回到你的怀抱里去……

第二天,日上三竿,刁爸爸的驴车停靠在黄桥北关桥北的三圣庙前。

刁爸爸道:"你俩待车上,不要下车,我进去施个礼就出来。"

三圣庙高墙巍峨,古朴庄严,第三进庭院中央那株千年古银杏树颇为壮观。只见它落落大方,高矗云天,枝叶葳蕤,硕果累累。

香荷忽然发现枝叶间迎风闪耀着无数黄亮的绸片,像是无数金色的蝴蝶逐着枝条纷飞,问道:"哥,那是什么?"

"没见过世面吧,那叫祈福带,为家人祈福,为朋友祈福,为自己所爱的人祈福!"

"我也要挂一根,走,咱们现在就去!"

"别去了,去了也白搭。那祈福带要花钱买的,爸手头现在可没一个子儿……"

香荷怔住了,霎时急红了眼眶。

刁爸爸正好出来,问道:"尾子,你又欺负妹妹了?"

"爸,没有啊,她要去挂福带,我劝她暂时别去,因为福带要花钱买……"

爸爸轻抚香荷秀发,道:"荷子,你要为谁祈福啊?"

"为爸为妈,为尾子哥,还有我自己!"

"爸爸今天已经为大家祈过福了,改日再来吧。"

二人上车,车子驶上了北关桥。

这桥始建于清乾隆年间,正名乃是"拱宸桥",为一座巨型石拱桥,横跨黄桥老龙河上,如长虹卧波,气势雄伟。桥顶建有一圈门,门的耳额两边,朝东镌有"东流添锦",朝西则是"西鉴生辉"。桥上人车川流不息,桥下樯橹如林。而这拱宸桥北堍东侧仅隔七步的西姜黄河上,又有一座东西走向的小木桥。故,北关又有"七步两座桥"的盛誉。

驴车沿着运粮河西岸优哉游哉往南去。

路西店铺低矮,但店招均很醒目。店家均已早早大敞店门,可是由于经营内容不同,有顾客盈门的,也有暂时门庭冷落的。

这是刁香荷生平第一次进黄桥镇,她看哪里都是新鲜,她也爱上黄桥了。如果说,如今的刁家网是萧索荒凉的存在,那么这里却是生机勃勃的,一种难以理喻的生机勃勃。

那年的刁香荷尚不明白,正是黄桥周边无数荒村的凋敝才撑得起黄桥镇区的表面繁荣……

尾子呢,这是他离开黄桥后第一次重返黄桥,他的眼眸里闪烁着晶莹的泪光,他在想育婴堂,想老王头,想大舅和二舅,想王墨云,想沈毅和师娘,想黄桥镇暴动的人群……他们让他心窝里温暖亮堂,热血沸腾。可是红军叛徒李吉庚叔侄丑恶的嘴脸,反动派机枪血腥镇压的嗒嗒声,还有那日黄桥镇血可漂杵的惨局又让他的心泣血……

"尾子,缘远杂货到了吧?"爸爸一勒缰绳,那毛驴呔呔地仰天叫了叫,止步了。

"是的。"尾子的回话中有悲戚之音。

爸爸下了车,左手随随便便抓了一个母芋和几个子芋,右手随随便便拿了一块红薯,去找店主看货议价了。

店主笑迎:"这不是刁家网的老刁吗?"

"正是,感谢老板您还记着我。——我家今年的香荷芋和山芋,都是顶棒的!"老刁将子芋掰断给店主看。

店主郑重接过来,先把断芋的下部竖正,仔细旋着看,再把上部按上去,细细鉴赏,忘情说道:"老刁啊老刁,你这芋头可真是天生尤物啊,芽尖绯红,表皮褐红,毛羽细密,小身板又这么风骚地一扭,正是他妈的这一小扭,就扭出了一种奇异风情,而这风情绝不逊西子啊,可惜这一切只我泰兴东乡吃货才最懂……"

刁爸爸咪咪地笑,笑得很得意,肩膀一耸一耸的,眼窝里却泪光莹莹。

店主再揭去断芋上部,将下部的断面细细鉴赏,赞道:"这肉质比羊奶还白,它的味儿一定比羊奶更香醇。你再看,断面液汁醇稠而不淋漓,足见土地肥沃,适度干旱,又管理得当。老刁,今年你家的香荷芋我全包了!"

"谢谢、谢谢啦,你再看看这山芋……"

"你老刁种的山芋一定也不孬,不用看,我也全包了。你明早再送一车来。"

"好咪,多谢!"

尾子和香荷见事情顺遂,赶紧跳下来,把土产往地上卸。

店主道:"这俩娃真懂事。——伙计们,来两人搭一下手,称好了直接支账,赶紧弄到码头去,顺风船午前必到……"

……

钱甫一到手,刁爸爸就大方起来了:"儿子、闺女,爸爸请你们吃早饭。"

俩孩子拍掌叫好。

刁爸爸把驴车拴在了河沿的树桩上,拜托了一下缘远的伙计,三人就往鸿福记烧饼店去了……

鸿福记烧饼店。

老板正光着膀子,坐在高脚机凳上制作面剂,一条肥大洁净的白色厨巾把胖身躯的正面完全覆住了。他,脑袋如箩筐,腰身如大缸,双目如亮星,可双手却忒灵活,一根尺把长的擀面杖似乎成了他身体的一部分,摊,碾,卷,放……随心所欲,行云流水。

望见客来,胖老板招呼道:"老刁,请进!"

三人拣了临窗的桌子坐下。

爸爸道:"尾子,你吃什么?"

"两只'草鞋底',一碗豆浆,一根油条。"尾子道,"何仙姑,你要什么?"

"一只'草鞋底',一碗豆浆,外加一根油条。"

爸爸道:"好咦。老板,给我们来八只草鞋底,三碗豆浆,四根油条。吃不完,打包带回家给妈妈吃。"

很快,伙计上了三碗热气腾腾的豆浆,各配一只小调羹。

香荷尝一口,豆浆的香醇,白糖的微甜,那么韵致地融合着。香荷的脸庞顿时像夏天的芋叶在晨晖里怡然舒展,她笑道:"真好喝!"

尾子笑她:"何仙姑,你可真没见过世面,油条蘸豆浆才好吃呢。"

这时,油条端上来了,一共四根。它们幸福安恬地躺在平底盆里,根根神采奕奕,金黄金黄,膨大膨大。

尾子抓起一根,当中擗开,响声爽脆,一半递给了香荷,一半留给了自己。

"这么吃才对!"尾子手抓油条一端,将油条蓬松多孔的断口温柔探到滚热的豆浆里去。那油条遇到真爱一般,激动地饱吮着豆浆液,汩汩冒着幸福的泡泡,而身子则一下子惬意地酥软了……

这时,尾子拎起油条尚且干脆的另一端,将饱吸了豆浆的那段徐徐送进嘴里,豆浆不时洒落,在桌上不时优雅地溅一朵小白花。尾子不顾,闭了眼自顾自地享受着。

香荷也学他。

刁爸爸笑了,伙计笑了,老板也笑了。

吃"草鞋底"了,一苇先将"草鞋底"撕成许多拇指大小的小块,然后泡豆浆里吃。香荷又有模有样地学他。

刁爸爸眼瞅着两个孩子,微笑着,轻咬一口烧饼,脆脆的声音几乎几里外都听得见,再呷一口豆浆,豆浆之花渐次盛开在他的口腔,盛开在他的食管,盛开在他的胃肠……盛开在他的周身经脉!刁爸爸微醺了,脸上绽放了幸福的酡红。恍惚间,老刁低声唱道:

大饼油条,大饼油条,

真公道,真公道。

两个铜板一条,两个铜板一条,

呱呱叫,呱呱叫……

胖老板笑道:"老刁,如今大饼油条单价就要三个铜板啊……"

老刁苦笑,道:"真怀念沈先生在刁家网成立醒农合作社的那段时光啊,货全,质优,价廉……"

胖老板叹一口气,不再作声……

吃了早饭,爸爸又带俩孩子去了布店,为全家人扯了冬布和棉花……

他们的毛驴车回返了,上了北关桥,就见到三圣庙门前里三圈外三圈密匝匝围了一大群人。

圈中,腰鼓咚咚咚,镗锣当当当……

里面终于开演了,那鼓书先生吐字清晰,字字分明。这些字音啊,似乎绝不是虚浮无形的,而是某实实在在的好物,是什么呢? 尾子觉得它们当是从地里长出来的,是汲取了天地之菁华的某件好物,音量不高,却自带风骨,不卑不亢,还带着狠劲儿、钻劲儿。对了,它们就是初春光秃秃的河岸边一朵朵突然爆开的芦笋,似花而非花,却较花更胜。

鼓书先生道:"各位看官大家好,在下蒋梦得,泰兴鼓书第三代传人,今日为君献上《十二月风》,诸君且听——"

鼓书先生腰鼓伴奏,唱:

> 正月里杨柳风,凤鸣岐山兆飞熊。
> 西伯文王推八卦,渭水河访姜太公。
> 玄都洞,玉虚宫,三教神会在芦棚。
> 武王伐纣安天下,朝歌城里血染红……

众人鼓掌叫好,不时有人上前,往蒋梦得身旁八仙桌上的铜盆里投钱。

鼓书先生再唱:

> 二月里杏花风,幽王东都被犬吠,
> 烽火台前褒姒笑,列国诸侯哪肯容。
> 你伐西,我征东,潼关斗宝各逞雄,
> 起翦颇牧安天下,六宿俱归阿房宫……

91

尾子迷住了,痴痴傻傻跳下车,拨开人群往里挤。

当尾子挤到最里圈,那先生正唱:

> 三月里桃花风,项羽刘邦入关中,
> 范增用个鸿门计,张良樊哙保沛公。
> 执刀枪,显神通,暗度陈仓如切葱,
> 霸王屈死乌江口,韩信屈斩未央宫……

这蒋先生五十岁左右年纪,高大魁梧,方面阔口,目如朗星,长衫青蓝。可就是这样一个泰兴糙大汉,居然满腹经纶,口吐莲花! 一苇看他,像看尊神!

蒋先生也注意到了眼前这小子,年龄十三四岁,面容洁净,双目聪慧,身板单薄颀长,虽则衣衫陈旧得掉色儿了,可是挺括干净,而尾子入定似的神情,则更令蒋先生喜欢。

蒋先生抖擞精神:"四月里蔷薇风,刘备四川亏张松……"

尾子正听得入港,这时刁爸爸挤进人群,一推他肩膀,道:"走了。"

尾子这才醒转,走上前去向蒋先生深深鞠了一躬,蒋先生弓腰还礼。

尾子挤出人群,不时回望……

夜深沉,刁家网的家里,尾子辗转反侧,木板床一直吱呀作响。睁了眼,蒋先生似在他眼前唱;闭了眼,蒋先生又在他脑海里唱……蒋先生啊,已经唱过了"正月里杨柳风""二月里杏花风""三月里桃花风""四月里蔷薇风",现在"五月里"又该刮"什么风"了,尽管蒋先生还在动情唱着,但尾子却听不到一字唱词了……

尾子急啊,把床板跺得啪啪响。

里厢,妈妈厉声:"尾子,还不睡?!"

"妈,明天我还要听书去!"

"听就听呗,明天还和你爸一起去。"

"好唉。"尾子乖顺地进入了梦乡……

第二天拂晓,爸爸又带着俩孩子上路了,还是那挂驴车。

到了三圣庙,太阳刚刚跃出了地平线,天与地全笼罩着幸福祥和的红霞。

三圣庙山门已经大开了，门前地上也早已打扫洁净了。

爸爸道："尾子，你先看会儿车，爸和荷子进去拜一下神。"

"好咪。"

爸爸牵着荷子的手，跨过了高高的门槛。

香荷回首道："尾子哥，今天我要为你系一根福带。"

尾子的心里登时温暖亮堂，爽声喊："谢谢你，何仙姑！"

……

十分钟后，香荷笑嘻嘻地出来了，诚挚地望着尾子，道："尾子哥，祝福你长命百岁！"

尾子傻笑："谢谢何仙姑，哥百岁生日的时候一定请你喝酒！"

"说话算话，拉钩，拉钩，不拉钩是小狗！"

"说话算话，拉钩，拉钩，不拉钩是小狗！"

二人拉钩。

爸爸也出来了，笑道："尾子，你就带着荷子在这里玩，我卖完东西就来找你们！你是哥哥，务必把荷子带好了！"

"知道了。"尾子拉起荷子就往庙里跑，问道，"何仙姑，我的福带在哪儿？"

"在后进院子里呢。"

在第一进院子里，王灵官大仙首先映入眼帘。你看他，赤面髯须，身披金甲红袍，三目怒视，左脚踏风火轮，右手举钢鞭，神威凛凛。尾子道一声"上山不上山，先拜王灵官"，跪地就拜。与王灵官塑像相背的是韦陀菩萨，尾子又拜。

第二进院子是正殿，关老爷威风八面坐当中，左关平，右周仓。关平前又排有文天祥等，周仓前又排有李甫等，左、右排衙的最末则是脚上戴有铁镣的天聋和地哑。为什么他们戴有铁镣呢？传说是因为他们二位擅自外出买烧饼油条吃，却是以香灰化作钱钞，二位离开后，这钱钞又复归为香灰，因而被罚……

一苇跪拜："三官菩萨保佑。"

第三进院子北边正殿供奉地藏王菩萨，两侧是十殿阎罗，庭院当中正是那株千年古银杏树。

"在那儿。"香荷指给他看。

银杏树筛下一树清凉，风里还漾着甜丝丝的味儿。尾子抬头去看，是的,是的,在一处低枝上,此刻,有一条颜色最为鲜艳的福带正逆风翩飞着。它的翅翼是那样的活泼灵动,它的身姿是那样的矫健飘逸,它的眼眸恬然地锁定了幸福光明的方向……

尾子傻傻笑起来,他的笑声水母般袅腾而上,瞬间在空中绽放了无数透明的花朵。他拥抱比大缸还粗的古树树干,还把脸蛋贴在树干上蹭来蹭去!

那一刻是尾子记事以来最为开心的时光。他心里美着呢,何仙姑都祝福我了,树妈妈一定上心了,我余一苇一定能长命百岁!

"树妈妈,你也保佑我的何仙姑长命百岁吧!"

树妈妈飒飒地笑起来,尾子兴奋地嚷道:"何仙姑何仙姑,树妈妈说话了,'好的,孩子,我一定保佑你们两个永远好好儿的!'"

香荷赶紧跪下磕头,道:"谢谢树妈妈,不,是树菩萨,也祝你长命千岁!"

一阵凉风拂过,树妈妈伸出一条柔枝,慈爱地抚摩香荷头顶。

香荷格外开心:"尾子哥,树菩萨也和我说话了,她说'你俩一定都能长命百岁的'!"

尾子却不开心了:"可惜我没钱为你买福带……"

香荷笑道:"等你挣钱了再买,现在我们去拜拜三圣母吧。"

香荷拉起尾子,二人开心地往第三进殿堂奔去。

地藏菩萨像前,二人跪拜。

香荷道:"大慈大悲地藏菩萨,请保佑我们一家健健康康、平平安安!"

尾子赶紧磕头……

出了三圣庙大门,尾子指给香荷看大门西侧,仅隔数步远便是龙王殿,坐东朝西。尾子说道:"黄桥北关三胜景今儿带你看完了,我总结一下就是,'七步两张桥,三步两座庙',外加千年古银杏,哈哈哈……"

香荷道:"臭尾子,别显摆!"

尾子又奔向了三圣庙山门东侧的露天书场。这当儿,书场空空如也。

尾子道:"何仙姑,昨天那鼓书先生可是这样的——"

尾子作势,先凭空"敲"一通"镗锣",再凭空"击"一通"腰鼓",板脸提颈,一本正经开场:"各位看官,大家好,在下蒋梦得,泰兴鼓书第三代传人,今日且为君献上《十二月风》,诸君请听——"

香荷拊掌笑道:"像极了像极了!"

尾子唱：

　　正月里杨柳风，凤鸣岐山兆飞熊。
　　西伯文王推八卦，渭水河访姜太公。
　　玄都洞，玉虚宫，三教神会在芦棚。
　　武王伐纣安天下，朝歌城里血染红……

　　尾子正唱得投入，忽听得远远有人鼓掌叫好，扭头看去，那人竟是蒋班主！
　　蒋班主正健步赶来，非但不恼，还一脸笑意！
　　尾子霎时红了脸，上前鞠躬，道："班主早。"
　　蒋梦得摸摸尾子脑袋，上下打量一番，说道："好小子，天庭饱满，地阁方圆，鼻如胆悬，目若朗星，口似涂朱，牙排碎玉，真是三山得配，五岳相均！小子，你还有啥本事，亮出来，让我蒋梦得今儿也开开眼……"
　　一苇道："我新学了一首《农民唱》，现唱给你听——"
　　一苇唱：

　　正月里来是新春，
　　穷人过年心头恨，
　　地主追逼缴租债，
　　春荒日子又来临。

　　二月里来过清明，
　　饥寒交迫好伤心；
　　土豪劣绅丧天良，
　　重利剥削驴打滚。

　　三月里来桃花开，
　　贫苦农民苦伤怀，
　　无粮无草难活命，
　　逼得去借高利贷。

……

腊月里来红旗飘，
农民运动掀高潮，
春荒斗争夏分田，
"八三"暴动围黄桥。

蒋梦得居然眯缝着眼睛一气儿听完了，还踏足以和。

听罢，蒋梦得蓦地开眼，神色怡畅，似刚刚品了一杯清茗，笑道："好小子，记忆准确，音质清亮，表情到位，今天我蒋梦得看中你了，决定收你为入室弟子……"

香荷急急上前，道："蒋班主，使不得使不得，我哥可不能学鼓书！爸妈年纪大了，我家活计全指望我哥呢……"

蒋梦得笑道："傻孩子，你哥他将来出师了，金银珠宝自然滚滚来，谁还在乎老家几亩薄田？——娃，你家长呢？"

香荷道："我爸卖芋头去了，马上就回来，我爸肯定也不会同意的。"

蒋梦得问尾子："你愿意学鼓书吗？"

尾子点头。

蒋梦得道："小子，今天我蒋某没时间等你家长，如果你虔心向学，就明天这个时候在这儿守我。"

言罢，蒋班主匆匆迈进了三圣庙……

中午。刁家网。

妈妈煮的是芋头菜粥，乡下人习惯叫它"芋头酸粥"。原来，在那苦难岁月里，吃剩的菜粥即使它有点酸馊了，穷苦人家也往往舍不得倒掉，于是"酸粥"一词渐成这一类菜粥的代称。这芋头酸粥的制作其实也不复杂：豆油或菜油起锅，放入去了皮的香荷芋反复煸炒，直至其变为玉色，再加入青豇豆、扁豆等继续煸炒，也俟其变色，加适量盐，然后加水，放入泡大的生花生米，煮沸。苦难岁月长，其时穷苦人家甭说往汤水里放大米了，能往沸腾的汤水里放面疙瘩，也算是极奢侈的了。待面疙瘩全部浮起，然后往汤水中"沫"上适量青菜叶。这时再用勺勾些熬好的猪油放进去，那菜粥即刻有了灵魂……

现在，一家四口围坐八仙桌，和和乐乐。桌子正中是一碟花生米、一碟青椒炒蛋。

刁爸爸喝酒,高粱烧,是夏收后请煮酒匠用自家高粱煮制的,酒的度数足有六十多度。今年是丰年,刁爸爸脸上满是富足,两眼眯成了一条缝儿。

尾子抓起酒坛,走到刁爸爸身边,说道:"爸爸,儿子敬你。"

香荷说道:"爸爸,你千万别接受,接受了你就要上他的当了……"

"上当?!"妈妈疑惑。

"今天,尾子在三圣庙遇到蒋梦得了,尾子打算学鼓书去了……"

刁爸爸的神色顿时凝重起来,喉头耸动。

香荷妈也局促不安地挪动屁股。

"哗——",尾子捧起酒瓮,把爸爸的海碗加满了,慷慨得很哪!

爸爸面前那海碗里酒花乍开,团团簇簇,星光跃动。那光起初是七彩的、生气勃勃的、灵动的,继而那酒花一朵朵爆开,爆出密集的、连绵的、轻微的噼啪声。

爸爸微蹙眉头,把碗端起来,咕咚咕咚一饮而尽,一抹嘴角,道:"尾子,你有什么想法尽管和爸说。"

"爸爸,妈妈,我想、我想去学鼓书,我不要做苦哇鸟……"

妈妈诧异:"不要做苦哇鸟?!"

"那些苦哇鸟对自己的苦楚从来说不出什么道道儿来,就知道终日苦哇苦哇地哀叫,所以我不能学它们。我要学当年的黄桥京戏班主李侉子,学木瓦匠大师傅们,学蒋梦得……凡事儿都能说得天花乱坠的,将来我要为穷苦人发声……"

"好,爸爸支持你!"刁爸爸突然很大声,眼窝儿却红了,眼神也直直的。

"谢谢爸爸,我打算明早就去……"

"明早爸爸就送你去。"爸爸伸手去搂酒瓮。

妈妈却一把把酒瓮抱走,铁青着脸去了灶台。

"你放心,爸爸支持你外出学一门手艺,刁家网毕竟是块鸟不拉屎的地儿。当年对老支书做出的承诺,我必须兑现。下午,我就让你妈给你准备被褥行李。"说完,爸爸趔趔趄趄进里屋去了,几秒后鼾声如雷……

第二天,旭日东升,霞光万丈,刁爸爸又驾着驴车往黄桥进发。

尾子坐在敞篷车厢内,不时回望。

香荷一直追着车跑,两眼哭成了桃子,深一脚浅一脚,鞋掉了也不捡,连连呼喊:"尾子哥,你不要离开我……"

她的悲音回荡在刁家网上空,一直在回荡,永远在回荡,以至于此后的若干年里,尾子只要抬头看天,空荡荡的天谷里,总会自动播送着香荷那日撕心裂肺的呼喊……

妈妈在后面追香荷,也在哭:"荷子,快回来,你哥一定会回来的……"

坡岗起伏,道路逶迤。驴车坎坎坷坷,转过一个转角,又一个转角,香荷和妈妈的身影终被那绵亘如山的高粱青纱帐彻底挡住了,再不见了,再不见了,再不见了,尾子方才转身向前,倔强着不让泪水流下来,可泪水还是霎时决了堤。

刁爸爸一咬牙根,一甩长鞭,毛驴咴咴地嘶叫两声,撒腿往前狂奔……

4. 黄中插班生

1932年秋天某日下午。

秋阳温煦,惠风和畅。

黄桥三圣庙前书场。

锣鼓暖场,观众越聚越多。

圈中,蒋梦得倚靠在太师椅背上闭目养神。蒋一苇(余一苇拜师后便改了姓)身姿挺拔,穿一袭青蓝长衫,发上油光可鉴,右手腕套镗锣,右手掌握锣槌,当当当在敲,左手握鼓槌,咚咚咚在擂。

围趋过来的大多是镇上的熟客了,大家伙儿相互点头问候。

这时,有几个庄稼汉挤进了圈内,其中一人打听:"老兄,今儿蒋班主演播什么?"

有人答:"这'风'那'风'的,也没甚吸引人的……"

为首的庄稼汉大着嗓门冲蒋梦得问道:"蒋班主,《扒抢记》你会吗?"

蒋班主蓦地睁开了眼,先觑着那高天愣怔了几秒,他本来想说"黄桥不说《扒抢记》,殷家庄不唱《玉如意》",可脱口而出的竟是:"《扒抢记》,我打小儿就学的它!"

众人顿时雀跃,鼓动:"蒋班主,来一段! 蒋班主,来一段!"

蒋班主一撩青衫下摆站起,却不看众人,背手闷头踱内场一圈,站定,一抬头,一瞪眼,一伸右手,道一声:"爱徒,上家伙。"

一苇给他右腕套上镗锣,递上锣槌,再把小鼓移他面前,将鼓槌亦交与他。

锣鼓起音,蒋班主舌灿莲花:

> 自从盘古天地分,三皇五帝立乾坤。
> 几朝君王多有道,几朝无道帝王君。
> 前朝后代多不表,单表清朝锦乾坤。
> 顺治丙戌登大宝,执掌山河十八春。
> 康熙即位六十载,风又调来雨又顺。
> 雍正十三薨了驾,统绪乾隆把基登。
> 在位六十多有道,传于嘉庆学乾坤。
> 嘉庆即位二十五,君见君来臣见臣。
> 七月廿五归天去,道光辛巳生龙墩。
> 圣旨颁行天下去,广赦钱粮与罪人。
> 同治即位十三载,新科状元戴玉芬。
> 满朝名地戴一棍,状元以外又有个。
> 当朝首相名阮先,家有姬妾数十个。
> 还有爪儿几十名,小邦时常献珍宝。
> 风又调来雨又顺,开捐纳贿纷纷弊。
> 阮先此时官职大,想做贪赃爱宝人。
> 当朝一本来奏主,广开仕路纳前程。
> 各衙官职多好捐,照例额规减三分。
> 京中有事天下晓,风声传于各省城。
> 军民人等都晓得,有钱捐职充乡绅……

这一段唱词,蒋先生用了假嗓,高亢苍凉,而锣鼓节奏不徐不疾,烘云托月。接下来,蒋先生转用真声,锣鼓伴奏,氤氲了他的哀戚:

> 书中表歇皇家事,表起偏邦小县人。
> 你道表的哪一个,表的黄桥丁大椿。
> 家住通州泰兴县,黄桥镇上有家门。
> 说起这个黄桥镇,地势水局长成形。
> 北关桥对南坝桥,东西大街胜十分。
> 还有出名西大街,一字招牌做营生。

布巷专门卖布的,鱼行家家把鱼称。

猪巷南北做买卖,总是经纪买猪人。

米巷摆的米铺子,家家纳牒做陆陈。

大椿住在米巷内,东首朝南是家门。

祖上也是开行的,南北经营做陆陈。

只因此时家资大,买卖交易怕烦神。

买卖生意没心做,重利盘算各乡人。

二分三分不肯借,照月还要四五分。

将期十月算一转,再作本钱把利生。

若还本钱再拖欠,利债不肯让分文。

任凭你穷铲骨头,他名叫作连毛吞。

来到春天放短月,欠户总要承首人。

大市粮食高抬价,外加三分或四分。

开仓门管铜钱得,每石还要五十文。

回家过斛九斗五,扬去泥屑剩九升。

麦苴二熟来收账,门管车上赛天神。

粮食糟似他不要,随风飘扬上色成。

下乡本是加一斗,长柄堑拓实十分。

上筛下撮干净了,一斗只好量七升。

下乡穷人吃得苦,斗还三升不分身。

纵然少许欠挂点,再作本钱把利生。

凭你是个神好汉,教你难过他的门……

众人正听得入港,忽然北关桥上呼啦啦冲过来一群长衫客及短衣帮,为首那人正是黄桥首富丁西顿。

蒋梦得认得他们,知道来者不善,可是堂堂鼓书先生,怎可拂了听众兴致,他罔顾生死了,继续唱说。

丁西顿止步圈外,虎着脸,一扬手,众跟班也不言语,粗暴推开人丛。

到了蒋梦得面前,为首的恶奴一脚踢翻了小鼓,又一把扯过镗锣,往脚下就踩,还将桌上铜盆砸地上,再踩上一只脚。蒋梦得也不反抗,大张着嘴,面无表情,锣槌、鼓槌仍握在手,苦悬空中,仿佛亘古石雕一般。

一恶奴劈手就给了蒋梦得一记耳光,啪!登时五道血印烙上了蒋梦得面颊。蒋梦得仍旧木僵着。

那恶奴还要动粗,蒋一苇挺身上前,隔开他们。

两恶奴逼向一苇。

那几个庄稼汉惊道:"没得了没得了,那不是刁老鬼的养子吗?"

几个人跃身上前,喝道:"还有没有王法了,谁敢再动,我们是刁家网的!"

恶奴们端的摆出攻击架势,眈眈相向。

这时,丁西顿昂然上前,冷哼一声,道:"刁家网的穷鬼们,你们可认得我丁西顿?"

"认识,我们村也有不少人是你佃户。我们还知道,你正是《扒抢记》反派丁大椿的后代……"

丁西顿冷笑一声,道:"大椿是我先祖,大清漕运武备出身,我黄桥粮市因他而兴。无有大椿,何来我黄桥荣昌?! 那年匪徒扒抢先祖粮仓,我丁氏却并未就此没落,反而昌昌炽炽,瓜瓞绵绵,而今黄桥,我丁家仍是王法,头顶丁字值千金,谁敢不服?!"

那几个庄稼汉还要说话,蒋梦得这时却抬头,拱手抱拳,道:"多谢各位兄台出头! 黄桥虽好,不是久居之地,蒋某从此告辞了,大家也各自归家吧……"

庄稼汉们怨愤难平,还要发作,蒋梦得急急拦住,道:"兄弟,也怪我坏了说书行的规矩,怪不得人家。"

蒋梦得又冲一苇说道:"爱徒,快快收拾家伙,回家去也!"

一苇冲那几人一拱手,一鞠躬,拾掇家伙去了。

丁西顿道:"你蒋梦得尚算识得事体,今天我就不再和你啰唆了。往后你到黄桥喝酒吃肉,逛街溜圈,保证没人阻拦,但凡你一开嗓子,我就要你好看! ——我们走!"

言罢,丁西顿率众恶奴扬长而去。

"师父,我们真走?"

"那还有假!"

"噢。"

……

在出租房内,蒋梦得颓然倚靠在椅背上,看一苇把锣鼓家伙拾掇停当,不禁双目泪流,声音沙涩:"爱徒,给为师倒杯水。"

一苇赶紧从暖瓶里倒了杯水,搁桌上凉着。

房内一时无声。

那杯水起初热气袅袅,渐渐温凉。

蒋梦得站起,将那杯水一饮而尽,道:"爱徒,为师要出去散散心,短则半月,长则三两月,你跟我身边颠沛流离也不妥当。为师打算送你去一风景佳绝处,你可乐意?"

"悉听师父安排。"

"为师打算让你暂且借读黄桥中学……"

"黄桥中学?!"一苇嘿嘿笑起来。

"怎么了?"

"记得九一八事变后,黄桥中学的那帮学子闹得可凶了,满大街游行示威,口号震天响,'打倒日本帝国主义''还我东三省'……我觉得黄桥中学的学子个个都不孬!"

"日寇这只小蚂蚁敢吞大象,还不是由于蒋介石的不抵抗政策。泰兴教育界名流刘伯厚上次就在集会上公开抨击蒋介石,'人为刀俎,我为鱼肉,(蒋)丧心病狂,莫此为甚'……不过,为师提醒你,黄桥中学那边,人、事还是挺复杂的,你到那边要专心读书,明哲保身,明白吗?我会拜托校董何卓甫先生多多关照你的……"

"遵命。"

"为师还有一部话本交给你,是《玉如意》,你务必在这一阶段熟记之。"

"是,师父。师父,我想先学《扒抢记》……"

"为何啊?"

"穷人的日子苦啊,他们就是苦哇鸟,我要唱《扒抢记》帮他们提提气儿……"

"爱徒谨记之,泰兴民谚,'黄桥镇不唱《扒抢记》,殷家庄不唱《玉如意》'。为师今后不可再在黄桥开书场,就是因为这次为师坏了规矩,坏了黄桥丁氏制定的规矩……"

"师父,黄桥丁氏也太过分了……"

蒋梦得摆手,一苇噤声……

双十节后,一苇坐到了黄中初一教室里。

班里的孩子大多来自泰兴、靖江、如皋、泰县四县,语文老师何卓甫,算术老师何季生,英文老师丁廷楣……

一苇初入黄中的第一课,正是何卓甫老师的语文课。

上课了,师生相互致礼。

同学们都穿着挺括的中山装,唯一苇穿一袭青蓝长衫。

何老师道:"同学们,大家好,今天我们有幸迎来了一位新同学——蒋一苇同学,他是我们泰兴鼓书艺人蒋梦得先生的高足,大家欢迎!"

同学们热烈鼓掌。

一苇站起,鞠躬:"谢谢老师,谢谢同学们。"

"希望大家对新同学多多关爱,也希望新同学遇有什么不便或困难,主动和同学或老师交流!下面我们正式上课了,今天我要讲的是文天祥的《过零丁洋》,大家请看黑板——"

何老师在黑板上板书,字迹铁画银钩,排布庄严灵动:

过零丁洋

文天祥

辛苦遭逢起一经,干戈寥落四周星。

山河破碎风飘絮,身世浮沉雨打萍。

惶恐滩头说惶恐,零丁洋里叹零丁。

人生自古谁无死?留取丹心照汗青。

"大家先听我朗读一遍。"

何老师嗓音洪亮,抑扬顿挫,尾联更读得慷慨悲壮。

读罢,何老师双目含泪,逐句讲解意思……

突然,何老师将书本往讲桌上一撂,怒道:"去年九一八,日寇趁蒋介石长期专注于剿共,兼之1931年大水旱把国民政府冲得摇摇晃晃之机,侵我东三省。蒋介石不肯抵抗,而那张少帅罔顾国仇家恨,仓皇逃命,终致我东三省沦陷,生灵涂炭!——遥想700年前,文天祥散尽家财,招募义军,抗击元军,何等义勇;兵败而不降,留取丹心照耀千秋,这又是何等节烈!而今我堂皇国人又有何颜面来读文天祥作品,呜呼哀哉,呜呼哀哉,呜呼哀哉……"

众皆黯然。

蓦地,何老师转身在黑板上笔走龙蛇:"故今日之责任,不在他人,而全在我少年。少年智则国智,少年富则国富,少年强则国强,少年独立则国独立,少年自由则国自由……"

何老师道:"大家请跟我读。"

齐诵之声琅琅……

周一,上午十点,黄桥中学操场照例举行"总理纪念周"仪式。

司令台正中悬挂国民党党旗和民国国旗,下方张贴国父孙中山巨幅画像。师生正装肃立,唯一苇仍穿着常衣。

训导主任章剑虹主持仪式:"全体肃立!"

全体肃立。

"一鞠躬——!"

全体一鞠躬。

"二鞠躬——!"

全体二鞠躬。

"三鞠躬——!"

全体三鞠躬。

"诵遗嘱——!"

齐诵:"余致力国民革命,凡四十年,其目的在求中国之自由平等。积四十年之经验,深知欲达到此目的,必须唤起民众,及联合世界上以平等待我之民族,共同奋斗。革命尚未成功,凡我同志,务须依照余所著《建国方略》《建国大纲》《三民主义》及《第一次全国代表大会宣言》,继续努力,以求贯彻……是所至嘱。"

"唱《三民主义歌》!"

师生齐唱:

"三民主义,吾党所宗;以建民国,以进大同。咨尔多士,为民前锋;夙夜匪懈,主义是从。矢勤矢勇,必信必忠;一心一德,贯彻始终。"

"礼成——!"

章剑虹继续训话:"同学们,去年九一八事变我们失去了东三省,古人云'天下兴亡,匹夫有责',今天我要说,国家至上,民族至上,内除国贼,外抗强权!"

师生振臂高呼:"国家至上,民族至上,内除国贼,外抗强权!"

可是,这一切戳中了一苇内心痛点:"三民主义",国民党所宗,可是它真能救中国吗?东三省丢了,谁该负责?为何泰兴百万民众更倾向于共产党高举的共产主义大旗,而屡仆屡起……

周二,最后一节课是活动课,其他孩子均去了操场,唯一苇独守偌大教室正在做数学习题。由于一苇先前没有数学基础,所以他对数学特别用心。

这时候,一高年级学生悄悄走进教室,径直走到他身边。

这位同学恳切说道:"蒋一苇同学,你好,我是二年级的管益之,校'国家主义青年团'宣传部部长。你一定对我'国家主义派'还缺乏深入了解吧,我不妨用一句话简单把我派的理念向你解释一下,那就是在民族危亡之际,只有化以往的'文化主义'为'民族主义',唤醒大多数民众参与救亡,国家才可能生存发展……我校名誉校长丁廷标、执行校长丁廷楣都是黄桥'国家主义青年党'的执委;我们的老师中,王岩岭、严可立、翟世民、章卓如等人也都是'国家主义青年党'党员。由于我们未满十八岁,只好先申请加入'国家主义青年团'了,和我同级的许多佼佼者也都已经光荣入团了,有谢家璘、黄云祥、钱葆康、丁开昌、严斐贤、丁益昌、金玉林等。如果你信仰我们国家主义派,那么你就要积极向我组织靠拢,这是你的入团申请书,今天务必填好,我要汇总……"

一苇接过申请书,虽被他的热心感动,但是他对这个党派压根儿没兴趣。因为他的父亲辗转于恶霸地主的枪下,他的大舅、二舅都是坚贞的共产党员,而且也都已为了共产主义事业献出了宝贵的生命,他要为他们复仇,向恶霸地主,向国民党反动派及其帮凶复仇!更可恨的是,日寇侵我东三省,而国民政府居然执行不抵抗政策,国家主义派等在野政治势力又可曾力挽狂澜?!现在即使要加入什么党派,一苇的不二选择也一定是共产党,因为当下唯有共产党排除万难北上抗日,只有共产党才是中国的希望!

这时候,他又忆起了刁家网的那株枸杞树。在杨家破败的院落中,它虽不巍峨,又枝纤叶细的,但它注定又是不平凡的。一苇坚信,它所繁衍的无数藤条终将作为土地界标插遍泰兴大地,届时耕者皆有其田!他来黄桥学艺的前一天,还特地去给它除了草,施了草木灰。一苇信口唱道:"'枸杞不死,共产不灭。如有异心,神人共歼。'"

管益之只听清了后面八个字,喜道:"蒋一苇同学,发此重誓,足见你赤诚之心,好样儿的!赶紧的。"

管益之一拍一苇肩膀,自去了其他教室。

现在,如何拒绝国家主义青年团成了一苇的大问题。

一苇想了想,把那申请书往桌上一摞,也没用笔或书本压住。他就站在旁边，眼瞅着飒飒秋风善解人意地把它从桌上掀起来，再任它飘飘扬扬地撒落地上。一苇上前踩上一脚，洁白的纸张上立刻印上了一枚清晰的脚印。一苇这才一脸灿烂去了操场。

操场上有几个同学正跟在体育老师后面学习功夫，一苇赶紧上前……

第二天下午，还是那个时间，一苇还是一人独守教室苦做数学习题，管益之又来了。

管益之细声问道："蒋一苇同学，你的申请书呢？"

"昨天我就填好了，放课桌上的，去操场玩了一会儿，回来就不见了，我以为是你取走了……"

"唉，昨天黄昏我临时有事，就没来取，这都怪我！表格下次补填吧，今晚，我们团有个秘密集会，诚邀你参加……"

"好的。"

"放学后，你到校门口等我。记住，秘密行动，不许声张。"

"一定。"

……

放学一小时后，黄桥东大街路南丁西顿油坊。——这里只是丁西顿在黄桥镇区购置的一处房产，有专人打理油坊事务，丁西顿偶尔过来看看。

一楼是门店，共八间，各间敞通。此刻，机器关停，工人下班。新榨的菜油、豆油、花生油等均用崭新圆木桶贮藏，香味馥郁。豆粕被压成圆滚滚的大饼，贴墙整齐码放；菜饼、花生饼则是散碎的，用窝席贮藏。

二楼为生活区，客厅轩敞。

端坐客厅主桌，面向全体来宾的是一个身宽体胖、油头粉面的青年，他正激情飞扬地给黄中国家主义青年团新老团员们训话："同学们，今天是我们黄桥市国家主义青年团纳新的大好日子，在兹我谨代表黄桥市国家主义青年团，向新团员们表示最诚挚的祝贺和最热烈的欢迎！'国家至上，民族至上，内除国贼，外抗强权'，是我国家主义青年团最嘹亮的口号……"

新老团员们一起低声附和："国家至上，民族至上，内除国贼，外抗强权！"

这时，坐在那人身旁的黄中"公民"课老师翟世民接腔了："刚刚入团的新同学请留意了，现在我向大家隆重介绍一下，这位就是四县鼎鼎大名的实业家、慈善家、政治家丁开泰先生。丁开泰先生的父亲是三民主义的坚定笃信者，而开泰先生则勇敢挣脱了家长思想的束缚，坚定信奉国家主义。

106

以后我们唯丁先生马首是瞻,丁先生的话就是黄桥市国家主义青年团的最高宗旨。誓死信奉国家主义,誓死追随丁先生!"

新老团员们皆振臂低呼:"誓死信奉国家主义,誓死追随丁先生!"

一苇坐在最后排,冷眼看这一切。

丁先生脸上堆挤出伟人般"亲切慈爱"的笑容:"好好好,众志成城,黄桥有望,国家有望!"

学生们还要跟呼,翟世民双手示意大家安静。

丁先生道:"翟世民同志,大家有目共睹,你一贯对党的事业无限忠诚,而且殚精竭虑去做,不怕牺牲。今天我自然首先得公允地大力褒扬你一番,诸位请不吝为翟世民同志鼓掌!"

掌声雷动。

翟世民老师笑容可掬,站起来躬身致谢。

丁开泰道:"人无完人,金无足赤,下面我就要揭揭翟世民老师的短处和痛处了!翟老师,你也不要想不开,此乃组织对你的关爱,为你的迅速更生精准施药!首先,你作为黄桥市国家主义青年党执委,在校内无视同为我党执委的丁廷楣的不作为。难道你迄今还未看穿,丁廷楣虽与我同宗合谱,但是'一龙生九子,九子各不同',他在政治上是迂腐的、保守的,只顾埋头办学,埋头教学,甚少参加我党我团活动,显然缺失正确的政治站位与责任担当!至于他担任黄桥中学校长职务,我看,他亦是德不配位,严重的德不配位!我先前曾多次奉劝他主动让贤,以利黄中发展,可忠言逆耳啊!而你翟世民作为吾党骨干,一直不敢以吾党最高宗旨为纲,缩头缩脑,贪生苟且,对黄中如此颓废之局势,视若不见,充耳不闻……"

翟世民起立,鞠躬,一脸歉疚,说道:"丁先生,您教训得是!同学们,丁廷楣、韩秋岩、何卓甫等人创办吾校,确属义举,彪炳史册,可是韩秋岩在国民党清党事件中闻风而逃,何卓甫只顾埋头教书,而当权者丁廷楣之流的治校理念无疑断送了吾校师生之远大前程。愚以为,丁廷楣之流如若真有自知之明的话,应该即刻主动下课,安心做好他们的校董,而将校长职务让贤于丁开泰先生!"

高年级学长低呼:"丁廷楣下课,丁开泰上位!"

丁开泰对翟世民讪笑道:"世民兄啊,对丁廷楣你是不敢斗争,可是对训导主任章剑虹,你又为何缩手缩脚?!听说,你二人还是情敌,贵校校花静仪老师近来和章剑虹走得更近了,莫非你也甘心?!"

107

大家一阵哄笑。

翟世民一脸窘迫。

"总之,于公于私,黄中都必须得到改造! 当务之急,我们要把丁廷楣和章剑虹这两座碍事儿的'大山'搬掉! 我看,明早就先动章剑虹……"

翟世民道:"丁哥,你就具体说说究竟该如何'动'他……"

"章剑虹虽身为我党党员,贵校训导主任,却迷失方向,一心宣扬三民主义,不以我党事业为念,祸'校'殃'生',我党、团员人人得而诛之……"

新老国家主义青年团团员们顿时群情激愤:"打倒章剑虹! 打倒章剑虹!"

一苇不由为章剑虹主任捏了一把汗。

丁开泰道:"我看明天一早就去打他个措手不及。初一的学生明早就不要参与了,他们打人不疼;初二年级的全体青年团员一定要拿出'不克厥敌,战则不止'的精神,把那姓章的往死里揍……"

……

夜幕彻底落下了,丁西顿油坊楼上楼下华灯绽放。

二楼客厅,丁开泰盛情款待国家主义派青年团新老团员们,一共开了六桌酒席。

出乎意料的是,丁开泰的家丁给每个娃都倒了一杯白酒。面对杯中白酒,孩子们都是一副惊惧的神情。

丁开泰举杯,脱口居然是这样的话:"小的们,干了这杯酒,从今往后,你们就都是我的人了!"

孩子们皆望着白酒发怵,翟世民却站起来,厉声说道:"是丁开泰大爷瞧得起咱们,咱们今儿才能有口酒喝,所有人,干!"

翟世民一饮而尽,然后大瞪着眼睛严厉扫视全场。

娃子们只好干了,不少娃被酒呛了,咳嗽不止……

丁开泰一口干了杯中酒,陡生出睥睨天下的英雄气概来,道:"小的们,今后我丁开泰吃肉,你们总有口汤喝!"

翟世民也觉得脸上挂不住了,道:"新老团员们,我早说了,跟丁开泰大爷后面混总不会差的!"

丁开泰又道:"上,给小的们满上!"

家丁再一一斟酒……

夜渐渐深沉,丁开泰饱享了众人的"顶礼膜拜",趴在酒桌上沉沉睡去。

那晚，不少娃子喝高了，很失仪态。

翟世民尚且清醒，把同学们收拢好，返回黄中宿舍。

一苇共喝了五六盅酒，却没甚感觉，他突然想去育婴堂看一下了，尽管传闻它关停许久了。于是，他和翟世民们不辞而别。

从丁氏油坊到育婴堂也才一百来米，一苇很快就到了。

如今的育婴堂外观几无改变，门前却泊着数辆警用偏三轮摩托，里面灯火辉煌。正门大敞着，也无人值守，里面飘出浓郁的酒肉香气。

一苇轻车熟路进了门，他原先的宿舍却锁上了，不见一个娃子，而喧闹的人声正是从第二进的餐厅传出的。

餐厅门大敞着，一苇悄悄摸过去，从门外往里探头一看，却见警察局一帮人正在里面胡吃海喝，满嘴跑火车，而在旁边侍候的居然是一位彬彬有礼的长衫绅士。可一苇一看那人的三角眼、山羊胡，差点叫出了声儿，他不正是那丐帮头子吗?! 早听说黄桥"八三"暴动后不久，育婴堂就让警察局接管了，那么，老王头又下落何方? 大个子、片子等人又沦落何处? 这丐帮头子又如何得以掌控现在的育婴堂?

室内，众人忙不迭向局长大人献媚，局长大人开怀畅饮。

一苇怒了，这些吸血鬼饱享的一定是先前人们捐给育婴堂孤儿们的善款!

他一扭头看见北边山墙上的电闸，就一步奔过去把它落了，育婴堂登时一团漆黑。

屋内闹嚷起来，接着有匆匆的脚步声往餐厅外边赶来。

一苇赶紧往外躲。

"哪里跑!"是山羊胡追出来了。

一苇毕竟是个少年，身子灵活，兔子般蹦出了育婴堂大门，穿过东边巷道，晃过粥局门前，很快就到了严妈妈茶水铺前。

山羊胡这时业已站到了育婴堂门前，毒眼四下搜寻，却一无所获。原来一苇"狡猾"得很，含胸收腹，贴着茶水铺的闼子门站立。

山羊胡悻悻地返回了育婴堂。

一苇正要离开，忽然，身后闼子门门洞打开了，里面有人连喊："尾子尾子，请进。"

声音好熟悉啊，是严妈妈!

果然是严妈妈开了门，慈爱地望着他。黄晕的灯光把屋内照得光明温

109

暖,而站在灯下的正是片子。

"严妈妈好!——片子,真的是你?!"尾子一步抢过去,端详着片子。

片子比严妈妈高出了一头,瓜子脸,肤如凝脂,一双杏眼亮晶晶的,穿粗布对襟花衫,胸前耸着两座怡人的小圆丘,腰部又窄窄一收。

片子道:"尾子,你活着就好,王爷爷在育婴堂观音像前不知为你祈了多少次福……今天你怎会在这里?"

"和一个坏家伙躲猫猫呢,也没啥事儿。王爷爷呢?"

"他失踪了。那天,警察局的人又来封门,王爷爷要和他们拼命,但是那个坏局长只是笑了笑,就带人撤了。谁知当天晚上,王爷爷就失了踪……刘姨去警察局报案,坏局长就带了大队人马赶来,却不去查案,上来就点数封存育婴堂物资,然后还派了乞丐头子来管理。我因为年逾十三岁,按育婴堂规矩,该给我一些钱粮,让我到外自行谋生,可是那老东西就是不肯放行,显然没安好心。幸好严妈妈及时把我领养,而大个子、胖墩儿、大眼睛他们只好自谋生路……"

严妈妈道:"现在,育婴堂里再不抚育孤儿了,'抚育'的都是些达官贵人了,这世道真没天理了!你看,那些偏三轮一有空就泊它门前,有时县长老爷、镇长老爷他们也来此胡吃海喝,看来原育婴堂的剩余资产现在全肥了那帮坏家伙……尾子啊,刚刚我还跟片子说你马上就到,片子还不相信……"

尾子道:"我今年秋上从刁家网出来了,拜了蒋梦得为师,学说泰兴鼓儿书。现在我师父云游去了,让我暂时借读黄桥中学,寄宿在校……"

严妈妈道:"片子,你要向尾子学习,将来多识字。尾子,你身上怎么会有这么重的酒味?"

尾子道:"严妈妈,不瞒你说,今天是遇'贵人'了,非喝不可的……"

严妈妈正色道:"尾子,你年纪尚浅,下次万万不可再饮酒了!片子快给他倒杯酸梅汤解酒。"

"谢谢严妈妈!"接过片子递上的酸梅汤,尾子一饮而尽,道,"酸酸甜甜又解酒!"

严妈妈道:"往后啊,你如有什么不便就来这找我。片子是我女儿,你和大个子他们就都是我儿!"

"谢谢妈!片子,在这儿你要听妈妈的话,不要乱跑!我要回学校了……"

"早点返校为安吧。——片子,你到里屋把纸包里的酥饼全给他带着……"

当尾子拿着鼓囊囊的黄纸包往回走的时候,他禁不住泪水奔流。他酷寒的心,好久没被温暖过了,而一点点温煦就能让他内心的坚冰一时稍融……

……

第二天,天一放亮,一场丑剧的大幕随即拉开。初二年级全体国家主义青年团团员,从学生宿舍区倾巢而出,一窝蜂地涌向学校南侧,原布业公所,现黄中教师宿舍区。

上得二楼,寻得章剑虹寝室,虎狼之师中,跃出一人一脚把门踹开,众人一拥而入,喊杀声震天。可怜的章剑虹主任还在床上,来不及反应,仅着短裤的他就被从床上搜下,大家把他拖到天井里,你一拳我一脚地把他打得满地爬。

章剑虹一手遮住私处,一手抱头,苦苦哀求:"好同学,好同学,有话好好说……"

……

第三天,章剑虹辞职了,是他"主动"请辞的。在黄中国家主义青年团团员们的哄笑声中,他背着行囊踽踽出校,一瘸一拐的,而他那双"熊猫眼"哀伤地、徒劳无功地向世人坦承着自己的不幸遭际……

于是,翟世民毛遂自荐,暂代训导主任。

往后两周的"总理纪念周"仪式,都由意气风发的翟世民主任主持并讲话,可观礼的丁廷楣校长对他总是一脸鄙夷与不屑……

没想到两周后,形势逆转了。翟世民突然被调离黄中,学生中打章剑虹挺起劲的金玉林、严斐贤等人被开除学籍,黄云祥、谢克西、钱葆康等团员被记过处分,并张榜公布。原来,丁廷楣校长将学校发生内讧的事情报告了其时尚在上海的名誉校长丁廷标,丁廷标大为震怒,遂亲临黄桥,铁腕处置……

语文课上,何卓甫老师训导:"同学们,校纪班规不可违,不管是老师,还是学生! 正义只会迟到,但它永远不会缺席! 刚刚我给二年级学生上课的时候,我严厉地批评了这次事件中盲动的同学。我觉得,问题的根子在于他们错误的思想。且不论国家主义派的什么'崇高'纲领,但看他们这次丑恶的表演! 九一八事变如在昨日,他们呢? 置国难当头不顾,热衷于个人权力之争,还差点儿伤及人命!现在,二年级的黄云祥等同学俱已在课上做了深刻的自我检讨,我希望大家从中汲取深刻教训,引以为戒……"

渐渐地,国家主义派在黄中的活动处于停顿状态。

经过那次事件,黄云祥等人成了校园名人,大家觉得黄云祥等人知错认错改错,都是响当当的男子汉……

两个月的黄桥中学插班生活还是给尾子留下不少美好回忆的,尤其参观何氏宗祠的一幕更让一苇内心触动……

秋日融融。

那天下午,一二两节课是写作课。何卓甫老师走进教室,朗声说道:"同学们,今日下午我先带你们参观黄桥何氏宗祠,返校后写一篇《何氏宗祠纪游》,希望大家用心观察,用心发现,用心体悟……"

孩子们排着整齐的队伍出发了。路程很近,出校门向南行二百米,再折向东,珠巷进去数十米即到。

何氏宗祠坐北朝南,大门采用我国古代建筑中较为显贵的将军门式样,大门金桁下张挂"何氏宗祠"金字牌匾,其下的额枋上装有四只等六边形门簪(此即古之所谓"门当"),门下则是四十厘米高的门槛。门前,对应左右门框,两只圆形大抱鼓石陈列,其双面均雕着双狮盘球(此即古之所谓"户对")。斯时,两扇黑漆大门敞开,门上装有铺首衔环,神兽怒目,燃眉,龇牙。

大门两边砌水磨砖垛,上饰整块方砖浅雕,雕刻有灵芝、笔锭、珊瑚、犀角、元宝、古钱等吉祥图案。

门堂内陈列六扇屏门,众人从两侧绕行而过,其后即是一方天井,阳光满满,而天井北边即是高耸的仪门。朱红门框闪耀于秋阳之下,左右门框各以一方形素面石鼓作墩。

仪门下部构造简约,上部则是重头戏。上部距地几有四米,由仿木结构砖雕层垒而成,自下往上分别为游龙戏珠、弧形磨砖、半圆形磨砖、方形磨砖,最上端则为圆橼和方桷,并向外挑出约四十厘米。

门楼墙面全用水磨砖砌筑,用糯米石灰浆粘接,砖缝一线,灰迹无觅。

穿过仪门,即是一偌大天井。天井南墙下植有数株青桐,那是何氏族树,高矗云天,器宇轩昂,枝叶葳蕤,绿意盎然。步道两侧各贴墙植有一丛青竹,细细的叶,疏疏的节,郁郁葱葱。其北则是飞檐翘角、轩敞高峻的何氏宗祠议事厅。

从南面看去,议事厅面阔三间,其屋面绵延平缓,微微下凹,整体线条流畅,古朴秀雅。屋脊中段虬龙展身,两端龙首昂扬。南立面,步柱与檐柱间为卷棚式样,使大厅空间增大,卷棚的梁架下用荷叶墩承托桁条。八只荷叶墩,朝外十二面各具情态。

议事厅入口两侧分别矗立两根八角形金丝楠木檐柱,沐四百年风雨,洗尽铅华,筋脉纤毫毕现,却愈呈金刚之姿。

檐柱头上安方形大斗,斗上承梁,梁下丁头装雕花雀替。议事厅的隔扇安装在两步柱之间,隔扇前形成一条通长的走马廊檐。

议事厅东山墙嵌一石碑,表皮剥落,字迹模糊不清,但依稀可辨其额上有二龙戏珠图案。

西山墙上嵌有清嘉庆八年(1803年)刻的"勒石示禁永尊碑",记录了一段何家维权的历史事件。

议事厅屋面由两根长逾六米、粗逾六十厘米的琴弦式大梁托举,大梁上面的山界梁,则用一朵斗拱支撑。

山尖童柱,下部是元宝形荷叶墩,其上用瓜棱构件承载脊桁,两侧安透雕抱梁和云雾山花板,俨如花瓶插花。

承载大梁的步柱,粗逾四十厘米,柱下置有覆盆式石础。梁柱交接处用三角形梁柱,中间装木质沙帽翅,象征官宦之家身份。

整座大厅的梁、枋、桁、柱头等全用彩绘。

孩子们自由观看,纷纷啧啧称赞。

何老师伫立大厅中央,望着兴味盎然的孩子们拈须微笑。

半响,何老师收拢学生,指着金梁下悬挂的一四字匾额,道:"哪位同学给我读读看……"

众学生纷纷怯后,一苇上前,大大方方朗读:"豸绣流芳。"

何老师道:"蒋一苇同学真不错,大家为他鼓掌!"

掌声热烈。

何老师接着问道:"蒋同学,你能给大家讲讲这个词的意思吗?"

一苇挠头。

何老师徐徐道来:"豸,即獬豸也,古代传说中的独角神羊,善辨是非曲直。是故,古代统治者将獬豸图案绣在御史官服上,希望他们能像獬豸那样敢于弹劾贪官污吏,铲除邪恶势力。先祖何柴出任御史时政绩突出,七次受皇封诰命,并获御赐该匾额……"

何老师再道:"同学们,如今这世道啊,贪官污吏横行,民众呼唤獬豸精神,尔辈青春芳华,当志存高远,将来以獬豸精神造福社稷……"

何老师再让学生点数"豸绣流芳"两边梁枋上悬挂的进士匾、举人匾数目。

有学生答曰:"进士匾四块,举人匾十块。"

何老师笑道:"清康熙朝文华殿大学士张玉书,盛赞我黄桥何氏为'江左甲族',而我何氏之所以文运昌盛,历数百年而不衰败,上可溯源于先祖何济拟定的《家范条件十则》,大家请看——"

何老师领读墙上《家范条件十则》要义:

"孝父母——

"友兄弟——

"谨夫妇——

"叙长幼——

"敦善行——

"训读书——

"崇节俭——

"奖行谊——

"安生理——

"重茔祭。"

齐咏之声琅琅,余音绕梁。

何老师笑道:"少年正是读书时,且细细来看我何氏先祖如何谆谆教诲——

"'训读书。人家子弟以读书为先,而读书以勤苦为本,吾族为父兄者,须延师取友,教子弟以读书,令其晓通文义,不令放纵偷安,上可以立身扬名,次可以登科入仕,下亦可以支持门户。若不教读书,惟营末利,甚至小弟目不知书,纵富必为愚痴顽蠢之夫,贫则甘为人下而辞矣,戒之,戒之!'"

众学生齐道:"戒之,戒之!"

议事厅西侧立有一明代插屏,底座上透雕鹿鹤栖松图,正反面相同,与苏州的双面绣无二。西山墙上悬挂四幅瓷画珍品,是景德镇瓷画名家"珠山八友"中四友佳作,山水幽谧有趣,游鱼栩栩如生,人物闲逸自若……

议事厅后首为振裔楼,系五间二层楼房。楼上祭供何氏自迁黄始祖孔庭迄十世二十五支诸公牌位,一楼则为聚餐处。由于时间关系,未及参观,

114

何老师带学生返校了……

课堂上,孩子们动笔作文,个个文思泉涌,下笔洋洋洒洒。一苇却思忖良久,迟迟不肯落笔,并起立躬身向老师请教:"何老师,学生隐约听得黄桥镇的兴起与黄桥何氏颇有干系,何老师可否为我们细细述来?"

何老师笑道:"同学们,暂且停笔。相传宋室南渡后,黄桥何氏之先祖先从浙江吴兴(今湖州)迁居江苏晋陵(今常州),约在南宋宁宗年间(1194—1224)迁至泰兴永丰(今黄桥)镇。泰兴始迁祖为孔庭公,上承十七公支。由于原住地人丁昌盛,住居拥挤,族长遂鼓励年轻子弟携家带口外出发展。其中孔庭公诸兄弟计议妥当,共往江北泰州境内移徙。

"出发前一晚,孔庭公得一梦,梦见自己北渡后,进入一大片松林中,四周黑黢黢的,前路无觅。慌乱之际,突见密林深处有一金黄色物件遽然熠熠闪光,孔庭公当即向着那光源摸去,一下把那宝物抱到怀里,可脚下突然一滑,摔了一跤,美梦就此断片……

"第二天一早,孔庭公和诸兄弟携家带眷上路,独轮山车一路吱吱呀呀唱得欢。过了大江,又往北走了整整一日,天色向晚,遂寄宿道旁一老者家。问当地地名,老者指着门前不远处一座由两块青石板搭起来的桥说,人们都叫它'皇家桥',传说前朝皇帝曾路过这里,见此桥与皇家后花园的一座桥酷似,即随口说了句'这好似吾家的桥',于是这桥、这地就得了名字……

"第二天,孔庭公他们告辞老汉继续北上。其他兄弟的山车皆轻轻松松过了那桥,孰料孔庭公车陷桥堍土中。众兄弟齐来帮忙拉车,孰料用力过猛竟致车轴齐刷刷断了。求助老者,老者非但不帮忙,反而拊掌大笑,道,好啊好啊,皇家桥终于等到他的主人了……

"老者为孔庭公他们细述,这皇家桥地儿四面环水,陆地形似荷叶,即风水学上所言'荷叶地'是也,乃钟灵毓秀之地。本地自古流传谚语,'荷叶荷叶,遇河则生,有水才活,荷活藕生,孔成万象。'而先生姓何,名孔庭,正应了谚语。今日轴断黄桥,乃是上苍降旨,要先生一家在此落地生根,开花结果啊……

"孔庭公又将昨晚所梦请教老伯,老伯拍案叫绝,妙哉妙哉,这黑松林其实就在脚下啊!远古时候,这儿正是江海交接处,长江上游泥沙冲刷而下,大海潮汐又自下顶托,渐渐聚沙成陆,而斯时海滨松林莽苍无际,故得名'黑松林'……先生梦见黑松林中抱宝,正是上上大吉之兆啊!老夫平生研究堪舆之学，保你据有此地，人丁兴旺，子孙有三斗三升菜籽官！

"孔庭公一支遂在此搭屋垦荒，繁衍子孙，渐成村落，后又兴盛成大的集镇，而皇家桥的地名在漫长岁月中亦逐渐演变成了'黄桥'……"

蒋一苇向先生鞠躬："先生，诚乃博学之人也。"

何老师却笑道："适才所言并无实据，道听途说而已。诸生谨记，一、要求得真知，非得'读万卷书，行万里路'！二、这何氏宗祠委实是我黄桥建筑之瑰宝，是我黄桥民众智慧与汗水之结晶，诚乃我黄桥之骄傲……"

一苇铺笺兴笔："今日荣幸参观了黄桥何氏宗祠，我得以于浩瀚历史云烟中惊瞥黄桥旧颜，领略其过往之雄奇……"

十二月某日，蒋梦得回到了黄桥，他的脸庞比以前更为清癯瘦削了，眼廓大了一轮，眼神亦更为深邃忧郁了。

他从学校接出了一苇。

一苇虽然爱上了黄桥中学的生活，可是师父来接他，他不敢吐半个不字。

北风萧萧，沙尘扑面，一头大青骡子载着师徒俩往蒋梦得的老家大元垛去，而大元垛地处黄桥正北约十公里，处黄桥与姜堰中点。

一路上，蒋梦得告诉尾子："爱徒，这次，我去泰州寻得沈师娘了，她告诉了我那年沈先生被捕经过……"

原来，"五一"暴动失败后，国民党当局悬赏两千大洋通缉暴动总指挥沈毅（时任中共江浙区泰兴独立支部书记、中共泰兴县委书记）。

5月3日晚，一直坚持在暴动区浴血的沈先生，不得以在耿家园将暴动队伍化整为零，随后找到芳梅母子，一家人昼伏夜出，悄悄转移到泰县（现泰州海陵区和姜堰区一带）境内的花家舍，投靠远房亲戚花元林。这里地处偏僻，交通闭塞，水泊牵连，芦苇莽苍。河边散散落落地才住了七八家佃户，无疑是个极佳藏身处。花兄弟设法找来一艘乌篷船，将沈先生一家人安置在自家屋后绵绵密密的芦苇荡中。

这一时期，沈先生化名花秀芳，胡子拉碴，头发蓬乱，一副村人打扮。他常托着罗盘给人看风水，和佃户们拉家常。他唠得最多的是：这国家迟早是要变天的，届时耕者终有其田。佃户们很佩服这个"花先生"，上知天文，下知地理，心肠又那么热忱。在花家舍，芳梅常登岸替丈夫出面接济家庭遭遇重大变故的佃户，劝导、安慰日日受地主恶霸欺凌的佃户，桩桩件件打动着花家舍佃户们的心。花家舍人无以回报，"花先生"的船头经常多了些新鲜鱼虾……

转眼一个月过去,花家舍风平浪静的,沈先生一家稍稍宽了心。可是,6月23日黄昏,花家舍北庄的一地富分子来此催收租佃,于阴暗树影里悄悄"旁听"了"花先生"的一番言语,不禁惊心:这不正是"共党"的主张吗?

6月24日,午后,天气闷热,蝉唱恼人,船舱内热得像蒸笼一般,沈先生一家只得上岸避暑。

河滨,古银杏树的巨大树冠筛下一地阴凉,芳梅和妇女们聚于其下做针线活,拉家常,沈先生则和几个村民围坐其下看牌。

又该沈先生出牌了,可沈先生偶一抬头,突然发现不远处一个戴竹笠的收鸡蛋小贩正拿着疑似照片的东西偷偷比对。那人目光与沈先生甫一接触,收蛋的担儿也不要了,拔腿就跑,竹笠掉地也不捡。

"花先生"望着那人急急离去的鬼祟背影,牌九抓在手上,半晌不打,说道:"今天就到这里吧。"

回到船上,"花先生"平静地对芳梅讲:"我暴露了。"

芳梅说:"我们这就走!"

"我不能走,我一走,整个花家舍就会被敌人屠光……"

晚上,狭窄的船舱内,灯火摇曳,芳梅怀抱她和沈先生的儿子狱生,含泪看着沈先生奋笔疾书……

不出所料,第二天拂晓,那个"收鸡蛋的"果然领着数十个全副武装的国民党军警扑进花家舍。

"沈毅,哪里逃!"众军警在岸上叫嚣。

船头,沈先生回望妻子一眼,纵身跃入水中,奋力向远处游去。芳梅也抱着狱生投水。

岸上军警鸣枪警告,沈先生不顾,可这时西边驶来了一艘军警的大船……

敌人在沈先生船上搜出沈先生亲笔撰写的革命文稿三篇。

沈先生夫妇被分开投进了国民党泰州县衙门东侧原扬郡试院"大营"。

沈先生受难了。6月26日下午,监舍内,刑具琳琅。沈先生体无完肤,被反绑双手固定在老虎凳上,十指指甲均被钉入毛竹签。一匪徒将五块红砖垫至沈先生脚后跟下,沈先生大瞪着眼睛,一声不吭,浑身痉挛,牙关咬紧,头一歪,昏死过去。

这时,一狱卒上前,泼上一桶高浓度的辣椒盐水。

沈先生蓦地开眼了,浑身剧烈打战,而他的歌声铿锵嘹亮:

起来,饥寒交迫的奴隶,
起来,全世界受苦的人!
满腔的热血已经沸腾,
要为真理而斗争!
旧世界打个落花流水,
奴隶们起来起来!
不要说我们一无所有,
我们要做天下的主人!
这是最后的斗争,团结起来到明天,
英特纳雄耐尔就一定要实现……

典狱长崩溃:"沈毅啊沈毅,你是我陈某今生所见骨头最硬的人,可是你又何苦呢,难道这花花世界果真不值得你留恋?"

6月27日上午,国民党泰兴、泰县、如皋县县长丁作则、董汉槎、王浩然等一起提审沈毅,妄图用高官厚禄收买沈毅,又被严词拒绝……

27日下午,敌人把沈毅带到另一间阴暗潮湿的监舍里,年幼的狱生在妈妈怀里哇哇直哭,芳梅也遍体鳞伤。

沈毅把妻儿紧紧搂在怀里,道:"芳梅,你真傻,敌人抓的是我,你又何苦跳水呢?"

芳梅泣不成声:"敌人抓了你,我活在这世上还有什么意义?!"

"芳梅,你要坚强,好好活下去!狱生不死就给他改名为革儿,将来让他继承我的遗志,坚决将革命进行到底!"

芳梅含泪点头……

不死心的敌人又生一计:"放长线钓大鱼。"就这样,芳梅和革儿被放了出来,而他们的身后总鬼鬼祟祟尾随着三五个国民党密探……

6月28日午后,老天下了一场滂沱大雨。

下午三时,老天收起了悲伤,碧空如镜,见证着沈毅赴死的从容。从县衙通往大校场的大路两旁,敌人三步一岗五步一哨,荷枪实弹;送别沈毅的泰州百姓掩面而泣,紧紧跟随着沈毅的步伐。

戴手铐脚镣的沈毅昂首挺胸,最后一次行走在家乡的道路上。沿途,他高唱《国际歌》，高呼"共产党万岁"，对送行的群众说："只有共产党才是中国人民的大救星，你们大家都要加入共产党！"

泰州父老乡亲无不为之动容。

芳梅抱着革儿深一脚浅一脚地追赶着丈夫，跌倒了爬起来，再跌再爬……

刑场，二十八岁的沈先生留给世人的最后一句话是："谁做我的事，请快，请快！"

沈先生被害后，敌人将他曝尸三日。

好心人劝说芳梅，赶紧带着革儿远走高飞。

芳梅背起了革儿，在泰州父老的帮助下，趁夜逃出了泰州城，一路逶迤向东。现在，她心中只有一个信念，那就是把孩伢拉扯长大，让他继承父亲遗志，将革命进行到底……

流浪了三年多，芳梅牵挂着丈夫的遗骸安葬了没有，于是隐姓埋名从东台沿途讨饭悄悄回到泰州城。

泰州城，东斗官河边一偏僻处，沈先生坟前，革儿跪祭，一声"爹"让草木动容，风云变色。芳梅跪地，颤抖着双手，一把一把地刨土，给丈夫添土修坟，十指鲜血淋漓……

骡车上，蒋班主泪眼向天意难平："沈先生啊，那晚我也去看你了，你为何不和我说一句话，也不托个梦给我？怎能忘先前无数个深夜，在你寝室内，我俩秉烛夜谈，憧憬着革命的美好愿景……这次我在泰州看到革儿了，个子长老高了，眼神更坚毅了，我就知道芳梅——我黄桥的姑娘，你泰州的媳妇，没给你丢脸！可是如今赤县大地啊长夜难明，群魔乱舞；更恨日寇入侵，四万万民众生活于水深火热之中，较先前更甚……沈先生啊，难道我苏中地区共产的火焰这么快就熄灭了吗？"

一苇含泪道："师父，不会的，沈先生说过'枸杞不死，共产不灭'，我们都记得的！我们一定要为沈先生他们报仇，一定要为贫苦农民谋得土地！"

蒋班主迎风号啕。

骡车一路向北，道路逶迤如盲肠。路西是西姜黄河，河水呜咽南去；而路东萧瑟的荒村横着，农人恓恓惶惶。

一苇抬头看天，那苍黄的老天也在看他，忧伤充塞四虚。

一苇知道，师父一定是苦寻共产党未果，内心凄楚。可是一苇此刻既忧黄中那帮学长的成长,又忧自己的前途。因为当时能去黄中读书的大都是四县家境优渥者,而他蒋一苇只是误入了他们的阵营,尤其黄云祥那地主小哥儿,穿着整洁,举止优雅,眼神明亮,给一苇留下了深刻印象。三民主义、国家主义派这两条道路皆走不通的话,他们各自又将走上怎样的道路呢?我又将走上怎样的道路呢?希望将来能和黄云祥他们成为战友,而非敌我……

一苇内心呐喊:"共产党啊,你们什么时候才能杀回来?"

肆 驱寇明暗战

1. 携艺暗从戎

"乌云遮不住太阳,是的,遮不住的!"在大元学艺的业余时间,读完高尔基《春天的旋律》中译本后,一苇将这句话作为自己的座右铭。世间大雨滂沱,万物苟且而活,而一苇心怀阳光,潜心学艺,乐观向前……

历经了多少年的风雨如晦,黄桥城乡终于于 1940 年 7 月 29 日拨开云雾重见青天。这日早晨,黄桥城乡锣鼓喧天,红旗插遍。

北关桥南。

被压抑已久的黄桥镇沸腾了,黄桥民众夹道欢迎共产党的陈粟大军。

斯时,一苇已经长成高大帅气的小伙子了,一袭青蓝长衫,挤在人群最前排,喜乐写在脸上,震天锣鼓敲起来。

人们手举横幅标语山呼海啸:

"新四军是人民的军队!"

"坚决拥护新四军北上抗日!"

"团结一致,共赴国难!"

"国共合作,保家卫国!"

……

原来,陈毅、粟裕等领导的新四军自江都郭村一战后,跳出国民党反动派的围剿圈,应黄桥人民之请求,连夜东进黄桥,黄桥国民党驻军何克谦部一触即溃……

新四军战地服务团一位英姿飒爽的女兵用泰兴话唱起来:

吃菜要吃白菜心,

121

当兵要当新四军；

军民团结鱼水情，

亲亲热热一家人。

新四军是子弟兵，

抗日救国为人民；

三大纪律都遵守，

针线从不拿一根。

鱼儿爱水鸟爱林，

人民热爱新四军；

听说马上村前过，

提茶担饭迎亲人。(《唱新四军》)(一苇锣鼓伴奏)

乡亲们高喊："欢迎新四军,军民一家亲。"

女兵再唱：

苏南咒骂韩德勤，

苏北欢迎陈司令。

抗日救国分是非，

渡江东进打日本。

陈司令呀爱百姓，

他和人民一条心。

同吃同住同劳动，

调查访问知民情。

进门说的一家话，

谈心同坐一条凳。

将心比心心连心，

他比亲人还要亲。《唱陈毅司令》(一苇锣鼓伴奏)

乡亲们振臂高呼："黄桥欢迎陈司令,他比亲人还要亲!"

女兵再唱：

天上有个扫帚星，

122

地上有个韩德勤，
手下白靠十万兵哪，
只会欺侮老百姓啊；
天上有个扫帚星，
地下有个韩德勤，
丢开鬼子不去打哪，
专门反共反人民啊；
天上有个扫帚星，
地上有个韩德勤，
受苦的人民盼天亮哪，
日夜想念新四军啊；
苏北的民众要安宁，
只有铲除韩德勤，
坚持抗日反摩擦哪，
打走鬼子享太平啊。（《天上有个扫帚星》）（一苇锣鼓伴奏）

乡亲们振臂高呼："只有铲除韩德勤,打走鬼子才能享太平！"
女兵再唱：

黄桥是人间的地狱，
何克谦是专制的阎罗，
拉夫绑票,敲诈勒索，
叫黄桥人民怎能生活？
你这残害人民的土匪，
你这破坏抗战的国贼，
你不打日寇，
整日整夜淫乐，
你反共摩擦，
专与日伪暗和。
谁是黄桥的救星，
来赶走这害人的恶魔，
拯救百万受苦的民众，

123

挣脱压制了千年的枷锁。
苦等到七月二十九，
新四军从天降落，
黄桥重见天日，
军民欢乐狂歌。
要联合起来，
消灭何匪残部，
创造光明幸福的新苏北，
建立独立自由的新中国。(《黄桥的新生》)(一苇锣鼓伴奏)

乡亲们振臂高呼："创造光明幸福的新苏北，建立独立自由的新中国!"

这时，北关桥上冉冉升起了一员虎将，发际后掠，浓眉大眼，骑枣红大马，大敞黑色夹克，英武不凡。

是陈毅司令员!

人们山呼海啸："热烈欢迎陈司令员，你是人民的大救星。"

陈司令抱拳，下马，亲切地与人们一一握手，问好。

粟副司令员、陶勇等领导也一一下马，与民同欢……

人们比过新年还开怀，互相拱手祝贺："共产党的部队一来，黄桥就得救了!"

一苇目送着陈司令员他们缓缓入镇，这时，那个新四军女兵领唱起了《新四军军歌》，入镇的新四军将士们个个雄赳赳，气昂昂，歌声铿锵嘹亮：

光荣北伐武昌城下，
血染着我们的姓名。
孤军奋斗罗霄山上，
继承了先烈的殊勋。
千百次抗争，风雪饥寒；
千万里转战，穷山野营。
获得丰富的斗争经验，
锻炼艰苦的牺牲精神。
为了社会幸福，
为了民族生存，

124

一贯坚持我们的斗争！

　　八省健儿汇成一道抗日的铁流！

　　八省健儿汇成一道抗日的铁流！

　　东进，东进！我们是铁的新四军！

　　东进，东进！我们是铁的新四军！

　　东进，东进！我们是铁的新四军……

　　一苇忘情地跟着学唱，他分明感觉得到，这排山倒海的歌声霎时间澄清玉宇万里埃，并将坚定的信仰贯注在黄桥民众的心胸……

　　新四军的队伍浩浩荡荡入镇了，黄桥民众兴高采烈地簇拥着他们上前，欢声笑语把黄桥多年的抑郁沉闷一扫而尽，千年古镇绽放了最灿烂的笑颜……

　　下午三时，北关桥上，一荷枪的新四军士兵正在执勤。战士的年龄才十七八岁，脸蛋黑红，一脸真诚。

　　看到桥南一辆载货独轮车上桥比较困难，士兵就主动前去帮忙。

　　这时，桥的南面缓缓走来了一位穿灰土布长衫，戴老花镜的老者。

　　老者和蔼问道："小同志，多大了？"

　　"十七。"

　　"哪里人啊？"

　　"宜兴人。"

　　"为什么来当兵啊？"

　　"日本鬼子占我国土，奸淫烧杀，无恶不作，根本不把我中国人当人看待。我们中国人，特别是我们青年人，能甘心当亡国奴吗？只有大家起来，齐心协力赶走日本侵略者，中国才能独立，人民才能自由！"

　　老者竖起了大拇指，热泪盈眶："好同志，共产党真了不起！"

　　老者冲动地随便扯过一个路人道："我是一个教书匠，过去很欣赏范仲淹的名言'先天下之忧而忧，后天下之乐而乐'，没想到现在新四军连普通士兵都有这样的觉悟。共产党了不起，新四军真了不起！"

　　这时，南边踱来了几个长衫绅士，正是丁西顿和他的几个虎狼兄弟。丁西顿精瘦干练，目如亮星；而其诸弟则个个脑满肠肥，眼神晦暗。

　　丁西顿远远喊道："哟，这不是刘伯厚老先生吗？也来黄桥了？是不是共产党'恩赏'你什么'锅巴'了？"

125

刘老定睛一看,笑道:"原来是丁西顿老爷和诸位兄台。我刘伯厚已过知天命之年,本来打算不问世事,青灯黄卷,归隐田园。孰料,国难当前,情势每况愈下。堂堂国军反共反人民确有一套,遇日寇却每每溃退,失地千里。现观中国之未来,只在共产党身上。如今,黄桥成了苏区,陈、粟首长邀请我与朱履先等参政议政,我等何其有幸……是故,老朽乍来黄桥,先在镇上四处转转,采采风,来看看民心所向……"

丁西顿冷笑道:"伯厚兄,以前愚弟笃信'学高为师,身正为范',可是,如今愚弟常常慨叹当下堪称'为师''为范'的能有几人……遥想你早年两江师范毕业,才高八斗,潜心执教,享誉我苏中地区。犬子开泰二十年前在你手上栽培,我那时就对你由衷敬佩。还记得新学年第一次作文课,我也荣幸受邀旁听了,那日你教导娃子们写白话作文《油菜》的过程,我迄今记忆犹新。上课铃响,你自提了一篮子正在开花的油菜走进教室,给每生发一棵,叫他们依序细细观察,从根到茎,到叶,到花瓣,到花的雄蕊雌蕊,再让他们尝试着用自己的语言,依着合理顺序,将它们细细'形容'出来……接着你又讲了油菜对人们的贡献,我县菜农种植油菜的相关情况等,然后布置娃子们作文。犬子先前最厌作文,没承想经你点化,下笔辄有千言,洋洋洒洒,并卒章显志,'长大了,要做像油菜一样的人,看似普通,却能立大功于人间',老夫甚为安慰……想当年,你当真是担得起为'师'为'范'的少数人之一……"

"丁兄,过奖了,在下也只是恪尽本职而已……"

丁西顿却道:"然而为一时俊杰易,成一辈子俊杰难,鄙人有几句不中听的话不知当讲不当讲……"

刘老道:"兄台,但说无妨。"

丁西顿道:"伯厚兄,古仁人崇尚'一身正气,两袖清风',我在家常常叹息,这么多年来,我们伯厚老师后四字确实做得好,而前四字我总觉得先生的执行尚缺一字,一身是'气'不假,可惜总欠个'正'字。想民国十六年(1927年)时,你和沈毅明面上皆为国民党党员,可你们的心却早早'红'透了,你们更在偷偷组建共产党泰兴县委!而你跟随沈毅'反清党',结果和沈毅一起锒铛入狱,纯属罪有应得……再看你近些年来,辗转多校,每每被驱,生活无着,这又何苦?!归根结底,是你的心、身不正……"

刘老道:"'天下兴亡,匹夫有责',我刘伯厚虽一介布衣,国难当前,我心烦忧。翻开中国近几十年之历史,中国几有亡国灭种之虞。中国之出路,唯自救一条途径。而唤醒黑屋子里亿万国人,并指给他们光明正确的方向,这即是播火者的责任。压在中国人民头上的三座大山——帝国主义、封建主义、官僚资本主义,一定要推翻……而吾辈之命运当顺应时代潮流,鞠躬尽瘁死而后已!"

丁西顿哈哈笑道:"刘老意志坚如磐石,行动疾若雷霆,诚令在下佩服佩服,但又令在下忧惧,刘老这次难保不是再度误入歧途!至于主义嘛,我们则坚定信奉三民主义……"

刘老也笑道:"君不见共产党领导下的亿万中国民众正在觉醒,你们亦是正在发生着的伟大历史之见证者!近来我辗转得来几本好书,其中最爱《西行漫记》和《论持久战》,可以借你们一阅……"

丁二爷冷笑道:"先不急着阅书,我担心日寇一来,私藏禁书者死,我们得先保着吃饭的家伙。——哥哥,你说对不?"

丁西顿道:"国军何克谦部这次被陈粟大军干翻了,蒋委员长和韩德勤省主席一定不会善罢甘休,大军一定不日压境。届时,所有亲共分子就要倒大霉了。是故,我建议刘老还是保好晚节为佳……"

刘老正色道:"'苟利国家生死以,岂因祸福避趋之。'"

刘老拂袖而去,丁家仨老爷信步向前,踌躇满志……

北关桥上,丁西顿突然僵住了,痛心疾首,其余两兄弟亦如此。

丁西顿顿足,骂道:"孽子啊孽子,老夫愧对党国了!"

丁二爷道:"大哥,海英离家这么多年了,原来是加入了新四军,今日居然明目张胆在黄桥教唱红歌,日本人或国民党来了,我们百口莫辩啊……"

老三道:"速走为妙。"

三人从学唱的人群外侧奄拉眼皮,疾步前行。而那新四军女兵目送他们,不禁热了眼眶,语音沙涩。

一苇挤出人群,亦随之走进了三圣庙内。

三圣庙向来香客如云,长期处于地下工作状态的共产党泰兴秘工委一直将三圣庙作为接头联络点之一。现在黄桥成了苏区,共产党既在明面上组建了泰兴县委县政府,又将原共产党泰兴秘工委改建为共产党泰兴特委,仍保持地下工作状态。这一时期,黄桥地区国民党的活动则完全转入地下,而三圣庙自然也被国民党开辟为秘密交通站。只是,他们尚不知道,三圣庙里外究竟有多少共产党的眼线。

现在丁家三兄弟来三圣庙比以前勤多了,那是由于他们急于要和外面的国民党匪特重新续上联系……

于是，一苇作为常驻三圣庙门前的鼓书艺人，自然成为泰兴特委派驻三圣庙的最佳暗子……

丁西顿一行在三圣庙内择了一间雅室，啪的一声闭了门扉。

一苇从窗下走过，却一句也听不到。

可三人在里间还未坐足十分钟就推门出来了，个个脸色乌青，长衫飘摇，登上北关桥，迅速南去……

数天后，下午书场收摊毕，三圣庙内银杏树下，一苇展开一封信笺，足足三页纸啊，全是蝇头小楷，工整清丽——

苇子哥：

　　见信好！

　　新四军来了，刁网乡革命面貌从此焕然一新。在共产党、新四军领导下，我乡成立了农抗会，积极开展减租减息运动，我也荣幸成为农抗会一分子。党还给我压了千钧重担，任命我为乡农抗会副会长。我一定勤奋学习，努力工作，不辱使命！

　　——刁智甫，苇子哥你一定还记得他吧，就是那个远近闻名的恶霸地主。他现在终日惶惶不安。前几天，他慑于形势，主动向乡民主政府要求减租减息，还主动找到我，要把那年趁我爸病危，先放高利贷，后用空白据豪夺的我家房舍和田亩退还给我家。过几天就是爸爸祭日，我打算到那天搬回去住。如果你能有空回来祭奠爸爸，爸爸在天之灵一定很开怀；如果你能公而忘私，一心扑在革命工作上，爸爸在天之灵一定更欣慰！保重好身体，注意安全。

　　我还要告诉你，杨家院子很快就要恢复原样。院中杂草早被清除干净，中庭那株枸杞树啊，藤条青青，果儿红红，一直盼着你归来！顺便告诉你一特大喜讯，经过我农抗会的反复实验，我们已经完全掌握了枸杞枝条规模化扦插繁殖技术，正在全乡范围内大力推广。可以想见，不久的将来，无数取自沈书记手植枸杞这一母本的扦插繁殖枝条，终将作为土地界标插遍泰兴大地。届时，我们泰兴百万无地农民从此耕者有其田，个个岂不是要扭秧歌庆祝！

另外，组织上已在刁氏宗祠东侧为沈毅、戴奎、刁九成、王玉文等烈士树碑立传，每日祭祀。为了共产主义而牺牲的同志们，永垂不朽！

枸杞不死，共产不灭！让我们共同为实现壮丽的共产主义事业而浴血奋斗吧！

妹妹香荷
即日

一苇正把香荷来信反复阅读，一抬头才发现，不知何时面前站了一个新四军干部，冲他一直微笑。那人身姿挺拔，双目炯炯，一身灰布军装，腰扎宽大牛皮武装带，别一把玲珑小手枪。

那人开口了："蒋一苇同志，还记得我吗？"

一苇挠头，眼前这人似曾相识，可他究竟是谁呢？

"我是你的学长黄云祥啊……"

一苇抢上前一步，紧握住黄云祥的手，道："黄哥，真是你啊，和上学时长相没大变，只是个子更高，人更精神了。自打你那年领导了黄家溪屯农反抗屯田收租的斗争，整个泰兴县谁不曾听说你的威名，你是我的偶像！还有，你初中毕业多年后重返黄中担任图书管理员的那段时间，黄中重燃了革命星火，共产主义理想成为广大黄中学子的坚定信念……"

"一苇同志，我们里面说话。"

二人进了三圣庙，择了一间清静屋子，对坐。

黄云祥道："一苇同志，泰兴广大塾师和鼓书艺人都有着优良的革命传统，你的授业恩师蒋梦得也是追求进步的鼓书艺人，他现在是我党在大元垛的重要交通员，工作极为出色！特委领导同志对你这一时期的工作评价也颇高，可以说，你们师徒俩都是我们泰兴特委不可多得的宝贝。听说你还一直积极向党组织靠拢，早就提交入党申请书了，我也为你的正确人生抉择感佩……现在，我担任黄桥军民联合办事处民运科长，我镇已有百分之六十的人参加了各种抗日群众团体，我觉得你最适合参加'青年工作团'，活动中心在何氏宗祠，主要工作是每天演剧唱歌，进行街头宣传。我相信，你的加入一定可以让红歌更嘹亮。其实入城那天我就注意到你的表现了，现在党迫切需要你……"

"黄科长,我、我、我也需要党啊,我想现在就汇入抗日的铁流,做一名铁的新四军,我要真枪实弹杀鬼子!"

"一苇同志,你胸怀报国理想,我很感动!但是,你要知道,你是我县文艺战线上杰出的战士之一,你的嘴就是最强的武器,用好了,比任何枪炮都要厉害!现在,我谨代表党组织正式接纳你为我县特委战士,命令你就地潜伏,不到万不得已不能暴露自己,特委会派人跟你联系的。让我们为黄桥的彻底解放,为社会主义新中国的诞生而浴血奋斗吧!"

"是!"

"现阶段你对黄桥镇政治局势要有清醒认识,外部日伪环伺,可镇内丁西顿这帮黄桥恶霸地主不以国家利益为重,仍以反共反人民为执念,委实是彻底的反动分子,我们姑且称之为'土顽'。但我们对他们的监控,要撒大网于无形。像几天前,你对他们的跟梢就无疑自露行迹了。作为特委一分子,你须隐介藏形,潜伏于波涛之内,乘时变化,时机成熟方能潜龙腾渊,鳞爪飞扬……蒋一苇同志谨记之!"

"值得欣慰的是,我黄桥镇上亦有不少开明士绅,原国民党退役中将朱履先就是一个以家国为重,大义凛然的人,我党正在和他接触……在今后的工作中,你要能甄别敌我,保护同志,消灭敌特……"

……

7月30日早晨。

王家巷黄桥朱履先中将府。

"笃笃笃……"有人轻轻叩门。

管家曾平把门打开一条缝,见是一个新四军。

军人和蔼说道:"同志,你好,我是新四军挺进纵队司令员管文蔚。初来乍到,现奉陈、粟二位首长命令特来拜访朱中将,请代为传达。"

管家上前一步,紧握住管司令双手,笑道:"司令,请稍等,我这就去请朱中将。"

不一会儿,身材魁梧,目光如炬,穿士绅服的朱老拄着文明棍亲自迎出来。

朱老一脸诧异,面前这位新四军司令装束居然和普通士兵无二,而且连警卫也不带一个。

管文蔚上前一步,抱拳行礼:"朱老将军在上,请受晚辈一拜。"

朱老快步上前,一把把管司令双手握住,说道:"管司令,礼重了,请进内堂一叙。"

二人进了屋,分宾主落座。管家看茶。

管司令道:"久闻朱中将威名,神交已久,今日有幸一见,果然老将军雄风不减当年,佩服佩服!"

朱老道:"堂堂新四军挺进纵队司令员莅临寒舍,有失远迎,敬请恕罪!"

管司令道:"朱老将军,您的一生,无疑是革命的一生、光辉的一生。为反抗满清,你戎马倥偬,在秣陵关起义和光复南京战役中,英勇无畏,战功卓著。1912年,孙中山先生就任中华民国临时大总统仪式上,你为阅兵总指挥,时年才二十八岁。作为中华民国缔造者之一,将军您早已彪炳史册……中华民国临时政府成立后,您又率先响应中山先生号召,脱下戎装,组建南京讲武堂,出任堂长,并把五万元裁军费全部捐献给临时政府;后北洋政府时代,面对支离破碎的中国,将军您仍不改初衷,默默探求救国出路……朱老将军诚乃黄桥人之骄傲,泰兴人之骄傲,我中国人之骄傲!"

"司令过奖了。"朱老叹息道,"往事云烟,壮志难酬,唯中山先生的就职誓词时在耳畔回响,'倾覆满洲专制政府,巩固中华民国,图谋民生幸福,此国民之公意,文实遵之,以忠于国,为众服务。至专制政府既倒,国内无变乱,民国卓立于世界,为列邦公认,斯时文当解临时大总统之职。谨以此誓于国民'……奈何革命果实被逆贼窃取,后来革命形势一再逆转,迨至蒋独裁执政,民国非但未能'卓立于世界',还为倭寇鱼肉! 奈何我年事已高,恨不能上阵杀尽内外敌人!"

管司令道:"朱老将军,现在国共本应停止内战,共同抗日。可是,遑论全国局势,但就苏中来说,也足以让人痛心。省韩手握重兵,非但不向日寇进攻,反而把屠刀架在我抗日军民脖子上,黄桥的何克谦即是其忠实走狗。何克谦一贯鱼肉百姓,又暗里勾结日寇,去年春天他更是纠集反革命势力,向我抗日武装疯狂进攻,幸得泰兴抗日义勇军陈玉生司令率部血战,斗智斗勇,让何克谦铩羽而归……这次,我部应黄桥老区人民请求东进黄桥,一举将何克谦部歼灭,真是大快人心。但是,我部攻取黄桥,非为占山为王,实为在苏中地区再燃革命星火,以建立抗日统一战线,阻断日寇控扼江淮之美梦!"

"我也派人四下打听了,贵军入镇以来秋毫无犯,比历史上镇守此处的岳家军还要文明威武。古语云,'撼山易,撼岳将军难';现在,我要说,'撼岳将军难'，撼共产党军则绝无可能！"

"朱老将军，你有没有思考过，我们共产党领导的军队为何能星火燎原？那是因为我们共产党领导的军队和一切旧军队有着本质区别，我们共产党领导的军队，本质上乃是一支全心全意为广大人民谋福祉的军队！将军请看——"

管司令提起桌上毛笔，边说边在宣纸上书写：

三大纪律：

一切行动听指挥，

不拿群众一针一线，

一切缴获要归公。

朱老端起宣纸，朗读一遍，不觉眉宇舒展。

管司令再说再写：

八项注意：

说话和气，

买卖公平，

借东西要还，

损坏东西要赔，

不打人骂人，

不损坏庄稼，

不调戏妇女，

不虐待俘虏。

朱老读罢，拍案赞道："新四军诚乃威武之师，仁义之师。将来得天下者，必共产党也！"

……

第二天，陈毅在管文蔚、陈丕显等人陪同下，亲自拜谒将军府。

双方握手寒暄，分宾主落座。

陈毅道："朱老将军，听说你几次拒绝与日伪交往，更拒任伪职，我党我军及仲弘我深深敬佩！"

"日寇犯我中华,终将自食其果;汪精卫之流卖国求荣,人人得而诛之!"

陈毅道:"朱老将军,此次我新四军进军苏北,完全是为抗日救国大业,绝非为一党之私利。可韩德勤一贯反共、反人民,他自己不抗日,也不让新四军在苏北抗日。省韩更与日寇达成默契,意欲合力绞杀我军。我新四军相忍为国,处境艰难,冀望您这位民国耆老来为我党我军主持公道……"

朱老站起,义愤填膺:"省韩养兵百万,不抗外敌,专欺百姓,宰相合肥天下瘦,民国焉能不亡!现在你们共产党人成为抗敌之中流砥柱,尤其你们来到我苏中大平原,开辟抗日根据地,作为苏中人,我朱履先焉有不支持之理?!承蒙贵党、贵军看得起老朽,老朽当唯贵党、贵军马首是瞻,万死不辞!"

陈毅道:"好好好,朱老将军识见过人,以天下为重,令人敬佩。明天黄桥召开抗日军民联欢大会,届时恭请朱老到会做指教……"

朱老欣然应允……

8月下旬,某日早晨。

三圣庙内,黄辟尘、丁西顿之流猥集古银杏树下,悠然品著。

丁西顿道:"黄议员,昨日黄中谦三堂,共产党召开的四县临时委员会上,朱履先可谓大出风头啊!他说什么'中国的政党,没有一个像共产党这样为国为民;中国的军队,没有一支像共产党领导的军队对老百姓这样秋毫无犯。这次新四军东进黄桥,实为在苏中大平原开辟敌后抗日根据地,所以,新四军征收公粮合情合法,完全应该嘛!鄙人先捐500石粮食,五万元款!'于是,四县士绅只好附和'唯履公马首是瞻'。大会不但顺利通过了在四县征收救国公粮的议案,还一下子筹集到了3000石大米和六万元。新四军更在黄桥城乡展开轰轰烈烈的减租减息运动,放我们的血,去饲喂那些穷鬼!现在,不少穷鬼受了蛊惑,纷纷报名参加新四军,据说一个月内他们就增收新兵3000人……"

黄辟尘却道:"丁兄,愚以为这是好事!新四军入驻我黄桥,且不管他政治路线如何,目下,只要能拒日寇于黄桥之外,即是我黄桥民众之洪福!驱除了日寇,试问黄桥是谁家之天下,岂不还是蒋先生的!所以说,'四老爹(新四军)'不过是为蒋先生攘除外患,我们现阶段还是要多多支持他!再说,共产党和'四老爹'又何足惧哉!想当年我党我军执行泰兴城清党行动,镇压刁家网共党暴动,扫荡如泰红十四军……哪次不是砍瓜切菜一般干净利落……丁兄,你过虑了啊!"

"黄兄高瞻远瞩,愚弟佩服!"

黄辟尘笑道:"诸君品茶。"

丁西顿道:"黄议员,近日省韩严令封锁运粮河,不准里下河地区粮食运往黄桥,我们兄弟几个的库存也不多了,你得帮忙想想办法……"

"黄桥出现严重粮荒,共产党苏北公署行政首长朱克靖也已经找我和朱履先磋商过好几次了。我和朱履先也曾分别和泰州、海安、东台等地国民党方面多次电话交涉,可是这些蠢材言称这是上峰严令,不敢擅违。故,朱克靖意欲亲率我与朱履先前往交涉……"

丁西顿道:"黄议员,有一事我都不齿! 前日,我得到内部消息,省韩居然纵兵抢粮,送到日军占领区贩卖……国军资敌,这可真是天大笑话!"

黄辟尘道:"丁兄,我近来忧心如焚,夜不能寐! 日寇已占泰兴城,必定以泰兴城为跳板向我苏中、苏北各地进犯,而黄桥周边地区作为江北粮、油、猪肉等的原产地,地富人稠,四县通衢,日寇更是觊觎日久! 如若省韩数十万大军勠力同心,一定可以将日寇区区千人部队赶到长江喂鱼。可惜,军权被错误的人执掌了……"

丁西顿道:"现在省韩已极端敌视我黄桥民众,巴不得借日寇之手血洗黄桥……"

"所以,我上次不就说了嘛,为今之计,只有共产党才能救黄桥,才能保苏北! 在座诸位均是黄桥柱石,自然得担负起守护黄桥的重任,目下我们只好暂时放下与共产党的仇怨,一致对外……"

……

1940 年 9 月 3 日,韩德勤悍然违背他和新四军先前达成的"各守原防,努力抗战"的承诺,妄图集中兵力一举吞掉黄桥新四军。他派二十个团的兵力分左右两翼从海安曲塘进攻黄桥。由于我党我军先前统战工作奏效,右翼"二李"(李明扬、李长江)部队按兵不动,唯其左翼部队猖狂冒进。9 月 5 日,敌保一旅在营溪被我军重创,两个团被歼灭。6 日,韩军一一七师一个营在古溪被歼。据说,蒋介石为此大发雷霆,要顾祝同换将。顾祝同深知连自己也非陈毅对手,无将可换,于是电令韩德勤:全面封锁黄桥,实行堡垒政策……

9 月 14 日,新四军攻克姜堰,全歼保四旅。

9 月 27 日,由黄逸峰召集的苏北军民代表会议,在姜堰(现泰州市姜堰区)曲江楼举行。

陈毅慷慨陈词:"承蒙各方斡旋,我新四军一贯以抗日大局为重,只要不断我粮道,省韩部不向我方进攻,我部为表和平诚意,现决定主动退出姜堰。如果省韩仗着兵力优势,继续向我军进攻,我军将不得不还击……"

各方代表纷纷发言。朱履先道:"省韩要新四军先行退出姜堰,双方再来商谈'团结抗日'。如果新四军依约退出姜堰,省韩还来进攻,则是祸心流露,万分无理,届时省韩必遭苏北人民所共弃……"

1940年9月30日,新四军如约撤出姜堰,陈毅通知李明扬接防。

那天下午,国共斡旋者之一,斯时寓居海安的原国民党江苏省主席韩紫石却接到韩德勤一份电报:"新四军如有诚意,在撤出姜堰、海安后,还要迅速撤出黄桥,回到江南。否则无诚无意。请韩老转告黄桥。"

韩紫石看完电报气得发抖。

此时,蒋介石亦电令韩德勤:"……望乘势进攻黄桥。限十月五日拿下黄桥。"

日、伪、顽三方加紧勾结,形势于我共产党、新四军大不利:韩德勤组织了二十六个团的兵力,共三万余人,其目标是夺占黄桥,歼灭新四军主力,而驻守黄桥的新四军只有三个纵队七千人。同时,日伪加强了对长江的封锁,不让寸板下水……

为了便于指挥,陈毅将新四军指挥所设在黄桥西北的严徐庄。去严徐庄前,陈毅又一次来到朱履先家。

谈到即将进行的这场恶战,陈毅道:"新四军将士誓与黄桥共存亡。"

临别,他郑重拜托朱老:"支前工作全靠黄桥人民了,虽已有布置,关键时候,还请老将军鼎力相助。"

朱履先紧紧握住陈毅双手,说道:"我朱履先和黄桥民众誓与新四军同生死,支前工作我们一定全力以赴!"

黄桥民众在陈丕显、韦一平、管文蔚等的组织发动下,成立了近万人的支前队伍。他们帮助部队筑工事,扎担架,做军鞋,印传单,发传单,组织工人纠察队……还有的在阵前侦察敌情,放哨巡查,散发宣传品,各方都忙得热火朝天。

战斗打响的前一晚。

管文蔚急急擂响了一家烧饼店闼子门,用苏南口音喊道:"老板,我是新四军管文蔚……"

可店主听不懂他的外地口音,不肯开门。

管文蔚又敲另一家烧饼铺的门,同样如此。

管司令急了,这时他突然想起了朱老,于是急奔王家巷朱老府上。

朱老听闻管司令急为新四军筹集军粮,而黄桥烧饼成为军粮首选,当即喊道:"管家,通知厨房即刻起灶,全力制作烧饼。"

管家曾平应道:"是。"

很快,支前的第一锅烧饼在中将府诞生了。

朱老立即起身出门,伴同管文蔚去敲各家烧饼店的门,叫他们快做烧饼,并要他们一传三通知其他店家。

黄桥七十二条古巷传音:"三大人(朱老排行老三)叫我们快做烧饼啦,明天四老爹(新四军)就要上阵杀敌了!"

"三大人叫我们快做烧饼啦,明天四老爹(新四军)就要上阵杀敌了!"

"三大人叫我们快做烧饼啦,明天四老爹(新四军)就要上阵杀敌了!"

……

刹那间,全镇六十三家烧饼店店门大开,炉火通红……

为保证面粉不断供,朱老又到各士绅家挨家挨户动员,请他们开仓供粮。是夜,黄桥镇区三家磨坊磨声隆隆,不绝于耳,位于东大街的丁西顿磨坊亦开足马力。朱老估计,只靠镇区这几十家烧饼店仍可能供不应求。于是他又赶紧动员镇区各茶食店、饭店、住户以及周围农民一齐动手,这真是"八仙过海,各显神通"。

那一夜,黄桥镇各处圈门彻夜畅通,耀黄电灯公司彻夜供电。

数小时后,满街只见男女老少挎着篮子,挑着担子,推着独轮车,将各自做好的干粮送往支前委员会所在地何氏宗祠……

第二天,黄桥外围枪炮隆隆,可是整个黄桥镇区依旧秩序井然,忙而不乱,成为新四军指挥中枢和后勤中心。

何氏宗祠外墙上用白石灰水书写着"救国有份,抗战有地"的大幅标语。

议事厅内,各式军粮堆积如山,烧饼品种尤为繁多。体积惊人的一定是那无数飞碟形的涨烧饼,有的甚至重达十几斤,堪称巨无霸,只只壳皮黄灿,油香与酵香扑鼻;还有温香的摊烧饼,一锅一锅的薄饼层层卷叠着,底面略呈焦糖色,而内面则可能有着种种生动的场景,有油挞的,有红糖的,有大酱的;而数量最多的,则一定是黄桥镇各大烧饼店赶做的各款黄桥特色小烧饼,如草鞋底、斜角饼、圆烧饼、脆烧饼等,它们的外壳皆蟹壳黄,有的外皮上还裹了一层密匝匝的脱皮芝麻……

黄云祥带领新四军战地服务团的同志们高效收集与分发各类军粮,一苇参与其中,也忙得不亦乐乎……

一个十来岁的娃子推着山车过来了。

车上布袋里装的全是一色儿"大饼",它们的体积几乎比别人家的同款烧饼大一倍,麻黄喷香。

"小同志,你是哪家店的?"黄云祥问。

"丁恒昌号。"

"这饼大得有趣!"

"我们老板说了,这叫'二合一',做起来更省时,一人一个管饱!"

"你叫什么名字?"

"何荣寿。"

"我替全体新四军指战员谢谢你们!"

……

这天,军粮征集点来了一青年女子,挎着一只竹篮。

篮子里全是一条条的蜂糖糕,圆柱体,黄黄胖胖的,几有一市尺长,上面还缀上了吉庆的红点。

其时,一苇恰好在点受物资,那女同志突然喊起来:"尾子!"

一苇抬头,喜道:"片子,你好!"

片子道:"这是严妈妈和我的一点心意,保卫黄桥,保卫苏维埃!"

"谢谢,严妈妈近来身体还好吧?"

"其他都好,可是眼睛看不清东西了,医生说她眼瞳上长了翳……"

"那她现在还开茶水铺,卖日杂吗?"

"还卖,在老铺子斜对面空地上搭了间草棚,以我为主……"

"严妈妈的自家店铺呢?"

"让丁西顿抢去了……"

"怎么会这样?"

"严妈妈替大个子顶的债。那年大个子从育婴堂出来,就去运粮河上做了码头工人。当时,运粮河上的运输船终日忙碌,主要运出黄桥出产的花生、花生油、高粱酒、生猪等,运进的则是大豆、稻米、仔猪、精面以及机械等。1934年四月初八,码头'把头'丁西霸又要举办'财神会',其实就是让每个工人向他孝敬大洋两块,这可是当时六十斤大米的价格啊! 大个子和一些码头工人联合抵制,终致丁西霸当天没能收到足够会费。丁西霸盛怒,就发令自即日起严禁雇佣那些没交会费的码头工人。有些工人生怕从此没了经济来源,只得又借了高利贷赶紧补上会费。大个子和几人宁死不交。由于镇上没人敢雇佣他们,他们只得接镇外业务,又苦又累,价钱又低,可是大个子他们就是不肯向丁西顿他们屈服,这样的惨况连着就是好几年……

"前年夏天,他们接了一单拉纤任务,从黄桥西边的溪桥鬼门关逆水把一艘运粮船拉到黄桥。那船吨位大,可是大个子实在找不到许多人来拉纤,只好由他们五兄弟来拉。到了鬼门关转角处,上流水急,落差又大,船只失控,触岸搁浅,船底还被撞开了一个大洞,船身倾侧,舱内的部分大豆泡了水……丁西顿到现场了,大个子他们这才知道那艘运粮船正是丁西顿的,他们呢,正是掉入了丁西顿早早设好的局子里去了。丁西顿也不和他们言语,直接叫来了丁西霸,将拉纤的一干人等全部拘押,要拿钱来赎! 俗话说'牛怕进油坊,人怕进箩行',有钱谁还来干这苦差呢? 丁西霸将他们绑在码头边的树桩上,日晒雨淋,拳打脚踢,棍棒交加,死活要钱,他们个个奄奄一息……

"起初,严妈妈和我并不知晓此事。某天,严妈妈对我说,片子你去找找大个子吧,他多久不来了,千万别出什么事儿……我就去了码头,看了这惨况,就赶紧回去向严妈妈汇报。严妈妈当即亲自去找老邻居丁西顿,老邻居丁西顿却说赶紧赔钱就放人,说是要几百大洋。严妈妈就说了,你丁西顿也太黑了吧,你一船大豆,上岸晒晒还不是照常榨油! 丁西顿说,没错,这批大豆确实当天就捞上来了,第二天就晒干了,现在它们榨出的油早早润滑了东南亚人的胃肠,但是那船底坏了,我花了大价钱才修复,所以我丁西顿就是不能放过他们! ——今年'财神会',他大个子若老老实实领头孝敬我们两块大洋,我们又怎会与他们这群穷瘪三为难……

"严妈妈说了,这几个娃都是穷苦人,我救定他们了,你就酌情出个价,只要我严氏承担得起……丁西顿一听这话登时两眼放光了,道,我就要你的铺子。严妈妈说,不可,我分期还你。丁西顿说,免谈,咱们还是公了吧。严妈妈只好把铺子给了他,契约才落笔,丁西顿就撵我们走人,还一样东西不让带,说什么双方都要严格执行契约……严妈妈和我只好净身出户,就在铺子斜对面搭了小棚子暂住……"

"严妈妈真是太伟大了,将来我们一定要好好报答她……"

"悄悄告诉你,严妈妈算命可准了,她说你历尽艰险却总能保全自己,但你的道是千山,路是万水……我也不懂是啥意思……"

"谢谢严妈妈祝福!——片子,你还没告诉我大个子他这件事后去了哪儿……"

"严妈妈让他去江南投新四军,可是这次新四军大军莅临黄桥,也没见他回来。我替大个子担心,不过严妈妈丝毫不为他担心,她说,将来尾子你和大个子会在无锡会合,从此你俩并肩作战,并一路向南,向南,向南,还要跨过大海呢……"

"真的吗?大个子一定不会有事的,兴许这一时期他被新四军派到其他地方执行任务去了,以后我帮你留点心……"

"好的,你忙,有空来我们家做客……"

"好咪……"

"现在育婴堂那边怎样了?"

"坏局长之流和丐帮一党人,已统统被逮住了,他们供出了手上有好多条人命,王爷爷也是没在他们手上的……你就放心吧,共产党、新四军一定会为黄桥人伸张正义的!"

"……

10月4日早晨四点钟,何氏宗祠门前广场,新四军战士们提前开早饭,一苇和战地服务团的同志们热火朝天参与后勤保障工作。

战士们啃着烧饼,喝着糁子粥,幸福写在脸上。

饭毕,部队随即集合。

连长走到队伍前面进行战前动员:"同志们,今天国民党军韩德勤部将要进攻黄桥镇区,并放言攻下黄桥纵兵三日,我们能不能丢下黄桥镇区父老乡亲就走?"

战士们异口同声:"决不!"

"为什么?"

"因为我们新四军是人民的军队!"

连长问:"那怎么办?"

战士们齐声回答:"打!"

连长又大声说:"韩德勤要赶我们往江南,日伪又在大江上堵着,我们打谁?"

战士们激情满怀："两个一起打！"

连长反问："那怎么打？"

战士们义愤填膺："敌人来多少，我们歼灭多少！"

连长坚定地说："对，我们现在唯有背水一战，才有生路，大家有没有信心和决心？"

战士们齐声回答："有！"

……

黄桥镇自古并无高大坚固的城墙卫护，亦无宽阔的护城河环绕，眼下只有何克谦部不久前为防御新四军而临时修筑的绕镇土围子尚存。现在，这些土围子在我共产党领导下的黄桥军民手里成了不倒的长城。

韩军第三十三师一部向我黄桥镇东门进攻了，新四军三纵队陶勇司令员指挥部队连续多次击退韩军进攻。

东门阵地硝烟滚滚，枪炮声震耳欲聋。

何氏宗祠这个战时后勤中心，距离东门不足二百米，在隆隆炮声里，一直持续高效运转着。

对于敌军来说，黄桥镇近在咫尺，可是要亵玩她却又比登天还难！

来自镇外的支前小推车和担子现在只能从南门、西门、北门进来了。

黄桥东北角的致富桥被敌人密集的弹雨封锁了，一批批英勇的支前民工倒在了血泊中……

黄云祥道："同志们，致富桥外的新四军将士们可不能断粮啊，大家赶紧想想办法。"

一苇上前献策："黄科长，不妨派人去镇区各家山竹行取些毛竹过来，把中间的竹节打通，把小烧饼等灌进去，再密闭封存。支前人员不走桥上，从水路泅渡过去……"

"好好好，一苇同志，这事就交由你去办。"

"是。"

其时，朱老巡街到此，旁听了一苇一席话，目送一苇急急远去的背影，拈须默赞……

下午四点，黄桥北门，一苇随着战时服务团沿街宣讲。

这时，粟副司令带了一个警卫登上了北门土城高处，架起望远镜向北瞭望。

镜头里，北面两三公里的土公路上，有许多群众惊惶地向西南奔跑，无疑敌人来了。

他们的身后,省韩的独立第六旅颐指气使,采取的果然是一字长蛇阵式,绵延四五公里。

敌人以为新四军让出姜堰是怯阵了,完全不把新四军放在心上,大摇大摆地进逼黄桥。他们军容不整,嬉笑打闹,而他们的中正式步枪簇簇新,子弹袋饱鼓鼓,每个班组均配备一挺捷克式轻机枪。

粟副司令命警卫员摇通陈司令电话,他向陈司令请示:敌独立第六旅已完全进入我伏击圈,请求出击!

"好好好,来他个黄鼠狼吃蛇,务必全歼之。"

"是。"

粟副司令又摇通了一纵电话:"现在我命令一纵立即全员出击,按原作战计划进行,务必全歼独立第六旅,快刀斩乱麻。战斗结束后,立即转战东门,合围韩军余部……"

霎时间,黄桥北部的天空升起三颗红色信号弹,枪炮齐鸣,硝烟滚滚……

土围子上,粟副司令运筹帷幄决胜千里的果决与从容,让一苇深深佩服……

敌人毕竟人多势众,虽然战损严重,但是足够凶顽,甚至一度攻进了东门。这时,我军架设在何氏宗祠屋脊上的机关枪,嗒嗒嗒地歌唱起来,敌人丢下一地尸体仓皇退去……

由于省韩先前放话"攻进黄桥,纵兵三日",加之督战队在后压阵,中午十二点的时候,敌人又嗷嗷嗷怪叫着攻进了黄桥东门。

新四军一纵叶飞司令员立即亲率一营人马杀上前去,猛甩大刀,赤身肉搏,连当时的五员(炊事员、饲养员、运输员、侦察员、通讯员等)也全部投入战斗,敌军再次被打垮……

5日,夜晚。

黄桥东门外枪炮声依旧响得激烈。

何氏宗祠门前广场。

叶飞司令员集合守备部队:"同志们,现在敌人已经成了瓮中之鳖,但是我们不会给他们苟延残喘的机会了。我命令,立即出击,全歼韩顽!"

英勇的新四军将士冲出东门,分成三股扑向敌阵,喊杀声震天……

枪炮声渐渐远去……

晚十时。黄桥东北郊,某小餐馆。

斯时,一苇随着新四军苏北指挥部战地服务团转战各处战场归来,众人正在此就餐。战地服务团里大人物可不少啊,有戏剧主任李增援,作曲家章枚,战地服务团党支部书记林琳(女)和编剧王于耕(女)等。

在黄桥的这几天里,新四军文艺战士们耳闻目睹黄桥老百姓如火如荼的拥军支前热潮,十分感动。

李增援拿起一枚精致的蟹壳黄烧饼,细细端详,道:"神州大地我到过许多地方,可是各地烧饼大多有烟熏火燎痕迹,有焦苦之味,鲜有烧饼外壳似这般色佳,而且几十步外闻着都香。——丁海英同志,这黄桥烧饼诚乃黄桥人民的骄傲啊……"

众人亦纷纷夸赞。

海英笑道:"同志们,现在请允许我为黄桥烧饼美言,它不仅长相俊,味道佳,其'心'更是百分百'红'的!"

"说得好说得好,美食当前莫辜负!"

李增援一咬,口腔里霎时千层莲花绽开,酥脆爽口,不禁赞道:"美味啊美味,同志们,忙活一天了,大家都快吃吧!"

众人皆尝,赞不绝口。

章枚问一苇:"小同志,你也是本地人,可知这烧饼个中乾坤?"

一苇徐徐道来:"据我了解,烧饼出现时间约在春秋战国。起初,士兵们呢为图方便,将面团裹在矛尖上,放到火上烘烤,渐渐摸索发展出成熟的烧饼制作技艺。后来制作技艺传至民间,到汉代始有饼的称呼。清袁枚《随园食谱》记载,将松子仁、胡桃仁敲碎,加冰糖屑、脂油和而炙之,以两面黄为度,加芝麻为更佳。1909年前,我镇烧饼俱是草炉烧饼,这年荀义泰烧饼店开业,精巧设计筒炉,首用煤炭做燃料,制作烧饼。由于炭火温度更高,烧饼发身更好,口感更为酥脆。后来,荀义泰烧饼店老店主荀宝仁慷慨仁义,将筒炉构造、炉火控制方法等毫无保留地教授给本地业者,黄桥烧饼业此后愈发兴盛。后经荀义泰烧饼店、合心烧饼店等名店不断求索,烧饼制作技艺不断精进,品款更多……这次支前大潮中,我黄桥镇区各大烧饼店勠力同心,倾力奉献。还有,更值得夸赞的是,现今无论我黄桥镇区,还是乡下,凡家庭主妇或男将,几乎人人都能制作出一两款特色烧饼,所以,这次与韩德勤军鏖战,我新四军军粮供给充足……"

丁海英笑道:"我记起来了,蒋同志你就是育婴堂当年那个娃子,至今还记得你初至育婴堂那日情形,这么多年来是我黄桥老区父老养育了你,当然,我也是。黄桥老区人民为了中国革命事业已经牺牲过好几茬人了,现在革命的接力棒传到了我们年青一代手上,吾辈一定不辱使命!"

一苇站起,慷慨陈词:"吾辈一定不辱使命!"

林琳道:"衷心感谢黄桥老区人民,他们一直心向共产党,苦难深重,却能舍小家顾大家。中国共产党必胜,人民必胜!"

"中国共产党必胜,人民必胜!"

"中国共产党必胜,人民必胜!"

"中国共产党必胜,人民必胜!"

……

一苇忘情鼓掌。

李增援唱起来:"黄桥烧饼黄又黄,黄桥烧饼慰劳忙。"

林琳唱:"烧饼要用热火烧,军队要靠老百姓帮。"

王于耕接唱:"多打胜仗多缴枪!"

……

餐毕,王于耕、林琳嘱咐李增援赶紧将歌词完稿,交给章枚谱曲……

2. 卧底偕行社

1941 年 1 月,日军加藤部队大杉部乘新四军北上之隙侵占黄桥,驻扎在原黄桥中学校园内,中共政权被迫撤往农村,但泰兴特委仍坚持就地隐秘抗战。

2 月,伪 37 师进驻黄桥,师长丁聚堂在何氏宗祠设"偕行社"(敌伪开设的具有统战性质的娱乐机构)。

"偕行社"开张当晚,何氏宗祠议事厅灯火通明,人声喧哗。

敌伪将北墙上原何氏祖迹用白绢覆盖,张挂汪精卫国民政府旗帜,即在原青天白日满地红旗帜上方,加三条黄色飘带,其上分别写有"和平""反共""建国"三词。但"豸绣流芳"匾额并未被遮盖,仍旧流光溢彩。据说这正是应了何卓甫老先生为代表的何氏族人的强烈要求。何老更申明,"何氏宗祠"内原一应物件不得有丝毫损折,否则何氏族人一定自己火烧何氏宗祠。敌伪只得依允……

晚七时,"豸绣流芳"匾额下,一鼓书先生优雅亮相,谨向来宾鞠躬致意。

只见他高挑身材,面容白皙清癯,目如朗星,一袭青衫,从从容容往右手腕上套好镗锣,左手掌握紧鼓槌。

先是当当当开场紧锣,接着是咚咚咚开场密鼓,待众人坐定,凝神,鼓书先生开了腔:

"清明世界,与君偕行。各位客官,在下蒋一苇,泰兴鼓书第四代传人。鄙出身乡野,自幼失怙,幸蒙恩师授业,十年学艺乃成。现与黄桥千年古镇一样,乱世之下幸得丁聚堂师长庇佑,得享一时太平。自今日起,鄙人聊借宝地向丁师长及 37 师将士谨致诚挚感谢,且以《玉如意》为献……"

掌声如潮。

台下最前排中间位置一穿汪伪将官服、满脸横肉的胖大光头站起,向四方连连抱拳,憨憨傻笑,然后坐下。

蒋一苇道:"话说这《玉如意》,本县人至为喜爱,为甚?从根本上来看,它本是劝人佳戏,警世善言……

"再则它乃清朝我县进士严振先所著,是我泰兴人之骄傲。严氏出生于我县新镇市(后更名为新市),生性聪颖,年十六补诸生,乾隆六十年中进士,历任吏部主事、员外郎等职。全书皇皇一十六回,一十六万字,个中不乏泰兴乡俗俚语,泰兴乡亲听来尤为亲切……

"三则敬他严振先幼年丧父,事母至孝。母亲喜闻古事,少时即给母亲讲述,娓娓不倦……

"四则严振先系清乾隆年间我镇举人何湘得意门生,故与我镇因缘颇深……"

台下掌声雷动。

锣鼓起音,蒋一苇唱:"人人爱听唱小唱,我把小唱唱人听,我这小唱唱得好,字字句句劝世文……"

蒋一苇觑台下观众:

丁聚堂与朱履先坐前排正中,中间隔着茶几,茶几上摆着茶具与各色精美糕点。丁聚堂喜则拊掌大笑,哀则神情戚戚;朱老则始终一脸严肃,聚精会神。其后,乌压压的,则是丁聚堂手下军官以及一众任伪职的地方豪绅。两日寇坐在最后排,二人皆瘦小干瘪,一字卫生胡夸张滑稽。二人专注于饮酒、打趣,不时低声哂笑……

《玉如意》叙的是一则姐妹易嫁的故事。某朝邬府长女云英嫌贫爱富,临嫁前不肯上轿,邬公只得以次女琼英代嫁郝砚耕。后来郝砚耕高中状元,琼英享不尽的荣华富贵,而长女云英所嫁之富豪钱家却因为贪赃被籍没,穷困潦倒。从中揭露了封建社会宦海沉浮、家庭兴衰、世态炎凉、人情冷暖的真实情况,热情歌颂了清官、贤淑女的善良行为,强烈地谴责了赃官、负心人的丑恶行径,宣扬善恶有报之观念……

《玉如意》开篇先叙的是男主砚耕之父郝公任职一方,恪尽职守,官声颇佳……

待唱到"官是做的朝廷的,何能依从别人心",蒋一苇唱得格外投入,剑眉倒竖,字正腔圆。

丁聚堂起立喝彩,众手下也跟风。

这时,有一伪军急急前来,附丁聚堂耳边汇报。

丁聚堂厌烦不听,连连挥手让他自去。

那伪军在议事厅门前搔首踟蹰。

朱老瞥丁一眼,悠然品茗。

且说鼓书中郝公即将卸任,不料却摊上官债,原来郝公前任的亏空被郝公后任统统算到了郝公头上,蒋唱道:"世上总是手长打手短,要讲理字万不能,阎罗王总是怕恶鬼,最欺哑口无言人。郝公前任是滑脚,郝公后任是凶神,上司只拣好说的,单教孤寡当灾星,官债不是私债比,老不偿还可不成,文书追逼如狼虎,要你死来难得生……"(锣鼓伴奏)

丁聚堂眉头紧蹙……

待听到郝公辞世,妻子孺人灯下教儿子砚耕一幕,丁又喜笑颜开,扯开军服,抻抻脖子,冲朱履先道:"娶妻当如此!"

朱微笑。

蒋一苇以男童腔说道:"母亲教训得极是,孩儿知罪了。"

接着叙的是:砚耕发愤读书,十四岁应考,十五岁入府学,喜报报到丈人邬太守家来……

众宾叫好……

终场锣鼓敲响,蒋一苇说道:"诸君刚才听的正是严振先《玉如意》第一回《郝知县廉吏负屈动郯民报德　邬太守良朋义重赞助陶母教子》,欲知后事如何,且听下回分解。"

鼓槌一落,双手拱山,鞠躬致谢。

众宾客亦起身谢礼。

这时，两日寇前来向丁、朱鞠躬告辞，丁聚堂回以军礼，而朱老则无视。

众宾也纷纷前来与丁、朱告辞，伪横垛乡长刁智甫与民团队长、他的妹婿戴祥甫亦现身。二人一脸媚笑，与丁、朱作别。

丁聚堂朝蒋一苇招手，又唤服务生看茶。

蒋一苇一撩长衫下摆，大步流星，转眼就到了丁、朱二人面前，打拱施礼，坐。

丁聚堂道："蒋先生，丁某任扬泰地区大刀会首领的时候，素喜各地民间艺术，泰兴鼓书更是我的最爱，并因之结交过不少鼓书艺人，但他们大多只擅《卖梨膏糖调》之类，收入勉强养家糊口而已。方才听你唱说，恍若先生胸中有大江大河，汨汨滔滔，奔泻酣畅，一人独撑一台戏，佩服佩服啊……"

蒋一苇道："师长大人过奖了，愚一定说好我泰兴鼓书，不负丁师长知遇之恩！"

丁聚堂抚光头大笑，道："小先生真识趣，福府何处啊？"

蒋一苇道："小的实乃不祥之人，出生时母亲血崩而死，幼时父亲早亡，幸被老育婴堂收留一两年。后因黄桥暴动，老育婴堂关停，我只得流落江湖，乞讨为生。后，幸遇恩师三圣庙前献艺，灵魂触动，矢志向学，在师父老家大元经十年勤苦，方得出师……故，如今别人问我哪里人氏，我只好答曰大元……"

朱履先道："小蒋啊，你有今日之成就，正应了古语'宝剑锋从磨砺出，梅花香自苦寒来'。今后你得把我泰兴鼓书好好发扬光大，它可是我泰兴'特产'，一则乡音亲切，二则可作警世良言。我估摸，现在泰兴全境能说全本《玉如意》的也不过三二人，故，小蒋你可不能妄自菲薄啊。但现在兵荒马乱的，鼓书人处境不利，幸蒙丁师长器重，你可要感恩戴德，唯他马首是瞻！你要知道，丁师长兵多将广，连日本人很多时候也得看他脸色啊……"

丁聚堂道："老将军言过了，想我丁某淮阴籍人，海匪出身，后被收编，一心为国，可惜后来时局大变。现苟活性命于乱世，还能消受美酒、美人，吾愿足矣！但丁某平生最看重'忠''义'二字，为了国家，马革裹尸，九死无悔；为了至交，两肋插刀，责无旁贷！我彪下兄弟个个与我肝胆相照，众志成城，所以日军驻黄桥部队长边见对我甚为忌惮……今日听蒋先生唱戏，圆我多年《玉如意》大梦，甚为有幸！——贤弟，丁某今日有心与你结为异姓兄弟，往后四县范围内，谁敢奈你何？今日正好请朱老见证，可好？"

146

朱老捋须颔首。

蒋一苇道:"求之不得,求之不得!"

二人当即拈香跪拜天地,互拜:"苍天为证,今日我丁聚堂/我蒋一苇二人意气相投,在此结为异姓兄弟,从今往后同富贵,共患难。有违此誓,天打雷劈!"

礼毕,丁聚堂一抬头,看见方才被他撵走的那名伪军正从门口探出脑袋,登时不悦:"妈拉个巴子,你过来,究竟是什么天塌下来的事儿?"

那伪军赶紧进来,立正:"报告丁司令,黄昏时分我们的盐包又被滨湖民兵劫去了……"

"滨湖民兵?! 他们最近越发猖狂了,明日一早,老子就发兵荡平西姜黄河两岸……"

朱老道:"丁司令公务繁忙,老朽先告辞了。"

丁聚堂道:"来人,快快护送老将军回府。"

……

此后,每晚七时半,按着丁聚堂喜好,偕行社《玉如意》鼓书准时开场,每天说一回,用时四十分钟……

这日大早,雾气蒙蒙,西门桥东北侧一小院内,蒋一苇着一身白色短打,开始了晨练。你瞧他,一把五角星形石锁在他手上运转如飞:扔高,砍高,接高,扔荷叶,接荷叶,推礳,磐头脑,盘地翻,雪花盖顶,苏秦背剑,张飞跨马,关公脱袍,黑虎穿裆……

这时,院内树荫下响起了掌声。

蒋一苇收住身形,放下石锁,立正,两拳贴于肋下,缓缓舒气,转头见是朱老,立马上前问候,并蹲了一个马步,道:"朱中将,早上好,'四平马',请指教!"

"小伙子这身板不错哦,但你这'四平马'不过是匹死马罢了,走……"朱老急进一步,明里出右掌来推,右脚却暗向蒋一苇脚下一箍。

蒋一苇上身本能后仰,下肢的反应却慢了,整个身体倾斜后飘。

朱老右手轻轻一带他的衣襟,即让其回正。

"中国传统武术长期以来重在强身健体,不以杀敌为目标,故动作程式化,学起来费时,而实战效果堪忧。现在,我向你推荐西洋拳。"

"多谢朱中将。"

"今日先教你如何握拳,看好了,先伸开手掌,四指并拢,然后弯曲四指,并用拇指扣紧(检查一苇拇指相扣的动作)。拳背要与上臂大致成一直线,这样可以避免击中目标时扭伤腕关节。出拳时,应以四指根部关节接触目标。

"在这株银杏树上,你可以绑个沙袋,每天击打……要练得十指如钢似铁。还有,你每天早上要练习长跑,距离要远,这是练耐力;冲刺时,你要使出吃奶的劲儿,这是练爆发力……

"今天,只能先教你到这里,找机会再来。——最近,你要刻意和丁聚堂加深'感情',最好能渗透到伪军队伍中去,学习各类枪械,刺探军情,见机分化瓦解敌人。如遇重大军情,你可以找偕行社跑堂的小宗,他也是我们的人。不过,我俩要尽量避免单独接触……"

"谢谢朱中将。"

"一苇啊,你以后该改口了吧……"

一苇大喜,跪道:"师父。"

师父一把将他扶起,道:"以后,你我独处的时候,我才是你师父,切记切记!——最近,丁聚堂从东台往黄桥贩盐的盐路受阻,其派出的伪军又先后数次被滨湖民兵击溃,但丁聚堂贼心不死,估计近期又要调集重兵对滨湖区进行清剿。而我滨湖区队毕竟人员少,装备差,所控制的地盘狭小,回旋空间极为有限,短期内又无法获得外援,所以为师最近真的为他们心忧啊……"

"师父,我可以向你推荐一个人……"

"谁?"

"刁香荷,我妹妹,如今的刁网农抗会副会长,手下尚有几十号人马。她做事泼辣得很,离滨湖又近。我这就修书一封,让她率队速来滨湖增援……"

"甚好甚好,你赶紧。"

蒋一苇回屋,拿出纸笔,笔走龙蛇。

师父一旁看着他拈须微笑。

写罢,蒋一苇双手呈给师父。

师父把它叠了几叠,往袖口里一揣,前行几步,先探头往院门外两侧看了看,然后大踏步地走了……

蒋一苇的早餐一般是在北街鸿福记烧饼铺解决的,一碗豆浆,两块草鞋底烧饼。这饼长长方方,几有大人草鞋大小,外壳麻黄,以萝卜丝、肉丝

148

为馅儿，一口咬下去，外壳酥脆，馅儿鲜香……

鸿福记是家三十年老店了，现在的掌柜，三十来岁，他的本来姓名几被人们忘却了，因魁梧肥胖，耳垂超大，方面阔口，迎宾时一脸真诚笑意，故人称"笑佛儿"。

笑佛儿觑旁边无人，悄悄对一苇说道："兄弟，最近日伪军又打三圣庙内那株千年古银杏的主意了，昨天上午已去三圣庙贴了封条，说是要征用它，并派了兵丁驻扎，严禁百姓靠近。现在我镇群情激愤，大家正在串联……"

"这倒是件大事，这古银杏乃黄桥北关胜景之重要组成部分，是我黄桥的祥瑞……只是丁聚堂这糙货想干就干，任性得很，谁也阻拦不住……"

"你和丁聚堂走得近，相机侦察一下他为何独独看中了这株古木……"

……

半小时后，黄桥丁聚堂府邸客厅，一苇站立静候。

丁聚堂从内室出来，一身戎装，边走边整理风纪扣，道："贤弟，干脆点，一大早的究竟遇到什么事啊，讲。"

令一苇不适的是，这一方军阀此刻却沾染了一身浓郁的脂粉香气。

蒋一苇道："搅扰大哥休息，实在不好意思。——方才我从三圣庙前经过，看到庙前围了一大群人，他们群情激愤，正在抗议贵军强行征用古银杏树……"

"贤弟啊，这档事啊，于我纯属无奈之举。愚的上海拜把子老大，最近老佛爷病笃。老佛爷不知听哪个洋教士嚼蛆，说是银杏树做的寿材防腐，而且能让死者升入天堂。老大已在全疆域内爬梳过了，唯我黄桥的这株古银杏树树龄最长，体型最大，主干最直，也是最有福祚的，自然，这重任就落于我肩了……"

"黄桥父老义愤填膺，正要去找日本人控告你等……"

"日本人什么意见，我才懒得理！如今偌大黄桥才几个东洋'矮段子鬼'，操他妈的小日本！——只恨当年我们误听了李长江鬼话，我们部队几千号人马，又兵强马壮的，他非要我们降了，说什么'曲线救国'，还说是奉了什么'最高指示'……"

"大哥，我担心伐树小事酿成惊天事变，黄桥这边民风还是挺剽悍的……"

"兄长的高堂，亦是我的高堂！如今，就是把天捅个大娄子我也不管我也不顾了,老子手上现在还有枪,就用枪说话……"

蒋一苇不讲话了。

丁聚堂道:"贤弟啊,你第一次来,总得见过你嫂子啦! ——达令,快来见过叔子!"

内堂娇滴滴应道:"老丁啊,就来!"

几秒后,内堂一朵"紫云"凌波微步而出,"头上倭堕髻,耳中月明珠","缃绮为下裙,紫绮为上襦"。

那女子一记娇俏的甩袖,再妩媚地侧身打了一个千,然后缓缓抬起头来。

只见她面如皎月,顾盼神飞,轻启朱唇,竟然是戏腔:"叔叔,近来可好?"

"好好好。"

丁聚堂笑道:"我这姨太太是昆剧唱青衣的,名唤紫云,风华绝代啊!她从苏州逃难到黄桥,幸而被我收藏了,哈哈哈……"

"嫂子好。"

紫云做娇羞状。

丁聚堂贴蒋一苇耳边低语:"贤弟,你有所不知啊,你嫂子模样俊,唱腔好,但你嫂子叫床的腔调更是美妙,让人欲罢不能,哈哈哈……"

紫云娇嗔:"大老丁,你坏死了,一定又在说人家坏话……"

丁聚堂道:"达令,郎君公务在身,先行辞去,你安心在家,千万别乱跑,日本狗逮了你,估计你连渣都不剩了!"

"知道知道。——叔叔,拜拜!"一朵紫云急急飞向内室……

丁聚堂出了门,即刻板起了驴脸,眼神肃杀,昂首挺胸,倒背双手,踱着方步。一苇与他并行。二十个魁梧警卫严密保护他们,八人前面开道,八人后卫,四人左右警卫,均手按快慢机枪柄,红穗招摇。

街道上往来的人们纷纷避让……

蒋一苇道:"兄长,愚弟还有一事相求……"

"讲。"

"兵荒马乱的,我也想练练枪……"

"这有何难?! ——王胡了!"

殿后的络腮胡小跑上前:"到。"

"给你个任务,打今儿起,你这卫队长得亲自教授蒋先生枪法,军中的

150

擒拿格斗手段你也多多教教他。"

"是,司令。"

下午,黄桥西门桥外伪军靶场。

一苇卧姿据枪,瞄准五十米外靶心,王胡子在侧旁指导:"左眼闭,右眼睁,缺口对准星,准星对目标,三点线一条……现在,击发!"

可是,一苇手指甫一搭到扳机上,即双手乱颤,泪雨滂沱。

王胡子一把捺住那支枪口上下乱跳的长枪,喝道:"蒋班主,你这是要害人害己啊!"

一苇只得弃了枪,将面庞扑进尘土里,哭道:"我多么想开枪,那些靶子分明就是杀害我生父的凶手,可是我开不了枪啊,因为我一有开枪的念头,我的耳畔就响起了我养父的话'手中有枪,杀心自起',还有刁家网水中高地上那个仰面死去的米得小,他的双眸清亮,满是与世界的和解与爱,此刻他正从天国凝望着我……"

王胡子思忖了一下,收了一苇长枪,退了子弹,一把把一苇拉起来,说道:"你这是心理障碍,我爱莫能助。不过,这未必不是你的福气……"

远远地,丁聚堂笑而不语。

……

数日后的某夜,雷暴雨。夜半,北关那边传来了几声剧烈的爆炸,黄桥镇周边十数里皆有震感。

黄桥居民不少人打开圈门跑上街道,却见全镇已被丁聚堂的伪军戒严了……

第二天一早,兵丁散去,人们奔赴三圣庙,远远地再不见千年古银杏,甚至连整个三圣庙也被完全拆除了,地基也无存,唯余炸药制造的大坑。坑洞里,残损的树根白骨森森的。

首先发飙的是镇区那些老头、老太,他们尚在娘胎时,家人就在树上为他们系了福带,而他们命运多舛的一生里,又曾无数次地把福带系向古树。古树向来挚爱他们,护佑他们,成全他们,可现在……

人们出离愤怒,罔顾生死,咆哮着涌向日军指挥部……

日寇和伪军军营几乎同时拉响了刺耳的战斗警报……

黄桥中学校园内。

日军中尉边见登上工字楼顶层,架起望远镜惊惶地扫视,如临大敌……

这时,丁聚堂的军用吉普在黄桥中学门前戛然停住,丁聚堂下车,阔步走向校内人群,二十名保镖团团卫护……

走到人群前面,丁聚堂"潇潇洒洒"拔出手枪,啪啪啪,对天连开三枪,喝道:"老子的部队出生入死,保黄桥一方平安,现在却连征用一棵银杏树也不成?! 哪个胆敢再跟老子啰唆,我就拿他的命偿我死去了的那些兄弟性命! 战斗准备!"

"是,司令。"众兵丁齐拉枪栓。

几位太婆几欲挣脱亲人的手,欲和丁聚堂拼命。严妈妈也在,她现在完全眼盲了,片子正搀着她。

丁聚堂杀气腾腾:"弟兄们,五分钟后清场。"

"是,长官。"

"还我银杏树,还我银杏树,还我银杏树……"黄桥民众众志成城,怒海潮涌。

形势一触即发。

碉楼上,边见远远监控着,挥手让翻译上。

眼镜翻译瘦猴手持铁喇叭筒,上前喊话:"黄桥的父老乡亲,你们的诉求皇军已听到,边见部队长一定会给你们一个满意的答复! 现在,边见部队长要求你们依照皇军治安条例,各自返家,违令者杀无赦! 再广播一遍……"

这时,笑佛儿挺出人群转过身,朗声说道:"父老乡亲们,这事咱们得忍忍,留得青山在,不愁没柴烧,大家都请回吧。"

人群在悲怆的哭泣声里渐渐后退……

"不回!"后退的人群里竟悠悠然逆行出一位长衫先生。那人形容枯槁,鹞眼鹰鼻,声音低沉,却不啻惊雷。

居然是黄桥市上人人憎厌的"无事拱先生"!

何谓"无事拱先生"呢? 即指那些世上本无事,却偏要无端生出些是非,搅得天下不宁的人。

人们奇了怪了,哟,这"无事拱先生"今儿怕是吃错药了吧?

丁聚堂其时正将手枪插回枪套,趾高气扬的,孰料"无事拱"这一断喝倒着实惊了他的心。

丁聚堂喝道:"来者何人?"

"无事拱是也。"

"无事拱?! 哈哈哈,你也配?!"

"'无事'要'拱',有事了焉能不'拱'?!"

"找死!"

"'人生自古谁无死,留取丹心照汗青!'今儿,老朽就是拼了一死,也要那树!"

"来人,将他押下。"

两兵弁上前,反剪"无事拱"双手,以绳缚之。

"无事拱"也不挣扎,兀自向天大笑道:"列祖列宗在上,孩儿给你们长脸了! ——父老乡亲们啊,黄桥是祖先留下来的黄桥,我们可不能任人宰割啊,我们宁可一死也绝不可尿……"

"啪",又一声枪响,丁聚堂狞笑着吹拂枪口的袅袅青烟。

不少人惊惶逃散。

"无事拱"早闭了眼睛受死,可就是不死,原来丁聚堂又是对空射击的。

"无事拱"一瞪眼,骂道:"竖子,还不成全老夫一死!"

"想得美! 押下去。"

……

那晚,偕行社门外加强了警戒,书场照常演出。

几天后,西街定慧寺东,牛皋旗杆遗址旁,丁聚堂叫人连日赶工,在旗杆旁兴建了一座亭子,取名"伯远亭"(牛皋字伯远)以示对牛皋的敬仰与追怀。亭子正前方,牛皋旗杆矗立,径约三寸,通体黑铁,高与檐齐,沐千年风雨而不朽不倒。丁聚堂放出风来,先前每经此处,他必头疼,可能是牛大将军在天之灵责罚他;现在,他走到这里头再也不疼了,显然是牛大将军在天之灵明了他的拳拳"曲线救国心",护他周全……

伯远亭造好后,"无事拱"也被丁聚堂释放了,而千年古银杏事也就此搁下了……

3. 献艺议员府

这日早上,蒋一苇才开了院门,就见门口早有人候着了。那人驴脸,穿丝绸长衫,旁边还停了一挂甲壳虫汽车。

"蒋班主,早上好!"那人摘了礼帽,颔首问候,再掏出一张精致的请束,和一张红封。

"您是？"

"鄙姓黄名兴，蒙黄辟尘老爷错爱，任其管家多年，今日奉老爷命令，有事叨扰阁下，敬请见谅！岁月如流，一晃老佛爷辞世多年。今日又值老佛爷冥寿，家主诚邀您去府上说书。老佛爷生前积德，和蔼敦厚，德隆望尊。黄老爷是个大孝子，现今每每念及母亲，总是以泪洗面，昨晚黄老爷梦见老佛爷要听《玉如意》。可是，如今周边五十里能说《玉如意》全本的也没几个，黄老爷更特别属意您……这是聘银的一半，烦请班主现在就去。"

"盛情难却，可是我今晚有偕行社书场表演……"

"黄老爷说了，书场那边他亲去招呼，刚好今儿白天他也在黄桥公干，请那些故旧喝顿酒就成了。黄老爷还说，老佛爷身前为黄桥做了不少善事，恳请蒋班主务要赏光……"

"老佛爷在世时是全县民众敬仰的泰兴县头一号'佛心'，在下亦怀恩久矣，管家请容我收拾家什……"

"蒋班主果然是痛快人！我在外边等，您忙。"

蒋班主利索地收拾好了锣鼓家伙，跟随出了门。

司机和管家礼貌地将蒋班主请进车内。

黄桥市在车后飞逝，震东市扑面而来。

土公路蜿蜒如盲肠，从后视镜里，蒋一苇看到"甲壳虫"车后搅起了滚滚烟尘，路上行人避之唯恐不及……

车上，苇子想起了当年父亲和无数暴动农民辗转于八大家枪林弹雨的惨状，想起了二爷爷送他前往黄桥育婴堂的一路风尘，想起了二爷爷那日之后迄今下落不明，不觉悲从中来，眼涩鼻咽。

黄兴道："蒋先生，身体不舒服？"

"是的，昨日偶感风寒，不过年纪轻，扛得住……"

"那就好那就好。"

……

震东市，黄辟尘府邸。蒋一苇被安排进了一间上等客房。环境清幽，走廊和居室内皆张挂古字画，一穿短袄的女佣低眉顺目侍候。

室内挂的是梅兰竹菊四君子的卷轴画，走廊上却净是些笔力遒劲的匾额：

"天行健，君子以自强不息。"

154

"勿以恶小而为之,勿以善小而不为。"

"君子欲讷于言而敏于行。"

……

餐厅,女佣上早餐,道:"蒋先生,请用餐。"

"谢谢。"蒋先生坐下来。桌上满是吃的,有冷切牛肉、大煮干丝、豆腐脑、草鞋底、油条、乳黄瓜等,甚为豪奢。

蒋先生也不客气,先把肚子顺饱。

"姑娘,不知今晚会有哪些尊客?"

"听厨房周二哥说,今晚好像就您一个外客,我们黄老爷最近身子不大利索,心情有点差,也就没邀约别人……"

"身体怎么了?"

"听说又拉血便了,几十年的老毛病了……管家刚刚吩咐,蒋先生您上午就在这里温书,晚上就说《玉如意》第一回……"

"好唻。"

……

午饭,菜肴丰盛,管家作陪,服务周到,不必赘述。

席间,管家告诉蒋班主,黄老爷中午在黄桥被丁聚堂留饭了,下午还有些重要事务要亲临处理,天黑前才能赶回来……

餐后,客房内,蒋班主睡了一个午觉,却被噩梦惊醒了:梦中,他的父亲余良忠仰躺在他面前,胸口汩汩飙血。余良忠大瞪着的双眸,像那突然失却了电力的灯泡似的遽然漆黑……

一苇抽了自己一记响亮的耳光,十五年前,这里是他父亲牺牲的地方,而如今大仇未报,他今晚却要和杀父敌人把酒言欢,还要用毕生所学讨他欢心,余一苇你愧对先父亡灵,愧对一百零八庄牺牲的英雄们……

可是,老佛爷生前之无数生动镜头浮现眼前:

粥局门前,老佛爷亲为大家施粥:"大家都有份,慢慢来,小孩儿先来哦……"

古银杏树下老佛爷慈爱的笑脸又在问候他:"娃子啊,你是谁家的?——来磕个头,我们一起祈福……"

刁家网 1931 年大水,老佛爷不顾年老体虚,亲往赈灾……

冤有头债有主,老佛爷是好人,今晚一定要为老佛爷好好表演……

夜幕初降,黄府华灯绽放。

155

蒋班主被管家请进了黄府正宅。

黄辟尘历代先祖男男女女各以庄严坐像依序张挂在其家祖阁上,他们锦衣华服,目光或威严或慈爱,各灵位前均祭供着一张熟猪脸……

黄辟尘正在诸位先祖灵位前一一跪拜,末了跪拜母亲灵位。黄辟尘痛哭失声:"妈啊,是犬子无能,不能为您添寿啊!想我们黄家富甲一方,岂缺母亲您一人饭食?!今日这些饭菜都是您在世时喜爱的,母亲多尝些,现在您的牙齿一定强健多了……今日,不孝子为您请的正是大元的蒋先生,就说您至爱的《玉如意》……"

黄辟尘跪伏拜垫上,以额触地,久久不起,许久才直腰垂肩,对着母亲牌位行注目礼,接着复以头抢地,铿然有声。如是三次。然后家中诸人轮流上前跪拜,亦磕首三次。大家皆目中含泪,神色黯然。

管家行完礼,蒋一苇亦上前施礼,眼中含悲。

黄辟尘扶起蒋一苇道:"蒋先生礼重了,黄某感激不尽!"

蒋一苇这才发现,一代干才黄辟尘,人称"泰兴张骞",如今形容枯槁,愁云莫展。

纸锞燃起,浊烟滚滚。久之,满屋子浓烟,熏得人眼泪直流,咳嗽连连。

黄辟尘道:"管家,你先带先生去客厅。"

蒋一苇随管家出了门,回头看不见一个人,连昏黄的灯光也湮没于一屋子迷乱的烟雾中……

晚餐的丰盛自不必说,黄老爷对蒋一苇的殷勤亦不必说,蒋一苇忽然对眼前这个杀父仇人心生怜悯:堂堂南京红廊民国法政大学毕业生,先前不可一世的国会大议员,省参议院秘书长,黄桥商会会长,黄桥红十字会会长,耀黄电灯公司董事长,永济轮船公司董事长,常州民丰纱厂董事长,富华储蓄银行董事长……去县城无须走别人地界的大地主,现在真正日薄西山了。

黄老爷那晚喝的正是黄桥的高粱烧,显然他不胜酒力,第一口就呛了,泪光闪闪。

黄夫人赶紧抚拍他后背,说道:"家麟,高粱烧度数高,你就少喝点。"

"不妨事,只怕以后要喝这么地道的高粱烧都难了。"又喝了一大口,这次没呛着,但泪眼汪汪了。

管家赶紧给他夹菜,是糖蹄。

黄辟尘尝一口,道:"果然不错,大家都尝尝。"

"大家都吃。"黄夫人自己却不动箸,其他人亦不动箸,个个脸上乌云压顶。

蒋一苇总感觉今天的黄家人个个满腹心事,他更加疑惑的是,黄氏家族的其他帮凶今晚居然一个也没到场……

管家一人殷勤服务,努力把就餐的气氛弄得欢悦些。

餐中,黄辟尘去厕所,管家赶紧跟上。

远远地,蒋一苇听得黄辟尘在问:"找到张新三没有?"

"回老爷,张医生出诊去了,他媳妇说,待他回家即刻着他过府来访……"

"好吧。码头那边都还好吧?"

"好好好,老爷放心!"

"那就好,马上听书去。"

……

正宅。老佛爷灵位前,檀香袅袅,蒋一苇就位。

黄辟尘和管家二人一前一后坐着。

一通锣鼓响,《玉如意》开场了。

【说】:话说世上宝物万千,哪及玉如意一把! 如意如意,首祝黄大老爷福寿绵长,万事如意;如意如意,再祝老佛爷——

老佛爷,您生时富贵,广种福田;往生极乐,步步莲花! 今日值您冥寿,仙俗两界盛开如意花!（黄辟尘微笑）

话说这玉如意确是个稀罕物,有缘者天意授之,无缘者得了还失! 泰兴籍先人姓严名振开,最懂世道人心,述了一纸《玉如意》,不求闻达于诸侯,只叙世人如意逐梦,善恶终得报应,极尽劝世义务。至于它的妙处,愚且为君唱——

【唱】:"人人爱听《玉如意》,我把《玉如意》唱您听。我这小唱唱得好,字字句句劝世文。世人皆说如意好,均想怀把如意抱。可是如意本是稀罕物,不献十二份真诚怎能把它赏玩? 三百六十行,各自多努力! 为官的洁己,为子的孝亲,为夫妇的各尽义务,为兄弟的友爱深,为家主的存宽厚,为奴仆的存至诚……此书莫作等闲看,晨钟暮鼓一声声。先把题名提明白,玉如意是曲牌名。"（锣鼓伴奏）

【说】："却说这玉如意故事，不知是何朝代。相传浙江嘉兴府有个举人，姓郝，名廉，表字贻清。他夫人陶氏养得一子名唤砚耕，表字有秋……"

【唱】："听说判官腰间簿，先注死来后注生，黄泉路上无老少，几个是贺百岁人，喉咙若有一口气，不放工夫半刻停，只要阎王请帖到，任你多忙要领情，也是郝公前数定，大限不满四十春，一病卧床竟不起，求医祷神总不灵……"（锣鼓伴奏）

（黄辟尘脸作悲色。）

……

【唱】："我功名未立身先死，所望孩儿一个人，你为人品行学端正，读书发奋望功名，你没父来还有母，从今教训你须听……"
（锣鼓伴奏）

（黄辟尘悲恸。）

【说】："孀人晓得人情如此，却也不去缠搭亲友，自在城中赁屋居住。就近选个书房，送砚耕读书，学名叫金门。自己做些针线将就度日。一班人家都回散，另找门户去了……"

（黄辟尘掩面哭泣。）

（管家示意蒋一苇继续。）

……

【唱】："我郝家本是书香后，今朝望你继家声，像你这个懒惰货，后来怎得有功名，你父亲临死曾嘱咐，教你苦读要用心，今朝才满三年整，难道忘却窗前嘱咐情，不是为娘心肠狠，拖你这十岁孩儿坐深更，自古桑条从小枸，大了自然直逼逼；又道只要功夫深，铁棒也能磨成针，青春莫作等闲看，一寸光阴一寸金。为娘岂不痛爱你，怕是误了你的好前程，若是后来没出息，叫我死后怎对你父亲……"（锣鼓伴奏）

这时，黄辟尘痛哭，跪走向前，捧母亲灵位入怀，涕泪纵横："母亲啊母亲，您教训得极是，孩儿敢不用心！孩儿幼时慈父辞世，偌大家业从此全仗您一人操持，供我读书，教我做人。您教诲我，'天下兴亡，匹夫有责''先天下之忧而忧，后天下之乐而乐''苟利国家生死以，岂因祸福避趋之'……孩儿一直铭记笃行，为我参议院，为我泰兴县，为我黄桥市，为我震东市！尤

158

其,孩儿所主持的黄桥红十字会在前后近二十年里,救助大江南北灾民数百万,孩儿还多次亲去外省赈灾……可是,母亲啊,如今这世道孩儿竟成祸害了,处处不待见,四处不讨好。共党待孩儿表面热忱,心中有仇;省韩对孩儿不满,怪孩儿不与他共同进退;日伪拉拢我,这是要陷孩儿于不义;而周边一百零八庄的百姓又不念孩儿半点功德,只记孩儿当年血海深仇……母亲啊母亲,孩儿就弄不明白了,孩儿精忠报国的一腔热血,为何如今竟成了一汪烘烘臭水……

"列祖列宗在上,黄辟尘不才啊,恐怕我黄氏数百年基业如今就要败在我手上了,噗——!"黄辟尘突然上体向上一耸,一个定格,猛然满口鲜血喷溅,往前扑倒在地,老佛爷牌位亦啪地坠地。

管家忙喊:"夫人,不好了不好了,老爷吐血昏倒了! ——小陆,再去请张医生!"

一家人忙乱起来,掐人中,捏虎口,揉心口。管家也派了人急急去给黄氏族人报信……

半晌,黄辟尘方才醒转,低喝:"慌什么慌,老子没那么好死!"

管家赶紧扶他坐到沙发上,喂他一杯温水。

黄辟尘勉强坐定,望着床前乌压压的一大群人,道:"谢谢诸位了。今天是老佛爷冥寿,时局如此,不便叨扰大家。想我黄姓先祖自明代移徙横巷,辈辈恪奉祖训,仁德待人,耕读传家,服务桑梓。蒙祖上阴功,我黄姓一族昌昌炽炽,瓜瓞绵绵,历数百年而不衰。可如今自我祖下,我黄氏族人命悬一线,朝不保夕。今日,我且叨扰各位几句,以后恐怕再无机会了……

"众弟兄中,我最为忧心四弟宝传家庭。宝传虽已于 1937 年辞世,但他是当年'猪子捐'始作俑者,震东市周边一百零八庄佃户眼里,他是'罪魁祸首','死有余辜'……今天这边也没个外人,我就把话说得敞亮些,并冀望诸位以此为鉴。表面上,宝传当年是为我震东市进献'良策',骨子里他却是怀了私心的,因为他当年吸食鸦片上瘾,经济上入不敷出,于是他巧立名目,以饱私囊……我们几个老弟兄当年也是一时糊涂,还居然全力支持他了,一步错,步步错,结果酿成了惊天事变,以致与佃户们的仇怨迄今无法化解,——当然这番话我们对外万万说不得……

"楚南(黄宝传二子)、炳南(黄宝传三子),你们到前面来……你们的大哥海南安分守己,惜哉他英年早逝;而他夫人闵氏恪守妇道,守寡贞烈,如在旧朝,一定会有钦赐贞节牌坊,所以尔等务必尽心襄助……"

众人皆颔首。

"楚南啊楚南,想你年轻时学业优秀,在运动场上也是一把好手,尤其足球踢得出色,诚如顺口溜所言,'黄宗霸,足球吓得人怕'。可是现在呢,年纪轻轻,你就成了瘾君子,外加嫖赌……

"炳南,你脑瓜子挺灵,可是从不用在正道上。凡你瞧上的女人,哪一个能逃得脱!而你更令我寒心的是,你的鸦片瘾更大过楚南。鸦片瘾过足了,嘴里哼着大京调,精神弈弈的;一旦鸦片瘾没满足,立刻呵欠连天,眼泪鼻涕一大把……"

两兄弟跪走向前,痛哭失声:"老佛爷啊老佛爷,你这就把我们这些不肖子孙都带走了吧……"

二人作势埋头就要往香案脚上撞去,管家赶紧拉住。

黄辟尘道:"你俩也不要装腔作势了,现在你俩都还舍不得去死,因为这世间还能弄到鸦片,因为这世间还有你俩尚在用心的女人!只是眼下兵荒马乱的,这鸦片还不断供,也真是奇了怪了,我让人暗查了许久,也不知来龙去脉……今天,我还要和你们弟兄俩谈谈你们的老四冠南,他足堪尔辈学习之楷模……遥想 1928 年,是我力主并资助他负笈东瀛,入日本陆军士官学校。当时,我心想啊,我们老黄家也得在军事领域有所建树,精忠报国,而共党和倭寇真实乃我中华民国内外敌人……

"冠南果然争气,师夷长技以制夷。1930 年 7 月,毕业归国即受张学良派遣任天津市公安局保安总队总教练官、主任参谋。在冠南教导下,保安总队士兵同仇敌忾,如问'当今中国的仇敌是谁',士兵们必答'日本鬼子',再问'一旦日本人要越界侵犯我们怎么办',必答'杀、杀、杀'……冠南养成了一支仇日心理特强的虎贲之师。1931 年天津事变,我保安总队通宵苦战,日军终未能越雷池一步。连发动事变的日军头目土肥原贤二也叹曰'想不到学生打老师这么狠'……鉴于冠南等人在天津事变中的杰出表现,国民政府授予他们四人青天白日勋章。每每听冠南讲起他的抗日往事,吾心甚慰……

"还记得,汝父宝传重病,冠南回家探视。适逢'七七'卢沟桥事变、八一三淞沪抗战先后爆发,汝父对冠南说道,'汝现役军人也,御敌卫国,责无旁贷',严令冠南克日返军。是年冬,汝父去世,冠南未能还乡奔丧。斯时,他在为国尽忠啊……想想故事,我自豪啊,我老黄家委实是一门忠烈啊……

"去岁2月,冠南带领学生军与日军在宾阳殊死血战,学生军在宾阳莫陈村竹林一竹竿上刻下了'终有一天,我们的青天白日旗,飘扬在富士山巅'的遗书。面对血战而死的学生军遗体,日本人也深被他们的忠勇爱国精神感动,乃将该竹刻遗书锯下,请回日本,设案供奉⋯⋯

"'终有一天,我们的青天白日旗,飘扬在富士山巅',恨我黄某年事已高,不能上阵杀敌;尔辈青春芳华,国难当头,岂能苟活!"

众皆振作:"国难当头,岂能苟活!"

黄辟尘道:"现在,冠南在前方浴血,诸位扪心自问,你们可曾好生照料他的妻儿? 冠南妻,金云楼小姐,乃我县城人氏,清朝翰林金蘐蕙的胞妹,品貌双全,在泰兴全县也是魁首! 可是,嫁入我们黄家这么多年来,如今的冠南妻竟成了啥样?! 天天吸鸦片,天天当嫁妆,终至现在骨瘦如柴,风吹即倒;房内空空荡荡,再无物可当了! 更可叹的是,冠南的儿子龙甲,原本天真活泼、聪明伶俐,可是长期无人照料,又瘦又弱,天天蜷缩在一个角落里,不敢见人⋯⋯惨况如斯,我们一个个愧对我黄氏先祖,愧对宝传在天之灵,愧对冠南,呜呜呜⋯⋯"

众皆啼哭。

黄辟尘道:"宗斌呢?"

有人应道:"宗斌去黄桥了,还没回来。"

黄辟尘道:"三哥去世早,管教侄儿宗斌的重担自然就落在了我们身上。我想过了,虽然宗斌缺点不少,抽大烟,戾气重,但是要打要骂,我们可以关起门来,家法伺候,而外人绝不可以动他一根指头! 这么多年来,我吃宗斌的野味也不少了,前几年我的身子稍好了些,他功劳委实不小啊,同时他侍寡母赵氏至孝! 在孝亲敬长这方面,宗斌可谓后辈之楷模。往后一段时日,我要闭关静养,宗斌的管教暂且仰仗各位叔伯了,尤其要拜托二伯朴庵了⋯⋯"

朴庵瘦长脸,拄文明棍,头戴礼帽,小脚巍巍地走上前去,道:"贤弟,你安心。"

黄辟尘道:"往后,族中事务,你和懿修他们多多计议,毕竟众人智慧胜一人! 现在,愚弟甚忧,一忧日寇,日寇既占黄桥,覆巢之下焉有完卵! 但可以想见的是,日寇蚂蚁吞象,注定败北。二忧共党,共党一旦得了天下,就不是减租减息的手段了,估计我们老黄家非但资产保不住,共党还一定要我们血债血偿! 所以,往后我们唯有寄望于蒋先生,可是蒋先生⋯⋯"

161

......

那晚还是司机小陆把蒋班主送回黄桥的。

小陆一边开车一边叹息:"这时代果真天翻地覆了,像黄老爷这样的政坛常青树现在也立不住了! 遥想民国二十一年(1932年)十月,老佛爷八十寿诞,盛况空前,黄老爷何等威武……

"黄府大厅中一对蜡烛比人还高,每支足有十二斤重呢,烛身红艳,雕镂着麻姑拜寿、八仙过海等吉庆图案。大厅摆放着一台半人高的留声机,专人侍候,梅兰芳先生的唱声不断。大厅正中挂着蒋大总统送的匾额,上题'节励松筠';紧挨它的则是省政府顾祝同送的匾额,上题'坤德斯昭'……那日嘉宾云集,美食、戏曲自不必说,服务周到,不怠分毫。而给众嘉宾最深印象的则是黄桥小学歌舞团的姑娘们,穿得花枝招展的,在铺上羊毛毯的大厅中央又唱又跳,好像领舞的正是黄桥丁西顿老爷的二千金海棠……"

蒋班主道:"海棠,乃富贵花也,看来丁西顿对二姑娘挺看重的。陆兄,你可记得唱词?"

小陆笑道:"那些女娃穿得漂亮,唱得好听,舞得窈窕,老佛爷脸上笑开了花,连呼'赏赏赏',还说要收海棠为义女。丁西顿老爷赶紧上前,说道,'老佛爷啊老佛爷,这可使不得使不得,我丁西顿正是你的义子啊',众人皆笑……歌词好像是这样的——"他唱道:

> 不谢的花儿开着,
> 长春的草儿长着,
> 请把寿联儿挂上。
> 万钟的谷儿扛着,
> 无量的果儿堆着,
> 再把寿桃儿献上,
> 更把寿酒儿敬上。

> 快乐呀,我们真快快乐乐,
> 笑嘻嘻地一同赴蟠桃。

> 恭祝呀,恭祝身体健康,
> 恭祝呀,恭祝你福寿献爵无疆……

162

唱着唱着,小陆渐渐哽住了,眸中泪光闪闪……

临下车,小陆突然说道:

"蒋班主,今天黄老爷诚邀您过来,本想私下和你说几句体己的话,可惜他突然身体不适,现在只好由我传话给你。"

"请讲。"

"黄老爷说,他早就知道你是余蔡庄人,你的父亲正是余良忠,黄老爷甚悔早年误杀了你父亲,害你从此沦为孤儿……黄老爷说,如果时光可以倒流,他一定会恩待一百零八庄百姓……还有,黄老爷拜托你捎话给共产党泰兴特委,现在黄老爷他病入膏肓,无法再为黄桥民生及抗日事务贡献绵力,往后黄桥市和震东市的周全全仗共产党和新四军了……"

4. 进击日伪军

这天天才麻麻亮,蒋一苇租住的小院内,蒋一苇闻鸡起舞。

你看他虎步生风,猛进鸷击。

这时,师父轻轻推开院门,拈须微笑看他练习。

一苇赶紧过来请安。

师父也不和他客套,直接示范:"今天,我们学习拳击的抱架。两脚一前一后站位,距离适当,前脚掌内扣,膝盖微弯,形成正三角。两肘贴两肋,拳头护下颌,下巴内收,妥帖保护头部最脆弱的三角区……

"直摆勾拳。以后手直拳为例,拳击抱架站好,快速扭腰转胯,后脚蹬地,然后迅速出拳……

"'有拳无腿难取胜,有腿无拳难占先',如果说直摆勾拳是进攻的武器,那么步伐移动就是进攻的加速器……躲闪也是防守反击的重要利器,摇摆下潜,后仰,左右摇摆……

"击打沙包需要掌握发力点和击打点,避免受伤……现在我的双手暂为你的移动拳靶,你一定要把握与拳靶的距离和打击节奏,来,你进攻……'步不稳则拳乱,步不快则拳慢''身心动,脚手随,手脚齐到方为全',爱徒啊,在练习中,你要努力实现步、手一致。然后觉得可以了,就可以进行实战了……"

练了一阵,师父道:"一苇,你们青年人要赶快成长,驱除外寇,复兴中华全仗汝辈。我还要告诉你一件事,你上次修书让那刁香荷率队紧急增援滨湖区队,你猜战果如何……"

"不知道。"

"刁香荷诚乃女中豪杰,第一次出手就不凡,实在令老朽佩服!那日清晨,她兵出奇谋,瞒天过海,借着大雾,居然率队前出到三里乡纵深设伏,而那里可是丁聚堂的腹心啊,可那日丁聚堂却没有佩戴'护心镜'……"

"好!"

"后来,丁聚堂派人以和谈为幌子,企图摸清这边虚实。那时,刁网民兵和滨湖区队已经把大部分战利品上缴到了分区。为了营造利我态势,刁香荷即组织人员用树枝扎成了好多挺'机关枪',再把上次夺得的多件机枪枪衣给它们套上,远远地架在敌方谈判代表必经之路上……丁聚堂的谈判代表回去禀报,共军滨湖区队兵强马壮,机关枪数不胜数……丁聚堂这才服软,主动示好,承诺将所运盐包与我方分成……"

"香荷从小就泼辣,我与她兄妹情深,二老更中意我做他们家的上门女婿。香荷呢,也是死心眼,一直不肯找婆家,好像我给过她什么承诺似的……"

"那你往后如何打算?"

"凡事总得有个了结,可现在显然还不是时候……"

"我看香荷这姑娘真不赖,你可千万不要辜负了人家!——你和37师特务营营长陈玉如熟不熟?"

"见过几次面。"

"陈营长身份特殊,军事素养好,听说他对于丁聚堂投敌事一直介怀,如能使他弃暗投明,为我抗战军队效力,则可喜可贺了。——我不便亲往和他叙谈,这件事你可办得?"师父目光恳切。

"我且试试吧。"

"好,不过安全第一!还有,最近你要多多留意敌情,特别是日伪下乡扫荡的情报,务必尽早送出。——我抗日武装打算近期相机消灭几股扫荡的敌人,让日伪对黄桥镇区以外的广大乡村心存深深的恐惧,从而却步。然后在今年夏收之前,在全县范围内组织一次声势浩大的围攻各据点的大战,从心理上震慑敌伪……"

"明白。"

……

又到鼓书时间了。

锣鼓暖场，宾客端坐。

锣鼓起音，一苇开场："各位客官，作为我华夏子民，心中免不了总怀有一个'玉如意'情结，这情结就是国泰民安，家庭敦睦，富贵吉祥，万事如意……然而，花开百日，总有谢时。现在，鄙人把《玉如意》本子说完了，只好另换本子了。鄙人学书不多，目前尚且只有《武松》和《宋江》两个本子可供大家选择。《武松》本子呢，足见武松血勇；《宋江》本子呢，足显宋江愚忠。各位客官，你们可有主张？"

台下纷纷喊："说《武松》。"

一苇鞠躬，锣鼓伴奏，开唱：

> 武二英雄胆气强，
>
> 月黑风高景阳冈，
>
> 精拳打死山中虎，
>
> 从此威名天下扬。

"这四句诗是后人赞美打虎英雄武松的。今日我讲武松的英雄故事，就从景阳冈打虎开始……"

可是，鼓书人开始总不往精彩的地方说唱，他在吊宾客胃口，絮絮叨叨一大堆：先是交代武松回阳谷县原因，二年前在家乡打死一个恶霸，被迫躲入沧州小梁王柴进府中，这年9月幸遇亦躲柴进庄上避祸的宋江，而宋江捎来武松哥哥武大郎口信，言武松当年所犯命案因无人做证，官府已不再追究，大郎切盼武松早日归家团聚……再言归家途中，经过景阳冈酒家，武松因买酒夸口，执意喝足了三十碗"三碗不过冈"，又被店家宰客。接着道了武松走远，店家与伙计因分钱不均而杠嘴。店家忽然心惊，如武松果被老虎所伤，他也要被官府追究，急命伙计追回武松。伙计赶上武松，却被武松误会，愤然回去。现在，武松独自醉卧山岗上……

不好，月黑风高的，虎大王巡山来了，看见武松这活食，不禁哈喇子直洒，但虎大王还是挺"绅士"，不急不忙先给武二爷施个"问候礼"，像家猫晨起，前爪一并往前伸，后脚一并往后拉，腰一后凹，头颈一前拱，左抻抻右甩甩，尾巴再这么直挺挺朝上一竖——

老虎来了！

老虎来了!

老虎来了!

……

蒋一苇感受到了台下恐慌气氛,他可不开心了,你们乃是堂堂军官,屯兵一方,虽然你们本不是什么益虫,但这么孬可不好!

原书中武松见虎大王跳将出来,武松才不惧呢,正中下怀一般,抹头巾,紧腰带,蹬靴子,卷袖口,迎向猛虎,骂道:"呔,孽障休走!"

现在,蒋一苇则决定临场发挥了。

蒋一苇敲起了锣鼓家伙,继续渲染紧张气氛,用武松的眼睛和虎大王来了个对视:

"暗夜似漆如墨,突然两团火球腾空,一声虎啸回响,天上飞禽丧胆,地上走兽亡魂。果然,一斑斓吊眼猛虎,体躯魁梧如山,胡须硬似钢针,牙齿如锯似锉,尾巴甚似钢鞭,前爪伏地,后腰半猫,就要扑来食人肉——(锣鼓伴奏)

"武松惊醒,怯怯退爬,想要转身翻滚溜坡,可是急切中,包袱啊包袱,它毫不懂事,竟兀自挂在了矮树上。老虎逼来,口中腥臭几欲把他熏晕,好似大伏天的厕所漫了坑——(锣鼓伴奏)

"武松想起了死,死是什么,就是没气了,腿一蹬,闭眼了,三魂七魄升天去也……有那么一刻,武松绝望了,闭眼了……

"虎大王逼过来,大嘴咧着笑,囊中取物耳,腾起身子往武松肩头就扑!

"武松急着往后逃,可是身后矮树坚实绵延,逾不过去,只能顶靠着矮树,左躲右闪。这可让那棵矮树遭了殃,被武松挤得东摆西晃,驼背弓腰。

"虎大王身子说到就到,可是那矮树居然通了人性,这时帮武松大忙了,反弓着的它生成了极强的回弹力,武松借着这力,往斜侧一猫腰,闪电一躲!

"虎大王扑了个空,爪子嵌进矮树中,还被树枝抽了一个大嘴巴子,虎大王顿时恼怒了,啊呜——

"坐地的武松这时反不怕了,怕也怕不了啊,反手就从包袱中抽出哨棒来,对着老虎头就打。

"众位客官,武松打着了吗? 没有! 虎大王瞪眼了,你这小小的人啊,太不把我虎大王当回事了,我要真被你打着了,今后还怎么在江湖立威?

"虎大王'从从容容'把身子一腾挪,头一缩,让过哨棒,得意地笑笑,血盆大口一前凑，一下就叼住了那哨棒，只听咔嚓咔嚓两声脆响，虎大王把棍子咬成了三截！

"武松吃了一吓，赶紧躲虎大王的血盆大口，慌里慌张把双手往虎大王的颈项这边缩让。虎大王的大嘴扭过来，又追着他双手来咬。迫不得已，武松他双手抓住了它颈项顶的五花皮，死命地揪，死命地按，死命地掐，喝声雷霆，'拿命来——！'

"虎大王闻得雷霆之声，登时慌了神，这小人儿还真能耐啊，惊叫一声'啊呜'，一甩头即刻和小人儿脱离了，后蹿一丈远！

"虎大王对着小人儿，眼洞里几乎喷了火，一声长啸震天动地，又往小人儿扑去——

"武松身子倏地一缩，唰唰退后两步，再一闪身。

"那虎大王才好笑呢，前爪又没逮着武松，后身却被树身架住了，嘴巴啃到草丛里，尾巴乱舞半空中。

"武松往前一扑，一把抓牢它的五花皮，把它的头朝地下一捺，虎大王的前爪登时把地上的泥土石子扒出了一个坑。武二爷这时弓起右脚就往虎大王右眼上一踢，啪嗒，虎大王右眼珠立马崩掉，鲜血淋淋，却又呼叫不出。武二爷尝到甜头了，再伸出左脚，从虎大王左眼上方，往下狠击，又听得啪嗒一声，虎大王左眼也立刻爆掉了，血流汩汩……

"虎大王它疼啊，它受不了了啊，它害怕不愿见的结果啊，于是它后半身'扭捏'得更厉害了，比俏媳妇扭秧歌还带劲儿！"

台下哄堂大笑，纷纷喊"打得好打得好"。

"武二爷一看，那虎尾还翘老高，莫非在向我示威！武二爷一探身，一伸手就逮住了，像控住了一条巨蟒。那巨蟒绝地反击，险象环生。

"武二爷一拽不断，二拽不断，三拽不断……急中生智，武松把身子往这边一环，左脚加左手捺牢它的头，片起身，腾地飞起右脚踢向虎大王尾巴桩子，而右手又同时将虎尾往这边使劲一牵，只听吧嗒一声，虎尾连根断掉，鲜血喷溅……"

宾客大叫："好好好！"

"这当儿虎大王到底有多疼呢，只有它自己才知道。至少有三秒的时间，虎大王毫不动弹，任凭武二爷骑跨它身上。武二爷再使千斤坠，虎大王肚腹吃重，蓦地往下一埋，可怜那矮树彻底被压趴了，武松趁势又一把捺牢老虎五花皮，可这当儿虎头却高昂起来，张大口疯狂地咬噬……（锣鼓伴奏）

167

"武松见它的右眉骨上昂,正好称手,抡起拳头喝一声'着!'就一铁拳'问候'下去,只听一声闷响,虎大王的右眉骨塌陷了。虎大王疼啊疼,连连甩头,可是那疼痛彻底黏着它了,怎么也甩不掉! 武松又如法炮制,再往它的左眉骨猛捶一记,左眉骨也应声塌陷了。虎头最后甩了一下,然后颓然耷拉下去。

"接着武松右拳贯足了劲道,对住老虎右边前软肋连砸数十拳,都是盯住一个地方打的。

"武松边打边喊,一打你不待深山老林,二打你月黑风高做坏事,三打你冲了我的酒兴,四打你夜半惊了俺的魂,五打你咬断了俺的哨棒,六打你……最后打你投错娘胎误了己身! (锣鼓伴奏)

"可是这时虎大王突然拗起头来,啊呜——

"武松更火,对着它亮出的右耳窟,一拳砸下去!

"又是砰一声闷响,虎大王苦极,却发不出声,身子猛打一阵摆子,继而彻底软蔫了,左耳却咝咝咝咝咝咝溅射出去足有丈把长的东西,像谁扯出了一股大黑绒线,血腥味浓重……

"武松一时不明白什么原理,疑惑了一下。这当儿,虎大王可'舒坦'了,整个身子像了无生命的土墙一般,颓然向一侧倾倒,扑通一声。武松赶紧跳开……"

"好好好!"

蒋一苇不想再往下说了,一阵铙锣收了杂音,问道:"各位客官,人虎大战,虎口亡魂不知多少,为何独独武松赢了?"

台下议论纷纷……

蒋一苇道:"愚以为,一则武松天生神勇;二则武松搏击过程中斗智斗勇,善借地形反败为胜;三则酒力强劲,壮胆添力……诸君可鉴,所谓食人大虫其实并不足惧哉! 现在,科技发达,诸位将官有枪有炮,加之众志成城,百千虎狼又何足惧哉?!"

宾客掌声雷动,而两日本兵只顾酣饮,歪歪倒倒,两眼迷蒙……

待两日本兵踉踉跄跄走出偕行社,众人方才真正快活起来。

丁聚堂冲蒋一苇喊道:"兄弟,今天的书最是精彩,来闷口酒!"

蒋一苇赶忙过来,道:"司令大哥,我们说书的对这杯中物也贪,可是生怕它伤了喉咙,误了明朝的场子,见谅见谅!"

丁聚堂道:"那就不勉强了,弟兄们,我们喝! 武松连喝三十碗,我琢磨

168

他喝的那酒啊,绝不如咱黄桥的高粱烧地道,哈哈哈……"

"是啊是啊,丁司令,这黄桥高粱烧啊,武松闻闻,比景阳冈酒香;武松喝了,腿更飘了;武松醉了,胆更壮了……"说这话的正是特务营营长陈玉如。

"贤弟啊,说得有理,干!——我记起来了,明天你们特务营要配合皇军下乡扫荡,你也上点心啊……"

"司令,这差可不好办啊,一则出了黄桥镇区无处不是共党的红色堡垒啊,二则对周边老百姓下手我们真做不到啊……"

"边见对我们皇协军早有不满,你自己斟酌吧!"

"卑职明白……"

"我说,这'皇军'老怪我们'皇协军'剿共不力,自己怎么不多添点人手……共党的性格你们懂的,你杀他一人,你就是跑到天涯海角也躲不掉。我们真是两头不讨好啊!"副官道。

众人附和。

丁聚堂呷了一口酒,道:"弟兄们,既然上了这条贼船,现在委实也没处可退了。留得青山在,何愁没柴烧!弟兄们,明天东河下村好好地干活,祝大家凯旋,干!"

"干!"

"干!"

"干!"

……

放下酒杯,丁聚堂问蒋一苇,道:"贤弟,你的《武松》本子里,武松与嫂嫂金莲有没有搞上一腿啊?"

"起初,金莲对武松一见倾心,武松却只是天然敬爱嫂嫂。但武松如此这般,反给了金莲错误信号,惹金莲害了单相思……"

"有意思有意思,不知还有多久金莲才能登场啊?"

"隔两日。"

"好好好,届时贤弟你可要把紧要处说细节点,我们的耳朵也饿久了,关键是你嫂子紫云对此也挺感兴趣的,哈哈哈……"

……

伪军官们和地方反动分子都走了,茶房小宗在收拾残局。

蒋一苇苦叹道:"明天日伪又要去六区的东河下造孽了……"

小宗却笑道:"蒋班主,您放心,东河下人'热情'得很呢,一定会让他们'吃不了兜着走'!"

"劳您费心,告辞了。"

……

第四日晚上,偕行社依旧灯火辉煌,人声鼎沸。

七点半,蒋班主登台,鸣锣击鼓。

这一晚,往常每天派来"同乐"的两名日军没见踪影,众人格外放得开了。

蒋班主就要开场,忽然紫云飘了进来,头上配饰琳琅,笑颜如花。

丁聚堂笑脸迎向她。

她也不和他言语,一脸傲娇地在他左首坐下,双手托腮,眼光灼灼地咬定了台上蒋班主。

丁司令尴尬地抹了抹光头,憨笑。

众人也笑。

丁司令做了一个请的手势。

蒋一苇开讲了。

《金莲戏叔》这出戏他上午还在家温过的,可现在,他竟莫名其妙地慌乱起来了,正是台下那么一泓明媚的波光晃了他双眼,乱了他章程。现在,他的脑中有两个词在疯狂地、不可阻遏地自行搭配:"金莲紫云紫云金莲紫云……"那么我是谁呢,我是叔子武松,丁聚堂是武大?!

……

现在,金莲跑到了武二爷房间。

武二爷见嫂子坐下来,心里不安:大哥不在家,叔嫂更要避嫌,可是叫嫂子走吧,又不能;兴许嫂子亦无他想,只是由于年纪轻,尚不大懂规矩,作兴有什么家常话特为和我谈谈的……

此刻,武二爷啊亦不是书中的武二爷了,真真切切就是他蒋一苇本尊,这该如何是好啊?

蒋一苇他心里慌乱,只得强把头一低,先稳了气息,再把眉眼猛一抬,硬着头皮接着"表演"。可是,事与愿违,书中情节此刻似乎与金莲无关了,真真切切就是她紫云在那儿搞事儿。此刻她就是一朵美丽而极具诱惑的云,杵在他面前,咫尺之遥,正把他痴痴在望,还赶不走,撵不跑……

四目相对,蒋先生目光受了击打似的,一寸寸地折于地上,似万千银针泠泠坠地。

紫云显然洞察了他的内心,嫣然一笑,这蒋先生真是个书呆子……

书中,金莲把二爷面前杯子斟满了酒,哗!也把自己面前酒杯子斟满了,哗!

金莲手一抬,把酒杯子一端,粉面含春,两眼痴痴望向武松,口吐莺声:"二叔,请啦!"

这当儿,蒋班主不禁往紫云一觑,那紫云此刻也正端了酒杯,恳恳切切地望向他。

蒋班主唱道:"啊,不作兴啊,年轻的叔嫂岂能对饮?!"

台下哄笑。

演艺多年,蒋班主从没像今日这般慌乱过。

嫂嫂挑逗武松:"愚嫂坐在楼上,偶听得街坊上互传,说是打虎英雄武都头风光无限,不知多少俊姑娘投怀送抱,甚至有人传你在东市上新娶了一如花美眷,这一切可是真的?"

二爷道:"嫂子一定听错了,武松刚刚任职,一心只想为公……"

金莲见他木讷,又怕大郎很快归家,索性直奔主题了——

金莲站起身,走到火盆前,就把炭篓子里一双火筷拿了,夹了两块生炭加入火盆,再把火盆里红红的火炭拢了拢,堆了堆,那炭火随了她的心愿,烧得更旺了,火焰青蓝,噼啪作响。金莲右手捻着一根火筷子,底下挂奓着另一根,双目燃着炽烈的火痴痴望向武松……

金莲道:"叔叔,你看这火筷儿天天成双,日日捉对,虽则前端被这炭火烧烤得漆黑,心里却是多么惬意……"

"这个……"武二爷诧异了,又不敢乱搭腔,只好再把头埋下去。

丑鬼就要回来了,丑鬼就要回来了,金莲急了,把火筷子朝炭篓子里一插,把酒杯子一端,绕过炭火盆,袅袅走到二爷身旁,不容他分说,左手就把他头一搂,右手把这杯酒朝二爷嘴里强送:"二叔,你休要装假,我知道你心上早装了愚嫂,愚嫂喂你……"

武二爷不由得两眼光火,右手两指直戳金莲:"尔休得无礼!"

丁聚堂等人大声叫好,淫邪怪笑;紫云则娇俏一笑,脸上云淡风轻……

蒋一苇直说到武大送别了武松,复进了自家大门,金莲倒走过来向武大诬告武松调戏他,却被武大熊了:"尔休得胡说,俺家兄弟不是这种人!"

金莲嘿嘿冷笑,她的内心现在将兄弟二人一并恨得彻彻的了……

终场锣鼓敲响，蒋班主谢幕："各位客官，本回书《金莲戏叔》说完了，欲知后事如何，且听下回分解。"

紫云一脸笑意，欠身和众军官告辞，然后走到丁聚堂身边，伸手挽住他的胳膊，小鸟依人地往外面去了。

丁聚堂的一众护卫急忙上前，开路的开路，撩帘子的撩帘子，后卫的后卫……

很快，众宾散去，唯陈玉如营长还在喝苦酒，一脸颓丧。

"蒋班主，来，陪我喝一杯。"

"多谢陈营长美意，门规所限，请恕在下不能从命！"

"这日子活得憋屈，日本人逼我们去屠杀我们的同胞，我们不肯干，可是，我的兵还不得不端着枪往上冲……"

"陈营长少年英武，自有远大前程！在下只是卖嘴皮子的，对军事、政务可是一窍不通啊……"

"兄弟，我们37师将士手上沾的都是咱中国人的鲜血啊，我们都是民族千古罪人啊！"

"我也是民族千古罪人啊，为了苟活性命，不去反抗日寇，还不得不为日寇粉饰太平！——宗大哥，给我拿只酒杯，今天我要和陈营长不醉不归！"

陈营长道："好，兄弟。——小宗，快拿酒杯，通知厨房再烧几个菜来……"

那一晚，陈营长、蒋一苇二人喝光了坛中高粱烧，然后互搀着出了偕行社大门。

黄桥的高粱烧啊，喝进去时是酒，辣辣的酒，可是待它进了肚胃，加入了体液循环，则又不是酒了，它分明就是火山浆液，汹涌奔突。

两人豪迈唱起了《义勇军进行曲》，古巷回响：

> 起来！不愿做奴隶的人们！
> 把我们的血肉筑成我们新的长城！
> 中华民族到了最危险的时候，
> 每个人被迫着发出最后的吼声。
> 起来！起来！起来！
> 我们万众一心，

冒着敌人的炮火,前进!

　　冒着敌人的炮火,前进!

　　前进! 前进、进……

　　小宗从里面追出来:"二位爷,酒喝高了吧。这歌若被日本人听到,肯定要出大事的啦……"

　　……

　　第二天,天才蒙蒙亮,师父一脚踢开蒋一苇虚掩的小院大门,脸色乌青。

　　蒋一苇正在做热身运动,赶紧过来请安。

　　师父道:"昨晚,你小子可神气了,居然酒后乱了性子,幸亏没遇上巡城的日本兵。否则,你的小命怕要完掉了!"

　　"师父教训的是!"

　　"那个陈玉如虽然厌倦了伪军生活,但是他一天没有弃暗投明,我们就不能把他当'同志'! ——还有,丁聚堂的那个马子,听说她对你甚有好感,而你经她浅浅一撩,似乎立马就不能自持了……"

　　"昨晚我和她才见了第二面……"

　　"色字头上一把刀,要有定力啊! 唉,你还是不成熟啊!"朱老的龙头拐棍连连磕击地面。

　　"我明白……"

　　"刀尖上行走,你首先得自保!《易经》云,'潜龙,勿用',谨记谨记!"

　　"多谢师父教导!"

　　"现在,为师教你拳击步法,首先请看横向移动的慢动作分解。横向移动,即向左移位和向右移位。向左移位,用前脚掌蹬地发力,左脚向左移动半步,右脚也随即向左移动半步……"

　　"向后移动……

　　"滑步……向左滑步……向右滑步……侧后滑步……两腿之间一定要保持好距离,两腿并用,不得机械僵硬,要有弹簧似的活力,身体始终保持平衡,重心在两腿之间……

　　"今天教你的这些基本步法,你平日里要练熟稔了,最好能在实战中捶打捶打。——这是一本《军事地形学》,是我珍藏的,你可要认真研读,用心揣摩,有勇无谋可不行! 听卫队长说,你不敢开枪,是因为你心理上有障

173

碍,他为你抱憾!我却不这样认为,现在的你自是一把子弹登膛的狠枪,时机一到,你自会果断击发,我对你满怀信心。还有一件事,就是日寇现阶段正在我镇全面推行伪化教育,你得找机会进入黄桥复学的校园,用我们家乡话说说《武松打虎》之类的作品,增强孩子们的民族自豪感,激发他们抗战必胜的信念。你可以见一下何卓甫老先生,他现任黄钟补习社校董,先前我已和他交代过此事。当然,你得时时留心,日寇每月会派人到学校督查,伪军也会不时去检查,主要检查伪化课本的使用情况。我先走了。"

……

那日,蒋一苇吃完早饭就去了黄钟补习社。

鬼子入侵,原黄桥中学和小学被迫外撤,但日伪为了推行奴化教育,灌输"中日亲善"的理念,"批准"了黄钟补习社的成立。校址在原黄钟小学,并借用了丁万昌商号的部分房舍,教授高小课程。

一进大门,迎宾屏风上张贴着一幅孔子作揖像。学生们进校都要恭恭敬敬朝孔子像鞠个躬,再到校董和值日老师前鞠个躬,道声"老师早"。

蒋一苇给孔子像施过礼,又给何老施礼:"老师早。"

何老笑道:"哟,原来是蒋班主大驾光临,稀客稀客!还记得你当年在我黄中插班读书情景,如今你学艺有成,名扬苏中,老师弗如啊!"

一苇道:"老师,您过奖了……"

这时,教务主任董玉俊迎过来。

何卓甫道:"董主任,这是我县知名鼓书艺人蒋一苇先生,他长期牵挂我镇娃子的成长,上午你先安排他到各班体验生活,放学前请他给全体师生表演鼓书……"

董主任把蒋一苇引进最近的一间教室。

教室前黑板板面泛白皲裂,恍如久经曝晒。教室内的课桌、板凳也是高矮不齐,但是娃子们倒很自在,端端正正坐着,双手捧书。他们的年轻女老师呢,亭亭玉立于黑板前,穿白色蕾丝短袖曳地长裙,杏仁脸,眼神秋波一样明媚,前额的发丝显然熨烫过了,可爱地向上翻卷。整个教室里温暖而光明。

女老师冲主任和一苇点头致意,然后继续进行她的授课:"同学们,今天我们学习文天祥的《正气歌》,它的序文呢是用来诵读的,而它的正文呢歌唱才相宜,下面且由我来示范。大家留心字音和停顿,同时注意体会其中感情。"

女老师朗诵道：

正 气 歌
〔宋代〕文天祥

　　余囚北庭，坐一土室。室广八尺，深可四寻。单扉低小，白间短窄，污下而幽暗……孟子曰："吾善养吾浩然之气。"彼气有七，吾气有一，以一敌七，吾何患焉！况浩然者，乃天地之正气也，作正气歌一首……

接着女老师慷慨激昂唱起来：

　　天地有正气，杂然赋流形。
　　下则为河岳，上则为日星。
　　于人曰浩然，沛乎塞苍冥。
　　皇路当清夷，含和吐明庭。
　　时穷节乃见，一一垂丹青。
　　在齐太史简，在晋董狐笔……

　　蒋一苇闭了眼，静静听她吟唱，恍若自身来到了万里冰封的北国，旷野之上，那傲霜斗雪的红梅在朵朵绽放，而每一朵的绽放都自带铿锵昂扬的律吕……

　　董玉俊主任看了看手表，兀自先走了。

　　忽然，女老师停了吟唱，蒋一苇睁开眼，却见女老师手指窗外，一脸恐惧。原来，此刻一个身高仅一米五左右的日本军官戴白手套，斜挎指挥刀，手牵大狼狗，趾高气扬地闯进了校园，身后还跟着俩背长枪的日本兵。

　　日本军官努力摆出高大威武的谱儿，孰料被他的大狼狗抢了风头。

　　女老师一抹额头，低声说道："孩子们，换'国定书'！"

　　孩子们麻利地撤下自备教材，放进桌肚，再把"国定书"亮到桌上。

　　女老师问一苇："先生，您是？"

　　"我是何校董从前的学生，来贵校体验生活来了。"一苇拱手致敬。

　　女老师再看窗外，那三个日本兵在孔子像前站住了，各自恭恭敬敬地鞠了一躬。

董主任这时出现在窗前,冲女老师一努嘴。

女老师会意,对孩子们说道:"大家莫慌,自己看看'国定本',我先躲厕所去,这位先生,您先帮我代一下……"

女老师急急躲出去了,孩子们抓起了笔,作势写字。

董主任迎向日军官兵,用日语叽里呱啦说了一大通。

那天,那个鬼子军官似乎心情特好,始终一脸笑意。

后来,一苇才知道,他是个少尉,叫佐佐木。

然后,鬼子军官和狼犬的两张丑脸嚼瑟在一间间教室窗前。鬼子军官的卫生胡恶心极了,狼犬的血红舌头可憎极了。

董主任指给他看孩子们手中的"国定书",用日语解释着什么。

这刻,狼狗却不耐烦了,老吐着舌头往前冲,鬼子军官就这样被拖带着快步向前。从一苇所待的教室前经过时,鬼子军官认出一苇,回头和董主任说了些什么,接着咯咯怪笑起来。

董主任赔着笑脸,连连说"哈伊哈伊"。

鬼子军官就这样一直大笑着,被狼狗牵拽着出了校门,急急南去了,其后两个兵弁赶紧跑步跟上……

警报解除,董主任过来,招手让一苇出来说话。

一苇问:"刚刚那鬼子军官和您说什么?"

"他说,那个说书先生是不是要教孩子们说书?"

"我说,是的,《玉如意》的干活,然后他就大笑……"

这时,女老师也回来了,和董主任招呼。

董主任道:"丁老师,我给你介绍一下,这位就是泰兴著名鼓书艺人蒋一苇先生,他乃何校董高足,长期心系我校。蒋班主,这位丁老师可是大家闺秀,其父乃是黄桥首富丁西顿。丁老师震旦大学毕业,现在我校做义工,很不错!"

一苇道:"幸会幸会,丁老师好。"

丁老师说道:"蒋班主好,欢迎莅临我班体验生活。你们忙,我要接着上课了……"

一苇随着董主任去了操场。

丁氏义庄的晒场上,有一个班级正在上体育课。孩子们围合在沙坑边,个个一脸坚毅,双腿叉开,双手后背,身姿挺拔,专心聆听老师讲解立定跳远技巧。

老师道："同学们,下面我们练习立定跳远,我们体育课的宗旨是——"

孩子们挺胸收腹,异口同声："强身健体,报效国家!"

然后,孩子们依序跳坑,个个生龙活虎,叫好声不断。

蒋一苇被感染了,大步往操场去。

董主任赶紧在前面导引。

董主任对体育老师说道："丁老师,您稍息。这位是蒋一苇蒋班主,说《玉如意》的大先生,今天特来关怀我们黄钟补习社,丁老师您可否给他露两手?"

丁老师对孩子们说道："孩子们,大家一起问蒋班主好!"

孩子们齐声："蒋班主好!"

蒋班主鞠躬回礼："同学们好,丁老师好!"

孩子们热烈鼓掌。

"蒋班主,不才献丑了。"丁老师表演的是太极拳。他的招式含蓄内敛,以柔克刚,急缓相间,行云流水。众人高声叫好,有些活泼的孩子跟着比画。

董主任道："我们丁老师 1930 年经地方政府推荐前往中央国术馆学习,拜知名武术大师杨澄浦为师学习太极拳,在校成绩优异,还曾荣获全国太极表演银牌……"

一苇道："佩服佩服,黄钟补习社果然藏龙卧虎!"

丁老师冲一苇打了个拱,转身冲孩子们说道："我们体育课的宗旨是——"

"强身健体,报效国家!"

"接下来我们继续学习立定跳远……"

这时,风中送来歌声:

同学们,大家起来,

担负起天下的兴亡!

听吧,满耳是大众的嗟伤!

看吧,一年年国土的沦丧!

我们是要选择"战"还是"降"?

我们要做主人去拼死在疆场,

我们不愿做奴隶而青云直上！

我们今天是桃李芬芳，

明天是社会的栋梁；

我们今天弦歌在一堂，

明天要掀起民族自救的巨浪！

巨浪，巨浪，不断地增长！

同学们！同学们！

快拿出力量，

担负起天下的兴亡！

董主任道："这是六年级的学生在上音乐课，教唱的是《毕业歌》。可惜时局如此，不能纵声高唱！"

一苇和董主任又往后面一排教室去，那里是四年级教室。

在第一间教室前，老师正高举戒尺："今天，我就打你个贪玩忘学！"老师说一声，就打那小孩右手掌心一下，一共打了三下，似乎每一下都比较重，再换了小孩左手，老师也打三记，说道："记住了，'今日事，今日毕'！"

孩子答："记住了。"

老师问："记住了什么？"

孩子答："不贪玩，学业为重，'今日事，今日毕'。"

从讲桌上放着的三角板，一苇明白这位老师应该是教数学的。

董主任道："这位是教数学的成进老师，一向比较严厉，班里考满分的孩子比较多。"

"佩服佩服！"

董主任道："过一会儿晨会的时候，你就给孩子们来一段《玉如意》吧。"

"董主任，我觉得还是来一段《武松打虎》更好些……"

"你自己决定吧。"

晨会时间到了，全校的孩子们带着各自的板凳，排着整齐的队伍前往操场。老师们在侧边监督，孩子们的动作静快齐。

董主任主持："老师们，同学们，今天我们荣幸地迎来了我县著名鼓书艺术家蒋一苇先生来为大家表演节目，大家热烈欢迎！"

掌声雷动。

"董主任，老师们，同学们，大家好，今天鄙人有幸在贵校参观学习，见证了贵校师生远大的理想,不屈的意志,严谨的学风,团结的精神。我相信,'我们今天弦歌一堂,明天是社会的栋梁'！今天,我且为大家表演鼓书《武松打虎》。"

"好!"掌声雷动。

在那次说书过程中,蒋一苇并没有把武松打虎的那一段说得过于血腥,老虎依旧凶残,但他更多地运用拟人手法,让老虎自言心声,突出了它的蠢笨无比。武松则是勇武加智慧的好男儿,由初见老虎的慌乱到渐渐掌控局势的镇定,最后为民除害……武松打虎的过程,充分体现了人类的精神……

那回书,蒋一苇说得绘声绘色,张弛有度;唱得亦庄亦谐,妙趣横生。

在雷鸣的掌声中,一苇的终场锣鼓敲响了。

那一天,黄钟补习社是蒋一苇眼里最美的风景;同样,蒋一苇也是当天黄钟人眼里最美的风景,尤其那个丁姓女老师,看一苇的眼神最热辣,拍手亦最响……

丁聚堂最近闹心了。

那些伴同他出生入死的弟兄们,每每被迫充当日军下乡扫荡的马前卒,十次有八九次损失惨重。对于黄桥镇区以外的广大乡村,丁聚堂内心充满了深深的恐惧。虽然他们37师是汪政府的所谓"正规军",但是显然共产党的武工队、民兵,甚至散兵总对他们不屑,见了他们就打,打了又总能像泥鳅一般滑溜。而日军呢,由于兵力制约,在黄桥也才放了一个中队,还不满员。每次日军下乡扫荡,共党的枪子儿总要取了少则一两个,多则三五个日军性命。日军在黄桥的最高长官边见一筹莫展。边见虽只是中尉军衔,但他总可以把丁聚堂这个少将军衔的地方保安司令招之即来,骂个狗血淋头。

现阶段,明面上,丁聚堂仍对边见唯唯诺诺,而暗地里丁聚堂改弦更张。即便逮着了共党分子,丁聚堂一般也不把他们交给日军,而是关在37师号子里,还嘱咐看守好生养着。眼下,共产党才真正得罪不起啊！可是,日本人又总屡屡驱策他们飞蛾扑火,唉……

偕行社,这日朱履先也来了,丁聚堂设宴款待。

餐毕,二人在小间品茗。

朱老道:"小丁,听说你们这次下乡扫荡,'收获'可不小啊……"

"朱老,你有所不知,我现在真正是骑虎难下啊……"

"怎讲?"

"你知道共党性格的,他们折损一人,我们非得十倍百倍偿命不可!我才不管汪主席什么建国大业,我只想留着我吃饭的家伙,所以我只求能和共党相安无事……"

"小丁,我早就替你担心了,万一哪天日军要把你关押的共党分子提出去执行了,这血海深仇共党肯定首先得记你头上……"

"这共党我还真是怕了,他们是'野火烧不尽,春风吹又生',还无孔不入啊,没准儿你身边最亲的人也被他们拉拢了。对他们,皇军亦无计可施啊……"

"所以,我倒建议你相机把这些共党分子释放了,向共党卖个人情,以后好说话……"

"但是这些共党分子个个骨硬似钢,宁死不屈,要他们写份忏悔书都不肯啊,我实在找不到私放他们的理由啊……"

"小丁,你咋就不会变通呢?你让副官找些识字的士兵,胡乱写上几页,再签上那些共党分子姓名,捺上罗印,然后,你把他们放掉,并且确保他们安全抵达共党驻地。这样,共党反欠你大人情了,我自然会找机会去帮你讨还……"

"好吧,我明天就来运作这件事,还望朱老在共党那边多多美言。我想和共党暗结盟约,互不攻击。倘若日军严令我师伴同下乡扫荡,我方也一定提前告之,双方演演戏就成……"

"好,待时机成熟,我来安排你和共党的人面谈……"

"听书去,"丁聚堂起身,道,"朱老,您先。"

……

那晚,听书未及一半,朱老就先告辞了。

回到家,朱老立即让管家曾平前往泰县我党交通点……

三天后,穿着伪警察制服的曾平兴冲冲回来,向朱老汇报:"我党泰县被俘人员共二十余人被全部放回,并安全抵达我根据地,泰县徐观伯先生还捎来一封信……"

朱老展开信笺,是一首诗:

片言胜斧钺

为解亲人困，
黄桥据点行。
履公频点首，
使命两肩轻。
身虽穹庐陷，
心存汉室营。
片言胜斧钺，
一举鬼神惊。

朱老拈须微笑……

且说丁聚堂私放了共党二十余人示好后，迫切想和共党进一步加强"友谊"，时常催促朱老从中牵线……

盛夏的一天，一南方客商拜谒将军府，这客商正是我党谈判代表盛华。

中将府书房，朱老和盛华握手寒暄。朱老拉着盛华的手，退后打量，忍不住笑了。原来盛华下身穿的灯笼绸裤崭新崭新的，而上身穿的却是一件皱皱巴巴的旧西装，还掉了色儿。

朱老笑道："盛华同志，你这装扮可不搭啊，在黄桥街上一走，立马就会被密探盯住了……"

盛华尴尬地笑了。

朱老对曾平说："曾兄，你辛苦一下，去把宝权（朱履先长子）的长衫找出来，让盛华同志先对付着穿。再去把制衣铺的大师傅请过来，让他连夜帮盛华同志赶制一套行头，工钱我付。"

盛华不好意思了："这怎么使得?!"

盛华脱下外套，衬衣也早已洗褪了颜色，蓝中泛白，而腋下缝的一块补丁却是纯白。

朱老道："管家，再帮盛华同志添置两件衬衣。"

是晚，朱老为盛华洗尘接风。朱老本来也盛邀丁聚堂过府的，丁聚堂犹豫再三，最终谢绝了，但派了他的一个同乡——37 师军法处长前往。

席间，盛华向大家讲述了自己的生平……

原来，盛华是辛亥革命先烈、海军中将、肇和军舰舰长盛延祺（白沙）的长子,从小受到其父振兴中华、驱逐列强的爱国主义宏伟抱负熏陶。父亲牺牲时,他刚九岁,父亲为国捐躯正气凛然的高尚形象一直激励和鼓舞着他,使他少年时代就加入党的行列,投身到艰险、火热的革命中去。父亲给盛华的唯一物质遗产只是一箱子书,但给他留下的却是公而忘私、清正廉洁的精神财富。战争时期盛华处理过多批次从敌方缴获的财物,千金经手过,不沾一文钱……新四军重建军部后,盛华在新四军一师一旅担任敌工科长。

那晚,朱老庭院内,月影婆娑,丹桂飘香。朱老、盛华、丁聚堂的军法处长三人品茗聊天,天南海北,相谈甚欢,直至东方发白……

第二天一早,制衣店就送来了两件衬衣和一件杭绸长衫。盛华穿上了,在落地镜前辗转对镜,连道:"罪过罪过!"

朱老对盛华更加景仰,道:"盛华同志,从你身上我感受到了共产党人的高风亮节,中国的希望只在你们身上了!"

后来几天,盛华和军法处长的商谈移到了朱老书房,双方互签了协议。虽然丁聚堂本人没在协议上签字,但他据守黄桥后期,基本上还是遵循了尽量不危害根据地的协议,有时还暗地里"卖人情"给我党我军……

1943 年夏,由于日伪苛捐杂税,绑票勒索,中共泰兴县委发起了奋起包围本县各据点的运动。

这日,我方三万人包围黄桥镇区。

黄桥中学工字楼,日军指挥部。

边见对着丁聚堂发飙:"你的丁聚堂的,坐拥数千兵将,却整日像个缩头乌龟,只知道玩女人、喝酒、看戏……让共产党都欺负到门上来了!你的,大大的蠢材一个!"

丁聚堂置若罔闻,驴脸挂着笑,"从从容容"站起身,孔雀开羽般叉开双臂,护兵从身后帮他脱了军装,真丝白衬衣晃眼。丁聚堂左右抻抻脖子,颈部骨节咯吧咯吧两声响,坐下,一脸惬意的笑,再跷起二郎腿,奋拉眼皮,阴阳怪气说道:"中尉,我们 37 师本就是乌合之众,大刀会的底子,确实是烂泥糊不上墙啊!再说,这次共党不知从哪里动员了这么多人,数万人众啊,而贵军才区区数十人!我看,这次我们绝不能主动激化矛盾了,除非贵军军部能给你调兵遣将……"

"八格,未战先怯,耻辱的耻辱!"边见暴起,眼如瞪羚,右手抽刀。

屹立丁聚堂身后的两护兵,闪电般掏出二十响子弹上膛,枪口咬定边

182

见脸面,杀气腾腾。

丁聚堂却无事一般安坐,眯缝起了双眼,手指击桌打拍子,摇头晃脑唱起了江苏民歌《茉莉花》:

> 好一朵茉莉花,
> 好一朵茉莉花,
> 满园花草香也香不过它,
> 我有心采一朵戴,
> 看花的人儿要将我骂。
> 好一朵茉莉花,好一朵茉莉花,
> 茉莉花开雪也白不过它,
> 我有心采一朵戴,
> 又怕旁人笑话。
> 好一朵茉莉花,
> 好一朵茉莉花,
> 满园花开比也比不过它,
> 我有心采一朵戴,
> 又怕来年不发芽……

边见进退两难,耻辱啊耻辱,堂堂大日本皇军中尉今天却被丁聚堂这支那兵痞亵玩了!

佐佐木少尉急急上前,将边见军刀按回刀鞘,用日语说道:"长官,大局为重,我求您了!"

边见背过身去,气愤难平,一拳狠砸在桌面上,砰——! 手指关节登时血流殷殷。

佐佐木转身对丁聚堂说道:"丁师长,我大日本皇军是来拯救支那的,建立大东亚共荣圈是我大日本皇军浴血奋斗的目标,你的明白?"

"明白,但是……"

"丁师长,你的意思是?"

"为今之计,我们唯一条路可走,那就是坚守不出,派人和谈,同时整肃纪律,降低租税,杜绝勒索绑票……"

"这件事就全仗丁师长斡旋了,拜托!"

丁聚堂站起，抓起军帽往头上一扣，一护兵从身后给他披上军装。

丁聚堂背对边见，冷冷问道："可以走了吗?"

边见不语，佐佐木道："您请。"

丁聚堂昂然出了门，上了野战吉普，绝尘而去。

车上，丁聚堂对身后两护兵道："兄长我今晚请大家喝酒！今天，诸位弟兄用实力告诉了边见谁才是大黄桥真正的主人，他边见算个球，共产党不是，国民党更不是，现在大黄桥真正的主人非我丁聚堂莫属，非我37师莫属！"

"司令威武，37师威武！"

"弟兄们，好好珍惜吧，黄桥真是块福地啊，乱世之下还有吃的、喝的、玩的、乐的……"

"哈哈哈……"

……

共军围城暂告一段落，黄桥镇区敌伪苟延残喘。

偕行社重新开放，丁聚堂及其属下与周边汪伪人员照常"雅集"。显然，这里暂时成为这些末路鬼的"快活林"。由于近期丁聚堂对拜把子兄弟蒋一苇的偏爱，蒋一苇每晚都要登台表演。

日军照例每晚总要派两个官兵来这边轮值，而来此的日军官兵每次只求胡吃海喝。无疑，他们也视偕行社为改善伙食、放松心情的好地方。不过，这些东洋"矮段子鬼"，怎敌我黄桥高粱烧，三杯两盏就屎了，眼泪鼻涕乱飞，然后尽唱些凄凄凉凉的日本歌曲，鬼哭狼嚎的，还吐得一地狼藉。

每次，待日军走后，丁聚堂之流行止则更为豪放……

这日，演书结束，振裔楼一楼，酒醉的两日军互搀着出了门，丁聚堂和黄桥一班豪绅把酒宴推向高潮。

如今，黄辟尘故去，丁西顿自然成为黄桥豪绅中的执牛耳者。丁西顿举杯敬酒："丁司令，前段时间，穷鬼们闹得凶，还多亏了你掌控局面，方能化险为夷！敬您！"

"局势向好，你这维持会大会长也立下了汗马功劳，喝！"

"覆巢之下而能有完卵，真得感谢丁司令！我们共敬丁司令！"

"却之不恭啊，干！"

蒋一苇也站起敬酒，道："丁司令，丁会长，各位老爷，在座列位均是人中龙凤，我作为一名耍嘴卖艺的，承蒙各位厚爱，在下感激不尽，谨敬诸位一杯,聊表寸心!"

丁西顿道:"好好好,蒋班主,年少识体,风流倜傥,前程不可限量,干杯!"

丁聚堂道:"本家兄弟,令千金海棠可曾婚配?"

"丁司令,您有所不知,我这二丫头整日瞎闹腾,跑去黄钟补习社做义工不算,穷鬼围城期间还回家和我争吵,要我还了田亩给他们,说什么'耕者有其田是天道',真是女生外向,我恨不得抽死她!她姐姐更是个反骨,从小跟她妈后面在粥局施粥,长大成人了,居然放下偌大家业不要了,连老子、弟弟、妹妹也不要了,还登报断绝了父女关系,说我反动。她现在新四军里面做工作,新四军入镇仪式上,宣传歌曲数她唱得最卖力,我们老兄弟仨当时就气坏了。那些日子里,她要回家探亲,我们才不给她机会……如今,仨娃有俩从了共产党,你说,我还忙活什么劲儿呢……"

"哈哈哈,丁兄,你长女已没改着了,现今你可得把小女儿揪紧了,她思想还未成熟,尚可救药啊……"

众人附和:"是啊,老丁,千万不能重蹈覆辙啊!"

丁聚堂道:"我觉得为今之计,唯有把二千金早早许配个如意郎君,让她回归家庭,相夫教子,才能免夜长梦多啊……"

"我何尝不想,可是这丫头心高气傲,迄今大江南北的后生尚没一个入她法眼的,再加上时局如此,我愁啊……"

"丁兄,目下我倒可推荐一人……"

"请讲!"

"远在天边近在眼前,我说的就是他——蒋班主!"

"犬女上次归家,和我讲起蒋班主去黄钟义演及捐资助学的事,对蒋班主夸赞颇多,并要我向他学习,舍小家而顾大家……"

丁聚堂道:"蒋老弟啊,你这次又义捐了多少?怎么不带上我的份子呢?您从我们这儿赚几文钱也委实不易啊,听说你现在住的房子还是租的……蒋老弟真令人佩服,敬你!"

又一乡绅道:"丁会长啊,既然令千金对蒋班主甚有好感,看来二人委实缘分不浅!再说啊,所谓缘分其实皆可人为'创造'出来,哪天你有空了,做东,恭请丁司令和蒋班主,让蒋班主和海棠多见见面,缘分自然会深进一层!——如果您丁大老爷不怕添几副碗筷,我们叨陪末座就好……"

"随便什么时候啦,诸位光临,一定蓬荜生辉!"

185

……

餐毕,各人散去,丁西顿却叫住蒋一苇:"蒋班主,请随我来……"

蒋班主随他出了门。

街巷阒寂,月华如水。

二人并肩走出数十步,无言。

丁西顿突然满面愁容,道:"蒋班主,老朽如今有一事求你帮忙……"

"责无旁贷,请讲!"

"穷鬼围城期间,犬女归家,强烈要求我减租减息,我自然不肯,她就摔门自去了,一连几天也不归家,起初我还以为她一直待在黄钟补习社,就没去管她。后来,我让管家去找,才知道她久不在兹。我猜,她应该也没去远,极可能是去了丈马庄土地庙,听说共产党掌控下的原黄桥小学为避日伪,裹挟了一大群无知的穷娃子在那里设了教学点,弄什么游击教学……"

"那岂不挺好啊!"

"一点也不好啊!三民主义才能救中国,可是那些穷娃子现在已经完全被共产主义思想渗透了,长大了还不都是共党的人!日军允许设立黄钟补习社就是为了实施皇民化教育,来与之相对……如今令人心忧的是,日军已经侦察到黄桥小学游击办学点的确切位置,打算来个一窝端,边见正密调各路人马。这次边见没有动用丁聚堂,因为他眼里丁聚堂一直是个骑墙派。是日军翻译官瘦猴私下透露这情报给我的,不瞒您说,他正是我方打入日军的卧底……"

"那你怎么不找渠道把这消息捎给共党?"

"共党素来与我等有不共戴天之仇,黄辟尘在世时,他是共产党眼里镇压红十四军的'罪魁祸首';如今,黄辟尘死了,我自然就成了泰兴共党眼里土顽的首恶……"

"黄辟尘死了?"

"他不死都不行啊!陈粟屯兵黄桥时,黄翁表面上与他们团结一致,共同抗日。共党站稳脚跟了,却侦察到黄翁与省韩暗有勾搭。原来共党的渗透真是无孔不入啊,连黄翁的家仆中不少人也赤化了,估计黄翁一餐吃几粒米都有人数着……新四军北撤后,黄桥就成了沦陷区,日本人一直拉他出任伪职,这可是黄翁万万不肯做的!他的母亲正是前清黄桥举人王植山胞姐,从小对他教育谨严!黄翁为了自保,就假托身体有病,搭小火轮偷去了上海,大概住的同仁医院吧。可是,汪主席听说黄翁到了上海,立刻委派

186

亲信前往医院看望,并诚邀他出任汪政府江苏省主席。黄翁以病重为托词,汪主席生气了,就派人守在医院,道:'待你病愈再任职不迟。'这实际上是把黄翁给监禁了……黄翁年轻时就偶有拉黑便的病根,在家乡时幸得一张姓医生医治。进入40年代,由于心境不佳,黄翁拉黑便的次数更多了,但服了张医生的秘方后总要好上一段时日……无奈,黄翁这是自投上海罗网,而他原本的目的地是香港;张医生的药又断了,更是雪上加霜!后,药石无效,不幸谢世。着实可惜了,一代干才……

"如果现在我贸然把日军动向情报传递给共党,他们就会认为我丁某一直也在暗中打探黄小情报,居心叵测,因为我明面上还担任了黄桥维持会会长职务。更糟的是,我府一干人等均不能亲自去寻,因为我们早就在共党那边挂上号了,'恶霸地主''土顽''反动派'……

"直接央求边见更不成。边见如若知悉犬女是共党的人,我首先没得过。以前边见曾要海棠嫁他公子,那小鬼子好像也来中国了,但我婉拒了,故,他对我一直怀恨在心……蒋班主,你人脉广,而且犬女对你一直敬佩有加,你去找到她,说服她,安全带她回来,我丁某一定千恩万谢,来世为你做牛马……"

"丁爷爱女心切,我很感动!海棠姑娘热心桑梓,将生死置之度外,令我这七尺男儿汗颜!我明天一早就去,尽我所能劝她早日归家……"

"这是我丁家的祖传戒指,希望犬女见物如晤!"丁西顿满脸恳切,抹下金戒指。那戒指粗硕黄亮,戒面阴刻一"丁"字。

"好,我且收着。"

丁西顿又要掏腰包,蒋班主明白他这是要掏路银,连忙双手按住,道:"为丁会长效劳,真是三生有幸,您这样就见外了!"

"好,蒋班主,你这大人情我先欠着了,待我丁西顿将来飞黄腾达了,一定提携你!——如今,日本狗在国际战场、中国战场上均节节败退,他们的彻底溃败只是时间问题,将来这中国还不都是蒋委员长的!蒋班主,且假时日!拜托了,告辞!"

待丁西顿走远,蒋班主急急反身去了师父家。

师父还没睡,曾平也在。

一苇直接禀报:"师父,刚刚丁西顿透露,黄辟尘困死上海……"

"这'国之干城'就这样垮了!"曾平笑道,"还真便宜他了,他欠贫苦人民和红军的血海深仇得刻到他的墓碑上去!不过,可惜可惜,黄辟尘如果

187

不去上海,倒还能为当下的黄桥做点有意义的事,说来说去,还是他自己心中有鬼啊……"

"丁西顿还透露,近日边见要对游击教学的黄小有所行动,以报围城之仇……"

"他丁西顿怎会如此善心?"

"因为他二女儿海棠也在黄小做义工,他关注的只是她二女儿的安危。他让我去报信,让黄小赶紧撤离,并劝她二女儿早日归家……"

师父道:"海棠这丫头确实不错,大学生,心系贫苦民众,思想觉悟比她老子进步多了!——既然丁西顿对你委此重任,你一定要不折不扣完成了。让曾平帮你弄路条和马车,你明天一早出发……"

"好的。"

师父道:"明天你也不能空手去,从我这里拿三百大洋,你直接捐给黄小,也不必提我,只说是黄桥父老乡亲的心意……"

"好。"

"这几天敌情复杂,万一当天赶不回来,你也不必硬赶,安全第一。偕行社那边,丁西顿会替你知会的。你最好在根据地多待几天,一则熟悉熟悉根据地情况,二则与丁海棠加强交流,引导她走向正确的人生道路……爱徒啊,为师有句话不知当讲不当讲……"

"师父,但说无妨。"

"男大当婚,女大当嫁,丁二小姐品貌端正,诚乃我大黄桥的明珠啊,与你蒋班主正好般配……"

"国破家亡,岂能儿女情长?!"

"蒋一苇同志,你一定要和丁氏父女走得近一点。你要知道,丁西顿明面上是日伪维持会会长,暗地里他还是国民党黄桥留守站站长。赶跑了日本人,这些反动势力又会甚嚣尘上!有情报说,丁西顿还一直执掌着国民党整个苏中活动区的经费,有一座地下金库,只是确切方位一直没找到!这些人民的血汗钱朽烂在国民党反动派手里委实太可惜了,如果被我党我军所用,我们一定能多打胜仗多缴枪!所以,我们的蒋班主得动动脑筋了,我相信你应付得来的!《军事地形学》你有没有认真研读啊?"

"已经读过多遍了,只是没有实战过……"

"好,别急,英雄自有用武之地!还有,拳击练得怎么样了?曾平,你和他过过招。"

曾平道："好嘞！"

三人出了书房，到了庭院里。

月华如水，银杏树沁下丝丝清凉。

一苇即刻摆出格斗架势，曾平则一袭长衫自然站立，倒背双手，笑迎。

一苇招招带风，杀气腾腾。

曾平依旧倒背双手，藏头缩颈，避让腾挪，从从容容。

一苇招招落空，步法渐渐紊乱，以致不成章法。

蓦地，待一苇拳至，曾平一个闪避，出右手把一苇的长臂往前一带。

一苇收不住身子，面庞几欲撞在树干上，曾平一伸手拉他复了位。

曾平拱手道："承让承让。"

师父道："小蒋啊，打架哪能光使拳，你不也有腿吗！只要能把对方打倒，中国武术、西洋拳术随你用！再来！"

这次，一苇铆足了劲儿，将西方拳击套路与中国散打套路混用，攻势如潮，滔滔不绝。一苇毕竟年轻，腿脚利索，拳又重又冲，曾平没了方才的从容，但尚能应付。

师父捋须颔首。

渐渐地，曾平被逼到墙角，一苇有些得意，步步进逼。不承想，曾平突然一个拧身，倏地飞起一人高，左脚往墙上一点，身体疾旋，右脚弹踢一苇上路。一苇无法避让，只好闭眼挨打。

曾平及时收住了腿脚，长衫飘飘，稳稳落地，顺手把一苇扶正，再道："承让承让。"

一苇拱手，道："曾叔果然厉害，佩服佩服！"

师父道："拳不离手，曲不离口，你平时可不能懈怠！要想战胜别人，自己先得学会挨打……今天，为师再教你一招，日本武术里有一种侧踢，是这样子的，助跑，飞起，侧转身子，往敌人要害部位一踹。切记切记，非用脚尖，而是绷直右腿，用脚后跟，借助全身的动能与势能……还是曾叔来给你示范。"

三人直练到灯油耗尽。

这一晚，朱老和曾平给了一苇不少武术的启迪。以后的漫漫征程，一苇渐渐成长为一个藏而不露的格斗高手，杀敌人，保自己，救所爱……

蒋一苇告辞，曾平嘱咐道："明晨六点，北关桥北，有拉煤渣骡车一辆停靠路边，车把式会问你'先生，不嫌脏的话，可以花小钱搭我的车'，你回答

'赶时间,都是乡下人不怕脏'。不过,你这身行头太惹眼了,得换装……"

"明白。"

王家巷内,一苇踩着石板路西去了。

曾平关了院门,朱老道:"曾兄,这次日军远去丈马村清剿,离了'乌龟壳子'的保护,我们何不在他们的中途搞点事情……"

曾平道:"是啊,我们总得让小鬼子尝点'甜头',留下点'美好回忆',哈哈哈……"

第二天一早,蒋一苇换上一身箩脚工的破旧短褂,戴了凉帽,压低了帽檐,急急去了北关。北关桥头,果然有一辆拉煤渣的骡车在等。

对了暗号之后,车子往前开去。

车把式国字方脸,浓眉大眼,胡子拉碴,面容刚毅,虎背熊腰,把长鞭甩得啪啪响,大青骡撒腿奔跑。

一路上蒋一苇只管看路记路,并不多话。

往北逶迤行了七八里路,道路越来越窄,骡车也慢腾下来,车把式悠然唱道:

> 中间道路如羊肠,
> 两侧青帐似汪洋。
> 天然坡岗多起伏,
> 正是狩猎好地方!

"狩猎?!"

"是的,我们这些猎户就爱拿豺狼练手,啪,枪一响,再凶顽的豺狼也被对穿了瓢儿(脑袋)!蒋班主,你是艺术家,你不忍杀生,可我是猎人,天职就是杀尽豺狼虎豹!不过,我们有个共同点,那就是,我们都是赤胆忠心为泰兴民众服务!"

车把式从衣兜里掏出两块烧饼,递给一苇一只。一苇婉拒。那人把两块烧饼一叠,一咬,脆响,又唱起了《黄桥烧饼歌》:

> 黄桥烧饼黄又黄哎,
> 黄黄烧饼慰劳忙,

哩！烧饼要用热火烤哎，

军队要靠老百姓帮。

同志们呀吃个饱，

多打胜仗多缴枪！

嗨呀依哟嗨嘀咳！

多打胜仗多缴枪！

依呀咳！

黄桥烧饼长又长哎，

长长烧饼有分量，

哩！烧饼一口吃不下哎，

敌人一下打不光……

　　一苇激动了，也跟着放声高唱。他多么荣幸啊，曾经见证了《黄桥烧饼歌》的酝酿：黄桥战役期间，黄桥东北郊那个小酒馆，新四军宣传队的同志们围坐八仙桌前，黄晕的灯光照耀在一盘蟹壳黄的烧饼之上，饼香四溢，大家纷纷接龙作词，放声歌唱……

　　两人歌声响遏行云，声震林木……

　　在小刘庄那个陡弯，车把式停了骡车，道："蒋班主，我内急，你也下来放个麻雀子(解手)吧。"

　　车把式下了车，钻进了青纱帐。只听得青纱帐内一阵哗哗响，车把式湮没不见。

　　一苇在路边等了好一会儿，才见那人回来，那人道："蹲了个大号，现在一身轻松，走了！"

　　……

　　丈马土地庙前，黄小的师生们正忙着把书籍、衣物、铺盖等打包。

　　车把式停了车，对一苇笑道："蒋班主，你看我的任务也挺重的，我得赶紧装车！"

　　一苇拱手："辛苦辛苦！"

　　一苇下了车，他的目光一下锁定了他此行的目标对象——海棠。

　　那天，海棠扎了骄傲活泼的马尾，上身穿一件灰褐色土织粗布短袖，下身穿同色长裤，打着赤脚，但那脸蛋仍旧光彩照人，眼眸里燃着炽烈的火。她正带着那些年龄偏小的孩子组成啦啦队。孩子们红扑扑的脸蛋上洋溢

191

着朝气与勇毅,他们合唱起《黄小校歌》为大伙儿鼓劲:

> 我们是县立黄小的学生,
> 我们在学习中成长壮大。
> 经常地比赛竞争,
> 锻炼成刻苦耐劳的精神……

叶复初校长正从庙里出来,眼若亮星,身材魁梧,中山装笔挺,胸前插一支钢笔,笔帽锃亮。

叶校长道:"是蒋班主吧,有失远迎,可是,现在我们这里连喝杯茶水都不便了,见谅见谅!"

"你是叶校长吧,久仰久仰! 游击教学,黄桥的娃子们真是有福了!"

两人热烈握手。

一苇递上包裹,道:"叶校长,这是黄桥民众的一点心意,敬请收下!"

"感谢老区人民惦念,我黄小人一定不辱使命!"

这时,海棠一个回眸,见是一苇,那娇颜似乎一下子被晴空照亮,她立刻像一只蝴蝶一样翩然飞来。

"蒋班主,你怎么来了?"

"丁老师好,今天阳光灿烂,就出来随处走走了,恰巧遇见你们……"

"你多久回黄桥,能否抽空给黄小的娃子说一段书,还说《武松打虎》那段,行不?"

"好啊,不过还是等孩子们重新安顿下来吧……"

叶校长道:"原来你们早认识啊! 丁老师,你先和蒋班主说说话,我去打包发车……"

"校长,您放心,我会礼貌待客的。蒋班主是我偶像,他说的书其实蛮有教益的……"

叶校长道:"甚好甚好。"

海棠对一苇道:"我陪你走走……"

不觉中,二人已离开土地庙数十米远了。

"海棠姑娘,你怎么要离开黄桥呢,乡下条件艰苦……"

"乡下多好,和无产者打成一片!"

"你这是和家里闹矛盾了吧?"

"是的,我和我爸有不可调和的矛盾,他是剥削者、吸血虫! 从某种意义上来说,姐姐参加革命正是为他赎罪,为我一家赎罪;而我来这里做义工,也是为爸爸赎罪,为我一家赎罪。我一直这样以为!"

"所以,你现在和你爸决裂了?"

"还没有呢,想想他也怪可怜的……"

"这次,你们黄小准备撤往何处?"

"好像要到珊瑚区去,晚上还要偷渡龙河呢。"

"听说龙河南的溪桥据点最近对龙河封锁得很紧,有人保护你们吗?"

"为了这些娃子,现在整个交通线上的武工队和民兵应该都动员起来了吧……"

"那很好。我给你看一样东西,喏——"一苇亮出了丁西顿的戒指。

"我爸的戒指?! 我明白了,一定是我爸派你来做说客的……"

"是的。"

"对不起,恐怕我要让你们失望了,现在这些孩子要转移,正严重缺人手……"

"丁二小姐,从你身上,从黄小师生身上,我看到了黄桥的希望,看到了泰兴的希望,乃至看到了中国的希望,中国绝不会亡! 请允许我留下来帮帮你们,我决不拖后腿!"

"蒋班主,你要留下来帮助我们,我们自然热烈欢迎,可是在黄桥你是说书的大先生,娇养惯了,只怕你一时适应不了我们往后的游击生活。白天,我们要躲青纱帐,啃红薯,剥玉米棒,还有一顿没一顿;晚上,我们还要急行军,黑灯瞎火的,蜈蚣毒蛇为伴,还要穿越重重封锁线……"

"我能适应!"

"希望如此。不过,我得去请示叶校长,万一你拖累了全校,那是要出人命的……"

"叶校长一定欢迎我随你们转移……"

……

夜幕降临,云气低垂,空气憋闷。南边的天空接连打闪,沉雷滚滚。

叶校长道:"大雨马上就到,大家把雨具都带上,沈主任,你带几个老师,速去老乡家再借一些雨具……不过,这天气对我们颇为有利,我们正好趁大雨夜闯溪桥日伪封锁线。现在,我们出发!"

新街区武工队队员们个个雄赳赳,手执三八大盖,刺刀闪着寒光,前面四个探路,后面四个殿后。

出了村子,队伍就不走大路了,沿着田埂小路逶迤向南。

途中行走的艰难不必赘述,一路上各村的狗吠个不停,但是没有村民起夜察看。即使人家亮着灯也不出来,反而急急熄了灯……

一路顺畅,四十分钟后,全员安全抵达龙河边。

借着远方的闪电,可以看到,河岸上的芦竹摆成了堂皇军阵,随狂风起舞,哗哗作响,那条黑龙隐身其下。

可是,眼前非但没有下河的口子,而且下面显然就是一个大湾,大家不免有些惶惑。

武工队队长上前学蛙鸣,草丛里即刻传出了回应"呱呱"。

河岸下有人拨开芦竹上岸了。

是一个老汉,须髯皆白,身板硬朗,精神矍铄,低声汇报:"队长,船已经出水了。"

队长道:"大家从此处下河,注意,千万不要弄断了芦竹,免得明天被敌人发现异常,大家也不要发声,一个挨一个……"

队长对叶校长说道:"东边那个鬼门关,窄得很,以前我们常从那边过队伍,但是后来敌人发觉了那个地方,在那边打了我们一个伏击……"

有队员低声问道:"队长,鬼子的小火轮现在还敢从那里过吗?"

"现在鬼子也不大随便从那里过了,以前他们几次成了活靶子,估计他们新的小火轮暂时还没生产出来……"

大家哧哧地笑。

师生一共三十几人,估计要运三船。

这时,狂风啸叫,蛇形闪电劈开夜幕,沉雷滚滚,大雨倾盆而下。

到了坡下,大家才知道,那一直默不作声的水流,其实急湍甚箭,猛浪若奔。

叶校长、丁老师等人带着孩子们先行登船。原来水中还有个黑塔一样的壮汉一直在拖拽着缆绳,船上有两片木桨、一根长篙。

孩子们应该不是第一次坐船了,大家安静分坐船舱两边,叶校长和丁老师站立舱中,看护着孩子们。

老汉居然有一把手电,他把它拧开了,朝南岸闪三下,对岸也回闪三下。

这时，水里哗啦啦绷起了一道粗绳，借着闪电，你可以看到它越绷越紧，越绷越紧，渐渐绷成一条硬铮铮的"钢索"。老汉就这样拽着"钢索"驾船过河，利索得很。

几道闪电过后，小木船已经安全抵达南岸。

南岸，溪桥区武工队已经候着了，几个魁梧的黑影矗立雨中，把船上人往岸上接。为首的道："老师们，同学们，我们是溪桥区武工队，别名'龙河游击队'，我是队长陈大龙，热烈欢迎你们！接下来的十多里路，由我们队负责大家安全。大家小心走路，务必爱惜一草一木……"

很快，黄小几十号人和一苇全部摆渡到了南岸，新街区武工队的同志们另有任务没有同行。

这时，风更大，雨更狂。

往南行了二里路，在一处田埂上，陈队长示意大家稍息。

陈队长大声说道："前面就是溪桥据点了，我们将要从两座碉堡之间的空地穿过，而它们之间仅五百米距离，两碉堡内均养有狼狗，平时要想安全通过真的很难很难，但今天，我们正可借助大雨硬闯，大家务必静、快、齐，一个大人照料一个孩子……"

又行了一里路，就要穿越城黄公路（泰兴城—黄桥镇的公路）了，闪电耀亮了重重雨幕下公路北侧那座巨大的碉楼，其上下两层，枪眼黑洞洞的。

此刻，碉楼顶上值更的日本兵应该都缩到二楼去了。

陈大龙队长带领前半部分队伍快速通过了公路，后面的队伍紧跟着就要冲过去。忽然，西边碉楼底门敞开了，借着碉楼内的灯光，大家看清是一个鬼子军官和一个护兵出现了。二人皆矮墩粗壮，穿着军用雨衣。护兵倒背着三八大盖，鬼子军官则抱着一酒坛状物。

两人沿着公路往东去，估计是要去和东边碉楼里的鬼子拼酒。

陈大龙立刻示意大家趴下……

又一道闪电划亮，把周围耀得恍如白昼。

一个孩子看到了突然杵到面前的鬼子，惊叫一声"啊"。

他身边的武工队员赶紧用手捂住那孩子的嘴，又一把把他的脑袋捺到了地上。

鬼子护兵听到了异样，立刻把长枪卸肩，猫腰，推子弹上膛，往前搜索。

鬼子军官也把坛子放到地上，猫着腰，从雨衣下摆把手摸进去，警觉地搜索四周……

又一道闪电耀得世界一片亮堂,两日寇像舞台上聚光灯下两滑稽小丑:他们煞有介事,顶着风冒着雨,慢慢向前搜寻。但雨水模糊了他俩视线,他俩对距离他俩才几米远贴地匍匐着的我方队伍,完全看不见,完全看不见……

风声,雨声,雷声。

风声,雨声,雷声。

风声,雨声,雷声。

……

见并无异样,护兵枪又上肩了。鬼子军官却撩起了雨衣,小解。

小解完毕,鬼子军官又踉踉跄跄,弓身四处寻找酒坛,叽里呱啦怪叫。

糟了,鬼子军官居然摸向了丁老师方向,一苇立刻往她那边匍匐前去。

这时,又一道闪电划亮,突然耀出了鬼子军官近前一字长蛇的我方队伍。鬼子军官大为惊惶,瞪圆了眼睛,急急伸手从雨衣下摆抽枪。

这时,丁老师身后一个矫健的身影枭龙腾空,从后面一旋鬼子军官脑袋。只听咔嚓一声脆响,鬼子军官躺地不动了。

护兵听到了异响,再次赶紧从肩上卸枪,用日语仓皇呼喊,但是不闻军官回应,碉楼内也无回应。

又一道闪电耀亮,护兵终于发现了军官倒地的身体,叽里呱啦怪叫,对天鸣枪示警。

紧接着,又一声枪响,这鬼子兵一头栽倒。

这次是一苇开的枪,现在他手上握着一把玲珑小手枪,正是刚刚从那鬼子军官身上扒下的。

碉楼里的鬼子兵登时被惊动了,恐惧的怪叫声盖过了风声、雨声、雷声。

一苇左右开枪,一气儿打光了手枪子弹。

雨幕重重,枪火持续,耀亮了一苇勇毅的面庞与喷泻炽烈火焰的双眸。那一刻,他从容不迫,又杀伐果断。那一刻,在海棠眼里,一苇俨然天神降世。

两边碉楼里的敌人慌乱地连发了无数的照明弹,机枪喷吐着恶毒的火舌。可是,天河决堤,雨幕茫茫,敌人视线严重受阻,枪弹全无准头。

一苇牵住海棠右手,一把拽起她,喝一声:“跟紧我。”

二人前路被璀璨“烟火”与炫目闪电耀亮,身后激烈枪声与滚滚沉雷交响,一苇一脸坚毅,海棠笑颜如花,二人肩并着肩,手挽着手,顶着风,冒着雨,向前奔跑,奔跑,奔跑……

后面的孩子和队员们也迅速通过了城黄公路。

敌人折腾了一个晚上,直到第二天天大亮才敢出来……

三小时后,黄小师生已经安全抵达了黄桥南边十多公里远的珊瑚区。

在先期抵达的黄桥中学的临时校舍内,一苇把海棠从后背轻轻放到了干草铺上。海棠浑身湿透,加之累极了,睡得正香。

一苇又找来木柴给她烤上火,然后坐在矮凳上脱掉自己上衣,挤拧着雨水……

太阳升起一树高的时候,海棠醒了。在她眼前,一苇躺在泥地上,仅着短裤,皮肤光洁灿亮,胸大肌似两座雄壮而活泼的小山丘随呼吸起伏。他的身旁,柴火堆尚有余烬。

海棠娇羞地捂起了双眼,可是又忍不住从指缝里偷偷打量一苇健美的胴体,再捂起双眼,又从指缝里偷偷打量……

半晌,海棠起身,将已经烘干的一苇上衣轻轻盖到他身上,一苇依旧睡得香甜……

中午饭是芋头酸粥。

子芋被刮去了鳞状表皮,圆溜溜、亮晶晶的,而芽顶依旧绯红,赏心悦目。

青菜叶碧绿,叶面上还闪烁着动人的油花;大米粒不是很多,莹莹闪着珠光。

咬一口芋头,细腻滑润,香糯微甜;喝一口粥汤,清新爽口,温暖胃肠。

一苇突然想起了香荷,现在的她在干吗呢?真的好久没见了,一苇几乎记不起她的模样了……

他有些惶恐了,觉得自己做了什么对不起香荷的事情。

他换个姿势再吃,可是一抬眼,居然和海棠的美目对上了。原来海棠手里托着个碗却不吃,一直在痴痴凝望着他。

四目相对,海棠霎时羞红了脸,背过身去,继续吃饭。

这时,珊瑚区武工队队长张猛端着碗过来了,笑道:"蒋班主,听陈大龙说,你真不简单啊,徒手干掉鬼子军官,再一枪崩掉鬼子兵,干净利落,瞬间化险为夷!县武工大队已经向分区上报,为你请功。只要蒋班主有意向,我们珊瑚区队热烈欢迎你留下来……"

"谢谢张队长真诚相邀,不过现在我另有事务需要处理,请功的事就免了吧,因为我的名字暂时还不适合出现在光荣榜上……"

"你可以用化名,我帮你想想……"

海棠笑道:"我看就叫'丁海神'或'丁海针'吧,'定海神针'是也。"

张队长道:"这两个名都起'大'了,我觉得还是叫'丁海真'好,'真假'的'真'!"

海棠笑道:"'海真''海真',这名字也不'小',但中听,海一样的真诚,对人民海一样的真诚,这名字好!"

一苇打趣:"丁二小姐,鄙人有个问题请教您,鄙人之化名为什么要姓'丁'呢?"

海棠道:"在黄桥,丁是大姓,出入有面子,更有安全感!"

张队长笑了:"丁海真同志,你现在可要正确认清形势,是人家丁二小姐抬举你,你还不赶紧致谢?!"

"多谢丁二小姐,不过从今往后,我就是你哥,你得乖乖听我的话,下午就跟我回去……"

"哥啊,昨晚你救了我一命,今天我把你拉进丁家,咱俩算是扯平了!你是我哥不错,好话我听,不好的话我才不听呢!"

张队长道:"最近我们这边正缺人手,海棠姑娘先帮忙一阵子,她的安全我们区队打包票!"

"那只能如此了,我这做哥的谢谢你们!"

张队长道:"蒋班主,你随我来,我有事向你请教……"

二人来到田埂边。

"蒋班主,对于从黄桥到丈马村的地形和路况,你走了一遍,可有什么想法?"

"那我就班门弄斧了。我觉得这次日寇为了剿灭黄小,很可能会从严徐、新街、大元等据点调集重兵,志在必得。我个人认为,敌兵进击时,我们必须避其锋芒;而他们各按原路撤退时,个个势单力薄,我们可在中途设伏,打他个措手不及……"

"你认为在哪里设伏比较好?"

"理论上讲,小刘庄那个大道转小道的弯口可以设伏,但是日寇肯定也提防着呢,进攻方恐怕难以达成奇袭的效果……"

"这倒也是……"

"待他们回程,安全通过了那个令他们提心吊胆的大弯后,再打他个出其不意……"

"好,有见地,你细细说来。"

"我听说,日寇在季市的兵力本就不足,你们珊瑚区队这次正可以趁黄桥敌寇北上,远水救不了近火之机,一举拿下季市。先前陈玉生的队伍曾经数次打得季市敌人弃营逃跑,甚至连靖城也一度被他们攻克过,可见现在日寇战斗意志何其薄弱,我方获胜概率较大。同时,我方主动进攻季市又可牵动进攻杏塘村的日寇驰援,让他们忙中出乱,为我方打伏创造有利条件……还有,如果日军果被打得落花流水,伪军中那些心向正道的士兵一定深受鼓舞,尤其伪军特务营营长陈玉如等人更是久对我红色阵营心怀向往……"

……

下午三点,黄桥南门,敌伪检查站,蒋一苇步行赶到了,风尘仆仆。伪军排长认识蒋班主,赶紧献媚,将他让了进去……

一苇进得丁西顿府上,丁西顿劈头就问:"见着了没?"

"见着了,他们全都安全转移了……"

"有没有劝她返家?"

"她不肯回,她说,她说……愚不敢讲……"

"你讲你讲,老夫不怪你!"

"她说,她要为你赎罪,为你一家赎罪……"

"这二丫头果真着了'红魔',但她人身平安就好! ——共产党啊共产党,你夺了我的长女不说,现在又把我二姑娘给拐了,我丁某与你们不共戴天! 蒋班主,这次丁某欠你一份大人情,今晚诚为你接风,聊表谢意。我这就打电话请丁司令,让他带着家眷一起过来陪你……"

"昨天我不在,丁司令他有没有光火?"

"我跟他说,我安排你去乡下相亲了。他挺高兴,说你也该成家了……"

"丁会长,那我却之不恭了。"

自打日寇入侵黄桥,由于他们经常劫掠耀黄电灯公司物资,惜哉耀黄电灯公司被迫停产。无奈,民国时代黄桥文明进步的象征物之一——电灯,现在完全亮不起来了。为了迎接丁司令的到来,丁西顿特意让管家把府内各处所有的汽油灯都点上,丁府今宵灯火辉煌。

丁府门前,丁司令和紫云坐着敞篷吉普来了,二十护兵跑步紧随。

丁西顿和一苇赶紧上前迎接。

丁司令大敞军装,满脸傻乐;紫云身材窈窕,巧笑倩兮。

丁西顿将宾客让进客厅,四人喝茶寒暄。丁的二十护兵则被管家请去隔壁打牌。

丁司令道:"本家兄弟,你的难日子就要到头了,我估摸至多一两年的光景……"

"司令,您的意思是……"

"我的意思是,一只敢吞大象的蚂蚁,其下场是可想而知的,日本人注定撑不久远了……"

"日本人滚蛋了,黄桥就又是蒋先生的了!"

"是啊,届时你们这些黄桥的耆老又会呼风唤雨的了,可是我们这些误随了汪先生的军人,下场可就不妙了……"

"丁司令勿忧,其实蒋先生那边对您一直也很看重,而且您当初也正是奉了上峰的命令曲线救国的……届时您反正,还不是一样当您的司令,俸禄待遇不比现在差!"

"我也一直盼着这一天呢,跟日本人后面混,总感觉脖颈上时刻凉飕飕的,似乎总有铡刀架着……"

"司令,我觉得,赶跑了日本人,接下来就该国共决战了,你觉得哪一方赢的胜算更高?"

"这个问题,你还是问问蒋班主吧,哈哈……"

"一苇,你说说看。"

"得民心者得天下。"

"是啊,得民心者得天下,我们黄桥的豪强联起手来,共产党的那些赤卫队、武工队、县团什么的,统统不是我们的对手。在黄桥这旮,黄辟尘老爷在世的话,我们的胜算就更大了……"

丁司令道:"可是,目下黄桥周边共党仍旧闹得凶,小日本也被他们打怕了。如今,小日本兵员渐渐枯竭,被打死一个就少一个了,所以,边见脾气小多了,都成龟孙子了。不过,如今这局势对我们皇协军倒十分有利,哈哈……"

"现在要不是有丁司令您在此压阵,恐怕黄桥早落入共党手里了,共党之祸当真远甚日人啊！丁司令,我突然想起一个人,我疑心他就是共党分子……"

"谁?"

"朱履先。"

"丁兄,错言也!他乃堂堂民国中将,即使早已退役,仍享优厚俸禄,再说共党自己都养不活,又能给他几文?他偶和共党互动,我看他啊也不过是逢场作戏罢了!只是你的这种猜测,万万不可传到日本人耳朵里,届时我也很难办!倘若朱履先当真遭遇什么不测,黄桥百姓自然不会放过告密者!再者,抑或他果为共党分子,那么事态就更严重了,陈粟大军会说话的……为今之计,你我明哲保身才对!在当下的黄桥,小鬼子这边我暂不和他们撕破脸皮,蒋先生那边我也和他暗里唱和,共党那边我也尽量不得罪,这就叫'平衡'!"

"愚兄明白了,佩服佩服!"

这时,紫云娇嗔:"大老丁,丁会长,你二人只顾私聊,当我和蒋班主不存在吗?好开饭了没有,小女子快饿死了!"

丁西顿哈哈大笑,道:"这就吃饭去,弟妹请恕为兄照顾不周……"

"没事没事。"

推杯换盏之际,忽然隔壁房间电话铃声响不停。丁西顿的管家丁枝山接了电话,赶紧来请丁司令:"司令,是您的副官打来的……"

"娘的,什么破事敢劳烦老子!"丁聚堂笃笃笃走进里屋,恶狠狠诘问,"什么事?!"

电话里,副官紧张得很:"边见有请你这就过去……"

"边见请我?你就不会回他一时找不着我吗,蠢驴!"丁聚堂啪的一声摔下话筒。

归位,丁司令很不爽,抱拳道:"狗日的边见要老子现在就去,失陪了!——丁兄,饭后你安排人送内子回家。"

紫云嘟嘴做嗔怪状。

丁司令带着众护兵自去了,现在紫云全无忌惮了,她热辣辣的目光一遍又一遍地激吻着一苇脸颊。

一苇佯作不知,以茶代酒反复敬东道主。

东道主也有些不自在了,感觉自己就是只偌大电灯泡。

紫云潦草吃了几口,就把碗筷一搁,用命令的口吻说道:"蒋班主,你这

201

就送我回去！"

丁西顿道："我的姑奶奶啊，兵荒马乱的，我看你还是等丁司令回来后再坐他的车回去吧，那样安全！"

"不了不了，今天我就要蒋班主陪我随处走走，天天闷家里，人都闷坏了！"

一苇道："大嫂，还是等丁司令派人来接你吧，日军每个时辰都有巡逻……"

"既然你不送我，那我只好就一个人走了，拜拜。"紫云翩然飞去，逆着风，后拂的裙裾生动勾勒出她曼妙的曲线，笑声清脆，一路绽放。

丁西顿慌了："蒋班主，你还是送送她吧！"

一苇只好追了出去。在岔路口，紫云蓦地停住了，笑盈盈回头，道："一苇，我就知道你舍不得丢下我一人独自走的……"

"这边走，大嫂！"

"不，这边走，叔叔，我们去永安桥那边看风景！"

"黑灯瞎火的，哪有什么风景?! 遇上巡逻的日本兵还真不好说……"

"我不管我不管，今晚我就要出来透透气儿！"

一苇无奈，只得随着她。街上黑灯瞎火的，商户早早上好了闸子门，行人几无。微风挟了淡烟般的沙尘，扑在二人脸上。

此刻，一苇心中隐忧，而紫云却更为得意了。现在，她是情窦初开的少女，这个夜晚是她此生的巅峰，此刻整个世界除了她以及她的意中人以外，天地万物都已化为乌有……

两人登上永安桥，倚栏北望。这是座石拱桥，桥面高峻宽阔，将东西大街连成一体。

桥头，柳丝轻拂，露水清凉。河面莫名白亮，水波潋潋，倒映着满天星辉随波律动。

紫云突然掩面而泣。

一苇摸不着头脑："怎么了?"

"我、我……我突然想起苏州了，想那里甲秀天下的园林，想每年中秋时节'（昆曲）唱者千万，鼓吹百十处'的盛景，想我爸妈，想我姐……"

她猛扑到一苇怀里，梨花带雨："恨我不是男儿，不能为家人报仇！他们把我姐活活折磨死了，还强迫我爸妈在旁边看。他们逼迫我爸妈交出传家宝——一只镶金玉如意，原来当地维持会会长旧年和我爸在生意上有过节,就向日本人举报……可我爸妈坚决不肯交……"

"人在做,天在看。小日本一定会遭到报应的,中国不会亡!"

突然,紫云一个甩袖,退后几步,唱起来:

> 原来姹紫嫣红开遍,似这般都付与断井颓垣,良辰美景奈何
> 天,赏心乐事谁家院。朝飞暮卷,云霞翠轩,雨丝风片,烟波画船,
> 锦屏人忒看的这韶光贱。

那一刻,时光静止了,紫云就那样一直摆着凄婉动人的姿势,一苇也入定了……

忽然,永安桥的东西桥埠各出现了一条据枪逼近的矮矬魅影,枪刺寒光闪闪,据枪人淫邪笑道:"花姑娘的有,哈哈哈……"

紫云惊惧后退。

一苇挺身护住了她:"莫怕莫怕,我来和他们沟通。"

两根枪刺瞬时顶上了一苇胸膛。

一苇不慌:"太君,我是说书的蒋一苇,这位是丁聚堂丁司令的夫人……"

"你的,说书的,良民,滚开。你的,花姑娘的,跟我们走!"

"太君,使不得使不得,她是丁聚堂丁司令的女人!"

"丁聚堂的,大大的坏,打仗卖奸,害死我们好多弟兄。今天,我们的,正好把他的女人带回去供弟兄们乐乐。你的,快快滚开的!"

两根枪刺逼上一苇脸庞。

一苇举着手,赔着笑,一再后退,靠到了护栏上,上半身都歪斜到了河道上。

一个鬼子收了枪,淫笑着来拉紫云:"花姑娘的,走!"

紫云拼死扳住护栏,怒骂:"禽兽禽兽!"

另一鬼子也收了长枪,淫笑着伸手来拉。紫云眼神决绝,奋力抗争。

俩日寇却笑得更疯魔了,叽里呱啦说了一通,大概是说"这妞真够味"吧。

一苇突然闪电般腾跃到正拉扯紫云的鬼子身后,双手一旋他的脖颈,只听咔嚓一声脆响,鬼子应声倒地。

另一鬼子惊恐地瞪圆了眼睛,连退几步,急忙卸枪。一苇助跑,飞身一

203

记侧踢,那厮一下被踹飞数米,长枪咣当坠地。一苇又扑上去,伸右手拧拧他脖子,又听得咔嚓一声,这个鬼子也躺地不动了。

一苇拉起紫云往东狂奔。

这时,迎面驶来了一辆汽车,戛然停下,车灯耀得人眼睁不开。

"夫人,大半夜的瞎跑个啥?"是丁聚堂冰冷的声音。

一苇道:"大嫂,快上车!丁司令,回去再说!"

大嫂上了车,丁聚堂的车立刻加速离开,一苇也赶紧翻墙进了巷弄。

不一会儿,永安桥警笛响起,日伪大队人马急急赶来……

一苇始料未及的是,这两名日寇的死竟然产生了蝴蝶效应,并使黄桥局势向着利我方向发展……

那晚,黄桥镇区民众在反抗日寇入侵镇海门的战斗中,有二位英雄殉难,彪炳史册,一位竟然是"无事拱",还有一位竟然是"吃白大"……

丁聚堂强征千年古银杏事件中,"无事拱"曾出人意料地为镇上民众出头,可是他一时的"英雄壮举"难改他一贯的恶名。"无事拱"和"吃白大"是王姓堂兄弟,祖上本是黄桥大户,奈何到了他们这一辈家道中落,而二人对口腹之欲的追求并未节制。家中没得吃,咋办呢?自己找食吃。二人终日在黄桥镇区溜达,提笼架鸟的,遇镇上邻里纠纷,或客商争执,甚至无事之事,总能煽风点火,两头通吃……其恶名远播,故凡镇上人家,无论大户,还是普通百姓家,凡有红白喜事,必得提前约请二位。这二位倒好,凡预约他俩的人家,他俩必定赶到,虽一毛不拔,但毕竟读过书,总能彬彬有礼地说一番祝酒词,干上几盅酒,再赴下一家而去,俨然黄桥主子。见他二人如约而来,又欣然归去,主家这才安了心。但如若你百忙中疏漏了他俩,怠慢了他俩,那你就摊上事儿了……

话说 30 年代末,黄桥镇西南郊某村有一大地主宅心仁厚,广有良田数千亩。这日,新居落成,大地主广宴宾客,无分贫贱富贵。可是,东主未曾提前邀约二老,毕竟离镇尚有二里路。

上梁之日,二老不请自来。东主自然上前多赔笑脸,盛情款待。

二老挟愤入席,席间一直置喙酒食粗劣,东主始终隐忍。然而,有宾客按捺不住,仗义执言,二老益愤。

上梁事大,不该发生口角,东主悄悄示意众人早早散席。然而,那晚合该出事。一出席晚宴的贫苦老者,才出地主家门数十步,就倒地暴毙。

登时,人声鼎沸,主家惊惶。

二老此时还在胡吃海喝,闻言,即撂了碗筷,急捂肚腹,满地打滚,一面急呼郎中来救,一面急遣一熟识的泼皮前往县城报案,言东主酒食中下毒,既要夺老农薄田,更要取诸多知情者性命……

县府派人来查,将物证固定,将东主一家拘禁问讯。二老更鼓动镇、郊百姓浩浩荡荡前往吃大户,一旬乃止。东主既要厚葬死者,又要抚恤其家人,更被吃得倾家荡产……

年岁逐增,二老饮酒过度,又贪吸大烟,终致面目如焦炭,形容枯槁,渐露不寿之相。家人心忧,请人卜卦。

严菩萨(严妈妈)谶语:"虽生犹死,虽死犹生。寿命天定,浩气长存……"

家人不解,严妈妈不语……

可是,就是这为全镇人所不齿的二老,那晚却用一己性命激发全镇人同仇敌忾,将生死置之度外……

那晚,边见骑马,带领日军全镇搜索。可是,街道上阒无人迹,各处圈门又关得铁桶一般,边见喝令士兵敲门,却处处无人应答。

边见怀愤。搜索至镇海门前,圈门同样紧闭,鬼子一再打门也无人理睬。往东就是荒郊了,边见仍未觅得一人踪影。

边见于马上一挥指挥刀,用日语说道:"破门。"

翻译官瘦猴赶紧上前拦阻:"边见君,使不得使不得!"

边见彻底爆发了:"滚开,今夜皇军就要血洗黄桥镇! 进攻!"(日语)

两日军上前架起瘦猴扔到道旁,镇海门的木门瞬间被日寇用数颗手雷炸飞。

珠巷内登时响起了紧锣和梆声,值更人喊:"大家快起,鬼子入侵!"

霎时间,镇区七十二条古巷怒吼:"大家快起,鬼子入侵!"

珠巷内,男将们来不及穿戴整齐,就高举火把,咆哮着往镇海门赶来。

不一会儿,镇海门以西珠巷内站满了勇毅的黄桥男将。

镇海门外,边见遥遥望见珠巷巷道内一条火龙无尽绵延,颇为壮观,其心早怯了。边见胯下那马感受到了边见心境,四蹄乱跍。众日军亦恐慌地回望边见。边见为自己的怯懦羞愧,振作起来,一夹马肚,一扬指挥刀,咆哮着:"前进——!"

众日军两两并排,据枪推进。黄桥人没有武器,纷纷后退。形势于我极为不利。

这时，人丛中却有一人挺身而出，正是"无事拱"。

"无事拱"面部炭黑，双目燃炬，一身杭绸大衫，恍如巨墙，挡住日军，骂道："边见，尔这老狗，焉敢忘了吾镇百姓与尔约定，圈门落下，尔不得滋扰……"

"八格，我部正在搜寻流寇，挡我者死！"边见高扬指挥刀，命令，"进攻，杀无赦！"

日军鱼贯而入，最前的两个娃娃兵明晃晃的刺刀逼向"无事拱"，可是那两片刺刀却如风中叶片飘摆晃荡。

"无事拱"仰天长啸："小日本，我×你老母！"

边见嗷嗷直叫："杀了他！"

两把枪刺终于鼓足勇气，往"无事拱"腹部一搠，再一搅一抽，"无事拱'白花花的肠子霎时活泼泼地流满一地，鲜血霎时染黑巷道，血腥味扑鼻。

"无事拱"往前一扑，将一口鲜血吐在当面那娃娃兵脸上，倒地而亡，仍怒目圆睁。那可怜的娃娃兵连抹脸上血迹，惊惶后退，惨叫："血血血……"

边见骂道："蠢材，不许退，往前进！"

二娃娃兵不得已振作起来，继续往前进攻。我方人群持续后退。

突然，又一人挤出巷内人群，正是"吃白大"。他的面部同样焦黑，双目燃炬，也是一身杭绸大衫，巍然屹立巷中。

"吃白大"仰天长啸："无事拱老哥啊，你不畏生死，大义凛然，为弟之楷模。兄为抗日死，弟岂敢偷生！父老乡亲，横竖一死，不如和日本狗拼了，打出镇海门，投共产党去！小鬼子，冲你王爷爷这里来！"

边见咆哮："杀了他！"

两声枪响，"吃白大"的胸口登时被穿了两眼血窟窿。

"吃白大"却无事一般，毅然决然冲向俩娃娃兵，咆哮声穿云裂帛，天谷回响。

两日兵慌忙再把刺刀往前一捅，"吃白大"单薄的身子被架在刺刀上，可他的双手仍在向敌人抓挠。

"为王爷爷报仇，打出镇海门，投共产党去！"众人山呼，蜂拥上前。

这时，两更夫抢出人群，拦住众人，一人道："乡亲们，是祸躲不过，大家赶紧回家找武器。两位王老爹死在我们值更人之前，令我们无颜苟活了，我们先来挡一阵！"

"为王爷爷报仇，赶紧找武器，和鬼子拼了！"巷道放大了人们的咆哮，惊雷滚滚。

边见的战马惊惧,掉头欲跑,边见急急勒转。双方相持不下。这时,黄桥镇东郊方向突然响起密集的枪声,那声音逼得很近,密集的子弹曳着红尾直冲镇海门东边的日伪碉堡,接着黄桥镇其他三门方向亦枪声大作。

边见恐惧地转头察看,这时东门碉堡那边又传来了集束手榴弹的剧烈爆炸声,边见胯下那马咴咴惊叫,掉头就跑,一个猛冲,险些把边见摔下。边见赶忙勒紧缰绳坐稳,啪地抽它一鞭子,喝令:"赶紧增援。"

……

后来,一苇才知道,原来黄桥镇东浩堡区队闻见黄桥镇内响枪,恐敌军对我镇区民众不利,立刻前去侦察,并主动进攻东门碉堡,以壮我声势,黄桥周边其他方向的区队亦纷纷响应……

第二天一早,黄桥日军按照部署仍去丈马村清剿,可是由于昨夜风波,就多留了兵力守城,只派出了不足一个排的兵力。

上午八点,黄桥日军与从泰州、新街、大元、严徐等据点调集的日军终于"成功"合围丈马村。佐佐木领队,志在必得,不意却扑了个空。佐佐木灰头土脸,愤愤地纵火焚烧了土地庙,正要对周边农户实施烧杀抢掠,传令兵慌忙来报:"边见君命令我部即刻增援季市。"

佐佐木少尉急忙率队赶往季市,而季市尚在黄桥正南十多公里处。

通过小刘庄大弯口前,佐佐木少尉很谨慎,再次派出尖兵到青纱帐内反复侦察。

尖兵旗语告之:"前方安全,可以通行。"

日军又登车前行,转弯上了大道,径直向前。可是才东行了一千米左右,忽然,最前一辆军车触发绊线地雷,一声炸响,趴窝了。

登时,青纱帐里投出的手雷遮天蔽日,射出的弹雨如泼,日军也饱尝了被杀戮的滋味……

所有日军军车均在燃烧,车上车下到处是日军尸体。

首车左后轮毂旁,佐佐木手臂中弹,残存的士兵将他团团卫护,负隅顽抗。

佐佐木命令通讯兵用电台紧急呼救。

可是,这当儿,黄桥四周各据点的日军也都被我各区武工队困住,无法来救。

迫不得已,镇守黄桥的边见命令丁聚堂,即刻派出 37 师特务营前往解救季市日军,再派一营人马解救小刘庄日军……

可是,季市日军等来的却是死神。丁聚堂师特务营的士兵们在营长陈玉如的带领下,甫一抵达季市边界,陈玉如即命令下车整队。两名督战的日军还不知所以,甫一下车就被陈玉如啪啪两枪送上了西天。

陈玉如道:"弟兄们,我们特务营没一个孬种,但是我们长期卖国求荣,为虎作伥,活着就是一种耻辱,愧对先祖!眼前只有一条路了,那就是向共产党的陈玉生司令学习,把季市的日寇全部杀掉!当兵当好兵,我们投共产党去!不想投共产党的,我们发给路费……"

特务营的士兵们气壮山河:

"向共产党的陈玉生学习!"

"向共产党的张猛学习!"

"打下季市,投奔共产党!我们特务营没一个孬种!"

……

当日,日军在黄桥西北的小刘庄和南边的季市都吃了大亏,丁聚堂部也损失了整个特务营……

夜幕降临。

日军指挥部。

惨白的汽油灯光下,边见僵坐,一脸愠怒。终于压不住了,边见暴起,抽刀斫去长条桌一角,喝道:"八格,此仇不报非君子!"

佐佐木少尉右臂用绷带吊着,进言:"边见君,你不觉得最近越来越蹊跷了吗,共党的罗网越织越紧密了,不但对我军动向了如指掌,而且反应神速,联合作战,进退裕如……"

"我也感觉到了,真不明白共党的正规军都北撤了,现在黄桥周边究竟是些什么能人在策划、指挥这场战争,并做到全县一盘棋,这真值得我大日本皇军学习啊……"

"只恨丁聚堂这厮无能,却坐拥无数兵将,纯粹浪费资源!"

"我一直想把丁聚堂这厮搬掉或做掉,让能者上,可是上峰老是让我多忍忍,说什么丁聚堂上海有后台,那厮绝不容忍丁聚堂有任何闪失,上峰顾忌……"

"丁聚堂不好动,但我们可以对他的仆从下手,杀一儆百,也算是给丁聚堂一点压力……"

"我感觉丁聚堂这厮根本不足为患,而共产党实乃我皇军心头大患!"

"边见君，前天有个乞丐跑到我这里告密，言'朱履先是共产党'，我当即赏了他几块大洋，让他替我暗中留意……"

"朱履先?！他这个人退出军界好多年了，听说共产党陈粟军队初来黄桥的时候，他确实跟共党走得挺近……后来我皇军到来，他倒也安分守己，还担任了丁聚堂部的参议，尚算识得大体。在被捕共产党供述的名册上也从未见过他的名字……假如我们硬把他抓来，却发现不了他是共党分子的证据，他的家人一定不肯善罢甘休。要知道，他的那些日本同学现在可都是帝国名将，如果他们怪罪下来，岂不麻烦?"

"让丁聚堂来办如何?"

"不要提这个人，他就是一头蠢猪，除了吃饭、交配，再无其他功能了！再说，丁聚堂和朱履先私交甚好，二十年前两人就熟识了……假如真要办朱履先，我看还是让警察局出手为好……"

"高见高见，我现在就去警察局传令……"

"还是先缓缓吧，免得授人笑柄，说我们杯弓蛇影……"

这时，一传令兵报告："维持会会长丁西顿求见……"

边见道："让他进来。"

丁西顿穿一袭青蓝长衫昂然而入，满脸堆笑，拱手道："边见君，佐佐君，近来黄桥地区久旱不雨，天干物燥，黄桥父老再三要求，须把抹煞庙里的雷公菩萨抬出求雨……"

边见道："你们的，支那人的，大大的蠢，天不下雨，能求得来吗?！"

"民众信仰，卑职也无力改变。"

"你的意思是，黄桥人的，要借机大规模地聚集了……"

"是的。"

"现在黄桥镇上商户几乎全部歇业，你的，维持会长的干活，怎么不动员他们复业?"

"卑职一直在动员中，但是他们心里怕啊……"

"八格，这是借口！"

"前几日，'无事拱'与'吃白大'的死刺痛了人心，黄桥百姓本欲将二人尸体抬至贵军指挥部门前讨要血债，经我维持会反复做工作并抚恤，才暂且压下事态……"

"八格，现在黄桥人良心大大地坏了，我要杀得他们鸡犬不留！"

"边见君，黄桥镇区有数万人众，皇军恐怕要靡费不少弹药了。况且黄桥镇区百姓现在同仇敌忾,誓与皇军血战到底。如若双方果真发生大规模冲突的话,势必两败俱伤,而城外共党武装渔人得利……"

佐佐木道:"边见君,属下认为,可以允许黄桥民众抬菩萨求雨,以传达皇军亲善之意,暂缓紧张局势……"

边见道:"你的丁西顿的,现在就去传达皇军意思,求雨可以,但务必安分守己,皇军将派人全程监督……"

"谢谢皇军。"丁西顿打拱,却原地驻足,以期待的目光再次看向二鬼子军官。

"丁会长,你还有事?"佐佐木问道。

"还是与天干物燥相关,现我镇居民强烈要求近期举办一场'水龙赛会'……"

边见道:"你们的要求真是越来越过分了,这点小把戏焉敢来迷惑我皇军?!"

"边见君,您误会了。我镇百姓意欲举办水龙赛会,并非针对皇军,而是针对祝融之神。千年古镇黄桥,木质建筑连片,而巷道狭窄,消防隐患极大。历史上火神曾多次光顾敝镇,光福慧寺就曾数次遭遇火灾……"

"你的,前几年怎么不申请举办水龙赛会,现在分明是要集全镇力量向我大日本皇军示威!"

"边见君,此言差矣,中国有句古话'城门失火,殃及池鱼',你作为黄桥驻军最高指挥官应该有正确的政治站位,真正以黄桥人的福祉为念,何患黄桥人心不归化呢?!"

佐佐木道:"边见君,属下认为,眼下您还是准许了他们吧。届时,你我亲自带队维持治安,谅他们也不敢生出什么事端来……"

边见沉思片刻,站起,冲佐佐木九十度鞠躬,道:"佐佐君,您辛苦!"

他又转向丁西顿,道:"丁会长,你的不要忘了,如果不是大日本皇军杀到,你的,早做了共产党的枪下之鬼了!这几年来,我大日本皇军又委任你为黄桥维持会会长,你的日子过得还不差吧。故,你对我大日本帝国和皇军以及本尊,应该深怀感恩戴德之心!可是,上次本尊为犬子向你女儿提亲,你的居然一口回绝了!我疑心,你的,压根儿不愿见中日亲善,你的,良心大大地坏了……"

"边见君,皇军到来之前,江南江北的大户就屡有向犬女提亲,可犬女一概拒嫁,我这为父的也是无法可想啊!"丁西顿苦着脸,缓缓从袖口里摸出一锭黄金,轻轻放至边见面前,"边见君,我这维持会会长也委实不好当啊,真应了中国歇后语,'风箱里的老鼠——两头受气'!现在,我家的油坊也停业多时了,家中也几无存粮,遑论黄桥的那些贩夫走卒了,'长太息以掩涕兮,哀民生之多艰',故恳请皇军待我黄桥以宽政,拜托!"

此刻,边见的目光被那金锭吸引住了。那锭竖放着,为长方体,高约5厘米,横截面为边长1.5厘米左右的正方形。通体金光闪耀,而朝向边见的一面有两条左右对称的腾龙图案,中间阴铸四个字"大清金锭"。

边见道:"佐佐君,你赶紧把它收藏起来,这该是件文物,大日本帝国当是支那文物的最佳保存地,哈哈哈……"

佐佐木道一声"哈伊",双手捧了那金锭,正步外去。

边见道:"你的丁西顿的,对我大日本帝国,还是有点忠心的,今天,我就允了你的请求……"

"万谢。"丁西顿再次九十度鞠躬……

农历六月廿三,传说这日是火神祝融生日。

上午八点。

黄桥西大街南侧水龙局巷内进去八十米处,路西即是抹煞庙,与原清朝黄桥巡检司隔巷相对。

山门前,一彪形大汉敲响一面镗锣当当当开道,二童女各捧一炷檀香跟上,紧随其后,一群光膀子的年轻人正抬了庙内雷公菩萨出来。

那雷公菩萨尖嘴猴腮,长相狰狞可怖,却罩一身鲜艳大红袍,坐在由四人抬着的神龛中。而雷公菩萨后面就是浩浩荡荡的看热闹的民众了。

丁西顿走在看热闹的民众前面,长衫飘飘,眼神坚定。

沿街店家见雷公菩萨到来,赶紧燃放爆竹……

以前的祈雨仪式往往只是把雷公菩萨抬出一二百米就折返了,可那天丁西顿却要求抬雷公菩萨"畅游"黄桥东西大街,从镇海门进入珠巷,从米巷出,沿运粮河两岸绕行,由河西王家巷进入,从西大街出,然后再去西寺桥外的北宋抗倭英雄王良墓园与顾孝子墓……

一苇也参与其中,满怀热望,一脸勇毅……

斯时,王良墓园虽然围墙坍塌,但墓园内依然松柏苍翠,坟帽齐整,地表洁净,而一尊"勒石永尊碑"巍然矗立……

那是1559年,倭寇突袭黄桥东边约30公里处的如皋,河南籍千户王良

211

等自黄桥前出侦察敌情,中途遇寇。王良急遣人回黄桥通报敌情,为给黄桥守军赢得备战时间,王良父子与部将数十人勇闯敌阵,斩贼无数。惜哉,王良父子等人最终寡不敌众,以身殉国……

众人在王良墓前跪下,丁西顿和何卓甫等人上前把坟上杂草拔除干净。

众人眼含悲泪,久跪不起……

王良墓园西侧即是顾孝子墓。顾孝子,顾昕,据推算,出生于唐光启四年(888年),大半生在唐和五代十国时度过,而卒于宋初,故人称"宋顾孝子",他是我泰兴县进入国史第一人。他的孝行曾引得四百多年后明成祖朱棣(永乐皇帝)为他作诗两首并序。

现在,呈现众人眼前的是道光十四年(1834年),泰兴知县李震、黄桥巡检司王有烈为其修的墓,并建六角形石亭一座,亭柱上镌刻对联一副,曰:

孝列史书五十载晨昏不改,
墓凭碑石二百年风雨无伤。

松柏苍翠,墓园整洁。

众人伏首便拜。

何卓甫眼含悲泪,吟咏朱棣诗文:

鸡鸣冠带谒慈闱,所欲遵承志不违。
五十余年如一日,油然孝敬世间稀。
母疾荤辛忍自供,母盲号泣诉苍穹。
终令母目重开朗,端为纯诚故感通……

众人长跪,涕泪涟涟。

最后,众人抬雷公菩萨回到火龙局巷……

下午一点,北关桥外黄桥关帝庙广场,水龙赛会开始了。

这关帝庙是三圣庙被毁后,黄桥民众集资兴建的,规模并不宏大,主殿一间,偏殿两间而已,而门前广场开阔。

丁西顿、朱履先、丁聚堂等三人端坐评委席,他们的身后高高地悬挂着赛会锦旗(按规矩,往届的获胜者需在新赛会开始前将锦旗交还组委会,重新比赛决定归属）。

这次，米巷的潜龙渊、东大街水龙局、王家巷水龙局各出三组水龙，角逐冠军。

如今九组水龙整齐列阵，斗志昂扬。

黄桥自清末就已从英、法等国引进水龙，它们在形制上与我中华传统水龙有别，故俗称之为"洋龙"。它的主体部分乃是一只近乎圆柱体的大铁箱，下安四铁轮，可前后滑行。铁箱外侧中段装着两根长长的铁压竿，工作时中间套上一横木，左压右升，右压左升，往复循环，方有源源不断水流。水箱下端，有一外接水管插头，出水口猛然收窄，用以连接帆布水管。水管的出水端也渐渐内收，喷嘴由黄铜制作，黄亮澄澄。

现在，九组水龙前，各自整齐肃立十名精壮后生，均一身白色短打。

一苇在这次比赛中临时客串了潜龙渊甲队压水工。

爆竹开场。

丁西顿起身，双手拱山，道："黄桥父老，在下有礼了！'门虽设而常关，事有备而无患'，恭送祝融之神远避我黄桥，且以本届水龙赛会为祭！现在，我宣布，本届水龙赛会正式开始！"

台下紧锣热烈敲响，各组水龙立刻运作起来。一后生跃上水龙半腰，占据压水位，另一后生组接水管，二人身后各屹立一人做替补，另六人下河担水。当一担担河水源源不断倒入水箱，压水的后生左压右压，水流持续激射：试射成功。

先比射高。

九条水龙以会场当中旗杆为圆心，围成一个小圆，纷纷举起水管对旗杆顶部的水龙局旗帜激射。那旗帜竖有两丈高，首个射中它的水龙即是中了彩头。而那旗帜洗去尘垢，其上水龙图案鲜艳润泽。

接着是赛远。各条水龙自由组成两队，一队四组，一对五组，相向而立，各择当面目标两相"缠斗"，彼此加深感情，然后复以旗杆为圆心，齐向旗杆中腰喷射，营建水幕穹顶，以示众志成城。

赛手踊跃，观者喝彩……

以上活动，纯属暖场，优胜者往往只能收获评委口头嘉赞，观众掌声。

很快，比赛进入实战阶段。

台上台下静场，忽然丁西顿站起呼喊："走——水——了——！"

霎时间台下无数锅盆敲响，全场万千人齐喊：

"走——水——了——!"

担任水龙救火战斗指挥员的,即是"督龙"。只见他临危不惧,黄色督龙令旗一挥,趄趄开路,九路水龙紧随其后,奔赴一百米外的九处爆燃的方木堆。三评委紧紧跟上。

由于距离水源更远了,还要保证水龙不断流,故负责担水的后生一个个脚下生风。一个成熟的挑水工,担子两头的水桶亦能随步"飘摇",而桶中水甚少溢出……

挑水工水桶晃荡,嗨号嗨号嗨号;压水工左压右压,嗨号嗨号嗨号;摇龙人(持管的人)将水龙劲摇,嗨号嗨号嗨号……

压水无疑是体力活,可到一苇这里却成了表演秀。你瞧他,骁龙腾身,跃上水龙半腰,面容俊秀,身材颀长,铁压杆左压右升,右压左升,动作潇洒,行云流水,顿成全场焦点。

人们助威:"蒋班主必胜,潜龙渊必胜!"

在挠钩的帮助下,一座座"火焰山"很快被浇灭。潜龙渊甲队用时最短,自然收获了锦旗。

锦旗由丁西顿颁发,文华斋石老板接过锦旗,向大家展示,众人热烈鼓掌。原来潜龙渊水龙队一直由文华斋石老板赞助,而其队员大多为潜龙渊隔壁白玉兰浴室的搓澡工。一旦遇有火警,这些志愿消防队员即刻全力以赴,罔顾生死,却不拿一文薪水。处警毕,他们仅收获主家奉上的一纸赞书而已……

台上台下众人皆起立鼓掌,丁西顿望着眼前黄桥民众张张笑逐颜开的面容,不禁热泪盈眶,他本想说些什么,可是当他站上高台,又蓦地哽咽了。于是他闷了头,撇了脸,一挥手——人们有序撤退。

这时,边见骑着东洋马,带着一队步行的日军匆匆赶到了关帝庙广场。

黄桥民众熙熙攘攘,昂首挺胸,步履坚定,视日寇如无物。

边见一行只好乖乖避让到路侧,静待浩浩荡荡的黄桥民众通过……

岁月如流,转眼到了1944年5月20日。

上午,黄桥日军指挥部。

边见主持会议,日伪主要军官列席。

丁聚堂坐边见近旁,耷拉着眼皮,跷着二郎腿,手拿锉刀在"精心"打磨手指甲。

214

边见道："诸君,上次珠巷内那两个老东西自己找死,皇军的,毫不留情的! 但是,自那次事件之后,黄桥人严重敌视我皇军,各家商号纷纷闭门歇业,拒缴税粮,还一再要我皇军偿那二人性命……这几个月来,皇军坐吃山空,而上面拨发的军粮还需待时日。为今之计,皇军只能下乡就近取粮了。现在,黄桥周边麦子刚好熟了熟了的,你们的,必须的,赶紧的,把夏粮的,统统地征集上来,否则军法处置! 你们的,听明白了没有?"

一伪军官哭丧着脸,道："边见君,不是我们不努力,是那些老百姓实在不好惹啊! 他们宁可向共产党缴粮,也决不肯给我们一粒籽啊,去年下乡征粮,我们就死了好多弟兄啊……"

"你们的要明白,征不上粮草,你们的,是等不到饿死的,皇军的,会提前送你们的上西天的,好省下一大群人的口粮! 明天上午全县统一行动的,下乡抢粮的,遇有反抗,格杀勿论。严徐、溪桥、黄桥等重点据点必须确保据点周围的夏粮颗粒不能落入共党之手……"

众军官立正："哈伊。"

丁聚堂也站起来,对伪军官们下达命令："大家伙儿都打起精神来,一定得抢点保命的粮啊,否则军法处置,绝无宽贷!"

言罢,丁聚堂抓起帽子就出来了,其他伪军官也鱼贯而出,可个个脸上愁云惨雾。

丁聚堂却一身轻松,登上吉普车绝尘而去……

晚上,何氏宗祠振裔楼一楼,一场盛大的晚宴正在举行。

丁聚堂、丁西顿、蒋一苇等人坐在主桌。

丁聚堂站起举杯："弟兄们啊,明天又是一场恶战,你们去夺人口粮,岂能轻易得手! 现在战局于我极为不利,每次出战都损兵折将,眼见身边的弟兄越来越少,做大哥的心疼啊! 弟兄们,先敬阵亡弟兄!"

丁聚堂神情肃穆,沥酒于地。

众人亦沥酒于地,致哀。

"今晚,大家吃好喝好,晚上想听书的就听书,不想听书的就自己找乐子去……"

"谢谢司令!"

……

一苇端杯敬酒,道："大哥,小弟敬你一杯!"

"兄弟啊,大哥尚欠你一个大人情啊,来,我敬你!"

215

"言重了,干!大哥,莫非明天你又要亲自带队下乡?"

"是啊,边见下了死命令要我们下乡抢粮,这任务可不好混啊!去抢,提着脑袋;侥幸活着回来,却没抢到粮,还是交不了差……"

"日军自己怎么不多派点人马?"

"日军穷途末路了,哪有兵力啊!共产党的本领真大啊,黄桥周边哪处不是铁打的红色堡垒!喝酒吧,这黄桥迟早要被共产党得了去!西顿兄,你也好好想想退路吧!来,干杯。"

丁西顿站起,道:"祝丁司令大军明日凯旋,把那些穷鬼杀个片甲不留,干杯。"

一苇笑笑,跟着敬酒。

晚上,一苇说的依旧是《武松》,尽管台下的伪军官和地方士绅都已经烂醉如泥,横七竖八的,但一苇还是认真地把书说完。

说完书,一苇即出了偕行社,匆匆前往朱履先府上。

师父还没睡,曾平也在。

三人未有寒暄,一苇直入主题:"师父,日伪明天下乡抢粮,全县日伪统一行动。黄桥这旮,边见对伪军下了死命令,抢不来粮就提头来见……"

"这些狗日的,他们的末日就要到了,还这样嚣张!眼下农民真没有活路了,唯有以血还血,以牙还牙!曾平,你赶紧把情报送出去,让各区队充分准备。"

"是。"曾平匆匆外出。

一苇道:"师父,请允许我参加明天的护粮战斗!"

"一苇啊,你送来了情报就是奇功一件。夜闯城黄线那晚,你在溪桥据点干掉了两个鬼子,上级颁令嘉奖,嘉奖令上你化名'丁海真';几个月前,你在永安桥又放倒了两个鬼子,激发黄桥民众同仇敌忾,陈玉生司令员夸赞你诚乃我大黄桥的骄傲……经研究,县特委决定吸收你为中共秘密党员。未经组织许可,你永远不得暴露自己身份,哪怕是面对其他中共党员,哪怕是面对自己的家人!现在,我们到屋内,你面对党旗宣誓吧。"

师父请出党旗挂在墙上,对着党旗举起了拳头,道:"一苇同志请跟我宣誓。"

一苇举拳,跟着师父一句句宣誓:

"我志愿加入中国共产党,拥护党的纲领,遵守党的章程,履行党员义务,执行党的决定,严守党的纪律,保守党的秘密,对党忠诚,积极工作,为

216

共产主义奋斗终身,随时准备为党和人民牺牲一切,永不叛党。"

师父:"中国共产党万岁!"

一苇:"中国共产党万岁!"

宣誓完毕,师父紧握住一苇双手,道:"真诚祝贺你,余一苇同志,从今天起,你就是一名光荣的中共秘密党员了!为了早日赶跑日寇,为了让黄桥早日回到人民手中,为了让我们的子孙后代过上幸福的生活,从现在起,你身上的担子更重了!明天的战斗,武工队的同志们一定会打好的,你在黄桥一定要密切注意敌伪的最新动向,有情况立即来报……"

"是。"

……

是夜,一苇无眠,一则兴奋,因为从今晚起,他就是一名光荣的中共党员了;二则心忧,明天敌我的较量将更加惨烈,我们在打狗的同时,免不了也会牺牲一些优秀的同志……

现在,黄桥镇区的大小餐馆皆关闭了,一苇只能在家里解决早餐了。一苇从桌上黄纸包里拿出了两只黄亮澄澄的酥饼放到了海碗里,这些酥饼是严妈妈前几天托人送来的。一苇眼瞅着它们,不忍下箸,泪水却哗哗直流。这一粥一饭当真是来之不易啊,全是穷苦人用汗水耕耘、播种、浇灌,再用生命收割的啊!一苇又想起了片子,日寇占领黄桥后,严妈妈就设法让她逃出了黄桥,可是她迄今音讯全无……

现在黄桥近郊各乡村的百姓,严徐庄的百姓,溪桥的百姓……一定都在抢割抢收,各乡民兵、各区武工队、县团一定都扑上去了,要是陈粟大军还在,日伪一定不敢动弹!

这次我们武工队也决不会让敌人得逞……

一苇拿起暖瓶,往海碗里倒了满满一碗开水,那酥饼很快被泡成了黄灿灿、香喷喷的糊……

黄昏时分,一苇早早前往偕行社,一则蹭饭吃,二则打探消息。

果然,伪军官们僵坐着,个个如丧考妣。

丁西顿也来了,问一伪军官道:"今天战果如何?"

"还战果呢,光在严徐庄,我们就死伤了四十多弟兄,可是才抢收了巴掌大的地儿!大部分麦子昨夜就已被共产党的人抢收去了,他们甚至割到了距离据点仅二百米远的地方,还一直割到了天放亮!据点里我们的人晚上摸不清敌情,未敢出击。今天白天,我们的人到了,严徐据点的人才敢出来,我们兵分三路,但还是被共产党的人打退了。现在,共产党的土包子们可讲究战术了,他们组成了步枪、榴弹、地雷、土炮等作战小组,协同作战,攻防兼备,作风剽悍顽强啊……"

"边见有没有降罪?"

"我们这队是佐佐木领的队,带回了十二只人耳,边见就不吭声了……但是我们的心倒悬得更高了,下次还不知又要被分配什么样的任务,可以想见的是,这些任务一定是我们无法完成的……"

"这次有没有捞着什么'大鱼'?"

"逮了个春明乡民兵队长,叫白兴中的。这家伙身受重伤,却宁死不降,我们只好'成全'他了……看来,共产党这次也是全县动员,准备充分啊,一定是共产党预先获悉了情报!边见很恼火,已经下令在黄桥镇区开展锄奸行动了,你们维持会也必须交出几个可疑分子……边见这次是宁可错杀三千,也决不放过一个!会长您又要忙乎一阵了,这差事可真不好干啊!交了假共产党,真共产党要说话;交了真共产党,更不是闹着玩的,自己现在就得小心项上人头了……"

"是啊,两难啊!——今天怎么没看到丁司令?"

"这两天丁司令不爽,他的紫云最近和他闹掰了,听说紫云现在和哪个小白脸好上了……"

一苇一旁品茶,故作没听到……

下了书,一苇赶紧出发,他要把敌人即将开展锄奸行动的情报汇报给师父……

中将府书房。

听完一苇汇报,师父意识到情势危急,指示:"曾平,即刻通知镇区各交通站人员主动撤离,把他们的家属也一并连夜撤离!"

"是。朱老,这次您也撤吧……"

"我再待几天,观望观望,边见不会吃了熊心豹子胆的!我先把家里与党组织的往来信件烧毁掉,一苇,你来帮我……"

……

第二天拂晓,黄桥的军警就像疯狗一样扑向各自既定目标,可是迎接他们的只是一个又一个空巢。

他们一无所获,只好怏怏归队……

上午九点,日军指挥部。

边见接报，大发雷霆："一群熊包！"

佐佐木少尉进言："边见君，我们现在逮不着出首朱履先的人了，只好直接拿了他，逼他自己招供了……"

"传令警察局立刻逮捕朱履先！"

"是。"

黄桥警局。

局长接了佐佐木电话后，即刻命令："集合人马，马上逮捕朱履先！"

院内，警哨响起，警察整装集合。

巡警队长曾平清点人数，尚有五人未到。

曾平道："稍息，我去街上把他们叫回来。"

曾平出了警局大门，快步走到隔壁的丁万昌粮店，低声通知老板王德昌："速去通知朱老撤离，警察马上就到……"

言罢，曾平脱掉了警服扔地上，快步向东出城而去……

半小时后，日军指挥部。

佐佐木少尉沮丧汇报："边见君，朱履先的，逃跑了，是从西姜黄河驾船遁逃的；他的管家曾平也逃跑了，原来他正是朱履先预先打进警局的卧底……"

"八格，朱履先果然是共党分子，狡猾狡猾的。佐佐君，先前您的主张是对的，我们应该早早抓了朱履先。以前，我的，大大地错了，错了错了的！"边见中尉向佐佐木少尉九十度鞠躬。

"边见君，请不要自责，你当时也是从大局出发做的决定！现在打不着共产党，我们何不趁机敲打敲打丁聚堂……"

"怎么讲？"

"既然朱履先摆明了是共党分子，而丁聚堂一直以朱履先的学生自称，并且是丁任命朱为参议的，丁自然难辞其咎。我们可以先对丁聚堂身边红人下手，等拿了口供，我们即可汇报上峰把他丁聚堂收拾了，这样他的部队就群龙无首了，我们正好全面接管……"

"好，你这就全权去办！"

这日晚上，丁聚堂又在偕行社喝酒，一苇作陪。

丁聚堂对一苇酒后吐真言："兄弟啊，那天你救了我的婆娘，你的大恩大德我丁聚堂没齿难忘！可是，我的婆娘打那以后，心就完全不在我这儿了,她心里就完完全全只有一个你! 近来,她更过分了,居然胆敢提出要和我彻底了断。老子恼了,我警告她,今后如若再提分手要求,我就划花她的脸……”

“我蒋某何德何能让大嫂错爱,一定是丁兄误会了!”

“眼下,我也没空去管这风月之事了,朱履先跑了,形势于我可不妙啊……”

“我也弄不明白,朱老这次怎么就突然不辞而别了呢?”

“日本人早就怀疑朱老是共党分子,但苦无证据。朱老长期担任我的参议,我反共不力,对皇军又不敬,日本人缉拿朱履先,我没猜错的话其实就是冲着我来的! 现在日本人巴不得以莫须有的罪名把我正法,然后夺了我的队伍去,我估计他们马上就要有所行动了……”

话音未落,丁聚堂的一个护兵慌里慌张从外面奔来,对他耳语一番。

丁聚堂拍案而起:“妈拉个巴子,敢动老子的人! 集合警卫排,去警察局抢人! 王副官,你亲自去!”

丁聚堂又转身朝向其他食客,满脸堆笑,说道:“偶发小事,偶发小事,几分钟就能处理好,大家继续饮酒……”

众皆惊惶……

二十分钟后,两挂偏三轮停在了偕行社门前。

车斗里,俩护兵衣衫不整,额角有伤,衣襟上有血污。

丁聚堂于偕行社前亲自迎接:“好兄弟,敌人是冲着我来的,你们替我丁某挡灾了! 好兄弟,里面请!”

“多谢司令!”

入内,二人就座,小宗赶紧添加碗筷。

丁聚堂亲自给他俩各倒上满满一盅白酒,道:“好兄弟,哥敬你们!”

三人一饮而尽。

“吃菜吃菜!”丁司令亲为二人夹菜。

二人也饿了,狼吞虎咽。

待二人吃个半饱,丁司令问道:“警察怎会找你们麻烦?”

一人回答:“我们两人好好儿在街上行走,发现身后有人一直鬼鬼祟祟尾随。我们哥俩火了,就把那人截住痛扁了一顿。谁知才打完,就呼啦啦涌来一大帮警察和密探,一下子把我们枪卸了,人捆了,言称我们扰乱社会治安,立马把我们抓进了警察局……”

"这些狗娘养的瞎眼了吗?"

"他们摆明了就是冲着我们来的,在警局我听到他们打电话给日本主子了,要他们立马派人来拿我们……"

"这一帮狗娘养的现在当真胆肥了啊,居然敢在太岁头上动土! 你们吃完了,即刻回去传我命令,我师各部从此刻起一级战备。大家继续喝!"

大伙儿继续喝酒,可个个脸色阴沉。伪军官、士绅们个个心虚了,现在日本人竟敢对丁聚堂下手,而他们这些一直唯丁聚堂马首是瞻的人,往后的日子一定也不好过,明天这偕行社可不能再来了……

丁聚堂对一苇说道:"二弟,从今晚起,你的书也暂停了吧。眼下,你还是远离我丁某为好,免得城门失火,殃及池鱼……"

"丁兄,泰兴俗语'砍头,碗大一块疤',我蒋某人愿为丁兄肝脑涂地,生死相随!"

"好好好,够义气,不愧为我的好兄弟! 如果贤弟不嫌弃,我真乐意把紫云让给你了……"

"丁兄,这玩笑开不得!"

丁聚堂压低声音,道:"二弟,等日本人垮了,我帮你选美! 今晚起,偕行社暂且歇业了吧,你自己多保重,有事随时来军营找我……"

一苇明白,从此刻起,继续留在黄桥,是一件多么凶险的事儿! 没准儿,日本人也早已瞄准了他! 可是,他迄今尚未接到组织让他撤退的命令,更重要的是,眼下我方在黄桥的地下交通站人员已经全部撤离,而他蒋一苇现在无疑是一枚极为珍贵的暗子。

留下来,血战到天明!

既然明晚用不着说书了,那么明天上午也就用不着温书了,我何不趁机把黄桥日伪的城防布局摸个透……

次日,早晨。

秋风乍起,黄桥镇区各条街道上落叶任意徜徉,而行人无几。

东大街风华制衣店。

一苇走了进去,得为自己添置秋冬服装了。

店主认识一苇,十分热情。

一苇选好了布料,店主亲为他丈量尺寸。

这时,门口进来一个人,紫衣飘飘,竟然是紫云!

一苇想往内屋躲,可是来不及了。

221

紫云微笑着,眼神像乡野的蔷薇花一样温情脉脉。

一苇的眼窝里也喷涌着春阳般的温煦。

"好久不见了,蒋先生。"

"一直穷忙,见谅!"

"我一直想好好谢你,却无以为谢……"

"叔嫂之间言谢就见外了。"

"还去偕行社说鼓书吗?"

"失业了,不过现在也不急用钱……"

"失业才好呢,正好可以四处走走……"

"天下虽大,可是到处兵荒马乱的,又能去哪里呢?"

"到一穷山恶水的地方,你也不争我也不夺的,养两只鸡,喂一头猪,生几个娃,岁月静好!"

"方今中国哪有这样的美事儿啊?! 离了黄桥镇,我这说书人,又拿什么来养活自己……"

"我也是唱戏的,可是现今的黄桥镇区哪里适合阳春白雪,往后情形必定更为凶险,日寇穷途末路,难保它不对镇区烧杀抢掠……"

"这么晚了,你还敢一个人出来?!"

"我有护兵,看,外面……"

一苇往门口迈了几步,向外看去,果然门外两侧各挺立一荷枪的丁聚堂军士兵。

"你的好兄长丁聚堂要我搬到他的军营里去住,我坚决不从! 我不想再做他泄欲的牲口了,我要过我自己选择的生活,我要离开黄桥,活着离开最好,死了离开我也甘心,你得帮我!"

"可是,在黄桥有丁聚堂罩着你……"

"是啊,他罩着我,每晚他都罩着我,用他那肮脏的身子罩着我,日复一日,夜复一夜,只要他想要! 我的痛苦哭叫,让他更兴奋,变本加厉……可是那天,我被日本兵扭住的时候,他在哪儿? 前几天,他居然又纵兵下乡抢粮,令我几多抗日英豪牺牲,他们当真是禽兽不如……更根本的,为什么区区岛国能打进来,还不是因为丁聚堂们误国!"

"别说了别说了,先活下去,等赶跑了日本侵略者,再来和这些反动派清算……"

"最近几日,丁聚堂都不回住处,好像怕日本人在路上伏击他。我要

222

走,谁也拦不住,就在今晚十二点!届时,我从后门出来,你到那儿等我……"

"不可以的,绝对不可以的,被丁聚堂抓住了,或者被日本人捞住了,你都会没命的!"

"我不管我不管,有的人活着,他(她)已经死了,死对他(她)来说,无非是再重复一次……"

紫云摔门自去,留给一苇柔弱而决绝的背影。

两护兵紧紧跟随。

一苇走出去,凌乱在风中……

夜晚,王家巷,一苇寝室内。一苇穿了一身黑色短打,静坐灯下沉思。

要是师父还在黄桥,他一定去向他请教了,还要请他帮忙,他也一定不会袖手旁观的。可是,现在所有的事务只有一苇自己拿主张了:

既然紫云勇敢地选择了与旧我诀别,挣脱牢笼,追求自由与光明的前途,将生死置之度外,多么令人感佩!他,蒋一苇,作为一名中共秘密党员,帮她逃离,保她平安,才是他应尽的责任和义务!

他在规划路线:从丁聚堂府后门,沿着臭河沟,向西,向西,再向西,就是西姜黄河,而西姜黄河西岸,就是紫云的生天,他可以带着她泅渡过去……

是夜,黄桥镇区照旧沉没在无边墨海底部,死一般寂静,像死了无数个世纪似的。

丁聚堂府邸后巷转角,一苇悄悄探出脑袋。

这时,丁府后门无声打开了,一娇小身影溜出来了,臂弯挎着个包袱。

"苇子苇子……"是紫云低唤。

"我在这儿!"一苇低声回应。

"我就知道你一定会来接我的……"她往他这边奔过来。

"别说话,跟我走!"一苇拉着她往臭河沟而去,暗夜里她的眼眸熠熠闪光。

接近臭河沟了,忽然沟坎上犬吠四起。原来那儿因为人迹罕至,夜晚则成了流浪狗的宿营地。

现在,整个镇子都被惊动了。

东边几条刷亮的手电光柱立刻向这边追来了。

紫云惊悚:"苇子苇子,我不想死!"

"跑吧,能跑多远就多远!"

二人撒腿狂奔。

但是,丁聚堂的手下们很快撵上了他俩。领头的正是卫队长,先前教一苇格斗和枪术的络腮胡,他用手枪一把抵住一苇太阳穴,喝道:"蒋班主,别瞎折腾了!"

"放开他放开他!"紫云像疯魔了的母兽一般,拼命拉扯卫队长举枪的手。

卫队长反手给了她一记沉闷的耳光,怒斥道:"臭婊子,你把我们 37 师的脸面丢光了,丁司令马上会要了你的命!"

"你让他过来,老娘还怕一颗枪子儿!"紫云拭去嘴角鲜血。

卫队长又踢一苇一脚,道:"你蒋班主和我们丁司令义结金兰,你怎可以诱拐大嫂,下作! 若你先前不曾是我徒弟,老子现在就崩了你……"

"我只做对的事,我只是帮助紫云逃跑……"

"待会儿你何颜见丁司令!"

在一众护兵的卫护下,丁司令果然来得神速。几分钟后,借着他的护兵们手电筒的亮光,你可以看到一张肃杀失色的恶魔脸步步逼近,眼窝深陷,像是两口噬人黑洞。

"紫云,跟我回去。"

"呸,我死也不回!"

"再问你一句,究竟回不回?"

"坚决不回,你就死了这条心吧!"

"当真不回?"丁聚堂"潇潇洒洒"拔出手枪,动作夸张地把子弹上膛,枪口咬定了紫云的脸庞。

"当真! 你开枪吧,请不要打我的脸。——苇子,我对不起你,下辈子再报答你大恩大德吧!"

"丁司令,不要伤害紫云,你打我好了!"

"蒋先生,你是我的结拜弟兄,我怎可以开枪打你! 传出去,人人会骂我不仁不义,所以我要你活着,替我做活广告,而她必须死!"

"啪",枪响了,罪恶的子弹击中了紫云胸脯。

紫云身子一颤,鲜血汩汩,躺倒在地上。

一苇扑过去,单腿跪下,托住她飙血的上身,泪飞如雨,声嘶力竭:"紫云紫云!"

紫云伸出右手,抚摸一苇脸庞,说道:"苇子,你是我暗夜里的星辰,你是黄桥镇的好男儿,如果有来生,我乐意做你的妻。那时候,你说,我唱,我们的鼓书一定好出名的……"

一口鲜血喷涌,紫云头一歪,身子一轻。

一苇悲泪纵横,回首去看丁聚堂,丁聚堂乌洞洞的枪口正咬着他。

这时,络腮胡猛踢一苇一脚,用自己魁梧的身板迅速挡在了丁聚堂面前,冲一苇喝道:"还不快走!"

一苇一手抹去悲泪,抱起紫云往西姜黄河方向踉跄走去,紫云的血迹在地上滴成朵朵墨菊。

一苇才走出十余步,身后啪啪啪一阵枪响,是丁聚堂对空射的,还伴着丁聚堂歇斯底里的号叫,流浪狗们嗥叫逃散……

到了西姜黄河西岸,一苇奋力将紫云遗体往岸上拖。

忽然,芦苇丛中有人低声说道:"兄弟,我们来帮你。"

一下子过来了一胖一瘦俩小伙,均赤裸上身,用泥灰涂抹,身背长枪,腰挂匕首。

一苇道:"你们是?"

"我们是龙河游击队的,我是小黑,他是大壮。我们奉命在这儿潜伏,密切监视敌人动向,这位女士是?"

"我的一个朋友,被敌人杀害了,这仇我一定要报!"

"先找地方让她入土为安吧,天快亮了……"

大壮道:"我去拿锹。"

……

天渐渐放亮,西姜黄河水道上空水雾迷蒙,西岸高坡上隐约有一座坟茔耸出了地面。四周杂花遍地,露水如钻,坟帽上则盛开着一朵酱紫色的未知名的大花。

"丁海真同志,请节哀,化悲痛为力量,欢迎加入我们龙河游击队!"

"你们认识我?"

"上次雨夜护送黄小师生穿越溪桥封锁线的行动,我们也参加了。那日,是你击杀了两个鬼子,被县团通令嘉奖,革命队伍里谁人不知!现在,如果我们的大英雄加入我们龙河游击队,我们陈大龙队长一定甭提多高兴了……"

"这就走,但要发我一杆枪!"

沿着龙河南岸岸线,拨开无尽芦苇,逶迤西行约三公里,芦苇荡里隐现出了一间低矮的草棚,柴门外设置了几层岗哨。

小黑边跑边嚷:"陈队长陈队长,丁海真同志来了!"

国字方脸,虎背熊腰的陈大龙架了外套,阔步迎了出来,嚷嚷:"我们的丁大英雄在哪儿?"

一苇立正,敬礼说道:"陈队长,丁海真向你报到。"

"果然是我们的丁大英雄啊,久违久违,哈哈哈……里面请。"

屋子里就放了两张坏门板(作床),另有几张小木凳,还有几副碗筷。

陈队长问:"吃过早饭没有?"

小黑道:"队长,丁海真同志昨晚刚刚失去了一个朋友,我们帮他安葬了。早饭,海真同志还是昨天吃过的……"

"丁海真同志,请节哀! 这血海深仇,我们一定要报! 黄桥的敌人,溪桥的敌人,他们的末日就要来到! 这里有凉粥和咸鸭蛋,先对付着吃吧!"

三人居然将一锅燕麦糁子粥都吃完了。

秋风飒飒,衰草连天。

陈队长道:"丁海真同志,你这时加入我们龙河游击队,来得是时候,可又真不是时候啊! 你看,这秋风一起,龙河滩的芦苇荡就要枯萎了,就不大藏得住人了,这边离溪桥鬼子据点又近,我们这几天就要转移到对面的坍江头去。怎么取'坍江头'这个名字呢,你可知道? 传说古时,对面那旮旯即是长江故道北岸,由于江流经年累月地奔涌冲淘,经常发生大面积坍江,于是,当地人就给它取了这名字。这名字听起来让人心怵,可是到了那地儿,我们心里就安稳了,因为河北那片正是我党经营了很多年的根据地,敌人望而却步……"

"敌人来了才好,我一定'热烈欢迎'!"

"好,我们并肩作战! 小黑快去准备中饭菜,大壮去抱一坛酒来!"

大壮道:"好咪!"

小黑道:"马上就到!"

一苇道:"陈队长,我看这儿恐怕不宜生火……"

"丁海真同志,您安心,我们不需生火一样可以让你吃个饱,还不费一分钱钞! 你耐心等着就好!"陈队长问,"丁海真同志,成家了没有?"

"国破家亡,无以为家!"

"海真同志,你在黄桥以说书为业,等抗战胜利了是否想重操旧业?"

"不想再说书了,百无一用是书生……"

"等抗战胜利了,大家才有心情坐下来听你说书。不过,我建议你现在要抽空多收集些黄桥老区人民的革命事迹,将来要说'红书'……"

"再说吧陈队长,大仇未报,我一刻不得心安!今晚我就要去黄桥干一票,这次专打丁聚堂的伪军!"

"只是近期黄桥镇区戒备森严,里面的交通员又大多撤走了,我们的侦察员一时还真难以渗透进去……"

"我熟悉路道的,先干它一个岗点,夺它几条枪,让丁聚堂胆寒!"

"好啊,我也正有此意,就今晚!"

……

一小时后,小黑拎了一只木桶回来,嚷嚷道:"队长,你看看今天这收获!"

队长趋过去一看,道:"好小子,今儿真有你的!"

队长伸手从中拎出一只张牙舞爪的螃蟹给一苇看。那螃蟹块头大,身板厚,螯足内外缘长满了黑毛,铁钳乱舞。

队长道:"丁海真同志,我溪桥区看似条件差,其实上天待我们不薄!你看,这毛脚蟹绝非凡物,它可是来自龙宫。你若喜欢,就放开肚皮吃! ——小黑,赶快去把它们打洗干净!"

"遵命。"

小黑又拎着桶下到水边。

陈队长眯缝起眼睛,迎着飒飒河风,笑道:"'秋风起,蟹脚痒','菊花开,闻蟹来','九月圆脐十月尖',这时令,其实痒的不是蟹脚,而是人们的唇齿、舌尖、喉口、胃肠……归根结底,是人心!不吃蟹,那还叫什么中秋?!太平年岁这时令,佳酿一壶,桂花树下,三五知己,品蟹饮酒赏花,快意似神仙。而这美食何处觅?君不见,晴好的晚上,龙河两岸的男女老少总动员,挑个马灯,钻草丛,寻蟹迹,于是向来阒寂的龙河岸滩一下子闹腾起来。那如墨的河水里灯影憧憧,随波踊跃,恍如银河飞落九天……"

"队长,高粱烧驾到,外加一瓶香醋和一碟生姜丝儿,还有一碟油炸花生米,十只煎鸡蛋……"是大壮回来了。

"又去叨扰你干娘了吧,有没有人看到你?"

"队长,你放心,神不知鬼不觉的!"

"好,先把烧酒送到黑泥鳅那边,待他把蟹打洗干净,赶紧用酒腌

227

制……"

"好嘚！"

队长说道："海真同志，我先带你转转……"

二人踩着软泥，沿着芦苇荡边沿一路向东。

龙河果如一条桀骜不驯的巨龙逶迤西去，白浪滔滔，响拍两岸。

队长道："历史上，泰州著名诗人颜训曾称赞我龙河'水道纡曲可爱'，他还为之写下了'帆风时顺逆，窗口忽东西'的锦句。是啊，'老龙河，九十九道弯'，多么美好的景致啊，而龙河诞生的传说更是不凡！相传很久以前，黄桥及周边地区干旱少雨，百姓苦不堪言，东海龙王带领三太子来这里开河，以方便灌溉。老龙王从分界开河至黄桥，又从黄桥开河至泰兴，这段河叫'老龙河'；而自溪桥向南，由三太子自己单干的河叫作'小龙河'……

"这龙河好啊，首先，整体看她的姿态确如虬龙腾空，龙首高昂，龙身矫健，龙爪飞扬，正好象征我泰兴民众深受上苍眷爱，传承真龙血裔，身居福地，并养成了桀骜不驯、一飞冲天的精神风貌；其次，她沟通泰兴东西诸多乡镇，化坎坷为通途；其三，也是最根本的，她是我泰兴的母亲河，源源圣水滋养着百万人民，物产丰饶！以前这龙河上渔歌唱晚，舳舻相接，可现在呢……

一苇道："都是万恶的日本帝国主义造的孽！"

"年轻时，我也是一名塾师，可恨斯时整个中国放不下一张平静的书桌，于是我也抓起枪杆子闹革命……"

"泰兴的塾师大多有着强烈的家国情怀和革命意识，我的启蒙老师沈毅就是泰兴革命的拓荒者，可惜他英年早逝了。还有我的两位舅舅和我未过门的大舅妈，他们追随沈毅闹革命，也都为之献出了宝贵的生命……"

"日本侵略者的末日就要来到，赶跑了他们，我们要和那些卖国贼，那些屠杀工农的反动派算账，烈士们的鲜血绝不会白流……前方就是那个大陡弯——鬼门关，1942年我们在那里打了日军汽艇部队的一个大伏击，毁了它三条船，结果这几年来，这条水道基本被鬼子废弃了……但这几天，我突然有种感觉，日军可能要重新启用这条水上交通线。因为黄桥的鬼子和伪军这次下乡没抢到足够的粮草，他们一定会设法从外地调集粮草过来。可是城黄公路由于经常遭受我各区队的袭扰，敌伪轻步兵尚且只能局部通行，军车则绝无可能全线通行。陆上走不通，他们就只得走水路了。鬼子'聪明'得很哪，他们一定以为，随着岸滩上芦竹、芦苇的枯黄，武工队就不大藏得住了,他们呢,只要在汽艇上架起机关枪,加上陆上敌人的配合,就可以麻溜地解除两岸所有潜在的威胁了……"

"队长,看来您有想法了……"

"要消灭敌人,首先要保护好自己!我一直在琢磨,假如真要打敌船伏击的话,地点自然还得首选鬼门关,可是敌人也会料到这一出……"

……

吃午饭了。

阳光温煦,秋风飒飒。众人以高天为幕,以芦苇为帷,以芦苇为席。

小黑从木桶里拎出腌制好的一只只肥硕的螃蟹,每人发一只。登时,酒曲的香味,酱汁醋的酸味,蟹肉的鲜味直冲众人鼻翼。

起初,丁海真直望着面前那醉蟹发怵。

队长直接伸手去抓,哈哈大笑,道:"丁海真同志,你杀死如牛一样的敌人连眉头都不皱一下,今日居然被这些小虫吓怕了?!忘了告诉你,此蟹非刚刚那些蟹,此蟹乃是两周前腌制的,如今来吃甚好甚好!刚刚小黑打洗的那些蟹现在已经入'坛'为安,无须料理它,自有悠悠时光为其增味,下次我们回这娘家时随时开坛……眼前这醉蟹你就敞开肚皮吃吧。"

被队长一激,丁海真胆气壮了,也手抓蟹块,豪迈地撕蟹腿往嘴里送。那醉蟹大腿肉形如果冻条,肉质细嫩生鲜,而味同干贝;蟹身肉莹莹如玉,酒香馥郁,香中带甜;蟹黄丰美,甜里带酸,膏腴而不肥腻。

队长端起海碗,道:"丁海真同志,这醉蟹虽好,可我总觉得寒碜,真对不住你了!等拿下黄桥,我请你到镇上文华斋去补上这一顿,一定不似今日这般潦草!干!"

小黑道:"队长,这蟹肉的确鲜香,但总觉得美中不足,如果配上黄桥肉渣就更完美了!"

"我陈大龙出马,黄桥肉渣得来一定全不费功夫,你们且安心等着吧,我说话算话!"咕咚一声,队长仰脖干掉一碗酒。

海真也端起海碗一饮而尽,队员们鼓掌……

那天中午,他们究竟喝了多少酒,品了多少醉蟹,一定谁也弄不清楚了,连陈队长这个素来海量的人居然也醉了。他们几个人横七竖八躺倒在"芦苇席"上,其余的队员在窝棚四周执枪戒备……

天暗黑下来了,气温明显降低了,水面袅起了淡淡的雾气。

芦苇荡里,鸟雀归巢,聒噪得很。

丁海真醒了，队长醒了，小黑、大壮也醒了。

队长笑道："海真同志好酒量，佩服佩服！"

"感谢队长盛情，今晚我一定去扰得敌伪不得清净！"

"我同意，我们现阶段一定要把日伪揍成缩头乌龟，让他们困死黄桥，弹尽粮绝！"

大壮道："队长，晚饭已经准备好了，干娘煮了一大锅香荷芋，还备了酱油蘸着吃……"

"大壮，你的干娘比我们的亲娘还要亲，我们一定要记住她的这份恩情！将来，我们一定要让你的干娘，让数万万和你干娘一样质朴而伟大的乡亲都过上幸福的生活！同志们，都过来吃，香荷芋管饱，籼子粥提神！"

众人蘸酱油吃芋头，喝籼子粥，甭提多甜香了。

餐毕，队长集中大家开会。

队长问海真："海真同志，你打算晚上从哪下手？"

"我觉得，西门桥头的西街据点反而不易得手。那里岗楼高大，敌人人多势众，装备精良，还备有探照灯，更主要的是，他们据守要津，警惕性高……我倒觉得地处敌人腹心，运粮河西岸中段稍北的那个岗点倒最容易得手，一则，敌人不防；二则，地处镇区中心地带，敌人力量反而薄弱；三则，我们是从水路突袭，回来也从水路，敌人无法堵截。我来给你们画图——

"敌人岗点在这儿，我们从西边渡河登岸。晚十点前，镇区各处圈门敞通——如今局势下圈门内家家闭户，而夜间日伪巡逻队一般不敢深入里巷。我们可以自由地、不受干扰地穿过几条连绵迂曲的小巷，就离那岗点咫尺之遥了，然后雷霆一击，闪电撤退……"

队长说："妙妙妙！今晚九点，我们七人一起行动，大壮留西姜黄河西岸戒备，小黑留东岸戒备，其余人随我直扑敌人岗点，务必一招制敌，速战速决！明白了没有？"

小黑道："队长同志，我提议早早准备一只杀猪桶……"

队长笑了："你小子这次又指望满载而归了，希望如此！"

九点，一行人向西姜黄河进发了，陈大龙果真让小黑扛了一只洗净了的杀猪桶……

夜，伸手不见五指，但西姜黄河却微微泛着青亮的波光，河水脉脉流泻。

南边六百米远的地方就是西门桥头巍峨的岗楼，探照灯不停扫射，光柱雪亮,甚至听得见当值士兵的嬉闹声。

六个人下了水,悄悄向东岸进发,然后,小黑留守东岸,其余人由海真带路直扑目标。

果如海真所说,一行人顺顺利利穿过几条偏僻连绵的窄巷,就到了运粮河西岸王家巷口的那一座岗楼。

岗楼门口的地面上铺泻着昏黄的煤油灯光,一伪军士兵歪戴军帽,手拎酒壶,身背长枪,正从里面出来。丁海真一个虎跳,从伪军身后捂他嘴巴,再噗的一刀割断了他的气管。那厮脖子鲜血溅射,大张着嘴,浑身筛糠,却未能叫出声,就往地上瘫倒。丁海真搂住他,将他轻轻放到地上。

里面的人还在饱享盛宴,一桌好菜热气袅袅,酒肉香气扑鼻。

队长摸了个手雷,拉了弦,往里一扔,轰隆一声爆炸了,屋子里的敌人登时全被送上了西天。

大伙儿赶紧打扫战场,先把枪支弹药全拿了,又拿了岗楼里的米面等生活物资。

这时黄桥镇区警笛四起,外围岗楼里的敌人盲目对空射击,沸成一锅粥。

蒋一苇从屋里拿起一把笤帚,蘸着敌人鲜血,在外墙上刷下了几个大字:"丁聚堂,拿命来!"

……

当晚,龙河游击队全员撤离到了河北坰江头,住进了临河的一户人家。屋前,龙河宽阔,芦苇滩绵延;屋后,坡岗起伏,杂树丛生。

放出明哨、暗哨,大家终于可以舒坦一些时日了,至少一日三餐有了热饭吃……

这天早餐后,丁海真找到大龙队长,说道:"队长,我觉得,上次黄桥日伪下乡没抢到足够的粮食,他们一定会设法从外地调粮过来,而泰兴到黄桥的陆路已被我各区武工队切割,敌人只能冀望于水路了。可是对于这即将送上门来的肥肉,我们龙河游击队一家肯定吃不了,得与其他区队联合作战。我的想法是先把这战役策划向县团汇报,让县团派人贴近泰兴敌军码头侦察,一旦敌军船艇有异动,立刻汇报。敌人假如果真要从水路往黄桥运送补给,至少此前他们要派兵扫荡龙河两岸,那么我们只能暂避。但一旦敌军运输船队果真'驾到',船上火力一定得到了加强,并且龙河沿线各据点的陆上鬼子一定也制定了应急预案,大多数地方不出二十分钟即可抵达……所以,我们在敲小鬼子船艇部队的时候,必须联合其他各区武工队,集合所有能调动的人、枪,外围放阻击小组,内线力争数分钟内结束战斗……"

"好,丁海真同志,您还真是个天才的军事家!就依你的,我现在就派人去特委和县团……"

此时的龙河岸滩,南迁候鸟已经过尽,芦苇荡地面上积存的厚厚一层鸟粪被晒得白亮,而枯黄的芦苇和芦竹已被滨河农户砍伐不少。即使那些未经砍伐的芦苇阵现在也稀稀疏疏的,'无密可保'了,个中动物如野兔、野鸡、刺猬等自露行迹。

同时,龙河进入了枯水期,水线下移许多,不少河蚌、河蚬、螺蛳等搁浅了,水禽们正好大快朵颐。

那段日子里,大龙队长一班人整日盯紧龙河……

这日上午,特委传来消息,泰兴敌人正在装船,目的地正是黄桥。

大龙队长立刻召集全队人员开诸葛会。

大龙队长焦心了:"看样子敌人今天就要通过我们防区,估计很快就会有敌艇和陆上部队过来侦察,只是没想到敌人会来得这么快!现在,我们要联合其他区队协同作战,看来已经不现实了。但是,这批物资我们绝不能让小鬼子如愿送达黄桥。大家得想想法子,怎样才能把这股水上敌人给歼灭了……"

丁海真道:"边见这只老狗一定会派遣军队自黄桥出发,沿龙河两岸向西清剿,对我方而言,这的确是不利因素,但也可能令其转化为利我态势……"

"怎么讲?"

"艇上敌人因为有了陆上敌人的配合,安全感会盲目增强,而军事准备往往做得不是太充分。我们只要能避开陆上敌人,在适当时间和地点给水上敌人猝然一击,他们一定插翅难飞!不过,我还是觉得,伏击地点唯有设在鬼门关才利我方扩大战果……"

大龙队长道:"步枪子弹我们比较充足,手榴弹还有三箱,可惜没有机枪。为确保我们能把敌人的船艇部队全部堵截在鬼门关,我考虑还是预先在水下布设障碍,而且要设两道,一道在鬼门关东出口,一道在鬼门关西进口,待敌人船艇全部进入伏击圈,先拽东边的拦阻索,再拉西边拦阻索。由于敌人会预先派船侦察,我们只好使两条拦阻索预伏水底,一头拴北岸树根部,一头届时手拉……"

小黑道:"队长,你给我几枚手雷,我直接潜到船舱下把它们炸个底朝天!"

"那样太危险了!同志们,大家有杀敌的勇气和必胜的信念是好的,但是,我们的时间有限,敌人的反击也会很迅速,我的想法是,我们就在岸上打,不能全歼敌人也不打紧,见好就收,敌人的援兵不至我们也撤……"

丁海真道:"队长,我们可不能给敌人挠痒痒啊!请给我一支三八大盖,子弹要够,手雷也要管够,我保证先把敌艇上的机枪手干掉!"

大龙队长道:"丁海真同志有全歼敌人的壮志雄心很了不起,我们为他鼓掌!下面我来分配任务,小黑和大壮负责找绳索,其余人跟我去鬼门关,自主寻找各自战位,先期埋好弹药,演练演练。大家注意,千万不要在地表留下任何痕迹……"

一行人沿着龙河北岸逶迤向东,很快抵达鬼门关。

队长派出了两个观察哨,东边是张晨,西边是孙亮。

队长道:"鬼门关这一仗说起来容易,打起来可难了!估计敌人很快就会过来侦察,所以现在不宜动土。而且敌人的侦察船一定会先来个火力侦察,预先设伏弄不好会造成严重伤亡,所以敌船队通过鬼门关的时间就是我们的出击时间,机会只有一次,倏忽即逝,大家赶快寻找各自战位,并模拟投弹和射击……"

丁海真选择了北岸至高点,一棵主干虬曲的垂柳下。那里既可掌控眼下龙河战场态势,更可将方圆数公里范围内的场景尽收眼底。那些春夏时从地面攀缘而上,如今萎谢的藤条,织成了一张枯黄而又严密的网。一苇藏身其中,从低处还真不容易瞅到他。他的身下则是陡直的岸坡,一苇居高临下,用枪比画比画,觉得位置真是棒极了。

其他人也都找好了各自战位。

这时,东边的明哨张晨领了一个人过来。

陈队长认识,喊道:"顾支书,是什么风把你吹来了?"

顾支书道:"大龙啊大龙,你龙河游击队越界了,也不知会我顾高清一声,你也太缺礼了吧,哈哈哈……"

"顾支书,你真不怕我们叨扰吗?等打完了鬼子,我们就到你顾家庄上喝酒去!"

"县团通知了,这次要各区队联合作战。可是,这大白天的,其他区队一定难以穿越封锁线,所以现在唯有我村民兵配合你们区队了……"

"贵村民兵一共几人,武器配备又如何?"

"包括我在内,一共十五人,有一支短枪,两支三八大盖,十二支中正式,手枪子弹还有两匣子,步枪子弹七十余发,土手雷二十来枚……"

"太好了,我们龙河游击队这次出动了八人,加上你们的人,现在我们一共二十三人,假如敌人只出动三四条船的话,按每船四至六人算,我们的胜算还是比较大的!你顾大支书出现得可真是时候啊!顾大支书,你能否再帮我们找些长绳和铁索,我要在水下设伏,派人去寻这些材料了,他们啊到现在还没回来……"

"这还不简单,我村老财顾不仁,前几年进了不少建房材料,因为战事,一直藏着,过会儿你派人跟我后面去取,他焉敢不给!大龙,这边往北一点五公里有一处墓园,地势高出,坟包遍地,松柏常青,平日里僻静无人,正好适宜藏兵……"

"天助我也,这次小日本鬼子铁定劫数难逃!"

……

正午时分,墓园。

松柏遮天蔽日,茂草高过人头。

树下草丛里,陈大龙率队埋伏已数小时了。

这时,陈大龙伸手一指龙河,笑道:"来了来了,果然来了!"

龙河北岸,一长溜敌军,伪军四十余人在前,十余日军断后,逶迤西进,不时和南岸敌人打着旗语。

顾支书道:"大龙,你看这些敌人,不管伪军,还是日军,一个个都病恹恹的,看样子,他们都对清剿提不起兴致来了……"

"他们也是交差事,他们心里一定在说,'菩萨保佑''菩萨保佑',哈哈哈……"

"这股敌军估计会一直向西清剿,短时间内不会回头,我猜他们清剿的重点正是十区武工队,季圣林同志这个龙河门神真正是一夫当关万夫莫开啊!等会儿敌人的侦察船准到,待它报了平安,其后运输船队一定会快速通过的,大家多留点心……"

果然,不一会儿河道里就响起了汽艇马达的轰鸣声,和机关枪连发射击的声音,嗒嗒嗒……

几分钟后,鬼门关一艘鬼子汽艇的膏药旗正好冒出了地平线,快速东移……

"同志们,战斗马上就要打响,现在我分配一下任务,小黑和大壮立刻游到对岸,听我信号首先拉绳截停敌人船艇;顾支书带五个同志打最前面的那艘艇,我带五个人打最后面的那艘艇,丁海真同志负责狙击各艇鬼子机枪手,其余同志视中间船艇数,平均分配力量。我们首先要在最短的时间内,把我们所有的手雷扔到敌人的船艇上!大家明白了没有?"

"明白。"

"出发!"

……

十分钟后,鬼门关,大家趴在河岸高处枯草丛中静待鬼子上门。

不一会儿,西边河谷远远传来汽艇马达声,声响越来越大,水面剧烈动荡。

一苇远远看见,三艘汽艇昂然而来,膏药旗猎猎。艇艏都趴着一挺机枪,一个射手,一个供弹手。

看得出,各艇的机枪手和供弹手都很懈怠,都躺在各自的战位上晒太阳呢。

那日,秋阳朗照,恍若春天般"温煦",令敌人恹恹欲睡。

鬼门关,三艘艇鱼贯而入。

第一艘艇进至转角处,"啪",大龙的驳壳枪响了,该艇机枪射手脑瓜登时被打爆了,鲜红的"瓜瓢"飞得满艇都是。

河对岸,小黑立马绷紧了拦阻索,该艇的螺旋桨登时被缠住了,马达惨叫着,却进退不能。最后那艘艇见状折身想逃,却又被西边的拦阻索堵截了。中间那艘艇则一直嗷叫着无法动弹。

丁海真的三八大盖开始点名了,节奏轻快,连续敲掉了后两艘艇上的机枪手。我方的各式枪械快意地吟唱起来。

同时,无数的手雷向敌艇飞去,爆炸声震天,三艘敌艇很快陷入一片火海。

敌艇在下沉,舱内尚有少数敌人在负隅顽抗。

这时,小黑和大壮已经从南岸潜到船舷右侧,连续往各艇舱内投进几颗手雷,敌人就全部报销了。

小黑和大壮赶紧登船收集敌人的枪支弹药,会水的同志也纷纷泅过去。大龙队长早说了，这次一定要把敌人的机枪缴获。丁海真屹立高坡，据枪戒备……

那一次，龙河游击队收获满满，不过大龙队长仍不满意，说那么多军粮就那样给淹了，真是太可惜了……

那日，黄昏时分，黄桥中学操场。

日军搜救部队回营，带回了十几具日军尸体，用担架一字排开，白布遮盖。

每具尸体前，均堆着一方整的柏木柴堆。

日军列队跪拜。

数名日军头缠白布条，赤裸上身，叽里呱啦怪叫着跳起了鬼魅舞蹈，为那些死鬼招魂……

边见躬身掀开一块块盖尸布，不忍卒看，复盖上白布，老泪纵横。

走到最边上那具尸体前，边见跪下，悲苦地揭去白布。

丁聚堂伸长脖子一看，那尸体短小单薄，娃娃脸的大半被打爆了，那残脸比雪还白。丁聚堂心里骂道，我堂堂大中华的白雪可不好用来和这狗日的脸色做比较，还是用那狗日的小日本的北海道的雪来做比较吧！

边见跪下，把那娃娃兵的尸体抱在怀里，仰天长啸，泪雨滂沱。

丁聚堂嘴角不由自主地微微搐动，想笑，想开怀大笑，但他还是竭力克制住了，装腔作势地带着众护兵"默哀"……

当晚，黄桥镇区弥漫着日军烧尸的恶臭。

三小时后，火化结束，日军将各人骨灰用白布囊装好，放入各自骨灰盒内。

那些盒子倒很精致，看来日军也真是准备充分啊。

仪式完毕，边见跪下，脱去上衣，拔出军刀，用白绢擦拭。佐佐木赶紧上前，一把抱住他，哭喊："边见君，使不得使不得，无论如何，你都要把令公子带回日本去，令夫人在北海道盼着你父子回归呢……边见君，你想想！"

边见老泪纵横，思忖片刻，怆然收刀入鞘，道："孩子们，你们都很优秀，你们是为了解黄桥之粮困而死的，你们是帝国的骄傲，我要带你们回家！帝国的勇士们，现在我们一定要勇敢地活下去，我们绝不能再损失任何一个了，我要把你们一个一个平平安安地交还给你们的父母妻儿，一定一定！"

众日军黯然垂首……

待日军大队回营,丁聚堂上前一步,道:"边见君节哀! 杀子之仇不共戴天,在下愿效犬马之劳,立即开拔我麾下大军,不惜代价荡平龙河两岸!"

边见垂首:"丁司令,拜托了!"

登上了军车,丁聚堂一行绝尘而去。

车上,一护兵问道:"丁司令,今晚我军真要行动?"

"兄弟啊,我忽悠他的! 现今,小日本呢在太平洋战场节节败退,在中国战场他像是贪吃蛇,一直西进,囫囵往下吞,可是它消化得了吗? 它自身又经得起消耗吗? 如今,小日本国内兵员枯竭,战略物资无法补给,溃败只在眼前! 日本人一走,汪先生就倒了,蒋先生不就又回来了! 省韩前几天派人和我接洽了,给了我任职书,我现在暗里又是堂堂国军中将了! 省韩要我相机把师部直属队带出黄桥,脱离日军辖制,经姜堰前往东台、如东海边,枕戈待旦,一则省韩是为我部安全着想,二则省韩是为抗战胜利后的国共内战预作布局……届时,我部即可猛虎下山,分分钟干翻苏中、苏北的共产党武装! 大家好好混,跟对了主子,既能保平安,还能享富贵……"

是夜,丁聚堂带着他的师部直属队从黄桥东门大摇大摆出了黄桥镇,上了姜八(姜堰—八圩)公路,连夜向东台、海安方向去了。而黄桥镇的敌人,现在只剩下日寇数十人,剩下的伪军虽然号称一个团,其实损兵折将的,也只四百多人了。

于是,边见在黄桥中学四角兴建四座大型碉堡,让伪军收缩屯防,而残余日军则凭借黄桥中学工字楼及核心大碉堡负隅顽抗……

1944 年 12 月 3 日清晨,龙河游击队坍江头营地。其下龙河脉脉奔流,水汽氤氲。

集合哨响起,龙河游击队的战士们即刻集合到门前打谷场上。

丁海真喊:"列队!"

"左右看齐!"

"报数!"

众人依序报数:

"一。"

"二。"

"三。"

……

"二十二。"

237

丁海真上前一步："报告队长,龙河游击队应到二十二人,实到二十二人,请指示!"

"同志们,昨晚特委传来情报,驻泰兴城日伪军将在今日出动一千多人到洋碾、石桥等乡扫荡。敌人这次是志在必得啊,因为今年夏收、秋收的时候,我们的'龙河门神'季圣林同志敢于在敌人眼皮子底下抢割抢收,还把敌人打成了缩头乌龟。入了冬,敌人又在如黄(如皋至黄桥的公路)、城黄线上构筑土城,妄图将我泰兴大地分割成南区和北区……结果,你们知道的,敌人劳民伤财,封锁计划又泡汤了。如今,敌人的补给发生严重困难,年关又至,故,敌人这次不惜集结重兵,侵犯龙河北根据地人民。由于既要战备,又要协助转移百姓与物资,十区武工队人手严重不足。是故,上级特命我队全员增援。现在,我命令,龙河游击队全体指战员带足武器弹药,即刻开拔!"

"是。"

一行人沿着龙河北岸的羊肠小道急急西进,小道下就是一道绵亘无尽的东西向战壕,足有一米六深,那是上周县委发动龙河北百姓日夜赶工开挖的……

四十分钟后,石桥乡,龙河北第一道战壕。

十区的武工队员们正和敌人隔河对射。

战士们打一枪换一个地方,敌人的迫击炮弹则疯狂啸叫着,在战士们刚刚待过的战位上炸起了漫天烟尘。

龙河母亲的婀娜体躯上空硝烟弥漫。

战壕里,陈大龙匍匐靠近了十区武工队队长季圣林。

季圣林笑道:"大龙,还是我们十区热闹吧!"

陈大龙亦笑道:"老季啊老季,你可真能耐啊,敌人悬赏十万大洋要你人头,这次又兴师动众的,真不知你究竟'美'在哪儿……"

说话间,敌人的迫击炮弹又开始了一波急袭。

季圣林道:"同志们,撤,赶快进入第二道防线。"

龙河游击队队员们紧随十区队的战士们,沿着一条南北向的壕沟迅速北撤。他们身后,十区队的几个后卫忙着在壕沟里布设地雷,还要做好伪装。

一苇紧紧护在大龙身后。

季圣林道:"大龙啊大龙,这位看起来玉树临风的想必就是丁海真同志了……"

大龙道："老季果然毒眼！海真同志如今是我龙河游击队的宝贝,更是我泰兴革命队伍的骄傲！"

季圣林道："今天真是贵客盈门啊,等打完这一仗,晚上咱们得弄点老酒乐乐！海真同志,传说上次鬼门关战役,你弹无虚发,而且都射穿敌人眉心,今天我老季就要亲眼见证你究竟有多大能耐……"

"是,队长。"

第二道战壕内,战士们严阵以待。

陈大龙架起望远镜,说道："敌人的尖兵已经泅渡登岸了,工兵正在架设浮桥……"

季圣林道："可惜没有迫击炮,真便宜了这帮狗日的！此刻,老乡们应该转移得差不多了吧！我们在这道防线上一定要让敌人付出沉重的代价！同志们,个个儿打起精神来！"

战士们异口同声："是。"

季圣林道："等一下,大家就会见识我们地雷阵的威力了……"

果然,咚的一声巨响,南北向战壕里敌人中雷了。

"大家准备,现在敌人一定不敢再走壕沟了,一定会正面冲锋！海真同志,你大显身手的时候到了！"

海真笑道："好咪。"

"海真同志,今天你得给我撂倒十个八个！"

"保证完成任务！——我去东边,那边人手少。"

敌人的迫击炮群又大规模洗地了,我方第二道防线内,爆炸连绵,弹片横飞,有几个战士不幸牺牲。

十几个日伪军猫着腰扑上来了,一个日军军官挥舞着指挥刀嗷嗷怪叫着冲在最前面。

季圣林道："放近了打,同志们,这一波敌人绝不能留一个活的！"

战士们纷纷拉动步枪枪栓。

只剩八十多米了。

我方阵地两翼的歪把子嗒嗒嗒地欢唱起来。

敌军纷纷倒地,血雾弥漫。这时,敌人的迫击炮弹又如飞蝗般向我方阵地急袭。

季圣林道："同志们,撤,进入第三道壕沟。"

又通过一条南北走向的壕沟,战士们迅速北撤了。

敌人的炮击稍停,在第三道壕沟里,季圣林架起了望远镜,忙喊:"大龙大龙,海真还在第二道防线上!"

大龙得意了:"老季啊老季,你就等着看海真的个人表演吧。"

"好。"

又一股敌人嗷叫着向第二道战壕扑来。

这次,海真没让他们靠近,二百米距离上一个长点射,就结果了领头的日军军官。

其余的鬼子赶紧匍匐在地,盲目射击。

又一声枪响,又一个日军钢盔被击穿,趴地不动。接着又是两声枪响,又有两名日军被击毙。

季圣林道:"这个时候,海真该撤了,敌人的炮火又要洗地了!"

大龙道:"海真自有主张,勿忧!"

很快,敌人的炮火又把第二道壕沟炸成了一片火海。

海真这时已经扛着大枪撤到了第三道防线。

那天的海真真是帅极了!

他的身后联翩绽放的炮弹正是他扬威的礼花。

他把大枪扛在肩上,边跑边唱《义勇军进行曲》:

起来,

不愿做奴隶的人们!

把我们的血肉

筑成我们新的长城!

中华民族到了

最危险的时候!

每个人被迫着

发出最后的吼声!

起来!

起来!

起来!

我们万众一心,

冒着敌人的炮火

前进！
冒着敌人的炮火
前进！
前进！
前进进——！

季圣林道："同志们，现在我们已经撤退到第三道战壕了，这里也是我们最后一道防线了，今天我们务必死守！为了十区人民的安全，为了我们龙河北根据地的安全，人在，阵地在！"

战士们众志成城："人在，阵地在！"

敌人很快越过了第二道防线，又嗷叫着扑上来了。领头的鬼子军官疯魔了，嗥叫着挥舞指挥刀往前直冲……

我方的歪把子欢快地吟唱起来，敌人辗转于尘土里，血雾弥散。

敌人的迫击炮也疯魔了，向我方阵地倾泻着凶残，我方又有数名战士牺牲了。

陈大龙道："老季，还是先撤吧，这样无谓的牺牲不值得。我建议，大部队撤离战壕，进入村庄，各自为战，尽一切力量，尽一切可能拖住敌人……"

季圣林道："我留下，你率队进村占领战位……"

"不可不可，你地形熟，我和海真同志殿后！"

"只能如此了，多多保重，老伙计！"

老季带着人马北撤了，陈大龙手持双枪走向海真，血脉偾张，身后两名战士随行，正是小黑和大壮。

海真这时却笑嘻嘻地迎向陈大龙："队长，你信得过我吗？"

"信得过啊……"

"那你还留下来干啥子嘛？！"海真冲小黑和大壮说道，"同志们，大龙队长如今年事已高，只怕撤退时跑不快。为了他个人的安全，为了我龙河游击队的完整，现在我命令你俩立马把他架走！"

小黑上前麻利地控制住大龙双手，解除了大龙双枪。大壮则不容分说把大龙往身上一背，道一声"队长得罪了"，急急北去，小黑殿后。

大龙喊"放我下来，老子要关你们禁闭"，可是徒劳。

现在我方阵地上只剩海真一人了，他的鹰眼紧盯前方。

这时，太阳不忍见嗜血的战场了，隐没到乌云的背后。疾风劲吹，驱散着滚滚硝烟。海真的面前土地平旷,远处冬小麦贴地生长,刚能没过脚踝,敌人无处藏身;而海真所处的战壕近前则是一畦胡萝卜,缨子葱绿,虽不高大,却正好遮挡了敌人视线。

这次,敌人冲锋的人数有近五十人。

海真的大枪欢唱起来,一颗子弹一个敌人,打一枪换一个地方。

麦田之上血雾弥漫,可敌人还是像潮水一样涌来。

敌人的迫击炮弹惶急地、接连不断地尖啸着扑入我方第三道战壕里,爆炸连绵,硝烟滚滚,可是所有的炮弹都精准避开了海真。终于,在距离我方阵地一百二十米远的地方,疯狂的敌人停止冲锋了。敌人的鲜血汇成了河湖,沃灌着贫瘠的高沙土,可以想见,这一茬作物啊长势该多喜人……

又经过了一番犹豫,敌人终于放弃了,拖拉着尸体,倒爬着退去。

海真看得清他们恐惧绝望的眼神,微笑着,又击杀了好几个敌人,直至敌人全部退入到第二道战壕。海真这才把大枪抱在怀里,靠在壕壁上,开心地笑了。这时,他看到了对面战壕壁上绽出了一株胡萝卜的根茎,粗硕硕,黄灿灿的。他这才想起来,今天一餐饭都没吃,他伸手就拔了它。海真把它在衣服上擦擦,一咬,脆脆的,甜甜的。

下午三点,敌人全部退出了龙河北。

在村庄里严阵以待的武工队员们均很失望。

村庄最前排,一间民房屋脊后,大龙和老季架起望远镜,密切注视着敌人通过浮桥南撤。几十具敌人的尸体被扔上南岸的卡车……

老季道:"通讯员,赶快向北通报,敌人撤退了,我们胜利了!"

"是。"

老季又道:"等敌人全部滚蛋了,派人去把浮桥拆了,决不给敌人留任何幻想。不过,大家务要小心,先派两个机灵的前去打探……"

"我们去。"两个战士雄赳赳地抢任务。

"好,带上武器。"老季道,"海真同志,你这次又立下赫赫战功,晚上我们为你和龙河游击队设宴庆功! 大龙啊,衷心感谢你们!"

海真微笑不语,大龙则笑道:"提到吃饭,才觉得肚子真饿了……"

老季喝道:"炊事员,即刻煮饭!"

"是。"

老季赶紧跑到田边,躬身拔起一根萝卜,撕去缨子,放自己衣襟上仔细擦干净了,递给大龙,道:"大龙,先对付下。"

"老季,你真是太客气了!"大龙眉目舒展,嚼得脆响。

天色渐渐暗黑下来了,跑情况的人们都回来了,村子里喜气洋洋,一片忙碌,家家户户齐动手,把好吃的往这里送。

不少俊姑娘、俏媳妇纷纷慕名来看海真。

海真害臊,两颊泛红,只好站起来随处转悠。村口,他看到几个民兵推着独轮车,吱吱呀呀南去。

一民兵告诉他:"丁大英雄,我们这就去把敌人搭浮桥的木料运回来,等赶跑了鬼子,拿它们盖华堂,打家具,娶媳妇……"

海真笑道:"祝你如愿!"

……

夜幕降临,石桥村季氏宗祠内,四只马灯照耀,酒菜摆满了五张八仙桌。

那天的菜肴真的好丰盛啊,红烧土猪肉、红烧土鸡肉、红烧山羊肉、红烧龙河白鲢……全是海碗装盛,浓油赤酱的。这菜谱完全依着老季的癖好了,斯时全泰兴县无人不知:龙河门神季圣林的餐桌上一概不许出现白烧的菜肴,他认为那不吉利。

老季道:"同志们,不必拘礼,赶紧就座吧!"

大家纷纷入席,个个喜笑颜开。

可是,很显然,边上还空了一张桌子。

老季登时杵在了中间,喝道:"他们人呢?"

通讯员答道:"已经派出三拨战士去喊了,可是他们一个都没回来……"

"同志们,没我命令谁也不许前往龙河边!"老季道,"大龙,你在这里维持一下,我去带他们回家……"

"我们都去!"战士们齐刷刷站起来。

"情况不明,大家赶紧吃饱饭,准备战斗!"老季高喊,"拿我的大枪来!"

一战士赶紧奉上。

老季将大枪扛在肩上,大步流星向外走。

海真挺身而出:"季队长,我也去!"

老季稍停脚步,回头看看海真俊秀刚毅的面容,矫健挺拔的身姿,默默不语,噙了泪水,大步流星往外去。

海真跟上。

243

外面漆黑一团。

老季边走边说："奇了怪了，这次也没听到枪声，敌人一定是使用了消声器。我猜，我们的人这次一定是遭遇鬼子的狙击手了。鬼子的狙击战术往往是二人编组，一个负责瞭望，一个负责击杀。我们首先得找到他俩的藏身处，我们只有一次机会……"

"明白。"

二人再不言语，从南北向壕沟悄悄渗透进入了第一道战壕。

那里离龙河北岸尚有五十米距离。

海真和老季悄悄探头，龙河水面莫名清亮，尽管上空水汽氤氲，但仍可隐约看到浮桥的南端已经被拆除了，北岸的独轮车已经装上了一些木料，而我们的战士有的仰倒在浮桥上，有的仆倒在岸坡上。

从他们的受枪部位来看，罪恶的子弹无疑来自南岸。

可是，敌人究竟藏在哪儿？

二人的目光沿着龙河南岸仔细向上搜索，龙河南岸的芦苇荡早已枯败，因为久旱，大地露出了白亮的肚皮。显然，这里地势低，又不利于隐蔽。

二人的目光不约而同锁定了南岸高坡上那座高矗的废窑。

它离河岸不过一百米远，居高临下。

敌人这招拖刀计，何其歹毒！

二人把枪口对准那边，瞄着。可是水雾迷蒙，窑影暗黑。

后人考证，那天当是农历十八，由于是阴天，天空彤云密布，月亮迟迟不见影踪。

龙河水浩荡西泻，不舍昼夜，二人耳际水噪声似比惊雷洪大。

此刻，龙河两岸，夜行的动物们忙碌起来了，无数绿莹莹的兽眼乱窜。

原本栖止的鸟雀们不时被这些坏家伙惊起，唳鸣乱飞。

如果废窑里有敌人，他们也一定注意到了这样的景象。

老季指了指废窑。

海真瞄得更紧了。

夜深沉，寒气逼人，但是那窑影仍旧黑森森的，动静全无。

海真心里祈祷："龙河妈妈，帮帮你的孩子们啊！"

龙河妈妈显然听懂了海真心声，她在用心思了，你看她流速陡然加快了，带着愠怒奔泻，而那水噪声剑锋一般犀利起来，虚幻而又真切……

斯时，风速也蓦地加大了，枯黄的芦苇们飒飒起舞，冲动的龙河惊涛响拍两岸。

季圣林轻轻一捅海真，伸手指指天空。

天空里依旧漆黑如墨，海真看不出端倪。

季圣林又拉过海真手掌，在他手心里写了一个"月"字。

海真明白了，是疾风正在驱散流云，月亮，龙河妈妈为我龙河抗日健儿邀来的月亮，随时都可能现身！

果然，龙河水面蓦地白亮起来，河道上空的氤氲水汽又被疾风急急清空，两岸登时被朗朗映照。

远处的窑影变魔法似的蓦地清晰起来，两个戴着钢盔趴在窑顶的日军，此刻成为尴尬的存在。此刻，他俩正抬头看天，大概讶异天空怎么突然就放亮了呢。他们应该看明白了吧，正是月亮突然冲出了云层，把清辉洒落，让本不属于这片热土的他们现了形。

随着啪啪两声枪响，两个鬼子兵栽下了窑坡……

1945 年 8 月初的一天深夜。黄桥北街，鸿福记烧饼店后码头。

从西姜黄河西岸，悄悄划来一艘小木船。屹立船头的，正是便装的共产党苏中军分区司令员陈玉生同志和他的警卫员。

陈玉生司令登岸，笑佛儿迎了上去。

双方热烈地握手。

笑佛儿低声说道："陈司令，黄桥人民盼星星盼月亮，终于把你们盼来了，我谨代表黄桥老区人民欢迎你们！"

陈司令低声回道："小封同志，你们地下战线的同志们辛苦了！"

小封赶紧把陈司令他们请进后堂，那艘小船悄悄地西去了。

从此，这地方成为陈司令的临时指挥部。

小封摊开他草绘的一张日伪黄桥城防图给陈司令看。

陈司令细细端详，道："边见摆出的这个阵式显然是死守的架势，黄桥四门重兵，这是第一道保护网；黄桥中学四角砌筑的堡垒，则是第二层保护网；而黄桥中学工字楼和核心大堡垒则是'护心甲'……看样子，日本鬼子还真成了他妈的龟孙子，哈哈哈……"

众人皆笑。

"这帮小鬼子双手沾满了泰兴人民的鲜血，现在我们绝不能让他们跑掉一个！明早，我化装去镇区转转，大家早点休息。"

大家伙儿都睡觉去了,唯独陈司令仍端着烛台,继续研究地图……

这里得叙叙那段时日国际、国内抗日形势:

8月6日　美国向日本广岛投下第一颗原子弹。

8月8日　苏联对日本宣战,并于9日发起远东战役。东北抗联教导旅主力分批返回东北五十余个市县。

8月9日　毛泽东发表《对日寇的最后一战》的声明。

同日,美国在日本长崎投下第二颗原子弹。

8月10日　日本政府向中美英苏等国发出乞降照会。

8月10—11日　朱德总司令连续发布七道进军命令。

8月10日　蒋介石下达三道命令,要八路军原地驻防待命,令国民党军积极推进,令日伪军维持地方治安……

8月14日,陈玉生司令带领泰兴独立团将黄桥中学团团围住。

侦察连长对敌喊话:"驻黄桥日军及伪军听好了,我们是共产党泰兴独立团,现在命令你们放下武器,走出黄桥中学,主动向我投降,如有反抗,格杀勿论!"

里面一伪军官远远回道:"我们接到的命令是原地待命,只能向国军投降,蒋委员长保证我们的人身安全,所以,恕难从命!"

日伪军依托坚固工事,火力准备充分,仍旧桀骜不驯。

陈司令命令县团退至安全距离,将黄桥中学周边路道严密封锁,同时命令泰兴各区武工队即刻增援黄桥……

就这样日伪军被困黄桥……

27日夜,黄桥下了一宿雷暴雨。

第二天一早,陈玉生司令远远眺望黄桥中学,竟然没见一缕炊烟。陈司令痛惜道:"敌人一定都跑光了……"

大队人马挺进黄桥中学,果然只剩一座空军营。敌人把能携带的武器弹药基本都带走了,把带不走的几门大炮也毁坏了。原来围墙的西南角,夜里被敌人悄悄扒开了一道口子……

黄桥中学工字楼二楼日军作战会议室门前走廊上,一具穿便装的尸体仆倒在地,后背被捅了一把日军匕首。

战士们把尸体翻过来,正是那个瘦猴翻译,他的眼镜也在他近旁被踩得粉碎。

陈玉生上前一看，不禁痛哭失声："老杨同志，是我们来晚了，敌人这是杀人灭口啊！同志们，即刻找到这伙日伪军，为老杨同志报仇！"

等太阳高出地平线的时候，各路情报汇总，陈司令这才知道，黄桥的伪军连夜投奔了泰兴城，而边见则带着儿子的骨灰盒，带着他的活着的和死了的部下，雨夜狂奔三十多公里，先是在泰兴城北燕头镇把枪支弹药上交给了国军泰兴受降部队，然后由他们派兵卫护送往天星港，在那里等待从扬州、扬中等地接兵回日本的日本海军运输船……

县团的战士们斗志昂扬：

"陈司令，我们绝不能放过他们，血债血偿！"

"血债血偿！"

"血债血偿！"

陈司令道："通讯员，通知各区队及民兵立即向泰兴城会合待命……"

……

下午，泰兴城被共产党泰兴县团、各区武工队以及民兵团团围住。

原伪十九师师长，现今的国民党泰兴保安部队司令蔡鑫元登上城头。他像是一只吃饱喝足了的蠢猪，仗着有高高的城墙卫护，完全不把城外的"乌合之众"放在眼里。

他命令道："向上级发报，共军泰兴县团围困泰兴县城，我蔡某一定与泰兴城共存亡！"

这时，一兵弁惶惶来报："报告司令，共军派员劝降，已到东门口……"

蔡鑫元道："慌什么慌，告诉共军，我蔡某人现在是蒋委员长的少将师长，泰兴城防司令，共军休得滋扰，凡劝降者格杀勿论！"

"是。"

……

五天后，这支汉奸部队四千多人被歼，师长蔡鑫元被生俘，泰兴城光复。

同一天下午，泰兴天星港码头。

一艘日本海军运输舰靠泊，日军整队登船。迄今，他们已在江边的风雨中苦等五天了。泰兴战事吃紧的时候，蔡鑫元的上峰曾经多次电令日军前往增援蔡鑫元部，但是那个原驻泰州的鬼子大佐将电报扯碎了，让它们飘扬在风中。

蔡鑫元的张副官上前，用手枪抵住大佐脑袋。大佐闭上眼睛，听之任

247

之……

此刻,那个一直被陈玉生"惦记"的边见,正手捧儿子的骨灰盒蹒跚登船。到了船上,他和许多日军一样,在甲板上,向着陆地方向长跪不起,以头抢地,涕泗横流……

待日军运输舰完全消失在长江浩渺烟波里,张副官收拢好他的人马。

张副官道:"弟兄们,时局如此,愿意回家的,把枪放下,到我这里领取路资,从此隐姓埋名;不愿回家的,也到我这领取路资,大家各奔前程……"

半小时后,一路人马与张副官告别,他们往西北扬州方向投国民党的队伍去了;另一路人马把枪扔了,把子弹袋卸了,把军装也脱了,扔了,向着各自家的方向进发……

现在,江边就剩张副官一人了。他走上江边码头,把部下遗弃的枪支弹药及服装等一一踢下了大江,然后久久徘徊着,煞有介事地踢打着码头上的土疙瘩和碎石子。待土疙瘩和碎石子被他清除干净,他望向大江,大江滚滚东逝,如万马奔腾,不耽毫秒。

他坐到码头边沿,码头滚烫,他无动于衷。他把双腿悬着,江水浑浊,哗哗濯其足。

稍后,他摘去军帽扔地上,军帽上却没有帽徽。他卸去武装带,连同手枪一并咕咚一声扔进长江。他除去上衣外套,外套上亦无领章。他再脱去长裤,把衣帽等拢到一起,然后划着了火柴,点燃了它们。

起初,火苗蓝幽幽的,静悄悄的,渐渐地借了风势,赤焰熊熊,呼呼怪啸。

张副官仰首向天,泪飞如雨。

待衣物几欲燃尽,张副官望向东边泰兴城的方向,道一声"蔡司令,属下先去了",纵身跳下滚滚长江东逝水……

伍 鏖战破晓前

1. 痛失丁海棠

1945 年双十节。

泰兴城公共体育场。广场当中胜利红旗高高飘扬,北边设庆祝大会司令台,台上张挂中山先生遗像及毛泽东、蒋介石肖像。台前陈列着"庆祝泰兴解放"横匾图以及中国解放区形势图,两侧锦旗辉映,光华夺目。

八时许,锣鼓喧天,各代表队依序入场,人们无不喜笑颜开。到会有共产党泰兴县级机关、县独立团一部及各区群众代表,总计一万三千多人。

黄桥区代表队最后入场,人们热烈地起立鼓掌。走在代表队最前面高擎红旗的,是个女孩子,身姿挺拔,落落大方,笑颜如花,而她那身长旗袍煞是惹眼:后背,海棠含苞,胭脂点点;前襟,海棠盛开,晓天明霞。

她,正是丁海棠,如今乃是全泰兴县的大"明星",她的事迹广为传颂:她,出身大地主,却与无产阶级打成一片,抗战期间坚持敌后游击教学,多次逼迫父亲减租,积极向共产党组织靠拢……

人们纷纷向海棠投来嘉赏的目光,可此刻丁海棠似乎对自己成为万众瞩目的焦点毫不在意,摆明了这当儿她心有旁骛。她的美目一直在人群里寻找,寻找,寻找,寻找那个体躯巍峨、走路带风、笑容洁净、赤胆忠心、能文能武的他。

迫切的心恨不得立马跃升千山万水之上,像朗月一样把梦中人深情搜寻,凝眸。可是,众里寻他千百度,那人萍踪杳无,失落的情绪在她的心胸汹涌澎湃……

多么幸运啊,于上万人众之中,她终于寻着他了。她的男神啊,由于个子高,自然坐在溪桥区代表队的最后一排,还是那袭青蓝长衫,目如朗星,正凝神注视主席台上。

那时刻啊,她不是什么骄傲的大家闺秀,她只是一朵向阳的卑微海棠花。为了心中艳阳,她啥也不管啥也不顾了,自提了条凳就往后排去,边走边道:"同志,请让一让,请让一让,请让一让……"

远远地,丁海真也看到她了,一直冲着她微笑。

海棠紧挨着他坐了下来,却不看他,只觉鼻头突然一酸,想哭。但她还是竭力强忍住泪水,嘴角下撇,那一刻强烈的恨意又在她的心胸汹涌奔突:海真,你好狠心,让我一顿好找……

不一会儿,大会开幕了,鸣炮,奏军乐,升旗。

人们举起森林般的手掌,全票通过大会名誉主席与主席团成员共九人。

在名誉主席的带领下,人们山呼海啸:

"热烈庆祝反法西斯斗争胜利!"

"坚决反对反动分子独吞抗战果实!"

"坚决反对反动分子屠杀人民!"

"减租增资,为巩固农村与繁荣城镇而努力奋斗。"

……

中场休息的时候,海棠不动,双手托腮,依旧不看丁海真,口中却道:"丁海真同志,我有重要事情要向你说……"

"好的,丁二小姐。"

二人出了会场,往泰兴东门城楼而去,那里此刻该阒无人迹。

尽管城墙久沐于战火,但是我党在双十节前已经将它修缮一新。现在,整个城墙上红旗猎猎。城下,姜溪河(现写作"羌溪河")波平如镜,倒映着如火骄阳,蓝天白云,翩然来去的白鸟,莽苍的芦苇,飘香的金桂……

丁海真悠悠然吟出一首诗来:

> 吹竹群儿渡早沟,争夸牛背稳如舟。
> 丰年景物图堪画,太古遗音谱不收。
> 旧令喜功同鯸鲐,何人扣角更齐讴。
> 我思抱犊昆仑远,夜月箫声隐凤丘。

丁海棠笑道:"明朝朱昶的《姜溪牧笛》。"

丁海真道："昔日的泰兴八景多么让人怀念啊，'姜溪牧笛''船港春潮''柴墟夕照''骥渚渔灯''东郭朝阳''西江暮雨''孤山帆影''沙埠芝香'……可惜啊，战火毁掉了这一切，听说西郊庆云寺也被烧毁了……"

丁海棠道："都是万恶的日本帝国主义造的孽，现在我们胜利了，我们的国家必将在废墟上更生！"

"可是，丁二小姐你想过没有，在中国这样一个落后的农业国，农民占了人口的绝大多数，他们遭受着几座大山的压迫？帝国主义、封建主义、官僚资本主义，整整三座大山啊，而你的父亲丁西顿无疑正是封建主义势力的代表！可以想见，即便抗战胜利了，四万万民众仍旧处于水深火热之中，但中国绝不能再回到抗战之前的局势……"

"我父亲他一直不听劝。耕者有其田，这是天道，可是他们这帮豪强就是贪得无厌……"

"一个不给四万万民众活路的国家终将被推翻，有志青年必须为之浴血奋斗！你最近见到你父亲没有？"

"黄小返镇的时候，我见过他。他现在实在太忙了，终日和一帮鬼鬼祟祟的人来往……"

"海棠，我为你爸担心……"

"我爸他怎么了？"

"他现在走的是一条不归路……"

"我不明白……"

"先说你爸的从前吧。他出身大地主家庭，盘剥百姓自不必说，年纪轻轻就欺行霸市，私设刑法堂，在黄桥他就是'天'；为了镇压共产党'五一'暴动，他出力不少；闹红军的时候，他又和黄辟尘之流合谋诱降了红军特务团团长李吉庚，致红十四军战败，共产党泰兴县委王玉文书记牺牲……可以说，你爸他手上沾满了贫苦民众、共产党员和红军战士的鲜血……黄桥沦陷后，你爸又任了伪职，而黄桥镇上共产党组织几次被日伪破坏，极可能就是你爸捣的鬼。其实，日据时期，你爸的真实身份乃是国民党黄桥留守站站长，你爸在抗战中还一直掌管着国民党苏中地区地下活动经费。他与黄辟尘阶级立场一致，但政治主张大相径庭。黄辟尘尚能忍中共一时，而你爸则与中共不共戴天……"

"我爸他一直不肯我过问政治，他把我哥开泰也撵得远远儿的了。黄云祥那年带领千余人赴省府请愿，致开泰豪夺屯田事败，我爸就担了心，让他远避上海……"

"你哥委实也是人民公敌。黄家溪那边的屯田传自前清,一直由前清军人后裔世袭耕种,免交各种租税,而你哥偏偏瞅上了那地,逆天而行,注定败北……希望他永远不要再回黄桥了。现在你爸又在玩火,他急切盼望国民党军队能早日打回来,他一直在设法发展壮大黄桥地区国民党的地下势力,磨刀霍霍的……"

"打内战?!"

"战争的阴云马上就要笼罩了,中国的前途马上就要揭晓了。历史和现实告诉我们,国民党不可能带领中国走向光明的前途,唯有共产党才是中国人民的大救星……可是,你爸呢,现在还是铁了心与我党与人民为敌……"

"我爸怎么如此糊涂!"

"表面看来,当年参与镇压红十四军,你爸欠了共产党和人民血债,他心里对我党和人民一直深怀恐惧。但我觉得,他始终对国民党死心塌地,更深层次的动机乃是,剿灭共产党,方能保住私产! 为今之计,能救你爸的,也只有他自己……"

"他自己?"

"是的,他自己真心悔过,并且将功赎罪……"

"可是,他肯这样干吗?"

"所以,作为女儿,你责无旁贷,你一定要引导他走上正道……"

"我一定要让他洗心革面,重新做人! 尽管我恨他,但是我不希望失去他!"

"你打算怎么办?"

"我毫无头绪……"

"我看这样吧,你近期还是回到你爸身边,先顺着他,慢慢打探他的底细,尤其要打探清楚,他掌管的苏中地区国民党地下金库究竟设在何处。这笔财富必须回到人民手中,绝不能留给国民党用来屠杀人民!"

"可是,我一回去,我爸又要张罗着给我找婆家了……"

"男大当婚,女大当嫁。如果遇到中意的,你就嫁了吧……"

"我确实遇到了一个如意郎君,他还救过我,我愿意生生世世做他的妻,与他举案齐眉,为他生儿育女……可是,他总是如天空骄阳,照耀着无数的人,而我只是其中一个……"

"能收获如花似玉的海棠姑娘的垂青，那个人真是三生有幸了！"

"那个人就是你，其实你早知道我的心的！"

"海棠妹子，哥哥本是一粗人、俗人，等海晏河清、时和岁丰了，哥哥的归处自然还是刁家网那片庄稼地。那里才是我永远的'家'，'家'中还有一个'妹妹'，她一直在苦盼我回'家'，如今她年岁也不小了……"

"我不管我不管，我非你不嫁！"

"国民党的匪军很快就要打回来了，作为追求民主、自由、进步的黄桥青年，我也会拿起刀枪，捍卫黄桥苏维埃。说不准，哪天我就光荣捐躯了呢，所以，海棠你还是离我远点……"

"不许说这些不吉利的话，吐口唾沫，用脚踩三下，呸呸呸！"

海真照做了。

海棠猛然一头扎进海真怀里，梨花带雨："海真哥，我祝福你永远好好儿的，所有的灾难全离你十万八千里！"

"但愿如此，"海真冲动地一把抱紧了她，少女的体香令他瞬间沦陷，他深情说道，"海棠，我也要衷心谢谢你！那天正是为了保护你，我才突破了自己惧枪的心理……"

"我要你保护我一辈子，两辈子，三辈子……一万辈子！"

此刻，海真的世界里唯有海棠，海棠的世界里唯有海真。瞬间即永恒。

突然，不远处传来了冷冷的女声："刁一苇同志。"

这声音于他蒋一苇，不，是刁一苇而言，不啻是一枚惊雷炸响。

好熟悉的声音，真是刁香荷?!

刁一苇一激灵，惊惶地放开了丁海棠，循声找去。北侧城墙上二十米远的地方，刁香荷不知什么时候上来了，背对他们立着，短发飘飘，穿灰布军装，腰束武装带。

海棠问道："她是谁？刁一苇又是谁？"

"她就是我刁家网的香荷妹子，刁一苇就是我。"刁一苇又冲刁香荷喊道，"香荷妹子，你怎么也在这儿？"

香荷冷冷回道："我也是与会代表，难道我的思想和行为还配不上这'代表'二字?!"

刁一苇哑然。

香荷转向海棠，道："想必这位就是丁西顿老爷的二千金吧……"

"你怎么知道？"

"穿这样,全会场谁不认识! 丁海棠,我奉劝你一句,刁一苇和你不是同一阶级,他是泥腿子出身,而你是'大家闺秀',他可配不上你……"

"我一直在劝说我爸把田亩全部发还给周边老百姓,那样我就和一苇哥同一阶级了。现在,我也是革命队伍的一员,一苇哥正是我上级……"

香荷正色道:"刁一苇同志,我警告你,千万别被坏分子拉下水……"

海棠也道:"丁海真同志,你可看好了,我一定努力上进,决不拖你后腿!"

"刁一苇同志,你妈近来身体不大好,经常念叨你,如果你还有点良心,就抽空回去看看她! 我走了,你俩自重!"香荷气呼呼地下去了。

一苇蹲下,连连挠头。

"海真哥,我一定比她更优秀!"海棠扑过去拥住海真肩头,坚定的眼神望向香荷背影……

第二天一早,黄桥丁西顿府邸门前,蒋一苇和丁海棠出现了。

蒋一苇上前叩门。

里面问话:"谁啊?"

"在下蒋一苇,护送二小姐回来了。"

门洞内闪过一只诡谲的布满血丝的三角眼,接着里面传出咋呼:"老爷老爷,二小姐回来了!"

又听得里面几下忙乱,管家丁枝山开了门。

"丁爷好。"蒋一苇抱拳。

海棠道:"叔叔好。"

"闺女好,蒋先生好,二位请进! 闺女啊,老爷日盼夜盼,都盼你盼出病来了……"

这时,丁西顿小跑着迎过来,笑容满面:"我的好闺女,回来就好就好!"

"爸。"

"哎——,我的好闺女,吃早饭了没有啊?"

"吃了,我先回房去,你和蒋先生聊吧。"

"好好好,蒋先生里面请。"

客厅。坐定。看茶。

丁西顿打拱,道:"蒋先生真有本事,能将我的倔女儿劝回头真不简单哪,万谢万谢!"

"我就问了她一道最最简单的题目,'海棠,这世上最爱你的人是谁?'她回说,'当然是自己的父母了。'我接着就又说了一句,'你母亲过世早,父爱如山啊!'她默默不语,眼泪却如断了线的珍珠……于是,她乖乖地跟我回来了……"

"海棠这丫头善良单纯,不谙世事,我最怕她和她姐一样被共党拐跑了! 她姐前几天托人捎了口信来,说是和他们部队一个团长结了婚。我和捎信人就说了'祝贺'二字……这二姑娘,如今我得把她揪紧了,决不能让她走上歪路,将来,我一定将她风光大嫁,排场之隆重,不讲是苏中第一,至少要数黄桥第一。哪天我百老归天,我一定把黄桥全部家私传给海棠,海英一个子儿也得不到,开泰也得不到!"

"贵府家事,丁老爷怎么裁处都是对的……"

"先前,听我闺女说,那次雨夜穿越日军封锁线,是你救了她,她说你身手了得……"

"以前说书之余跟丁聚堂的卫队长学过几招……"

"那个络腮胡倒挺仗义的,武功也是拔尖的,我也曾试图将他延揽到我身边,但他婉拒了! 惜哉,如今的他志存高远,追随丁聚堂转战海滨了……"

"你和丁司令还有来往吗?"

"有的,日占后期,我就从中牵线,蒋先生委任他为中将,委任状还是经我颁发给他的,待遇优渥,所以他一直对我感恩戴德。他也是仗义人,听说你诱拐了他的马子紫云,他也没处置你……"

"紫云向往自由、光明的世界,决心堂堂正正重新做人,而他丁聚堂为了一己私欲和所谓'尊严',宁可毁了紫云! 他这刽子手一定逃不脱正义的审判的……"

"他对外讲,就因为你要为紫云复仇,他这才避离黄桥,他不希望兄弟火并。但私底下,他和我交了底,他说他近来噩梦缠身,梦里他注定死在黄桥这旮。也不知是猴年马月,那个曾经不可一世的丁中将终于落入了正义的罗网,被人五花大绑按跪下,然后一声枪响,脑壳爆开,他的魂魄慌慌然飘到空中。这时,他的魂魄看到了自己那躺地的可怜的残缺尸身,被蜂拥而上的复仇的人群疯狂踢打,并且被扒光了衣物,然后被扔进土穴,而土穴里全是尖锐的冰凌,好痛,好冷……第二天,丁聚堂找人释梦,释梦人说'能

255

逃多远就逃多远,能逃多久就逃多久'。丁聚堂再问'多远''多久',那人却道'不会太远,亦不会太久',丁聚堂登时脸色煞白……对了,给他释梦的正是东大街严老婆子……"

"这么说,现在丁司令他真心悔过了?"

"非也非也。你还真相信他的鬼话! 还是先说说那个严老婆子吧,她就一直瞎嚼蛆,忽悠了不少人。她还说,这大黄桥镇中的运粮河很快就会被填平,十桥风景很快就会消失,黄桥镇区从此痛失江南风韵……我当时就说了,谁敢填了这河,我毁他家庙! 她却说届时我丁西顿管不着了。你看,这河道,这些桥迄今不都好好儿的吗? 她还说,填没这运粮河的正是愚蠢的国民党驻军,打着整治环境的旗号,却不意从此败坏了黄桥镇的风水;而那泰兴人的母亲河——龙河呢,则将在不久的将来被共产党裁弯取直,撩深疏浚,从而成为一条真正的福河,造福泰兴人民。我当面质问她:'共产党真有如此能耐,如今怎不把本事拿出来显摆?'她还说,经若干年的发展,泰兴、黄桥两座城终将联成一体,我嘲笑她:'那时候,我们泰兴人都不种地了吗?'……以前,我也请她给我算过命,她说我'机关算尽太聪明,反误了卿卿性命',我只是付诸一笑。我心里亮堂得很,这正是那严老婆子对我的恶毒诅咒,因为那年正是我巧夺了她的店铺……

"我这样看,丁聚堂从来就是一个投机分子,他的过往经历即是证明。日据后期,丁聚堂预计到日寇很快溃败,而他据守黄桥注定死路一条——后来伪军团长王效礼被共党逮住、镇压就是明例,于是丁聚堂赶紧溜之大吉。另一方面,他率部前往海安,正是奉了上谕,要为党国控制盐场和盐道,也是我传令给他的。原来日据时期,丁聚堂就一直擅用兵权,垄断了黄桥盐务,自肥不少;现在,他也算是迷途知返,人尽其能,为我党国尽忠了……古人尚立德,立功,立言,丁聚堂没让党国失望,蒋先生你有没有想过将来也似古圣先贤那样'三不朽'啊?"

"可我一直报国无门啊……"

"你马上打一张入党申请书过来,我做你的入党介绍人,我来递交党部。"

"谢谢丁爷提携!"

"蒋先生,我让管家给你收拾一间房,你就长住这里吧。你跟我后面好好干,待遇优厚,更重要的是,将来这偌大的黄桥还不都是你们年轻人的!"

"谨遵丁爷教诲!"

"海棠海棠呢,带蒋先生到院子里走走……"

"好咪!"海棠远远应道。

丁府占地面积并不是很大,却也是个三进的院落,客厅前的天井里果如传闻那样栽植着一株海棠。那树有七八米高,主干直挺秀颀,枝叶蓊郁,海棠果密密匝匝,恰似漫天猩红星焰,无声地明媚。

海棠笑道:"海真哥,你知道吗,这株树是我出生那年父亲亲手栽植的。在父亲眼里,这棵树就是我,我就是这棵树……听女佣王妈说,我离家出走的那些日子里,父亲总在这树下失神落泪……现在回想起来,树活多少年,父亲对我的爱就有多少年……"

海真道:"海棠树是吉祥富贵的象征,可是我们乡下人真没福气栽它育它,遑论享用它了。我们乡下人栽得较多的,当是绿杨树、钉子槐、银杏树、皂荚树、榆树……其中,绿杨树最是普遍,它几乎无处不在,迎风生长。可是大户人家总嫌它木质疏松,不堪用,树叶上还爬满了毛毛虫,谁碰谁倒霉。然而,我们穷苦人瞅它却是如假包换的宝树。你把它栽到水岸边,它的干蹭蹭蹭长得可欢了,而它的根则啪啪啪向四下里钻,野蛮而霸气,于是原来倒坎子的地方再也倒不了了,水土得以保持……看来,我们高沙土地带需要它,还非它不可!绿杨树的干用来制作农具、家具什么的,成本不高,穷人用得起。还有,绿杨树的叶子也有妙用。我在刁家网的时候,我的妹子刁香荷,今年双十节你见过的,要捉蚯蚓给鸡鸭吃,又不想挖地。她总是先扯来几把绿杨树叶,把它们揉得碎碎的,放在木桶里,然后倒上河水,再搅拌搅拌,静置几分钟,待混着碎叶的水面起泡,肥皂水一般泛着奇异的七彩光,然后拎起水桶,寻一处蚯蚓屎粪较多的地方,薄薄地施下去。只一小会儿,大小蚯蚓就会忙不迭地从土里逃出来。这时,香荷也不去捉,开开心心发一声呼哨,鸡鸭们得了将令,浩浩荡荡直扑过来,大快朵颐……"

"香荷姐真能干!"

"下次你去刁家网,香荷姐一定烧好菜给你吃,她从来都是嘴凶心软。还有,钉子槐可以用来打家具,它木质紧实。银杏树呢,又叫公孙树,它更不得了!它挂的果啊,比天上星星还要多。可以把银杏果埋火堆里煨一阵子,掏出来,去了壳,热乎乎、软香香的,但是吃前得剥除它那裹在果肉里的芽胚,有毒。常食银杏果,能美容养颜,缩尿止带,延年益寿……皂荚树就更有用了,皂荚可以用来洗衣、沐浴,而树上那些恐怖的长针则可以用来挑螺蛳,拿它煨的汤汁更是治疗疮疖和妇女痛经的神药……海棠,你发现了

257

没有,你们富贵人家种的树大多只是为了观赏,而我们穷苦人家栽的树则更具实用功能!"

"海真哥,我不同意你的意见。像我们家种的这株海棠,她不光承载了供人观赏的使命,还寄托了父母对我的爱;同时她也别具实用价值,她结的果实完全可以当小苹果来吃。先把它们冲洗干净,再对半剖开,味道甘甜爽口。我妈在世的时候,每年都要制作海棠干,它储藏期长,吃的时候加蔗糖冲水饮用,口味又酸又甜,还保持着浓郁的鲜海棠香气,清凉去火,健脾开胃呢……待冬日雨雪后,枝头那些海棠果虽然冻凝在冰凌霜雪里,可是她们的表情依旧生动明媚,人见人怜。届时我来亲为你采摘,你一定要尝尝经历风霜雨雪之后的果实有多酸甜,我还要亲为你制成海棠干……明年春夏,我还要给你看这树海棠花开得多么艳丽……"

"希望明年春夏,我还能留在贵府!"

这时,一高个微胖的女佣匆匆走过来了,咋呼:"二小姐二小姐,张威来了!"

"张威?! 他怎么知道我回家了?"

"该是老爷通知他的吧……"

"我爸真多事! 王妈,你先去给他看茶,我马上就到。"

"好咪。"王妈应下。

"我爸这人太过分了,每次我一回来他都立马通知张威。现在满镇皆知,丁西顿老爷对张威甚有好感,想招赘他。我爸是白脸,而红脸是我,因为我一直看不上张威,他委实是个富家子,但打小儿就'糯'! 我琢磨着,我爸一定是把我当牌打了……"

"那你打算怎么办?"

"今天我就要和张威打开天窗说亮话,你这就陪我去。"

海真不动,海棠一拽,二人快步往客厅奔去……

客厅。

一穿蓝西服的小伙在悠然品茗,中等个子,皮肤白腻,发式三七分,油光可鉴。

"张威,你好!"海棠倒背双手,娇俏地蹦到张威面前。

张威顿时满脸灿烂,可是当他看到门外还挺立着一位高大帅气的男士,他脸上登时彤云密布。

"听说、听说你回来了,我就来拜访了。那位是?"

258

"海真,丁海真,我哥。海真,你进来啦。"

张威顿又眉目舒展,笑道:"哥哥好!"

"贤弟客气了。"海真一抱拳。

"可是,海棠,先前我怎么从没听说你有个海真哥哥……"张威又紧蹙眉头。

"我们是结拜的,抗日那阵子,我哥是抗日英雄,杀死了好多敌人。龙河鬼门关那次日军运输船队被击沉,也是他们的杰作。他个人先后多次受到共产党泰兴县委和苏中军分区的表彰,他还救过我……那时为了保护他,本公主就赐他姓'丁'名'海真',现在你明白了吗?"

"海真哥诚乃大英雄也,愚弟景仰!"

海真粲然一笑。

"张威,我有事问你,抗战那几年你都躲哪儿了?"

"没、没躲啊,奉家父之命去、去重庆……"

"哈哈哈哈,去重庆钻防空洞'抗日'的吧……"

张威尴尬。

"王妈王妈,请给张威添茶。"海真转移话题。

可是,海棠还是不依不饶:"张威,现在我问你,你找着对象了没有?"

"没、没有。"

"那你还几次三番往我家跑个啥哩,害得社会上都传你快要成丁家二女婿了……"

张威的脸臊得通红,一时语塞。

"张威,我看,你也老大不小了,该找对象了,就赶紧找一个吧,反正那个人绝不可能是我,我们只是同学而已! 还有,你别老听我爸忽悠,你跟他后面混,将来必定没好果子吃!"

"海棠,其实我也一直是把你当同学处的,你误会我了,告辞!"张威狼狈跑开,出门时却被门槛绊了一跤,尴尬爬起,手掌、襟前、膝上均沾满了黄泥巴。

海棠远远喊道:"老同学,别跑啊,留下来吃饭!"

待张威走远,海真道:"海棠,你也太'毒辣'了吧!"

"这世道不'毒辣'还能活下来吗?!"

……

是夜,丁西顿家高朋满座。

饮至半酣，丁西顿举杯敬酒："各位丁氏族人，现在黄桥镇浮云蔽日，人心离散，但据丁某了解，蒋先生的队伍很快饮马江淮河汉。届时，丁某一定让璀璨烟花照彻黄桥夜空。今日我们且为中华民国的国泰民安祈福吧！"

众人异口同声："国泰民安，国泰民安，国泰民安，干杯！"

"今天，我丁某人最为开心，因为我的二千金终于回来了，事实证明，她没有像老大那样跟着共党走，我家祖坟真要冒青烟了！只要她一天不跟共党走，我丁家的产业就还姓丁！海棠，我们父女俩共敬列位一杯，干！"

"干！"

"干！"

"干！"

……

"今天，我也请朱履先了，可惜啊我丁某面子薄，请不动他！不过，我才不生气，因为今天这桌子上还有尊客，那就是蒋一苇先生，他可是我黄桥的明日之星啊！我们大家共敬蒋先生一杯，那次雨夜穿越溪桥封锁线，犬女的性命就是蒋先生救的；这次又多亏他巧舌如簧，成功将犬女劝返！蒋先生，二次救命之恩，没齿难忘，干！"

蒋一苇也站起一饮而尽。

众人纷纷敬酒，一苇概不推辞。

"更为可喜的是，如今这位文韬武略的蒋先生拜我为干爹了，现在他改姓丁，名海真，往后我这家亦是他的家了，哈哈哈……"

"恭喜恭喜，大家共敬西顿兄一杯！"

一帮垂暮之人恣肆张狂，穷形尽相；海棠憎厌，急欲离席，海真以眼神制止。是晚，海真虚与委蛇，长袖善舞……

第二天早晨，阳光和煦，鸟儿啁啾。

海真、海棠吃过早餐，一起去海棠树下散步。

海棠叶不时凋零，可枝头果实依旧灿若红星，空气里弥漫着甜丝丝的味儿。

海棠一把挽住海真臂弯，歪着脖子腻着海真。海真几次都挣不开，只好听任她。海棠一脸得意的笑。

书房门前水井边，丁西顿远远地看着他俩，拈须微笑。

海真道："海棠，旧的一年就要过去了，可是党分派给我们的任务，迄今一无所成……"

"海真哥,我在想,如果我俩能一辈子共同执行同一任务,一定是一件最为幸福,最为浪漫的事!"

"不,只有这次任务是我俩一起执行的,以后,你是千山,我是万水。十年一代人,我俩就是两代人!"

"有位诗人早说过,'爱情总需要一点崇拜性',张威他们不可能让我崇拜,唯有你!"

"可是,我总觉得,你和我委实是两个世界的人……"

"海真哥,你想错了!我姐当年就主动抛弃了大地主丁西顿的家,参加了共产党的军队,为我树立了光辉的榜样。大学毕业后,我也一直追求进步,如今我也正在执行党组织交给我的神圣使命,我也早就向党组织递交了入党申请书……"

"真的?"海真激动地拥抱海棠。

"嗯。"海棠幸福地闭起了双眼。

"嗯哼——!"是丁西顿远远地伴咳嗽,笑眯眯地走过来。

"爸!"海棠娇嗔。

"乖女儿,还是家里香吧!你只要乖乖听话,将来这偌大的家业还不都是你的……"

"我才不稀罕呢!"

"好好好,你不稀罕,那我就全赠出去了……"

"赠给谁?"

"那人,远在天边近在眼前,你现在还不稀罕吗,哈哈哈……"

"爸!"海棠娇羞跺脚。

"海真,现在干爹有件事需要你前去打听打听……"

"干爹,请讲。"

"蔡鑫元,你总听说过吧?"

"他不就是那年引日寇入侵我泰兴的汉奸吗,不久前还在黄桥镇上游过街的……"

"正是他,日据后期,他就已暗里被蒋先生任命为少将师长。日军甫一投降,他即被上峰任命为国军泰兴城防司令,上峰严令他死守泰兴城。后,共军地方武装穷追日伪,围困泰兴城,蔡司令斩杀共军来使,拼死抵抗,可惜援兵一直不至,终致城破身陷……但他的这种虎贲精神,必将激励我百万国军将士!如今,蔡司令虽被囚于黄桥,但他意志坚定,宁死不屈,共党

261

迄今尚未拷问出国军饷银的埋藏地点。我方务必在蔡司令成仁前,获得这批饷银的确切埋藏地点!可我是什么身份,共党一直意欲除我而后快,是故,我实在不便出马。而你是说书先生,面目又红,你可以收集整理泰兴抗战史料为名,亲往狱中问询蔡司令。找到机会,你就对他说是黄桥丁西顿让你来的,他一定有话对你说……"

"好的,请容我想想……假如我直接去探监,纵我说得天花乱坠,那些守卫不接上峰命令,一定不肯通融的。这事得有个共党的大官点个头,可是找谁呢……"

"我倒想到了一个……"

"谁?"

"朱履先。"

"朱履先?"

"他即便不是共产党员,也应该和他们是一伙儿的……"

"我与朱老确实认识,不过交情一般般,我且去试试。"

"好,你相机而动吧。"

"爸,我也要去。"海棠道。

"你去可不好,朱履先一看丁西顿的二千金都出动了,他一定会疑心我又有什么不良企图,你还是安心在家静等海真的好消息吧!"

海棠嘟嘴……

半小时后,朱履先府上。

一苇与师父握手,二人眼中含泪。

师父道:"一苇同志,你的事迹,我随地方武装游击的时候就听说了,大家都为你竖大拇指!"

"多谢师父教诲!"

"现在武功还练吗?"

"还练,只是没有专门的时间来练了。"

"你得腾时间,试想,你若不是仗着一身好功夫,又焉能活到当下!"

"多谢恩师。"

"你那日能从丁聚堂枪口下逃脱,还真得感谢那个卫队长啊……"

"是的,是他给了我一条命,我却无以为报……"

"后来,我们的人私下里和他接触过多次,他也暗地里对我们有求必应,可惜他最终不肯放下与丁聚堂的兄弟情义……最近你在丁西顿处?"

"是的,调查日据时期国民党苏中留守人员名单和地下金库的下落……"

"丁西顿可不好对付,我们明知他是一只八爪章鱼,可是我们一时很难找全他的八条爪,而事实上我们分明又感觉得到他所有的爪全在发力……

"我这几天就住在他府上,暂没见他和什么神秘人物来往,刚刚他给了我一项任务,就是设法接近被囚黄桥的蔡鑫元,以知获蔡鑫元部队饷银的埋藏处……"

"蔡鑫元卖国求荣,人人得而诛之,但他们的饷银全是民脂民膏,万万不可被反动势力所用! 一苇,这项额外任务你一定也要完成好,我来向特委汇报。有需要我出力的地方,你尽管讲!"

"为了不暴露我的真实身份,我只能以说书人身份,以整理泰兴抗战史料为名和监狱方面接洽……"

"这好办,我来打电话给陈玉生,让他安排。有件私事,为师想问问你,不知当否……"

"尽管问,师父。"

"上次夜闯溪桥封锁线,你夺下鬼子手枪就射,救下了海棠及众人,那一刻,你可曾有丝毫犹豫?"

"那一刻,我啥也没想,见情势危急,夺枪就射了……"

"恭喜啊恭喜,那一刻你终于突破了惧枪的心理障碍,那一声枪响标志着你已成长为一名合格的共产主义战士,为这你得感激海棠,正是她给了你机缘……"

"是的,衷心感激她……"

"只有为了自己的至爱,一个人才能罔顾生死,赴汤蹈火,遇神杀神,遇佛杀佛……看来,你是深深爱上海棠了……"

"师父,我不知道什么是爱,我只知道,海棠若安好,便是晴天……"

"待局势平稳了,为师来为你牵红线吧……"

"师父,那是万万不可的,刁家网那个'家'我怎可以背弃? 我只想待海棠如亲妹……"

"可是,你能完全管束你的内心吗?"

……

黄桥临时看守所设在黄桥西寺桥外一家停产的工厂内。大门口,泰兴县团的两名战士荷枪实弹警戒着。

"站住!"哨兵甲拉动枪栓。

"我找你们王连长,昨天已经和他电话联系过了。"

哨兵乙上前,先敬一个礼,然后将一苇身上仔仔细细搜了个遍,道:"没有武器。"

哨兵甲:"找王连长有何公干?"

"我是泰兴鼓书传人,我叫蒋一苇。听说汉奸蔡鑫元被关押于此,我特来了解一下他投敌的来龙去脉,拟把它编成唱词……"

"想起来了,你就是蒋班主,在黄桥北关我听过你说书!沈进,你去禀报王连长,赶紧的!"

沈进一溜烟跑进去了。

一苇环视四周。远远地,田埂边有一个饭花子在朝这边张望,可他的眼神甫一与一苇接触,就急急避开了。

一苇明白,那人一定是丁西顿派来盯梢他的。

"兄弟,尊姓大名?"一苇问士兵甲。

"客气了,蒋先生,我叫赵能。"

"好名字,府上哪里?"

"浩堡乡的。"

"浩堡人抗日可立了大功啊,他们牢固地守住了身后根据地的大门,让日伪绝望。黄桥镇区'无事拱'和'吃白大'二老献身的那晚,若不是浩堡区队和其他周边区队前出强攻黄桥四门碉堡,恐怕黄桥巷内真要血流成河了……"

赵能笑道:"我浩堡人本就是黄桥门神,哈哈哈……"

这时,沈进飞一般过来了,说道:"蒋先生,王连长有请。"

一苇随沈进进了看守所大门,沈进道:"左拐便到。"

王连长带俩荷枪的战士已候在办公室门外了。王连长,高大个子,国字脸,胡子拉碴,穿灰布军装,腰间束一条阔边武装带,别一把快慢机,神采奕奕。

王连长和一苇握手寒暄,而后将一苇请进屋内。

王连长道:"蒋先生,你打算将汉奸劣迹编成唱词,让他们受万夫所指,我们一定大力支持。但是蔡鑫元这个大汉奸,到目前为止尚有很多重要问

264

题没交代清楚。按照管理规定,你和他的一言一行都必须在我们狱方的完全掌控之下,请你理解。"

"这是肯定的。"

王连长道:"沈进,你这就带蒋先生前去。"

蔡鑫元被关在核心牢房内。

监门打开,蔡鑫元戴着手铐脚镣,脸色煞白,眼神惊恐,双唇嗫嚅,贴墙站立,双腿筛糠。

沈进道:"蔡鑫元,你不要怕,我都说千百遍了,你做的坏事没交代彻底之前,你想死也死不了的! 今天,可不是我们的人要提审你,是这位蒋先生,就是说《玉如意》出名的蒋一苇先生,你应该听说过他吧,他打算将你卖国求荣、为虎作伥的故事编成唱词,为后来者戒! 王连长说了,你得实话实说,不得隐瞒,这叫将功赎罪,你明白了没有?"

蔡鑫元胸口剧烈起伏,双手抱头蹲下,歇斯底里嚷嚷:"编唱词?! 不要不要,你们赶紧杀了我吧!"

沈进鄙夷。

"我愧对列祖列宗啊,愧对列祖列宗啊……"蔡鑫元以头连连撞墙,额上登时鲜血淋漓。

沈进和两个战士赶紧将他反缚到柱子上,蔡鑫元昏厥。

沈进道:"蒋先生,看来今天你是问不成话了……"

一苇只好退出……

第二天早上,蒋一苇又出现在关押蔡鑫元的牢房内。

这次,蔡鑫元被反缚在行军床上,两眼僵直,额上结了痂,看起来万念俱灰。

沈进和赵能一旁监视着。

一苇道:"蔡师长,我是泰兴鼓书传人蒋一苇,现奉共产党命令,特来收集抗战期间泰兴城沦陷的相关史料,而你是这一历史事件的始作俑者,所以还请你……"

"是我引狼入室,酿成大错,该杀就杀,不必啰唆!"

"泰兴是一块血性的土地,英雄辈出! 邑人抗过金,抗过倭,抗过清,抗过荷兰鬼(指泰兴籍人朱一冯曾任福建巡抚,率军抵御荷兰侵略者的史实)……而蔡司令你作为我泰兴保安司令,却引狼入室,着实让人难以理解。现在追问故事,只为探索其中因由……"

"哼,蒋先生大军一到,我非但不会被钉到耻辱柱上,他还要亲授我青天白日勋章……"

"蔡司令,如今你还对蒋先生抱有希望?! 你想过没有,偌大泰兴县现在会有几人'欢迎'蒋先生'大军'?! 我想应该是寥寥无几吧! 不管是现在,还是将来,泰兴一定属于共产党领导下的广大人民……"

这时,外面喊:"沈进、赵能,王连长叫你们。"

二人回一声"来了",就出了监门。

一苇这时压低声音,道:"蔡司令,现在我有一则好消息告诉你,你的一位老朋友一直在暗里为你周旋呢……"

"谁?"

"丁西顿,你一定记得他的。日寇入侵黄桥前,他就托人送了金条与你,求你护他周全,而你事实上办到了,还把他加委为黄桥维持会会长,所以,他一直对你感恩戴德……"

"我知道他,他是潜伏的国民党留守人员,可惜,现在我不是落在他手里……"

"他一直在为你疏通关系,希望共产党能免你一死,而我也希望共产党能免你一死! 因为丁爷是我未来岳父,我和丁爷同进退!"

"可我早就听闻丁家二位千金海英和海棠均已赤化了,海英更直接参加了新四军……"

"丁爷早对大千金海英彻底绝望了,发誓万贯家产一个子儿也不会留给她。但二姑娘海棠现在改弦易辙,觉得还是三民主义好,于是回归了丁爷那个锦衣玉食的'封建大家庭',还是我把她劝返的!"

"好好好,真诚祝福西顿兄!"

"眼下,蒋先生重振河山,自然要对过往做个清算。日军败走,共军围城期间,你奉了国军意旨,死守泰兴城,这一壮举自然会稍掩了你先前的种种劣迹……所以,现在敬请蔡司令知无不言言无不尽……"

"蒋先生,你快点打过来啊,我恐怕等不到青天白日旗飘扬的那一天了……现在落入共党罗网里,我也不抱生的希望了,只是想死得体面些! 我上有八旬老母,住马甸乡下,我不想让她知道我的丑事,更不希望她老无所依……"

"好的,蔡司令你放心,我一定为你向共党求情! 老太那边,我和丁爷一定会亲往抚恤……"

"感激不尽,下辈子当牛做马来还你们的债,呜呜呜……"

"蔡司令,现在你还是把你当年投敌因由以及敌营秘辛细细讲给我听吧……"

"一切都是税所惹的祸! 1938 年秋,国民党驻泰兴城的部队是省保安第九旅,张少华为司令,辖十七、十八两个团;驻刁铺、口岸(现隶属泰州市高港区)一带的是鲁苏皖边区游击总指挥部第一纵队丁聚堂的部队;驻宣堡、马甸一带的是张公任的部队;驻靖江的是朱骥的省保安第四旅……各部队画地为界,私设税所。而为了争夺霞幕圩税所,朱骥与张少华的部队多次发生激烈武装冲突。鹬蚌相争,渔翁得利。国民党泰兴县县长朱雨峰见状,立即请得省政府命令,限期各地驻军将一切税所交地方政府管理……我时任泰兴第八区区长,平素和朱雨峰关系亲厚,张少华起初冀望于我,希望我能从中调解。可是,朱雨峰始终只是打官腔……

"张公任率先将在防地所设的税所移交给泰兴县政府,而丁聚堂、张少华等人对此大加反对,他们沆瀣一气,矛头一致对向朱雨峰。可是,奈何朱雨峰后台太硬,不能动他分毫,却更惹恼了朱雨峰。原来,朱系涟水人,与顾祝同是同乡,据说还是亲戚关系……张少华、丁聚堂见搬不动朱雨峰,就又请出朱雨峰的密友,时任泰兴县警察局长的祁沛霖,让他以私人名义宴请朱雨峰。席间众人对朱大献殷勤,企图拉拢关系。但朱雨峰始终只是耷拉着眼皮,狼吞虎咽吃菜,不理不睬……

"由于朱雨峰认为我在他与张少华之间扮演了不该扮演的'和事佬'角色,且袒护张少华,丧失了原则和立场,严重干扰了税所的如期收回,朱雨峰密谋,要在县务会议上,撤销我八区区长职务,更拟订了武力控制张少华的方案……

"国民党不容爷们儿,又欠共产党累累血债,张司令和我几度计议,得出结论,当下唯有投靠日本人,方能苟全性命。于是,我潜往上海,找着泰兴燕头人陈唯一。陈时任汪伪政府驻沪联络处委员,帮我走通门路,搞到汪政府'暂编第七路军'的'招牌',张少华任司令,我为副司令。1940 年 1 月 16 日凌晨,张少华即通令各地驻军,撤离防地,让日军通过,不得阻击……

"那天日军兵分两路,一路从天星桥登陆,由扬中汉奸魏尔圣带领,经大生桥自泰兴西门入城;我则带着另一路从七圩港登陆,经蒋华、张桥主攻南门,后又分从李家营和五里墩两个方向进击。这样日军入侵部队形成东西南三面入城之势。而朱雨峰已然得到情报,早早带领县常备队逃亡乡村……

"我入城后,即派人去请张少华,谁知张少华临阵变卦。原来张少华部队内有一部分中高级军官,系国民党中央军校驻江苏干部训练班军官队毕业的'少壮派',这些人以及绝大部分基层官兵,坚决反对当汉奸,对张当面指责,并要各自为战。张少华权衡再三,即刻改弦更张,于阵前痛斥我为卖国贼,誓言寸土必复,领兵往姜堰方向退去……我这时才明白,我待张少华如兄弟,为其肝脑涂地而不悔;而张待我如敝履,不用便弃……

"于是,我如愿做了泰兴'主子'。尽管是为日本人做事,但我暂无忧患。可惜好景不长,总有些跳梁小丑来搅我好事。其中一个就是陆定一。他原名陆定夷,本是泰兴城一讼棍、瘾君子,弄得家徒四壁,以致连妻子晒在外边的衣服都要偷去换粉……日军入城后,由于其舅子阚惜五的举荐,做了维持会外事秘书,才逐渐发迹起来。他素来奴颜婢膝,博得原驻泰兴日军长官天明正三的赏识。但天明正三憎厌其名'定夷',遂给他改名'陆定一',他也欣然接受。在天明正三操控下,于1940年6月,维持会被改组成'泰兴县自治会',陆定一则被'赐封'为'会长',实质执掌泰兴地方政务。有了天明正三撑腰,陆定一之流自然不把我等放在眼里了。为壮大自己势力,陆定一粉墨登场后,即宣布'组阁',大力安插自己亲信,如闻雅南,泰兴土山巷人,也是一个讼棍、瘾君子,任第一科科长……

"陆定一这小子不知天高地厚,蹬鼻子上脸,我久欲除之而后快!不久,天明正三调离泰兴,陆定一突然失去靠山,心中惶恐不安。闻雅南和他赶紧与我'修好',陆又以和我的小妾同姓为由,自称我的'大舅爷',不时请吃送礼,对我百般恭维。我虽手握兵权,完全可以主动出击,但我也一时被二人迷惑。而暗中二人再使鬼蜮伎俩,暗地里请得伪省政府批准,将泰兴自治会改制为'泰兴县政府',由陆定一任'县长'。任命书下达,我大失所望,想我一直悬望的职位居然落入陆定一手中,心中激愤,遂派人在花园村暗杀了从苏州伪省政府功成而返的闻雅南……

"后来,陆定一又攀结了汪伪在泰州设置的'军事委员会苏北行营'主任臧卓,对臧极尽'孝敬'之能事。苏北行营加委之为'苏北行营军法官',使他多一护身符……而我只好忍气吞声,虚与委蛇……

"然而,日伪上层的人事变更也牵动着泰兴政局。1942年间,伪苏北行营陡然罢免了陆定一的泰兴县县长职务,委派陈汉南接任。陈汉南系福建厦门人,父母均为旅日华侨,他出生于日本,据说是日本某名牌大学毕业生。他父亲去世得早,母亲也在日本受过高等教育,是个大能人,居然能在日本各军部走得通。这次陈任职泰兴,正是其母通过日本海军部的关系,致电苏北行营主任臧卓而委任的……

"陈汉南能说会道,抓权抓钱手段高明,十个陆定一也望尘莫及。他到泰兴第一件事就是把一切地方税所都归属他领导,废除各自为政的征收机构。同时,他也抓军权,把各区、乡的自卫队统一整编为保安队,自任大队长。他还对我十九师采取种种限制措施,不许我过问地方行政,更不许我直接征粮和摊派捐税……

"年少张狂,心狠手辣,陈汉南这小子更对我等动了杀心。有一次,我师某团副官刘廷华和连长常念文,在乡间敲诈群众,被陈的人当场逮捕。我赶到现场,陈汉南的人举出有力人证、物证,要我立即处置。我明知这是陈汉南小子故意设的局,但只得亲自将二人拘解进城,在小校场执行枪决……

"陈汉南一时势大,我只能委曲求全。我本想通过双方妇人之间的走动来套近乎,可是陈汉南偏偏又是一个倚官仗势不受奉承的傲慢人。他连日本特务机关派驻泰兴联络官青田厉雄和汤泽贞一都敢顶撞,迫使该派驻机构撤回泰州,从此在泰兴只手遮天,他更不时将我的种种'劣迹'向上级反映……

"这时,伪苏北行营主任臧卓与第二集团军总司令杨仲华闹翻了,汪主席撤销了二人职务,同时撤去苏北行营,在扬州另设绥靖专员公署,分别管理苏北的军、政。当时,绥靖公署参谋长富双英传达上级命令,要将我十九师调出泰兴……

"我知悉这一消息,深怕十九师一离泰兴,军心就会涣散,而且会充当别人炮灰。我立即与同袍陈唯一、周维西、李大文(十九师参谋长,外乡人)等计议,决定由陈唯一去江南,李大文、周维西去扬州,分别活动,不惜一切代价让上峰收回成命……后来,上级仅给我警告处分,责令我整饬军纪。对此,陈汉南万分失望。情势至此,陈与我明为同袍,暗里皆磨刀霍霍。终于,还是我先捞着了下手机会……

"由于陈汉南自认为与日军上层关系融通,便不把日军下层放在眼里,渐渐与驻泰兴日军有了矛盾。于是,我乘机挑拨离间,日宪兵队长,于1944年秋的一天下午,借故与陈争执起来。宪兵队长当众动粗扇了陈两记耳光,并把陈禁闭在宪兵队……

"其时,陈汉南母亲陈巾范也在泰兴,闻知后,即往宪兵队要人。宪兵队长回说,'公事,你无权过问',拒不接见。可是,陈巾范这女人真能耐,当即致电日军部,宪兵队只好将陈汉南放出。陈遭受了这样的侮辱,非常气愤,即将县务交给亲信吕展新,带上母亲,连夜赶往上海……

"我满以为陈汉南一去不返,谁知数月后,陈居然杀了一个回马枪,依旧当他的县长,还将原驻泰兴宪兵队长调走,而气焰更甚。我此后不得不对陈屈服让步……

"陈汉南这小子不但门道儿精,还真是一条嗅觉灵敏的狗!回泰兴不久,凭着敏锐的政治嗅觉,他便已窥出日寇灭亡在即,自呈辞职报告,不待上级批复,便将县务交于亲信吕展新,自己携眷卷资逃之夭夭。这时,我如梦方醒,陈汉南这次重返,还不是冲着我泰兴民脂民膏……

"后来,战局对日军越来越不利,日军渐渐穷途末路。1945 年,驻泰兴城日军,仅剩一个中队了。末日将临,孔庙内,他们纷纷杀战马,毁物品,常常围跪在烧毁物周围,狂呼哀号,犹如丧家之犬。这队日军,于 8 月 1 日夜间,偷偷撤离泰兴,到口岸集中待命。而日军存放在夫子庙内的剩余食物,被我保安队撬开门锁,趁夜运出,许多人捧回十多斤'洋面'……

"日军投降消息传来,我即派参谋长李大文便装去江南与国民党挂钩。另,我又把部分营、团以上军官家属先行送往上海,以图后计,同时把属下全部集中起来布置城防,县保安队、伪警察等归并指挥,欲借泰兴城墙与共军决一死战……

"9 月初,新四军发出最后通牒,要我将功赎罪,投诚起义,并限令二十四小时内做出答复。那时的我还真是糊涂啊,以为抱住了老蒋大腿就安全了,拒不投降,还将共军来使枭首示众。因之,新四军于 9 月 8 日强攻泰兴城……

"共军围城,我多次急电国民党苏北特区(泰州)当局求救,总指挥的答复是坚守待援,要我做好打持久战的准备,并承诺我救兵不日必至。于是,我自恃城墙高峻,坚守必胜,当即决定紧缩粮草,翌日清晨即将城内库存的几万斤大米封存,改发给每个士兵一天一斤麦子,让他们自行安排炊煮。可是,守城士兵误以为我们这些当官的这是要私吞大米,罔顾他们死活,军心顿时涣散,他们更趁机强闯民宅,劫财劫色……

"共军攻城猛烈,国民党亦曾命令集中在口岸码头等待海船的日军援泰。可是他们不愿卖命,按兵不动……

"9月12日凌晨,我正在望江楼城防上,见西门一角,烈火冲天。原来这次共军炮火准备充分,攻势凌厉,约十几分钟后,望江楼西段我军城防即土崩瓦解,溃军纷纷向城内逃窜。他们逃至文明桥南,又遇着由北往南进攻的共军,上千人竟无一抵抗,即全部缴械投降,当即被解往南门城外原来我蔡府花园关押。而我十九师的主要头目,我、陈正才、燕玉堂、陈唯一和顾凤山等均于9月12日凌晨被俘,师部政训处主任闻孝永于次日上午被抓获,只有参谋长李大文因去江南而漏网。其余中、下级军官,不是被击毙,就是被俘虏……

"现在,落入共党手里,我的心倒也安定了,不就一个死字吗?像以前我每次侥幸逢凶化吉,但事后哪次不是心有余悸啊!贤侄,你体会不到我蔡鑫元的苦楚啊,表面风光,可活着太难了……"

"蔡师长,可有什么未了心愿?"

"无非帮老母养老送终,并帮助隐瞒我所有劣迹,只说我随国军开拔北上……"

"蔡师长,你安心,这一点,我一定能做到!不过,有一事,你还是要做个决断。"

"请讲。"

"你在泰兴经营这么多年,自肥不少;日寇投降,据传有一笔日寇饷银被你鲸吞了;你部被蒋先生收编后,蒋又赏了你饷银,是以泰兴人称你'蔡半城'……如今,你真铁了心让你的巨额财富永沉地下?"

"我早想过这个问题了,但是我迄今还未拿定主张……"

"你无非两个选择:一、献给共产党来换取生的希望;二、由丁西顿转交国民党……"

"我在想啊,那些钱无非是从穷苦人身上盘剥来的,共产党代表的正是穷苦人那一方。可是我献给他们,我最终还是会被盖棺论定为'卖国贼''反动派'……而献给国军,他们会追认我名节,我老母也有依靠……"

"丁西顿站长巴望能得到那笔款项,他巴不得能亲自来拜谒阁下,巴不得救你于囹圄……"

"昨晚,我终于琢磨透彻了,我这辈子不可能从这里出去了,除非是被拉出去崩了!但是,现在我不再恐惧逃避了,因为昨晚我突然开悟了,这里是一座监狱,而外面也无非是一座更大的监狱而已,不过人们身处'狱中'

271

而浑然不觉！想我先前大权在握的时候，其实何曾有一天天性自由释放过，哪天不是被万千无形锁链捆着，哪天不是被万千明枪暗箭瞄着！我还夜不能寐啊，那些被我屠杀的冤魂，每夜强入我梦中，向我讨还血债，男女老少，成群结队，均是死时装束，狰狞可怖……现在，甚至白天我也常常出现幻觉，他们就在那里，就在这里，无处不在，哈哈哈……我现在好后悔，悔当初不能像陈玉生那样走上抗日道路……对照陈玉生，我蔡某让家族蒙羞了……还有你准岳父——丁西顿，如今也是前途堪虞啊……"

"蔡司令，你可知道，陈玉生司令员之所以和你走上截然相反的道路，那是因为他心中无私，精忠报国，而更根本的是，他选对了党。从扛起抗日大旗那天开始，陈玉生司令员心中一天比一天迫切，他要找到共产党，把他的部队交给共产党，让共产党带领他们抗击内外敌人……1939年，共产党派金求真同志进入了他的部队，建立了党组织，渐渐重建了泰兴县委，这是共产党泰兴县委的第三次更生。从此，泰兴革命面貌焕然一新……"

"对照陈玉生，现在我真心觉得我先前纯属造孽，对不起泰兴父老乡亲，对不起龙河母亲，现在该是还债的时候了，呜呜呜……"

"蔡司令，你可知道，那些年你们国民党人所主宰的中国是多么荒诞！大敌当前，国破家亡，而你们仍旧争权夺利，酒池肉林；更悲哀的是，陈玉生他们这些爱国的贫苦工农，很长一段时间却是抗战无地的啊！1936年10月，陈玉生因在上海参加抗日救亡运动，被捕入狱，但他拒不认罪，后被辗转投入泰兴狱中，又与狱友绝食抗争，'到前线打鬼子去，决不当亡国奴'！出狱后，他借枪抗日，但又被你们国民党的正规军视为眼中钉肉中刺。他的救亡大队被骗去南通'整编'，却被南通专署保安司令袁国宝设计缴枪。偏偏那日日寇入侵南通，国军不战而溃，这真是国耻啊；而陈玉生在返泰的路上毅然重组队伍，坚决抗日……"

"陈玉生，人称'草鞋司令'，令日军和我军闻风丧胆。以前，我们一直害怕他挥军夺占泰兴城，幸好他较长一段时间率军北上……对照陈玉生他们的所作所为，我们这党人真是死有余辜啊……"

"如果你献出那批饷银，没准儿共产党还会网开一面……"

"即便献出那批饷银，我也不求能得到宽宥，死，对于我来说才是彻底的解脱……昨晚，我回想起了我以前在泰兴城巡察的时候，在老城墙根遇到一耍猴艺人的故事。当时我很好奇，就问他怎么捉得这么机灵敏捷的猴子。那艺人告诉我，他预先备好了猴子爱吃的坚果抓手里面，还故意让猴子看到,然后当它的面把坚果'藏'到某精选的树洞里去。猴子待他走开,即刻去抓取,可是啊,它的手掌抓牢了坚果,就无法原路退出了,而它又坚决不肯放手,只得束手被擒……现在,我也身陷囹圄,我这才醒悟,我正是那可怜的猴子,抓着了芝麻大的利益即坚决不肯放手,惑于斯,最终亦死于斯……昨晚,我算是终于厘清了一个问题:老天爷是爱我的,并一再给我训示,要我悬崖勒马,可我委实是个'盲人'……"

"既然蔡司令已经了悟,我觉得这是你新生的开始,祝贺您!"

"贤侄,我觉得你不像是国民党的人……"

"我是,又不是!"

"你身上有一股浩然正气,望之弥高!"

"蔡司令,过奖了,我是土生土长的泰兴东乡糙汉子,并无过人之处!"

"如果我告诉你那笔财富的埋藏处,你会怎么处置?"

"我还是会告诉丁西顿,然后让他组织人员前去挖掘……"

"你不把它汇报给共产党?!"

"自然,我首先会把它的确切位置汇报给共产党,现在共产党在撒一张大网,既要让这笔钱最终为人民所用,又要把国民党黄桥留守站全体人员一网打尽……"

"你为何要告诉我这些?"

"因为我相信,如今的蔡司令你一定也有同感,正是先前国民党的腐朽统治,令华夏锦绣河山暗无天日;正是先前国民党的腐朽统治,给日寇以可乘之机;正是先前国民党的腐朽统治,酿成你十九师全体人员的悲剧命运……"

"贤侄,听君一席话,我死而无憾了,只希望将来这悲剧不要在我中华儿女身上重演! 现在,我就告诉你财宝的埋藏处……"

……

从监所出来,蒋一苇径直去了朱履先府上,首先向师父做了汇报。师父指示:赶紧如实向丁西顿禀报,引蛇出洞,但是这次务必先让他们如愿,因为我们的志向尚不止于此……

夜晚,丁西顿府,丁西顿设宴款待丁海真,陪客唯丁氏众兄弟,管家一旁伺候。

丁西顿举杯:"各位本家兄弟,我的干儿子丁海真这次深入虎穴,晓之以理,动之以情,终于套出了蔡师长藏银处,我黄桥留守站将伺机把这笔财宝取出，只待国军早日班师回归！明日之黄桥，势必又是我党、我丁氏之天下！兄弟们，干杯！"

"好好好！"众人豪饮。

丁三爷道："大哥，男大当婚女大当嫁，我看该给海棠配亲了……"

丁二爷道："海真，你救过海棠性命，古语云'救命之恩以身相许'，如果海棠只是普通女子，我们也不勉强你了。你看她，富家千金，貌美如花，知书达理，又有公心，这样的奇女子我相信全江北也找不到第二个，你可要好好珍惜眼前人！"

海真起身，敬酒："各位长辈，承蒙大家厚爱，晚辈不胜感激！可是，我和海棠情同兄妹，我亦别无他想！因为我早年流亡乡间，幸得刁家网一农户收留，二老视我如同己出，我亦认了他们为'爸妈'。爸爸过世时，我未能身旁尽孝，而他的夙愿乃是将妹子终身托付于我。如今，妈妈又病重难返，可我亦未能守她身旁恪尽孝道，心中甚是不安。如若妈妈哪天驾鹤西去，我的香荷妹子从此孤苦无依，我这做哥的，又怎忍心弃她而去呢？"

海棠面无表情，搁了筷子，离席自去。

众人皆看丁西顿。

丁西顿却哈哈大笑，道："诸位勿忧，海棠并非真的生气，只是此刻她脑中凌乱了，需要捋捋！我们呢继续喝酒，继续喝酒，娃子们的事情且由他们自己闹去吧……"

"干干干！"

"干干干！"

"干干干！"

丁西顿道："弟兄们，家国有难，该是我们挺身而出的时候了！蔡鑫元师长意志坚定，宁为玉碎，不为瓦全，以死捍卫党国利益，诚乃吾辈楷模。今天上午，他将财宝埋藏处悄悄告诉了海真。海真，你这就给大伙儿说说看，藏宝地究竟在何处？"

海真道："蔡鑫元老家是我县马甸乡小马村的，他将财宝预先埋入了他家祖坟旁边的一座无主坟里，就在他家祖坟西南三十米远的地方，而他更将自家祖坟修得气派，并派专人守墓，纯粹是为了混淆视线……"

"如今，偌大泰兴县域无处不在共党掌控之下，进出各村、各街道均要凭路条，而我们在座的均是地主，而且还是共党定义的所谓'恶霸地主''土顽''反动分子'……这个时候，我们去申办路条自然会引得共党猜疑。我看,这件事还是交海真去办。他是说书人出身,和陈大龙、朱履先等人皆有过交集,加上他办事干练,应变能力强,相信他一定能完美解决的!我们大家一起敬他!海真,我泰兴百万民众未来福祉全仰仗您了,干!"

海真"苦笑",道:"共产党攻似猛虎,守若泰山,我不敢乐观……"

丁西顿却道:"'三个臭皮匠,赛过诸葛亮',大家齐动脑筋,总得想个向马甸方向渗透的由头……"

众人思索。

最后还是丁西顿开了腔:"我看,还是让海真和海棠假扮未婚情侣,'剧本'这样'写',女方父亲早早过世,日寇横行期间,和舅舅家又失了联系,只听说舅舅一家流落在马甸一带,现在一时和平,所以特来寻亲……"

"甚妙甚妙!"

"海真你意下如何?"

"静候干爹差遣。"

"好,我这就去找海棠下任务。"丁西顿离席,去了后花园。

路灯昏黄,海棠独立海棠树下,仰望头顶一树璀璨红果,眼眸里泪光莹莹。

丁西顿远远地佯咳嗽,海棠赶忙拭泪。

丁西顿道:"海棠,为家尽孝、为国尽忠的时刻到了,你可不要辱没了我丁家门楣……"

"这家我不要了,你爱给谁给谁!"

"傻孩子,人大树高了,还说这负气话!要在普通人家,你早已嫁为人妻,开枝散叶了,那样你自然更得自重仪表言辞了,往后不许再这样刁蛮任性了。都是早年你妈把你姐和你惯坏了,我对你妈永不宽恕!"

"你还敢提我妈?!我妈当年就是被你气病的!你剥削佃户,妈妈为佃户忧,更为你忧,于是广种福田;你屠杀共产党和起义军,妈妈明白你这是自断生路,所以更加虔诚地吃斋念佛,赎你罪恶!还有,姐姐走上革命道路,从她个人的成长来看,是她找准了正确的人生路向;而从我家庭角度来看,她是在为我一家人赎罪,你明白吗?"

"一派胡言,一派胡言!想我丁家世代是豪门大户,诗礼簪缨,无我丁家,何来黄桥荣昌?!只是近代以来,国运不祚,家道中落,但我丁西顿实业报国,一直力挽黄桥镇狂澜,多少年来,我和黄辟尘秘书长一直是黄桥镇的稳定器。惜哉黄翁早早驾鹤西去,现在我再不担负起重振黄桥的重任,就更无他人了！乖女儿，我知道你适才说的只是气话，对不？适才只是因为海真当众驳了你面子，你心中不爽，对不？"

"不要提他，我不想再看到这个人！"海棠掩面痛哭，小跑着回房，几次撞入路边树丛中。

丁西顿心痛："慢点慢点，好好看路！"

……

丁西顿怏怏地回来了，众人看他脸色不好，赶紧敬酒："大哥，我们敬你！"

丁西顿苦笑，干杯。

海真道："干爹勿忧，我一人去便好。"

"全仗海真了。我看，明天让管家同行，再选派俩得力脚夫，想办法挖了那坟，即刻回程。晚上，我在文华斋楼上为你们庆功……"

第二天一早，海真、管家、车把式、俩脚夫等人一起出门。

门外，马车旁，一女子亭亭玉立，背对众人，一身土布花衣，曲线窈窕。

那女子蓦然回首，嫣然一笑，竟是海棠。

海棠道："海真哥，我也去呢。"

海真笑道："甚好甚好！"

众人登上马车，一路向西……

城黄线上，溪桥卡口。

龙河游击队队员们荷枪实弹设卡，严查路条。

队长陈大龙戴着新缴获的墨镜，北向而立，若有所思。

众人下车接受检查，男的全被搜身，海棠免予。

海真出示路条，一武工队员立即汇报："报告队长，一行六人，路条却只一张，请指示。"

"你们统统过来，谁是头？"

海真上前，笑道："陈队长，你现在连我丁海真也不认识了啊？"

陈队长一下把镜框推到额上，喜出望外："果真是我们的抗日大英雄啊，有失远迎，近来可好？"

"居无定所，命若飘萍。今天带未婚妻去马甸寻找母舅，我们马上就要举办婚礼了，得请母舅证婚……"

"海真啊，弟妹好相貌，为兄替你高兴！可是，现在有个难题摆在我眼前了……"

276

"怎么了?"

"你怎么没让他们去开路条? 即使我这边'开后门'放他们过去,下一站也还是要把他们截停审查的……"

"现在就只能放我一人过去吗?"

"是的,一条一人。"

管家慌了,上前打拱,道:"队长,我是丫头二叔,我大嫂身患绝症,大去之日恐不远矣。大嫂尚有两大心愿未了,一是找到亲弟,二是生前能看到女儿喜结连理。我们都是本分百姓,这是车把式老张,还有两个是脚夫,敬请给予方便……"

队长为难:"二老爹,不是我不通人情,现在泰兴全境都在清算汉奸,甄别敌特分子。即使我这边放你们过去了,下一站你们也一定通不过,还得被羁押盘查,所以,二老爹你就不要抱任何幻想了……"

管家叹气。

海真道:"车把式去不了,我该如何是好啊?"

"蒋班主,看在当年你我并肩杀敌的分儿上,我帮你,哈哈哈……"

海真道:"怎么帮?"

"有汽艇啊。日寇跑了,蔡鑫元垮了,几艘汽艇如今被人民所用,每天四个公务班次往返于泰兴、黄桥之间,我这就带你去码头。我看,你还是把未婚妻带上吧,既是寻她舅舅,自然她必须去,路条由我来开,如何?"

海棠道:"谢谢陈队长。"

陈队长道:"拿纸笔。"

一战士赶紧递上纸笔。

陈队长笔走龙蛇,又掏出印章,盖上,笑道:"成了成了,有我陈大龙的签名,自然一路畅通,有困难还可以向各地求助……"

"不胜感激!"海真打拱,又转身对管家说道,"二叔,你们还是先回黄桥吧,向我'岳母'禀报一声,叫'她'安心。陈队长和我并肩打过鬼子,我这一路有他的照拂,自然顺风顺水……"

管家道:"贤侄保重。"

陈队长和海真、海棠等人往渡口逶迤而去。

原先公路旁遥遥相对的两座日军碉堡早被爆破,唯余两堆断壁残垣。

海棠望向海真,扑哧一声笑了。

海真也笑了。

陈大龙也笑了,故意问道:"弟妹,你可知那年海真的传奇?"

海棠捂嘴,笑得花枝乱颤。

陈大龙故作恍然大悟,一拍脑袋:"瞧我这记性,你不就是那位老师吗?!"

大伙儿爆笑……

不一会儿,一行人就到了简易码头,只见龙河舞动着遒劲的躯体,逶迤奔腾西去。

陈大龙看了看表,说道:"汽艇十分钟后准到,我让汽艇直接送你们去马甸,再带你们回来。"

"谢谢陈队长。"

大龙掏出一支烟,用火柴点燃,突然面色凝重,说道:"海真,你可记得鬼门关那次战事?"

"记得,那次我们一共击毁了日军三艘汽艇……"

"那天夜里,搜救的日军撤退后,我们的人从沉底的船舱内又打捞出了好几具日军遗体,但是他们的尸身均已被什么动物啃烂了……"

"会不会是什么大鱼?"

"我们看过现场,那些伤口绝非鱼类所为,我担心,真有所谓水猴子……"

"水猴子?!"

"后来,这龙河里连着有好几个娃子淹死了,尸身也都被什么动物啃食得残缺不全……我曾派几个战士日夜埋伏在两岸草丛,某日夜间,还真的发现了好几头从没见过的动物在水面嬉闹怪叫。战士们当即开了枪,还扔了手雷,可是第二天没找到一具尸体,莫非这些水猴子刀枪不入……这水害一定要除啊!"

"可是谁也没近见过它们啊……"

……

一小时后,汽艇停泊在了泰兴城北边五六公里的马甸乡小马庄码头。

陈队长、海真、海棠,还有两个战士登了岸。

俩马甸乡武工队队员立刻执枪围了过来,喝道:"路条!"

陈大龙笑道:"小同志,我是龙河游击队队长陈大龙,这是我的路条。我要见你们沈星队长。"

武工队员甲看过路条,恭恭敬敬递还给他,笑道:"久闻大名,如雷贯耳！我们沈队长天天和我们讲你们龙河游击队的杀敌传奇,今天他要知道您本尊亲自带队过来,一定喜出望外。你们随我来。”

武工队员乙跑步上前,报信去了。

五分钟后,在小道上一拐角处,沈队长和陈大龙的大手紧握在一起。

陈大龙把海真和海棠介绍给沈队长。

沈队长笑道:“古书里怎么说的,‘一对人儿如玉’是也,今儿我也有幸见到了,哈哈……”

海棠娇羞。

陈大龙道:“沈队长,我们得赶紧前往墓园,海真同志马上把他未婚妻的‘舅舅’起葬,他的‘准丈母娘’在‘家’可真是望眼欲穿啊……”

沈队长会意了,大笑:“你这是把我们的茶水也省了,好好好,这就去。”

路上,沈队长道:“看管墓园的蔡鑫伙——蔡鑫元堂弟,我们已经做好他的思想工作了。到那里,你们只需说此行是来寻娘舅的,却不意他已经故去,只好把他的骨殖带回故土了……”

数分钟后,一行人抵达了墓园。墓园四周早已拉好警戒线,荷枪实弹的武工队员们严阵以待。

这时,一佝偻老者迎了过来,和蔼问道:“各位老爷、小姐,有何贵干?”

海棠上前,说道:“老伯,您好,我娘舅因为战火流寓于此,不幸亡故,现在只好把他的骨殖请回了,还请老伯行个方便……”

老者道:“世道不平,命运可悲。流落异乡,孤魂野鬼。叶落归根,春泥护花。悉听尊便,请。”

墓穴早被打开,一柏木棺材静躺其中,桐油作漆,清亮如新。

陈大龙冲沈队长一点头,沈队长命令:“打开。”

钢钎、榔头、斧头、撬棍等齐下,棺材很快被打开了,内中只一红木箱,颜色鲜亮,长约八十厘米,宽、高约四十厘米,木箱上一旧式铜锁锃亮。

陈大龙瞥一眼海真和海棠。

海棠扑通一声跪了,“痛哭流涕”:“舅舅啊,我们这就带你回家,你的大姐一直盼着你呢……”

海真也跪了。

武工队员们小心翼翼地把木箱抬上来,里面沉甸甸的,传来金属块叮叮当当的撞击声。

沈队长命令:“直接抬上汽艇。”

众队员应道："是。"

二十分钟后，汽艇往黄桥方向进发了。

舱内。

陈大龙道："一苇同志，海棠同志，从现在起，这箱财宝就完全交托给你们了。我要你们保证，无论面临怎样的困难或危险，都必须让这笔财富分毫不差地回归人民手中，否则我们就是犯下了滔天大罪……"

"保证完成任务！"二人立正。

大龙笑道："海真、海棠，现在你俩是我县隐秘战线上最杰出的'夫妻档'，希望你俩齐心协力把这出戏唱好……"

海真回答："请队长放心。"

海棠却哽咽不语，眼含泪花。

海真道："海棠，我知道你是在为你爸担心。你希望他能悬崖勒马，可是他身处穷途末路而不自知，所以我们要赶紧出手，把黄桥这旮的国民党地下组织连根拔除，以免他再酿大错……"

大龙道："海棠姑娘，你爸历史上就欠了泰兴东乡百姓和我党累累血债，条条罪状都够上死刑。现在，你爸唯有弃暗投明，将功赎罪，才有一线生机啊……"

海棠道："我会做我爸的思想工作的，但他是一个彻底的反共顽固派……"

汽艇逆风向东，凉风扑面。水路逶迤，两岸蒹葭苍苍。

海真叹息道："上天待我泰兴不薄，一条龙河通江达海，可是如今民生凋敝，偌大龙河不见舳舻相继……"

大龙道："蒋介石从峨眉山上下来了，要来抢占胜利的果实了，现在，全中国正面临着光明前途和黑暗前途的大决战。敌军一时势大，龙河两岸我们的主力恐怕又要暂避了，龙河两岸短期内可能又要处于白色恐怖之下了。但是我始终坚信，我龙河儿女一定能打垮蒋匪，黄桥镇终将属于人民，泰兴城终将属于人民！当下，我们一定要在蒋匪反扑之前，把黄桥这旮的国民党匪窝一举端掉……"

汽艇劈波斩浪，无畏向前……

当那只红木箱，那只叮叮当当、铜锁完好的红木箱，端端正正摆放到丁西顿书桌上的时候，丁西顿顿时两眼放光，像欣赏着一件旷世宝物。但他没去开锁，只见他缓缓转过身来，犀利的目光利剑一样千万遍刺戳海棠和海真的眼、脸,说道:"你们得给我细说得宝过程……"

"行动起初并不顺利,管家等人被截停之后,我心里也着实慌了。可是接下来的过程出奇顺利,因为我遇上了陈大龙。你知道的,以前过溪桥封锁线时,我帮他们击杀了两个日本鬼子,他们欠下了我的大人情……陈大龙听说我们要去找寻娘舅,即主动征调共产党的公务艇,并一直护送我们往返马甸……起获这只木箱时,谁也没有打开过。即使明知里面满是金银财宝,陈大龙看我薄面,也不会起猴子心思的,于是我和海棠就原样把它带回了……"

"如此甚好,如此甚好,你和海棠辛苦了,先吃饭去,我在书房坐坐,你让管家即刻来见我。"

二人退下……

海真和海棠二人草草吃过饭,又去了海棠树下。

海棠摩挲着海棠树干,不觉扑簌簌落泪。

海真轻轻抚拍她肩膀,道:"海棠,有我在,安心!"

海棠闭了眼眸,身子酥软,伸出双臂环吊着一苇脖子,道:"海真哥,我好累!"

海真抱起海棠向她的闺房走去。

丁西顿和管家正从书房的窗户向外看去,丁西顿拈须微笑。

走过曲径,穿过花廊,推开层层嬉闹的微风,海真抱着海棠向前,向前,向前……这时,海真什么也没想,他只是在想:"海棠累了,我要早早把她送去她的闺房。"

海棠在海真的臂弯里柔若无骨,没来由地浑身燥热,大汗淋漓。这是她第一次和自己心爱的人儿这样亲密接触,她内心"小鹿"怦怦乱撞,甜蜜得几近晕厥。

"吱呀"一声,海真一把推开海棠闺房的雕花木门。这是他平生第一次闯入"禁地"——他先前给自己划设的"禁地"。可是此刻,这禁地内淡雅的芬芳瞬间将他征服。

海真将海棠轻轻放到雕花大床上,海棠却环吊着他的脖子坚决不放手,双眸紧闭,快意地呢喃着,面颊火烧火燎。海真几次都挣不脱。

突然,海棠猛一使劲儿,反拉得海真扑到她身上,他的嘴唇恰好完全覆盖了她的双唇。

两人都没动,只有两人的胸脯不可阻遏地、剧烈地起伏。

281

几秒之后,海真温柔地解开了海棠束缚他脖子的双手,在她滚烫的脸颊上轻轻一拧,道:"妹子,安心休息。"

海棠害羞地扯过被单蒙住了脸,连连和海真摆手再见……

海真回到了他的房间,也没开灯,躺倒在床上,思绪万千:丁西顿之流就是杀害我舅舅他们的元凶,可是我现在任务在身,非但不可以报仇,还必须与他们虚与委蛇。为了替沈毅老师、俩舅舅、王园长、王书记他们报仇,为了黄桥周边几十万贫苦民众的福祉,为了黄桥改天换日,海真我哪怕付出生命代价也在所不惜!可是,现在摆在我们眼前的任务无比艰巨,我们非但要确保蔡鑫元这批金银财宝的周全,还必须起获国民党黄桥留守站的全部活动经费,更要将国民党黄桥地下组织连根拔除……自然,丁西顿是国民党黄桥留守站的核心人物,但是他的管家来历不明,且行事沉稳低调,莫非他即是国民党苏中地区特派员……还有,将来终有一天,丁西顿会被清算,而海棠身边从此再无亲人……

忽然,门外传来了脚步声,细碎而急促,听得出是管家。

海真坐起来,从窗户向外看,管家穿一袭黑长衫,压低旧毡帽帽檐,正急急往外赶。

海真知道,国民党黄桥留守站现在一定高速运转起来了。丁西顿一定觉得这些财宝放在他府上夜长梦多,他一定得在近期把它们转移,或者上交上级,或者择黄桥附近一隐僻的角落埋藏。可是,黄桥镇区及周边广大乡村现在已经完全归属于共产党领导下的广大人民了,一切反动分子插翅难飞……人民的血汗钱务必为人民所用,绝不可能从黄桥失落……假如我是丁西顿,这么多财宝进了门,一时又出不去,总得找个妥当的临时埋藏处啊,那么这个地方究竟会是哪呢?要不丁西顿的书房里有暗格,要不丁西顿书房的附近有利于掩藏的地方……

海真突然想起了丁西顿书房的窗下有一眼井,那井栏是一块等六边形的大理石,青砖做的井壁。丁西顿常常亲自从井里提水浇花,每次打水时,丁西顿总是那样的怡然自得。

明天一早,我且去探探……

第二天,晨曦微露,海真起床,赶紧洗漱完毕。

沿着围墙下的曲径,海真慢跑,他矫健的身形惊起了院内鸟雀。

果然,海真到达丁西顿书房门口的时候,就见丁西顿正从井里用木桶提水。

丁西顿把水桶提上来，放在井沿，拈着山羊胡须微笑，气色颇佳。

"干爹早。"

"海真，早。你们年轻人身体就是棒，时时刻刻生龙活虎的；我们这些糟老头子可就惨了，当真是日薄西山了，稍稍一动，这副老骨头就散架了似的……"丁西顿扭扭脖颈，满脸亲切慈爱。

"干爹老当益壮，迄今仍是黄桥镇上不倒的旗帜！"

"现阶段，黄桥镇需要稳定器，可舍我其谁啊！那年，黄翁命蹇，被困于上海医院，活着出不来，死了才回得来！我丁西顿总觉得，是祸躲不过，这黄桥乃是我丁家世世代代的福地，我丁西顿才不会逃离，我要以一己之力抗争到底，我命由我不由天！昨晚，我想通了，时局不稳，你和海棠得赶紧办了婚礼，然后你们避居乡间，不问世事，专心生儿育女，以性命相搏的壮烈就交由岳丈吧！至于钱财方面，你更不必担忧，只要你对海棠好，我丁某一定将全部家产传给你。等共党灰飞烟灭了，时局安稳了，我再将你们接回……"

"干爹，请恕我难以从命，黄桥虽好，但绝非我久恋之乡，刁家网那个'家'我必须回去，并把它经营好……"

"海真，我丁西顿就喜欢你这品行！古今多少人为了富贵荣华，不惜抛妻别子，而你不贪美色，不慕富贵，不违良心，责任在肩，不推不卸！可是，我问你，海棠喜欢你不？"

"喜欢。"

"那么，你喜欢海棠吗？"

"喜欢，不过是哥哥对妹子的那种喜欢……"

"我才不管那么多呢，昨日海棠树下你和海棠亲昵的一幕我全瞅见了，管家也瞅见了，管家连说'两人真般配'。我是开明人，你把海棠当妹子也好，当情侣也好，当妾妇也好，我都不管，反正把海棠托付给你，我放心，我一千二百万个放心，哈哈哈……"

海真不语。

"海真，过几天，老夫有个重要任务要交给你和海棠，你可得听好了！我打算把家中钱财全部转移出去，管家目标大，通行不便，而你以说书闻名，面目又红，所以你是不二人选，不知你意下如何？"

"静候差遣。"

"好，我还要跟你说明的是，明里看来你是为我做事，其实你是在为我

283

党国尽忠,我一定将你的业绩旌表上峰,让他们传令嘉奖,你飞黄腾达指日可待!"

"多谢干爹提携,职一定鞠躬尽瘁死而后已!"

"好好好。吃过早饭,你让海棠来向我请安。"

"好的,干爹。你这一大早的,就提水浇花吗?"

"习惯了,人家玩些石锁什么的重家伙,我玩不转,只好提提水,练练腰力、臂力……"

"这水我帮你去浇。"

"不必不必,你先吃早饭去。这井水甜,等你有空了,来我书房泡茶喝。"

"谢谢干爹,告辞。"

从丁西顿井上汲水时那副志得意满的神情判断,金银珠宝什么的没准儿就藏在那井底,可是他的地下反动网络暂时还看不出端倪……

海真先去了海棠闺房,海棠还没开门。

笃笃笃,海真敲门。

"是海真吧,我这就来。"海棠开了门,穿桃红交领襦裙,腰间缀两条洁白真丝飘带,飘逸灵动。往日的云瀑,现在"分流"成无数窈窕的细瘦长辫,彩丝缭绕,花朵缤纷。

"海真哥,请进。"

海真看得入了迷,一个愣神,忙道:"谢谢妹子,我吃早饭去,你爸要你这就过去向他请安。"

"好好好,我马上过去。"

海真自去了餐厅,才端起碗,海棠就花仙子一样飞过来了,笑盈盈的。

"丁二小姐,什么事让你这么开心?"

"不告诉你,就不告诉你,嘻嘻嘻……"

"你开心就好,请用餐。"

海棠抓起筷子,瞅着海真又扑哧一声笑了,说道:"我爸说了,将来一定得把我托付给你,他说你责任心强……"

"干爹错爱了,我居无定所,身无分文……"

"我不管我不管,反正我黏上你了,赖上你了!"

女佣王妈也笑出了声,道:"丁先生,你还不赶紧把二小姐娶了去?"

海真不敢吭声。

284

甫一吃完,海棠就挽了海真胳膊,道:"哥,我们到街上玩去。"

海真欣然应允。

海棠、海真才出了府门,就有几个叫花子围过来,其中一高个子说道:"先生,行行好,赏几个小钱,我们都饿两天了……"

海真打量他们,虽然衣衫褴褛,皮肤黑黝,但他们的发式却是一色儿板寸,而且个个身姿挺拔。

海真判断,这是一群化了装的军人,他们一定是国民党上峰派来卫护丁西顿这个国民党黄桥留守站站长的。

"'一分钱难倒英雄汉','同是天涯沦落人',诸位今天的早餐我请了!"海真给为首的递上五块银圆,道,"今日,我和诸位兄台一见如故,我也很想提携诸君,可惜我说了也不算,得向这位小姐的父亲——丁西顿老爷请示才成。过几天,我们就要搬家,你们可以搭一把手,必定酬劳多多,到时候我一定提前通知……"

"好咧,多谢丁爷。"为首的喜滋滋地接了银圆。

他弓腰的瞬间,海真发现他的衬衣立领内衬白亮。

这时,管家出现在了丁府门前,摘了帽子,侧着脑袋,微笑着向海真和海棠致意。

海真道:"诸位兄台,门口这位就是丁府大管家,大家要谋个生路,只待他向丁老爷美言几句……"

为首的乞丐抱拳,道:"管家,以后多多仰仗您了!"

管家笑出了声:"一定一定。"

未及言罢,管家就侧身进去了。

海真和海棠自去逛街,海真回首再看那伙乞丐,他们聚成一堆,听为首的一顿附耳,然后留下一个人,其余人齐往闹市寻乐去了。

海真更加坚定了自己的判断,他对海棠说:"妹子,你可知道那些人来历?"

海棠一脸蒙:"不就是一群乞丐吗?"

"非也非也,他们是军人,一定是上峰派来卫护你爸的军人,国民党的军人,今后我们行事得万分小心……"

海棠颔首。

海真知道,现在他不便去朱履先家,因为如今黄桥镇上这熙熙攘攘的人流中,不知有几多国民党探子。他眼珠滴溜溜一转,有法子了。

他去了东大街的笑成制衣,老铺子又开张了,老板还是杨老板,朱履先的密友,特委战士。

杨老板迎了过来:"二位客官早上好,请坐请坐。"

二人坐下。

海真道:"杨老板,久闻你手艺精湛,深受黄桥绅士淑女们的追捧,诚令在下佩服!这位是我未婚妻——丁海棠,是本镇丁西顿老爷二千金。二小姐过几天要出趟远门,可是家中衣服都是旧款,显不出二小姐风范,所以我要赶紧为她置办几件。只是时间紧迫,尚不知贵店能否在两天内赶出两套秋衣?"

"丁爷,我是生意人,重诺守信是第一本分,所以只要你跟我约定了时间,我一定如期完成,这是样册,二位尽管挑选。"

"有你这话我就安心了。海棠,哪些款式你中意,尽管挑……"

海棠笑盈盈接过样册,细细翻阅,粲然笑道:"真买?"

"真买。"

"那我却之不恭了,这种五四风的棉麻学生装,还有这款英伦风的连衣裙我都好喜欢……"

杨老板替海棠量了尺寸,海棠的脸幸福得像花儿一样。

海真要付订金,海棠却止住了他,冲杨老板说道:"拿尺来,替我先生也量下尺寸,做两套中山装,我一起付钱。"

杨老板量好,记了尺寸。

海棠掏遍腰包,可身上没带一个子儿。海棠一拍脑袋,尴尬笑道:"真丢脸,出门不带钱!"

海真上前,欲付款,海棠却道:"杨老板,拿纸笔来,我写个条,你现在就派伙计到我府上找管家支取,他认得我的字。"

杨老板道:"等取衣时再付不迟……"

海真道:"我看,杨老板啊,现在你还是亲自跑一趟为妙。一则,二小姐是个急性子,给钱痛快着呢;二则,你好和管家早早儿混个熟脸,没准儿往后还能拉来丁老爷的大单。你以为呢?"

"有道理有道理,我这就去。"

海真又道:"杨老板,有件事我还得提醒你一下,丁西顿老爷府前现在围了一堆的乞丐,俱是些亡命之徒,你的银钱可得藏深些……"

"多谢蒋先生提醒。"

海棠写了欠条递与老板,笑颜如花。

二人继续逛街,路上一队队解放军战士往镇西方向出击。

远远地,一苇看到了一袭长衫的师父正带了俩警卫员沿街巡查。

师父也看到了他们,站到路边笑吟吟地候着他们。

"师父,早。"一苇低声问候。

"一苇,几日不见,可曾忘了练功?"

"师父教导冬练三九夏练三伏,弟子一直谨遵教诲。"

"我军马上就要让出黄桥,请国军入瓮。我将和县政府一起北撤。不知你和海棠如何打算?"

海棠道:"国民党匪军打过来,我爸一定又要得意一阵子了,当然,我和海真的安全他一定能保证的……"

一苇道:"师父,既然我已打入丁西顿老巢,我一定会趁这次沉渣泛起的机会,将潜伏的国民党匪特全部锁定攘除,还我黄桥镇永久的安宁!"

"好,二人多多保重,我先走了。"

这是7月18日的事。

是夜,国军九十九旅"如愿"进占黄桥。

丁西顿之流在文华斋二楼为国军高层接风。

海棠与海真也在,还有黄桥及周边地区的反动士绅和敌特分子。

开席了,国军旅长讲话:"黄桥父老,你们有福了! 现在,蒋先生运筹帷幄决胜千里,我百万大军势不可当! 有我戴某人在,一定还黄桥一派清明!"

"好好好!"掌声雷动。

海真看到,包括丁西顿在内,黄桥镇的反动分子们都在恣意张狂地笑。

那晚,丁西顿带着海真和海棠一次一次地挨桌敬酒。

丁西顿很开心,朗声宣布:"等国军打完这一仗,我就为海棠完婚,届时黄桥的天下一定是他们年轻人的,我这把老骨头已经彻底玩不转了。列位,这是我的准女婿丁海真,他好样儿的,抗日时杀死了好几个鬼子,一心效忠党国,他是我黄桥的骄傲,也是我丁府的光荣,希望大家今后多多栽培他,拜托了!"

"一定一定,恭喜丁大老爷贺喜丁大老爷!"

有人道:"丁大老爷,我们黄桥这帮大户多少年来时运不济,一直被共党、穷鬼扰着、压着,后又惨遭日寇凌辱,如今国军来了方得以重见天日。

287

现在算起来，我镇多久也没个喜气儿了。我看，丁大老爷，您就赶紧就近择个良辰吉日，请旅长大人证婚，一定福荫子孙！大喜之日，我们一定多多随份子，更重要的是给我镇冲冲喜，让丁大老爷您所囤积的那些烟花派上用场……"

旅长大人连喊善善善。

丁西顿道："那些烟花我本来是为庆祝黄桥新生准备的，可是日寇虽然投降了，而黄桥之前途与命运却更为凶险，我只得把烟花暂时藏着掖着了……现在，我党我军重新控制了黄桥，黄桥得以涅槃重生，所以这次我就不节约了，一定许黄桥满镇烟花，哈哈哈……就依大家吉言，明早我就去择个吉日……"

管家惶惑。

……

餐毕，戴旅长的吉普将丁西顿、一苇、海棠等送回丁府。

门前下了车，丁西顿驻足，将高高的旧式门槛打量一番，说道："这老门槛真得换换了，或者另开一扇门，好让汽车自如进出。你二人且随我到书房一叙……"

书房。

丁西顿、丁海真坐定，海棠沏茶。

丁西顿道："海真，今天席上众人的话你都听到了吧？"

"听到了。"

"如今，黄桥局势反转，天、地、人皆向利我一面发展，我们当真是'苦尽甘来'啊！俗话说，'男大当婚女大当嫁'，我看你和海棠的婚事就在近期办了吧，这样双喜临门……"

海棠倒茶的手停在了空中。

海真徐徐说道："全凭干爹安排。"

"好好好，贤婿，以后该改口了，哈哈哈……海棠，这两天你得和海真多多沟通，需要什么嫁妆，你尽管开口！你要天上星，为父也得给你摘下来。为父乃是黄桥首富，嫁女自然得最为风光……"

海棠不动声色，茶水冲激声清泠泠的。

"海真啊，我跟你讲，上次你俩从马甸起获的那笔财宝，我本来打算把它们全部交给上峰，但是，现在我决定把这笔财富暂且截留我府中。非是我要独吞它，而是要把它用作今后开展黄桥工作的活动经费，将来尔辈接手黄桥事务的时候，就可以放开手脚大干一场了。人不为己天诛地灭，哈哈哈……"

海真道："如果上峰追问这笔财宝，你该如何应对？"

"届时，蔡鑫元肯定早被共产党正法，我就把责任全部推给他，我就说他早将饷银挥霍一空，还故布疑冢，哈哈哈……我还要告诉你们，抗战时，我掌管的国民党苏中地区留守人员活动经费尚有结余，全是黄亮澄澄的金条，我也给你俩留着！现在，我只向你们提一个要求，那就是将来一定要走三民主义道路，绝不能让黄桥走上共产的道路。共产党多可恨，他们一来，我丁家的地租减了半。他们一旦执了政，那更不得了，我丁家恐怕更连方寸地也保不住了。还有，共产党与我更有夺女之仇！所以当年我就发誓，共党分子，我发现一个，必清除一个！朱履先一定是共党分子，日据后期，我就想借日寇之手把他给除了，但没想到这老东西嗅觉比狗还灵，脚步比兔子还快……如今，国军再次进占我黄桥，我派人寻遍镇区，果又不见他的踪影。于是，我命人时刻死守他的老巢，只要他一出现立马就把他做掉……"

"爸，你不要再去杀人了，以前你就欠了共产党累累血债，我不希望你在罪恶的道路上越陷越深！这婚我不结了！"

"好好好，不再杀人不再杀人，乖女儿、乖女婿，你们都安心去睡吧，我再想想，我再想想……"

二人出得书房，往海棠香闺去。

天空乌云追月，地上黑暗昏沉。

海真道："如今的黄桥就是修罗场，诸天神佛也无法化解得了。海棠，你爸的末日快到了，我真替他捏一把汗……"

"他无可救药了，只是我也不希望他……"海棠哽咽。

海真拥抱她……

丁西顿这一阵子又恢复了早年的精气神，白天坐着戴旅长的敞篷吉普四处招摇，指点防务，俨然黄桥主子；夜间则陪着戴旅长酒肉穿肠，狎玩女性，好不快活……

那日早晨，天色暗沉，黄桥东门，国军九十九旅奉命出击，一长列面无表情的国军将士噤声东去。戴旅长坐在敞篷吉普车上，向丁西顿等乡绅频频挥手，而满脸愁云惨雾，道："诸翁请回，在下一定为国尽忠，马革裹尸也在所不惜！"

众人抱拳。

戴旅长的吉普绝尘而去……

25日,黄昏。

一庄稼汉模样的探子跌跌撞撞跑进了丁府客厅,嚷嚷:"丁老爷丁老爷,大事不好了,九十九旅在分界全体阵亡,戴旅长也壮烈殉国了!"

丁西顿两眼一黑,几欲跌倒,幸得管家赶紧护住。

半晌,丁西顿长叹一口气,哀告:"管家,你说说看,我国军装备精良,军官多为正规军校毕业,却屡战屡败,这究竟是为何啊?"

管家道:"丁老爷啊,你想过没有,我国军百万雄兵曾令日寇丧胆,可是一旦陷于泰兴这块赤化了的土地啊,就只能抱憾。可见,共军之祸尤甚于日寇啊……"

"细细想来,偌大黄桥镇如今肯为我党国卖命的能有几人?人心都被共党收割了,我们的项上之物也快被共党收割了!只恨我年事已高,不能亲往前线提刀杀敌!但是,我丁家血脉得有延续,开泰的婚事我鞭长莫及,海棠的排场就在本月31号交了吧……"

管家愕然……

8月29日,黄桥镇区再度被共产党军队团团包围。镇郊接合部,国军与共军不时驳火。

黄桥镇区广大民众热情高涨,革命歌曲飞扬,而那帮反动乡绅惶惶如丧家之犬。

丁西顿知道无力回天,于是一脸肃穆,专注于筹备二千金婚礼。正是在筹备婚礼的过程中,他才老怀为安。他盲目相信,凭借黄桥四门的坚固工事,黄桥撑个十天半个月是没啥问题的……

海棠呢,上午穿棉麻学生装,下午换英伦风连衣裙,天天轻舞飞扬,在镇区采办嫁妆。只要她中意的,立刻让店家速速将货品送去家中……

这日早上,一苇对海棠说:"妹子,这两天我暂时没空陪你了,我们的部队不忍对黄桥镇区动用重型武器,才造成如今相持的局面。以前,时机未到,作为特委战士的我只得'潜龙勿用','隐介藏形',如今当是我'见龙在田''鳞爪飞扬'之机。一方面,我要利用身份之便摸清黄桥防务;另一方面,我要能熟识国民党守军军官,争取做通他们的思想工作,促使他们主动

290

放下武器。如果不能如愿，那就相机击杀他们的主脑……"

海棠伸出双手，摩挲海真脸蛋，又踮起脚尖，仰脸去吻他，泪水却扑簌簌溅落。

海真突然凶狠地架起她的两腋，让她居高临下。

她的吻落下来了，无比地凶狠。

海真此刻也成了一头冲动的猛兽，他的舌头一下子将她的舌头攫住了，他俩的舌头像两条恶狠狠的蛇芯子将对方往死里缠绵。

半晌，海棠挣脱，推开海真，眼含热泪，说道："你去吧，我永远等你回来！"

海真从桌上捞起绅士帽，往头上一扣，目光如炬，大步流星，长衫飘飘往外走，而他的右手在背后向海棠深情一挥……

大门前，管家正和那帮乞丐说着什么，那些乞丐个个垂头丧气。见海真出来，管家喊他："姑爷，我给你们相互介绍一下，这几位都是上峰派来保护我们的国军弟兄，由于形势所逼，一直不能以真面目示人……"

"弟兄们辛苦了，我谨代表岳父大人对你们表示诚挚慰问。"海真上前和他们一一握手，道，"现在鄙人谨奉岳父大人命令前去慰问黄桥留守部队，回头再叙了。"

管家道："姑爷，请便。"

一苇仍先去了笑成制衣店，杨老板正在。

杨老板道："丁先生驾到，有失远迎，还望恕罪。"

一苇道："杨老板，如今城外的'顾客'进不来，生意一定清淡不少啊……"

杨老板笑道："这国军都成秋后的蚂蚱了，我相信一旦四门碉堡被攻破，黄桥就无险可据了，'顾客'不就一下子全涌进来了吗……"

一苇道："听得出来，共军进攻部队不忍对黄桥镇区动用任何重型武器，所以才造成如今僵持的局势……眼下困守黄桥的是国军一六〇旅的部分士兵，由一个团长负责，但实际兵力才一个营，外加一个连。但他们给养丰富，求生意志顽强，又据有利地势，加之，我军仁慈，所以这些洋顽一时成了难啃的骨头……现在，我打算深入虎穴，先去探探情况，相时而动，攻心为上，迫不得已时擒贼先擒王。如果我'壮烈'了，请到刁家网报信给刁香荷，让她找个好人嫁了。另外，还烦请你转告组织，一定要把丁海棠转移到苏区……"

"蒋先生，多保重。"

半小时后，黄桥中学工字楼，现一六〇旅指挥部。

楼前，两哨兵荷枪警戒。

一苇道："兄弟，我是国民党黄桥留守站工作人员，现有要事求见贵军长官。"

一哨兵进屋汇报。

很快里面喊道："任团长有请。"

一苇进屋，屋中浓烟弥漫，一士兵正蹲在墙角焚烧文件。

任团长肥胖的躯体完全塌陷在太师椅上，满脸憔悴焦虑，双眼猩红，手枪放在桌上，机头张开。

"任团长好，在下丁海真，丁西顿老爷的准女婿。本月31日是我的结婚大喜之日，诚邀任团长拨冗赴宴，并做主婚人！"

"嘿嘿嘿，新郎官，衷心祝福你！都什么日子了，丁西顿站长还有心操办婚礼?！不过，当下的我其实倒格外懂得丁站长的心了……届时，卑职一定赴宴去。可是眼下共军势大，只怕黄桥撑不到那个时辰了……"

四下里枪声更为激烈。

任团长站起，惶惶乱转："上峰严令我部死守黄桥，人在，黄桥在，可惜我们又要让上峰失望了。听说丁西顿老爷家中有一条密道能直通老龙河，你知否?"

"禀报团长阁下，密道我也是首次听说，回头我一定向我的准岳父大人求证。如有确实消息，我一定及早向您禀报。"

"好好好，这次你们若能帮我逃出生天，我一定保你全家加官晋爵……"

"任团长，现在敌我处于胶着状态，士气不可泄。我想代表黄桥留守站去各处据点慰问一下国军将士，可否?"

"热烈欢迎啊，不过你可不能空手去。——沈副官，你带丁先生四下走走……"

一苇也不吝啬，坐上敞篷吉普，先在镇上寻得了两家肉店，将店内剩肉统统扫光，写了欠条，让店家自行去丁西顿府上兑付。

一苇将猪肉分成大致平等的五份，东南西北碉楼及十字街心的中心碉楼各一份。

然后,一苇先去了四门各碉楼。

各处士兵士气低落,但他们甫一见到猪肉,立刻罔顾战场形势,纷纷围趋过来,哈喇子都流了一地,急急招呼伙夫速速烹煮……

中心碉楼前。

王营长正将两个国军士兵绑在电线杆上,亲拿荆条狠狠地抽打。士兵的惨叫声不绝于耳。

王营长道:"谁叫你们抢夺老百姓东西了,这下长记性了吧?"

"记住了记住了,长官……"

沈副官道:"王营长,这是我党黄桥留守站的丁兄弟,劳军来了,还不欢迎!"

王营长尴尬了:"丁先生,今天您来得可真不巧啊。里面请。"

这是在当年日寇碉楼原址上兴建的圆柱体碉楼,共上下两层,规模比原来的更宏大,钢筋水泥砌筑,巍然屹立于十字街心。

进了碉楼,里面极为宽敞,一楼有办公桌凳、储水罐、粮食、煤炉等。

王营长又导引着一苇上了二楼,有十多个士兵坚守战位。

这时,四门方向远远传来国军与共军交火的声音,从射击孔里可看到黄桥四门上空硝烟滚滚。

王营长道:"沈副官,我就搞不懂了,我国军堂堂十万大军怎么转眼就被共军吞了,难道我国军军官个个都是厕包?"

沈副官叹一口气,不言语。

一苇道:"其实,共军能够不断胜利的法宝,正是因为得了民心……"

"民心?"

"是的。黄桥这一片沃土正是当年红十四军的策源地,革命传统已血脉相沿;而我十万国军,面对百万赤化民众,正如泥牛入海!我黄桥留守站在黄桥这边也是举步维艰。如今,甭管是乡下穷鬼,还是镇上居民,无不心向共产党,你国民党呢就是拿金山银山也驱不动他们……"

沈副官正色道:"王营长,你这儿可是黄桥的心脏,人在'心脏'在!"

王营长夯拉眼皮,道:"明白。"

张副官先下,一苇、王营长同下。

一苇道:"王营长,我敬你是条汉子,治兵有方,临危不乱,诚乃国之干城。31号,是愚弟婚期,诚邀您前往我岳丈丁西顿府上喝杯喜酒,替愚弟长长脸,也标示着军民鱼水深情!"

"好好好,只要还活着,为兄一定去喝上一杯!"

"万谢,在下告辞了。"

回程,一苇又去了笑成制衣店。店里仍只老板一人。

一苇低声说道:"杨老板,本月31号,是我和海棠大喜之日,诚邀你准时赴宴。我的岳父大人已经邀约了黄桥镇各界名流,刚刚我也邀约了驻军军官。希望婚宴当天各路人员能够'团团圆圆'……另外,驻守十字街心的王营长很有正义感,组织上可以把他争取过来,这样中心开花,让黄桥敌营加速崩溃……"

"好!"

"我估计丁西顿婚礼当晚一定会玩个金蝉脱壳,而他倘要出镇就只能走密道,密道口极可能是南坝桥东的那个出水涵洞,那天我们只要重兵死看河沿,他们一定插翅难飞,而且,我方力量可以循着密道早早渗透进来……"

"我这就去向特委汇报。"

"好,31号见。如有重大变故,你可以直接去丁西顿府上找我……"

接下来的几天里,黄桥国民党守军与围城的共军不时接火,但交战规模都不大。

可是,如今人为刀俎我为鱼肉,国军个个人心惶惶……

海真发现,近来丁西顿和管家有了矛盾。管家整日虎着个脸,丁西顿怎么叫他,他都不搭理。

30号黄昏,丁府发电机组轰鸣,处处张灯结彩。

丁西顿在府中四处察看,海真、海棠跟随。

丁西顿瞅着各处张贴的喜联,听着城郊接合部不时响起的枪声,不禁潸然落泪。

丁西顿道:"海真,明天我就要把海棠托付给你了,她是我大黄桥最闪亮的明珠!你要爱她甚过爱你自己,永不离,永不弃!"

"岳父大人,您放心!"

"据探子来报,共军正在加紧集中兵力,估计明后天就要对黄桥发动总攻。黄桥无险可据,国军兵力薄弱,势必一触即溃。但是我丁西顿可不想坐以待毙,我一定要带着你和海棠逃出黄桥,还要带上足够我们丁家翻盘的资本……"

"可是,黄桥四周全是共军虎狼之师,我们插翅难飞……"

"勿忧,'善守者,藏于九天之下',我书房有一密道,直通镇外,共军能奈我何? 这几天,管家一直责怪我,穷途末路之际,我还要为你和海棠大操大办婚礼,而将党国大事抛诸脑后。他啊完全不懂我的心,如果我不在黄桥沦陷之前,交了海棠排场,我一则愧对亡妻,二则也对不住海棠啊,因为我知道往后黄桥镇区就再无我丁西顿容身之地了……等办完了婚礼,我们即刻举家从密道外迁,我已在乡下收拾了别院,替你们另外布置了洞房……"

海棠不语。

海真道:"岳父大人费心了。"

丁西顿道:"明晚你们明里举办婚礼,管家暗里运走金银财宝。待婚礼结束,你们速速到我书房,拉开我的书橱,即可看见密道口,然后你们先撤,我殿后……"

那一刻,海真和海棠都被感动了,抛开阶级立场不谈,丁西顿还真是一个好父亲! 可是,他毕竟是一头永无餍足的巨鲸,吞噬了多少鲜活的生命。然而,一鲸落,万物生,天道如此!

海真看向海棠,心里说:"明天本该是你我人生最为幸福的时刻,可是为了党的事业,我们必须执行特委下达的任务,海棠,你受委屈了!"

海棠冲海真微微颔首,满脸都是坚毅与刚强。

丁西顿道:"海棠,明日白天你就安心待在闺房吧,你的饭食我让王妈送去。为父向你保证,婚仪从简,但隆重还是必须的……"

31 号上午,黄桥四围的交火声更为稠密了……

丁府。

午宴自然颇为盛大,但由于交通隔绝的缘故,外面的江鲜海货进不来,只好尽可能在黄桥镇区就地取材了。不过,丁府张灯结彩的氛围着实可令黄桥那帮穷途末路的政客、士绅、军官们暂时迷醉一番了。

觥筹交错,不少人喝得酩酊大醉。

餐后,丁西顿安排他们或休息,或打麻将,或斗纸牌……

海真穿中山装,襟戴红花,热情周到地服务,应付裕如。

丁西顿望着女婿拈须微笑……

晚餐是大戏。

室外华灯璀璨,室内红烛高燃,绯红氤氲弥漫。

两位新人相挽着出场。

295

海棠戴金花八宝凤冠，穿直领对襟曳地大红婚服，衣身满绣龙凤呈祥，着云霞五彩帔肩儿，人面桃花，袅袅向前。

海真着唐式大红婚服，帽子簪花，面颊绯红，双目澄澈。

二人站定，真正是一双人儿如玉。

嘉宾掌声雷动。

任团长读诰文：

    兹有丁海棠女士，江苏省泰兴县黄桥镇人，民国十三年 6 月 7 日生；蒋一苇先生，江苏泰兴大元人，民国七年 8 月 15 日生。今由我任远杰证婚，二人谨定于民国三十五年 8 月 31 日下午六时，举行结婚典礼。丁海棠女士，蒋一苇先生，今日两姓联姻，以践缔约，良缘永结，匹配同称。看今日桃花灼灼，宜室宜家，卜他年瓜瓞绵绵，尔昌尔炽。谨以白头之约，书向鸿笺，好将红叶之盟，载明鸳谱。

证婚人：任远杰

中华民国三十五年 8 月 31 日

随后，任团长道："新人行沃盥礼，从此相互敬重。"

新人对立，两仆佣分别敬上铜匜和晋公盘。铜匜，古铜质地，形似葫芦瓢，直口，窄槽流，直腹，龙形鋬，底部有四匾足，其中盛满了清水；晋公盘，亦为古铜质地，高约十八厘米，口径约四十厘米，腹深约六厘米，敞口，平方唇，浅腹，两边有耳，圈足较高，下有三个矮支足。

新人伸出双手，任团长拿过铜匜，自上而下，用弱水流浇淋二人双手。水花莹莹灿灿，直落其下晋公盘内，不溅点滴。

任团长道："新人行同牢礼，从此合同为一家。"

新人共吃碗里同一种肉，同一种饭。

任团长道："新人行合卺礼，从此同甘共苦。"

王妈拿来一只葫芦，解下红丝带，一分为二（原来这葫芦早已对半剖开了）。王妈给两葫芦盏各倒上一盅苦酒，海真、海棠分饮。饮毕，二人将葫芦对到一起，海棠用红线系住葫芦，交与王妈妈收纳。

任团长道："新人行解缨结发礼，从此永结同心。"

新人相互剪下对方一缕青丝,新娘用红线将青丝扎在一起,纳入香囊。

任团长道:"新人互为对方佩戴玉佩,祝愿琴瑟和谐,龙凤呈祥。"

任团长道:"新人行执手礼。执子之手,与子偕老。"

最后新人行三拜之礼,一拜天地,二拜高堂,夫妻对拜,礼成。

丁西顿这时讲话了:"各位嘉宾,现在敬请移步室外。犬女大喜之日,特为大家呈上一场精彩烟花秀。"

"好好好!"众人簇拥着新娘、新郎,喧闹着涌出餐厅。

待众人站定,丁西顿远远地冲烟花燃放点的家丁一挥手,那边大小炮竹即联翩炸响。

黄桥镇阴霾的天空顿时变得"喜气洋洋"。

来宾们也暂时搁下了共军围城的心头大患,对揖互贺。

在明明灭灭的光焰中,丁西顿将欣慰的目光一再投向女儿、女婿,拈须微笑。

接着,丁西顿来兴致了,大喊一声:"放礼花,青天白日!"

那边啪的一声响,一团红火劲射黑沉沉夜空,升至最高处又一声轰响,霎时"艳阳高照"……

众人高叫:"好!"

丁西顿再喝一声:"三民主义!"

那边又啪的一声响,三团红火直逐夜空,又一声轰响,三朵火花绽放,分别为青、白、红三色……

众人高叫:"好!"

丁西顿再喝:"国泰民安!"

那边又啪的一声响,空中一树牡丹熠熠绽放……

众人高叫:"好!"

丁西顿高呼:"百业兴旺!"

万千火龙激射空中,热烈炫舞。

众人高叫:"好!"

丁西顿呼喊:"苏中明珠!"

一莹莹明珠徐徐升上碧霄,落落大方,朗照乾坤……

众人高叫:"好!"

丁西顿呼喊:"十桥烟柳!"

天空中联翩筑就十座金色拱桥,桥头金柳披拂……

众人高叫:"好!"

丁西顿呼喊:"之子于归!"

夜幕中一树金海棠怒放……

众人高叫:"好!"

丁西顿呼喊:"瓜瓞绵绵!"

一根金藤执着攀缘虚空,连绵无绝,无数巨型金瓜联翩结蒂……

众人高叫:"好!"

丁西顿呼喊:"家国情怀!"

一支淋漓金笔,在天幕笔走龙蛇,绘就四个闪光大字:"精忠报国"……

众人高叫:"好!"

……

任团长道:"送入洞房。"

海真牵着海棠往洞房去,海棠的脸颊海棠果一样红艳。

吱呀一声,二人合上门扉,把喧嚣的世界关在了门外。

海真去吻她,吻他的新娘。

海棠也渴了,大口大口地吮吸着她的新郎。

几秒钟后,还是海棠先行挣脱了:"按照'岳父大人'部署,我们该走了……"

这时,"笃笃笃",有人敲门,果然是丁西顿在喊:"好女儿、好女婿快快随我来!"

二人赶紧起身开门,跟去了丁西顿书房。

书房内,丁西顿急急套上一身黑色夜行衣,又甩给女儿、女婿两套夜行衣,道:"你俩也赶紧把衣服换了吧。"

二人不动。

丁西顿道:"快换快换,共军马上就要打进来了,再不走就来不及了……"

海真和海棠一直在等信号,可是黄桥四门一直未见信号弹升空。

海棠只好去到里间换衣,海真则爽利地就地换衣。

丁西顿唰地拉开了书橱抽屉,拿出了一把玲珑手枪,把一匣子弹上膛,道:"我们从这里走!"

他再一把拉开书橱,后面赫然一个大洞。

丁西顿点燃一支红烛,提枪就要往里钻。

可是,弯腰的一刹那,他僵住了。

原来地洞口内数眼乌洞洞的枪口正咬定了他,他连连后退:"你们是……"

"我们是中国人民解放军华东野战军,现奉命解放黄桥!"几个解放军战士从地洞口勇猛地蹦出来。

这时,黄桥四门同时响枪,四颗红色信号弹升空,猩红的光焰把黄桥夜空的黑暗一下子驱逐了,惊吓了丁西顿的瞳孔。四围枪声、爆炸声登时更加猛烈起来,大地在颤抖。

"海真快跑,赶快报告守军,敌人已从地道渗透进镇了!"丁西顿惊惶后退,冲海真喊道。

海真不动,却道:"岳父大人,你赶紧放下枪吧,人民解放军优待俘虏!"

"贤婿,你说什么呢,啊?!"

"我是中共泰兴特委侦察员蒋一苇,现奉命逮捕国民党黄桥留守站全体人员!"

"我就是死,也绝不会让你们得逞的!你出卖了我丁家,你对得起海棠吗?海棠,爸爸识人不清,误了你终生啊,爸爸对不住你,爸爸以死谢罪……"丁西顿掉转枪口,就要对着自己的右脑壳开枪。

"爸啊,你赶紧把枪放下吧,我保你没事的,我也是特委的人,我能说上话的!"海棠哭喊着扑过来,拉拽丁西顿持枪的手。

海真道:"丁先生,冷静冷静!"

解放军战士们也暂时垂下了枪口。

丁西顿却突然狂笑起来:"海棠,你说啥呢?!你也是共产党的人?!哈哈哈,真是天灭我也……"

"爸,你也该醒醒了,黄桥不该是我丁家的私产,她应该是属于人民的!现在人民要把她收回,我们就给他们吧,顺时者昌,逆时者亡啊!"

"对,顺时者昌,逆时者亡,你这孽子可知道,现在乾坤仍在蒋先生掌握之中,区区共党蚍蜉岂能撼我民国大树?!"突然,丁西顿枪口一转,抵着了海棠脑袋,丁西顿歇斯底里咆哮,"都闪开,不然我要了她的命!"

战士们的枪口又死死咬住了丁西顿脑壳。

一苇对战士们说道:"大家且慢!"

丁西顿推着海棠往西厢房去,一苇和战士们留在原地。

丁西顿突然得意起来:"哈哈哈,老子的密道多的是,尔能奈我何!姓蒋的,老子待你不薄,海棠多好啊,她就是我大黄桥最闪亮的明珠,而你毫不珍惜,现在老子我就是毁了她,也绝不会让你得到她!"

海棠被父亲拽进了西厢房里,砰的一声,丁西顿把房门关上了。

这时,丁西顿府门外也传来了激烈枪声,越逼越近。战士们赶紧冲出书房,只见乌压压的人群正往花园逃来。

书房东侧道上,为首的解放军战士朝天鸣枪,砰!

"统统不许动。"

人们抱头扑倒地上,惊惶不已。

一苇从书房冲出来时,丁府外面的解放军也已杀了进来,把丁府来宾围得水泄不通。

带路的杨老板远远喊道:"蒋先生,那个王营长果如你所料,经我方工作,他弃暗投明了。解放军进攻四门碉堡时,王营长拒绝支援,还在主碉楼上升起了红旗。四门各碉堡内的敌人远远望见,登时崩溃,弃营逃跑……现在黄桥终于又回到人民手中了,黄桥的坏分子这次真的是一网打尽了……"

解放军连长下令:"统统带走。"

可是,这时脚下土层里突发剧烈爆炸。

一苇悲恸欲绝:"海棠,你不会有事的,不会的不会的!"

……

从此,丁府不再有烟火气了,它的大门贴上了华东野战军军管会的封条。

丁西顿这条大鱼也被捞住了,关在了黄桥西门桥外的拘押点。

第二天一早,一苇特意去看望他。

先前拘押蔡鑫元的那间核心牢房内,丁西顿疯狂摇晃铁栅,咬牙切齿:"姓蒋的,我丁西顿待你不薄,可你这般待我……"

"我只问你,海棠,海棠呢,你究竟把她怎么样了?"

"哈哈哈,她死了,被老子我开枪打死了,像她这样不忠不孝,我留她何用!列祖列宗在上,我丁西顿无颜见你们啊!"

"你快快告诉我实话,海棠究竟在哪里,生要见人,死要见尸!"

"她……早就……魂飞……魄……散……了。"

"虎毒不食子,你罪该万死!"隔着栅栏,一苇一把扼住丁西顿的咽喉,丁西顿直翻白眼。

看守急忙去掰一苇双手。

一苇却一把夺下看守肩上长枪,将乌洞洞的枪口对准了丁西顿胸口。

丁西顿背过身去,闭了眼,仰天狂啸:"开枪啊,老子就想死!"

看守急忙吹响警笛。

霎时,一大帮看守紧急增援,举枪将一苇团团围住:"不许动!"

砰! 枪响了,是一苇的枪响了。

随着枪响,丁西顿身子猛地一耸,却未倒下。原来一苇是对着屋顶放的枪,子弹将屋顶捅出一个大窟窿,瓦砾掉了一地,灰尘弥漫。

丁西顿落了一身尘灰,崩溃:"姓蒋的,你孬种,为何不给我个痛快?!"

一苇长枪掉地,木僵着不动。

众看守一拥而上,将他扑倒在地,捆了个严严实实。

一苇毫不挣扎。

监所领导都过来了,个个铁青着脸。

张连长咆哮道:"把他关起来!"

另一间监舍内,一苇枯坐,两眼发直。

现在,他脑中一片茫然:海棠啊海棠,先前这段时间我终日和你耳鬓厮磨,形影不离,你与我共建了一个完整的"我",可是如今你在哪里呢? 我不相信丁西顿真的把你杀害了,不会的不会的,虎毒不食子啊……

两只麻雀飞上监舍窗棂,啄食着小虫,相互礼让,蜜语芳醇。一苇不禁潸然泪下:如果海棠还在世间的话,她一定会回来找我的,可是如今……

日子按着它既定的节奏往前去,从不肯稍减速度。监舍内,一苇就一直那样僵坐着,眼神空洞呆滞,像是亘古石像。张连长来看他,他拒绝言语,也不看他一眼。一苇还常常拒绝吃饭,稀粥不吃,加餐也不吃。他还拒绝洗澡,拒绝换衣……

现在,我们曾经玉树临风的蒋一苇同志,形容枯槁,发上粘着草絮儿,身上也臭烘烘的了。

这天下午,张连长巡监,闻不得蒋一苇身上的酸臭味儿,顿时蹙了眉头,命令:"把他架出去,绑树上,给我用冷水冲干净!"

"是。"几个看守立即执行。

一苇也不挣扎,痴痴傻傻笑起来,听任他们把自己架出去,绑树上。

冰凉冰凉的井水一桶又一桶冲激一苇的身体,他却在笑,在狂笑,而眼

301

窝里全是泪水："哈哈哈,痛快痛快!"

笑够了,他耷拉下脑袋,居然打起了呼噜。

张连长连拍他脑袋,他也不醒转。张连长不解:"你蒋一苇就这么废了吗? 不就是为个女人吗? 看来,我得请朱老来看看了⋯⋯"

一小时后,监所办公室,一苇被换上了干净衣服,放躺在行军床上。他,双目紧闭,眼角流泪。

朱老拄着文明棍急急赶来,一进门就光火了:"张连长张连长,这才几天你就把我们的大英雄折磨成这样!"

张连长赶紧解释:"朱老将军,我们真的没对他怎样啊! 不信,等一苇醒了,你可以亲自问他⋯⋯"

"从现在起,他自由了,哪个不服你让他来找我! 你们现在就把他送我府上,路上还得悠着点,磕他一块皮,我要你们的命⋯⋯"

⋯⋯

中将府。朱老书房。

一苇还没醒来,老中医王义为他搭脉。

王义道:"表情淡漠,精神反应迟滞,舌质潮红,舌苔黄厚而腻,脉象沉实,结合将军所言,愚觉得当为'狂症',可以开具药物。不过,他这种状况还是暂不服药的好,假以时日,没准能自愈。自然,心病犹需'心药'来治⋯⋯"

王义开了药方,告辞了。

朱老拄着文明棍在屋内踱步,一圈又一圈。

终于想定主意,朱老冲门口喊道:"小李,过来。"

挎着二十响盒子炮的警卫员小李精神抖擞地进来了,立正敬礼:"到。"

"联系一下特委,让他们马上派人到刁家网找一个叫刁香荷的女同志,让她即刻赶到我家。她也是我们的人,应该好找。听一苇说过,她和一苇幼年以兄妹相待,但二人有过婚约,如今我只好让她来试试看了⋯⋯"

"是。"

"立刻,马上,赶紧的!"

小李一溜烟地跑了出去。

朱老坐到床边,眉头紧锁,守护着一苇⋯⋯

数小时后,刁香荷来了。

她还打着赤脚,挽着裤腿,一身尘垢。

原来,当特委的同志找到她时,她还在地里干活,她的眼泪顿如决堤的海:"同志,你快告诉我实话,一苇究竟怎样了?"

"香荷同志,现在一苇只是生病了,需要一个人去陪护,而你无疑是最佳人选……"

"生病了,什么病啊?"

"应该没什么大病,只是这几天情绪低落,医生说'心病要用心药来治'……"

"丁海棠啊丁海棠,你可伤得一苇不轻!"

"海棠她是个好同志,为了党的事业至今生死不明……一苇和海棠这次为我党重新夺占黄桥立下了汗马功劳,而且他们一举端掉了国民党黄桥留守站,还为我党起获了敌人的全部活动经费……他们都是大功臣,我们一定不能让英雄流血又流泪!"

香荷对天合掌,道:"爸爸啊,一苇为我刁家争光了! 可是,谁也没料到他会生病,你一定要保佑他快快好起来! ——同志,我们赶紧!"

……

中将府,朱老书房,烛光幽暗。

现在书房里只剩下香荷和一苇了。

一苇仰面而卧,面色蜡黄,泪痕斑斑,一脸生无可依。

香荷站在床前,掩面而泣……

半晌,一苇呢喃:"海棠海棠,你在哪儿?"

香荷犹豫了一下,应道:"我在这里呢。"

"你过来,你过来,你不要再离开我了,以前我一门心思只想娶香荷,可是失去你的这段日子里,我才知道,我的心里装得满满的全是你啊……"

"我明白。"香荷泪雨滂沱。

"你过来,你过来,紧紧搂着我,我好累好累,满世界找寻你!"

"我不会离开你的,你安心睡会吧,有事叫我……"

香荷坐到床沿,伸手摩挲一苇脸庞。

一苇紧紧地搂着她的腰,往自己肉里扣:"海棠,别走别走,明早我们一起去看你家院中的那株海棠树!"

"好的,我一定陪你去!"

香荷往床的靠背上一靠,把一苇抱到怀里,扯过被单给他盖好,泪飞如雨……

第二天清晨,窗外晨曦初露,鸟雀聒噪。

一苇猛然蹦起,嚷道:"海棠海棠,快起来,我们这就去你家院内看海棠树!"

这时,窗外晨光唰地耀亮了女孩的脸,却是香荷。

一苇悲苦地蹲下去,捂起脸,泣不成声。

香荷下床,也蹲下,从后面一把抱住他,陪着他一起流泪。

半晌,一苇站起来,问道:"我这是在哪儿?"

"在朱老家。"

"你怎么来了?"

"因为你病了,组织上让我来照顾你。"

"是的,我病了,我心里空了,我想死!"

"特委的同志都说了,海棠真了不起,她是我方这次得以以极少牺牲重新夺占黄桥的大功臣之一,组织正在积极寻找她……"

"她一定是牺牲了,要不她一定会回来找我的……"

"从明天起,我就陪你一起去寻找她,黄桥镇找遍了,我们去泰兴城找;城里找遍了,我们去乡下找,挨家挨户找……但是生活要继续,这一切都怪万恶的反动派!"

"万恶的反动派,你们一个也跑不掉! ——香荷,你也真心帮我找?"

"是的,我找东西最拿手了。幼时在刁家网的时候,你藏什么,藏哪里,我都能找着,还不费吹灰之力,你就宽心吧! 你好久没好好吃饭了吧,我来问下朱老早饭好了没……"

"我们这就去见师父,太谢谢他了!"

朱老其时一直在屋外窗下练太极拳,屋里的话他全听见了。

朱老见二人出来,立马收了架势,拈须微笑。

"师父早上好!"一苇上前拜见。

朱老赶紧上前扶住他,笑道:"免礼免礼,肚子饿了吧。早饭早早儿就准备好了,元麦粥、烧饼、油条、鸡蛋、卤黄瓜等样样都有,我们这就一起吃饭去……"

餐厅。

一苇狼吞虎咽,一气儿吃了三大碗,满头大汗。

朱老怜爱地连连劝阻:"慢点慢点,没人和你抢着吃!"

香荷也笑道："和小时候一个样,比猪吃得凶!"

吃完了,一苇甫一搁下碗筷,又连呼"肚子痛"。

那窘样把朱老也逗乐了。

香荷嗔怪:"好像这辈子没吃过饭似的!"

一苇道:"师父,能否把你的警卫班借给我?"

"可以,你要干啥?"

"我想去丁西顿府上把那条密道清理出来,海棠生要见人,死要见尸!"

朱老思忖片刻,道:"别急,丁府现在被军事管制了,假如你执意要去挖开密道,我得先帮你向军管会请示一下……"

"好,谢谢师父。"

朱老转身,道:"小李,你这就去向军管会请示一下,就说我们的大英雄、大功臣蒋一苇同志要去丁府清理密道,寻找失踪战友,敬请准许,并提供协助……"

"是。"小李转身就走。

朱老又喊:"小陈,速去准备用具。"

外面应道:"是。"

……

一小时后,丁府被爆破的密道口。

朱老端坐太师椅,双手搭在龙头杖上,关切地观望。

密道离地表足有两米深,由于丁西顿撤退时拉响了手雷,炸塌了一大片地儿。

一苇、香荷和小李、小陈等战士挥汗如雨,竭力挖掘。

一苇细心谨慎地清理着这一段的每一块残砖,每一捧泥土,他的表情是那样凝重,似乎全世界的重担全加在他肩上。

塌方地带清理完毕,他扔了铁锹,抱住香荷双肩,使劲摇晃,嚷嚷:"香荷香荷,我早说过,海棠她不会有事的,她应该还活着!"

香荷笑道:"是的,她应该还活着……"

掘开爆破面再往前搜索就比较顺当了,那部分密道几乎没被破坏。

在里面拐了几个弯,一道石门挡住了去路。但石门并不严丝合缝,上方仍透着一线光亮。

一苇趋过去一看,原来上面正是运粮河上的那座永安桥。

一苇使劲来推,那门却纹丝不动。

他自下而上打量石板，原来洞壁上方有一插销。当人外出后，将石板回正，那插销就会自行落下，复把门锁死。

一苇急切地把插销顶上去，把那门往里一拉，门开了，门的下面正是一丛蓬蓬杂草。

一苇眼尖，突然发现杂草丛里，冒出一抹红。

一苇脸色突变，奔过去，弯腰拨开杂草，拂去浮土，居然是一只绣花鞋，而那绣花鞋的脚腕面上，惊现一大片黑红色的血状凝结物。

一苇把那鞋请出来，细细端详，这不正是海棠的绣花鞋吗！那天她是新嫁娘，而这鞋还是海棠的母亲病重时亲为海棠制作的，鞋面、鞋帮上全绣着怒放的海棠花！

这血是怎么回事?! 一苇的内心在泣血，可是无人告诉他。丁西顿一定知道，可是他早已做好了赴死的准备，他宁可一死也不会告诉他海棠到底经历了什么，莫非丁西顿果真对亲生骨肉下了毒手……

一苇下到水滨，水里杂物众多，腥臭扑鼻。

海棠，我黄桥镇最高贵、最美丽的公主莫非葬身此处?!

一苇悲从中来，跪地捶胸。

香荷也一旁抹泪。

一苇哭道："海棠，不管多难，我一定要把你找到，我一定要把你埋葬到你家院内海棠树下……"

……

在朱府休养的那段日子里，晨起，一苇向师父讨教武艺；白天随师父参加各种会议，伴同视察黄桥防务；晚上和师父对弈，共议时事。香荷也不大有空过来，作为刁网乡的革命干将，她一直忙碌得很。

1946 年 9 月，苏中七战七捷之后，我主力部队于 9 月 12 日北上。丁西顿等一批罪大恶极的敌特分子，于 9 月下旬在黄桥西郊被执行枪决。随着国民党军队的进犯，泰兴逐步沦为敌后游击区。

9 月 25 日，朱老北撤，前往东台、大丰一带；一苇也撤出了黄桥，直接加入了县武工队。

9 月 26 日，国民党军八十三师六十三旅一八九团占领黄桥镇区，但是黄桥周边的广阔农村仍然属于我根据地人民。10 月 11 日，中共泰兴县团一、二、三、四连上升为分区特务团。10 月 15 日，分区特务团以两个营兵力于黄桥东边的官庄设伏，歼敌六十五师一个连。

11 月中旬至 12 月上旬,敌军集中洋顽(国民党的正规军)一〇五、一〇六旅,交警两个中队以及土顽(国民党的地方武装)共约万余人在分区南线进行第一期全面"清剿"。12 月上旬,因我外线作战胜利,内线顽强斗争,敌被迫抽调"清剿"兵力北上,我第一期反"清剿"基本胜利结束。泰兴县地方武装因反"清剿"有功,受分区传令嘉奖。11 月 22 日,一地委为保存有生力量,适应当时形势,决定由钟民、吴泳湘率分区党政军领导机关转移到东台地区。

海泰线以南之如皋、泰兴、泰县、靖江四县成立南线党政军委员会(对外仍称地委、分区),由许家屯、汪海粟、柴荣生、谢克东四同志组成,许家屯为书记,统一领导南四县的斗争。

11 月中下旬,泰兴县根据上级指示,为保存有生力量,有计划地组织干部、战士分批北撤,共五百二十七人……

这一时期,朱老一再写信给一苇,让他到东台与他会合,但是一苇都以斗争需要为由拒绝。朱老的担心是对的,现在一苇的心中就一个信念,多杀敌人,为海棠报仇。无疑,他早将自己的生死置之度外……

2. 诱捕王宇正

转眼,又半年过去。

这天,在坍江头驻地,泰兴特委陈书记,就是先前用骡车载一苇去丈马土地庙的那个"车把式",亲自找到一苇:"蒋一苇同志,现在党交给你一项艰巨的任务。4 月 20 日,我党政军人员又一批北撤时,遭敌袭击,人员、物资损失严重。我方判断,一定是内部出了叛徒,提前向敌人泄露了我军行军路线……调查发现,我护卫连连长王宇正有通敌之重大嫌疑。他临阵脱逃,其所负责转运的金子、钞票等亦不见踪影!有情报传来,王宇正事后在泰兴城内伴同国民党军警闪现过,但是现在他行踪成谜。由于我方驻泰兴交通站人员已于事发后全部紧急撤离,故,现特遣你这个泰兴城的生脸带队进城查探王宇正的下落,你们挖地三尺也要把他找到,但尽量要活口儿!党迫切希望早日听到你们胜利的消息,同时你们也要确保自身安全……"

"保证完成任务!"

"你就从溪桥区队挑两名同志配合你吧,你和他们熟,你是领队。"

"是。"

很快,小黑和大壮前来向一苇报到:"报告队长,龙河游击队小黑／大壮前来报到,请指示!"

"稍息,同志们好,今天我们即将出发执行一次进城侦察任务,你们也一定已经清楚我们的目标对象了。但问题是,敌人对进出泰兴城的人员搜查、讯问极严,我们如何渗透进去是个大问题,现在请大家来开个诸葛会……"

大壮笑道:"蒋队长勿忧,我觉得小黑定有好法子,他是黑泥鳅,滑溜得很,以前他多次进城出城都顺顺当当,好像泰兴城就是他家,哈哈哈……"

小黑道:"大壮,谁是那小不点'黑泥鳅'啊,我陈小黑乃水中霸王——'黑鱼'是也,下次再叫错了名儿,我就去你家撮一顿! 蒋队长,我在想,我们可不能走大路进泰兴城,大路上敌人关卡林立,没准儿敌人中还有认识我们的,所以,我想我们还是走水路为妥,因为三十里水路只泰兴东门一个卡口……"

大壮道:"走水路好,蒋队长水性恐不在我们之下……"

一苇道:"小黑你继续。"

小黑道:"我们要让敌人主动请我们进去……"

一苇道:"敌人能有这么傻?"

"敌人不傻,但是他们贪财、贪吃、贪色……他们的这些弱点就可以为我们所用……"

一苇笑道:"咱们的小黑如今真成小诸葛了,别卖关子,快说快说。"

小黑道:"咱们可以弄一条破船优哉游哉沿着龙河西进,舱里多备些河鲜,还故意让那些馋鬼水警看见。由于现处战乱,出来打鱼的人并不多,那些馋鬼一定不会放过咱们的,没准儿他们还要主动把咱们'请'进城里去! 先前,咱想进城侦察,就数次享受了这'待遇'……"

"小黑,这主意不错,可是武器就带不上了啊……"

"杀鱼刀总可以带吧。"

"任务紧急,咱们得尽早把王宇正那小子的下落探听出来,同志们共同努力……"

"……"

骄阳似火,河风扑面,龙河巨龙蜿蜒西去。

轮到小黑摇橹,一苇和大壮坐船头。

大壮道:"队长,你还记得那次夜渡龙河吗?"

"记得。"

"那晚风大雨狂,但就是那晚你一战成名……"

"可恨的是日寇败走了,我老区人民大仇未报!"

"还有那次我们在鬼门关奇袭日军汽艇,日军死了十几个,据说其中一个还是黄桥驻军指挥官边见的儿子,让边见这只老狗也尝到了失子之痛……"

小黑插话:"反正这条龙河就是我们队长的福河,那年他和季圣林联手,让敌人尸横遍野;更了不起的是,借着夜暗,还隔河干掉了两个鬼子狙击手;上次他又带着未婚妻顺风顺水去了马甸,满载而归……"

大壮道:"咱们队长什么都好,可就是缺了点兄弟情义,成亲那晚也不请我们喝酒……"

队长道:"等胜利完成了这趟任务,我就补请你们喝酒……"

"好咪。——听说你岳丈去年被正法了,嫂子现在还住黄桥吗……"

"丁西顿死有余辜,可海棠……"

"怎么了?"

"她失踪了。丁西顿那条老狗宁死也不肯告诉我她的下落,结果我在永安桥下,只找到了她一只带血的绣花鞋……"

"虎毒不食子,丁西顿真是禽兽不如!"

"他是一个彻底顽固的反动分子,因为在他看来,黄桥城乡就该永远是他们这些大地主、大资本家的私产,是我们共产党人煽动穷苦百姓闹革命,要剥夺他们的祖业;而且他的大女儿也投身革命去了,小女儿亦如是,他与我党更有夺女之仇……"

大壮道:"现在时代变了,我们穷苦人腰杆子挺直了,地主恶霸不让我们好活,那么我们也绝不让他们好活!"

一苇道:"那个死老蒋最无耻,人民都不要他领导了,他还不滚一边去!"

大壮道:"听说死老蒋又从外地调来了大军,号称十万!"

小黑道:"甭说十万,百万都不怕!"

一苇道:"红太阳毛泽东同志教导我们,'战略上藐视敌人,战术上重视敌人'!"

小黑道:"队长,你快给我们讲个明白啦!"

"就是说,敌人代表的是大地主、大资本家的利益,是非正义的一方,注定灭亡;我们代表了最广大无产者的利益,是正义的一方,这正是我们骄傲的本钱。但是革命道路总是艰难曲折的,我们还是要好好研究如何才能用最少的折耗或牺牲来博取最大的战果……"

"队长,你真厉害!"大壮道,"可是,现在,怎么看你都不像个打鱼人!"

小黑也道:"打鱼人哪有你这派头!"

队长道:"所以,到了水警那边,我得下水露两手了!"

"队长,不是我们吹,你文武艺俱佳,但是下水捞鱼这一项,你一定是我和小黑任一人的手下败将!"

一苇笑道:"你俩从小是在龙河的大风大浪里成长,我呢,从小则是在刁家网的牛洼塘(方言,指供牛洗澡的小水塘,这里是一苇逗趣的说法)泡的澡,今儿我自然得好好向你俩讨教讨教! 不过,你这龙河的源头还不是在我们东北乡,我们用过的水流啊流的,兜兜转转的,跑几十公里路,再给你们喝,再给你们洗……"

"你又不是真龙,哪用得了这么多水,哈哈哈……"小黑突然瞥见一苇右脚掌上那火红的龙爪胎记,惊嚷起来:"大壮大壮,我们蒋队长没准儿还真是真龙投的胎!"

大壮却道:"你到如今才知道! 此行前,大龙队长就一再嘱托我们,宁可牺牲自己,务必确保蒋一苇同志这条'潜龙'的安全,当时你也在场的,你居然敢忘了……"

两岸蒹葭莽莽苍苍,无尽蔓延,如庄严军阵。

一苇站起来:"龙河啊龙河,你这宽阔的水面本应樯桅如林,渔歌唱晚,可是现在呢?

"江山如此多娇,决不能再让蒋家王朝糟蹋下去了!

"时光啊时光,你就此打住吧,春天夏天多好,植被茂盛,我英勇的将士正好杀敌,秋天、冬天你们就都不要来了……"

大壮道:"还记得打日寇那阵子,全县人民秋冬不割高粱秆,日寇派兵强割也没人行动! 黄桥的日寇还真怕了我英勇无畏的老区人民了,最后连下乡扫荡也不大敢了,哈哈哈……"

"今年秋冬,我们特委应该行动起来,动员全县人民不割高粱秆……"

小黑道:"遗憾的是,现在由于经济萧条,黄桥煮酒的店家大多倒闭了,所以高粱也种植得少了……"

……

这时,远远望见泰兴巍峨的城墙了,城墙上荷枪的国民党士兵在警惕地瞭望。

水道前方五百米就是泰兴城东门水警队设卡点,一条粗黑铁链横架水面,把龙河锁上了。

水警队的汽艇靠泊北岸,里面几个黑黢黢的身影聚成一团,应该是在打牌九,船身直晃荡,水面涡纹圈圈荡漾开来。

小黑在离水警船三百米的地方泊了船。

三人脱得赤条条地下了水,扑通,扑通,扑通!

表层水有点灼烫,而下层水温凉。

队长道:"加油啦,弟兄们!"

"好咪!"大壮、小黑二人鹞子翻身扎入水中。

一苇个子高,加之要瞭望敌情,所以他入水后,主要凭着船舷,以小碎步向前移动,脚掌触到河蚌即扎个猛子下去把它们捞上来。

小黑爱好河堤下的罅隙洞穴,那里是鳗鱼、黄鳝、螃蟹、鲫鱼、鳑鲏等的藏身处;大壮则去了河道中央,双脚踩水,上身不动,从容站立,平静注视西边水面。

那天,碧绿的河水温婉西去,脉脉深情。

大壮道:"队长,待会儿你看我们表演!"

"好咪!"一苇笑道,"快看,我搞了多少河蚌,你们得加油啦!"

"稳的,队长,你看,它们这就来了。"大壮伸手西指。

一苇瞧不出什么名堂,懵懂。

大壮道:"老大,你看西边水面上那些强劲的涌浪,还有无数高高露出水面的鱼鳍,那是白鲢群过来了! ——小黑,快过来!"

"这就来!"

一苇微笑着看他们表演。

龙河河道中央,大壮、小黑二人暂不作声,从容踩水,静静注视西边水面。

这帮天真无邪的白鲢浩浩荡荡地逆流而上,水面上乍现无数神气活现的大嘴巴,它们夸张地吞咽着,似乎龙河表面灼烫的水流里满是可口的食物。

近了……更近了……

逼近了……到了!

白鲢的先锋部队就要掠过小黑和大壮了！

小黑和大壮齐声喊道："龙河妈妈，谢谢啦！"

大壮首先从水中跃起，抢起铁拳，往当头的白鲢脑袋上一捶。那鱼登时蒙了，直僵僵地往水下斜漂。大壮赶紧伸手捞住，往嘴上一叼，继续。

这下可热闹了。顿时，无数的白鲢跃出水面，展"鳍"飞翔，在空中画出炫目的银色弧线，入水，再飞起……

大壮和小黑各奋其勇，一记记重拳擂打那些刚刚入水的白鲢脑袋，再一一捞起……

水面沸腾了，水雾迷蒙。

一苇被眼前这幅壮美的图画折服了，喝一声"吾亦来也"，将船推动，直入鱼阵。那些鱼儿极为配合，不少直接跳到舱内。

小黑、大壮笑道："还是老大手段高明！"

一苇也暂时弃了船，跃起，抢起铁拳，自上而下一击，一条鱼到手了……

五分钟后，鱼群过尽，三人凫在水中，手搭船舷小憩。

大壮问："队长，痛快不？"

小黑道："爽啊，好比和媳妇干了一场！"

一苇正要说话，突然西边传来人声："喂，捉鱼的，过来，过来，过来啦！"

水警船上，一着制服的中年男人正冲这边连连招手。

小黑回道："我们又没犯法，不去不去！"

"我们要买你们的鱼……"

"不卖不卖，我们回家自己吃。"

三人翻身登船，麻利地穿上短裤，小黑拿起竹篙作势掉转船头。

艇上那制服男扭头冲舱内嚷嚷道："王老爹王老爹，渔民们要走了。"

舱里的人一下子全出来了。

为首的矮胖老头喊道："捉鱼的弟兄们，我是东门水警队队长王豪，鄙人保一方平安，从不吃白大，你们可以四下打听一下我王豪的声名！你们尽管往这边靠过来，我买你们的鱼！"

"真不吃白大？"

"我以人格担保。"

王豪掏出一沓票子，当空扬了扬，道："我王豪说话算话！"

小黑把船大大方方掉了个头，慢吞吞往水警船那边靠过去了。

大壮对一苇道:"老大,快躺下,你太惹眼了!"

一苇哑然,摇摇头,微笑着躺到甲板上。

大壮还不放心,见船头有一摊黑油油的河泥,捞起来,就往一苇脸上一抹。一苇也捞起河泥往大壮脸上抹去,也抹他一个大花脸。二人闹成一团。

远远地,王豪议论道:"大家看看,这些年轻人个子杵得比天高,可还都是孩伢的心思,还只知耍子(方言,玩耍的意思)!——那个撑船的,我熟识,上次他也卖了水产给我们,人蛮活络的,可就是生计无着……"

小黑悠悠然把船靠上了水警船。

一苇和大壮也不闹腾了,二人静躺甲板上,眯缝着眼睛。

这时,起初喊船的那个穿制服的男人说话了:"你们这几个水鬼怎么这么没礼貌,见到我们王老爹也不打招呼!"

小黑躬身,抱拳道:"王老爹,多多关照!"

王老爹笑道:"客气了!"

一苇和大壮只好爬起来,躬身抱拳道:"王老爹好。"

"客气了,客气了! 我王豪今天手气好,赢了几文,晚上做东,你们这船水产我全裹了,现钱给你!"王老爹慈眉善目,伸长脖子往这边船舱里瞄了瞄,遂递出两张票子,笑道,"我没欺负你们吧?"

小黑道:"老爹诚乃菩萨转世,小的感激不尽。老爹,这船货卸哪里,卸你们艇上吗?"

"这哪成,把艇弄脏了,县长老爷的'正宫娘娘'坐艇时又要发飙了。那'娘娘'脚掌没手掌大,走起路来一崴一崴的,风一刮就倒,鼻子却比猎狗尖……我看,还是请你们帮我送到城里悦江楼饭店去……"

"王老爹,请恕小的难以从命。现在谁都知道进城要查这查那的,军警要扣住个谁还不是随他们性子啊,到时候再让家人花钱来捞,我们卖鱼这点收入,可真不够捞人啊……"

一年轻水警道:"别废话了,我们的人带你们进城,不就成了吗?"

小黑做为难状,道:"别别别,家人还在等我们回家吃饭呢,久不见我们回去,没准还以为出什么事儿了。哎,如今这世道,行船打鱼的人家能有几户活得周全……"

"我看,这样吧,今天你们仨就辛苦一下,我王豪记你们好处! 今晚我要请局座吃饭,他最爱吃白鲢头了,一人干五只都没问题! 我担心,悦江楼的河鲜肯定是上午采购的,今天气温高,肯定养不住!死鱼煮出来,眼珠子凸凸的,局座一看又要摔碗摞盆骂娘了!你们这鱼好,真正的'起水鲜'!最近局座压力大,吴侯县长昨天又叫他过去了,限期将城内共党分子一网打尽。他肯定又要把任务下达给我们,可我们哪敢捉共党,共党报复心太强了,只好多多讨好局座,求他高抬贵手。几位大兄弟,我王豪和你们约定,最近几天你们多捉点鱼来,价钱我一定给得高高的!时局不稳,及时行乐,几位大兄弟还是帮帮老哥吧!"

小黑道:"求财第二,安全第一。弄鱼不难,但是进城的话,你要派人保护我们……"

王豪道:"由小张带队,你们安心。"

小张道:"王老爹,我这就带他们去。"

王豪颔首。

小张登船,船前锁河铁链沉底,小黑正要摇橹西去——

船头,小张瞥瞥一苇和大壮,板了脸,说道:"把脸上、身上洗干净,别丢我的脸!"

二人只得扎入河中,扑腾几下,把身上洗净了,跃上船头,木船悠然西去。

小张又细细打量二人:大壮,高大粗壮,头大脸肥,却眉眼小巧,一副憨厚忠良相;一苇高大挺拔,国字方脸,目如朗星,玉树临风。

小张道:"这大个子长得还蛮出趓(方言,出色的意思)的,做个渔夫未免太可惜了!更惨的是,终年风吹日晒雨淋的,把好好儿一张小白脸给毁了……"

一苇笑道:"不怕哥哥笑话,小时候家里穷,没能读书,所以现在只能干些粗活儿!还是哥哥有本事,这身水警制服一穿,多帅气!"

"哎,这身制服帅是帅啊,怕的是我们穿不久长了。哪天共党得了天下,穷鬼就都升天了,而我们这些有过黑历史的人可就难混了……"

西行约一公里,再折向南,就是泰兴城北门水关。城墙横亘,门楼巍峨,水栅当道。

小张冲城楼上喊道:"楼上的弟兄,借道了!"

城楼上问也不问,立刻提了水栅,小船悠悠然进了城,前行数百米,靠泊西岸码头。

三人将鱼获用大筐装好,小黑和大壮抬上,登岸。小张前面带路,一行人很快到了悦江楼门前,原来悦江楼距离码头才一百多米远。

这当儿,悦江楼的女老板笑脸迎过来了,只见她身材矮矬,脂粉厚腻,双唇猩红,大红旗袍把身子裹得肉坨坨的。

看了大筐里的鲜活水产,女老板却板起面孔冲小张说道:"小张啊,这些鱼是啥意思?"

"是王老爹让我送来你处的。晚上,他要在此宴请大局长,你知道的,大局长最爱吃红烧鲢子头,正所谓'鲢子头,肉馒头'……"

"那我店里早晨就备好的白鲢头咋办?"

"这个嘛,待会儿王老爹过来,你自己跟他说……"

"这一大筐水产杂七杂八的,我这边可没人帮你们打理!"

"我们自己来,你们仨随我来!"

小黑嘟囔:"事儿真多,我们可没工夫在这儿磨蹭!"

小张低声道:"大家小心做事,这女老板是县长吴侯的姘头,我们局长也忌她三分。你们今天暂且辛苦一下,就当是帮兄弟一个忙!过会儿等王老爹过来,我让他打赏你们仨……"

小黑将目光投向一苇,一苇颔首。

小黑和大壮抬着大筐,随着小张往后厨去。一苇殿后,左顾右盼地,将酒楼的布局熟悉了一下。

一共三间店面,二层砖木建筑,装修简朴素雅。门厅内正对大门的是一扇屏风,上面画的正是泰兴羌溪河风光,屏风上写有狂草"羌溪胜境",署名正是吴侯,并用了大红钤印。

一苇故作惊叹:"好画!"

女老板得意了,"袅娜"地"蛇游"过来了,道:"大兄弟,你可知这屏风是谁送的?"

"方今我泰兴的父母官——吴侯老爷!"

"眼光还挺准,县长老爷本尊今晚也会驾临敝店。我看大兄弟你一表人才,要不我帮你引见一下,向县长老爷讨份肥差……"

"谢谢老板,我只是个渔夫,如果能常年往贵店供货,我就感激不尽了,真不敢有其他奢望。不瞒您说,家有七旬老母,生病了,没钱请医生……"

"啧啧啧,大兄弟还真是个大孝子!既然你我相见相识,自是缘分不浅,姐啊今天就收你做义弟,以后你的水产姐全包了!"女老板的臃肿身躯"袅娜"贴过来,香水味浓烈。她居然踮起脚尖,伸手在一苇的腮上轻轻拧了拧。

一苇低眉顺目,做愉悦状。

女老板开心喊道:"春香春香,快给我大兄弟看茶。"

"来了来了。"

一苇道:"谢谢大姐厚爱,茶水就免了,我这就去后厨帮忙杀鱼。天快晚了,我们得赶紧回去……"

"大兄弟,别左一句大姐右一句大姐的了,那样把人家都叫老了,泰兴城里人都叫我'馄饨西施'……"

"馄饨西施好。"

"大兄弟好,你自便。"馄饨西施痴痴目送一苇去往后厨,眼窝里全是喜欢和不舍。

一苇去了后厨,厨师们正忙得不可开交,切的切,煮的煮,焯的焯,炒的炒……还有两个净菜阿姨也在忙碌。

小张、小黑、大壮择了一块空地,把大筐放妥当,蹲地上就要杀鱼。这时,一胖厨师却虎起脸,道:"要杀鱼不好去后院吗,那里地儿大!"

小张瞪他一眼,转身冲大壮、小黑、一苇道:"厮屎让他三丈,我们走!"

小张一撩门帘,四人去了后院。

后院挺开阔,北墙有后门,上了插销。后院正中植有一株古银杏,高矗云天,枝繁叶茂,胸围几需二人合抱。

树下有一口老井,老井北边即是一座净菜池。

三人继续杀鱼,一苇则去了后门,拔去插销将门打开。后门下是一条小溪,河水清澈。由于人迹罕至,没留码头,岸坡上杂草遍地。一苇捡了一块碎砖,往河里一扔,扑通一声,水柱激起老高,水波层层荡漾开来。一苇估计,这里水深应该在一米八以上,行船应该是没问题的。

一苇反身,复又关了后门。

小张道:"大个子,别偷懒,快帮我们做事!"

一苇道一声"这就来",又把院内扫视一遍。

围墙东墙根下是茅厕,那是无数绿头苍蝇嘤嘤嗡嗡大快朵颐的"餐厅"。

一苇估计全店也就这一处茅厕。

四人动手,杀鱼,剖蚌,再洗净,并不费多少时间。

小张把它们拎去了厨房。

一苇带着大壮、小黑正要挑门帘进去,忽听得吧台馄饨西施在招呼客人:"局长大人,里面请。"

"馄饨西施啊,你今天这身旗袍好像裁小了啊,只怕有的部位要撑破了……"

"你这老色鬼,就会贫嘴,其他没鸟用!"

"有用没用,馄饨西施,尔敢来试试,哈哈哈……"

"没句正经的,里边请。"

局长又道:"王宇正,这次你弃暗投明,赏金一次性给足了你,这段时间你的小日子过得可逍遥了! 不过,你给我们的承诺为何迄今无一兑现?"

"泰兴城哪一处共党窝点,我没来过?! 可是如今这些鼹鼠早已闻风而逃了……"

一苇透过门帘缝儿看去,为首一个穿了警察制服,肥头大耳,腰若水桶;紧跟他的那人三十上下,精壮魁梧,却满脸浊气,眼神闪躲,无疑此人正是王宇正。

正是"踏破铁鞋无觅处,得来全不费工夫",一苇一喜,又顿时紧张起来:1945 年的那个双十节庆典,王宇正应该也参加了,尽管那日海棠最为亮眼,可是他蒋一苇没准儿也已烙入众人记忆里了……

幸好二人绕过屏风,直接上楼去了。

现在,如何保全自己,并赚得王宇正这个大活人,成了一苇的大问题了。

一苇压低声音,扭头对大壮和小黑道:"刚刚王宇正上楼去了,你二人可曾看清他的模样?"

"看清了,这叛徒,就该被千刀万剐!"

"可是陈书记要活口儿,那可不容易! 我以前和王宇正一起开过会,我怕他认出我来……"

这时,小张从里面一撩门帘,道:"你们几个不是急着要回去吗,现在请便。"

小黑撩他:"张警士,你可真是贵人多忘事啊,刚刚还说王老爹会打赏我们,现在活儿干完了,就急着撵我们走,真是'狡兔死,走狗烹'!"

小张道:"这日子一天过不完的,往后你们进城,我水警队一定随时给你们大开绿灯。再说,这次你们也不吃亏,刚刚馄饨西施不是让你们明天还给悦江楼送货吗?"

一苇道："感谢张哥厚爱，告辞了，明天见。"

三人出门往码头方向去，一苇道："看来下次我得化装再来……"

小黑道："队长，我说句实诚话，以前的你白面书生一个，玉树临风，而现在的你呢，皮肤黑糙的程度不输我小黑，身上比我还邋遢，哈哈哈……不过为了队长的安全，为了顺利完成此次诱捕任务，我建议队长最好扮女的，而且还要施美人计。大家都说，队长先前说书时，'女声'特别甜，这次正好有了用武之地，哈哈哈……"

大壮道："甚好甚好，现在我们就去给'妹妹'买一套合身的衣服吧，哈哈哈……"

小黑道："鼓楼那边成衣铺比较多，走。"

一苇想了想，把草帽往头上一扣，压低了帽檐，随着大壮和小黑折向西行。

古时泰兴城建鼓楼报更，民国时拆建为中山纪念塔，四层四面，四丈八高，时为全城最高点。正面三四层之间设"天下为公"匾额，四层四面皆安有罗马数字钟，最上平顶中支铁架，悬一铜钟。每天晨昏六时，午时，有专人鸣钟报时。其钟声嘹亮，传闻全城及城郊。故，民间又称中山纪念塔为"钟塔"。残阳如血，将钟塔染红，此刻，钟声悠扬起来，铛——，铛——，铛——，铛——，铛——，铛——

钟塔北面即是孔庙，可是如今的它破败不堪，不少殿堂已经倾圮。原来日据时期，日军驻扎在内，横加破坏。日军撤离前，又曾在内焚烧物品……

街上行人寥寥。

陈记成衣铺。

店主热情地接待了他们。

一苇道："我有个妹子，个子和我差不多，在乡下不敢进城，怕兵痞子，就托我买两身衣服，也不要旗袍什么的，就那种穿着能干活，还不招人眼的衣服就好。"

"明白明白。只是你妹子个子太高了，我店里适合她穿的衣服还真不多。她胖不胖？"

"和我身材差不多。"一苇"妖娆"地旋了一圈。

小黑和大壮爆笑。

好不容易，老板给一苇挑到了两套长大的素净衣服。一苇穿上，"袅娜"旋身,再一回眸,两眼"放电",果然又"娇"又"俏"。

大壮和小黑再次爆笑……

他们的小船原路返回,出得北门水关,折向东,这时水警队的汽艇迎面而来。

王豪腆着大肚皮,双手叉腰仁立船头,见到他们客气地挥手作别。

小船逶迤向东……

第二天下午,龙河游击队的战友们早早往他们小船上备好了鱼虾蟹等,三人又驾船向泰兴城进发了。

这次,一苇完全是村姑打扮,碎花短袖,长辫粗又长,静坐船头,身材窈窕,明眸善睐。

大壮和小黑轮番摇橹,那船顺风顺水,很快又到了水警设卡处。

汽艇甲板上,小张迎出来,笑道:"刚刚王老爹还在念叨你们,果真是'说曹操曹操就到'!——王老爹,打鱼的今天又来了!"

王豪立马丢了牌九,出来了,说道:"昨天局座吃得非常满意,吩咐今天无论如何得弄个全鱼宴,我都答应他了,生怕你们今天不来。今天都有什么好货?"

"王老爹你可识货?"小黑拎起一只毛脚蟹,那蟹发脾气了,铁钳乱舞。

"这不是溪桥的毛脚蟹吗?只是现在吃的话,恐怕里面还没有黄膏……"

小黑忽悠他道:"王老爹,你这就不会享受了,现在,这毛脚蟹不管有黄没黄,味道天然鲜美,都适合拿黄桥高粱烧腌上一星期,生吃,美着呢;也可腌上数小时,上笼屉蒸熟,蘸姜汁醋,娘啊,那个鲜啊,真正是打嘴巴都不肯丢的啦!只是这些蟹打洗起来麻烦些,所以我把表妹带来了……"

"就她吧。"老王头上下打量"妹子"。

一苇"娇滴滴"地躬身问候:"王老爹好,我叫秀英,多多关照。"

"这丫头长得蛮清秀的,有婆家了没有?"

小黑道:"个子这么高,找对象却犯了愁!昨天我们船上那大个子就是她亲哥。还不是因为家里穷,哥哥找不着对象,我姑母就巴望着和谁家结个交门亲,可一时半会儿的,还真没寻到合适人家……"

"往后我来帮秀英物色物色。其实未必要结交门亲的,只要姑娘嫁得好,狠狠敲夫家一笔彩礼,他哥的彩礼钱不就有着落了吗?"

"秀英"道:"王老爹王老爹,你赶紧打住,榨干我夫家,岂不是要推我入

319

火坑,不干不干!"

"真是'女生外向',不过这丫头倒也算有几分头脑。——小黑,没喊错吧,这批货,我全裹了,你们还是赶紧送去悦江楼。钞票这就多多给你,反正这次是王宇正那冤大头付的款。"

"还是王老爹豪爽。不过,悦江楼里用餐的净是些泰兴大人物,那个馄饨姐谱又大,我们乡下人真怕去……"

"我还是叫小张带你们去……"

"勉强勉强。"

"下次你们要进城的话,可以从我这里拿两套水警制服,可惜你俩穿上去都不像,昨天那大个子倒可以一试……"

"他那身子细麻秆一样,虚得很,昨晚甫一回家就直嚷嚷腰酸背痛的,我姑母今天又要派他来,他死活不肯,真是烂泥扶不上墙!我姑母只好另派妹子来了,这样也好分一股给她家……"

"大家都亲戚,理当相互帮衬。时间不早了,你们快去快回吧……"

又走了一公里水路,折向南,过水栅,众人上了码头,大壮和小黑将大筐抬着。

小张转身对"秀英"说:"丫头,你这么高大个子,我们矮个子男人和你站一块,头都抬不起……"

"秀英"白眼:"有些人个子不高,说的废话一会儿就堆老高老高的,还不累!"

小张尴尬无语。

小黑道:"张警士,我跟你说,我这'妹子'是个驴脾气,你少招惹她,哈哈……"

"好好好,怪我话多了……"

进得悦江楼,众人见到馄饨西施正板着脸在吧台端坐。

小张道:"馄饨西施,王老爹今晚宴客,全鱼宴,就用这些食材。"

"自己到后院处理去,这老王头现在任性惯了,我店里的江鲜海货吃不得他,呸!"

四个人往后院去。

馄饨西施眼一亮,道:"哟,今天换人了,帅小伙换成了一靓妹……"

"馄饨西施好,我是他妹妹。"

"嗯,肯定是一母所生,兄妹俩长得一般俊!丫头,今后你就来我店里

320

帮工吧,来客了,递茶倒水,闲了,陪我嗑瓜子,拉呱,工资是净菜阿姨的两倍!"

小黑道:"馄饨西施,衷心谢谢您,不过我可不敢把我'表妹'扔这里……"

"这里不好吗?"

"这里什么都好,可就是人不好……"

"怎么会呢,来这儿的可全是泰兴有头有脸的人,县长老爷也常来啊……"

"我'表妹'这么水灵,那些大老爷看到了,还迈得开步子?!"

"哈哈哈,这倒是的,男人得了便宜还要骂'红颜祸水'!——丫头,你若跟我馄饨西施后面混,肯定不会差!"

"这……""秀英"故作扭捏,"别问我,我妈做主,嘻嘻……"

小黑道:"'妹子',你这就告诉表哥,你究竟想不想在这儿打工?"

"秀英"娇滴滴说道:"嗯。"

小黑和大壮竭力忍住笑。

小黑道:"你就在这儿试几天工,如果感觉不好,就跟表哥说,反正我们每天都进城的。不过不管多晚下工,你一定得归家……"

秀英道:"嗯。"

馄饨西施道:"这妹子真乖巧!——妹子,你下工后我可以让水警队用汽艇送你回去,明天你最好把你哥也请过来……"

小黑道:"馄饨西施,不和你瞎掰了,我们杀鱼去也。"

馄饨西施则带着"秀英"上了二楼。楼道逼仄,二楼也只仨包间,均不甚宽敞,但窗明几净,装修素雅。

馄饨西施道:"这居中的主包每天都得留着,没准儿啥时候县长老爷就又过来了。今晚,你就在这楼上侍候……"

"好咪。"

"你会拖地吗?"

"还真不会。"

"我来教你,你先下去拎桶水上来……"

"秀英"照办……

小黑他们先回去了,"秀英"留下了,现在"她"是悦江楼一名低眉顺目的女工……

晚上,悦江楼上下红灯笼竞放,吉庆得很。

如今的世道,能在悦江楼订座的显然不是等闲人,无非泰兴的军政要员,以及那些和他们沆瀣一气共发国难财的商人。

王老爹和局座一班人坐在二楼最东首那间,这次是王宇正会东;中间主屋坐的正是吴侯县长一班人;西边一间尚且空着。

馄饨西施带着"秀英"殷勤为县长老爷们服务。

县长老爷坐北朝南,矮墩粗壮,面庞肥大,眼袋很重,皮肤白腻如洋面。此刻,县长老爷却板着脸,耷拉着眼皮,也不举箸动杯。

馄饨西施道:"丫头,你看县长老爷今儿喝酒兴致不高,看来是你服务不到位哦,你要学会为县长老爷托杯,来,似我这般——"

"秀英"也如她那样,双手端起小盅,"娇俏"地扭动腰肢,"袅娜"地将杯酒敬到县长老爷唇下。

众人起哄:"妹子,今儿就看你有没有能耐让县长老爷把这杯酒一口闷了……"

县长老爷的脸色登时活转,小眼睛陡然放亮,傻乐,候着。

"县长老爷,您是父母官,今天是小女子第一次上工,即有幸遇上您,敬请多多关照。""秀英"一脸"真诚"。

众人戏谑:"县长老爷,你可不能辜负人家,人家初来乍到,清新得很啊!"

县长老爷却又板起了大脸,道:"我岂会看不出?!此情此景,我现在突然联想起了一位佳人……"

秘书问道:"老爷,哪位佳人如此有福啊?"

"罗敷是也。"

"此话怎讲?"

县长老爷的公鸭嗓唱开了,肥大脑袋如提线木偶般左右摇动:

"日出东南隅,照我秦氏楼。秦氏有好女,自名为罗敷。罗敷喜蚕桑,采桑城南隅。青丝为笼系,桂枝为笼钩。头上倭堕髻,耳中明月珠。缃绮为下裙,紫绮为上襦。行者见罗敷,下担捋髭须。少年见罗敷,脱帽着帩头。耕者忘其犁,锄者忘其锄。来归相怨怒,但坐观罗敷……"

众马屁精赶紧拿筷子敲击碗盆,还踏足以和。

唱到后半部分,县长老爷两眼发直,言语失速,脖颈僵硬,似吃了过量酒糟的蠢猪。

"罗敷"直泛恶心,但只能隐忍。

还是秘书最懂县长老爷,笑道:"老爷,现在卑职大概揣着了您的心意了……"

县长老爷道:"说来听听。"

"我猜,老爷该是在替秀英姑娘惋惜……"

众人嚷嚷:"张秘书,别卖关子,继续。"

"今天,老爷在这儿有幸结识了秀英姑娘,而秀英姑娘又甚讨老爷喜欢。你看她,皮肤黝黑,走路带风,那可是青春健美的标志啊!于是,老爷枯寂多年的心园再次逢春。可是,老爷今儿亦有不爽……"

馄饨西施道:"县长老爷啊,臣妾今天罪过大了,您快说说您今天哪儿不爽了?"

县长老爷却又作势板起了脸,牛眼瞪向天花板。

秘书道:"大家看看,秀英姑娘这精神气质绝非凡俗,可是这'秀英'名儿呢,就起得俗不可耐了!现在,我估摸,老爷有心赐名给她,就叫'罗敷',是吧,老爷?

"还记得老爷和我闲聊时,常常探究一个问题,古代那罗敷应该不是传统深闺女子那种面如皎月,肤如凝脂,香肩嫩滑,曲线玲珑的美,惜哉她们弱不禁风;老爷所激赏的罗敷之美,正是当下秀英姑娘这种野放田园的劳动妹子本色的美!故,今儿甫见秀英姑娘,老爷立马'春心荡漾'了,一如老爷当年于馄饨摊前初见馄饨姐,不禁动了情,遂赐名'馄饨西施'。不过,馄饨西施,今儿你可不要吃醋啊,老爷心里你永远是第一位的……"

县长老爷眉目舒展,拈须微笑。

馄饨西施扭捏腰肢,娇嗔:"县长老爷当年说我馄饨做得美,皮薄透亮,馅儿清香,又说我人如馄饨,日里夜里把人家哄得晕晕乎乎的……可是,如今县长老爷多久未尝我这'老馄饨'了,县长老爷心里可有数啊……"

座中又一人笑道:"馄饨西施啊,你得多份理解啊!县长老爷近来公务缠身,其实他日思夜想的全是你!——张秘书,你继续。"

张秘书道:"奈何今宵这良辰美景,于县长老爷亦只是虚设……"

"张秘书,别叽叽歪歪的了,直接讲……"

"老爷一定觉得今儿'罗敷'姑娘出场的氛围不对。诸位想想,这里虽是豪华盛宴,其实不免一个俗字……"

"此话怎讲?"

"'罗敷'姑娘的出场总得不俗吧,莫非诸君忘了《陌上桑》所言,'罗敷喜蚕桑,采桑城南隅'吗?那桑林该是多美啊,诚如古诗云'素晖射流濑,翠色绵森林'……"

这时,县长老爷冲动起来,一把擒住"罗敷"托杯的"黑手",他那陶瓮一般的矮胖身子倏然站起,陡生"顶天立地"气概,慷慨陈词:"贤妹这般女子,该是尘世的花朵。世间万般丑恶,却因卿而美好!作为一方父母官,我们必须担负起守望世间的责任。可惜啊,由于共党作乱,人民不能安居乐业。惜哉,我罗敷妹子亦不幸做了时代受害者,身为一县之主,鄙人难辞其咎啊,呜呼哀哉,呜呼哀哉,呜呼哀哉……"

"罗敷"做娇羞状,忸怩着把手抽出。

一马屁精道:"县长老爷,共党何足为患,隔壁房间王宇正就是一个典型,一点美人计、一点金和银就把他给彻底拿下了!现在,卑职都后悔,我们当初是不是开价太高了……"

众人狂笑。

"罗敷"也作势掩口而笑。

这时,有人轻轻叩门。

秘书道:"该是公安局沈局长他们来敬酒了吧,请进。"

门开了,沈局长一帮人受宠若惊,赶紧碎步上前向县长老爷敬酒。

"罗敷"给县长老爷双手奉上酒杯。

县长老爷不接,此刻再次作势板起面孔,"字字千钧":"沈局长,尔等剿共的进展太慢了,我一再严令尔等十日内肃清泰兴城内共党分子,可是尔等置若罔闻,迄今未见一项战果,这是何故啊?"

"报、报告县长老爷,我们也有客观困难啊,由于共产党怀疑王宇正投敌,第一时间撤离了城里的共党交通站人员……但王宇正说了,他正开动大脑机器,深挖泰兴城内其他潜伏更深之鼹鼠。所以,这一阶段,我姑且纵容他吃喝玩乐……"

"王宇正今天不是来了吗?你们赶紧把他叫来,我要当面训训话!"

这时,门口慢吞吞转过王宇正,怯怯地端了一只小酒盅,那酒盅晃荡得厉害,酒液不时洒落。

"县长老爷在上,不才王宇正给您敬酒了……"

"王宇正,尔能弃暗投明,我们自然热烈欢迎。但是,我看尔是诈降的吧,否则不会迄今毫无立功表现……"

"禀报县长老爷,我也曾经带队全城搜捕共产党泰兴交通站人员,可到处人去楼空。但是守城国军队伍里面的共党内奸迄今无暇逃窜,我倒可以检举一个……"

"谁?"

"泰兴城南门守卫营李营长,他一直在为共党刺探我方情报……"

"好好好,表现尚可! 不过,尔所言是否属实,还有待进一步查证! ——尔今后当作何打算?"

"泰兴城内安定,我王宇正无用武之地,但城外是一片广阔天地,我要上阵杀敌,不负县长老爷知遇之恩……"

"前几日,姚王庄一战我军损兵折将的,却无一斩获,正是尔把我军带入共党伏击圈! 如此'重大立功表现',我怎可再次准许你出城自主行动! 不过,尔弃暗投明,委实开了一个好头,我希望,自尔往后会有万万千千个王宇正前来为党国效力! ——来来来,大家一起干了杯中酒,从此众志成城!"县长老爷接了酒杯,一口闷。

众人"豪气干云",一饮而尽。

沈局长一帮人唯唯退去,谄媚的表情令"罗敷"恶心。

秘书道:"'罗敷'姑娘,今天是你上工第一天,即遇县长老爷对你恩宠有加,足见你福星高照,所以今日即可视为你的重生日。是故,你应该真诚敬老爷一杯……"

"罗敷"低声说:"我妈不让饮酒。"

"这里是泰兴城,你妈管不着你了,你爱咋干就咋干!"

"罗敷"端杯,杯子却如少女心怦怦乱跳。"罗敷"口吐莺声,说道:"小女子敬老爷一杯!"

"好好好,我的美人儿!"县长老爷骨头一下酥了,将酒一口闷了,又得胜似的将杯口朝下,示意滴酒不洒,而他色眼内欲火熊熊。

"罗敷"也干了杯,却故作被酒呛了的模样,连拍胸口,连着咳嗽。

馄饨西施一把搂过县长老爷肥头,贴耳低语:"这丫头乖顺,又没见过世面,焉能逃得出县长老爷的五指山,且假时日,且假时日……"

吴侯老爷眼若瞪羚,仰面长啸,十指大张,仿佛手握乾坤在转。

馄饨西施又对"罗敷"说道:"'罗敷'姑娘,这刻你也别闲着,赶紧随我到隔壁屋斟酒去。"

"是。"

此刻,县长吴侯的脏手已经乘隙摸向"罗敷"臀部了,幸好"罗敷"反应快,"娇俏"的一个侧身,端着酒杯疾走。

吴侯的肥手落了个空,停在了空中,却不恼,兀自傻笑道:"有趣有趣!"

众人哄笑,鼓掌……

隔壁包间,局长大人和王宇正把酒言欢。

一见"罗敷"进来,王宇正就失态了:"'罗敷''罗敷',快到哥这儿来!"

馄饨西施骂道:"你王宇正现在是狗坐轿子——不识好歹了! 县长老爷瞧上的,你也敢调戏?!"

王宇正一脸窘迫。

"罗敷"圆场:"我来给各位爷斟酒了。"

"罗敷""袅娜"地为众人一一斟酒。

馄饨西施道:"局长大人,老王头,各位爷,承蒙捧场,不醉不归,干!"

众人干杯。

"罗敷"再斟。

给王宇正斟酒时,"罗敷"莺语:"哥哥好喝。"

王宇正受宠若惊,道:"一定一定。"

……

宴罢,宾客散去。"罗敷"利落地把餐具收拾停当,向馄饨西施告别。

夜色浓重,树影憧憧。

老王头的水警船已在码头候着了。

"罗敷"正要登船,不意码头上的小树林边忽然鬼祟转出一个人来,竟然是王宇正。

"罗敷姑娘,请稍等,我有话对你说……"

船头,老王头瞅着王宇正皱起了眉头。

"王大哥有何指教啊?""罗敷"却笑吟吟的。

"妹子,我看县城完全是个虎狼窝,以后你就不要来这打工了。如果缺钱,可以和哥知会一声,哥不差钱!"

"无功不受禄,谢谢。天色不早了,我要回去了,我妈在家盼着呢……"

王宇正黏黏糊糊,还要说些什么,老王头远远抛来一句话:"王宇正,你就此作罢了吧,赶紧的,明天还要公干呢!"

王宇正只好悻悻离去。

"罗敷"登上汽艇,汽艇亮开大灯,劈波斩浪东去……

千年泰兴城墙依旧坚固巍峨,不知耗费了历朝历代多少民脂民膏。如今,国民党守军更在城墙上新建不少钢筋水泥碉堡,国军士兵荷枪实弹,探照灯扫来扫去。

"假如陈玉生司令挥军前来攻城,哪儿才是最佳突破点呢?"向北行进三百米左右,一苇发现东边城墙上自东门至北墙拐角这一段几乎不见岗哨,也无碉楼。看来敌人自恃城墙高峻坚厚,只注重了四门防守,而对各段城墙其他部位的防守显然不以为意……

船舱内。

老王头开口了:"丫头,听王叔一句劝,你明儿万万不要再来这里上工了,王宇正说得没错……"

"谢谢王老爹。"

"以后还是让你兄弟来……"

"好的。"

"还有,你少和那个王宇正往来,那小子注定活不久长的……"

"为什么?"

"因为他是共产党的叛徒。共产党的部队马上北撤,有一批黄金交他押运,他却引来国民党的部队伏击了他的战友们……现在,他在国民党这边天天吃香的喝辣的,看似日子好过,其实命悬一线,因为共产党的锄奸队正日里夜里地搜捕他!吴侯县长也最为憎厌这些反水的人,暂留他一条性命,只是因为他尚有利用价值……大妹子,请原谅我老王头,不能把你送到溪桥,那儿有个鬼门关,陈大龙他们似乎每天时时刻刻都在那儿设伏,所以只能送你到溪桥的前站——河失了……"

"谢谢,明天我让我哥给你送鱼来,还有家酿的高粱酒……"

"好咪,我正在帮你哥张罗对象呢。"

十公里水路一会儿工夫就赶完了,"罗敷"登岸。

河失水警队驻地。岸上岗亭外,一执勤的水警队员正大敞制服,靠墙坐着打鼾,脚下燃着一枝菖蒲驱蚊,长枪也扔在一边。一苇悄悄走过他。

岗亭南的营房里,躺着一地的水警,鼾声如雷。靠墙,整齐竖放着七八条长枪,还均是崭新的三八大盖。

"罗敷"馋上枪了,蹑手蹑脚进了屋,悄悄拾起一把把长枪,肩上背,手上拿,就出了门……

第二天下午,一苇、小黑、大壮三人又从水路进城了。

327

一路顺风顺水,毋庸赘述。

两个半小时后,泰兴城北门水关,门岗见是他们仨,问也不问就提了水栅放他们进去。

码头上,一苇大摇大摆地登岸,小黑和大壮打着号子抬鱼筐随后。

悦江楼。

馄饨西施见是一苇本尊亲自来了,立马笑逐颜开:"盼星星盼月亮,终于把我的梦郎盼来了!"

馄饨西施又招呼厨房:"快来人,赶紧把这些水产拿去收拾好。——你们几位安坐就好。"

小黑俏皮:"馄饨西施,今天我们可是受宠若惊啊!"

馄饨西施冲他啐一口,道:"别贫嘴,我又不是看你面子! ——春香,看茶!"

馄饨西施又兴冲冲跑到吧台内,打开橱子,拿出一只精致的小盒子,冲一苇说道:"昨天,一个上海来的假洋鬼子给吴侯老爷送了一大包礼物,'经手人不穷',我就短了一件下来,我料你肯定喜欢……"

馄饨西施打开了盒子,竟然是一副精致的墨镜。

一苇自然十分喜欢,可是他连连推开馄饨西施的手,说道:"使不得使不得,无功不受禄!"

大壮和小黑见状,连忙过来,二人齐心协力将一苇按坐,又反扭住他的双臂。馄饨西施麻利地给一苇戴上墨镜,还捧着一苇的脸庞细细端详,忘情说道:"好俊的郎君!"

小黑和大壮松手,小黑道:"馄饨西施,你喜欢他你就拿去吧,反正我们不要!"

"老娘养得起他!"馄饨西施作势来搂。

这时,门外传来一声佯咳嗽。

馄饨西施松手。

一苇透过墨镜一瞧,正是王宇正,幸好此刻他有这副墨镜遮颜。

王宇正阴阳怪气问道:"今天那'罗敷'姑娘来了没?"

馄饨西施没好气地说:"人家不敢来了,说是泰兴城里色狼太多了。"

王宇正冷笑道:"我再怎么色,在泰兴城肯定还排不上号,哈哈……"

馄饨西施白眼。

"兄弟,这墨镜不错,借哥要要。"王宇正发现一苇的墨镜酷炫,伸手就来摘。

馄饨西施断喝:"王宇正,别在老娘这儿撒野,这墨镜是老娘刚刚送给他的,你哪只手摸了它我就剁你哪只手!"

王宇正双手僵在空中,脸色乌青。

一苇"圆场":"这位仁兄,我是'罗敷'的哥哥,我妹昨日回家一再念叨你的好。可是今日我妈再不肯让妹妹过来了,兵荒马乱的,哪有女孩子抛头露面的道理呢? 承蒙惦记,诚邀寒舍一叙……"

王宇正趁机下坡:"还是哥哥客气,在下一定择日登门拜访!"

一苇故意喊道:"小黑,鱼称好了吗? 我们马上就回。"

小黑答道:"好了好了,这就走!"

王宇正道:"你们有自家的船?"

"破船一条,在龙河里捡的,修修补补,幸好还堪用。这位兄台,如蒙不弃,可以搭我们的破船,免费欣赏龙河风光……"

馄饨西施却冷笑道:"你就是借他一万个胆子,他也不敢私出这泰兴城,听说共产党的锄奸队正日里夜里地全境搜捕他。再说哦,没有吴侯老爷上谕,谁肯私放他出城……"

王宇正懊恼。

一苇与他拱手作别,道:"兄台,告辞。"

馄饨西施送出来,道:"鱼款先挂着,明天还来啊。近来吴侯老爷心情欠佳,何以解忧,唯有'鲢头'……"

"明日下午我们争取过来。"

三人往码头去,王宇正一直躲躲闪闪跟在后面,距离二十几步远,几次欲言又止……

三人佯作不知,继续赶路。

码头到了,王宇正终于憋不住了,喊道:"兄台,暂且留步,在下有一事相求。"

一苇反身等他,道:"不必客套,能帮则帮。"

"兄台,拜托您赶紧设法把我弄出去,我要到乡下隐居,我给你们钱!"王宇正把一沓票子强塞到一苇手中。

一苇递还,王宇正坚辞不收。

一苇只好"笑纳",思索片刻,道:"弄你出去也不难,明天我们从老王头那边开张通行证带给你,以备不时之需,我们带你从北门出,北门的陆上守卫对我们眼生,你正好杂在我们中间混出去。不过,那可是有风险的,万一你被门岗识破,我们也就栽了……"

"富贵险中求,总得试试! 那我明天还这个时候到悦江楼附近守你,届时我就不进悦江楼了,那臭婆娘嘴太臭……"

"好的,一言为定。"

三人下码头登船,王宇正目送他们,一脸愁云惨雾,又满怀热望。

小黑驾船,往北,出得城来,再折向东,渐渐靠近了东门水警队汽艇。

甲板上完全不见人影,水警们一定又聚在舱内打牌九。

老王头正好是损家,见他们的木船过来,就出到了甲板上。

龙河水脉脉奔流,蓝天白云倒映其中。

众人道:"王老爹好。"

老王头憨厚地应道:"好好好,伢儿们辛苦了! 我老王头给你们介绍的财路还行吧?"

"行是行,可是明天我妹子也要来,女孩子家最怕门岗上当差的故意刁难……"

"这又有何难,我给你们填四张特别通行证,就写作水警队的暗探,你们不就都畅通无阻了。"老王头转身冲艇上喊,"小张,给他们填四张通行证,盖上我水警队大印,赶紧的!"

"王老爹诚乃菩萨转世,万谢万谢!"

……

水警队的汽艇渐渐离得远了。

一苇道:"明天只许成功不许失败。大壮,你晚上务必通知到陈大龙队长,明天黄昏让他到溪桥与河失的交界处接应……"

第二天下午,三人照常往县城进发。和风惠畅,大壮和小黑轮番摇橹,一苇则戴着那副墨镜酷酷地躺在甲板上,赏蓝天赏白云。

经过城东水警队时,一苇特意把船靠上去,送上二十多只煮熟了的咸鸭蛋,一包油炸花生米,以及一坛高粱烧。

老王头很开心,立即吩咐拿碗筷来……

三人依旧从北门水闸大摇大摆进了城。

果然,在码头上方的树林边,幽幽然,又转出了王宇正。

一苇把特别通行证朝他脸上一晃,道:"少安毋躁,先容我们去悦江楼把这河鲜换了钱。"

"赶紧的赶紧的,天晚了这城门口就更紧了!"

"你来帮我们抬货,大壮,你先把船撑到北门外候着。"

王宇正犹豫了一下,还是赶紧过来帮忙。

河鲜不多,担子并不重……

悦江楼。

馄饨西施见王宇正居然也在帮忙,哂笑道:"今儿太阳打西边出来了吗? 连王宇正'老爷'也保持'革命本色'了,哈哈哈……"

王宇正脸色乌青,隐忍不发。

一苇道:"馄饨西施啊,你有所不知,王哥和我交过心了,他本来也出身贫寒,小时候放过牛,长大了还是干庄稼活的好手……"

"啧啧啧,大兄弟啊,你对王宇正了解太少了,你信他的鬼话你就信去吧!"

一苇故作不解。

王宇正乘她转身,狼一样冲她后背龇牙,还做了一个抹脖子的动作。

小黑一个人把鱼筐捧进了厨房。

馄饨西施道:"明天一起结账吧。"

一苇道:"可以可以,那我们先走了,我还要去给我妹子采办点东西……"

"自便。王宇正,你过来一下!"

王宇正一脸难色,但还是堆起笑容缓缓走过去了。

馄饨西施道:"王宇正啊王宇正,现在不少人怀疑你是诈降了,你得小心你项上吃饭的家伙……"

王宇正慌了:"馄饨西施啊,您知道的,我早已弃暗投明,心昭日月! 您就是大慈大悲救苦救难观世音菩萨,您快救救我啊!"

"可是,泰兴城内数万人中,你为何迄今揪不出一个共党分子? 而且,你居然诬陷南门守卫营李营长是共党,现在上头正在重新审视你'投诚'的目的……"

"还不是因为共党反应迅速,早早通知交通员们撤离了……那、那个李营长一定是共党的人,在共党那边我多次见过他……"

"别再胡扯了。县长老爷已经查证了,李营长是国军谈判代表,焉能不深入虎穴! 老娘觉得,为今之计,你必须将功赎罪……"

"怎么个'将功赎罪'?"

"那就是主动领兵去攻打赤化区,攫取军功……"

"前几天,我也曾随军攻打姚家庄,可是反中了共产党武工队的埋伏……"

"唉,王宇正你可真是倒霉鬼,怪不得军警们现在个个恨不得当即弄死你!昨晚,在吴侯老爷面前,我又帮你说了一大堆好话!老爷还一再质问我,王宇正那小子究竟给了你多少好处……当时,我太尴尬了,我就实话实说,啥好处也没有,王宇正如果懂事的话也该送我副手镯了,你看,人老了,这手就没了美感……"

王宇正道:"馄饨西施,全仗您今后多多美言,我这就给您买去。"

馄饨西施咯咯笑道:"随你。"

王宇正转身就走。

一苇在前,全听到了,边走边笑道:"宇正兄,有馄饨西施护你,你万事勿忧,再见!"

王宇正快步跟上,低声哭求:"这帮吸血鬼一直瞄着我所得的赏红,这才多久,我所得的赏红就快被他们压榨完了,现在,他们又在打我私吞的共产党金条与钞票的主意……你快快救我出去,金条、钞票我们五五开!"

一苇道:"我看你相貌堂堂,就是做个平头百姓也好,结婚生子,尽享天伦之乐……"

王宇正道:"我也是这样想的,只愿这次能够逃出生天……"

小黑道:"表弟,我看,你就把秀英介绍给他得了,至少王兄是个有钱人……"

一苇道:"这世界还就钱他妈的能解万千惆怅!只是家中尚有高堂,我做不了主……"

小黑道:"王兄,我去和姑妈说亲,但是你总得让她老人家先合下眼……"

"那是一定,先逃出去再说!"

钟塔外表貌似无恙,实则其内部贵重物品早被洗劫一空,四座大钟停摆;而其北的孔庙更有不少屋舍彻底坍塌,令人睹物伤怀。

"这孔庙可是老祖宗留下来的,可惜可惜。"小黑道,"王宇正,你识字吗?"

王宇正道:"初中毕业。"

小黑道:"太好了太好了,我姑母择婿的标准之一,就是得识字有文化!"

王宇正赔笑,不时警惕地往后看。

"铛——,铛——,铛——,铛——,铛——",大钟报时。

王宇正震悚起来:"兄弟们,快走!"

三人急急往北门赶去,有商贩沿街叫卖凉帽迎面而来。那人身形和王宇正差不多,着肥大裤头,套无袖土布罩衫。

一苇示意二人止步,自己上前几步,截住小贩,道:"兄弟,我们是县公安局侦缉队的,正在执行紧急任务。现在,他与你换装,以后他这身新衣服就是你的了,可否?"

"真有这等好事,不许反悔!"

一苇道:"一言既出,驷马难追。"

王宇正先是苦瓜着脸,但求生的欲望顿时让他两眼放光,他赶紧在路边脱下身上崭新的衬衣、长裤。

卖凉帽的也利索地脱下自己的衣裳。

王宇正换上小贩衣服,那衣服上的臭汗熏得他几欲呕吐。

一苇示意他止住。

卖帽人转身欲走,一苇又伸手摘了他头上的草帽,往王宇正头上一扣,再甩给了小贩一张票子。

那小贩撒腿就跑,瞬间没影儿了……

泰兴城北门,门禁森严。

一苇打头,从从容容掏出三张通行证。

为首的执勤军官接过去,一一细看,道:"噢,原来是水警队的公差啊,这么晚还出城,莫非又去为局长大人准备明朝的全鱼宴?"

一苇冷冷回道:"话多。"

那军官讨了个没趣,将通行证递还给他,一挥手,众士兵慌忙搬开路障。

三人"昂然"而去。

出了城,三人往码头疾走,大壮及船等候久矣。三人纷纷跃上船头,还没站稳,大壮就把船撑开了。

王宇正回望巍峨城墙,顿生蛟龙脱困豪情,仰天长啸。

一苇赶紧拉他坐下:"前方还有东门水警队呢,你少得意!"

果然,前方五百米,东门水警队的拦阻索横架,王宇正赶紧躺到舱中。

继续前行四百米，一苇站上船头，把手卷成喇叭状，远远喊道："王老爹，请放行，天不早了，我妈等我回家吃饭……"

小张从舱内出来，登岸，摇动卷扬机把钢索沉下去，又急急回舱了。

舱内一定又斗牌正酣。

大壮摇橹，那船飞一般东去……

过了河失水警队地盘，王宇正完全放松下来，拱手道："三位兄台，你们就是我王宇正的再生父母，往后余生，我王宇正甘愿为你们赴汤蹈火，万死莫辞！"

小黑笑道："此话当真？"

"当真！如有违反，天打雷劈！"

"说这话的时候，你倒像个顶天立地的汉子，可你在馄饨西施面前咋就那么庈包呢？马上就要见到我妈了，你可千万千万给我长长脸！"

"可是我还没备份大礼呢。"

"我们乡下人找女婿关键是要'人材'好，又不是冲着你的钱财来的，哈哈哈……"

……

四人"逗趣"间，南岸芦苇荡里突然有人厉声喊："停船停船，载我们过河！"

一苇道："没空儿没空儿，天晚了，我们得赶紧归家，你们另外找船吧！"

芦苇荡里传来数声子弹上膛的脆响。

王宇正拉低帽檐，低声说道："不好，是陈大龙和他手下！这老爷子手上有枪，我们跑不掉！还是先靠岸为妙，载他们过河之后我们再走……"

大壮叹口气，假装顺从地把船靠岸。

陈大龙带着两个战士先后跃上船头，小木船一阵晃荡，接着两把二十响枪口就冷冷顶着了舱中缩着的那颗脑袋。

王宇正慌了："陈队长，你并不认识我啊……"

"你化成灰，我也认识你——王宇正！"

王宇正猝然跌倒，凉帽滚落龙河，哀号："我中计了！"

……

同月月底，王宇正在河失北边的印家院被公审枪决。后来，泰兴江海公司在分区指派武装护送下，将那失而复得的近三千两黄金安全转移到台北（今盐城市大丰区），上交党组织……

3. 生擒水猴子

那个黄昏,王宇正终于被五花大绑押去了龙河北。临下船,陈大龙和一苇、小黑、大壮三人一一握别:"热烈祝贺你们圆满完成此次诱捕任务,你们呢给我大龙长脸了,我即刻上报县委、县特委、苏中军分区,为你们仨请功,为我们龙河游击队全员请功!希望你们仨戒骄戒躁,再立新功!"

三人立正敬礼:"是。"

目送着陈大龙一行人渐渐融入北岸青纱帐,大壮撑船回南岸。

小黑道:"队长,今晚咱们得弄点革命小酒庆祝庆祝!"

一苇道:"好咪,我做东。"

大壮道:"小黑啊小黑,你咋就这么嘴馋呢!"

船才往南行了十米远,陈大龙手下一年轻战士急匆匆折返北岸,喊道:"一苇、大壮、小黑同志请速速回头,大龙队长有犒劳给你们!"

大壮道一声"好咪",赶紧掉转船头。

那战士在岸上大声说道:"是黄桥肉渣,你们喜欢吗?大龙队长说了,你们如果不喜欢就让我全部带回……"

小黑回道:"喜欢喜欢,一千万个喜欢。我们船上高粱烧现成儿,正缺下酒菜呢!你也留下来吧!"

"军务在身,恕难从命。大壮,留点高粱烧,咱们庆功会上喝!"

小黑登岸,喜滋滋地接过一鼓囊囊的黄纸包,那纸包早已被所装肉渣的油脂洇透了。

小黑掂了掂黄纸包,足有二斤重,笑道:"谢谢兄弟,大龙队长真慷慨!"

"免谢,告辞。"

小黑登船,把那黄纸包往一苇鼻下一凑,道:"队长,你闻闻,香不香?"

一苇笑道:"你说呢?"

小黑再把那黄纸包往大壮鼻下一凑,道:"大壮,你闻闻,香不香?"

大壮也笑道:"你说呢?"

小黑又把黄纸包往自己鼻下一凑,自问:"小黑,你闻闻,香不香?"

"你说呢?"小黑埋头,将鼻子贴在黄纸包上,反复地嗅闻,自言自语,"真他妈的香啊,比老婆都香!"

一苇和大壮笑出了泪花。

335

小黑道："队长，咱们就在这龙河上开怀畅饮吧，把胜利的喜悦与龙河妈妈共享。吃完了再痛痛快快洗一遍，回家时清清爽爽的，老婆也喜欢……"

大壮骂道："死小黑，哪壶不开提哪壶！"

小黑一吐舌头："队长，对不起！"

一苇淡然一笑："大家不必拘谨，今天不醉不归，拿碗来！"

那船就在河心抛了锚，有节律地随波动荡。

这时，满天星辰倒映水中，在阵阵涌浪中活泼地跃动。

哗哗哗……

哗哗哗……

哗哗哗……

小黑将高粱烧倒了三海碗。

三人端碗在手，跪下，齐道："龙河妈妈，感谢您的护佑！"

三人一齐沥酒于河。

三碗酒激起了三朵白亮的水花，又瞬间湮没。

小黑又双手捧起一捧肉渣，跪着献给了龙河妈妈。

肉渣入水，咚咚咚……

小黑再给每人倒满一碗酒。

一苇端碗，再次默默沥酒于河，眸中泪光闪烁，然后道一声"满上！"

小黑赶紧给他满上，一苇喝一声"干！"转眼将碗中酒一饮而尽，却泪飞如雨。

小黑和大壮没留意，连道：

"干。"

"干。"

……

小黑扔嘴里一块肉渣，一嚼，肉渣酥酥的，脆脆的，香香的，肥而不腻，瘦而不柴。

小黑忘情："这黄桥肉渣真他妈的香啊！"

大壮道："等战争结束了，咱们啥也别干，就养猪，宰猪，炸肉渣；就开荒，种高粱，煮烧酒！队长，小黑，咱们仨合伙干！"

队长不吭声。

小黑问道："队长，等战争结束了，你想干什么？"

336

"回刁家网。"

大壮道："小黑，你呢？"

"我想生一大堆娃，全要男娃，我要带他们到龙河妈妈怀抱里扎猛子，捕鱼虾，再拉到市场卖钱，保管一年就发财！记住，悦江楼还欠我们账呢……"

大壮道："还是队长'吃香'，那馄饨西施一看到他就挪不开步子了，还送了'定情信物'，衷心佩服我们队长，队长，干！"

……

一碗碗酒，千万句话。

一苇渐渐忘却了忧伤，三人猜拳行酒，喝得酩酊大醉，统统躺倒在船头。

这时，惠畅的河风忽然僵住了，天空中星星隐没。

天气没来由地燥热起来，憋闷得很，河谷里霎时乳雾弥漫，几乎挤得出水来。

大壮道："队长，要下雨了。"

"下雨好，免得下河洗澡。"队长呢喃。

小黑道："又潮湿又憋闷，这天真讨嫌！大壮，你赶紧给我扇扇风！"

大壮道："扇你个头，我大壮可不是你的用人，咱们可都是革命同志！"

"求人不如求己。"小黑翻身下船，轰隆一声，水花四溅，小船震荡。

"真爽啊！队长，大壮，你们也下来吧！"小黑凫在水面。

大壮骂道："死小黑，小心被水猴子抓去！"

小黑道："水猴子在哪儿，老子来也！"

言罢，小黑一头扎进水中，脚掌蹬水几下，然后水面复归寂静。

大壮道："小黑真胆大，这么暗黑的天也敢扎猛子！"

一苇道："大壮，我们还是早点登岸吧，这天怕是马上就要下大雨了。"

"可是，小黑他还没玩痛快呢，再等会儿吧。"

这时，冰凉的雨滴啪啪啪地密集击打在船上，击打在二人身上，击打在龙河激流中……

二人一个激灵，坐起来。

狂风骤然啸叫，西边的天空蓦地被一道蛇形闪电撕破，接着万钧雷霆滚滚碾压而来。

滂沱的雨水冲刷着二人头上的汗水，汗水带着盐分，刺痛着二人眼睛。

二人闭眼呼喊："小黑,快上来啦,我们该回家了……"

没有回音,但闻沉雷滚滚,雨声喧哗。

"队长,听说在船上容易招雷的……"

"小黑水性这么好,一定不会有事的,我们上岸到窝棚等他去,没准他已在那边避雨了,这小子滑溜得很!"

"好的。"

……

第二天,拂晓,风雨消停。

窝棚里,大壮和一苇几乎同时醒来,小黑没回!

二人赶紧起身,拨开湿漉漉的芦苇丛,急急下到泊船处。

昔日清澈温婉的玉龙,如今成了一条汹涌奔腾的黄龙。龙河水几与岸平,滚滚西去,无数巨大的涡漩恐怖地吞噬着水面一切漂浮物。小船已沉,缆绳被拽得紧绷绷的。

一苇把双手卷成喇叭状,呼喊:

"小黑,你在哪里?"

……

龙河无言。

大壮道："队长,龙河妈妈不开心了,我有点怕……"

一苇抚拍他肩头："你这就去小黑的家里打探一下他到家了没有。如果他到家了,你就揪着他的耳朵即刻来见我……"

"是。"大壮拨开芦苇丛,牤牛一样急急南去。

此刻,不祥的预感也笼上了一苇心头。

一苇跪下,涕泪纵横："龙河妈妈啊龙河妈妈,您养育了我们,我们都是您的孩子啊,即使冒犯了您,也请您宽恕我们吧。请保佑我们的小黑,让他平安归来……"

……

第三天下午,小黑的尸体在窝棚下面的水草丛里被发现,并被打捞上岸。他的身子被河水泡得臃肿,浑身伤痕累累,脸部更被什么动物撕咬得面目全非。

一苇脱下上衣覆盖到他脸上。

小黑妻子哭得撕心裂肺。

龙河游击队的战友们无不抹泪。

陈大龙强忍悲痛，发表讲话："同志们，小黑同志无论在陆上还是水里都是一员骁将，屡立战功，多次受到上级嘉奖。可是，和陆上一样，龙河里也有魑魅魍魉，而且有一个数量庞大而又凶残无比的族群，是它们让我们智勇双全的小黑同志献出了宝贵的生命。我们一定要歼灭它们，为小黑同志报仇！"

众人对天鸣枪：

"为小黑同志报仇！"

"为小黑同志报仇！"

"为小黑同志报仇！"

……

现在，龙河南岸高坡上隆起了一座坟茔，新鲜的泥土馥郁着龙河母亲的体味。

坟茔前竖起一块木碑，上书"革命烈士陈小黑之墓"，墓前供奉着一碗浊酒，一张熟猪脸。

一苇枯对滚滚龙河水，一脸悲怆。

陈大龙走过去，抚拍他肩膀，道："一苇同志请节哀，革命尚未成功，同志仍需努力！"

一苇转过身来，泪流满面："队长，你处分我吧。这次是我得意忘形了，光顾着乐，没把同志们的安危时刻放心上……"

"这是一次血的教训，教训很深刻，我已经把情况分别向县委、特委和分区汇报了。上级指示我们，首先要好好安葬烈士，我们做到了；其二，要好好抚恤烈士家属，溪桥乡民主政权也已经落实了这件事；其三，上级要求我们吸取教训，为烈士复仇，务必歼灭龙河里的幽灵……"

"陈队长，请把任务下达给我吧，完不成任务，我绝不归队，我哪怕用一辈子时光也要完成这项任务……"

"特委领导同志又嘱咐了，水中除害的任务万万不能交给你和大壮，你二人必定报仇心切，罔顾自身安危……"

"不除水害，我哪儿也不去，我自己给自己安排任务！"

"蒋一苇同志，你不要任性！你的自由散漫，你的无组织无纪律已经酿成大错，我陈大龙绝不允许你一错再错！我再问你一遍，现在你究竟跟不跟我们走？"

"不走！"

"来人,把他蒋一苇给我捆起来,抬着走!"陈大龙怒吼。

可是,众战士无人动手。

大龙喝道:"你们这帮蠢蛋,难道要眼看他蒋一苇在这儿白白送死?"

众人这才一拥而上,将一苇按住,绑了个结实。

陈大龙喝道:"走!"

一苇不动。

陈大龙道:"抬他走!"

两个健壮的队员从窝棚里抬来一扇门板,众人将一苇反缚到门板上,抬起,一行人拨开芦苇荡逶迤南去,渐渐消失在绵延无尽的青纱帐里……

夜深沉。龙河游击队露天宿营地。

星辉斑斓,微风轻拂,夏虫和鸣。

在一片平整的青草地上,陈大龙和众队员抱枪而眠。

大壮值更。在他眼前,浩若繁星的萤火虫翩然来去。由于空气湿度较高,萤火虫的微光,在远空幻化为无数苹果大小的虚浮光晕,恍如童话世界。

大壮不禁被迷住了,他的目光追逐着那些光晕,渐渐移向远处高坡上的那片坟场。

坟场上草木森森,如黑黢黢的远山一样横亘。

这时,"远山"的怀抱里,袅袅起飞了几十团绿莹莹的"火球",比刚刚那些萤火虫形成的虚浮光晕又大了一圈,同样,它们毫无火的炽热感,兴许叫它们"火影"才更为合适吧。

那些火影渐渐汇成一长溜队伍,顺着柔风,无声地喧闹着,轻盈北去……

大壮赶紧推醒被缚在地的一苇,指给他看坟场上空。

一苇站起,望向"火影"方向,轻声说道:"是磷火。"

大壮却道:"非也非也,那是死人的魂灵晚上出来散步。那儿埋的死人多,他们一定又在地府结成了村社。我们这儿黑灯瞎火的,而他们那边却正是青天白日的,大家伙儿一定优哉游哉,其乐融融……"

"祝愿他们幸福!"

"队长,我想小黑了,他待的地方荒僻,一定连个玩伴都没有……"

"我们也该去陪陪他了。不报此仇,誓不为人!"

340

大壮抽出匕首,果断将一苇手上的绳索割断,低低道一声"走",牵住一苇胳膊就往北去。

一苇回望陈大龙,陈大龙背对他们,睡得正香。

二人细碎的脚步声疾疾去远了,一路惊起了草丛里无数的宿鸟。它们惶惶然飞起,唳叫乱窜……

龙河南岸芦苇荡里。

白天,一苇和大壮把窝棚重新苫好,把四壁封严实,又开好门窗,把地坪垫高,再弄来两张木板作床。

大壮还回村抱回了两坛酒,一布包生花生,以及油盐酱醋糖等调味品。

从此,二人在水滨定居下来。

河岸高坡上,茂草丛中,二人匍匐着,密切搜寻着水中异象,从白天到黑夜,从黑夜到黎明,二人脸上、身上全是蚊虫叮咬的包。

连着几天,二人没发现水中有任何异动……

这天正午,天气炎热,蝉唱声声。北岸出现了五个光腚的小男孩,他们嬉闹着从简易水码头下水了,却无大人陪同。

最前面的大孩子头顶蓄着一条可爱的长辫,无疑是家中独苗。

大壮道:"队长,你看这些娃子胆真肥!"

队长道:"提高警惕。"

五个孩子"扑通""扑通"下了水,他们先在近岸打水仗,打得不亦乐乎。打腻了,那个大孩子道一声"到中流击水,浪遏飞舟",纵身游向河心。

龙河妈妈脉脉奔流。

近岸的小孩子们喧嚷起来:"殷祥,不要去中间,有水猴子!"

"我才不怕,哪有什么水猴子,是爸妈胡编来吓唬我们的,哈哈哈……"

大壮和一苇密切注视着水面涡纹。

忽然,从东边疾射来了四五道劲浪,来势汹汹。鱼儿纷纷跃出水面,避之唯恐不及。

一苇站起,扯开嗓子喊:"孩子们,快上岸,水猴子来了!"

可是,孩子们只管嬉戏,水声又嘈杂,他们完全听不到。更糟糕的是,近岸的孩子们也纷纷往深水区进发了。

一苇果断操起大壮的长枪对天鸣放,啪!

孩子们闻声,赶紧往北岸游去。而那些水下"利箭"罔顾枪声,极速抵达,直插孩子们中间。

突然,最东边的小孩被水下什么东西拖住了,他才喊了个"救"字,整个身子就被拖下去了。

幸好,殷祥反应快,扑过去,一把拽住了他的一只手,其他几个孩子也赶紧过来帮忙。

大壮扑通一声跳下了河,一苇啪又开一枪,然后弃了枪,也扑通一声跳入水中。

水下的不明生物本来无惧枪响,但是突然两颗"重磅炸弹"接连在水中"炸"响,它们见情况不明,立即撤退了,数道箭浪往东疾射。

被袭击的孩子呛了水,已经晕厥,孩子们奋力将他往岸上拖。

大壮首先抵达,一把捞起溺水的小孩,再托住他的下巴把他往岸上牵引。

一苇护在外围,孩子们安全登岸。

抵岸,大壮立即把孩子倒拎,弓起膝盖抵住他腹部,平摊巴掌反复拍打他背部。

孩子的口中哇哇连声倒出了不少黄水,然后大口大口地呼吸,大壮再拍,孩子再吐,再拍,再吐……

孩子们被大人接回家了,大壮和一苇又泅水回到了南岸。

一苇道:"大壮,刚刚那些东西假如真是所谓水猴子的话,我看至少有四五只,刚才我数了一下浪头……"

大壮道:"队长,听老人讲,水猴子最怕铁器,以后假如下水的话,至少要带一把匕首……"

"可是你若带了铁器,又怎能接近它们呢?"

大壮挠头。

"我看它们都是往东撤离的,可能鬼门关那边才是它们的老巢。我想,不排除这样一种可能,在鬼门关那边,河口陡然收窄,而且是个急弯,水流遇阻,流速变缓,东西落差又大,势必生成漩涡,于是那儿天然成为鱼群的'大食堂'。而水猴子族群假如选择那里作为猎场,几乎可以不劳而获。那年,我们在鬼门关伏击日寇汽艇之后,传闻困在舱内,沉入水底的鬼子兵尸体也都被什么动物啃烂了……我在想,会不会有这样一种可能,那日战斗中,我们往水里投了不少手雷,没准儿伤到了水里的那个族群。它们现在如此猖狂,会不会是对人类的疯狂报复?"

"娘的,太可怕了!"

"从今晚起,我们移师鬼门关,没有十足把握,万万不可轻易下水。知己知彼百战不殆,我们先要寻到它们老巢,充分研究它们……"

"是,队长。"

突然,身后有人佯咳嗽。二人回头一看,竟然是陈大龙和两名战士。

"队长好,同志们好!"二人起立。

"好什么好,你俩擅离职守,老子现在就要关你俩禁闭,来人!"

大壮连连往后退:"队长,使不得使不得,我们只是为小黑报仇心切,刚刚水猴子来了,我们还救了一群孩子呢……"

"放枪顶个鸟用,打着了没有? 你们这么能耐,怎么连具水猴子尸体也捞不着?!"

一苇道:"队长,根据刚才的浪头判断,那一波不明生物数量当在五只以上……"

"五只?!"大龙队长惊悚地耸了耸肩。

一苇道:"我猜得没错的话,它们的老巢应该就在鬼门关附近,今晚我们就移师那儿侦察……"

"来人,给一苇同志枪、枪刺、子弹、手雷! 你俩瞅着它们了,就给我打,狠狠地打!"

战士甲立即卸下自己肩上长枪,又卸下腰间子弹袋和枪刺;战士乙奉上手雷,共五枚,道:"蒋队长,给!"

一苇敬礼:"谢谢队长,谢谢同志们,我和大壮坚决完成任务!"

"好,要不再派两个人给你们……"

"人多动静大……"

"你俩务必注意安全,绝对不许再有任何闪失,明白了没有? 从今天起,你们的一日三餐,我让附近的大娘安排好,保证你们有充足营养;手电也要给你们配一只,不过要等缴获敌人的……现在,我要赶去县团开会了,我再叮嘱你们一句,没有十足的把握,你们万万不能下水……"

"是。"

送别了陈大龙他们,大壮在前,一苇在后,拨开茂草和芦苇往东赶去……

鬼门关。

343

鬼门关是个几近 60° 的急弯,由于东边河口陡然收窄,加之后浪顶托,东边水位显然高过西边近一米。龙河水打着漩儿在关口兜兜转转,转转兜兜,似乎故土情深,不欲西去。

叫它鬼门关,是因其难行,许多船只在此遭难。

天空暗黑,河水如墨。

这时,起风了,凉爽得很。

草丛里,倦鸟归巢,聒噪不已。

二人趴在水边高坡上一动不动,脸上涂满泥灰,用茂草扎头。

月亮升起来了,好大一轮满月。

鸟雀的聒噪渐止,水里岸上,蛙鸣又起了,似乎一派祥和。

大壮悄悄起身去弄吃的,一苇密切注视水面。

这时,河的北岸草丛一阵乱晃,接着水滨闪耀起无数对绿莹莹的光球,瘆人得很,继而那些东西扑通扑通下水了。

可是,隔太远了,雾气迷蒙,一苇看不清它们的长相。

它们连着几个猛子扎下去,再凫上来,接着,整个河谷里充斥着恐怖的吭哧吭哧的撕咬咀嚼声。

一苇把子弹上膛,想瞄一个试试。可是,这时水面突然鬼魅起来,雾气袅腾,变幻,增稠,渐渐连那些绿莹莹的光球也被完全湮没了。

更糟的是,西边的天空又一幕黑云不请自来,把月光彻底遮住了,然后那团黑云居然定格了。

一苇所见的一切皆沉入了无边墨海底部。

那帮水生灵吃饱了,就咣呜咣呜地叫开了,热烈地打起了水仗。

一苇谛听,其中有一只生物嗓音最为浑厚威严,仿佛千年铜钟闷响,似在反复叮咛小的们别闹得太出格。

闹了一阵,无数"童声"咣呜咣呜地西去了;而那"老声"仍留在原处,不时咣呜咣呜地与西去的"童声"远远地应和着……

这时,大壮悄悄回来了,把两个烤红薯递给一苇。

一苇指指河心,示意他噤声。

天空的那朵黑云忽然启动了,月光重新照亮了鬼门关。

河谷白亮如练,上方水汽晶晶然。

水中央,两团绿莹莹的光球漂浮,那家伙正对月哀哀叫唤。

大壮欲操枪,一苇却一把按住了他的手。

344

你听：

"咣呜咣呜咣呜咣呜咣呜咣呜咣呜咣呜咣呜咣呜咣呜咣呜咣呜咣呜咣呜咣呜……"

音量越来越大，频率越来越高，似乎整个河谷也贮不下它汹涌澎湃的哀恸。

青蛙的聒噪消失了，两岸的栖鸟乱飞乱鸣，芦苇荡亦恐惧不安地躁动起来……

忽然，风向变了，由西风变为南风。

那家伙似乎突然嗅到了异样的气味，两只瘆人的光球往河南方向一瞥，咣呜一声扎下水去了，然后，水面一道尖锐的浪头向西疾射。

大壮道："它嗅到我们的气味了。"

一苇道："它找它的孩子去了。"

"可惜看不清它的生相，更不知它体格的大小……"

一苇起身，拨开芦苇和茂草，道："我们也回吧，今晚它不会再来这里了！显然，那家伙是有情感的，刚才它应该是在对月思亲，可能它的配偶死了吧！——我猜，有没有这样一种可能，它的配偶是在我们袭击日军汽艇部队的那次战斗中被误伤了。我更担心的是，这家伙显然具备一定的智力，还真不是个好对付的主儿！"

……

第二天，太阳升起来了，龙河静静沐浴着阳光，两岸芦苇与芦竹叶片苍翠膏腴。

窝棚前，陈干妈送来了早餐，一锅山芋粥和两只咸鸭蛋。

大壮和一苇席地而坐，吃得满头汗。

大壮说道："干妈，以后你就不要带鸡蛋鸭蛋了，我们往草窝里一钻，就啥蛋都有了。肉菜你也不要买，这龙河边上'肉菜'多着呢。不过这泰兴粯子粥，还是烦请你顿顿给我们带，我们都喜欢！外地人嫌它稀溜稀溜的，没营养，但我们泰兴人当它是'泰兴咖啡'，不管多苦多累，喝下去立马精神忒忒的……"

陈干妈道："好哎。听大龙说，你们要为民除害，为小黑报仇，干妈感谢你们，也替你们担心。在岸上，人凶，它是软瘫子；在水里，它凶，大牛败给他！听我的死鬼老头说，年轻时他在龙河里打鱼，多次见过水猴子，因为这水猴子扎一下猛子，没几分钟就得上来换口气……"

大壮道："那我们可以拿枪打它……"

干妈道："可是它往往一眨眼的工夫就又下水了……"

一苇道："大娘,你家有口大水缸吗?"

"有啊。"

"可否借我们一用?"

"随便拿。"

"大壮,你马上去把那大水缸滚过来,再带一只水桶、一条长铁链。"

大壮道："干妈,我这就去。"

……

下午,小黑的坟前立起了一口大缸。

一苇从坡上扔下水桶,从河里汲水,运桶如飞……

大壮道："队长,你歇会儿,这丁点小事儿就交由我来吧……"

"我这是在练臂力,下午轮到你。"

一小时后,水缸满了,一苇脱得赤条条的,翻身进了水缸,潜下去,再盘腿端坐水底,双手交叠于腿上,目似瞑,意暇甚。

大壮明白,队长这是在练憋气。大壮叹息："可惜没块手表!"

不一会儿,一苇从水中跃出,抹去鼻部河水,大口大口地呼吸。待气息平复,一苇道："小时候,在刁家网玩水,一次,我潜到了水草丛里,却怎么也顶不上来,我以为我这次死定了,幸亏刁爸爸及时出手救了我。此后,我就记住了刁爸爸那日的话,'要想从水底脱困,你起初必须减少动作,不劳心神,待明确了方位,再果断出击'……后来,我再次被困水底,于是,我按他说的办,稍稍安定一下,重新确认了方位,而后我并住双腿,用最轻最柔的动作原路后退,后退,再后退……当我冒出水面的时候,我看到刁香荷哭红了眼睛! ——现在,轮到你练,记住'减少动作,不劳心神'八个字……"

大壮道："是。"

大壮深吸一口气,翻进水缸,也入定似的沉在水底……

就这样,白天二人练臂力,练潜水;晚上二人依旧潜伏在鬼门关南岸的芦苇荡里,苦觅水猴子踪迹……

这天黄昏,陈干妈带了粘子粥、油炸花生米,还捧了一只大西瓜过来了,道："孩子们,大龙队长特意让人送来一只大西瓜犒劳你们,是我们本地特产——沙瓤瓜,味道美着呢。他还说,还说……"

大壮笑道："他一定这样说,'大嫂,你给我转告他们,立秋分早晚了,一

346

年就快过去了,别再磨磨唧唧的了……'"

"大龙正是这样说的。"

一苇道:"干妈,我们一定会给他一个满意的答复的。不除此害,誓不归队!"

"好好好,你们保重,干妈先回了。"

是夜。

一苇和大壮照旧潜伏在鬼门关南岸高坡芦苇荡里。

到了子时,大壮有了睡意,一苇轻轻推醒他。

那晚天空暗沉,水雾浓重。

忽然,北岸几个重磅"炸弹"入水,夜的宁静瞬间被打破。登时,鬼门关上空宿鸟乱飞乱鸣,两岸芦苇荡里百兽乱窜奔逃,河道里鱼群乱跳乱窜,接着又听得水中传来猛兽撕咬咀嚼的声音,吭哧吭哧……好恐怖!

大壮急忙握枪,一苇又一把按住了他的枪身。

过了一会儿,恐怖的吃食声消失了,整个河谷里充斥着凄切的咣呜咣呜的叫唤声。

大壮冲一苇瞪大了眼睛,做恐惧状。

渐渐地,其余的生灵都噤了声,唯那浑厚而威严的"老声"震彻河谷,似是控诉什么,悲愤滔天,咣呜咣呜,咣呜咣呜,咣呜咣呜……

"老声"讲完,水面陡然闪耀起无数对绿莹莹的光球,光焰熊熊,刚刚蓄足了电力似的。它们群情激愤,咣呜咣呜,咣呜咣呜,咣呜咣呜……

大壮扭头欲和一苇说些什么,却惊见一条筷子长的黑线往一苇胸膛下"袅娜"游来。

大壮伸手来捉,可是暗黑中那小东西却闪电般猛回头,反咬了大壮手背一口,又一个鬼魅的弹跳,倏忽不见。

顿时,大壮的手掌木僵了,疼痛难耐。

一苇赶紧掏出匕首,哗地从上衣下摆割下一根布条,麻利地把大壮手肘部扎紧。

水中的家伙们听到异响,惊惶乱叫,一哄而散……

借着微弱的星光,一苇看到大壮手背上有两点黑血印。他用匕首把那两处创口划大,使劲地挤血,又俯身下去反复帮他吸血……

一苇又钻到芦苇根部,像野兽一样贴地急切地嗅闻搜寻,终于采得一丛什么草,放到嘴里使劲地咀嚼,嚼碎了,嚼烂了,然后把它们赶紧敷到大壮创口上,又从上衣下摆裁了一条布带把它们包扎好。

一苇站起,道:"大壮,慢慢起身,我来背你。刚刚一定是条七寸子(毒蛇的一种),我这就背你找蛇药去……"

"我自己能走……"

"别乱动,剧烈运动的话,蛇毒很快流遍全身,你听我的! 我在刁家网也曾被毒蛇咬过,都是自己治的。前面过了城黄公路,就是沈蛇医的家,你安心,我保你无事……"

一苇背着山一样的大壮拨开荆棘与藤条,艰难南去。

大壮道:"队长,我看你还是赶紧请示大龙队长吧,预先派人埋伏下来,等那帮猴孙子集中的时候,拿机枪和手雷招呼它们……"

"你就别再操心了。我倒觉得这些动物,如若真是所谓水猴子的话,那么他们一定也是灵长类的,或许鬼门关就是它们的圣坛,兴许上次我们袭击日寇汽艇部队的时候误伤了它们族群,它们才对人类疯狂复仇! 在水下,它们行动自如,又以水为屏障,恐怕我们扔再多的弹药也不可能将它们全部歼灭,反而会激起它们更大的怒火……而更重要的是,作为一个物种,它们有生存的权利,我们应该和它们共享同一条龙河!"

"队长,我才不想和它们共享同一条龙河,难道再无法子了?!"

"有法子啊,那就是生擒一只水猴子,逼猴王上岸和谈……"

"队长,我跟你说句实话吧,自从上次看到水猴子们那么大阵仗,我就真的发怵了。现在一看到水,我的双腿就软飘了……"

"'上善若水,水善利万物',水这母亲,对哪个孩子都至爱,你就安心吧。但她又是有性子的,那些不敬畏她的孩子,她会把他们回收……"

"队长,你说的话好深奥,我不懂,我的手好痛……"

"马上就到蛇医家了……"

大壮在他的背上头一歪,昏迷过去了……

第二天夜幕降临,小黑坟前,篝火熊熊,一苇支起木架,翻烤着六只野鸽,香气四溢。

这六只野鸽得来全不费工夫。斯时,龙河岸边的芦苇荡里,鸟兽多得跟天上星星一样。一苇发现,某处灌木丛里有一种淡蓝色的浆果,正是野鸽们的最爱,它们往往组团来食。

为了晚上的盛宴,这日晨曦初露,一苇跪着向龙河妈妈祈祷:"龙河妈妈,请你赐给我几只野鸽吧,我今天一定让它们的生命得到升华!"

　　龙河妈妈用清浅的笑纹默许了。

　　一苇脱了上衣,往那灌木丛上一盖,双手一个环抱,用身体往下一压,再伸手下去掏……

　　眼前,小黑的坟包已经蔓上了青青草色,墓碑上原本鲜红的字迹也已经被雨水冲淡了。一苇的长枪上好了枪刺,倒插在小黑坟前。

　　坟包前,那堆灿烂的篝火对于向光的蚊虫来说,无疑是一处美丽的陷阱,无数的蚊虫忘我地扑入火堆,前赴后继……

　　岸坡下,龙河母亲的怀抱里亦"燃"着一堆熊熊篝火,猩红的光焰铺泄河道。

　　野鸽烤好了,外皮酥黄,鲜香扑鼻。一苇倒了一碗酒,拿了一只烤鸽,下得岸坡,跪在水滨祈祷:"龙河妈妈保佑!"

　　言毕,一苇沥酒于河,再把烤鸽奉上。

　　龙河妈妈的笑纹一圈一圈生动地荡漾开去。

　　一苇登岸,将其中一只烤鸽敬献到小黑坟前,再倒满一碗酒,道:"兄弟,这坛酒还是你捧来的,你就好好享用吧!"

　　一苇坐下,抓起另一只烤鸽,给自己也倒满酒,大口吃肉,大口喝酒:"兄弟,如果龙河妈妈护佑我的话,今天我一定能完成本次使命;如果龙河妈妈责罚我的话,我很快就会和你相聚! 好兄弟,干!"

　　小黑无言。

　　一苇将目光投向同样"燃烧"着的河道,猩红河水汩汩滔滔,血色雾霭迷迷蒙蒙。

　　一苇干完一碗酒,吃完一只烤鸽,就抱着那酒坛,拎着余下的几只烤鸽登上了小木船。

　　一苇把坛中酒慷慨地泼洒在甲板上、船舱中,泼洒在龙河激流中,然后把剩下的烤鸽放在船头,登岸把酒坛放在了火堆正前方,此刻那篝火燃得更旺。他复又下坡登船,抓一只喷香的烤鸽在左手上,俯卧甲板,却把右手悬在舷侧。

　　夜色深沉,抛锚的小船,在龙河妈妈的怀抱里,始终随波动荡,却又不肯稍去。

　　船上,一苇两眼眯缝,鼾声如雷。

那晚,从鬼门关出来嬉闹的水猴子们一定嗅到了水里、空气中处处弥散着的浓郁鸽肉香与烧酒味,一定很快注意到了一苇这个嚣张的人。可对于船上偌大一个人,水猴子们起初还是有点敬畏的。一苇眯缝着的眼睛看到,猩红的水波涡纹下,有无数对绿莹莹的光球流星般乱舞……

敌人终于进攻了。

有一只水猴子伸出利爪去够一苇悬在舷侧的右手,试探性地拖他,却一触即放。它的爪弯似银钩,爪尖几有二寸长,手臂颀长多毛,而它的脸面匿藏在水中完全看不见。

岸上的篝火一直在熊熊燃烧,噼噼啪啪。无数蚊虫浩浩荡荡,前赴后继扑入篝火中,空气中弥漫着焦煳的肉味。篝火上空更有无数蝙蝠翩然飞舞,饱享饕餮盛宴……

好家伙,还真有力气! 但一苇毕竟这么大块头,那水猴子拖不动,在水中咣呜咣呜地叫唤。

另一只水猴子过来了,也伸出了利爪来拖他。

一苇仍旧纹丝不动。

水下众声鼎沸,咣呜咣呜……似乎水猴子们在相互讥笑。

又一只水猴子来试探了,这一只似乎意志特别坚决,又气大力沉,还带着愠怒。

一苇把身子稍稍往舷侧去了去。

水里那家伙顿时咣呜咣呜地叫开了,似乎在说:"还是我能耐吧!"

这时,一苇听到了东边鬼门关方向回应以咣呜咣呜的沉闷叫唤,正是那座"千年铜钟"在响。

小木船附近的水猴子们立即报以咣呜咣呜的叫唤声,接着一梭梭箭浪往东疾射。

牵拉一苇的水猴子也咣呜咣呜地应答了一下,不过它的声音里满是不爽。

这次,它的力气使大了,那人的身子终于往河里坍了,坍了,坍了:它快成功了!

一苇原本打算直接把它拎上来,可是它的利爪一直从正上方抓着他的手背,显然对他一直保持高度警惕。

现在,那家伙受到了巨大的鼓舞,顿时兽性大发,一使劲终于"如愿"把山样的人拖下了水,扑通一声。那家伙得意起来,咣呜咣呜地放声叫唤,东边水域也响起了咣呜咣呜的叫唤声。显然，它们的应和是多么开怀！

入水之前，一苇悄悄深吸一口气，心里默念一声"龙河妈妈保佑"，然后彻底地放松，顺滑地入水，像是进入了一场美梦。

龙河妈妈接纳了一苇，她的子宫是多么温馨，多么滑润，多么光洁，那只牵引他的凶兽此刻又天使般温柔。一苇失重了，失重了，失重了，如入太虚之境，惬意地滑翔，滑翔，滑翔……河水温香，洗净尘垢；水草披拂，柔顺芬芳；鱼虾擦面，活泼灵动……

一苇感觉到，龙河妈妈的子宫内，所有的孩子都是那么的自在，他们似陆上生物一样众声喧哗，但是他们的喧哗和谐而又生机勃勃，你听：水草在嘤嘤吟哦，昂刺鱼在吱吱低唱，河蚌在咕噜咕噜放歌……自然，主旋律则是龙河母亲的体液奔流欢唱之声，而这声音却难以用确切的词语来模拟，或温婉低回，或昂扬嘹亮……

一苇没睁眼，但他感觉得到，牵引他的那头凶兽，体躯大致与二十多斤的土狗相仿，在水中的力量却令人惊诧。

水猴子每牵引一程总要浮出水面换气，毕竟拖这么大只的战利品也确实辛苦。

一苇每次也趁机上浮换气。

渐渐地，水猴子上浮换气的频率变高了，一苇仍旧"木僵"。

终于，那只水猴子对猎物已经完全没有戒备心理了，它把猎物拖向了近岸，水深才一米左右的地方。

一苇微微睁开眼，岸坡上芦苇阵恍如静默的大山一样横亘眼前。

忽然，劲风乍起，芦苇恣意狂舞，龙河浪头一波接一波猛拍河岸，哗——，哗——，哗——

那家伙本想挺身站立的，没承想被浪头迎面打了个趔趄。这时东边的河谷中又传来了低沉威严的咣呜咣呜声，那家伙伸右手挡到耳后谛听着。

又一道涌浪推来，一苇趁势纵身往前一扑，一双铁钳般的大手牢牢地扼住了那家伙的咽喉，随即闪电般地将它拎离水面。

这时，一苇才看清了它的脸面：与陆上猴子长相大体一样，只是眼睑更大，满眼绿森森的光。两腮青白，皮肉丰盈，此刻却软塌塌地垂挂着，大概它每次入水时必要吸足空气，然后令两腮膨胀如牛昂腭下的鼓膜一般。手脚颀长多毛，手掌脚掌皆有蹼，爪尖内收，酷似二寸弯弯银钩。

那只水猴子猝不及防，瞪眼，龇牙，却发不出声，四肢在空中乱抓乱蹬，

351

却无奈何。

一苇快走几步,直接上了岸坡,然后拨开芦苇丛径直向西……

很快,一苇到达小黑坟头,而那篝火燃得正旺。

一苇往水猴子脖子上拴上沉重的铁链,铁链另一端则拴到小黑墓碑上。火光把水猴子绝望的眼睛耀得猩红,它咣呜咣呜叫得尖利凄切,河谷恻然回响。

一苇抱起酒坛,哗哗哗沥酒于地,含泪道:"兄弟,你瞑目了吧!"

小黑无言。

被缚的水猴子在哭:

"咣呜咣呜咣呜咣呜咣呜咣呜……"

水里的水猴子们在哭:

"咣呜咣呜咣呜咣呜咣呜咣呜……"

一苇端坐,背对河道,篝火将他的背影放得极大,巍峨如天神……

夜半。

所有的水猴子都喑哑了。

一苇扭头去看,龙河水喧哗着西去,小木船原地随波动荡,船上船下则挤满了可怜的水猴子家族的老老少少,火光映亮了它们的眼睛,此刻全是团团猩红。

船首,站着一佝偻老者,体毛皆白,一副不欲苟活的神情。他开口了:"咣呜咣呜咣呜咣呜……"

一苇仍然不睬,自顾自倒满一碗酒,一饮而尽,然后往火上添柴。

首领悲鸣:"咣呜咣呜咣呜咣呜……"

一苇用心来听,居然听懂了。

首领在说:"大英雄,我能上来和你谈谈吗?"

首领在说:"大英雄,我是他们的首领,也是那只可怜虫的老父亲,请允许我向你请罪……"

首领在说:"大英雄,白发人送黑发人乃是你们陆地人,亦是我们水里人之至大悲痛!作为一个耄耋老父亲,我愿以我一己性命,来换取我儿性命……"

首领在说:"如果大英雄允许我这么做,我这就登岸伏首!"

首领在说:"大英雄,你既不肯宽恕我,那好,请允许我陪我儿一起赴

352

死吧!"

首领登岸了,隔着火堆,与一苇面对面。

一苇不看他,面无表情,仍在撩拨柴火。

首领在说:"大慈大悲的大英雄啊,我知道我族做了天大的错事,现在请允许我向你兄弟的英灵请罪!"

小黑墓前,首领伏首跪拜,以头抢地,额上鲜血淋漓,口中咣呜咣呜地惨叫……

首领在说:"是小黑大英雄吧,你的水性在陆地人中是极其罕见的好,我族四五个后生才制住了你,我们全族无不对你无比景仰!可是,你们不知道我们内心的悲愤,我的妻,一位白发苍苍的老母亲就那样无辜惨死在了鬼门关,被人类的什么武器撕得粉碎,还有许多同族伤重不治死去,所以,我们要向陆地人复仇,复仇,复仇,杀亲之仇,不共戴天……"

首领在说:"啊,一苇大英雄,你为兄弟报仇正是男儿本色!而你孤身勇闯我的王国,并且毫发无伤捕俘归去,此前应该没有先例。龙河母亲刚才告诉我,你是他最优秀的儿子,你是一条真正的骁龙,水世界非但不是你的禁地,反倒是你的荣耀之地!"

首领在说:"现在,我再三以一个耄耋老父亲的名义向你请求,放归我儿,我愿意替他赴死!"

首领在说:"我儿,为父尽力了,和你那些早夭的兄弟姐妹们相比,你幸福多了!你妈在世时最为宠溺你,每次都挑最美味的河鲜喂你!然而,龙河母亲自你出生之日起就给你定好了寿限,生命始于母亲之水,又终将复归母亲之水,这是多么地自然!生命啊,无非是一世一世的轮回,始于黎明,终于黑夜,但是轮回无尽!我儿,此时此刻,你生命的黑夜终于如约而至,但你生命的黎明必将即刻开启!我儿,挺起你的胸膛来,我们共唱我们的《轮回曲》!"

水里,岸上全在唱,此曲先是悲切,继而低回,最后则是宁馨……

首领在说:"行刑吧,大英雄,希望你动作利落些,别让我儿痛苦!"

一苇站起来,火堆上赤焰熊熊,放大了他的身影,恍如赳赳天神。他拔起长枪,利落地卸下枪刺抓手里,再把枪扔了,箭步走向被缚的水猴子。

他用左手一把揪住它的后颈,把它拎老高。

这只可怜虫绝望地闭上了眼睛,身子瑟缩抖颤。

一苇白亮的利刃闪电般地划过绯红的水雾,划过那一刻红玛瑙一般的静寂,划过那只可怜虫的喉部血肉。

水族惨叫:

"咣呜咣呜咣呜咣呜咣呜咣呜……"

鲜血滴答,滴答,滴答……地上溅开了数朵墨梅。

一苇把那可怜虫放到地上,解开它的铁链,然后不再看它。他继续往火堆里添柴,火焰湛蓝,响声噼啪。

这时,小黑墓碑上的字迹愈发显赫起来。

首领在说:"大慈大悲的大英雄啊,我儿往生去了,谢谢你赐它来生的自由!"

首领俯身去抱他的儿子,他的儿子这时却仰起头来,两滴清泪滚落,口中叫唤:"爹啊,我没死!"

首领喜出望外:

"我儿没死……"

首领把儿子抱到船上,跪伏起誓:

　　　　龙河妈妈啊,
　　　　我们全族罪恶滔天!
　　　　从今往后,
　　　　我们全族将自行流放,
　　　　并不再叨扰陆人!
　　　　凡遇落水之陆人,
　　　　必救之!
　　　　有违此誓,
　　　　永世不得超生!

　　　　孩儿们啊,
　　　　往后我儿就是你们的新主,
　　　　他深受龙河妈妈的祝福,
　　　　他领受龙河妈妈的教诲!
　　　　孩儿们啊,
　　　　你们即刻自去吧,

大江大湖四处为家，
尘世之外自有桃源！

老夫我又该往哪里去呢？
哪也不去了，
哪也不去了，
哪也不去了，
我生于斯，
长于斯，
歌哭于斯
终老于斯，
轮回于斯，
何其有幸，
何其荣耀！

这陆上空气多么清新，
这空中飞鸟多么逍遥，
老夫万幸，
老夫今天终于能像陆人一样，
堂堂正正地，
挺胸直背地，
屹立于这片热土之上！
老夫感动，
对面的兄弟把我当人看了，
此乃老夫无上的荣耀，
亦是吾族无上的荣耀！
虽然这般美好转瞬即逝，
但吾愿已足，
吾愿已足，
吾愿已足。
老夫无憾，
老夫当自去矣……

众水猴子齐哭：

> 尊长，万万不可啊，
> 我们不能没有你！

尊长低吼：

> 吾意已决，
> 勿复多言。
> 即刻集结，
> 启程西去。
> 皇天佑汝，
> 后土佑汝，
> 大江绵亘，
> 沧海无涯，
> 吾族千秋，
> 吾族万世！

水猴子齐哭：

> 尊长，你永远活在我们心里！
> ——龙河妈妈啊，
> 请善待他……

首领蹒跚挪步登岸，身子枯叶般飘荡风中。
首领一把拎起酒坛，一仰脖子，咕咚咕咚咕咚……
一苇仍垂首沉思，如亘古石雕一般。
首领边喝边道：
"哈哈，这就是酒啊，龙河水酿的酒啊！吾族素来喜闻水底腐殖质发酵生成的微微的曲香味，吾族每次都是循着那味，去围猎那些同样迷醉于它的龙鱼和鲫鱼，从它们的身上，吾族才得以微微品尝到你这味儿……

356

"今天，我何其荣幸，从人类这儿尝到了真正的酒，香醇而热烈的酒，让我飘飘欲仙的酒！——回想那个晚上，你们哥仨在河中开怀畅饮，正是你们酒肉的香味惹得我们发狂了，正是你们的逍遥激怒了我们！我的子民们就是因为它才失了理智，结果要了小黑性命⋯⋯

"这酒入口冲啊，一线喉啊，一入胃肠啊更成一团熊熊烈焰了！喝过这酒之后，我才明白，酒无疑是世上最美好的东西，它能让我们平庸苦难的生活瞬间爆开璀璨的烟火，让我们荒芜的心田陡然绽放绚烂的花朵！喝了这酒之后，我才真的明白了生命的意义，尘世悲苦，人生苦长，唯有酒才是超越现世的神仙水，带给你生命一刻的欢娱，带给你生命一刻的崇高，带给你生命一刻的庄严！——龙河妈妈，请把孩儿的身体干净地收留，孩儿来也！"

首领且歌且舞，以酒浇头，浇身，再扔了酒坛，任酒坛哐啷碎了一地。首领双眸炽燃，咣呜咣呜吟哦着，与一苇作一揖，身子随风飘摇，步向火堆。

一股青蓝之火自柴火堆轰然升起，首领坐化了。

火中、河里均在唱：

　　　　咣呜咣呜咣呜咣呜咣呜咣呜⋯⋯

　　　　咣呜咣呜咣呜咣呜咣呜咣呜⋯⋯

　　　　⋯⋯

一苇也同声在唱"咣呜咣呜"，泪雨滂沱⋯⋯

同年，12 月中旬，国民党军集中一〇二旅三〇四、三〇六团和一〇五旅三一五团以及地方土顽共约十八个营兵力，对我泰兴老区进行第二期"清剿"，为期两月有余。敌人在朱家港、禅师殿、蒋家堡、邵家荡、坍江头、徐家窑头、李家埭等地扫荡时，分别受到我路南游击营、口泰宣游击营、新街区队、城黄区队、黄桥市队、蒋华区队等的英勇反击。

1947 年春，土顽自卫八中队等在黄桥致富桥东一带枪杀我干群一百零八人。

1947 年 3 月上中旬，敌纠集一〇二旅全部，整编四十九师两个营及地方土顽共十八个营的兵力开始第三期"清剿"，为期一月。其重点是城黄、如黄路北的两泰地区。

3 月底至 4 月中旬，中共泰兴县委决定在城黄线、口泰线发动一次军政

357

攻势,沿线张贴标语,甩手榴弹,发射土炮,逮捕、镇压反动骨干,令敌人畏缩,沉重打击了他们的反动气焰……

4. 段妈妈万岁

1947年4月中下旬,国民党军一〇二旅在土顽配合下对我泰兴老区进行第四期"清剿"。

30日,黄桥西北十数公里处的印家院。

共产党泰兴县武工队三十余人,被困在一条东西向的排水沟内。排水沟的南北方向,敌人集结重兵,各式枪械交叉射出了密集的弹雨,我县武工队被打得抬不起头来。城黄区队队长王震匍匐到龙河游击队队长陈大龙身边,说道:"大龙,现在庙头庄的土顽实在太猖狂了,他们分明是欺我们县武工队的精兵强将均北上了,完全不把我们这些留守的'老弱残兵'放眼里了啊! 我们今天就是全体'壮烈'了,也要咬他们一口肉!"

"陈霸天和他的还乡团血债累累,只恨现在不能生啖其肉!"

"大龙啊,这麦子若是换成了高粱青纱帐,我们的行动就自如多了! 陈霸天正是瞅准了这时机,疯狗一样死咬着我们不放,日日夜夜拉大网;加之出了个叛徒徐明斋,供出了我们不少党员干部,破坏了我们不少交通站和息脚点。现在,敌人还在不断增兵,打算把我们彻底包圆子……我们再不挣脱这罗网,后果必定不堪设想! 我看现在敌人是南北方向力量较强,东西方向尚有缺口。我们可以先佯作向西突围,虚晃一枪,牵引敌人火力向西,再暗从沟底折返向东,然后钻涵洞渡河进入莲花庵,向白家庄以北运动,那里是春明乡地盘,民兵厉害得很,我料陈霸天一定不敢追击……"

"好,王队长,趁敌人现在骄傲轻敌,正好给他们猝然一击。你看到了吧,就在我们阵地正北方八十米地方,敌人那肥猪军官,仗着有机枪封锁,居然大大咧咧地端来条凳坐着抽旱烟,我们得帮他点个'火'! 一苇,把那机枪手和军官敲掉,赶紧地!"

一苇的长枪悄悄伸出去,再一探头一缩颈,瞬间击发,啪!

敌人的那挺机枪登时哑了,土顽军官扔了旱烟枪,王八一样趴地。一苇又一枪,土顽军官的脑瓜爆裂,鲜红的"瓜瓤儿"撒了一地。

敌人的火力立刻往一苇响枪处覆盖。

王震一挥手,领着大家猫腰奔向排水沟西首。

到了西首，大家立即探出长短枪，向南向北豪放地泼洒了一阵弹雨，又埋下头去。

敌人猝不及防，死伤不少，敌人的轻重武器立即向西端疯狂报复。

霎时间，硝烟弥漫，尘土飞扬，草茎乱飞……

这时，王震已带领大家暗从沟底折返向东，穿过排水沟东端的过水涵洞，悄悄蹚水过河了……

就在全员渡过南北河道，即将越过东岸高坡的时候，敌人的瞭望哨发现了，各式枪械立刻疯狂扫射过来。

斯时，一苇正登上坡顶，反身来拉大壮，大壮离一苇尚有一米之遥。大壮体躯庞大，动作迟缓，此刻他正回首观望敌情。突然，大壮看到了敌人密集的枪火，他猛然一个虎扑，以整个身子挡在了一苇前面，喊一声"队长，危险!"然后栽倒，向坡下滚落。

原来，一颗罪恶的子弹啸叫着从后腰贯穿了大壮体躯。大壮登时血肉横飞，白花花的肠子流了一地。

"大壮!"一苇躬身去拉他，大壮已没了回应。

这时，弹雨更密集了，一颗子弹啸叫着穿透了一苇左肩，又一颗子弹咬中了他的左腿肚。

一苇往后仰倒，幸得王震从坡的那边探出上身，伸手将一苇拽到坡的那边去。一苇身下的茂草茎叶上留下一道粗粗重重的血迹，敌人密集的子弹瞬间把迎面高坡打成了筛子。

"大龙，你先抵挡一阵，我带两个战士把一苇同志先藏到段玉芳家……"

大龙道："机枪手火力封锁，快!"

我们的机枪居高临下，嗒嗒嗒地怒吼起来。

趁敌人暂时哑火，两个战士抢回了大壮遗体。

但我们的机枪很快打光了子弹，敌人又嗷嗷怪叫着疯狂压上来，弹如飞蝗。

大龙道："撤!"

……

泅过河来，上得高坡，陈霸天架起望远镜，发现县武工队二十余人架着一具遗体已经北去了一公里开外，而那里正是春明乡的地盘。

陈霸天懊恼，却又一喜，原来北去的队伍里显然没有他的宿敌王震的背影。

再看看地面,茂草茎叶上有深深浅浅的血迹往东南方去了。

陈霸天欣喜若狂:"弟兄们啊,王震他一定就地掩藏伤员去了,这次他铁定没跟大部队一起北撤,铁定还像兔子一样伏在哪段堋沟里。活捉或者打死王震均赏金十万!挖地三尺,也要把王震和伤员给我找到!"

匪徒们欢呼雀跃,吆喝着展开队伍,拉网式向东搜寻。

前行数百米,在倒伏的草茎上,匪徒们再次发现血迹。

匪徒们号噪起来:"不远了不远了,王震就在附近!"

前面是一个岔口,陈霸天从匪徒中抽出两股,一路向东追击,一路向南。

陈霸天站在岔口,双枪别在腰间,手指岔口西北方向,河港之南的几户茅草房,道:"这周庄北荡最是出鬼,每次王震到此就莫名其妙隐了身。那个蒋五娘最为可疑,可是我们每次都抓不住她的'麻筋'。上月我们追踪王震到此,王震又突然人间蒸发了。那个贼婆娘哄我们往东过河直追到春明乡边上……我们回头审问她,木棍打断了三五根,她的小儿子扑过来咬我,我一时恼了,就把他掼死在碌碡上,脑浆溅一地。可恨这贼婆娘还是不松口!——麻锁儿甲长,你现在就带人去蒋五娘家看看。"

"得令!"麻锁儿立刻领一彪人马,气势汹汹闯进了蒋五娘家那座竹篱笆围合的院子。

院内最南侧是一畦豌豆,藤蔓青葱茂盛,花儿小巧玲珑,颜色却缤纷,或深紫,或绯红,或浅蓝,或淡白……蝴蝶翩然来去,蜜蜂嗡嗡闹着。

豌豆圃的北边是一蔬菜畦,整齐地栽种着瓜茄秧儿,而正中乃是一座小坟,坟帽齐整,坟上无草。

蒋五娘正在坟旁锄草,头也不抬。

麻锁儿率队急进。

土坯房两间,房门大敞,四壁透亮。西厢是灶台和一张八仙桌,东厢唯两张竹床而已。

麻锁儿一无所获,出来,气急败坏问道:"王震跑哪儿去了?"

蒋五娘道:"你们去搜,搜到就是你们的,我又不是万事管!"

"刚刚还在离你房子不远的地方发现了血迹,他一定自己受了伤,或者手下有伤亡。你快快说出他们的去向,陈团长定有重赏!"

"呸,还乡团就是杀人团,陈阎王他在哪儿,快快还我小宝命来!"

陈阎王其时也闯进了院子,听了这话不由打了一哆嗦,面有怯色。保长段玉斋赶紧卫护在他前面。

段玉斋道:"一笔写不出两个段字,大丫头,我现在以段家长辈身份再次奉劝你,识时务者为俊杰,现在共产党被打得落花流水,枉你死心塌地也没用,快快如实交代,不然陈团长一把火烧了你两间土坯房!"

蒋五娘猛地站起来,直奔陈团长而去,几个匪徒赶紧拦住。远远地,蒋五娘将手中小铁锹往陈霸天掷去。

陈霸天一个闪避,举起手枪就要搂火。

这时,南边陈霸天老巢方向,突然响起了炒豆般的枪声。

陈霸天惊魂,赶紧把枪一挥:"快去陈家庄,王震这家伙居然要端我老窝!"

众匪徒号噪着一窝蜂南去……

待众匪徒去远了,蒋五娘赶紧进屋,又反身拴好门,直奔床后头,用手在墙角一扒拉,原来有一块墙板是活动的,蒋五娘赶紧进去,复把墙板合上。

斑驳亮光透过夹墙缝,照在年轻战士脸上。他脸色煞白,锁骨下一眼弹洞,血流汩汩;左腿肚子也被子弹穿了一个洞,绑腿上鲜血淋漓。

战士失血过多已然昏迷。

看罢,蒋五娘从洞里钻出来,拎了一坛高粱烧,拿了一把剪刀、一副竹筷、一卷夏布、一卷轴线,就又钻了进去。

"孩子,大妈来给你清理伤口,你要忍着,千万别出声!"

这时,一苇醒了,他看着眼前这慈爱瘦小的大娘,轻轻点了点头。

大娘小心剪去他的上衣,只见他锁骨附近血污浓重。大娘剪了一根夏布条,用筷子夹着放到酒坛里浸透了,然后再把它夹出来。那布条吸足了烈性高粱酒,大娘先用它清理一苇创口表面,又把它扔了,另剪了一块布条,放进酒坛里浸透,再夹出来,说道:"孩子,现在要痛了,大娘要把这布条从子弹的进口一直搅到出口,把坏血和脏东西清除掉,你能忍得住吗?"

"大娘,我忍得住,谢谢你!"

"好孩子,挺住!"

大娘将蘸满了高粱烧的布条用竹筷慢慢塞进了一苇肩部伤口,一苇感觉他的伤口内部登时熊熊灼烧起来,那些火苗似乎还有着万千獠牙,疯狂地噬咬着他,让他浑身战栗,冷汗淋漓。他感觉自己在那一刻好无助,好绝望,他低低地喊了一声"海棠,你在哪里",就又晕过去了⋯⋯

大娘拎着草筐,去到了西港边。芦苇荡莽苍绵延,飒飒吟唱。大娘钻进去,先寻得了一窝禽蛋,又连着上手了几只大青蛙,说声"得罪了",然后"咯吧""咯吧"两声把它们的股骨一一折断扔草筐里⋯⋯

忽然,她看见草丛不远处,一只肥大的青蛙呆僵着不动,她喜滋滋地奔过去。可是斜刺里游出一条大青蛇,迎面拦住她,昂然地攻击过来,蛇芯如火焰。

大娘笑了笑,道一声"对不住",出右手闪电般锁住了蛇的七寸。那蛇惊惶起来,以尾为首,缠上她的右手。大娘从容地腾出左手,拎住蛇尾巴,又利落地抽出右手,双手合力抓住尾巴,三抖两抖,蛇身登时散了架,在大娘手中直僵僵地垂挂着,像一条了无生命的裤腰带,大娘将它扔进草筐里。大娘又去采了一些草药,有刺儿菜(蓟草)、艾叶、侧柏叶等,方才回家。

到了家,大娘先把草药用清水洗净了,放筐里晾干,接着是处理那条蛇:一刀剁去蛇头,倒拎着,控尽蛇血,再从蛇颈处哗地一把撕脱了蛇的青衣。现在,那蛇玉色的肉身完美地呈现出来。大娘又唰地一把扯去它内脏,拿清水把蛇身洗净,用菜刀剁成寸把长的肉段,泡清水里。大娘把老灶生了柴火,放了半锅清水,把蛇肉倒进去,放入拍碎而未散的野姜块子,再扔进一个葱把儿,倒一勺高粱烧⋯⋯

灶膛内,柴火噼噼啪啪燃得正旺。

大娘又从灶台上拿起一只瓦罐,把几种药材倒进去,用擀面杖捣烂,揉捏成三块大饼。

这时,锅沸了,大娘揭开锅盖,拿勺子撇去浮沫,拿筷子夹去葱把和姜块,又盖上锅盖,改小火慢炖。

大娘又去处理好了那几只青蛙,搁灶台上一海碗内候用,口中喃喃道:"蛇啊,蛙子们啊,你们这次立功德了啊!等我们的战士康复了,我要他保证往后凡遇你们族类即刻放生⋯⋯"

天暗黑下来,门前西边道上,远远传来了老头子的咳嗽声。

大娘迎出去。

长子盛祥满身尘灰,一头扑进妈妈怀抱,甜甜蜜蜜叫了一声"妈",他今年十二三岁,黑瘦黑瘦的,个子才达妈妈胸部。

蒋五娘欢欢喜喜应道:"哎——,乖儿子,今天有没有帮你爹多干点活？"

蒋老五正转过小道拐角，驼背佝偻，亦是满身尘灰，却一脸笑意，道："今儿，盛祥干得最卖力，拌料、翻晒都几乎没我的事儿了！"

"好好好，"蒋五娘压低嗓音，说道，"今天家里来贵宾了，县武工队一名战士受伤了，我把他藏在夹墙里。盛祥，你可要记好了，宁可自己死，也千万不能出卖同志！"

"妈，你放心，我一定向弟弟学习，宁死不屈！"

"蛇羹快好了，等会儿我再把青蛙和鸟蛋放里面稍煮煮，好给同志增加点营养。对了，还得放盐……"

一会儿汤好了，妈妈盛了两碗搁灶台上凉着，对盛祥说："儿啊，你也有份，你到门口吃，顺便望风。"

"好咧！"盛祥喜滋滋捧了碗，小碎步出门去。那汤热气腾腾，不时滴洒。

妈妈笑道："慢些慢些。——这孩子也真的饿坏了！"

蒋老五也笑了。

五娘道："我们先给他把草药敷上去。"

蒋老五立即去到床后，启开小门，弓身进去。

五娘随后。

一苇也醒了，脸色煞白，眉头紧蹙，显然伤口仍灼痛得厉害。

蒋老五摸摸一苇额头，转身对五娘说："大丫头，这娃子有点发烧，得想办法弄点西药！"

"先拿这些土法子试试，明天再想想办法，这刻王震队长他们肯定也在用心思了！——娃子，大妈和大伯先给你敷点草药。"

一苇前胸和左腿肚子的伤口很快敷好了，二人协力将一苇翻趴下。

由于子弹在一苇体内发生了翻转，锁骨下的进口只花生米大小，而后肩的出口却有酒盅口那么大。鉴于后肩创口缺肉太多，大娘没法缝上，姑且用一块夏布覆盖着。

蒋老五道："这样可不行！小同志，你不要怕，你五伯知道怎么办。大丫头，你去烧一锅水，拿一只小瓷碗沉水底煮一会儿，顺便煮两块夏布、一副竹筷，然后把碗倒扣着晾干了拿过来……"

不一会儿，大娘拿了碗筷等器具进来。

蒋老五用筷子夹了一块夏布，蘸了高粱烧，在一苇后背创口表面反复拭擦,然后又把小碗反复浸入酒坛涮洗,再取出来反扣在一苇后背创口上。蒋老五又让大妈剪了长布条,斜缠了一苇肩胸,将碗牢牢固定住。

"娃子,现阶段你只能趴着睡,明天大伯再给你清理伤口。你真是命大,两颗子弹都没能伤及你心肝肺!现在,大娘给你煲了蛇汤,给你增加点营养,就让大娘喂你吧,你不要动……"

大娘出去端了碗进来,用一只小调羹把羹汤送到一苇唇下。

蒋老五出了夹墙,看孩子去了。

一苇含泪说道:"大娘,谢谢。"

"不用谢我,等你痊愈了,你要好好谢谢这条大青蛇,还有这些跳跳蛙和鸟妈妈们……"

"一定记得的,不过我现在什么都不想吃,谢谢你……"

"娃子,逼自己吃!"

"好,我努力吧!"一苇勉强喝了一口。蛇羹滑爽鲜香,蛋花清淡带腥,青蛙腿肉紧实。可是一苇实在不想吃。

一苇想起来了,这蛇羹还是少年时在刁家网刁香荷家中尝过的。每年夏初,妈妈总要抓几条大青蛇煲汤,说是小孩子吃了不起疮,皮肤好,而妈妈其中一个孩子就是他。妈妈如今病入膏肓,可他却不能身旁尽孝……

一苇好不容易把一碗蛇羹喝完了,他的胃肠似乎一下子苏醒了,呼隆呼隆作响。

大娘笑道:"娃子,几天没吃饱肚子了?"

"三天了。"

"都是陈霸天造的孽,听说北撤的大部队快要打回来了,陈霸天已成秋后的蚂蚱了!——你叫什么名字?"

"蒋一苇。"

"蒋同志,你安心养伤,不管外面发生什么事,你都不要现身!只有把你保住了,我们穷苦人的努力才有意义!哪天我们一家都牺牲了,你一定要汇报王震和陈大龙,我,段家大丫头——蒋家五媳妇,连同我丈夫以及俩孩子,一家都是为党的事业而死,生的伟大,死的光荣!"

一苇无声泪流。

大娘又开了机关出去了。

这时,外面传来盛祥高喊:"爸、妈,坏甲长又来了!"

蒋老五、蒋五娘一起"迎"出了门,五娘喝道:"麻锁儿,你这狗腿子快偿我家二宝命来！"

麻锁儿冷笑道："段玉芳，你是共党分子，一切咎由自取，你死了也不让你进家庙！——还有你蒋老五，妻不教，夫之过，你难辞其咎！现在，你一家的罪状又添一条，那就是收留武工队伤病员！你们若说出他的下落，陈大老爷重重有赏；如果拒绝交代，后果很严重！"

蒋五娘道："麻锁儿、段玉斋、陈霸天，我段家大丫头倒要谢谢你们，给我起了个好名儿，'段玉芳'这名字真正好，响当当，香喷喷！你们说我是共产党，我就是共产党，要杀要剐，随你们！周庄北荡才几户，你们把北荡人赶尽杀绝，自己又有啥好处？"

麻锁儿往屋里走，鼻翼连连翕张，道："穷鬼段玉芳，今儿居然动了荤腥，你快快给我句老实话，是不是给伤员加营养？"

蒋老五上前，道："麻老爹，今天大丫头从河岸上拾了一条青蛇，就把它煨了汤。这不马上大伏天了，给盛祥尝尝，免得生疮疖。——我给你麻老爹也盛一碗……"

"客气了客气了，还是蒋老五有见识。"麻锁儿一屁股坐条凳上，两只贼溜眼四下搜寻。可是，蒋老五家徒四壁，麻锁儿完全看不出任何异样。

蒋老五给麻锁儿盛了满满一大碗，放到八仙桌上。

那汤热气袅袅，鲜香扑鼻。

麻锁儿毫不客气，抓起筷子，夹起蛇段就往嘴里送，把蛇骨只一嘬就吐了，蛇骨很快散了一桌面。麻锁儿再大口大口喝汤，那碗底很快朝了天。

麻锁儿道："蒋老五啊，看在今天你请我喝汤的分儿上，我就给你交个底儿吧。今天，城黄区武工队区区三个毛人，青天白日就敢去攻打陈老爷府。幸好陈老爷早有防备，又及时增援，打得他们落荒而逃。但是陈老爷说了，今天反中了武工队的围魏救赵之计，把武工队的伤员弄丢了，要我这个甲长死盯周庄北荡，坏分子们可要当心了，我这就去四处转转……蒋老五啊，下次多备点好酒好菜，我麻锁儿就是你们家的常客了……"

麻锁儿哼着小调出门去……

夜深了，周庄北荡似乎"安然"入了梦乡。

蒋五娘家。

笃笃笃，屋外有人轻轻敲窗。

五娘去开了门，王震站在门外，递给她一个包裹，低声问道："段玉芳同志,伤员可好?"

"给他清洗过伤口了,也喂了饭,只是现在他还有一点热度……"

"这里面是金创药和消炎片,你先给他用上。县团派遣的军医,在北边新街镇上被敌人识破,已经壮烈牺牲了,新派的军医正在赶来……现在,敌强我弱,又不便转移,你们呢务必想尽一切办法把他救下来!他能文能武,今后党还有更艰巨的任务要交给他!——晚上我们武工队有行动,我就不进去了……"

"王队长,黄昏时麻锁儿又来过了,说是陈阎王让他时刻死盯着周庄北荡。我看,要让陈阎王变成陈瞎子,现在就必须打瞎他的'眼睛'。除了麻锁儿这双眼睛,还有段玉斋这坏东西……"

"段玉芳同志,组织会认真考虑你的建议的,你就静等好消息吧!这是一点钱,你快给伤员加营养。告辞。"

接过包裹和钱,段玉芳目送着王震一行匆匆融入了浓浓夜色中。

远远传来几声犬吠,一切又复归于寂静……

第二天一早,蒋老五就钻到夹墙里给一苇换好药,然后一个人去了港西村子给地主老财家煮酒。

段妈妈带着盛祥到门前地里锄草。高沙土平原上空雾霭飘飘荡荡,地面草叶儿上露水如钻。

突然,麻锁儿又鬼魅似的从屋后转出来了,一把二十响斜背着,枪把子上长长的穗带随风飘摇,鲜红鲜红的。

麻锁儿道:"昨晚,北荡里又进'鬼'了,狗闹得凶。今早我看到西港岸坎上芦苇新断了不少根。昨夜,你大丫头可曾听得什么动静?"

"我白天干活,干得累趴趴的,晚上哪有精神替你值更!"

"还嘴硬,再过些日子就要收麦子了,陈老爷说了,他要亲自到你这户,和你新账旧账算个清,你最好早做心理准备。我还要告诉你,那时候没了麦秸秆的遮挡,王震他们就是雪地里的兔子,跑哪儿都明摆着了,哈哈……"

段妈妈不睬他。

麻锁儿哼着小调渐渐走远……

段妈妈回屋,故意大声喊:"盛祥儿啊,妈妈去钓一条黑鱼给你补补身子。"

菜畦里,盛祥笑着大声说道:"我也去。"

段妈妈说道:"你到屋后砍根青竹子,我来掰根钓鱼钩。"

"好咪。"

妈妈找来一根大号缝衣针,在八仙桌上点起菜油盏,用湿毛巾裹着针屁股,先烧前端距针尖一厘米的地方,待它赤红了,把它的前端搁桌面,用筷子杆身一按,缝衣针就弯了一直角。再上移一厘米,烧红,也一按,又多一折,这样一把鱼钩就成了。

妈妈说:"儿啊,今儿妈妈要为你破戒了,妈妈从不钓黑鱼的,老黑鱼夫妻都是好父母,生了孩子就整天带着孩子,守护着孩子;小黑鱼仔都是孝鱼,父母被抓了,它们哪怕跟着父母去死也乐意。我还真不想看到,钓了黑鱼爸妈,就坏了一大家子的惨样。可是,如今这也是没得法子啊,我儿要'发育',得加强营养啊……"

夹墙内,一苇无声泪流。

妈妈又给鱼钩穿上了鞋线,仅一米五长。

妈妈伸两手拽了拽线,道:"线一定要牢扎,但不要长。妈妈这就钓鱼去,片刻就回,你安心!"

夹墙内,一苇点点头。

妈妈出门了,盛祥扛了根青竹,梢头、旁枝均已被砍削掉,跟随西去……

约莫二十分钟后,大妈和盛祥就回来了。

妈妈说道:"儿啊,你嘴福真好,龙河妈妈好像预知我要一条黑鱼似的,我和盛祥才到河边,就见水华附近有一窝黑鱼仔儿在转悠。这时一只青蛙自己跳过来了,盛祥一扑就抓住了,穿上钩,才扔过去,大黑鱼就扑上来咬钩了……你看,足足四斤多呢,又肥又大,中午有的吃,晚上还有!"

一苇谛听:灶间传来那条黑鱼在地上持续跳腾的声音,听得出那鱼块头较大,体格强壮,接着传来一声闷响,应该是妈妈用刀背拍它脑袋了,然后它就"听话"了,再无动弹声了,接着传来沙沙的糙音,挺响,该是在刮鳞吧,那鱼鳞应该长得挺牢扎……

一会儿,妈妈道:"我们下河洗鱼去。"

盛祥道:"好好好!"

妈妈带着盛祥一起出门了……

中午,盛祥在门前望风,妈妈端着一大海碗鱼汤又钻进了夹墙。

一苇较昨日有了精神,妈妈先扶他坐到矮凳上。

他前襟后背被包裹得挺像那回事,他的左腿肚子也被夏布绷住了。整个夹间里,充溢着浓烈的高粱烧味儿,以及鱼汤的鲜香。

"妈。"一苇伸长了脖子,将脑袋贴紧妈妈胸膛。

"哎——,我的儿啊,你真是好命啊,敌人的子弹只是让你皮肉受苦,要不了你的性命!现在,老天都和我们穷人站一起,我想给你弄啥吃的,结果都不费吹灰之力!这鱼汤要趁热喝,凉了就腥了,可惜的是家里没有花生米……"

妈妈一手端碗,一手给一苇夹了一块黑鱼肉。

一苇吐了鱼刺,那鱼肉果然紧实鲜香。

妈妈再喂他喝汤,那汤浓醇得很。

一苇突然眼泪扑簌簌往下落,母乳大概就是这味道吧。

妈妈慈爱地看着他,抚着他污糟糟的头发,道:"等蒋老五回来该给你擦个澡了,你今天先换他衣服,明天妈让蒋老五扯几尺布,妈动手给你做一身亮堂衣服……"

……

黄昏了,麻锁儿又登场了。他直奔蒋老五家,蒋五娘和盛祥正在门前地里侍弄瓜茄秧儿。

麻锁儿道:"蒋老五回家了没有?"

"他哪有你甲长这般悠闲,还不定在吃什么苦呢……"

"今晚可曾给他留什好饭?"麻锁儿直奔灶头,锅盖半遮着。

麻锁儿揭去锅盖,笑道:"每次我都运气好,大丫头快来生火,今天我麻老爷还要弄点酒喝喝!"

"盛祥还没吃,你也积点德!"

麻锁儿冲五娘一瞪眼,兀自走向灶口,划着了一根火柴,点燃一把絮草扔进灶膛里。

絮草干蓬蓬的,遇火轰燃,铁锅里很快热气蒸腾。

麻锁儿再从灶台上拿了一只海碗,又去墙角拎了酒瓮,放到八仙桌上,自行倒满一海碗高粱烧,又回到灶台。

这时,鱼汤鲜香扑鼻。

麻锁儿迫不及待揭了锅盖,拿勺子舀了一点汤尝尝,道:"温温热,甚好甚好。"

麻锁儿毫不客气地把海碗盛满,在八仙桌前坐定了,一口酒一块鱼肉。

很快,鱼骨吐了一桌面。

盛祥站在门槛上,愤恨地瞪着麻锁儿,麻锁儿也冲他瞪着凶恶眼。

妈妈见状,一把把盛祥扯过来护在怀里,二人眼睁睁地看着麻锁儿这害兽大快朵颐。

不一会儿,酒、鱼汤就被干完了,麻锁儿一抹嘴唇,舌头发了硬:"大丫头,锅里我给盛祥留了点,我还要空点肚子去夏三家。明天记得给我留饭,走了。"

麻锁儿出了门,蜡黄麻脸已变了猪肝色,脚下软飘飘的,又唱起了小曲儿,快活似神仙,一路向了西。

蒋五娘远远听到门前西边道上麻锁儿说话:"蒋老五,你们家这几天伙食改善不少,你婆娘是不是捞了什么外快?"

蒋老五道:"哪有什么外快啊,大丫头肯定又自己动手了,无非捞鱼摸虾,采瓜摘桃,出点力气,反正不花一文钱!"

麻锁儿道:"你婆娘还颇有几分厨艺,是你蒋老五的洪福啊!马上麦子进仓了,你得帮我煮一缸酒……"

蒋老五道:"还是另请高明吧,只怕届时我一家早就饿死了!"

"穷鬼就是这命,不听话的穷鬼命更苦!现在,我麻老爷正告你,但凡你尚有一口气在,你就得把我家的酒给煮了,还铁定是'白送工',哈哈哈……浪里个浪,浪里个浪,浪里个浪……"麻锁儿酒兴发作,踉跄西去。

蒋老五在他身后,拿扁担做劈砍状……

又几天过去,这日夜深,周庄北荡一片静寂,似乎和往常无异。

笃笃笃,段妈妈家窗户有人轻敲三下。蒋老五起来开了门,正是王震队长和俩武工队员,还有一个生脸,背了一只药箱。

大家都不作声,王震和医生进了屋。两队员守在门外,执枪戒备,又反手轻轻带了门。

王震轻声说道:"蒋五爷,麻锁儿已经升了天,往后你们清静多了。这位是王军医,陈玉生司令员重新委派的。"

蒋五爷上前一把握住王军医的手,道:"王医生,你务必把蒋同志给治好了!"

王军医道:"一定一定!"

王震拧亮手电,把王军医领进了夹墙内。

蒋五爷和五娘高兴得在屋内直转圈。

半晌，二位出来了，王军医一身的汗，笑道："蒋五爷、五娘，蒋同志的性命就是你们给的！他非但没感染，还恢复良好，后背的伤口愈合得挺快，空腔小多了，我勉强把它缝上了，以后那碗就不用扣了。我在里面给你们留了医用酒精和纱布绷带，往后你们每天晚上给他换一下药……另外，我还放了消炎片在里面，每餐给他吃两粒……"

王震和军医出了门，带着其他战士迅速西去……

第二天一早，天才蒙蒙亮，蒋五爷一家还没起身，忽然听得有人咚咚咚踢门。

"大丫头，蒋老五，快快滚出来，你们把麻锁儿甲长怎样了？"是保长段玉斋的公鸭嗓。

蒋老五从床上跳下来，就要去开门，蒋五娘却一把捺住他，道："我去。"

蒋五娘甫一开门，迎面就吃了一枪托，正打在鼻梁上，登时血流如注。

段玉斋的几个狗腿子一下子全跳进了屋，个个瞪圆了凶恶眼，把屋子里角角落落扫了个遍。

段玉斋手中的二十响枪口对着大丫头，道："昨晚麻锁儿失了踪，他可曾来过你家？"

"来过，黄昏时看我家锅里有鱼汤，就开吃了，吃完他自己走了……"

"往哪里走的？"

"向西，说是要去夏三家吃二顿……"

"麻锁儿生要见人死要见尸！你们北荡没一个好人，要不是你们还欠着我们的租税，老子早就把你们统统送上西天了。我们走！"

……

麻锁儿再也没能现身，对周庄北荡人的监视工作，现在就全部落到了麻锁儿的顶头上司——保长段玉斋身上。

现在，段玉斋为安全计，每次"出巡"总要带上三五狗腿子，荷枪实弹。反动势力最为盼望的就是早早把麦子割了。

时光之轮啊一日不肯稍减速度，高沙土平原上令佃农们心悸的"丰收季"又如期而至了。

渐渐地，太阳变得热辣辣的了，绵延起伏的高沙土平原上"黄金"铺地。远远近近的麦田上空，成群的雀鸟一波波地飞来飞去，欢天喜地地高声鸣叫，饱享饕餮盛宴。麦田里那些草扎的假人似乎背弃了自己的初衷，它们善舞的长袖似乎反在把雀鸟们恳切地召唤。只是那天空没来由地苍黄起来,又刮起了风,将燥热送遍,将悲声传遍。

这日,段玉斋一行又闯到了北荡,狗腿子们挨家挨户在喊:"北荡的佃户们,麦子熟了,赶紧开镰,该是回报段老爷、陈大老爷的时候了……"

段玉芳正在院内修剪瓜秧,头也没抬……

段玉斋在篱门外望着她嘿嘿冷笑……

开镰了,蒋老五一家整日全待在麦地里,收割,捆扎,搬运,脱粒……

蒋老五光着上身,骨瘦如柴,背后还驮着口"罗锅"。随着每一声咳嗽,那"罗锅"摇摇欲坠似的。他胸腹部裸露的皮肉上满是尘垢,无数道深深浅浅的血印纵横交错,那是秸秆叶切割和麦芒刺戳造成的……

脱粒了,蒋老五用两张大凳架起一块门板,抓起麦把儿,把穗头往门板上掼。可是,由于麦把儿过于潮湿,那些麦粒也不大容易打脱下来,只好反复地掼打……

蒋五娘已经割到了田亩尽头,她割下的秸秆整齐排放,可惜的是麦穗似乎比新出的黑鱼仔还瘦小……

盛祥捆扎,搬运,泥人儿一般……

远处,夏三一家也在紧张地劳作。

忽然,东边羊肠小道上,响起一阵自行车铃声。那铃声丁零丁零,清脆得很,却让佃户们胆战心惊。

正是匪徒们来了,段玉斋在前,陈阎王在后,各骑一辆崭新的自行车。两翼各有十数个凶神恶煞的狗腿子小跑护卫,还自带量具———一只特制的斗,那斗显然比标准斗大了一号。

段玉斋支好自行车,神气活现地走到蒋老五面前:"租田交租,天经地义!蒋五爷一向说话算数,今天该不劳我们亲自动手了吧?"

蒋五爷住了手,一脸悲苦:"段老爷,陈大老爷,年成不好,这地里的产出缴租都不够,你们大慈大悲,就给我家留点口粮吧……"

段玉斋不听,一挥手,几个如狼似虎的狗腿子就去门板下把脱好的麦粒往斗里装。

狗腿子们把麦子捺得紧实,斗尖成山,再哗啦啦往麻袋里装。

段玉斋道:"全装下,一粒不留!这麦子湿度大,按六折算,回去再算算还欠多少地租和税费……"

蒋老五跪倒,仰天长啸:"老天爷啊,你还让我们穷苦人活命吗!"

蒋五娘一看恼火了,奔过来,一把拽起蒋五爷,道:"老天爷养你这么

371

大,他还有罪吗?! 蒋老五,你可看好了,不是天要你亡,是活阎王们要你亡!"

陈阎王登时铁青了脸:"段玉芳,你背后骂我陈阎王我不生气,今儿你胆敢当面骂我,我就不忍了! 来人,把她一家全捆上,我要和她家新账老账一起算!"

转眼,段玉芳一家三口被捆扎停当。

陈阎王又道:"外面太阳晒,把他们绑他们自家梁柱上慢慢磨!"

众匪徒推操着一家三口进了屋,将两个大人捆到梁柱上。段玉斋拖过一张条凳,用衣袖拂去尘灰,弓腰请陈阎王坐定。

陈阎王开腔了:"段玉芳,蒋老五,你们一家罪状千万条,今儿可得给我听仔细了。

"第一条,1945 年打跑了日本鬼子,你们穷人张了狂,土改斗争大会,你大丫头胆最肥,牙最尖,嘴最利,把我和段玉斋老爷的罪状数说了千百条,要不是我们当时委曲求全,赶紧写了悔过书,恐怕当时就要被送上西天! 打,给我往死里打!

"第二条,种种迹象表明,你大丫头正是共产党员花名册上的'段玉芳',三番五次掩护王震从北荡脱逃,还助藏武工队军资,可恨王震和那批军资我们一直没捞到! 打,给我往死里打!

"第三条,那天助藏伤病员不谈,你还将祸水引至我府上,你这招围魏救赵何其歹毒;后又杀害我麻锁儿甲长,害我从此对北荡失了聪! 打,给我往死里打!

"第四条,你千不该万不该当面骂我活阎王,我娘九十高龄最忌讳! 今天我就要剥了你的皮抽了你的筋! 打,给我往死里打!

"第五条,年年旧租不清,又欠新租;年年税费不清,又欠新税。打,给我往死里打!"

……

皮鞭木棍全用上,段玉芳登时被打得晕厥过去。

盛祥被俩匪徒捺着挣不开,连连哭喊:"妈妈妈妈……"

蒋老五向陈阎王苦苦哀求。

陈阎王更恼怒:"还不都是你的贼婆娘惹的祸?! 现在,既然你蒋家人全吃了秤砣铁了心,那我也就不客气了,不怕你们见了棺材不掉泪,把小的给我吊二梁!"

俩恶煞把麻绳打了个活扣,往盛祥脖子上一套,一人爬上八仙桌把绳子另一端穿过二梁上方甩下来,另一人接了这端绳头,一跺脚,一嗷叫,使劲一拽,盛祥即被悬吊半空。可怜小盛祥徒劳挣扎,眼珠上插,嗓子里咔咔作响,渐渐舌头吐出来了,越吐越长,不一会儿动静几无。

蒋老五哭告无门,泪雨滂沱。

段玉斋冷笑着喝一声"松下他",那狗腿子一松绳子,孩子扑通坠地,粗重喘息,咳嗽连连。

陈阎王假惺惺去看盛祥,盛祥愤恨地将一口唾沫正好啐他脸上。

段玉斋见状,找了一根细麻绳,狞笑着打了一活扣,让俩恶煞再次把孩子吊起,空中的盛祥直翻白眼。段玉斋又叫俩恶煞叉开孩子腿,将细麻绳活结扣在盛祥的下体,自己使劲往下拽。

半空中,小盛祥可怜地挣扎,晃晃荡荡,却发不出声音。

匪徒们得了意:"蒋老五,你不想绝后的话,就赶紧招了供,你儿子现在还有救……"

蒋老五道:"土匪,不得好死,共产党很快就杀回头了,你们的阳寿就快尽了!"

这时,段玉芳醒转,大义凛然笑道:"陈阎王,都是你逼的,现在我大丫头一家都成了铁骨红心共产党! ——蒋老五,我大丫头当年没嫁错人!"

蒋老五道:"大丫头,盛祥儿,是我蒋老五没本事,不能杀了这些反动派!"

段玉斋疯魔了,操起门杠,劈头盖脸就打。蒋老五登时头破血流,晕厥。段玉斋又转过身,用膝盖猛顶蒋五娘小腹部。可怜,蒋五娘小腹部早已微微隆起,显然是已经安了胎……

也不知过了多久,恍惚间,蒋老五睁开了眼,只见被缚梁柱上的段玉芳脑袋耷拉,双目紧闭,脸色苍白,身下血水流成了汪,原来腹中胎儿流了产;空中,小盛祥舌头吐老长,早没了动静。

蒋老五目眦俱裂。

这时,外面人声嘈杂,乡邻们全围过来了,看到这惨状无不两眼泪汪汪。原来,邻居夏三老爹看见匪徒们押着蒋老五一家进了屋,就悄悄通报了地里割麦的人们。

张大嫂上前说道:"陈大老爷,段大老爷,大丫头大字不识一个,共产党哪看得上她! 她若真是共产党,你得拿证据,难不成你们要屈打成招! 再

373

说,一人做事一人当,你们又何必难为人家娃子,上次你们掼死了盛寿,这次又弄死了盛祥,还把大丫头腹中儿打流产了,这才多长时间,你们就断送了段家三条人命啊!不管大人造了怎样的孽,孩子总是无辜的……现在再不松下盛祥妈,只怕她也活不过一个更,届时你们这些恶鬼统统要被打入十八层地狱!"

乡邻们纷纷上前谴责。

那些狗腿子大都是本村或邻村的晚辈,纷纷怯怯退后。

陈阎王却虎起脸,掏出二十响,耀武扬威把子弹上了膛,放言:"在我还乡团管辖的地界内,老子就是天,老子就是地,你们穷鬼没好人,个个心向共产党,把你们全杀光,也不冤枉哪一个!"

夏三老爹挺身上前,扯开短褂,猛拍瘦骨嶙峋的胸膛,喝道:"陈团长陈大老爷,凡事都要想一想,杀尽我们老百姓,谁来给你们种地打杂,哪个给你们交租纳税!——我们穷人活在世上多苦,早早死了倒真是解脱了。冲我这儿来一枪,老子还欢喜呢……"

陈阎王乌洞洞的枪口咬住了夏三老爹,夏三老爹闭上了双眼。

这时,人群后面有年轻后生举起镰刀,闹嚷起来:"大伯大姊们,横竖一死,还不和陈阎王们拼了!"

"拼了!"

"拼了!"

"拼了!"

……

惊雷滚滚,天色暗沉,门外风声飒飒,沙尘飞扬。

狗腿子们惊惶,陈阎王骑虎难下。

段玉斋这时上了前:"大家听好了,不要说你们一村人造反,哪怕全中国的穷鬼都起来造反,蒋委员长也有的是办法!你们斗得过枪吗?你们斗得过炮吗?你们斗得过蒋委员长的千万大军吗?!现在,共产党能救得了你们吗,他们自身难保!大家千万不要听共产党妖言惑众,都乖乖儿地种地蹲工,交租纳税,安分守己,天下不就又太平了吗?今天就到此为止,明天我们还来……"

陈阎王相机一挥手,众匪徒下。

没人听到那日蒋五娘家夹墙中有任何异响,更没人见过那日夹墙中一苇的表情……

374

6月里,骄阳似火,蝉声高唱。大地母亲啊,总是向着穷苦人和他们的战斗队的! 那些生生不息的高粱啊又拔节而起,转眼又半人高了,还手挽手儿拉起了青纱帐。这阶段,武工队活动有屏障,出其不意打伏击,又有几个保、甲长把命丧。

这日,河失庙头庄还乡团驻地。主炮楼居中,两侧各有一小炮楼卫护,北侧一排则是低矮营房。

主炮楼内,段玉斋向陈阎王进言:"陈团长,近来王震好像发了疯,几条破枪也敢在太岁爷头上动土,又几次三番对我下辣手,幸亏我命大,我看他无非是为周庄北荡段玉芳一家报个仇! 依我看,不管三七二十一,把那段玉芳绑来,先弄她个半死,她若招了供画了押,就把她押到周庄正法,她若倔强就慢慢弄死她……"

陈阎王道:"现在她大丫头究竟是不是段玉芳,究竟是不是共产党已经不重要,老子就是要她死,杀一儆百,你速速带人把她拿来!"

"得令。"段玉斋满脸狞笑。

这日,蒋五娘强打精神,正在门前地里摘菜,时不时眩晕欲倒。

那些青菜啊,叶肉早被虫子啃噬干净,唯余叶柄和筋络,可蒋五娘还是把它们往篮子里装,说道:"儿啊,家里还有点干面,为娘的中午只好给你做碗面疙瘩汤了……"

这时,段玉斋一行人突然从蒋五娘庭院前的高粱青纱帐里蹦出来。段玉斋手持二十响,一脸狞笑:"蒋五娘,你的三个小崽子死绝了,莫非这么快肚中就又装了窑,哈哈哈……"

"我的儿子多得很,还有一个儿子叫苇子,他又高又帅,他能文能武,他铁骨红心! 你们没见过他,但是他见过你们!"

狗腿子甲笑道:"蒋五娘,你的苇子在哪里,你叫他出来啦,我看你真是疯了,哈哈哈……"

众匪徒皆张狂大笑:"哈哈哈……"

蒋五娘道:"你们杀死了我仁孩子,都不得好死! 现在,我唯一的孩子苇子一定会帮妈报仇的! ——今天,你们又来造什么孽?"

"陈霸天陈大老爷,还乡团陈大团长,有请你段玉芳大姑奶奶现在就走一趟,哈哈哈……"

"容我带身换洗衣服,身上孬糟不干净,一天不换就臭气熏天。"五娘急

375

往屋里走。

狗腿子乙望着她背影冷笑道："多带身衣服也好,免得蒋老五送寿衣去,哈哈哈……"

五娘顿了顿,径直走到灶台旁,拿起一只碗,一撩衣襟,把碗往乳房下一搁。

狗腿子甲道："五娘,都这么大岁数了,还有奶吗?再说你挤给谁喝,给蒋老五喝吗?哈哈哈……"

五娘道："五娘是你本家大姑奶奶,你说这话可真是忤逆!——苇子,我的儿啊,妈妈这一走啊,估计再也回不来了,你爸呢要到晚才回来,妈妈来不及给你煮饭了,就把奶挤碗里了。往后啊,家中若是实在没东西加营养了,好天呢,就让爸爸给你抓知了猴子烤着吃,炸着吃,煮着吃,都香着呢;下雨天啊,就去水沟边捡'菩萨耳屑'(地耳菜),烧汤喝,炒着吃,生拌着吃,都美着呢……反正老天爷啊,不忍见我们穷苦人饿死的。还有啊,外面都在传,你的那些好兄弟马上就要杀回头了……"

放下衣襟,五娘把碗往灶台上一搁,毅然出了门,又反身把门合上,把门搭子扣好,然后去取晾衣绳上的衣服。

五娘抬头望天,天空瓦蓝瓦蓝的,云朵洁白洁白的。

五娘把额上头发往耳后一撩,顿时一脸灿烂,还居然笑出了声:"阎王殿上走一遭哦!"

狗腿子甲摇头叹息道："哎,五娘当真疯了!"

……

转眼又半个月过去了。这天夜里,王震队长轻轻敲开了蒋老五家门,屋前屋后一共放了四岗哨。

没开灯,一苇、蒋老五、王队长三人围坐八仙桌。

王队长哽咽道："五哥,段玉芳同志真是比铁还硬,比钢还强,段玉斋使尽一切手段都没能让她开口。现在段玉芳同志和我们几十个革命群众被关在地牢里,她双腿被打折了,敌人也不给看,一天只给一碗粥,蚊叮虫咬,奄奄一息,但她就是宁死不屈!我向上级拍胸脯了,我们一定要把段玉芳和同志们一个不落地全部救回来!"

蒋老五眼含悲泪,仰首向天。

一苇立正,道："报告王队长,蒋一苇请求归队,立即解救段妈妈!"

王队长起身,轻轻将一苇按回凳子上,道："蒋一苇同志,你是我们泰兴人民的优秀儿女,是我们特委不可多得的优秀战士。这次,你能活下来,我们很欣慰。特委陈书记一再嘱托我,一定要不惜一切代价护你周全!陈书记还说,组织将有更艰巨的任务交给你,而且啊,这任务还就非你莫属!你啊,就安心在此养伤!下面,我先给你们讲讲如今咱泰兴的革命局势。昨天啊,我接到通知,去野肖庄见了一个人,你们猜猜,是谁啊?"

一苇道:"陈大龙队长?"

"不是大龙,他还在外线作战,估计不久就要领兵回来了。——昨天,我见到了县独立团赵国梁赵团长,他也是咱黄桥人。他跟我讲,陈、粟率领的华东野战军在山东连打胜仗,莱芜口和孟良崮六万多敌军被我一口吃光。现在我大军南下,所向披靡。上级命令赵团长他们先行打回来,迎接革命高潮的到来。赵团长说,你们武工队情况熟,所以找你王队长来商量……

"我当时就说了,赵团长,依我看,现在整个泰兴县就数庙头庄的陈阎王最猖狂,先前欠下我方军民无数血债未还,前段时间又捕去我党员群众若干人,其中有个女党员段玉芳三番五次搭救我和同志们,我们的传奇英雄蒋一苇也是她一家救下的,迄今还安全藏在她家中……为了革命,段妈妈的孩子先后死了三个,故,我们的战士现在都把她当亲娘,人人敬称她'段妈妈'。可是我们这些做儿女的,都是些不肖子!如今段妈妈被关押在庙头庄地牢里,双腿被打断,没吃没喝,陈阎王还放话,七月半送她见真阎王……

"我还告诉赵团长,据庙头庄里的内线汇报,陈霸天有个儿子,在汤恩伯手下当处长,三杠一星。少将十八年不还家,双手沾满人民鲜血。上个月少将突然心血来潮,写信给陈霸天说是七月半要回乡祭祖。陈霸天得意了,赶紧抓壮丁,修坟茔,弄碑林,最可恨的是,在旁边还设了断头台,扬言要拿我革命群众来祭祖,段妈妈排首个……

"赵团长当即拍桌子了,'救不出段妈妈,我赵国梁誓不为人;不除陈霸天,我赵国梁誓不为人!如今这庙头庄非拿不可,拿下它,城黄两地敌人不能相顾,泰兴革命局势必定焕然一新,我还要乘胜再杀一个回马枪,端掉桥梓头和蒋莉!'我鼓掌叫好……

"蒋老五,你年事高,届时你就安心在家,把家拾掇好,配合炊事班准备饭和菜,迎接段妈妈回家;一苇同志,你尚未痊愈,也安心待段妈妈家静候胜利消息吧……"

"王队长，我已经恢复得差不多了。没有段妈妈就没有我，我也要去解救段妈妈回家！"

"既然你有这份孝心，我王震焉有不成全之理？现在，你使大枪不便，我这把二十响和两匣子弹就送你了。到时候你随我一起行动，但不许逞个人英雄主义！不过，这几天，你还得安心钻夹墙里！"

"是。"一苇喜滋滋地接过枪，反复把玩……

农历七月十四，夜半。

月色朦胧，云气低垂。天气憋闷，蝉声恼人。

庙头庄堡垒。由于实行灯火管制，整个营区黑灯瞎火。

中间那高大碉楼鬼魅矗立，两侧各一小碉楼猥琐拱卫，而碉楼北边低矮的那排营房则绝无人气，那是由于敌人战斗减员太多，就一直空着了。

东边小碉楼顶换岗了。

我方内线甲："兄弟，辛苦了，有情况没？"

我方内线乙："耗子也没见一个。明天过节了，中午要回家祭祖。兄弟，我刚刚看到碉楼脚下边闪过黑乎乎一球，我估计是只刺猬，正想下去捉了，明天回家给妈妈煨汤喝，我妈胃不好。我一个人胆小，你陪我一起下……"

"在哪里，我先来瞅一瞅！"内线甲揿亮手电对着北边闪三下。

北边的草丛里也回应以三道手电光，然后无数跃动的黑影立即往这边悄悄摸过来。

二人不慌不忙下了岗楼，从里面轻轻打开了底部铁门。

屏息贴在门侧的独立团战士们，立即迅如猛虎扑进去，却悄无声息。

内线甲又领一支人马，去了西侧小碉楼。

内线甲用钥匙小心翼翼开了西碉楼底部小门，不发出丁点声响，众人悄悄摸进去……

两厢各住一个排，个个睡得死猪样。枪支齐整整，全部挂墙上。

一声"不许动"，个个魂飞魄散，乖乖举手喊"别开枪，我投降"……

西碉楼地下就是黑地牢，王震喝令俘虏打开牢门，放出二十多难友。

一苇打了手电急急往里寻找，段妈妈昏死在最里面杂草堆里。

一探鼻息，一苇急忙喊："担架担架！"

……

再说主碉楼二楼，陈霸天睡梦中忽然听到两侧碉楼有动静，起身从射击孔里往两边一看，身子顿时筛了糠。

地面上，共产党泰兴独立团的战士们正押着一长串俘虏往北去，还有大队人马正把主碉楼团团围住。

这时，泰兴独立团的战士们纷纷燃起了火把，把主碉楼照彻。

陈霸天感觉自己如同一只被架上熊熊燃烧的柴火堆，却又无计摆脱的猪仔，顿时腿一软。

借着火光，赵团长也看到了主碉楼上的他，喊话："陈阎王，我是泰兴独立团团长赵国梁，你下面的人马已经被全部缴了枪，负隅顽抗唯死路一条！我限你们五分钟内走出来投降，否则炸平你们碉楼！"

陈霸天缩了头，当即下令开火。

可是，碉堡里的机枪才开口，这边火力就把机枪眼给堵住了。

几个战士扔出几捆集束手榴弹，但炮楼只是被崩掉了一层皮。

赵团长大喝："拉炮来！"

很快一门平射炮驾到，炮口紧紧咬住了主碉楼。

这时，主碉楼顶上打出了白旗。

赵团长下令停火。

段玉斋登上了碉楼顶，道："赵团长，我们投降，争取你们的宽大处理。"

段玉斋丢下一批长短枪。

赵团长一看，俱是些不堪用的破旧枪械，登时明白了，压低声音传令下去："这是敌人诈降，大家做好准备，陈霸天父子这就要冲关，但我们务必把他俩活捉！"

一苇手持二十响，转到北边营房后面，一个倒卷帘翻身登上了屋顶，趴到了屋脊后，打开了枪机，居高临下瞄准了主碉楼出口。

陈霸天率先举着双手走出了碉楼门，连连说道："赵团长，别开枪，我投降！"

赵团长蹲在隐蔽物后面，喊道："往前走，往前走，不要停，把手举过头顶，全部出来！"

段玉斋也出来了，一双贼溜眼转不停。

忽然，二人往两边一让，碉楼里一下子涌出了十来个全副武装的国军士兵，冲锋枪喷吐弹雨，还有一架轻机枪大施淫威。

那个三杠一星的家伙最后出场，嗷嗷怪叫着，手使双枪泼洒弹雨……

没料到对方的火力这么强悍，我方的火力暂时被敌人压制了，靠近主碉楼门口的几个战士挂了彩。

更糟的是,敌人直奔赵团长和王队长那边而去!

赵团长危险,王震队长危险!

千钧一发之际,北边营房顶上响起了节奏欢快的啪啪枪声,主碉楼下前排持轻机枪疯狂扫射的国军士兵首先倒下了,其后使冲锋枪的国军士兵亦接连倒地。碉楼下顿时血雾弥漫,血水成汪。

陈霸天狞笑的脸登时僵住了,他抬头看到了北边屋脊后面的持续枪火。

他才举枪,上边射来一颗子弹穿透了他手掌,他的手枪坠地。陈霸天绝望地号哭起来。

段玉斋上前,一手扶住陈霸天,一手也才举枪,又听得啪的一声枪响,他的手枪也掉了,右手臂挂下来,鲜血淋漓。

啪啪啪……北边营房顶上,那支二十响叫得欢畅,节奏感强,挨个点名,很快国军士兵全被放倒。

陈少将此刻真正成"孤家寡人"了,他怪叫着朝北边营房顶的射手连连扣动手枪扳机,可是没子弹了。

啪——,又一声枪响,陈少将帽子被打掉了。陈少将咆哮:"谁敢动我,我乃堂堂国军少将,就是你们陈毅、粟裕在,也要优待我!"

赵团长站起身,命令:"来人,把他拉出去,就地'优待'!"

两个战士冲上前,架起陈少将的两臂就往西边野地里跑,数十秒后传来啪啪两声枪响……

陈霸天登时软瘫在地,哭喊:"我的儿啊,我的儿啊……"

……

第二天晚上。

一轮圆月朗照乾坤。

蒋老五院落,四围有雄赳赳的武工队员站岗放哨,院内灯火通明,笑语喧哗。

门前菜畦里又新垒起了两座坟茔,现在三座坟茔一字排列,坟前各竖一块墓碑,分别写着"烈士蒋盛寿之墓""烈士蒋盛祥之墓""烈士蒋宝宝之墓"。

各墓碑前均摆着相同的供品:米饭、熟猪脸、拨浪鼓。

屋内两盏汽油灯高悬,耀得恍如白昼。

独立团的两个勤务兵正在灶台忙碌。

八仙桌前,蒋老五、段妈妈坐上首,王震和赵团长坐南边,夏三老爹和一苇坐东边。

赵团长说:"段妈妈,你还是先吃点东西吧……"

段妈妈笑道:"不饿不饿。今天下午把陈霸天、段玉斋之流正了法,真正大快人心啊,从此龙河北人民彻底翻了身,真得感谢伟大的党啊!"

赵团长道:"段妈妈,你一家为革命做出了巨大牺牲,党和人民必将永志不忘!从现在起,你就大大方方叫'段玉芳'!——今天还有两个特邀嘉宾,他们马上赶到,大家稍等。"

段妈妈笑道:"赵团长,今儿你真有心了,我们急又不急,哈哈哈……"

赵团长道:"蒋一苇同志,这次你又立下了卓越战功,我们已经上报分区陈玉生司令员。陈司令员先不吝词汇地夸赞了你,又说了再不能让你蒋一苇同志待在泰兴了,那太屈才了!中国那么大,他要派你到更广阔的空间历练历练!蒋一苇同志,陈司令员要调你去他身边,你乐意吗?"

一苇道:"坚决服从组织安排!"

赵团长笑道:"不过有人可不乐意……"

段妈妈道:"谁不乐意啊,我这老太婆出面做思想工作还不成?!"

"现在,我归纳一下,一苇同志究竟有多吃香,陈玉生司令员需要他,特委陈书记需要他,我赵大炮需要他,王震队长需要他,陈大龙需要他,其实还有人更需要他,而且还不知有几多,哈哈哈哈……"

一苇不知所以。

王震也笑道:"一苇啊,其中一人马上就到!"

一苇懵懂。

段妈妈道:"苇子,我的儿啊,你是堂堂泰兴鼓书大先生啊,这当儿可否给为娘亮一嗓子?"

"好咧,我就唱谢义侠的《七战七捷威名扬》。"

众人鼓掌,段妈妈更是激动得热泪盈眶。

一苇唱:

(一九)四六年"7·13"炮声响,

苏中自卫第一仗,

打的宣堡和泰兴,

另打增援俅家庄。
宣泰战斗是头一仗，
旗开得胜真漂亮，
俘虏敌人三千多，
缴获山炮卡宾枪。
二仗俘敌如皋南，
三仗保卫战在海安，
四仗李堡五丁(堰)林(梓)，
六保邵伯也取胜。
第七仗在如(皋)黄(桥)线，
歼敌分界阻击谢甸，
俅今(搬经)加力一网打尽；
又歼灭黄桥增援军。
前后歼敌五万多人，
缴获火炮几百门，
机关枪一千几百挺，
军车汽艇和炮艇。
运输大队长本姓蒋，
送来大批美国枪，
万钧侵犯被歼灭，
七战七捷威名扬。

"好好好!"众人热烈鼓掌。

段妈妈说话了："王震队长,你也来一个。"

众人鼓掌。

王震慷慨站起,恭恭敬敬向段妈妈鞠个躬,道:"段妈妈,我就把汪青辰的《我们的老大娘》献给您。"

众人再次热烈鼓掌。

王震唱:

老大娘,

您被烧焦的头发、衣裳,

您被刺伤的手掌、胸膛,

鲜血还在滴滴地流淌,

染红了撒遍地的大豆、高粱!

啊,大娘!

您竟没有倒下,挺直地立在门旁;

大树即使烧枯,

还是耸立在大地上!

可以想见,您曾和鬼子的刺刀拼抢,

您保卫的大豆高粱,

岂仅是您自己的粮?

是中国人的血汗粮,

我们的劳动果子怎可让强盗抢掠?!

谁说您"不值得"?

跟鬼子强盗拼、多荣光,

在敌人面前怎可像绵羊?!

谁说您"老啦"?

让鬼子看看,

我们的老大娘,

铁一样的硬朗!

我们这儿遍地火样的战场!

老大娘!

站在您身后的,

大群的、大群的小伙子,

正怒视前方,

紧握着、紧握着手中的刀、枪!

掌声雷鸣。

一苇站起,振臂高呼:"段妈妈万岁,人民万岁,中国共产党万岁!"

除段妈妈外,众人皆站起,振臂高呼:"段妈妈万岁,人民万岁,中国共产党万岁!"

段妈妈爽朗笑道:"长江后浪推前浪,我们这些老大娘又有什么值得歌唱的呢,今天我要高声赞美泰兴东乡的姑娘们! 我唱的也是汪青辰的作品

《黄桥镇上的姑娘》。"

众人热烈鼓掌。

段妈妈坐着唱：

有一位姑娘，

别说她温柔俊秀模样，

她那凝视着的眼睛，显得可倔强，

性格像支火把，偏爱迎着困难上，

还不让大家叫她大姑娘。

开起会来，讲话像流水文章，

对着地主老财，泼辣得像机关枪。

······

有一位姑娘，

别说她学生腔，

圆红脸，有点害羞，说话也不响。

可她，短发、军帽、穿草鞋，夜行百里破河浪，

背着药箱上战场。

你看她，押着一串俘虏，

迎着乡亲，哗啦哗啦，又说又笑又会讲······

这时，一辆马车停在了院门前，车头挑着马灯，风尘仆仆。

是陈大龙驾的车，车上走下了一女子，竟然是刁香荷！

刁香荷，一身碎花蓝布夏装，齐耳短发，腰扎武装带，别一支快慢机，英
姿飒爽。

一苇冲动地接出门口，大龙队长迎面和他打招呼，他居然视若不见。

大龙笑道："没想到我们的大英雄也是个重色轻友的家伙，哈哈
哈······"

众人皆笑，大龙赶紧进屋向段妈妈问好。

此刻，一苇双手搭上了香荷手臂，香荷双手攥紧了一苇衣角。

两人站住，四目相对，无语凝噎，泪水奔涌。

还是一苇首先绷不住，双手捂脸，号啕大哭。

香荷一把将一苇紧紧搂住······

384

屋内众人默默注视他俩,个个热泪盈眶。

一会儿,香荷拭去自己眼泪,再给一苇拭去眼泪,道:"苇子,今天我们应该高兴才对,我们这就拜见妈妈爸爸去!"

香荷挽起苇子,向二老走去。

在妈妈、爸爸膝下,二人跪下,异口同声:"妈,爸,从今往后你们就是我俩永远的妈、爸!"

"好娃子,妈和爸可喜欢你们了!那天初见一苇这么帅,我就知道他未来的媳妇一定特别俊,今天一看,果然是!——起来起来,先吃饭!"

赵团长喊道:"小刘、小沈,走菜了!"

一炊事员应道:"就来。"

段妈妈道:"蒋老五啊,我都老糊涂了,夹巷地下不是埋了一坛高粱烧吗?还不把它请出来,还是我儿盛祥满月那天封的坛,说是留给他娶亲时喝的……今天儿子、儿媳都聚全了,也该把它请出来了,大家说是不是啊?"

香荷道:"妈,你别动,我来挖!"

"儿啊,你带她去,就在夹巷暗门的后面。上面是浮土,下面有一块挡泥板,酒坛用黄泥封的口……

……

夜色深沉,月影西斜,段妈妈门前一地儿的爆竹红纸迎风飘动。

赵团长他们回驻地去了,要研究、部署第二天的作战方案;蒋老五和段妈妈去夏三老爹家借宿。

屋内,一对红烛高燃,门窗贴上了大红喜字,是晚饭后陈大龙现写现剪的,用糁子粥粘贴的。

里屋的竹床上是客散后,特委刚刚派人送到的崭新枕头与被褥。枕头上绣着一对鸳鸯,被褥上也绣了大红喜字,是黄昏时分,特委的同志冒着生命危险从尚在国民党反动派严密控制下的县城紧急采购,再紧急送来的。

香荷和一苇手挽手走出屋子,二人并立在仁弟弟坟前,默默致哀。

坟前新植了三株枸杞树,是数小时前刁香荷从刁家网随车带来的,藤条劲健,果儿红红。

一苇抬起泪眼,薄雾悠悠漫上月华,远远近近的田野里,铁阵绵延,那是无数顶着长缨的哨兵——高粱织成的青纱帐。

微风吹过,高粱在快意地喧闹。

一苇道:"泰兴东乡的高粱啊,和我们东乡人一样充满血性!日本人不

385

让它长,它偏要结成无边青纱帐;土顽和洋顽不让它活,它偏要联成钢铁无敌阵!"

"'野火烧不尽,春风吹又生',多么壮美的高粱啊!"香荷继续说道,"蒋一苇同志,现在请允许我向你汇报,我们刁网乡及其周边地区不管是日据时期,还是现阶段,都一直高扬着革命的旗帜,令敌人胆寒!历史见证了,我们刁网乡的妇女同志个个能顶半边天!可是,现在,我刁网人民还有一桩心愿未了,那就是刁网人民的公敌,恶霸地主刁智甫等人迄今未被绳之以法,听说他们中的不少人躲到了无锡……"

一苇拥住她,道:"刁香荷同志,国民党的反动统治很快土崩瓦解,刁智甫他们现在都成秋后的蚂蚱了,他们注定逃不脱人民正义的审判!至于我呢,'三十功名尘与土',现在对照你,我发现了自身的几个不足:一、有时候我还比较任性,不能从大局出发;二、组织需要我献身的时候,我总要经历激烈的思想斗争,还不能做到义无反顾;三、我感觉自己空长了一颗大脑袋,可是脑中空空如也,今后我要用马列主义、毛泽东思想来武装头脑,我还要学习一些政商知识,只为将来战争结束了,我们要建设一个伟大的社会主义新国家……"

"一个伟大的社会主义新国家?!"

"是的,一个伟大的社会主义新国家,一个没有贫困,没有入侵,人民真正当家做主,耕者有其田,人人安居乐业的新国家!我们还要大力发展现代工商业,我们将来一定要做世界第一的强国!"

"对,我们的新国家一定世界第一强!"

"我们还要生一大帮娃,男娃像我,女娃像你,个个都是国家的栋梁!"

香荷哭起来:"你终于肯说这话了!——爸,妈,你们生前就说过,一苇心善,一定不会抛下我的,现在我相信这是真的了,呜呜呜……"

一苇捧起她的脸庞,吻她的泪眼,吮她的泪水,吻她的雀斑,然后抱起她往屋里走。

香荷却道:"到高粱地里去……"

……

旭日初升,霞光万丈。

高粱秸秆压就的"婚床"上,一苇醒了,眯缝着眼睛,赤身裸体沐浴着晨晖与晓风。香荷已穿好衣服,可是因为贪恋一苇的胸膛,就又俯身"睡"去了。一苇一遍又一遍爱抚着香荷秀发。

这时,段妈妈家方向,远远传来了蒋爸爸的呼喊:"一苇,我的儿啊,你在哪儿？赵团长请你去团部,现在就去,他说特委陈书记亲自接你来了……"

一苇笑了笑,再抚一下香荷秀发,道:"没办法,这任务说来就来!"

此刻,太阳跃上了树梢,一个硕大硕大的圆,红灿灿的。

如海的高粱举起了森林般明艳艳的"火把",每一个"火把"里,"珊瑚珠"粒粒饱满,粒粒璀璨,田野上空蒸腾着吉庆的紫红氤氲。

一群群雀鸟欢唱着掠过高粱梢,向着太阳升起的方向飞去。

一苇道:"'春种一粒粟,秋收万颗子',高沙土母亲总是那么慷慨……"

刁香荷道:"高沙土母亲钟爱她的每一个孩子,你要早日归来!"

一苇道:"现在特委陈书记亲自来接我,我猜是要把我外派了。半个月前王震队长就告诉我了,泰兴特委正在物色一批精英秘密渡江南下,为解放和接管南方各城市预作布局,而我是人选之一。如果这次,我恰好被派遣到了无锡,我一定帮你查找刁智甫等泰兴籍流窜无锡的恶霸地主、敌特分子的下落! 在家,你要多多保重! 我一定竭尽所能平安归来,但如果我不幸牺牲了,请把我的故事讲给我们的娃听,假如我们能有一个娃的话!"

"你一定要平安归来,我会一直等着你,盼着你!"

一苇起身,穿好衣服,边走边喊:"爸爸,我们在这儿呢。"

蒋爸爸道:"儿啊,不急不急。"

一苇昂首挺胸,阔步向前,放声高唱:"红日初升,其道大光;河出伏流,一泻汪洋。潜龙腾渊,鳞爪飞扬;乳虎啸谷,百兽震惶;鹰隼试翼,风尘翕张。奇花初胎,矞矞皇皇;干将发硎,有作其芒。天戴其苍,地履其黄,纵有千古,横有八荒,前途似海,来日方长。美哉我少年中国,与天不老;壮哉我中国少年,与国无疆。"

香荷也站起合唱,可眼眸里噙满了热泪,而末句她吟唱的却与一苇稍有不同:"……美哉我少年黄桥,与天不老;壮哉我黄桥少年,与国无疆。"

那时刻啊,她宁愿自己是一粒纤尘,就随了一苇歌声飘去远方。可是啊,她是实实在在偌大一个人,一个重任在肩的人,她是一名光荣的中共党员,她是中共刁网乡乡长,为了党的事业,为了家国,她怎可以自由任性!

再不闻苇子歌声了,再不见苇子魁伟背影了,香荷捂起脸,泣不成声:"苇子哥,我是真的不舍你啊! 我太自私了,我一直不肯告诉你实话,丁海棠她并没有牺牲,她那天只是被丁西顿击伤了腿骨。这骨伤本来并无大碍,不幸的是海棠的伤口由于浸入污水感染了,医生说有截肢的危险,是我们区队一直把她护送到台北(现在的盐城大丰区)去养伤的。上级命令,严密封锁所有有关丁海棠的消息,并给她启用了化名,因为日后她还有更重要的任务。途中,担架上的她和我谈过心,她说,她不想让你知道她的近况,她不想让你看到即将失去一条腿的她;她说,她不希望你把心思花在她一人身上,祖国四万万同胞需要你;她说,一苇你的心中我刁香荷永远是第一位的,她决定退出……

"苇子哥,是你没让我在海棠面前丢面子,我感恩你一辈子……来这儿的路上,陈大龙告诉我,丁海棠在部队医生的精心救治下,伤腿保住了,还恢复良好。在我军驻地,她又系统接受了各项军政训练,还被评为'标兵',她现在也该被外派执行任务了吧……真诚祝福你们能够再次相逢,真诚祝福你们能够再为同袍,真诚祝福你们都能平安归来,我煮高粱烧,烧燕麦粥,涨油烧饼,等你们,日日等,月月等,年年等,等一辈子都等……

"苇子哥,如果我没猜错的话,你这次任务的目的地一定是无锡,而你的搭档一定非她丁海棠莫属,因为丁海棠的四叔正是国民党无锡市政府办公室主任,搞好对他的统战工作,势必为将来顺利解放和接管无锡埋下伏笔……

"谢谢你,丁海棠,是你给我留足了时间和空间,我永远感恩你! 现在,我把苇子完全交给你了,你们都要好好儿、好好儿地活着,活着迎接一个伟大的社会主义少年中国的诞生……"

图书在版编目(CIP)数据

黄桥风雷 / 朱智勇著. -- 北京：中国文史出版社，
2023.7

（跨度小说文库）

ISBN 978-7-5205-3995-1

Ⅰ.①黄… Ⅱ.①朱… Ⅲ.①长篇小说-中国-当代

Ⅳ.①I247.5

中国版本图书馆 CIP 数据核字 (2022) 第 240183 号

责任编辑：薛媛媛

出版发行：中国文史出版社

社　　址：北京市海淀区西八里庄路 69 号院　邮编：100142

电　　话：010-81136606　81136602　81136603（发行部）

传　　真：010-81136655

印　　装：北京新华印刷有限公司

经　　销：全国新华书店

开　　本：720×1020　1/16

印　　张：25　　　　字数：386 千字

版　　次：2023 年 7 月第 1 版

印　　次：2023 年 7 月第 1 次印刷

定　　价：69.80 元